양들의 테러리스트

* 이 도서의 국립중앙도서관 출판예정도서목록(CIP)은 서지정보유통지원시스템 홈페이지(http://seoji.nl.go.kr)와 국가자료공동목록시스템(http://www.nl.go.kr/kolisnet)에서 이용하실 수 있습니다.
(CIP제어번호: CIP2019010769)

양들의 테러리스트

오쿠다 히데오 장편소설

양윤옥 옮김

オリンピックの身代金

奥田英朗

| 일러두기 |

1. 이 책은《올림픽의 몸값 1, 2》(2010)의 합본 개정판입니다.
2. 본문의 주는 모두 옮긴이의 것으로, 괄호 안에 글씨 크기를 줄여 표기했습니다.

1

8월 22일 토요일

요요기 하쓰다이에서 야마노테 대로를 남쪽으로 내려와 도미가야 사거리에서 좌회전을 하면 내리막길 정면에 숲이 우거진 완만한 언덕이 가로누워 있다. 능선의 부드러운 곡선은 마치 풍만한 여인이 침대에서 손짓을 하는 것 같다.

계곡 밑의 막다른 길에서 우회전해서 고속도로로 착각할 만큼 쭉 뻗은 새 포장도로를 질주했다. 왼편으로는 얼마 전에 우치사이와이초에서 이전한 NHK 전파 탑이 보였다. 현재 건설 중인 새 사옥은 녹음에 둘러싸여 그야말로 상쾌한 곳이 될 것이다. 우다가와초 아래 사거리에서 좌회전하여 급한 비탈길을 액셀을 밟으며 치고 올라갔다. 점점 더 높아져가는 1964년 8월 하순의 여름 하늘을 배경으로 90퍼센트가 완성된 요요기 종합 체육관이 공룡의 머리 같은 지붕 부분부터 서서히 위용을 드러냈다. 그것을 올려다보며 스가 다다시는 경외의 마음을 담아 휘이익 휘파람을 불었다. 이 나라에서 저런 건물을 척척 지어내다니— 정말 볼 때마다 입이 떡 벌어진다.

미군 장교 숙소였던 워싱턴하이츠가 작년에 반환되어 그 자리를 올림픽 선수촌으로 사용하기로 했기 때문에 이 일대는 모조리 포장도로가 되었다. 올림픽이 끝난 뒤에는 삼림공원으로 바뀌어 야마노테부터 하라주쿠까지 곧장 내달리는 6차선 도로가 뚫린다고 한다. 울창한 나무로 둘러싸인 선수촌과 크고 작은 두 개의 체육관. 시부야 공회당과 유리 외벽의 구청도 완성되었다. 도쿄에 처음으로 들어선, 녹음과 근대 건축이 나란히 서 있는 풍경이다.

이 길을 자가용 차로 달리는 것이 요즘 다다시에게는 최고로 기분 좋은 취미였다. 특히 여자를 태우고 달릴 때는 길을 멀리 돌게 되더라도 반드시 이 코스를 넣었다. 새롭게 변모하는 도쿄를 사람들에게 보여주고 싶었다.

"다다시, 좀 더 빨리 달려!"

지붕을 열어놓은 혼다 S600 조수석에서 스무 살의 미도리가 왈가닥 같은 목소리로 자꾸 부추겼다. 미도리는 선글라스를 쓰고 머리에는 스카프를 휘감았다. 반소매 가로줄 무늬 라운드셔츠에 청바지를 바짝 접어 올린 옷차림은 어른들이 그토록 싫어하는 '긴자 미유키 거리에 몰려다니는 괴상한 젊은 애들'의 모습 그 자체였다.

"왜 이래, 방금 뽑은 새 차란 말이야."

다다시는 얼굴을 찌푸리며 기어를 2단으로 내리고 액셀을 밟았다. 개그 콤비 가수 '추잉 껌'의 '혼다 뮤직'이 푸른 하늘에 울려 퍼지자 그 음악에 맞추어 미도리가 꺄아악 하고 귀여운 환성을 올렸다.

빨간 몸체의 이 차가 처음 센다가야 집에 들어왔을 때, 경찰 간부인 아버지는 잠시 할 말을 잃고 있다가 긴 탄식을 내뱉었다.

"마침내 내 자식 놈이 깽깽이 광대가 됐구나."

아들을 꾸짖어봤자 소용없다고 생각했는지, 계약금을 내준 마음 착한 외할머니에게 "두 번 다시 다다시에게 돈 주시면 안 됩니다"라고 데릴사위답지 않은 강한 어조로 통사정을 하다시피 했다.

제일고등학교와 도쿄대학 법학과, 내무성, 경시청까지 최고 엘리트의 길을 걸어온 아버지 스가 슈지로는 둘째 아들 다다시가 하는 짓은 모조리 마음에 들지 않는 모양이다. 아자부의 중학교와 고등학교를 거쳐 도쿄대학 경제학부에 입학한 것까지는 좋았는데, 거기서 다다시는 재즈에 흠뻑 빠져 지내다가 결국에는 개국한 지 얼마 안 되는 민영 텔레비전 방송국에 취직해버렸다. 그때 아버지는, 도쿄대학 나와서 딴따라 일이 웬 말이냐고 불같이 화를 내며 애꿎은 어머니를 닦달했다. 화족(華族, 지체 높은 사람이나 나라에 공훈이 있는 사람의 집안이나 자손들) 출신의 어머니는 외국 영화와 뮤지컬을 좋아하는 예전의 '모던 걸'이었다. 둘째 아들이 그런 어머니의 영향을 받은 것이라고 아버지는 아예 단정하고 펄펄 뛰며 애꿎은 화풀이를 한 것이다. 형은 대장성 공무원이고, 누나는 일본 적십자사에서 근무하다 중매로 외교관과 결혼했다. 친할아버지는 옛 장성이고, 작년에 돌아가신 다정한 외할아버지는 중의원 의원이었다. 아닌 게 아니라 이 집안에서는 막내 다다시만 한참 뒤떨어지는 인물이었다.

다다시가 태어난 센다가야 집은 2000평 부지에 들어선 고전적인 일본 전통가옥이다. 양관(洋館)은 1945년 5월 공습 때 홀랑 타버렸지만, 무슨 영문인지 목조 본채만은 기적적으로 전쟁의 불길을 피해 살아남았다. 방의 숫자는 서른 개에 달해서 1년에 한 번도 발을 들이지 못하는 방이 있을 만큼 널찍한 옛 무가 저택이다. 운전기사뿐 아니라 일하는 아주머니만 다섯 명이고 거기에 도쿄대 학생 몇 명이 서생으로 들어와 살았기 때문에 날마다 여관처럼 북적였다. 가장 나이가 어린 다다시는 모든 사람들의 귀여움을 받았다. 특히 어머니와 할머니는 장손이 아니라는 편안함 때문인지 다다시를 무슨 반려동물처럼 귀여워했다. 집안의 대를 이을 네 살 위의 형에게는 검도와 승마를 가르쳤지만 다다시에게는 피아노와 테니스 레슨을 시켰다. 형에게는 한문 가정교사를 붙였지만 다다시는 영어 회화였다. 스테레오도 카메라도 아직 한참 어릴 때부터 사줬고, 양복은 스무 살 때부터 해마다 새로 장만해주었다.

덕분에 다다시는 방송국 제작부에 배속되어 외국 문화에 빠삭한 신입 사원으로 여기저기서 크게 환영을 받았다.

하라주쿠 역을 지나 느티나무 가로수 길의 오모테산도에 들어서자 다다시의 S600은 다시 속도를 올렸다. 앞에서 달려가던 둔중한 GM 뷰익 승용차 따위는 단숨에 제쳐버렸다. 센트럴 아파트 골목에서는 태평하게 손수레를 뒤에 달고 나오는 자전거를 발견하고 속도를 낮추며 주의하라는 클랙슨을 빵빵 울렸다.

"아저씨, 이제 곧 올림픽이라고요!"

다다시는 차창 밖으로 고개를 내밀고, 추저분한 러닝셔츠 차림으로 자전거 페달을 밟는 중년 남자에게 야유를 날렸다. 남자는 무슨 말인지 알아듣지 못했는지 의아한 얼굴로 요새 한창 유행하는 이른바 '아베크족'을 멀뚱히 바라보았다.

도쿄 올림픽이 2개월 앞으로 다가오자 길가의 걸인들은 가차 없이 쫓겨났다. 쥐가 보였다가는 큰 망신이라며 도쿄 도에서는 독일제 쥐약을 나눠주었다. 노상 방뇨는 엄격히 단속되었다. 그것이 모두 다, 해외에서 찾아올 올림픽 손님들에게 '아름다운 도쿄'를 보여주기 위한 조치였다.

"아 참, 자기, 그거 알아?" 미도리가 몸을 돌려 고소하다는 얼굴로 말했다. "긴자에서 아카사카까지, 그쪽에서 어슬렁거리던 야쿠자 똘마니들을 죄다 몰아낼 거래."

"왜?"

"그야 올림픽 때문이지. 야쿠자 동성회(東聲會)의 마치이 회장이 올림픽 개최 기간에는 바다나 산으로 가서 육체와 정신을 단련하고 오라고 지시했대. 우리 가게 언니들이 그러더라고."

"하하, 아주 잘하셨네." 다다시는 핸들을 치며 웃었다. 마치이 회장이란 도쿄 뒷골목 세계에서 가장 유명한 야쿠자 두목이다. 껄렁껄렁 눈초리가 사나운 부하들을 도쿄에서 멀리 떼어놓으려는 모양이다. 하다못해 야쿠자 조직까지 그렇게 자진해서 협력하고 나서는 게 도쿄 올림픽이었다. 성공을 바라지 않는 국민은 단 한 사람도 없었다.

"우리 가게도 요즘은 손님들이 묘하게 얌전해졌어." 미도리의 말이다.

"하긴 이제 역도산도 없으니까." 다다시가 바람을 맞으며 말했다.

미도리는 아카사카의 나이트클럽 '뉴라틴쿼터'의 새내기 호스티스다. 작년에 프로레슬러 역도산이 칼에 찔린 곳으로도 유명한 도쿄 최고의 고급 클럽이다. 엄청 비싼 곳이라서 스물네 살의 다다시는 도저히 드나들 수 없다. 햇병아리 여배우이기도 한 미도리와는 그 나이트클럽이 아니라 방송 제작 때 알게 된 사이였다.

미도리는 닛카쓰(日活) 영화사의 뉴페이스였지만 2년여 만에 그만두고 작은 예능 프로덕션으로 자리를 옮겼다. "이제 영화 같은 건 시대에 뒤떨어져"라고 허세를 부렸지만, 사실은 한 살 연하의 여배우에게 백기를 든 것이라고 다다시는 내심 짐작하고 있었다. 당대 최고의 신인 여배우 요시나가 사유리와 비교를 당하게 되면 누구라도 불리할 수밖에 없다.

오모테산도 사거리에서 타이어를 삐이익 끌며 등롱을 휘감듯이 좌회전했다. 눈앞으로 양쪽 8차선 도로가 시원하게 펼쳐졌다. 도로 확장 공사가 끝난 아오야마 대로는 마치 활주로 같아서 욘초메까지 아무런 장애물 없이 훤히 내다보였다. 여태껏 남아 있던 시부야와 기타아오야마 사이의 전차도 1년 전에 완전히 철거되고 울퉁불퉁한 석단은 없어졌다. 도로 좌우에는 1층에 점포를 거느린 새 아파트가 들어서기 시작했다.

인도에서 뛰어놀던 초등학생들이 다다시의 빨간 스포츠카를 보자마자 깜짝 놀란 듯 움직임을 멈췄다. 우아아, 하는 탄성이 들려왔다. 다다시는 의기양양한 기분으로 카레이서라도 된 것처럼 차선 변경을 거듭했다. 주위 운전자들도 다다시의 새 차를 넋을 잃고 바라보고 있었다.

요즘에는 거리에서 국산 승용차가 자주 눈에 띄었다. 집의 차는 도요타의 도요펫 크라운이다. 오랜 세월 동안 포드를 탔는데 최근에 바꿔버렸다. 아버지의 경시청 공용 차도 크라운이다. 국산 차를 육성하기 위해서라는 모양이다.

방송에서는 전국의 마이카가 백만 대에 이르렀다는 뉴스가 흘러나왔다. 유라쿠초 근처에서 아침저녁으로 정체 현상도 빚어졌다. '모터라이제이션(motorization)'이라는 게 일본에도 찾아온 것이다.

도로 확장으로 부지가 살짝 깎여나간 아오야마궁을 왼편으로 바라보며 아카사카미쓰케로 달렸다. 이 풍경도 다다시가 좋아하는 것이다. 미야케자카를 향해 입체 교차로가 완성되고 그 위에는 수도고속도로 4호선이 은하수처럼 유유히 걸터앉았다. 각각의 도로가 커브를 그리고 있는 것이 말할 수 없이 아름다웠다. 황궁 해자 곁에는 개업을 앞둔 호텔 뉴오타니가 우뚝 솟아 있었다. 현재로서는 일본 최고의 고층 빌딩이다. 최상층의 원반 같은 부분은 레스토랑이고, 빙빙 회전을 한다는 모양이다. 영락없이 미래도시라는 생각이 들었다. 콘크리트는 무엇이든 가능하게 해준다.

"아, 갈증 나." 미도리가 말했다.

"조금만 더 가면 되니까 잠깐 기다려. 풀 사이드 바에서 크림소다든 코카콜라든 다 마시게 해줄게." 다다시가 슬슬 비위를 맞춰주었다.

육교에 올라서자 지금 가려는 아카사카 프린스 호텔의 수영장이 차 안에서도 보였다. 사람이 잔뜩 몰린 가운데 하와이안 음악이 흘러나오고 있었다.

"너무 북적거리는 거 아니야?"

"오늘이 토요일에 반공일(半空日)이고 학생들 여름방학도 슬슬 끝나가니까 좀 붐비기는 할 거야."

"애들이 시끄럽게 하면 난 안 들어갈래."

"괜찮아. 유원지 풀도 아니잖아. 게다가 보이한테 데크체어 준비해놓으라고 했어."

다다시가 살살 달래가며 차를 몰았다. 옆에서 중년 신사가 운전하는 벤츠가 달려갔지만, 전혀 꿀리지 않았다. 이쪽은 자동차도 운전자도 조수석의 여자도 모두 젊다. 지금 도쿄에 어울리는 건 새로운 것, 그건 다시 말해 우리다.

눈앞에 수도고속도로를 마주한 호텔 풀에서 미도리는 단연 주목받는 존재였다. 보이의 안내를 받으며 하얀 비키니를 입고 걸음을 옮기자 주욱 늘어선 손님들의 시선이 도미노 쓰러지듯 차례차례 따라왔다. 빼빼 마른 백인 어린애가 휘파람을 불었다가 제 어머니에게 혼이 나고 있었다. 그 옆을 나란히 걸어가며 다다시는 자신까지 지위가 부쩍 올라간 것만 같았다.

"물이 있는 곳은 있구나." 미도리가 데크체어에 벌렁 누워 기지개를 켜며 말했다.

"진구(神宮) 수영장은 벌써 문 닫았어. 아마 호텔 수영장들만 영업할 거야. 여기는 외국인 손님이 많거든. 이것도 올림픽 준비인 모양이지?" 다다시는 양담배를 피워가며 대답했다.

올여름, 도쿄는 미증유의 물 부족에 휘말렸다. 7월부터 급수제한이 시작되고 8월에 접어들면서 도내 17개 구에서 한낮 일곱 시간의 단수가 실시되었다. 게다가 올림픽을 위한 무리한 공사로 도쿄 시내는 항상 먼지가 자욱해서 언제부턴가 신문에서는 '도쿄 사막'이라는 말이 자주 등장했다. 국수를 헹굴 물이 없어서 메밀국숫집이 휴업을 할 정도인 것이다.

보이를 불러 음료수를 주문했다. 가져온 콜라로 목을 축이고 있으려니 낯익은 예능 프로덕션 사장이 말을 건네왔다.

"여어, 다다시, 팔자가 아주 좋으시네." 빰의 흉터를 뒤틀며 놀리는 어조로 말했다. 겉모습은 완전히 야쿠자다.

"수고 많으십니다." 다다시는 자리에서 일어나 인사를 했다. 사장이 친절하게 나오는 건 다다시가 방송국 직원이고 아버지는 경찰 간부이기 때문이다.

"미도리, 그 수영복 차림, 정말 귀엽다. 이다음에 비밀로 '코파카바나' 쇼에라도 나가볼래?"

사장이 선글라스를 이마에 얹으며 히죽거리고 있었다.

"어머, 안 돼요, 사장님. 혹시 들키면 가게에서 잘린다고요."

"그러면 내가 뒤를 봐주면 되지."

"안 된다니까. 난요, 텔레비전 스타가 될 거예요."

미도리가 자신만만하게 말했다. 도쿄 변두리의 가난한 지역 출신 아가씨가 이제는 세상 누구도 겁내지 않는 귀부인이 된 것처럼 군다. 뉴라틴쿼터에서 재벌이며 유명인만 상대하는 탓이다.

"그나저나 다다시, 개회식 입장권 몇 장 구해줄 수 없어? 달라는 사람이 하도 많아서 말이야. 어떻게든 구해주면 내 체면이 서겠는데."

사장이 말했다. 1964년 10월 10일, 국립 경기장에서 거행되는 올림픽 개회식은 다다시의 아버지가 경비본부의 최고 책임을 맡게 되었다. 즉 올림픽 경비의 실질적인 책임자다. 그것이 다다시 주위에도 죄다 알려지는 바람에 마침 든든한 배경을 만난 것처럼 다들 기대를 품었다.

"이런, 미안해서 어쩌나. 요즘 다른 분들께도 양해를 구하는 중인데, 그게요, 내가 나서도 안 돼요. 우리 식구들도 표 구경을 못 했다니까요."

다다시는 깊이 머리를 숙이며 말했다. 여기서 누구 한 사람을 봐줬다가는 너도나도 표를 구해달라고 아우성을 칠 터였다.

"에잉, 사쿠라다몬 경시청 높은 분이 참 쩨쩨하게 구시네."

"누가 아니랍니까. 게다가 우리 아버지, 로비 같은 거 절대로 안 먹히는 고집불통이거든요." 양 눈썹을 축 늘어뜨려 보였다.

"그럼 중앙 텔레비전 쪽은 어때?"

"나 같은 신입 사원한테 차례가 돌아오겠어요?"

"흥, 별수 없네. 암표상을 알아봐야 하나." 사장은 떨떠름한 얼굴로 가슴팍의 털을 긁적이고 있었다.

개회식과 폐회식 입장권은 1월 중에 응모 엽서 추첨이 이미 끝났다. 암표상 업자 사이에서 가격이 열 배까지 훌쩍 뛰었다는 소문이다.

"그건 그렇고, 오늘 밤에 둘이서 불꽃놀이 구경하려고?" 사장이 물었다.

"예, 구경해야죠." 다다시가 고개를 끄덕였다.

"난 가게 쉴 거예요. 텔레비전 방송국에 일 있다고 거짓말했어요." 미도리가 장난스럽게 혀를 쏙 내밀었다.

"어차피 다른 호스티스들도 다들 불꽃놀이 보러 기어 나올걸? 그러다가 매니저나 덜컥 만나라지."

사장이 흥흥 웃으며 발걸음을 돌렸다. 그가 가서 앉은 곳에는 요란하게 화장한 젊은 여자가 있었다.

오늘 밤 진구가이엔(神宮外苑)에서 불꽃놀이 대회가 열릴 예정이다. 일반인에게는 알려져 있지 않지만 올림픽 경비의 리허설을 겸한 행사인 모양이었다. 아버지가 경비를 총괄하신단다, 라고 다다시는 어머니에게서 슬쩍 들었다.

"자기, 개회식 입장권 정말로 못 구해?" 미도리가 물었다.

"음, 안 돼." 다다시가 어깨를 으쓱 쳐들었다. "우리 아버지가 진짜 바보같이 결백한 성품이거든."

"아이, 재미없어."

"여기저기서 별별 사람들이 다 졸라댄다니까. 요즘 계속 저기압이야. 며칠 전에는 돌아가신 우리 할아버지가 한때 데리고 있던 정치가가 느닷없이 표 열 장만 구해달라고 부탁했던 모양이야. 막무가내 시골뜨기 의원이라고 욕하면서 엄청 화냈어."

"그야 이 나라 사람이면 누구라도 보고 싶지. 평생 단 한 번의 기회인데."

"그렇긴 해. 나도 보고 싶다." 다다시는 햇볕을 맞받으며 크게 기지개를 켰다.

올해 들어 세상은 온통 올림픽 얘기였다. 전쟁으로 폐허가 된 일본이 가까스로 세계의 인정을 받고 일등 국가로 진입하려는 것이다. 자신처럼 세상일에 무심한 젊은이도 나라가 자랑스럽고 가슴이 뛰는 것을 억누를 수 없다.

올해 스물네 살인 다다시에게는 전쟁이 끝났던 때의 기억이 희미하게 남아 있다. 피난차 내려간 구게누마에서 친척 아저씨가 입술을 깨물며 항복 방송을 듣던 광경이 기억났다. 바깥에서는 미친 듯이 매미가 울어대고 그 밖의 소리는 하나도 없는 것 같았다. 어머니와 할머니는 부엌에서 손을 맞잡으며 기뻐하고 있었다. "이제 마사루와 다다시는 군대 안 보내도 되겠다"라고 가슴을 쓸어내리며 어린 형제를 끌어안았던 것이다.

도쿄에 돌아오자, 센다가야 일대에서는 미군 병사의 모습을 보는 게 거의 일상적인 일이 되었다. 그때까지 요요기 연병장으로 쓰이던 벌판에 미군 장교 가족을 위한 주택이 들어섰기 때문이다. 며칠 만에 철망을 둘러치고 금세 융단을 펼쳐놓은 듯 잔디가 깔렸다. 하얀 집에 빨간 지붕이라는 게 놀라웠다. 다다시는 어린 마음에도 미국의 풍요로움에 압도되었다. 형이 철조망에 손을 얹은 채 "애초에 이길 수 없는 싸움이었어"라고 어른스러운 말을 했던 것도 기억난다.

그로부터 19년, 수도 도쿄는 완벽하게 다시 태어났다. 케케묵은 노면 전차는 사라지고 지하 깊숙이 지하철이 개통되었다. 밤의 긴자와 아카사카 거리는 네온사인 불빛이 울긋불긋 화려하고, 도쿄타워는 파리 에펠탑보다 높다. 인구는 세계 처음으로 1000만 명을 돌파했다. 도쿄는 세계의 으뜸가는 대도시가 된 것이다.

"어젯밤에 우리 가게에 이시하라 형제가 왔었어." 미도리가 뒷담화를 시작했다. "술자리에 나를 불러줄 거라고 잔뜩 기대했는데 아무 소리도 없더라."

"그래?" 억지 대답을 하고 데크체어에서 눈을 감았다.

"이시하라 신타로 씨, 진짜 멋있었어. 펭귄 마크 폴로셔츠를 입고 있던데……."

"아, 먼싱웨어?"

"이시하라 유지로는 알로하셔츠. 개구쟁이 어른 같은 느낌이야."

"흥."

풀장 스피커에서는 비틀스의 '플리즈 플리즈 미(Please please me)'가 흐르고 있었다. 영미에서 인기를 끌고 있는 신인 밴드다. 파라솔 그늘 아래에서 그 노래를 들으며 다다시는 끄덕끄덕 졸음의 요람에 흔들렸다. 극락이 따로 없구나, 하고 노인네 같은 생각을 했다. 이제부터 아주 좋은 일만 생길 것 같은 기분이다. 나는 스물네 살이고, 전후 일본은 아직 스무 살도 안 되었다. 주위의 모든 것이 청춘인 것이다.

해 저물 무렵, 다다시는 미도리를 데리고 진구가이엔으로 차를 달렸다. 불꽃대회는 오후 7시부터지만 아오야마 대로는 벌써부터 사람들로 북적거렸다. 정면 가로수 길로 들어서려는데 경찰이 불러 세웠다. '통행금지'라는 입간판이 서 있고 그 너머로는 쇠파이프 울타리가 설치되어 있었다.

다다시는 혀를 끌끌 찼다. 회화관 앞 로터리 갓길에서 스포츠카 지붕을 열어놓고 주위에서 쏟아지는 선망의 시선을 받으며 불꽃놀이를 구경하려고 했는데.

"이봐요, 순경 아저씨, 내가 경시청 스가 슈지로 씨의 아들이에요." 차 문에 팔꿈치를 얹고 말했더니 "통행증은 없어? 그럼 안 돼"라면서 아예 상대도 해주지 않았다.

"쳇, 졸병이라서 아버지 이름도 안 통하네."

어쩔 수 없이 차를 뒤로 빼서 도쿄 볼링센터 앞길로 돌아갔다. 하지만 거기는 노점이 길가를 점거하고 있어서 차를 세우고 자시고 할 상황이 아니었다. 게다가 차도까지 사람들이 몰려나와 그야말로 절의 잿날 같은 꼴이었다.

"거기, 차 세우면 안 돼!" 교통정리를 하던 경찰이 호루라기를 불어 댔다.

"참 나, 노점은 괜찮고 나는 안 돼요? 올림픽 때문에 노점상은 죄다 도쿄에서 쫓아낸다고 주간지에 나왔던데." 다다시는 나이 지긋한 경찰에게 불평을 늘어놓았다.

"시끄러워, 빨리 차나 빼!" 여자를 달고 스포츠카 몰고 다니는 젊은 녀석이 마음에 안 들었는지 경찰이 험상궂은 표정으로 형광봉을 휘둘렀다.

"칫, 말단 주제에." 다다시는 입안에서 욕을 퍼붓고 클랙슨을 울리며 보행자를 걷어차듯이 차를 몰았다.

대체 얼마나 많은 사람들이 나온 건지, 군중의 물결이 끊일 새 없이 이어졌다. 일본 청년관 앞까지 갔더니 이번에는 센다가야 역 쪽에서 구경꾼이 밀려들어 인도는 러시아워 때의 야마노테선처럼 혼잡했다. 위에서 삼엄한 명령이 떨어졌는지 경찰들은 시민에게 일절 만만한 얼굴을 보이지 않았다. 길가에 쪼그리고 앉은 어린애며 노인에게까지 빨리 가라고 재촉하면서 중간에 멈추는 것을 허락하지 않았다. 올림픽 경비 리허설이라는 말이 아무래도 정말인 모양이다.

가이엔 일대에는 도저히 차를 세울 수 없을 것 같아서 다다시는 일단 집에 들르기로 했다. 소중한 새 차를 길가에 세워두기도 불안했다. 게다가 집에서 가이엔은 바로 코앞이다. 할머니와 어머니는 집 2층에서 불꽃놀이를 구경한다고 했다.

골목길로 차를 몰아 하치만 신사 쪽으로 달렸다. 길 한 칸만 건너가도 저택이 즐비한 센다가야의 동네는 방울벌레 울음소리가 들릴 만큼 고요하다. 이 동네는 처음 와본다는 미도리가 주위 저택들을 올려다보며 한숨을 내쉬었다. "자기, 정말 부잣집 아들이구나." 다다시를 다시 봤다는 시선과 비아냥거리는 시선이 반반씩 섞인 어조였다.

그때, 길 앞쪽에서 한 남자가 걸어왔다. 하얀 반소매 셔츠와 검은 바지, 대학생인 듯한 차림새였다. 하이킹용 륙색을 등에 메고 있었다. 성큼성큼 빠른 걸음으로 언덕길을 내려왔다. 마주 지나칠 때 무심코 눈길을 던졌는데, 아는 얼굴이었다.

"어이, 시마자키!" 다다시는 저도 모르게 급히 차를 세우고 그를 불렀다. 남자가 펄쩍 뛰듯이 그 자리에 멈춰 섰다.

"시마자키 맞지? 도쿄대 고마바 캠퍼스에서 같은 반이었어. 나야, 스가 다다시. 언젠가 네가 미팅 티켓도 사줬잖냐."

남자는 고개를 돌려 다다시를 찬찬히 바라보더니 "아, 재즈 하던 스가구나?"라고 건조한 목소리를 냈다. 틀림없었다. 눈앞에 있는 사람은 도쿄대에서 같은 학년이던 시마자키 구니오였다.

"우연이네. 이런 데서 뭐 하냐?" 다다시가 물었다. 시마자키는 조수석의 미도리를 흘끔 쳐다본 뒤에 "지금 불꽃놀이 구경 가는 중이야. 요요기 역에서 내렸더니 잠깐 길을 잃었다"라고 대답하고는 이마에 걸친 앞머리를 쓸어 올렸다.

"그래, 불꽃놀이 구경 왔구나. 그나저나 요즘 어떻게 지내냐?"

"아, 나는 대학원. 하마노 교수 연구실에 있어."

"하마노 교수 연구실? 아마 마르크스 전공하시는 분이었지? 야아, 나는 전혀 몰랐네. 대학을 졸업하고는 그걸로 끝, 신세 진 교수님께 인사 한번 간 적이 없어."

"뭐, 다들 그렇지." 시마자키가 쓴웃음을 지었다. "너는 중앙 텔레비전에 취직했지? 졸업 파티 때, 이제부터는 텔레비전의 시대라고 말했던 게 생각나는데."

"놀리지 마라. 너무 채신머리없이 까부는 데라고 아무래도 집에서 쫓겨날 거 같아." 장난스럽게 어깨를 으쓱 쳐들었다.

"번듯한 일자리잖아. 정말 앞으로는 신문보다 텔레비전의 시대지."

시마자키는 조용히 웃었다. 저녁 어스름 때문인지 이전과는 분위기가 크게 달라 보였다. 원래는 가늘고 하얀 얼굴이어서 가부키 배우 같은 풍모였는데, 오랜만에 본 그의 얼굴과 팔뚝은 햇볕에 까맣게 그을려 있었다. 하긴 대학 때 그리 친하게 지내던 사이는 아니었으니 곱상한 남자라는 이미지는 그저 다다시의 선입견인지도 모른다. 다만 잘생긴 얼굴 생김새는 변함이 없었다. 시마자키는 눈에 두드러지는 성품은 아니지만 몇몇 여학생들에게서 뜨거운 시선을 받던 녀석이다.

등 뒤에서 펑, 하는 굉음이 울렸다. 불꽃대회가 시작된 것이다. 하늘을 올려다보니 거대한 빛의 동그라미가 떠오르고 있었다.

"아차, 이럴 때가 아니지. 서둘러야겠네." 다다시는 차의 기어를 넣었다. "시마자키, 언제 시간 나면 방송국에 놀러 와라."

"응, 그래." 시마자키는 슬쩍 손을 쳐들더니 머리칼을 휘익 날리며 돌아섰다. 등을 꼿꼿이 세우고 큰 걸음으로 언덕길을 내려갔다.

"어머, 저 사람 누구야?" 미도리가 다다시의 어깨를 흔들며 말했다.

"시마자키 구니오라고 대학 때 동기야."

"우아, 너무 잘생겼어. 다음에 소개해줘." 미도리의 눈동자가 촉촉하게 반짝거렸다. 다다시에게는 한 번도 보여준 적이 없는 얼굴이다.

"저런 녀석을 왜? 철학이니 뭐니 하는 괴짜야. 도호쿠 출신의 음침한 놈이라고."

다다시는 말을 하면서 서서히 생각났다. 분명 시마자키는 괴짜였다. 도서관에 틀어박혀 책만 게걸스럽게 읽어대고 학교에서 항상 혼자였다.

"그런 나이브한 분위기가 좋은 거지. 젊은 시절의 기무라 이사오(木村功) 같잖아. 내가 영화감독이라면 당장 스카우트할 텐데."

"칫, 나이브라는 말은 어디서 배웠어? 그리고 영화는 시대에 뒤떨어졌다며?"

다다시는 입을 툭 내밀었다. 이러니 여자를 타산적이라고 하는 거다. 조금 잘생긴 남자만 보면 금세 태도가 달라진다. 신경질이 나서 발로 걷어차듯이 액셀을 밟았다.

집에 도착해 큰 대문을 지나 정원에 차를 세웠다. "우아, 진짜 굉장한 저택이네!" 미도리의 눈이 휘둥그레졌다. 부지 안에 테니스 코트가 있다는 게 믿어지지 않는 모양이다. 정원을 건너가려는데 위에서 소리가 내려왔다.

"다다시, 손님 오셨니?"

올려다보니 2층 창에 유카타 차림의 어머니와 할머니가 앉아 있었다. 전깃줄의 참새처럼 누나와 조카들까지 나란히 난간에 앉았다.

"친구도 왔구나. 괜찮으면 2층에서 함께 구경할까? 초밥 배달 올 건데." 어머니가 환한 목소리로 청했다.

"됐어요. 회화관 옆에서 구경하기로 했어."

"저런저런, 자가용 탄다고 잠방이 같은 걸 입고 다니네." 할머니가 느긋한 어조로 말했다.

"이건 버뮤다팬츠라는 거예요."

"어라, 요즘 젊은 사람들은……."

상대하기가 귀찮아서, 공손히 인사를 하는 미도리를 끌고 얼른 밖으로 나왔다. 여기서 붙잡혔다가는 미도리에 대해 시시콜콜 캐물을 터였다. 가난한 동네 출신의 아가씨에게는 여간 불편한 자리가 아닐 것이고, 어머니나 할머니도 신인 여배우인 줄 알면 색안경을 끼고 볼 게 틀림없었다. 스가 집안에서 인정하는 아들의 결혼 상대는 가문이 첫째 조건인 것이다.

둘이서 불꽃대회장으로 걸음을 서둘렀다. 그동안에도 불꽃은 차례차례 하늘로 쏘아 올려졌다. 도쿄의 밤하늘에 아름다운 빛의 꽃이 피어났다. 도심 바로 위라서 엄청나게 박력이 있었다. 노인들은 공습 때를 떠올리지나 않을지, 괜한 걱정까지 들었다.

"난 그냥 자기 집에서 구경하는 것도 괜찮은데."

가는 길에 미도리가 나지막한 목소리로 말했다. 왠지 토라진 기색이었다.

"밥은 내가 사줄게. 끝나면 시부야로 가자고. 시부야 초밥, 좋잖아."

"그런 얘기가 아냐."

"그럼 왜?"

"자기, 나를 집안사람들에게 소개하기 싫지?" 미도리가 뻔히 다 안다는 듯 눈을 가늘게 뜨며 말했다.

"어허, 그런 거 아냐." 속내를 딱 짚어내는지라 다다시는 다급하게 도리질을 쳤다.

"하긴 호스티스를 집에 데려가면 유서 깊은 스가 집안에서는 한바탕 난리가 나시겠지."

"그런 거 아니라니까. 어른들하고 함께 있으면 네가 불편할까 봐 그랬지. 괜히 웬 앙탈이실까." 걸음을 옮기면서 몸짓을 섞어가며 변명했다.

"그래, 난 어차피 가난한 동네 출신이야. 스미다강 너머 굴뚝만 잔뜩 있는 변두리에서 자랐어."

미도리가 입을 뾰로통하게 내밀고 앞으로 척척 걸어가버렸다.

"아, 잠깐."

"내가 꼭 스타가 되어서 복수할 거야. 반드시 풀 딸린 저택에서 살 거란 말이야." 고개를 홱 돌리고 앞만 바라보며 말했다.

"그렇게 세상을 삐뚜름하게 보면 쓰나. 게다가 우리 집, 올해로 끝장이야."

"무슨 말이야?"

"작년에 할아버지가 돌아가셨거든. 근데 상속세를 낼 형편이 못 돼. 그래서 토지를 반절 딱 잘라서 현물로 납부할 거야. 가을이면 테니스 코트가 없어질 거고, 슬슬 일꾼들도 내보내야 할 형편이야. 스가 가문은 하루하루 몰락하는 중이지."

"저런, 그렇구나."

"그렇다니까. 센다가야 저택가도 앞으로 몇 년이면 모조리 아파트야."

미도리가 문득 멈춰 섰다. "민주주의라는 거, 정말 좋다." 새침한 얼굴로 미소를 짓는다.

"쳇." 다다시는 코에 주름을 잡았다.

종전 후, 스가 집안은 구게누마 별장과 고텐야마 별택을 잃었다. 재산은 반으로 줄었고, 이제 아버지 월급으로는 어떻게도 해볼 수 없는 상황에 빠져 있었다. 미군 총사령부가 실시한 재벌해체와 농지개혁의 여파로 일본에서는 부호가 사라져가고 있었다. 어쩔 수 없는 일이라고 다다시는 생각했다. 지주라는 이유만으로 풍족한 삶을 약속받아서야 국가의 발전은 없다.

일본 청년관까지 돌아와 근처 공원 노점에서 사이다와 핫도그를 샀다. 기껏해야 어육 소시지인데 50엔이나 받는다. 그 자리에서 베어 먹으며 불꽃을 구경했다. 앞쪽으로 사람이 너무 많아 더 이상 나갈 마음이 나지 않았던 것이다. 공원에는 돗자리를 깔고 앉은 가족들이 많았다.

"난 너무 좋아, 이런 거." 미도리가 불쑥 말했다. "벌써 올림픽 기분이 들어."

"응, 그래." 다다시는 미도리의 옆얼굴에 푹 빠져 있었다. 파랗고 빨간 빛을 받아 정말로 아름다웠던 것이다. 팡, 팡. 진구의 밤하늘에 불꽃 터지는 소리가 울려 퍼졌다.

그때 뒤쪽에서 날카로운 소리가 들려왔다. 불꽃을 쏘아 올리는 두툼한 저음에 금세 지워지기는 했지만 분명 타이어가 펑크 나는 듯한 파열음이었다.

무슨 일인가 하고 뒤를 돌아보았다. 언덕길 위 하치만 신사 방향에서 하얀 연기가 피어오르고 있었다.

순간, 상황을 쉽게 받아들일 수가 없었다. 대체 뭐야? 다다시는 다시 찬찬히 바라보았다. 주변보다 머리 하나쯤 삐죽 튀어나온 전나무를 보고 그곳이 어디인지 깨달았다. 우리 집 정원 전나무잖아? 연기가 나는 건 바로 우리 집이다!

이어서 붉은 불길이 치솟았다. 불티가 춤을 추며 밤하늘에 피어오른다. 들고 있던 사이다를 툭 떨구었다.

"어엇!" 다다시는 소리를 지르고 있었다.

"자기, 왜 그래?" 미도리가 물었다.

"우리 집에 불났어!"

"뭐야? 말도 안 돼."

"정말이라니까." 저도 모르게 목소리가 갈라졌다.

다다시는 멀거니 서 있었다. 눈앞의 광경을 믿을 수가 없었다.

연기는 곧바로 검은색이 되어 뭉클뭉클 하늘로 치솟았다. 이따금 불꽃이 터지는 그 광경은 높은 주택가에서도 가장 꼭대기 집이었기 때문에 마치 화산이 분화한 것 같았다.

순간, 등허리가 얼어붙었다. 다리가 후들거렸다. 큰일이다. 우리 집이 타고 있어. 어머니, 할머니, 누나— 내 차도—

"불이 났다, 불났어." 구경꾼 몇몇이 알아보고 웅성거리기 시작했다.

다다시는 급하게 달음박질을 쳤다. 인파를 헤집고 집을 향해 달렸다.

심장이 뛰고 목이 바짝 탔다. 이건 말도 안 돼. 이거, 거짓말이지?

멀리서 사이렌 소리가 울렸다. 화재 감시 망루의 종이 땡땡땡땡 울렸다. 등 뒤에서는 불꽃이 차례차례 쏘아 올려지고 있었다.

2

8월 29일 토요일

벽에 걸린 세이코(SEIKO)의 새 전지식 시계를 흘끗 바라보니 앞으로 5분이면 정오가 된다는 것을 긴바늘이 알리고 있었다. 활짝 열린 창문 밖에는 추적추적 비가 내렸다. 태양이 숨어준 덕분에 어제까지 풀가동하던 사무실 선풍기도 오늘은 쉬고 있다. 덕분에 서류가 날리지 않아서 좋다. 도쿄의 물 부족 사태도 이걸로 조금쯤 해소되지 않을까. 고바야시 요시코는 살그머니 장부를 덮어 서류꽂이에 끼우고 주판은 케이스에 챙겨 넣었다. 책상 맨 아래 서랍을 열고 올여름에 마루이 백화점에서 할부로 구입한 핸드백을 꺼내 그 안의 지갑을 확인했다. 월급 받고 맞이하는 첫 번째 토요일이라 오늘은 점심시간에 친구하고 긴자에서 쇼핑을 할 예정이다.

"고바야시. 벌써 퇴근 준비야? 아직 12시도 안 됐어."

대각선으로 옆쪽에서 과장의 목소리가 날아왔다. 거북이처럼 목을 움츠리자 과장은 웃으면서 "왜, 보이프렌드하고 데이트라도 하기로 했나?"라고 놀렸다.

"어머, 아니에요. 여자 친구랑 긴자에서 쇼핑하기로 했어요." 요시코는 얼굴을 붉히며 손사래를 쳤다.

"좋겠네, 아가씨들이 긴자 거리를 휘젓겠군. 미유키 거리에서 헌팅당하지 않도록 조심해." 느물느물 웃고 있다.

사십대 중반의 과장은 직장에서 가장 나이 어린 요시코가 귀여운지, 항상 짓궂은 농담을 건네곤 했다. 게다가 어린애 취급까지 했다. 심부름을 하면 "자, 심부름값이야"라면서 사탕을 쥐여주는 것이다.

"쇼핑이라니, 옷 사려고?"

"아니에요. 야마노 악기점에서 레코드 살 거예요."

"호오, 레코드. 미나미 하루오의 '도쿄 올림픽 노래' 같은 거, 좋지. 올림픽의 얼굴과 얼굴, 어여차, 두둥둥, 두둥둥……" 박자를 넣어 노래까지 하고 있다.

"과장님, 요즘 젊은 사람들은 그런 거 안 불러요." 옆에서 다른 남자 사원이 말을 끼웠다. "요시코가 좋아하는 건 비틀스라는 로커빌리죠."

"로커빌리가 뭐래?"

요시코는 말없이 쓴웃음을 지었다. 설명하기 귀찮아서 굳이 부정은 하지 않았다. 로커빌리라니, 시대에 뒤떨어져도 한참 뒤떨어진 말이다. 비틀스는 새로운 팝 음악이다.

올 여름에 쓰키지의 쇼치쿠 센트럴에서 상영된 〈비틀스가 온다, 야 야야〉(원제는 A Hard Day's Night이다)를 친구와 함께 보러 갔다가 온몸에 전기가 내달리는 듯한 충격을 받았다. 전주로 나온 일렉트릭 기타의 첫 음절에서부터 녹아웃당했다. 진심으로 뭔가에 마비된 건 처음 느껴본 경험이었다. 월급이 나오면 꼭 레코드를 사기로 결심했다.

공장 사이렌이 울렸다. 이걸로 토요일 업무는 종료다. "어이, 누가 나하고 점심 먹으러 안 갈래?" 과장이 의자가 삐걱거리게 기지개를 켜며 부하 직원들에게 사정하고 있었다. 요시코는 핸드백을 들고 자리에서 일어났다. 문 옆의 타임카드를 찍고 "먼저 실례하겠습니다"라고 머리를 숙이고 사무실을 나섰다. 거울도 없는 여자 탈의실에서 사무복에서 사복으로 갈아입었다. 꽃무늬 스커트에 하얀 반소매 블라우스가 오늘의 패션이다. 콤팩트를 들여다보며 립스틱을 다시 발랐다. 코가 조금만 더 높으면 좋을 텐데, 라고 항상 생각한다. 얼굴도 너무 동글동글하다. 하지만 큼직한 눈과 쌍꺼풀은 어렸을 때부터 마음에 들었다.

계단을 내려가 사무동을 나서자 옆 공장에서 일을 마친 작업복 차림의 종업원들이 차례차례 쏟아져 나왔다. 땀에 젖은 남자들이 노골적으로 요시코에게 호기심 어린 시선을 던져왔다. 눈이 마주치지 않도록 인사를 던지고 우산으로 얼굴을 가리며 문을 향해 걸음을 서둘렀다.

지난주에 막 열아홉 살이 된 요시코가 다니는 회사는 사원 200여

명의 제면(製麵) 공장이다. 상업고교에서 부기를 배운 요시코는 이 공장에 사무원으로 채용되었다. 제1지망은 마루노우치의 은행이나 종합상사의 비즈니스 걸이었지만, 일류 회사의 여사원은 모두 연줄로 뽑는다는 말을 듣고 일찌감치 포기했다. 요시코의 집은 혼고의 헌책방이었다. 고집스러운 아버지는 책벌레, 착한 엄마는 평범한 주부, 두 살 아래의 키만 덜렁 큰 남동생은 와세다 실업고교에서 야구에 미쳐 있다. 고바야시가(家)는 상류의 삶과는 전혀 인연이 없었다.

집에서 다니기 편하다는 이유로 간다 가지초에 있는 '간다 제면 회사'에 취직했다. 면접만 보고 간단히 들어올 수 있었다. 사장은 앞으로는 라면과 야키소바의 시대라고 말했지만, 그런가 보다 했을 뿐 딱히 별다른 느낌도 없었다. 여사원은 모두 합해 다섯 명, 요시코는 그중 가장 나이가 어렸다. 월급은 1만 2000엔으로, 다른 친구와 비교해도 그리 나쁘지는 않았다. 그중 3000엔은 다달이 집에 주고 3000엔은 적금을 넣었다. 앞으로의 꿈은 행복한 결혼. 또 한 가지 소원을 들어준다면 프루츠 과자와 양과자 가게를 하고 싶다.

이마가와바시에서 차비 15엔을 내고 도 전차로 갈아타 긴자로 향했다. 올림픽 개회식 날에 맞추기 위한 도로공사가 본격적인 단계에 접어들어 곳곳에서 땅이 파헤쳐졌다. 뉴스에서는 지하철 히비야선이 오늘 개통된다고 한다. 도쿄는 눈이 핑핑 돌 만큼 빠르게 변모하고 있었다. 아마 항상 익숙하게 타던 이 전차도 앞으로 몇 년이면 없어질 것이다. 아버지는 쓰키지강까지 메워버리는 건 너무하다고 분개했지만, 요시코는 새로운 도쿄 건설에 찬성이었다. 냄새나는 강은 뚜껑을 덮어버리고 울퉁불퉁한 길은 깨끗이 포장하고 전쟁의 불길을 면한 낡은 건물은 엘리베이터 딸린 높은 빌딩으로 다시 태어난다. 새로운 것을 싫어하는 건 노인네들의 괜한 투정이다.

미쓰코시를 지나 니혼바시 다리로 접어들었다. 예전과는 달리 요즘은 '아래로 지나가는' 느낌이 든다. 다리 위에 수도고속도로가 걸터앉아 있기 때문이다. 며칠 전, 요시코는 처음으로 수도고속도로를 달려보았다. 집에 아직 자가용 차는 없지만 삼촌이 스바루 360이라는 차가 있어서 사촌 형제와 남동생과 함께 태워줬던 것이다. 짧은 구간이지만 지하에도 들어가고 궁 주위의 해자도 건너가는 고속도로 드라이브는 마치 꿈을 꾸는 듯한 기분이었다. 우리 나라 사람들은 정말 대단하다고 자랑스러운 마음이 들었다. 아버지도 내심 되살아난 수도 도쿄를 뿌듯하게 생각할 것이다.

요시코는 종전되던 해 8월 20일에 태어났다. 처음 취직했을 때는 직장 아저씨들이 "벌써 전후 세대가 밀려오나?"라고 한숨들을 내쉬었다. 어쩐지 자신은 축복을 받았다는 마음이 들었다. 이제부터는 우리 시대라는 확신이 들었던 것이다.

교바시를 지나자 사람들의 왕래가 단숨에 불어났다. 비는 가랑비가 되어 울긋불긋한 우산 꽃이 인도에 피어났다. 모두들 자신만의 패션을 즐기고 있었다. 버뮤다 반바지 차림의 젊은 남자가 유난히 눈에 띄는 게 재미있었다. 여자들은 롱스커트에 납작한 구두가 대세다.

긴자 욘초메에서 전차를 내렸다. 신호가 파란불이어서 우산도 쓰지 않고 긴자 미쓰코시 백화점 앞까지 달렸다. 라이온 동상 앞에 고등학교 때 같은 반 친구인 게이코가 서 있는 게 보였기 때문이다.

"많이 기다렸니?" 요시코가 숨을 헉헉거리며 말을 건넸다.

"아냐, 지금 막 왔어." 게이코가 말끝을 늘이며 대답했다. 서로 손을 맞잡았다. 게이코와는 거의 매주 만난다. 비틀스 영화를 보러 간 것도 게이코와 함께였다.

"아, 배고파. 뭐 먹을까?"

"나야 뭐든 좋지."

"후지야? 아니면 시세이도 파라?"

"어머, 거긴 너무 비싸."

"그럼 여기 식당에서 카레 먹자." 요시코가 미쓰코시 빌딩을 턱끝으로 가리켰다.

"좋아."

뛰는 걸음으로 안으로 들어갔다. 백화점 식당가는 어렸을 때부터 익숙한 곳이다.

엘리베이터로 꼭대기 층에 올라가 카레라이스 식권을 사 들고 탁자에 앉았다. "얘, 요즘 어떻게 지냈어?" 경쟁하듯이 서로의 근황을 물었다. 게이코네 집은 요쓰야의 다이쿄초였다. 샐러리맨 집안이라 집에 전화가 없었다. 그래서 일주일 동안 밀린 이야기는 해도 해도 끝이 없다.

"있지, 지난번에 서류 심부름으로 호텔 뉴재팬에 갔었거든? 그랬더니 로비에 쌍둥이 자매 가수 '더 피너츠'가 있는 거야." 게이코가 몸을 앞으로 내밀며 말했다.

"어머, 진짜? 우아, 어떡해!"

"키가 어찌나 작은지, 깜짝 놀랐어. 영화 〈모스라〉에서 나왔을 때하고 똑같더라니까."

"어머, 하하하."

게이코는 아카사카의 작은 광고 회사에서 사무직으로 일했다. 사람을 마구 부려먹는다고 투덜대기는 하지만, 분위기가 화려한 곳인 것 같아서 요시코는 부럽기만 했다.

"게이코, 넌 좋겠다. 우리 회사는 심부름이라야 기껏 은행 아니면 도매점이야."

"그게 어때서? 게다가 너희 회사는 국수도 많이 주잖아."

"그딴 거, 하나도 안 반가워."

카레가 나와서 우스터소스를 뿌려 먹었다. 집에서 엄마가 해주는 것과는 달리 백화점 카레는 그리 노랗지 않아서 사실은 소스가 필요 없는지도 모르지만 게이코가 뿌리는지라 요시코도 따라 했다.

"그나저나 비틀스 레코드, 뭐 살 건지 결정했어?" 스푼으로 카레를 입에 떠 넣으며 요시코가 물었다.

"넌?"

"난 역시 '아이 원트 투 홀드 유어 핸드(I want to hold your hand)'로 할까 봐."

올봄에 처음으로 일본에서 발매된 비틀스의 도넛판이다.

"그럼 난 '쉬 러브스 유(She loves you)'로 할래. 서로 바꿔 들을 수 있잖아."

"응, 그래."

엘피판은 처음부터 후보에도 오르지 않았다. 1800엔이나 하기 때문에 요시코와 게이코로서는 선뜻 손을 내밀 수가 없었다.

"'야야야' 영화, 진짜 좋았어." 게이코가 한숨을 내쉬며 말했다.

"응, 또 한 번 보고 싶다." 요시코도 한숨을 내쉰다.

"오사카의 펜팔 친구에게 그 얘기 했더니 엄청 부러워하더라. 그쪽에는 아직 안 왔대."

"어머, 그래? 하긴 비틀스는 아직 아는 사람이 별로 없잖니."

우리 같은 비틀스 팬이 일본에서는 아직 소수파라는 건 주위의 몰이해를 통해 충분히 실감했다. '브라더스 포' 비슷한 그룹이냐는 말을 들으면 진짜로 맥이 탁 풀린다. 본국인 영국에서는 물론이고 미국에서도 엄청 인기가 있는데.

참고로 말하자면, 게이코는 폴의 팬이고 요시코는 존이다. 사실 요시코도 폴을 보자마자 한눈에 반해버렸지만, 먼저 선언한 게 게이코여서 양보하는 수밖에 없었다. 하지만 매일 밤마다 브로마이드를 들여다보는 사이에 존이 더 좋아졌다. 약간 불량스러운 면이 여자의 마음을 설레게 하는 것이다.

카레라이스를 먹은 뒤, 맞은편에 있는 야마노 악기점으로 갔다. 가게 안에는 가수 사카모토 큐의 '행복하다면 손뼉을 치자'가 흘러나오고 있었다. 어쩌면 저렇게도 느릿느릿 태평할까, 하고 요시코는 내심 경멸했다. 비틀스를 알고 나니 이제 일본 가요 따위는 메밀국수 간장처럼 궁상맞게 느껴진다. 해외 팝 코너로 들어가 비틀스의 레코드를 찾았다. 그랬더니 새로운 싱글이 나와 있는 게 아닌가. '비틀스가 온다, 야야야' 영화의 주제곡이었다.

"꺄아아악." 발견하자마자 게이코가 소리를 질렀다. 무슨 일인가 하고 주위의 손님들이 돌아보았다. "어머, 어떡해, 어떡해, 이거 영화에서 처음에 나왔던 곡이야."

"응, 진짜다. 영어로 '어 하드 데이즈 나이트(A Hard Day's Night)'라고 쓰여 있어."

요시코도 흥분하고 말았다. 네 명의 멤버가 무대에 오른 사진이 재킷에 실렸는데 이건 처음 보는 스냅사진이다. 둘이서 잡아먹을 듯이 들여다보았다. 그러자 순해 보이는 남자 점원이 다가왔다. "괜찮으시면 한번 걸어드릴까요?" 웃는 얼굴로 말했다.

"네, 부탁해요!" 요시코와 게이코는 나란히 머리를 숙였다. 잠시 천장 스피커에서 자자잔, 하는 일렉트릭 기타의 번뜩임이 울려 퍼졌다. "꺄아아, 꺄아악!" 요시코와 게이코는 교성을 지르며 그 자리에서 폴짝폴짝 뛰었다. 가게 안의 손님들이 쓴웃음을 지었다. 개중에는 불쾌한 듯 얼굴을 찌푸리는 중년 아저씨도 있었다.

"이거 갖고 싶다." 요시코가 달아오른 얼굴로 말했다.

"질러버려. '아이 원트 투 홀드 유어 핸드'까지 두 장." 게이코가 불을 질렀다.

"안 돼, 두 장이면 660엔이잖아. 네가 사. 난 마루이 백화점 할부도 있단 말이야."

"나는 없니? 물방울무늬 원피스. 그거 살 때 너도 함께 갔었잖니."

"그럼 너도 두 장 사."

"안 돼."

"나도 안 돼."

비틀스의 도넛판을 몇 번이나 이리저리 돌려보다가 결국 원래 예정했던 대로 한 장씩만 사기로 했다. 영화와는 달리 기한이 없으니까 다음 달 월급 타는 대로 사면 된다.

"아아, 돈 좀 많았으면 좋겠다. 100만 엔쯤."

가게를 나선 참에 게이코가 기지개를 켜며 말했다.

"100만 엔 있으면 뭐 할 건데?"

"스테레오 사고, 컬러텔레비전 사고……." 손을 꼽으며 헤아리고 있다. "그리고 비행기도 타볼래."

"외국에 가려고?"

"응. 가네타카 가오루처럼."

"멋지다."

요시코는 머릿속에서 그려보았다. 올해 4월부터 해외여행이 자유화되었다. 언젠가 나도 외국에 갈 날이 있을까.

욘초메 모퉁이에는 미국 수병들이 떼로 몰려나와 있었다. 화장이 요란한 여자들을 골라 말을 거는 모양이다. 요시코와 게이코는 행여 시선이 마주치지 않도록 조심조심 스키야바시 쪽으로 갔다. 쇼윈도를 보며 휘적휘적 걸었다. 비가 걷히자 길 가는 사람들이 불어났다. 요즘 유행하는 옷을 입은 젊은이들도 인도를 활보하기 시작했다.

니혼 극장 쪽에 접어들었을 때, 고가도로를 달려가는 신칸센이 눈에 뛰어들었다. 빌딩 뒤편에서 스르륵 나온 것이다. "신칸센이다!" "히카리호다!" 길거리가 아이들의 환성으로 시끌시끌해졌다. 모든 행인들이 발길을 멈추고 상아색 고속열차를 정신없이 바라보고 있었다. "시험 주행이겠지?" 곁에서 누군가 말하는 바람에 요시코와 게이코까지 저절로 고개를 끄덕였다. 개통은 10월 1일 예정이다. 최고 시속이 200킬로미터를 넘고, 앞으로 도쿄와 오사카 사이를 세 시간에 연결한단다.

유라쿠초 역에서는 역 앞 바라크가 철거되고 그 자리에 큼직한 빌딩이 완성 단계에 접어들었다. "이거, 언제부터 지었지?" 둘이서 입을 헤벌리고 올려다보았다. 뒷골목 암시장의 찌든 냄새가 감돌던 음식점들이 깨끗이 사라지고 10층이 넘는 빌딩이 우뚝 섰다. 도쿄에서 나고 자란 요시코조차 최근의 급격한 변화를 따라잡기가 힘들었다. 올림픽이 하루하루 가까워지면서 민관이 한 덩어리가 되어 '외국인에게 보이기 부끄러운 것들'을 감추려고 했다. 그러니 비위생적인 노점 상가는 가장 먼저 사라질 운명이었다.

요시코와 게이코는 전차에 탔다. 나카노에 양재를 배우러 가기 위해서였다. 엄마 친구인 전쟁미망인이 나카노에 양재 교실을 열어 겨우겨우 생계를 꾸려가고 있었다. "제발 거기 가서 좀 배워"라는 엄마의 간곡한 부탁으로, 게이코와 둘이서 토요일 하루만 다니기로 했다. 수업료가 자신의 지갑에서 나가야 한다는 게 영 못마땅하기는 했지만.

그 참에 마루이 본점에 들러 할부금을 갚았다. 사고 싶은 물건들도 구경했다. 젊은 아가씨에게 10개월 할부를 해주는 곳은 마루이밖에 없다.

나카노 역에 도착하자 역 앞은 도로공사의 소음과 함께 흙먼지가 일고 있었다. 굴삭기 소리가 기관총처럼 귀가 먹먹하게 울렸다. 대화를 하기도 어려울 정도였다.

"여기도 공사를 하네." 요시코가 입을 손으로 가리며 먼지를 피했다.

"나카노가 올림픽하고 관계가 있었니?"라는 게이코. 얕잡아보고 하는 소리였다.

"흥, 그렇게 따지면 혼고도 다이쿄초도 관계없잖아?"

"아냐, 우리 동네는 마라톤 코스야. 다른 데하고는 사정이 다르지."

"메이지 거리에서 돌아가잖아."

"그래도 바로 근처라니까."

게이코는 마라톤 코스가 자기 집 근처를 지나가는 게 자랑스러운 눈치였다. 펜팔 친구를 상대로 과장되게 그런 얘기를 했다가, 도쿄에 올라갈 테니 꼭 게이코 씨 집 2층에서 마라톤을 보게 해달라고 조르는 통에 당황하고 있었다. 게이코네 집에서 보이는 건 대중목욕탕 굴뚝뿐이다.

일단 북쪽 출구로 나가 아케이드 상가 입구에서 이마가와 명물 과자를 사 먹었다. 나카노에 올 때마다 항상 거치는 코스다. 벤치에 앉아 차를 마시고 있으려니, 머리가 짧고 유난히 체격이 좋은 젊은 남자들이 옆에 있다가 요시코와 게이코에게 흘끔흘끔 시선을 보내왔다. 근처 경찰학교의 학생들이었다. 게이코가 상냥한 얼굴로 마주 보자 반색을 하며 자기들끼리 쿡쿡 찌르고 야단이다. 하지만 말은 걸어오지 않았다. 아마 학교 규칙이 엄격한 모양이었다.

그러고는 마루이에 가려고 일어서는데 역 반대쪽에서 낯익은 남자가 걸어왔다. 그 모습을 보고 요시코는 한순간에 얼굴이 붉어졌다. 아버지의 헌책방에 자주 드나드는 도쿄대 학생이었다. 고등학교 때부터 이름을 알았다. 경제학부의 시마자키 구니오.

"시마자키 씨." 요시코는 저도 모르게 그를 불러 세웠다. 시마자키가 멈춰 섰다. "요시코, 이런 데서 만나네." 햇볕에 그을린 얼굴에 하얀 이를 내보이며 표정이 다정하게 풀어졌다.

시마자키는 하얀 와이셔츠에 검은 바지의 수수한 차림이었다. 발에는 운동화였다. 작은 륙색을 등에 멨다.

"웬일이야, 이런 곳에?"라는 시마자키.

"이 근처 양재 교실에 다녀요……. 시마자키 씨야말로 무슨 일로 나카노에?"

"저 앞에 '클래식'이라는 음악다방이 있거든." 아케이드 안쪽을 가리켰다. "거기서 레코드 들으면서 책 읽었어."

"그래요?"

"하숙집에 스테레오가 없으니까 이따금 제대로 된 음악을 듣고 싶어서."

그렇게 말하며 앞머리를 쓸어 올렸다. 그 몸짓에 요시코는 가슴이 덜컥했다. 이제야 깨달았는데 시마자키는 존 레넌을 닮았다.

"저기……." 갑작스럽게 말이 입 밖으로 튀어나왔다. "시마자키 씨, 비틀스라고 아세요?"

"비틀스? 아니, 모르는데."

"네……. 그럼 됐어요."

"외국 밴드?"

"네."

"맘보나 도돈바 같은 거?"

"아니에요." 웃음이 터져버렸다. 회사의 중년 아저씨들하고 별 차이가 없었다.

"얘." 게이코가 팔을 쿡 찔렀다. "나도 소개 좀 시켜줘."

"아, 미안." 요시코는 중간에서 두 사람을 소개했다. "처음 뵙겠습니다." 게이코가 예의 바른 목소리로 인사를 건넸다. "예, 잘 부탁해요." 시마자키가 신사적인 태도로 마주 인사를 해주었다.

"시마자키 씨, 해수욕장에 다녀왔나 봐요. 얼굴이 까맣게 탔는데요?"

요시코가 물었다. 시마자키는 평소에는 피부가 하얗고 여성적인 인상이었다. 하지만 오늘은 운동부 학생처럼 늠름했다.

"아니, 아르바이트야. 가끔은 육체노동으로 프롤레타리아라는 걸 증명해야지."

"네……." 잘 모르는 소리라서 애매하게 고개를 끄덕였다.

"아 참." 시마자키가 요시코를 향해 한쪽 손을 세우며 사과했다. "괴테 전집 값, 조금만 더 기다려주시면 고맙겠다고 아버지께 전해줘. 요즘 이래저래 돈 드는 데가 많아서. 아르바이트해서 받은 돈도 금세 날아갔어."

"괜찮을 거예요. 우리 아빠, 학생들에게는 너그러운 편인데요, 뭐."

"정말 미안하다. 항상 감사해."

시마자키는 서늘한 눈으로 웃더니 "자, 그럼"이라고 한 손을 쳐들어 보이고 역을 향해 걸어갔다. 소슬바람에 불려 가듯 유유한 걸음새였다. 잠시 그 뒷모습을 멍하니 바라보고 있었다.

"시마자키 씨, 폴을 닮았다." 게이코가 가슴 앞에서 손을 맞잡으며 말했다.

"말도 안 돼. 내가 보기에는 존 레넌인데?" 요시코가 얼굴색까지 변해서 쏘아붙였다.

"그런가? 눈매가 또렷한 게 폴하고 비슷하잖아."

"시마자키 씨의 눈은 길쭉한 편이야. 대체 뭘 본 거니?"

저도 모르게 말투가 거칠어졌다. 새치기를 당한 것 같아 불쾌했던 것이다.

"너, 저 도쿄대 학생 좋아하는구나"라는 게이코.

"네가 무슨 상관이야?" 고개를 홱 돌리며 대꾸했다.

가게를 나와 걸으면서 잠시 말다툼이 이어졌다. 게이코가 끈덕지게 시마자키에 대해 알고 싶어 했고, 요시코가 "그렇게 마음에 들면 지금이라도 가서 데이트 신청해"라고 쏘아붙였더니 "에이, 그러면 싫어할 거면서"라고 코웃음을 치는지라 불끈 화가 났던 것이다.

"얘, 화내지 마."

"화 안 났어."

"화났는데?"

입을 툭 내밀고 성큼성큼 걸어갔다. 아케이드 밖으로 나와 로터리를 가로질러 고가도로 아래로 향했다. 마침 주오선 전차가 달려와 덜컹덜컹하는 선로 소리와 도로공사의 기계음이 뒤섞여 고막이 소음으로 가득했다. 공연히 더 기분이 나빠졌다.

게이코가 뒤에서 어깨를 잡았다. 얘가 진짜 왜 이래, 하고 슬쩍 돌아보니 시야 끝에 한 줄기 연기가 보였다. 게이코는 그쪽 방향을 뚫어져라 쳐다보고 있었다. 요시코도 그쪽으로 몸을 돌렸다. 100미터쯤 떨어진 곳에서 흐린 하늘을 배경으로 회색 연기가 피어오르고 있었다.

무슨 일인지 얼른 이해가 되지 않았다. 얼핏 보기에 어디에도 공장 굴뚝은 없었다.

"요시코, 나, 봤어." 게이코가 새파래진 얼굴로 입을 열었다.

"뭘? 뭘 봤는데?"

"폭발하는 순간. 기와가 사방으로 튀었어. 파앙, 하고."

"저쪽, 뭐가 있지?"

"나카노 역 북쪽이면 경찰학교 아니니? 난 이 근처 잘 몰라."

"진짜 불이다." 화염이 솟구치는 것을 바라보며 요시코가 여전히 현실감이 없는 채 중얼거렸다. 눈앞의 광경이 어쩐지 영화 스크린처럼 여겨졌던 것이다.

전차가 지나가고 소리가 멎은 뒤에도 한참이나 그 자리에 서 있었다. 주위에도 이변을 알아본 사람들이 있어서 서서히 웅성거림이 번져갔다. 도로공사가 중단되었다.

한 무리의 젊은 남자들이 긴장된 표정으로 나카노 거리를 가로질러 갔다. 조금 전에 명물 과자점에 있던 경찰학교 학생들이었다.

요시코는 불안해져서 게이코의 손을 잡았다. 게이코도 맞잡아왔다. 잠시 뒤에 소방차 사이렌이 들려왔다.

투두둑 하고 다시 비가 내리기 시작했다.

그날 밤, 요시코는 텔레비전 앞을 떠나지 못했다. 낮의 폭발 사고가 틀림없이 뉴스에 나올 거 같아서 모든 보도 방송을 채널을 돌려가며 확인했던 것이다.

하지만 나카노에서 목격한 그 폭발 사고에 대해서는 어디서도 말이 없었다. NHK의 7시 〈오늘의 뉴스〉에서도, 9시 반부터 하는 〈로컬 뉴스〉에서도 나오지 않았다. 민영방송의 짧은 뉴스 같은 데는 아예 그런 건 방송할 낌새조차 없었다.

다음 날 아침의 조간신문도 마찬가지였다. 사회면에도 지방판에도 나카노에서의 그 사건은 실려 있지 않았다.

요시코는 마치 여우에 홀린 듯한 기분이었다. 그렇게 엄청난 연기가 솟구치고 소방차가 출동했는데 대체 웬일일까. 게다가 폭발한 곳은 경찰학교였다.

남동생 노리오에게서 "누나가 잠이 덜 깼던 모양이지"라는 핀잔을 들었다. 요시코는 집에 돌아오자마자 숨을 헐떡이며 온 가족에게 그 이야기를 했다. 귀가 어두운 할머니까지 붙잡고 얘기해줬다. 그중에서도 남동생은 흥미진진하게 "소카 지로가 또 움직이기 시작한 거야"라고 눈을 반짝였던 것이다. '소카 지로'라는 건 재작년부터 작년에 걸쳐 도쿄를 뒤흔들었던 폭탄범이다. 미해결인 채 1년이 지나서 이제 슬슬 잊혀가고 있었다.

아버지는 냉정했다. "그거야 가스가 새서 작은 화재가 난 모양이지"라면서 딸이 하는 말 따위, 반쯤은 지어낸 이야기쯤으로 여기는 말투였다.

요시코도 어쩐지 자신이 목격한 것에 자신이 없어졌다.

3

8월 30일 일요일

삼륜 트럭을 단지 입구에 바짝 대고 밖을 내다보니 아이를 안은 아내와 장인 장모가 마중을 나와 있었다. 하얀 콘크리트 벽을 배경으로 웃는 얼굴이 나란히 서 있다. 오치아이 마사오는 운전석에서 뛰어내려 목에 건 수건으로 얼굴의 땀을 훔치고 장인과 장모를 향해 인사를 했다.

"오늘은 안 오셔도 괜찮은데. 깨끗이 정리해놓고 정식으로 초대하려고 했어요."

"날씨도 좋고, 가만히 기다릴 수가 없어서 왔어." 장모가 웃으며 대답했다. "이보게, 방해 안 할 테니까 좀 보여줘. 4층짜리 아파트 단지, 우린 처음 구경하는 거야."

8월 마지막 일요일은 구름 한 점 없이 맑은 날씨였다. 장모는 양산을 받쳐 들고 그 그늘을 손자를 위해 내주고 있었다.

"정말 여자들이란 남의 집 들여다보는 걸 어찌 그리도 좋아하는지." 장인이 어이없다는 듯이 말하며 미간을 좁혔다. "이보게, 미안하네. 청소나 잘하라고 단단히 일러두겠네."

장인의 가슴팍에는 새 카메라가 매달려 있었다.

"그럼 아버지는 집에 계시지 그랬어요?" 아내 하루미가 놀리자 저마다 표정이 풀어졌다. 그 품 안에서 이제 곧 두 살이 되는 아들 히로시는 끄덕끄덕 졸고 있다. 아내의 배가 임신 8개월째로 불룩하니 무거워 보였다.

금요일 오후에 갑작스레 결정된 이사였다. 마침 사건 하나가 해결되어 이 기회를 놓칠세라 서둘러 트럭과 일꾼을 불러들였다. 마사오의 직업은 형사다.

이사에 방해가 될 것 같아 아내에게는 아이를 데리고 고이와의 친정집에 가 있으라고 미리 말해두었다. 하지만 장인 장모가 꼭 가보겠다고 하는 바람에 전차와 버스를 갈아타며 찾아온 모양이다.

트럭에서 후배가 내려와 "안녕하십니까!"라고 허리를 숙였다. 경시청 형사부 수사1과의 후배 형사 이와무라다. 그는 대학 후배이기도 했다. 대졸 경찰은 열 명에 한 명 정도뿐이라서 자연히 관계도 돈독했다.

"미안해요, 쉬시는 날에." 하루미가 깊숙이 머리를 숙이고, 장인과 장모도 뒤를 따라 고개를 숙였다.

"천만의 말씀이십니다. 제가 선배님께 항상 신세만 지는데요, 뭘. 이 정도 도와드리는 건 당연하죠." 이와무라가 오히려 죄송해했다. 장인 장모 앞에서 추켜세우니 마사오는 그리 싫지만은 않았다.

"시원한 보리차 한 잔씩 마셔." 장모가 손에 든 가방에서 보온병을 꺼내며 말했다. "이 동네도 단수 조치가 내려졌지?"

"아니, 여기는 물이 나와요. 이쪽 지바 지역은 저수지가 다르대요." 마사오가 대답했다.

이번 여름, 도쿄는 심각한 물 부족에 시달리고 있었다. 급수제한은 경시청도 예외가 아니어서 물통을 들고 다니는 수사관이 일상적인 모습이 되었다. 취조 때도 물 한 잔을 변변히 내놓지 못했다.

힘쓰는 일을 앞두고 즉시 한 잔씩 들이켰다. 시원한 보리차가 기분 좋게 목을 적셨다.

"참 좋다, 새 아파트 단지는." 장모가 4층짜리 철근 콘크리트 건물을 올려다보며 한숨을 내쉬었다. "햇볕도 잘 들고 맨 위층이라 분명 경치도 최고로 좋겠어."

"우리 하루미도 드디어 아파트에서 살게 됐구나. 참 시절이 좋아졌어." 장인이 손자를 안은 딸에게 카메라를 향했다.

"좋아, 시작해볼까." 마사오가 수건을 머리에 둘렀다.

"한 번에 해버리죠." 이와무라도 팔을 걷어붙였다. 그는 보트부 출신답게 손이 두툼해서 글러브 없이 야구를 할 수 있을 정도였다.

둘이서 냉장고를 떠멨다. 공제회에서 빌려온 삼륜차 짐칸에는 주방 식탁이며 응접세트 같은 새 가구가 쌓여 있었다.

올해 서른 살인 마사오가 지바현 마쓰도 시의 도키와다이라 아파트 단지 신규 분양 입주자 모집에 당첨된 건 결혼 4년째의 일이다. 둘째 임신을 알게 되었을 때 부부가 상의하여 교외의 공단 주택에 응모해보기로 했다. 마사오와 하루미가 태어난 도쿄 동부는 공장 굴뚝이 줄줄이 늘어서서 강물은 물론이고 공기도 완전히 오염되어 있었다. 전국적으로 공해가 심각한 문젯거리여서 아이들만은 녹음 속에서 키우고 싶었다. 마사오는 둘째 아들이라 부모와의 동거 문제는 없었다.

다섯 번을 응모해서 막 지은 도키와다이라 아파트 단지에 운 좋게 당첨될 수 있었다. 마쓰도 시는 그리 낯익은 곳은 아니지만, 견본 주택을 보러 왔을 때부터 마음에 쏙 들었다. 주위가 온통 전원 지대여서 도쿄의 서민 동네에서 자란 마사오와 하루미에게는 싱그러운 바람이 신선하게 느껴졌다. 강물은 맑아서 바닥이 훤히 보이고 물고기가 헤엄치고 있었다. 무엇보다 50만 평의 신도시에 압도되었다. 단지 안은 도로가 포장되고 가로수가 즐비하고 상하수도와 도시가스가 완비되었다. 도쿄의 서민 동네를 따돌리고 교외가 먼저 발전하기 시작한 것이다.

단 한 가지 문제가 있었는데, 그건 마사오가 경시청 형사라는 것이다. 형사는 관내에서 사는 것이 불문율이고, 자택에 전화가 있는 경우가 아닌 한, 가장 가까운 파출소를 통해 호출하는 것이 비상 연락 방법이다. 하지만 도키와다이라 아파트 단지의 파출소는 지바 현경 관할이었다.

"이참에 한번 부탁해봐"라고 옆에서 부추긴 건 수사1과장 다마리였다. 주오대 법학부 출신의 다마리는 형사부를 통틀어 최고의 이론파로, 낡은 관습과 이론에 맞지 않는 일을 혐오했다. 옛날부터의 관행을 슬슬 바꿔보자는 게 입버릇이어서 내무성 출신의 고참 간부와 아무렇지도 않게 대거리를 했다.

그래서 머뭇머뭇 지바 현경 총무과에 문의했더니 "전례는 없지만 거절할 이유도 없다"라는 대답이 돌아왔다. 마사오는 일약 경시청 내에서 영웅이 되었다. 이제는 지바나 사이타마의 아파트 단지 추첨에 응모하는 젊은 형사가 속출하고 있다.

도키와다이라 아파트 단지는 방 두 개에 널찍한 거실과 주방, 욕실과 베란다가 딸려 있었다. 이런 아파트를 '2DK'라고 했다. '2'라는 건 방 두 개, 'DK'라는 건 다이닝키친이라는 뜻으로 거실과 주방을 합한 일본식 용어다. 화장실은 수세식이다. 기쁘기도 하고 부끄럽기도 하고, 마사오의 가슴속에 신기한 감정이 감돌았다. 집세는 5750엔. 지금까지 살던 욕실 없는 아파트와 비용 면에서 그리 큰 차이가 없다. 입주하기 위해서는 임대료 5배의 월수입이 필수 자격이었지만, 공안직 4등급 18호급으로 다달이 3만 2900엔을 받는 마사오는 별 어려움 없이 통과되었다.

올림픽 개회식 날이 둘째 아이가 태어날 예정일이기 때문에 그때부터는 아파트 단지에서의 새 생활이 본격화될 것이다. 드디어 나도 어엿한 가장, 이라는 실감이 마사오의 마음속에 있었다. 하루하루 도시가 변해가는 모습도 마사오 같은 젊은 세대를 뒤에서 밀어주는 것만 같았다. 이 아파트 단지는 바로 그 상징이었다. 오랫동안 꿈꿔왔던 문화생활이 마침내 젊은 부부에게까지 내려온 것이다.

계단으로 가구를 옮겼다. 4층까지 올라가려니 역시나 힘이 들어서 당장 이마에서 구슬땀이 뚝뚝 떨어졌다. 마침 일요일이라 마사오 가족 외에도 여러 세대가 입주 중이었다. 바로 아래층도 이사를 해서 별로 넓지 않은 계단이 사람과 짐이 오가며 만원 전차 같은 모습이 되었다.

같은 단지의 이웃 주민이 되는 거라서 마사오는 자기소개와 인사를 했다. 그쪽에서도 예의 바르게 응해왔다. 잠시 선 채로 이야기하다 보니 비슷한 나이에 가족 구성도 똑같았다. 아내들끼리 금세 친해졌다.

일찌감치 말해두는 게 좋을 거 같아 마사오가 직업을 밝혔다. 처음에는 놀란 기색이더니 금세 표정을 누그러뜨리고 "형사님이 이웃에 산다니 마음이 든든하군요"라며 하얀 이를 내보이고 웃었다.

이와무라가 도와준 덕분에 살림살이 운반은 30여 분 만에 끝이 났다. 가구 배치는 기왕 아내가 왔으니 철저히 그 의사에 따르기로 했다.

"아, 경대는 이쪽, 책장은 저쪽으로……." 하루미는 정말 기뻐하는 표정이었다.

시집올 때 해 온 서랍장이며 재봉틀은 작은방에 넣고 큰 거실에는 카펫을 깔아 응접세트를 나란히 놓기로 했다. 마루이 백화점에서 할부로 사들인 하얀 소파와 목제 탁자다. 빨간 갓을 씌운 전기스탠드도 딸려 있다.

밖에서 손자를 봐주던 장인과 장모가 들어와 집 안의 모던한 인테리어에 눈이 휘둥그레졌다.

"아휴, 외국 집 같구나. 목욕탕도 있고 베란다도 있고, 참말로 잘됐다, 하루미." 장모가 과장스럽게 눈물을 글썽였다.

"마사오도 하루미도 참 좋은 시절에 태어났다." 장인은 탄식과 함께 절절한 어조로 말했다. 메이지 시대에 태어난 장인은 허구한 날 전쟁을 하는 통에 친형제가 몇 명이나 세상을 떠났다.

"우리 히로시 때는 더 좋아지겠지?" 장모가 손자를 안아 들고 뺨에 입을 맞추었다. 아들 히로시가 스무 살이 되는 건 1982년이다. 그때도 쇼와 시대가 계속될까. 과학은 어디까지 진보할까. 어쩌면 우주여행의 시대가 될지도 모른다.

이사를 마치고, 아직 해 떨어질 시간은 멀었지만 일찌감치 저녁을 먹으러 나가기로 했다. 마쓰도 역 앞에서 조선 불고기집을 봤던 게 생각나 마사오가 거기로 가자고 했더니 이와무라는 두말할 것도 없이 대

찬성이었다.

"오늘은 내가 한턱내지. 이와무라 군도 마음껏 드시게." 기분이 좋아져서 장인이 말했다.

"장인어른, 이 친구는 아차 하면 접시까지 먹어치우는 먹보예요." 마사오의 말에 모두 함께 웃음을 터뜨렸다. 늦더위가 기승을 부리는 한낮인데도 성질 급한 잠자리들이 아파트 단지 상공을 어지러이 날고 있었다.

조선 불고기집에서 마사오 일행은 안쪽 방으로 안내를 받았다. 탁자에는 두 개의 숯불 풍로가 준비되었고, 일하는 아줌마가 창문을 활짝 열어주었다.

"아이, 에이컨도 없어요?" 이와무라가 작은 소리로 투덜거리며 코에 주름을 잡았다.

"사치스러운 소리 하고 있네. 무슨 긴자 레스토랑인 줄 알아?" 마사오가 나무랐다. 올려다보니 파리 잡는 종이가 대롱대롱 매달려 있다.

남자들끼리만 맥주를 마셨다. "나는 딱 한 잔만. 트럭을 돌려줘야 하거든." 마사오가 말하자, 이와무라가 "괜찮아요, 누가 우리 오치아이 선배를 검문하겠어요?" 하고 웃으며 맥주를 따르려고 했다.

"이봐. 여기는 지바 현경 관할이야. 우린 엄연히 타지 사람이라고." 술잔을 손바닥으로 막아버렸다.

"아차, 그런가? 선배님도 이제는 지바 현민이네. 참고로, 여기서 사쿠라다몬 경시청까지는 얼마나 걸리죠?"

"기타센주에서 히비야선으로 가스미가세키까지 한 번이면 되니까 한 시간쯤 걸릴걸?"

"그러고 보니 히비야선이 어제 개통됐지요? 그렇다면 아주 편리하겠군요."

"너, 마쓰도 시를 시골이라고 생각하지? 근데 호야 시 공단 쪽보다 여기 마쓰도가 훨씬 더 가까워."

수사1과의 동료들에게도 해주고 싶은 말이었다. 지바로 이사하는 동료에 대해 제대로 일할 생각이 없는 모양이라고 뒤에서 숙덕거리는 사람까지 있는 것이다.

로스구이와 내장을 주문해 달궈진 불판에 가득 얹었다. 치이익, 고기 굽는 냄새가 나면서 당장 연기가 피어올랐다. 마사오와 이와무라는 경쟁하듯이 먹기 시작했다. 밥 한 숟가락을 듬뿍 뜨고 소스에 찍은 불고기를 얹어 도로공사 삽질이라도 하듯이 호쾌하게 입속에 몰아넣었다.

"역시 젊은 사람들은 먹는 것도 탐스럽네." 장인 장모가 실눈을 뜨고 웃었다.

"이거, 무슨 장아찌예요?" 이와무라가 젓가락으로 가리키며 물었다.

"장아찌가 아니라 김치야. 몰랐어?" 마사오가 되물었다.

"예, 난 처음 봤어요."

맵다고 울상을 하면서도 좋아라 먹고 있었다. 둘이 똑같이 밥 한 공기씩을 더 주문했다.

"그나저나 마사오, 이번 올림픽 때 경시청에서는 누가 출전하지?" 장인이 물었다.

"유도 중량급에 교양부의 이노쿠마 이사오가 나가요."

"그 친구, 틀림없이 금메달 따야 할걸요? 혹시 졌다가는 문책성 퇴직을 당하기 십상이죠." 이와무라가 입에 가득 고기를 욱여넣은 채 말했다.

"정말 딱하지. 여기저기서 너무 지나치게 기대를 많이 해." 마사오는 이노쿠마 선수가 가여웠다.

"검도도 올림픽 경기 종목이 되면 좋을 텐데. 그러면 선배님은 틀림없이 일본 대표예요. 아무튼 우리 경시청의 넘버원이시거든요."

"괜히 비행기 태우지 마. 일본이 얼마나 넓은데 그래? 전국 경찰서마다 쟁쟁한 선수들이 있어. 그보다 검도는 아직 세계적으로 보급이 안 되어서 어쩔 수 없어."

"펜싱하고 이종 경기를 해보는 건 어떨까요? 펜싱 금메달리스트를 무도관에 불러다가 때려눕히자고요."

말도 안 되는 소리에 다들 웃어버렸다.

"여보, 일본 무도관은 이제 완성됐어?" 하루미가 물었다.

"아니, 아직. 요요기 종합 체육관도, 고마자와 경기장도 현재 공사 중이야."

"10월 10일까지 다 지을 수 있을까?"

"나는 모르지. 이케다 수상이나 도지사에게 물어보라고."

"어떻게든 되겠지. 앞으로 한 달 하고 며칠 남았잖니?" 장모가 무릎에 앉힌 손자에게 밥을 먹이며 느긋하게 말했다. "우리 나라 사람들은 아무튼 막판 몰아치기에는 강하거든."

어쩐지 설득력 있는 말이어서 저마다 고개를 끄덕였다.

최근 1년 동안, 전 국민이 일본인이라는 것을 강하게 의식하고 있었다. 동 모임에서는 주민들이 상의해서 동네를 아름답게 꾸미기 위해 빨래를 처마 밑에 널지 않기로 결정했고, 상이군인 걸인들도 외국인에게 창피하다고 자발적으로 너덜너덜한 군복을 벗어 던졌다. 자위대도 요즘은 거의 청소 부대였다. 세계에 자랑할 만한 올림픽을 개최하기 위해 저마다 책임을 다하려 애쓰고 있었다. 혹시라도 신칸센 개통이 늦어지면 국민이 솔선해서 곡괭이를 손에 들고 공사 현장으로 향할 기세다. 일본 전국에 그런 흥분된 분위기가 감돌았다.

"이봐, 좀 더 먹을래?" 고기를 거의 다 먹은 이와무라에게 물었다.

냉큼 대답하지 않는지라 마사오는 쓴웃음을 지으며 값이 싼 내장을 추가로 주문해주었다.

불판을 갈아달라고 해서 다시 고기를 얹었다. 기름이 뚝뚝 떨어지면서 화려하게 불꽃이 피어올랐다.

"불났네, 불났어. 고기 좀 옆으로 밀어봐."

"아차차." 이와무라가 젓가락을 놀리다가 문득 생각난 듯이 말했다. "불이라고 하니까 생각나는데, 어제 경찰학교에 불이 나서 잠깐 시끄러웠던 모양이에요."

"나카노 경찰학교? 불이 났었어?" 마사오가 물었다.

"예, 어제 보고서 쓰려고 저녁에 경시청에 들어갔는데 화재 보고가 들어왔더라고요."

"오늘 아침 신문에는 그런 얘기 없었는데?"

"작은 화재라 그랬을 거예요. 게다가 체면도 깎이는 일이고."

"다음에 교양부 선배한테 한번 물어봐야겠네."

"그리고……." 이와무라가 얼굴이 흐려지며 몸을 앞으로 내밀었다. 목소리를 낮추어 말했다. "그 전 토요일에 센다가야 경시감 댁에도 불이 났었어요. 독신 기숙사 근처여서 잠깐 떠들썩했었습니다."

"경시감이라니, 스가 경시감 말이야?"

"예, 올림픽 경비본부 최고 책임자잖아요."

"그것도 처음 듣는 소리네. 기자들한테야 비밀로 한다지만 어째서 내부 사람한테까지 그런 소식을 비밀로 했지?"

"나도 그게 이상해요. 하라주쿠 경찰서가 바로 코앞이니까 몇 명은 분명 출동했을 텐데 말이에요. 무슨 안 좋은 사정이 있었는지 그날 밤 안으로 함구령이 떨어졌어요."

"함구령?"

"정보는 외부에는 일절 비밀. 게다가 경시감 댁은 24시간 경비 대상이 됐어요."

"어떻게 된 거야, 그냥 작은 화재라면 경비 같은 건 필요 없잖아?"

"그게 수수께끼라니까요. 아까 작은 화재라고 했지만, 실제로는 불기둥이 치솟고 집이 반은 타버린 모양이에요. 그것도 비밀이라고 쉬쉬하고 있어요."

"거참, 모르겠네. 사건인가?"

"글쎄, 전혀 감이 안 잡혀요. 아무튼 관할 형사과는 이 일에 일절 관여하지 말라고 한 모양이에요." 이와무라는 입을 동그랗게 움츠리고 고개를 저었다.

잠시 묵묵히 고기를 먹었다.

"미안하지만, 선배, 방금 한 말은 비밀로 해주세요."

후배의 말에 마사오는 심각한 얼굴로 고개를 끄덕였다.

"업무 얘기인가?" 옆에서 장모가 물었다.

"아뇨, 별 얘기 아니에요."

"모처럼 모였으니 다들 기념촬영이나 할까?"

"좋죠, 제가 찍어드릴게요." 눈치 빠른 이와무라가 냉큼 자리에서 일어서려고 했다.

"아니, 됐어. 가게 사람에게 부탁했어."

어느새 말해뒀는지 가게 주인이 웃는 얼굴로 방에 들어왔다. 액자와 꽃병이 장식된 윗목을 배경으로 온 가족과 후배까지 줄줄이 섰다.
"이거 새거네요?" 주인이 카메라를 손에 들고 요리조리 들여다보았다.

카메라는 아사히 펜탁스의 일안 레프였다. 장인이 손자를 찍어주려고 일부러 구입한 것이다. 정가 4만 2000엔이라는 말을 들었을 때는 장모와 하루미가 어처구니없어했다.

"자아, 치즈." 주인이 조선어 사투리로 말했다. 모두 함께 미소를 지었다.

한순간, 이와무라가 푸훗 웃음을 터뜨렸다. 당장 전염이 되어 다들 깔깔거리며 웃어버렸다.

셔터 소리가 타이밍을 잘 맞춰 상쾌하게 울렸다.

다음 날 아침, 마사오는 아침 6시에 일어났다. 계산으로는 7시 조금 전에 일어나도 괜찮지만, 새집에서 처음으로 출근하는 거라서 혹시나 늦을까 봐 더 일찍 일어났다.

아침 식사는 토스트였다. 새로 산 식탁 위에 달걀프라이와 콩소메 수프, 홍차가 함께 차려졌다. 결혼하고 처음 먹어보는 서양식 아침 식사였다. 뭔가 한마디 해야 할 텐데, 할 말이 생각나지 않았다. 막 구운 토스트에 버터를 발라 덥석 베어 먹었다. 바사삭하는 좋은 소리가 나고 고소한 냄새가 코끝을 간질였다.

"한 장 더 구워줄까?" 하루미가 물어왔다.

"응, 구워봐." 간단하게 대답하고는 눈 깜짝할 새에 한 장을 다 먹어버렸다. 양식도 잘 먹어주는 남편을 보며 하루미가 내심 안도하는 기척이 등 뒤로 느껴졌다.

식후에 거실 한편의 '세면 코너'에서 이를 닦았다. 바로 앞에 거울이 있었다. 어렸을 때부터 부엌문 앞에서 얼굴을 씻었기 때문에 이런 집 구조가 신기하기만 했다.

화장실에서 볼일을 보고, 옷을 입고 있으려니 아들 히로시가 잠이 깨서 나왔다. "아빠 출근하시는데 빠이빠이 해야지?" 하루미에게 안겨 눈을 비비고 있었다.

배웅은 현관에서 해도 된다고 말렸는데도 아들하고 둘이 1층까지 내려왔다. 그러자 단지 안의 여기저기서 똑같은 광경이 펼쳐지고 있었다. 젊은 부부와 어린아이. "다녀오세요." "다녀올게." 환한 목소리가 여기저기서 터져 나왔다. 손을 흔들며 걸음을 떼면서 마사오는 자신이 형사라는 것을 깜빡 잊을 뻔했다.

단지 앞 버스 정류장에서는 낯선 사람들끼리 서로 인사를 나누었다. 마사오도 싹싹하게 "안녕하십니까?"라고 고개를 숙였다. 의외로 내가 민간 사회에서도 그럭저럭 잘해내는구나, 하고 마음속으로 쓴웃음을 지었다.

자신들이 새로운 도시를 만들어간다는 마음가짐이 입주민 모두에게 자리 잡고 있었다. 버스를 기다리는 샐러리맨들이 한결같이 본격적인 인생의 무대에 선 사내들의 얼굴이었다. 자신도 그중 한 사람이라는 것을 마사오는 기쁘게 생각했다.

하늘에서는 참새가 울고 있었다. 아침의 맑은 공기가 가슴에 상쾌했다.

사쿠라다몬 경시청에는 오전 8시 5분 전에 도착했다. 내일부터는 30분쯤 기상을 늦춰도 괜찮다는 얘기다. 낯익은 보초에게 경례를 붙이자 "어서 오십시오! 수고 많으십니다!"라는 위로의 말이 돌아왔다. 마사오는 지난주까지 메구로 경찰서에 수사본부를 둔 강도 살인 사건의 수사를 맡았었다. 본청에 돌아오는 건 열흘 만이다.

"오치아이 씨, 일찍 나오셨네요. 범인도 검거하셨으니 한참 동안 쉬셔도 될 텐데."

"어제 집이 이사했어, 마쓰도 시의 아파트 단지. 첫날이라 출근에 시간이 얼마나 걸릴지 몰라서 일찌감치 나섰지."

"그러셨어요? 오치아이 씨, 아파트 주민이시네."

"왜, 아파트 주민이라서 뭔가 특별해?" 농담으로 슬쩍 눈을 흘겨주었다.

"아이, 괜히 시비 걸지 마시고. 부러워 죽겠는데."

"애가 생겨봐. 자네도 오염된 강물에 굴뚝만 잔뜩 있는 도심에서 탈출하고 싶어져."

마사오는 5층짜리 청사를 올려다보며 한마디 해주고는 큰 걸음으로 현관을 지났다.

V자 형으로 나뉜 청사의 1층 복도를 걸어갔다. 사람들의 왕래가 많아 통칭 '긴자 거리'라고 불리는 경시청의 명물 복도다. 입이 험한 사람은 '지옥 거리'라고도 한다. 임무가 너무 빡빡하다 보니 그야말로 귀신 같은 몰골로 돌아다니는 형사가 많기 때문이다.

경시청 형사부 수사1과는 수사1과장을 필두로 1과에서 3과까지 강력범 수사과로 나뉘어져서 각각 과장대리가 있었다. 복도 옆으로 다섯 개 사무실이 주르륵 이어졌고, 1호실에서 5호실까지 일곱 개의 일반수사계와 세 개의 초동수사계, 거기에 세 개의 특수수사계가 할당되었다. 마사오는 일반수사계의 2호실 5계에 소속되어 있다. 사건은 순서대로 담당한다.

사건이 내려오면 '사건 담당'이 되어 관할 수사본부로 나간다. 사건 대기는 '청사 당번'이어서 오로지 사무실에서 출동 명령이 떨어지기만을 기다린다. 그다음은 '이면 담당'이어서 자신이 있는 곳을 분명하게 밝히기만 하면 어디에 가건 상관없다. 이제 막 범인을 검거해낸 5계는 다음 사건이 일어날 때까지 '이면 담당'이다. 이때가 가장 속이 편하다. 마사오는 오전에만 사무실을 지키고 오후에는 정보를 수집하러 번화가나 한 바퀴 돌아보기로 했다.

1층 형사실에 들어가 "안녕하십니까!"라고 예의상 인사를 건넸다. '이면 담당'의 형사실이라서 사람이 별로 없었다. 하지만 방 안 공기에서 묘한 이질감이 느껴졌다. 이상한 긴장감이 감도는 분위기였다.

순간적으로 누가 순직한 게 아닌가 하고 핏기가 싹 가셨지만, 형사들의 얼굴을 둘러보고는 곧바로 공연한 지레짐작이라는 것을 깨달았다. 슬퍼하는 느낌은 어디에도 없었다. 그보다는 모두가 부루퉁하게 화가 나 있었다.

무슨 일이 있었나. 동료를 찾아봤지만 5계 형사들은 아직 출근 전이고, 가장 어린 이와무라의 모습도 눈에 띄지 않았다. 창가 탁자에 몇몇 낯익은 얼굴이 있었지만 어쩐지 쉽게 말을 걸기가 어려운 분위기였다. 형사실은 유사시를 제외하고는 서로 데면데면한 관계였다. 다른 계의 형사와 이야기하는 일은 거의 없고, 혹시 친하게 지냈다가는 서로 정보가 샌다는 의심을 받았다. 마작도 장기도 오로지 같은 계의 형사들끼리만 어울렸다.

직접 싸구려 차를 타서 목을 축였다. 창밖에는 가로수 녹음이 무성하고, 8월은 오늘로 끝난다는데도 아침 일찍부터 요란하게 매미가 울어댔다. 늦더위가 맹위를 떨치는 하루가 될 모양이다.

마사오는 퍼뜩 생각이 나서 전화기를 집어 들었다. 다이얼을 돌려 경찰학교 제1교양부의 선배에게 걸었다. 나카노에서 발생했다는 화재에 대해 알아보려는 것이다.

전화를 받은 검도 5단의 사쓰마 하야토는 쾌활했다. "어라, 오치아이 4단! 승단 시험 상의하려고 전화했구나? 고단자 연습에도 안 나오는 놈은 승단 인정 못 해!" 굵직한 목소리로 일갈하더니 껄껄 웃었다.

"나중에 갈게요. 가끔은 왕년의 일본 선수권 챔피언 선배의 지도를 받고 싶은데 마음대로 안 되네요."

"'왕년의'라는 말은 좀 빼지 그래? 그나저나 언제든지 와. 멋지게 받아쳐줄 테니까."

"그보다 잠깐 물어볼 게 있어요." 마사오는 목소리를 낮추어 말했다. "그저께 토요일에 그쪽에 화재가 났었다는 게 사실입니까?"

사쓰마 하야토가 잠시 대답을 못 하고 있었다. 전화기 너머에서 뭔가 속상해하는 듯한 기척이 전해져왔다.

"우리한테도 잠깐 연락이 들어온 모양인데 그 뒤로는 감감무소식이에요. 그저 단순한 사고였다면 다행이지만, 그런 건 아니죠?" 형사의 습성으로 무의식중에 넌지시 넘겨짚었다. "상당한 피해가 났다고 하던데, 맞아요?"

"너, 그 얘기 누구한테 들었어?" 사쓰마 하야토가 은근히 위압적인 말투로 을러댔다.

"대낮에 불길이 치솟았는데 사람들 입을 막을 수 있겠어요? 도장은 무사했습니까?"

몇 초의 침묵 끝에 사쓰마 하야토가 속삭였다.

"도장은 무사해. 당한 건 기숙사야. 그것도 경찰대학 기숙사."

당했다고? 마사오가 미간을 찌푸렸다. 그렇다면 사건이라는 건가…….

"방화예요? 아니면 폭발물? 부상자가 있었습니까?"

"내가 그걸 어떻게 알겠어? 그다음 얘기는 그쪽 4층에 물어봐. 우리 쪽에는 사정 설명이고 뭐고 알려주는 게 아무것도 없어. 본부에서 들이닥쳐서 로프 쳐놓고 경찰학교 측은 전혀 손도 못 대게 하고 있단 말이야."

경시청의 '4층'이라는 건 공안부를 가리키는 것이다.

"그렇군요. 괜한 걸 물어봐서 죄송합니다."

"그 사람들 도무지 마음에 안 들어. 업무 성격상 비밀주의를 취하는 건 나도 이해해. 하지만 자기들만 잘났다는 태도로 나온다니까."

"나도 동감이에요. 다음에 경무부까지 함께해서, 공안부 젊은 친구들에게 무도 연수나 한번 하죠. 선배한테 출장 지도를 부탁드릴게요."

"오옷, 그거 좋네. 교련 정예부대를 데려가서 죄다 때려눕혀주지." 수화기 너머에서 캬하하 한바탕 웃고 나더니 사쓰마 하야토는 기분이 좋아졌다. "아 참, 이건 어디까지나 나카노 쪽에서 떠도는 소문인데……." 이번에는 그쪽에서 목소리를 은근히 낮췄다. "소카 지로라는 이름이 들먹들먹하는 거 같아."

소카 지로……? 마사오는 말문이 턱 막혔다. 소카 지로는 재작년부터 작년에 걸쳐 도쿄 전역을 놀라게 한 연쇄 폭파범의 이름이다. 인기 여가수에게 폭탄이 든 소포가 배달되어 폭발한 것을 시작으로, 영화관이며 지하철이 표적이 되어 수많은 부상자가 나오는 바람에 세상이 떠들썩했었다. 모방범까지 등장해서 수사는 대혼란에 빠졌다. 수사본부는 현재도 우에노 경찰서에 설치되어 있지만 올 2월을 기해 기구가 축소되어 이제 곧 해산할 예정이었다. 한마디로 '미궁'에 빠지기 일보 직전의 사건이다.

"자네, 수사1과라면 그 일하고 관계가 없진 않지?"

"예, 올봄까지도 탐문수사를 했었어요." 수화기를 든 채 고개를 끄덕였다. 가슴이 술렁거렸다. 소카 지로라는 이름이 들먹거린다는 걸 보면 그 화재는 폭발 사건이었던 걸까.

"올림픽을 코앞에 두고 웬 불청객인지 모르겠네."

"누가 아니랍니까. 사실이라면 윗선은 지금쯤 얼굴이 새파래졌겠는데요."

인사를 건네고 전화를 끊었다. 의자 등받이에 몸을 던지고 눈을 감았다. 매미 우는 소리가 고막을 울렸다. '올림픽' '윗선'이라는 단어들과 함께 어제 이와무라가 했던 말이 고구마 줄기처럼 머릿속에서 줄줄이 딸려 나왔다.

센다가야의 경찰 간부 자택에서 화재가 일어났다. 올림픽 경비본부의 최고 책임자 스가 경시감의 집이다. 하지만 이 사건은 기자들에게 발표되는 일도 없었고, 무슨 영문인지 24시간 경비 대상이 되었다.

검은 그림자가 눈꺼풀에 어른거렸다. 눈을 뜨자 이와무라가 출근해서 마사오의 얼굴을 들여다보고 있었다.

"안녕하셨어요? 아침부터 졸고 있어요?"

"아, 아냐. 안녕? 어제는 고마웠어. 마누라도 고맙다고 인사 전해달래."

"천만에요. 그보다 모처럼 사건이 해결된 뒤끝인데 오후에는 유라쿠초에 나가서 한판 땡겨볼까요?"

이와무라가 입 끝을 치켜올리며 마작 패 집어 드는 손짓을 했다.

"좋지. 하지만 저녁에 일찍 들어가야 해. 아직 짐 정리를 다 못 했거든."

그러는데 5계의 계장 미야시타 다이키치 경감이 나타났다. 기성복은 못 입을 만큼 떡 벌어진 어깨의 소유자여서 성큼성큼 걷는 모습이 영락없이 고릴라 같다. 마침맞게 눈매까지 우묵하게 깊다.

"안녕하십니까." 미야시타는 으르렁거리듯이 말하고 의자에 털썩 자리를 잡았다. 이와무라가 차를 타러 탕비실로 뛰어갔다. 한 차례 기침을 하더니 미야시타가 마사오에게 시선을 던져왔다.

"어이, 오치아이. 위층에서 무슨 일 있었어?" 작은 소리로 물었다.

"모르겠어요. 근데 왜 위층이에요?"

"아까 위층에서 과장하고 과장대리가 얼굴이 벌게져서 내려오더라고."

"다마리 과장님하고 다나카 과장대리님이?"

"응, 아침 인사도 못 하게 살벌한 분위기야. 곧장 부장실로 들어갔어."

"그래요?" 마사오는 잠시 뜸을 들이며 곁눈으로 주위를 훔쳐보았다.

"그건 그렇고 이 방도 어째 분위기가 이상해요."

"자네도 그랬어? 월요일 아침부터 왜 이렇게 분위기가 살벌하지?" 코에 주름을 잡는다.

"여어, 미야시타." 복도를 지나온 나이 든 형사가 문틈으로 얼굴만 내밀고 말했다. "자네들, '이면 담당'이야? 그러면 당장 응원군으로 동원될 거 같은데, 수사1과의 체면을 위해서라도 고분고분 졸병으로 불려 가면 안 돼."

"응원? 무슨 소리야?" 미야시타가 물었다.

나이 든 형사가 입을 열려는 참에 다나카 과장대리가 부채를 한 손에 들고 나타났다. 분노를 식히듯이 파닥파닥 부채질을 하고 있었다. 이쪽은 장사급 스모 선수 같은 체형이라서 영락없이 아침 연습을 마치고 나온 스모꾼 모습이다.

"5계, 전원 다 모였나?" 쿡 찌르는 듯한 어조로 말했다.

"아뇨, 사건이 해결된 직후라서 아직 좀……." 미야시타가 대답했다.

"다 모이는 대로 한조몬 회관 2층 회의실로 올라와. 자세한 건 그쪽에서 얘기하자."

그 말만 하더니 발을 돌려 성큼성큼 사라졌다. 가는 길에 양동이라도 있으면 힘껏 발로 걷어찰 듯한 기세였다.

미야시타와 서로 마주 보았다. 고지마치의 한조몬 회관이라면 경찰공제조합이 있는 시설이다. 1층 식당에는 곧잘 기동대원이 떼로 몰려 있곤 했다.

창문 밖의 매미 울음소리가 마치 누군가에게 한차례 크게 꾸지람을 들은 것처럼 뚝 멈췄다. 습기를 품은 공기가 방 안까지 스멀스멀 밀려 들었다.

미야시타가 계장인 수사1과 5계의 형사들은 오전 9시에 한조몬 회관에 도착했다. 사쿠라다몬에서 세 번째 정류장이다. 호출된 이유를 알지 못해 모두가 입을 꾹 다물고 있었다.

현관을 들어서자 1층 정면 연회장 입구에 '전국 교통부장 회의'라는 표지가 걸려 있었다. 성화 릴레이의 교통 규제에 대한 회의인가. 그 밖에도 각종 경찰 회의가 회관 내에서 열리고 있었다.

"높은 분들은 회의를 엄청 좋아하신다니까. 아침 일찍부터 수고들이 많네."

수사1과에서만 10년째인 베테랑 형사 모리 다쿠로 경위가 비꼬듯이 한마디 내뱉었다. 미야시타와는 대조적으로 눈이 큼직해서 군대 만화의 주인공 '당크로'라는 별명을 가진 옛 해군 출신이다. 무도장에 사비로 검은 광택이 나는 '해군 정신 주입봉'을 마련해놓고 반항적인 불량 똘마니들을 잡아들여 육체적인 교육을 실시하곤 했다.

"이런 곳에서 회의라니, 아무래도 별로 좋은 얘기는 아닌 모양이네."

마사오보다 세 살 많은 사와노 히사오 경사가 그렇게 말하며 우울한 듯 코를 훌쩍 들이켰다. 사와노는 생명보험회사에서 전직해 왔다는 괴짜인데, 옷차림이며 생김새가 아직도 영업직 시절 그대로였다. 임관 5년 만에 경사 승진 시험에 합격하여 지능범 수사 담당인 2과를 희망했지만, 경위인 인사2과장의 서류 실수로 1과에 오게 되었다. 경찰은 내부 문제에서도 일단 결정된 것은 그대로 밀고 나가는 조직이다.

"어이, 니이, 관내에서는 담배 꼬나물고 다니지 마."

미야시타의 주의를 받고 니이 가오루 경위가 입에 물고 있던 담배를 복도 재떨이에 툭 던져 넣었다. 칼라 셔츠에 시원한 여름 양복을 차려입은 니이는 키가 크고 날씬한 멋쟁이 형사다. 이혼 경력이 있는 서른여섯 살의 독신. 포마드를 책상 서랍에 준비해놓고 시시때때로 바르는 통에 항상 주위에 지독한 냄새를 흩뿌렸다. 밤의 아카사카 술집에서는 제법 근사한 미남으로 통하는지 도쿄에서 가장 유명한 나이트클럽 '뉴라틴쿼터'에도 얼굴만 내밀면 들어갈 수 있다는 소문이다.

"에휴, 한동안 시원한 슬리퍼 신고 다녀도 되겠다고 했더니만."

맨 뒤에 따라온 구라하시 데쓰오 경사가 한숨을 내쉬며 바닥에 가죽 구두 앞부리를 쿡쿡 찧었다. 구라하시는 무좀이 있어서 여름철 탐문수사를 진심으로 증오했다. 나이는 아직 마흔이지만 머리칼이 백발인 데다 눈꺼풀까지 묵직해 보여서 항상 나른한 분위기를 풍겼다. 미야시타 계장과 나란히 있으면 대부분의 사람들이 상사로 착각했다.

이상이 5계 소속의 일곱 명으로, 별명은 '로마의 휴일반'이다. 물론 로맨틱한 의미에서가 아니라 제대로 휴일 한 번을 못 찾아먹는다는 뜻의 별명이다.

줄줄이 계단을 올라가 지정해준 회의실에서 기다리고 있으려니 10분쯤 늦게 다나카가 들어왔다. 그 뒤에는 다마리 과장이 있었다. 마사오 일행은 저도 모르게 기립했다.

"안녕하신가. 착석해. 편하게들 앉아." 다마리가 긴 탁자 상좌에 앉았다. "지금부터 하는 이야기는 모조리 최고 기밀에 속하는 사안이다. 따로 이곳에 모이라고 한 것도 신문기자에게 새어 나가면 곤란한 일이기 때문이야. 따라서 일체의 사항을 극비로 해주기 바란다."

5계 형사들이 다마리의 심상치 않은 기색에 일제히 자세가 꼿꼿해졌다.

"8월 29일에 나카노 경찰학교에서 폭발 사건이 있었다. 이 얘기, 어디서 들은 사람 없나? 솔직히 말해봐."

그 물음에 마사오는 얼굴이 뜨거워졌다. 교양부의 사쓰마 하야토의 얼굴이 떠올랐지만 순간적인 판단에 따라 손은 들지 않기로 했다. 옆

자리에 앉은 이와무라는 아예 처음부터 시치미를 뗄 작정이었는지 눈썹 하나 꿈쩍하지 않았다.

"솔직히 말해봐. 다른 처벌은 없어."

거듭되는 말에도 마사오는 반응하지 않았다. 경찰에서는 정직한 사람이 이익을 보는 일은 없다.

"좋아, 알았어. 입단속을 하라는 다짐 때문이라면 여러분의 무거운 입을 높이 평가해줘야겠군. 앞으로는 무심코 하는 발설이라도 용서하지 않겠다. 정보 누설이라는 의심을 받은 단계에서부터 대상자에게는 정직 이상의 무거운 처분이 떨어질 것이다. 그런 각오로 임해주기 바란다. 그럼 우선 대강의 내용을 순서대로 이야기하겠다. 8월 20일, 중앙 경시총감 앞으로 중앙 우체국 소인이 찍힌 봉서가 배달되었다. 담당 비서가 개봉하여 최고 경비본부에 보고하고 그 내용을 심사한 결과, 장난 편지일 가능성이 높다고 판단하여 당분간 상황을 지켜보기로 했었다. 편지의 내용은 다음과 같다."

다마리가 한 차례 헛기침을 하고 문제의 편지를 읽었다.

"나는 도쿄 올림픽의 개최를 방해할 것이다. 며칠 안으로 그것이 가능하다는 것을 증명하겠다. 요구는 나중에 다시 연락하겠다. —소카 지로."

회의실이 술렁였다. 미야시타와 모리도 놀란 표정을 내보이고 있었다. 소카 지로라는 이름에 마사오는 등줄기가 서늘해지는 것을 느꼈다.

"편지가 도착하고 이틀째 되던 날, 즉 8월 22일 토요일 19시 05분, 시부야 구 센다가야 니초메 8번지의 스가 경시감 사저에서 시한장치에 의한 다이너마이트가 폭발하여 별채의 방과 창고 약 150제곱미터가 전소되었다. 다행히 별채에 사람이 없어 부상자는 없었지만, 자당께서 불을 끄기 위해 무거운 물통을 들고 가다가 요추 염좌, 즉 허리가 삐끗

해서 긴급 입원 하는 피해가 있었다. 여러분도 알다시피 소가 경시감은 올림픽 경비본부의 최고 책임자다."

다시 형사들이 술렁였다. 경찰 최고 간부의 사저를 노리다니. 이와무라에게서 미리 듣기는 했지만 실제로 과장에게서 상세한 소식을 듣고 나니 충격이 적지 않았다.

니이가 성냥을 꺼내 담배에 불을 붙였다. 그것이 신호가 된 것처럼 전원이 주섬주섬 담배를 꺼내 피우기 시작했다. 다마리의 이야기가 이어졌다.

"본 건은 즉시 경찰청 장관과 수상 관저에 보고되어 청내에 특별 수사본부가 설치되었다. 단지 모든 일은 극비로 진행되어 보도 관련 쪽에 발표되는 일은 없다. 이유는 단 한 가지다. 도쿄 올림픽 개최에 조금이라도 불안을 품을 만한 사건이 발생하는 것은 국제사회에 이 나라의 신용이 걸린 중대사이기 때문이다. 만에 하나라도 불상사가 생긴다면 국가의 명예와 경찰의 위신은 땅에 떨어지는 것이다."

다마리의 얼굴이 상기되면서 말투도 강경해졌다. 옆자리의 다나카는 비사문(사천왕의 하나)처럼 눈을 치켜뜨고 있었다.

"그리고 8월 26일, 마찬가지로 중앙 우체국 소인이 찍힌 두 번째 협박장이 경시청에 배달되었다. 내용은 다음과 같다. '당국의 현명한 판단을 높이 평가한다. 다시 한번 불꽃을 쏘아 올릴 것이다. 요구는 그 후에 밝히겠다. 도쿄 올림픽은 필요 없다. ―소카 지로'. 현명한 판단이라는 건 경찰이 사건을 공표하지 않기로 한 조치를 말하는 것으로 보인다. 그리고 그저께인 8월 29일 15시 정각, 나카노 경찰학교 남측 기숙사 배선실에서 폭발이 있었다. 센다가야 때와 마찬가지로 시한장치가 딸린 다이너마이트였다. 지붕이 날아갈 정도의 폭발이어서 목조 기숙사 약 200제곱미터가 불타는 피해가 발생했다. 다행히 토요일 오후였기 때문에 식당 아줌마가 귀가한 뒤라서 직접적인 부상자는 없었다. 단지 소화기를 들고 달려오던 교무과 직원이 계단에서 굴러 허리 타박상으로 치료를 받고 있다. 그리고 이 건과 관련하여 범인의 세 번째 성명문은 현재로서는 들어온 것이 없다. 이 사건 또한 센다가야 때와 마찬가지로 공표되지 않았다. 이상이 대강의 사건 개요다."

다마리가 5계 전원을 둘러보았다. 문득 탁자에 손을 짚고 자리에서 일어섰다. 마사오 일행은 서둘러 담배를 껐다.

"우리는 이번 사건이 국가에 대한 용서할 수 없는 선전포고라고 판단하고 있다. 도쿄 올림픽이 위기에 처했다는 사실이 국내외에 퍼져나간다면 약 40일 후로 다가온 올림픽 개최에 위태로운 사태가 초래될 수 있다. 아시아에서 처음 개최되는 도쿄 올림픽을 우리는 어떻게든 성공시켜야 한다. 이것은 국가의 명예에 관한 일이고, 나아가 동아시아 전체의 신용 문제이기도 하다. 현시점에서 이 사건이 조직적인 범행인지 아니면 개인적인 행동인지는 판정하기 어렵다. 또한 사상범인지 쾌락범인지도 아직 파악하지 못했다. 하지만 범인이 어떤 인물이건 그건 관계없다. 우리에게 부과된 사명은 신속히 범인을 특정하여 그 신병을 확보하고, 어느 누구도 올림픽을 방해하지 못하게 하는 것뿐이다. 오늘부터 우리 5계의 7인은 이 수사에 참여한다. 또한 내일부터 수시로 수사관을 증강할 것이다. 신문기자들의 눈이 있기 때문에 회의는 본부가 아니라 모조리 이쪽 한조몬 회관에서 하겠다. 숙소는 고지마치의 기숙사에 방을 확보해두었으니 그곳을 이용해주기 바란다. 여러분은 이번 사건이 국가의 중대사라는 인식을 품고 결사의 각오로 직무에 임해주기 바란다. 내가 할 말은 이상이다. 본부에서 회의가 있어 이만 실례한다."

다마리가 크게 숨을 토해내고 발길을 돌렸다. 선풍기 소리가 윙윙 울렸다. 마사오는 가슴이 부르르 떨리는 것을 느꼈다. 수사1과에 배속

된 지 2년째, 처음으로 경험하는 일대 사건이었다.

다나카가 바통을 이어받았다.

"어려운 사건을 해결한 바로 다음 날에 이런 일을 맡기게 되어서 미안하다. 자네들 5계가 형사부에서는 가장 먼저 수사본부에 투입된다. 다른 계에서도 손이 비는 대로 참여할 예정이다. 아까 과장이 특별 수사본부 설치 장소를 '청내'라고만 슬쩍 내비쳤지만, 구체적으로 말하면 4층이다."

다나카가 험악한 얼굴로 말했다. 즉 공안부에 특별 수사본부가 설치된 것이다. 마사오 일행도 사정을 대충 눈치채고 표정이 어두워졌다.

"한마디로 이번 사건의 수사 지휘권은 공안부가 쥐고 있다는 얘기다. 당연히 다마리 과장과 부장이 이의 신청을 했지만 스가 경비본부장이 거절했다. 형사부는 항상 언론 쪽의 마크를 받기 때문에 밀행 수사는 공안부가 적합하다는 이유에 따른 결정이었다. 오늘 현재, 특별 수사본부가 어떤 진용이고 얼마나 정보를 쥐고 있는지, 우리는 아직 파악하지 못했다. 그리고 모든 일에 협력하라는 지령에 따라 1과는 소카 지로 사건의 지속 수사에 필요한 모든 자료를 공안부에 제공하기로 했다."

다나카는 여기서 잠시 말을 끊고, 굵은 목을 좌우로 돌려 두두둑 뼈를 울렸다.

"그냥 쉽게 말하자면, 현시점에서 우리 1층은 4층의 하청 업체가 된 꼴이야. ……하긴 공안부 쪽에서도 무슨 불만이 있는지 자기들끼리 처리하고 싶다고 신청했는데 경비본부장이 설득해서 형사부도 받아들였대."

회의실에 침묵이 흘렀다. 그러고 보니, 아까 나오는 길에 1과의 선임 형사가 '체면을 위해서라도' 고분고분 졸병으로 불려 가지 말라고 했다. 아무래도 지휘권의 줄다리기 단계에서부터 형사부가 크게 져버린 모양이다.

"우선 이런 분위기를 염두에 두기 바란다. 무엇보다 범인은 반드시 우리 형사부의 손으로 검거해야 한다. 소카 지로가 됐건 빨갱이가 됐건 정신이상자가 됐건 상관없이, 무조건 검거한다."

다나카가 셔츠를 둘둘 걷어 올렸다. 머리털은 헤싱헤싱하지만 양쪽 팔뚝에는 털이 북슬북슬했다.

"그럼 지금까지의 수사 상황을 목격 정보와 감식 결과, 유류품 감정의 순서로 설명하겠다. 우선은 수상한 자에 대한 목격 정보부터."

일제히 메모하는 소리가 울렸다. 마사오는 연필을 쥔 손에 힘을 꾸욱 넣었다.

4

7월 13일 월요일

지구가 돌기를 중단한 것처럼 소슬바람 한 점 불지 않았다. 7월의 태양은 여지없이 직통으로 내리쬐었다. 바닥에 가라앉은 열기는 어디로도 빠져나갈 곳이 없어 그저 열심히 공기를 달굴 뿐이었다.

지난 주말에 기상청은 도쿄의 장마가 끝났음을 공식적으로 발표했다. 이제 새삼 무슨 생뚱맞은 소리인가 하는 느낌이었다. 올해는 예년과는 달리 그저 말뿐인 장마였다. 5월 강수량이 평년의 반절 이하로 뚝 떨어져서 이대로 가면 도쿄는 심각한 물 부족에 시달릴 것이라고 텔레비전 뉴스에서 예상하고 있었다. 저수지 몇 군데에서는 댐 건설로 오래전에 가라앉은 폐촌이 모습을 드러냈다고 한다. 좋아서 싱글벙글

하는 곳은 맥주 회사뿐이다.

시마자키 구니오는 뚝뚝 쏟아지는 땀을 손수건으로 닦으며 오타 구 오모리 거리를 걸었다. 손수건도 쥐어짜면 땀이 주르륵 흐를 만큼 젖어서 아예 수건을 가져올 걸 그랬다고 점점 더 후회가 되었다. 가죽 구두 속도 땀으로 훈김이 가득했다. 평소에는 슬리퍼를 신었지만 오늘은 그럴 수도 없었다. 형의 유해를 대면하지 않으면 안 되기 때문이다.

오른쪽 왼쪽에서 선반 소리가 윙윙 울렸다. 처음 찾아온 곳이지만 아마도 공장지대인 모양이다. 그러고 보니 도쿄 올림픽 개최에 의한 만안 정비 공사로 이 지역 어업조합이 어업권을 포기했다는 보도가 언젠가 신문에 실렸었다. 김 건조장이 공장지대로 바뀌었던 것이다.

한참 걸어가자 새 포장도로가 눈앞으로 펼쳐지고, 그 바로 위를 굉음과 함께 거대한 비행기가 가로질러 갔다. 그 크기에 압도되어 저절로 발이 멈췄다. 시야의 끝에는 긴 콘크리트 다리도 있었다. 저게 모노레일이구나, 하고 구니오는 한참이나 정신없이 바라보았다. 나리타 공항이 바로 가까이에 있는 것이다. 고향은 북녘의 아키타고, 지금은 도쿄 혼고 니시카타에서 사는 구니오는 긴자 남쪽으로는 거의 아무런 인연도 없었다.

번지수를 의지하며 계속 걸어 들어가 고자히가시 화장장을 찾아냈다. 간판이 없었다면 공장이라고 착각했을 만큼 퉁명스럽게 블록 담으로 둘러싸인 오래된 화장장이었다. 올려다보니 콘크리트가 벗겨져 여기저기 철근이 드러난 굴뚝이 푸른 하늘을 향해 힘겹게 서 있었다.

구니오는 길가 나무 그늘에 들어가 보자기를 풀고 안에서 검은 넥타이를 꺼냈다. 목덜미의 땀을 닦아가며 와이셔츠 칼라에 넥타이를 맸다. 예복은 없었다. 학생복으로 할까도 생각했지만, 이 무더위에 목까지 단추를 채우는 건 안 되겠다 싶어서 그냥 하얀 셔츠에 검은 넥타이만 매기로 했다. 염주는 하숙집 주인에게서 빌렸다.

손목시계에 눈을 던졌다. 약속한 오후 2시까지 앞으로 15분쯤 남았지만 시간을 때울 곳도 없어서 일단 화장장 안으로 들어가기로 했다. 현관에는 아무도 없었다. 안쪽을 향해 "실례합니다"라고 인사를 건넸다. 어슴푸레한 건물 안에서 척 보기에도 시골 출신이라는 느낌을 풍기는 거무스레한 얼굴의 중년 남자가 나타났다. 입고 있는 양복이 억지로 몸에 맞춘 것처럼 어색했다.

"당신, 시마자키?" 구니오를 찬찬히 바라보며 물었다. 귀에 익은 아키타 사투리의 억양이었다.

"그렇습니다. 아키타 식구들이 너무 바빠서 내가 대신 왔어요."

"대신이라니, 시마자키 하쓰오의 친동생이잖아?"

"맞아요."

"자네 형님이 현장 합숙소에서 노상 자네 자랑을 했었구먼. 우리 동생이 도쿄대 학생이라고. 그게 참말이었네. 허풍 떤다고 아무도 믿지 않았는데." 남자가 드문드문 회색이 섞인 짧은 머리를 긁적이며 환하게 말했다. "아, 나는 야마다야. 야마신 흥업의 사장이구먼. 출신은 아키타 오가반도, 자네들하고 동향이야."

내밀어준 명함을 보았다. 회사 주소는 아키타 시내와 도쿄 도 오타구, 양쪽으로 되어 있었다. 도시로 일하러 나오는 인부들에게 일자리를 알선해주는 회사의 사장이라고 구니오는 짐작했다. 아키타 시골에서 돈벌이 나온 노동자 대부분이 이런 알선업자에 의해 다른 현이나 도시로 오게 된다. 쉽게 말하자면 건설 현장에 팔려 가는 것이다.

"정말로 심심한 조의를 표하네."

야마다라는 남자가 갑작스레 진지한 얼굴로 깊숙이 머리를 숙였다. 구니오도 "고맙습니다"라고 마주 인사를 차렸다.

"스님이 아직 안 오셨어. 잠깐 대합실로 들어갈까?" 사장의 안내를 받아 안으로 들어갔다. 통풍을 위한 세로 격자 창문 하나가 달려 있을 뿐인 어슴푸레한 실내였다. 방 앞에 놓인 나무 벤치에 둘이 옆으로 나란히 앉았다.

"미안하네. 자네 형님은 화장하는 수밖에 없어." 야마다가 한껏 공손한 자세로 말했다. "구마자와 촌의 면사무소에 전화로 문의를 했더니만 처음에는 인력송출과 과장이 그쪽은 토장(土葬)이라면서 막 화를 내더라고. 근데 유해를 도쿄에서 아키타까지 옮겨 갈 방도도 없고, 그렇다면 그쪽에서 좀 거두러 와달라고 했더니 그 즉시 태도가 변해서 화장으로 해도 좋다고 허락하더라고. 참말로 공무원이란 족속은 대충대충 넘어가는 데는 도사라니까."

"예, 화장으로도 괜찮아요. 가족들과도 상의했는데, 화장도 괜찮다고 했습니다." 구니오는 조용히 대답했다.

벽에 붙은 선풍기가 주위의 분위기에는 아랑곳없이 왱왱왱 소리를 내며 돌아가고 있었다.

어제저녁 무렵, 아키타 친가에서 도쿄 하숙집으로 전보가 배달되었다. '형이 죽었다 지급 면사무소로 연락 바람'이라는 내용이었다. 공중전화로 고향 구마자와 촌 면사무소에 연락했더니, 어머니가 나와서 전화를 기다리고 있다가 "하쓰오가 도쿄에서 죽었단다"라고 별로 급박한 기색도 없이 말했다. 미처 실감을 못 하는 거라고 충분히 짐작이 되었다. 게다가 어머니는 이미 불행에는 익숙해질 대로 익숙해져 있었다.

형이 사망했다는 소식은 면사무소에 먼저 들어왔고, 그다음에 친가로 전보가 날아갔다. 사인은 심장마비, 건설 현장의 사고는 아니라고 했다. 그래서 도쿄에 사는 구니오가 그 뒷수습을 맡게 되었다.

어머니나 형수가 도쿄에 오고 싶어도 여비가 없었다. 더구나 이미 죽은 사람을 찾아 도쿄까지 올라온들 별 의미도 없다. "형수님은?" 구니오가 어머니에게 묻자 "기요코는 애들 보고 있어"라는 엉뚱한 대답이 돌아왔다. 너무 슬퍼서 혹시 쓰러진 건 아니냐는 뜻으로 물었는데.

하긴 구니오도 그리 큰 충격은 없었다. 열다섯 살이나 터울이 지는 큰형은 구니오가 아직 어릴 때부터 1년의 반은 타지에 돈벌이를 나갔기 때문에 어딘지 손님 같은 느낌이 들었다. 아버지가 긴병을 앓은 끝에 세상을 뜨자 큰형은 온 가족에게 돈 벌어오는 사람으로 귀한 대접을 받았고 자연히 오만하게 처신하게 되었다. 구니오가 도쿄대에 들어온 것에 대해서도 모교 선생님들이 전력을 다해 도와준 덕분이었는데도 마치 자기가 보내준 것처럼 주위에 떠들고 다녔다.

게다가 큰형과 구니오는 '씨 다른' 형제라는 마음의 벽도 있었다. 아버지가 홋카이도 탄광에 일하러 가 있을 때, 어머니가 떠돌이 영사기사와 눈이 맞아 낳은 것이 구니오였다. 구마자와 촌에는 그 영사기사가 아버지일 것으로 짐작되는 아이가 적어도 세 명은 있었다. 어지간히 말 잘하고 잘생긴 남자였던 모양이다. 이 일이 큰 문제가 되지 않은 것은 '동네 창피한 일'이라고 촌장 어른이 동네 사람들의 입을 철저히 봉했기 때문이다. 아버지가 그 일을 어떻게 이해하고 받아들였는지 끝까지 알아내지 못한 채 세상을 떠나고 말았지만, 구니오는 이 출생의 비밀을 열세 살 때 도시로 돈벌이 나가는 일곱 살 많은 누나에게 들었다.

"네가 머리가 좋은 건 우리 아버지 자식이 아니기 때문이야." 마치 "그래서 부럽다"라는 듯한 말투였다.

형과 누나는 모두 일곱 명이지만, 둘째 형은 전사하고 큰누나는 취직한 공장에서 공습을 만나 죽었다. 나머지 가족도 한자리에 모이는 일은 거의 없었다. 누구라도 정월이면 고향을 찾아오지만, 형들은 명절

돈벌이에 바빠 못 오고 누나들은 일하는 집의 설 준비로 종종걸음을 쳐야 했다. 그나마 이번 장례식 때는 그 그리운 얼굴들을 만나게 될까.

"일단 이게 진단서야." 야마다가 그렇게 말하며 서류를 보여주었다. 구니오가 서류를 찬찬히 들여다보았다. 흐르르한 종이의 서류는 어느 병원에서 작성해준 것으로, 사망 일시와 장소 외에 비고란에 '심부전에 의한 사망'이라고 휘갈겨 쓴 글씨가 있었다.

"나중에 유해를 확인하겠지만 자네 형님은 외상 같은 건 일절 없었어."

"예, 괜찮습니다. 병원 진단서에 심부전이라고 적혀 있으니."

"그래, 그렇다면 이야기가 빨라서 나도 좋지." 야마다가 수건으로 얼굴의 땀을 닦았다. "이런 불상사가 생기면 개중에는 공사장에서 죽은 거 아니냐고 한사코 의심하는 유족들이 있구먼. 그렇게 되면 노동기준감독 관청에 신고도 해야 하고 여간 힘든 게 아니야. 첫째로 우리처럼 시골에서 올라온 일꾼들은 정식으로 직업소개소를 통한 게 아니라서 일이 아주 복잡해지기도 하고……."

구니오는 말없이 듣고 있었다. 노동 조건이나 규약이 두루뭉수리라는 건 충분히 상상이 되었다. 면사무소에 인력송출과라는 게 있긴 하지만 형식적인 실태조사를 할 뿐, 동네 주민을 지켜주지는 않는다. 알선업자에게서 뇌물 접대를 받는다는 소문이 떠돌기도 했다.

"그나저나 자네 형님은 전부터 심장이 약했었나?"

"아뇨, 그렇지는 않았을 텐데요."

"그래? 하지만 공사판 일을 오래 하다 보니 몸이 약해진 모양이네. 요즘 들어 자주 '통 일'로 무리를 해서 탈이 난 거야."

"통 일?"

"응, '통 일'이라는 건 두 타임을 연달아서 일하는 거야. 요즘에 올림픽 개최일에 맞추려고 계속 3교대로 일을 하니까 한 타임에 여덟 시간, 그걸 두 타임을 하게 되면 연속으로 열여섯 시간을 일하는 거구먼."

"열여섯 시간이나?"

구니오가 침을 꿀꺽 삼키며 되묻자 야마다는 다급하게 손을 저으며 변명에 나섰다.

"아, 미리 말해두겠는데 우리가 강제로 시킨 건 아니야. 한 푼이라도 더 벌려고 인부들이 나서서 했지."

"형은 어떤 일을 했어요?"

"이것저것 여러 가지야. 우리는 하청의 하청이거든. 이 근처 합숙소에서 매일 아침 버스를 타고 공사 현장에 나가고, 한 곳이 끝나면 그다음날부터 다른 공사 현장으로 가고……. 요즘에는 수도고속도로 교각을 만들었어."

"수도고속도로? 그런 일을 하는 줄은 몰랐어요."

"아니, 만든다고는 해도 어디까지나 우리는 하청의 하청 일꾼이야. 그냥 땅 파고 흙 나르는 일이나 하지, 뭐."

야마다는 머리를 긁적이며 자리에서 일어나 선풍기 앞으로 갔다.

"그나저나 자네는 형하고는 전혀 안 닮았네. 자네 형이 술에 취하면 자기도 중학교만 보내줬어도 일류 대학에 들어갔을 거라고 노상 말하더니만."

"그랬군요." 대답하기가 난처해서 쓴웃음을 지었다.

"하지만 오늘 보니까 머리 좋은 사람은 뭐가 달라도 다르구먼. 자네는 살빛도 희고 손은 여자처럼 곱고 얼굴도 예쁘장하고."

"아뇨, 그런……."

"아니, 태어난 별자리가 애초에 다른 거야. 곡괭이나 휘두를 수밖에 없는 우리네하고는 인종이 달라."

야마다는 눈을 감고 선풍기 바람을 쐬었다. 구니오는 고개를 숙이고 발밑을 기어가는 개미를 바라보고 있었다.

"자네하고 나는 남남 간이지만서도 뭐랄까, 같은 아키타 사람이 도쿄대에 다닌다고 하니까 이렇게 마냥 자랑스러우니, 거참 묘한 일이라니까."

그때 앞쪽에서 차 소리가 났다. 차 문이 열리고 자갈 밟는 발소리가 울렸다.

"스님이 오셨어. 그럼 시마자키, 이건 자네가 스님에게 전해줘."

야마다가 봉투를 내밀었다. 겉에 '거마비(車馬費)'라고 적혀 있었다.

"안에 2000엔을 넣었어. 야마신 흥업에서 마음으로 주는 것이구먼."

망설이면서도 우선 받았다. 등을 떠밀려 마중에 나섰다. 현관에는 법의를 두른 초로의 승려와 국화꽃을 든 회사원인 듯한 중년 남자가 서 있었다.

야마다가 양쪽을 소개했다. 중년 남자는 오리엔트 토목이라는 회사의 전무였다. 구니오를 보자 공손한 얼굴로 "삼가 조의를 표합니다"라고 판에 박힌 조문 인사를 했다. 아무래도 이 남자가 스님을 모셔 온 모양이었다.

스님을 포함하여 네 명이서 어슴푸레한 영안실로 들어갔다. 안에는 향불 연기 냄새가 흙벽의 시지근한 냄새와 뒤섞여 사람의 후각을 어지럽혔다. 정면에 제단 같은 건 없었다. 하얀 천을 씌운 받침대에 관이 얹혀 있을 뿐이다. 기다리던 화장장의 담당자가 일동을 둘러보더니 관 뚜껑을 잡고 "그럼 부탁합니다"라고 고개를 끄덕이듯이 머리를 숙였다.

구니오가 앞으로 나가 죽은 형의 얼굴을 들여다보았다. 전체적으로 퉁퉁 붓고 보랏빛이 서려서 인상이 전혀 달라져 있었다. 알려주지 않았다면 형인 줄도 알지 못했을 것이다. 다만 나지막하게 옆으로 퍼진 코를 보고 '아, 형이다' 하고 마음속으로 중얼거렸다. 한참 오래전 일이지만, 동네 청년들이 가면을 안 쓰고도 나마하게(코가 납작하고 험상궂은 얼굴의 나마하게 가면을 쓰고 집집마다 돌아다니며 어린아이들을 훈계하는 아키타 지역의 전통 놀이)를 할 수 있겠다고 놀려먹는 바람에 잔뜩 화가 난 형이 낫을 들고 쫓아다닌 일이 있었다.

스님이 한 차례 기침을 하고서 독경을 시작했다. 그 목소리에 딸려 가듯이 파리가 몰려왔다. 몇 마리는 형의 유해에도 달라붙었다. 담당자가 선풍기를 들고 와 관에 대고 돌렸다. 파리는 물러가지 않았지만 이리저리 날아다니는 횟수만은 줄었다. 하얀 옷자락이 물결처럼 흔들렸다. 구니오는 염주를 꼭 움켜쥔 채 눈을 감고 고개를 숙였다.

형에 대해 생각해보려고 했다. 형은 1925년생이라 1년만 늦게 태어났으면 쇼와 시대 사람이었을 거라고, 무슨 큰 손해라도 본 것처럼 자주 말했다. 징집영장이 나왔지만 남양(南洋)의 임지에서 말라리아에 걸려 일찌감치 송환되었다. 그 병만 아니었으면 특공대에 지원했을 거라고 허세 부리는 소리를 했다. 초등학교를 나와 농사일을 이어받고 겨울철에는 현 외의 도시로 일하러 나갔다. 스물세 살에 이웃 동네에 살던 형수와 중매결혼을 해서 중학교에 다니는 조카가 둘이 있다. 형이 가족을 애틋하게 여겼는지 어떤지는 잘 알지 못한다. 구니오가 열다섯 살 때 고향 집을 떠나 아키타 시내의 고등학교에 다니며 하숙 생활을 시작했기 때문이다. 형과 어울려 놀아본 기억은 없었다. 자신이 철들 무렵부터 형은 언제나 일하러 나다녔다. 어디 여행을 가본 적도 없는 형이다. 좋은 옷을 입은 형의 모습도 본 적이 없다. 초밥을 먹어본 적은 있을까. 비프스테이크를 먹어본 적은 있을까. 술을 마신다는 건 알고 있다. 정월이면 다디단 것을 마시듯이 탁주를 마시곤 했다. 형의 꿈은 무엇이었을까. 어떤 인생을 꿈꾸었을까. 구니오는 하나도 알지 못했다. 남자 대 남자로서 제대로 된 대화를 해본 건 모두 합쳐야 30분도 안 될 것이다.

이러고도 형제인가— 구니오는 코로 진한 한숨을 토해내며 어금니를 악물었다.

독경은 5분 만에 끝이 났다. 스님이 냉큼 돌아갈 준비를 하는지라 구니오는 조금 전에 야마다에게서 받은 봉투를 내밀었다. "독경을 해주셔서 고맙습니다." 공손히 허리를 숙였다. 스님은 봉투 뒷면에 적힌 금액을 확인하더니 일순 미간을 찌푸리며 아무 말 없이 품속에 챙겨 넣었다.

스님과 토목 회사 전무가 발길을 돌렸다. 전무는 출구에서 야마다를 불러 "그럼 뒷일을 잘 부탁해"라고 작은 소리로 말하고 국화 꽃다발을 맡기고 갔다.

"마지막 작별 의식을 부탁합니다." 화장장 담당자가 말했다.

"시마자키, 얼른 해야지." 야마다의 재촉에 구니오는 국화꽃을 관 안에 넣었다.

다시 한번 형의 얼굴을 보았다. 화장을 해주기는 했지만 덥수룩한 수염이 그대로 있었다. 반쯤 벌린 입으로 앞니가 빠진 게 보였다. 이걸로 영원한 이별이라고 생각하니 더럭 겁이 났다. 제 식구를 먼저 보내는 데 익숙한 어머니는 어찌 됐건, 형수와 조카들은 정말 형의 마지막 모습을 보지 않아도 괜찮은 걸까. 재가 된 남편과 아버지를 아무 말 없이 받아들일 수 있을까. 분명 형수와 조카들은 차마 도쿄에 올라간다는 말도 못 하고, 어머니가 하라는 대로 따랐을 것이다.

문득 유해를 아키타까지 실어 갈 생각을 해보았다. 하지만 그건 무리한 일이었다. 트럭 이외에는 싣고 갈 방법도 없고, 그것도 이틀은 걸린다. 구니오는 운전면허증도 없고 운송업자에게 부탁할 돈도 없었다.

갈팡질팡하는 사이에 관 뚜껑이 닫혔다. 어쩔 수 없다고 자신을 타일렀다. 못과 돌을 건네주어서 구니오가 박았다. "아, 그냥 형식만 갖추면 됩니다." 옆에서 담당자가 슬쩍 귀엣말을 했다.

못 하나를 끝만 살짝 박아 넣자 그다음은 담당자가 대신 해주었다. 능숙하게 망치로 탕탕 박는다. 순식간에 관이 밀폐되었다.

담당자 한 명이 더 나타나 관대의 시트를 들추고 다리의 바퀴를 풀었다. "출관입니다." 담당자가 말한다. 둘이서 앞뒤 손잡이를 잡고 관을 얹은 채 어슴푸레한 통로 좀 더 안쪽으로 다시 옮겨 갔다. 맨 끝 방에 화장로가 있었다.

화장로는 벽돌로 지은 것으로 철제 문짝이 달려 있었다. "석탄으로 태우는가요?" 화장 경험이 없는 구니오가 묻자 야마다가 곁에서 "가스"라고 간결하게 대답해주었다.

남자 넷이서 관을 들어 화장로 안으로 밀어 넣었다. 그 안의 유해에 마음이 쏠렸다. 형— 입 밖으로 소리가 터져 나오려고 했다.

"그럼 화장하는 동안, 한 시간쯤 대합실에서 기다려주세요."

문짝이 닫혔다. 이걸로 정말 작별이다.

야마다와 둘이서 다시 대합실로 돌아왔다. 벤치에 조금 사이를 두고 앉았다.

"그럼 이참에 상의를 좀 해야겠네" 하고 야마다가 몸을 돌려 앉으며 가방에서 봉투 세 개를 꺼냈다.

"이쪽이 오리엔트 토목에서 준 조의금이고, 이쪽이 우리 회사에서 주는 조의금이야. 또 하나가 더 있는데, 이건 마쓰야마 건설에서 준 거야. 이건 아까 그 전무님이 받아다 주신 거니까 고맙게 받아줬으면 하네."

"마쓰야마 건설이라면……." 구니오가 물었다.

"오리엔트 토목의 하나 더 위야. 수도고속도로 공사의 발주자는 공단인데, 원청은 이시카와지마 하리마 중공업이라나 어디라나, 우리로서는 상상도 못 할 대기업이야. 거기에서 여러 군데 하청 업체에 공사를 나눠줬는데, 마쓰야마 건설은 2차 하청 업체 정도야." 야마다가 코를 한 차례 훌쩍 들이켜더니 이야기를 계속했다. "공사 하청은 너무 복잡해서 나도 잘 모르는구먼. 마쓰야마 건설의 인부는 전원이 정사원이지만, 오리엔트 토목은 반절이 비정규직, 우리 야마신 흥업은 전원이 비정규직이야. 먹는 도시락도 다르고 휴게실도 달라. 평소에는 서로 말도 안 섞으니 어디서 온 사람들인지도 몰라."

"그렇군요."

"원래 자네 형이 병사한 것은 오리엔트 토목이나 마쓰야마 건설하고는 아무 관계가 없으니까 조의금이 나올 일도 없지만, 그래도 자기네 관할 합숙소에서 사람이 죽었으니 조금쯤은 인정을 베풀어달라고 내가 사정사정해서……."

야마다가 큰일이라도 해낸 듯이 말하는지라 구니오는 어쩔 수 없이 머리를 숙이며 인사를 건넸다. "고맙습니다."

"그래서 말인데, 조의금 받은 값이라고 할 건 아니지만, 내가 한 가지 부탁이 있구먼. 아 참, 자네 도장은 가져왔지?"

전화로 연락할 때 꼭 도장을 가져오라고 했었다.

"예, 가져왔어요."

"그럼 여기에 서명하고 도장을 좀 찍어줘야겠는데." 야마다가 다른 봉투를 꺼내 안의 서류를 펼쳤다. 들여다보니 붓으로 '서약서'라고 적혀 있었다.

내용을 훑어보았다. 미리 정해둔 서식이 있는 듯한 문장이었다.

성하의 계절에 귀사의 무궁한 건승을 기원합니다. 이번에 저희 시마자키 하쓰오의 병사에 대해 다방면으로 깊은 배려를 해주시고 다망한 가운데 장례 준비까지 해주셔서 진심으로 감사드립니다.

구니오의 가슴속에 회색빛 공기가 뭉클뭉클 피어올랐다. 요컨대 책임을 면하려는 다짐의 각서였다.

나아가 조의금을 불전에 공양해주셔서 고인도 귀사의 배려에 깊은 감사를 드릴 것이라고 생각합니다. 또한 이번 일은 전적으로 시마자키 하쓰오의 병사에 따른 것으로, 저희 가족은 사망진단서의 내용을 존중하여 금후 일체의 배상 및 기타 어떠한 청구도 하지 않을 것을 약속드립니다.

점점 더 우울해졌다. 이런 배상 문제가 집안에 닥친 건 처음이었다.

"도장 찍어줄 거지? 병사라는 건 분명한 일이니까 당연히 찍어줘야지, 응?" 야마다가 비굴하게 구니오의 얼굴을 들여다보며 말했다.

"죄송합니다. 저 혼자 결정할 일이 아니니까 이 서류는 아키타에 돌아가 어머니와 형수님께 전해드리지요." 조용히 대답했다.

"아니, 내가 미리 말해두겠는데, 무슨 잘못된 건 하나도 없다니까 그러네."

"아무튼 나는 그저 동생일 뿐이라서."

"동생이 왔으면 충분하잖아."

"근데 야마다 씨, 이건 누구에게 제출하는 것이지요?"

구니오가 물어보자 야마다는 얼른 대답을 하지 못했다.

"야마신 흥업 쪽이 아니지요? 그렇다면 오리엔트 토목이나 마쓰야마 건설인가요?"

"응, 오리엔트야……." 야마다가 한숨을 섞어 대답했다. "합숙소 소유주가 오리엔트니까 혹시나 해서 다짐을 받으려고 각서를 써달라는 거야. 이봐, 부탁이야. 이거 도장 못 받으면 우리 회사는 더 이상 합숙소도 이용할 수 없어."

구니오는 막연히 공사 현장의 관계를 이해했다. 야마신 흥업은 단순한 노동력 파견업자에 지나지 않는다. 합숙소 소유주는 오리엔트 토목이고 타지에서 흘러온 인부를 포함하여 직접적인 고용관계가 없는 노동자를 다수 거느리고 있다. 장소 제공자에 지나지 않기 때문에 사건사고가 일어나도 책임은 지지 않겠다는 것이다.

야마다가 몇 번이고 애걸하다시피 했지만 구니오는 뜻을 굽히지 않았다. 애를 먹일 마음은 없지만 형수를 제쳐두고 자신이 도장을 찍어줄 수는 없는 일이었다.

"그렇다면 아키타에 돌아가거든 꼭 도장 좀 받아줘." 마지막에는 야마다도 포기했다.

그다음은 사무적인 이야기였다. 미처 주지 못한 형의 급료를 지불하는 방법과 합숙소에 남겨진 사물을 어디로 보내야 하는지 주소를 확인하고, 구니오가 승낙했다. 화장장 사용료도 우송비도 급료에서 제해졌다. 당연한 일인지도 모르지만 냉혹한 현실의 일단을 엿본 듯한 심정이었다. 형의 일당은 세금을 공제하고 700엔이었다. 거기에 합숙소 방세와 식비를 빼고 나면 500엔대로 떨어진다. 형이 아키타에 다달이 얼마를 보냈었는지, 구니오는 알지 못한다. 어떻든 '통 일'이라는 연속 노동을 하지 않고서는 가족을 먹여 살릴 수가 없었던 것이리라.

한 시간여를 기다린 끝에 구니오가 혼자 들어가 유골을 수습했다. 항아리에 뼈를 주워 담는 건 처음 해보는 일이었다. 오동나무 상자도 쓰겠느냐고 하기에 값을 물어보니 깜짝 놀랄 만큼 비쌌다. 구니오는 지참한 보자기에 싸서 가져가기로 했다.

"자네, 오늘 밤 기차로 고향에 갈 거야?" 야마다가 물었다.

"예, 어머니와 가족들이 기다리셔서요." 구니오가 보퉁이를 들고 일어섰다.

"22시 15분 열차?"

"예."

"이등석?"

"예, 물론."

걸음을 옮기려는데 야마다가 호주머니에서 꾸깃꾸깃한 100엔짜리 세 장을 꺼내 구니오의 와이셔츠 주머니에 넣어주었다.

"아무리 젊은 사람이라도 아키타까지 이등석은 너무 힘들지. 침대칸 타고 가. 이걸로 여비나 좀 보태라고."

"……고맙습니다."

구니오는 감사히 받기로 했다. 우에노에서 아키타 바로 전 역인 오마가리까지는 약 열한 시간이 걸린다. 이등석이 만원이기까지 하면 밤새 몸을 웅크린 채 자야 한다.

"신칸센이라는 게 북녘으로도 연결되면 얼마나 좋겠어. 도쿄 오사카 사이를 네 시간에 돌파한다니, 참말로 꿈 같은 얘기야."

야마다가 옆을 건중건중 따라왔다. 그제야 알아봤지만 야마다는 다리를 절고 있었다. 분명 예전에는 그도 도시로 돈벌이 나온 인부였으리라. 부상은 입었지만 그나마 요령이 좋아 아랫사람의 돈을 빼먹는 위치로 올라선 것이다.

"그럼, 도장 잘 부탁하네."

"알겠습니다."

화장장 앞에서 좌우로 갈라섰다. 바람이 불어올 기미는 전혀 없고 7월의 태양이 전열선처럼 지상에 쏟아졌다. 금세 땀이 줄줄 흘렀다.

구니오는 넥타이를 느슨하게 풀고 와이셔츠 단추도 풀었다. 역에 도착하면 우선 시원한 사이다부터 사서 마시자고 생각했다.

덤프카가 옆을 지나가는 바람에 흙먼지가 요란하게 휘날렸다. 도로 공사의 소음이 주위에 소용돌이치고 있었다.

5

7월 14일 화요일

다음 날, 시마자키 구니오는 오전 7시에 차내 방송을 듣고 화들짝 놀라 잠이 깼다. 요금 600엔의 이등 침대차는 위아래로 세 칸짜리 침대이고 구니오는 그중 가장 위쪽이었다. 그만큼 천장 스피커와 가까워서 차장의 안내방송이 천둥처럼 구니오의 고막을 뒤흔들었다.

간밤에는 이런저런 생각을 하느라 2시가 넘도록 잠들지 못했다. 그래서 좀 더 자고 싶었지만 국철 침대차는 아침 7시면 잠자리를 정리하고 좌석으로 돌아가는 게 규칙이라 어쩔 수 없이 침대에서 내려왔다. 여섯 명이 마주 보는 좌석에서 다른 승객들과 인사를 나누었다. 한마디만 듣고도 모두 다 아키타 사람이라는 것을 알았다. 도쿄 우에노 역을 출발한 게 오후 10시가 넘은 시각이었고 곧바로 침대차에 올라갔기 때문에 그들의 얼굴을 보는 건 처음이었다.

"자네도 아키타 사람이야? 여간 세련된 게 아니라서 도쿄 사람인 줄 알았네."

여름인데도 트위드 헌팅캡을 쓴 남자가 구니오에게 말했다. 얼굴에 주름이 쪼글쪼글한 초로의 자그마한 중년 남자로, 자신은 행상하는 사람이라고 했다. 무슨 일을 하느냐고 물어서 대학생이라고 대답했더니 어느 대학이냐고 재우쳐 물었다. 구니오는 부기 학교라고 거짓말을 둘러댔다. 도쿄대라고 했다가는 한바탕 소란이 일어날 게 뻔했다. 귀성 열차를 탈 때마다 알지 못하는 고향 사람들이 그의 도쿄 주소를 자꾸만 물어보곤 했다. 마냥 신이 나서 '우리 고장의 자랑'이라고 추켜세우는 통에 여간 난처한 게 아니었다.

구니오는 잠방이에 러닝셔츠 차림 그대로 기차 안 화장실에서 볼일을 보고 세수도 했다. 창문 밖으로는 그리운 시골 풍경이 펼쳐졌다. 5월 모내기 때부터 벼가 익는 8월까지는 이 지방이 가장 아름다운 때였다. 큰형도 5월이면 잠깐 아키타에 돌아와 모내기를 하고 당일치기로 다시 도쿄에 돌아가곤 했다. 소작논 네 마지기, 자작논은 한 마지기 반밖에 안 되기에 가능한 재주였다.

통로의 창을 열고 바깥 공기를 들이쉬었다. 먼지가 뿌옇게 서린 도쿄 공기에 익숙해져 있었기 때문에 그야말로 화들짝 놀랄 만큼 신선했다. 역시 아키타는 먼 곳이구나, 하고 구니오는 600여 킬로에 달하는 거리를 실감했다. 철도 운임은 특급 이등 침대를 이용하면 오마가리까지 편도 2500엔이 넘었다. 한 달 생활비가 일가족 모두 합해 1만 엔 남짓밖에 안 되는 형수가 도쿄로 달려올 여유가 있을 리 없다.

좌석으로 돌아와 옷을 챙겨 입었다. 짐을 정리해 다시 선반에 얹었다. 보스턴백 안에는 유골 항아리와 혼고의 의상 대여점에서 빌려 온 검은 상복이 들어 있었다.

"이거 좀 먹어볼래?" 행상을 한다는 아저씨가 말린 떡을 권해왔다. 식욕은 없지만 호의를 무시하는 것도 미안해서 한 개를 집어 들었다. 오랜 옛날부터 아키타 지방의 전통 보존식이어서 그 익숙한 맛이 입안 가득 고였다.

"행상으로 나다닐 때는 항상 이걸 갖고 다니지. 식비가 한결 절약되거든." 아저씨가 말린 떡을 쥐처럼 앞니로 갉작갉작 먹으며 말했다. "도쿄는 갈 때마다 달라져. 큼직한 빌딩이 자꾸자꾸 들어서고 고속도로는 착착 생기고 지하철도 쌩쌩 뚫리고."

구니오는 대답하지 않고 창밖의 풍경을 바라보았다.

"밤이면 사람들이 북적거리고 아가씨들은 죄다 예쁘니 젊은이라면 모두들 도쿄로 가고 싶게 마련이야. 자네, 학교 졸업해도 아키타에는 돌아오지 마."

아저씨의 말에 목을 움츠리며 가만히 쓴웃음을 지었다.

"아키타 같은 시골에서는 색싯감 찾기도 어려워. 다들 집단 취직으로 도시에 나가버리고 남은 건 농사꾼의 장남뿐이지. 나도 조금만 더 젊었으면 도쿄에 올라가서 인생을 싹 바꿨을 거야."

아저씨는 혼자 떠들어가며 말린 떡을 다 먹더니, 담배를 맛나게 피웠다.

유자와 역에서 몇 사람이 내렸다. 관광객은 전혀 없고 거의 대부분이 행상용의 큼직한 짐 보퉁이를 짊어지고 있었다. 피부는 검게 타고 유난히 키들이 작았다. 그럴 리가 없을 텐데, 여기저기서 노인들만 눈에 띄었다. 구니오가 고향 집에 돌아가는 건 1년 반 만이었다. 눈에 익은 도쿄 사람들에 비해 너무도 모양새들이 초라했다.

"도쿄하고 아키타는 같은 나라도 아닌 거 같아. 한쪽에서는 올림픽을 앞두고 축제 준비로 바쁘게 돌아가는데, 한쪽에서는 아비가 먼 도시에 나가 허덕허덕 몇 푼 벌어 부쳐주면 그걸로 겨우 입에 풀칠이나 하잖아. 하느님은 이런 걸 대체 어떻게 생각하시는지 모르겠어."

아저씨가 창가에 턱을 얹고 말했다. 구니오는 조용히 한숨을 내쉬었다. 정말 딱 맞는 말이었다.

구니오가 열여덟 살에 도쿄 고등학교에 올라가 맨 처음 느낀 것은 도쿄의 풍요로움이라기보다 자신들이 얼마나 가난한가 하는 것이었다. 그건 열등감도 의분(義憤)도 아니고, 오로지 순수한 놀람이었다. 사회의 격차에 어처구니가 없어 그저 헛웃음밖에 나오지 않았다.

구니오의 고향인 구마자와 촌에서는 전기가 들어온 것도 전쟁 끝나고 한참이나 지난 뒤였다. 어렸을 때는 미군이 버리고 간 마대 자루에 타르를 발라 방한복으로 입었다. 장남이 아니면 쌀밥 구경을 할 수 없어서 집을 떠나올 때까지 당연한 일처럼 보리밥만 먹었다. 마을의 젊은이들은 하나같이 중학교나 겨우 졸업하고, 장남 이외에는 입을 덜기 위해 도시로 집단 취직을 나가는 게 보통이었다. 바로 얼마 전까지도 암암리에 인신매매가 성행했었다. 딸을 낳아서 얼굴이 반반하면 게이샤로 팔려가고, 별 볼 일 없는 얼굴이면 숯가마 터에 식모로 팔려 갔다. 그럴 거라면 무엇 때문에 자식을 낳았는지 한번 물어보고 싶을 만큼 거친 대접이었다. 중학교 때도 그렇고 고등학교 때도 그렇고, 담임선생님이 우수한 학생이니 꼭 진학하게 해달라고 어머니를 설득하고 장학금 수속을 서둘러주지 않았다면 아마 구니오도 중졸 이력으로 지금쯤 육체노동을 하고 있을 것이다. 마을이 온통 미래에 대한 꿈이라고는 찾아볼 수 없는 곳이었다.

오전 8시 50분, 이제 곧 오마가리에 도착한다는 차내 방송이 나왔다. 급행을 타고 오기를 잘했다고 생각했다. 늘 타고 다니던 완행열차였다면 지금쯤 야마가타 시까지도 못 왔을 것이다.

"학생, 오마가리에서 내리나? 어떤 동네에서 산대?" 내릴 준비를 하고 있으려니 아저씨가 물었다.

"한 시간쯤 버스 타고 다자와 호수 쪽으로 들어간 구마자와 촌이에요."

"구마자와? 들어본 적이 없네."

"예, 작은 시골 마을이니까요."

"그래, 그럼 건강하게 잘 지내."

구니오는 미소를 지으며 손을 흔들었다. 그 순간, 갑자기 옆에 앉아 있던 스포츠머리의 사십대 남자가 고함을 질렀다.

"이 새끼, 그거 돌려주지 못해?"

무슨 일인가 하고 깜짝 놀라 구니오는 움직임을 멈췄다.

"아까 아침에 학생 가방에서 슬쩍 꺼낸 거, 다시 돌려주란 말이야!"

스포츠머리의 남자가 얼굴을 붉히며 행상 아저씨를 노려보았다.

"지금 뭔 소리를 한대?"

어물어물 대꾸하는 행상 아저씨는 동요한 기색이 역력했다. 스포츠머리 남자는 척 보기에도 체격이 좋고 힘이 세 보였다.

"내가 처음부터 다 봤어. 당신, 거기 품속 한번 보자고. 이봐, 내가 군생활도 많이 했고 탄광 일로 잔뼈가 굵은 사람이야. 어디, 힘자랑 한번 해줄까?"

구니오는 어안이 벙벙한 채 두 사람의 대화를 지켜보았다. 아무래도 행상을 한다는 아저씨가 그의 물건을 슬쩍 훔쳐 간 모양이다.

"아하, 이거?" 행상 아저씨의 태도가 돌변했다. 다급한 손놀림으로 셔츠를 둘둘 걷어 올리더니 품속에서 조의금 봉투를 꺼냈다. "아차, 내가 깜빡했네. 침대차는 워낙 소매치기가 많아서 내가 잠시 맡아뒀어. 학생, 이거 가져가. 아하하." 억지웃음을 지어가며 구니오에게 조의금 봉투를 내밀었다. 세 군데 회사에서 받아온 형의 조의금 3만 엔이었다. 잃어버린 줄도 모른 채 내렸다면 어떻게 되었을지 생각하니 등줄기가 서늘해졌다.

"웃기는 소리, 당신이 소매치기한 거지. 틀림없이 야간열차 전문 소매치기야. 남의 조의금에까지 손을 대다니, 창피하지도 않아?" 스포츠머리의 남자가 자리에서 벌떡 일어나 행상 아저씨의 멱살을 잡았다.

"전쟁 끝난 직후라면 또 모를까, 이제는 먹고살기가 그렇게 힘든 때도 아닌데, 이놈아, 왜 이런 짓을 하고 다녀!"

"아뇨, 선생님, 폭력은 쓰지 말자고요." 행상 아저씨는 금세 얼굴이 새파래졌다.

"이런 놈은 경찰에 넘겨야 해. 이봐요, 차장!" 스포츠머리 남자가 통로를 향해 고함을 쳤다.

무슨 일인가 하고 사람들이 모여들었다. 그럭저럭하는 사이에 열차는 점점 역에 가까워졌다.

"죄송합니다. 저는 다음 역에서 내려야 해서요." 구니오는 짐 가방을 들고 스포츠머리를 향해 말했다.

"그래, 조심해. 이 근처 열차는 아직도 전쟁 때하고 똑같아. 도둑질을 당연한 일로 안다니까."

"정말 고맙습니다. 이렇게 나서주신 용기와 정의감에 감사드립니다." 깊이깊이 절을 했다.

"음, 역시 대학생이라 언변도 좋네. 우리는 그런 말은 얼른 나오지를 않는데."

"어이구, 학생, 나 좀 살려줘." 행상을 한다는 아저씨가 손을 맞비벼가며 애원을 했다.

"이 새끼, 빨리 나와." 스포츠머리가 머리통을 잡아당겼다.

차장이 다가오자 간단한 설명을 했다. 소매치기 아저씨는 오마가리 역에서 하차시키기로 했다. 구니오도 피해자로서 함께 경찰에 나가야 할 모양이었다.

열차는 5분여 만에 역에 정차하고, 오마가리 역무원에게 인계된 소매치기와 구니오는 역무실에서 경찰이 오기를 기다리게 되었다. 중늙은이에 작고 초라한 모습의 소매치기라서 그런지 역무원은 그다지 긴장하는 빛이 없었다.

"이봐, 학생, 제발 나 좀 봐줘, 응?" 소매치기 아저씨가 작은 소리로 말했다. "나도 모르게 욕심이 나서 그만 실수를 했어. 집에서 병든 노모가 나를 기다리고 있다니까."

귀찮아서 한참 떨어져서 앉았다. 그러자 소매치기 아저씨도 따라와 울음이 터질 듯한 얼굴로 애원을 했다.

안쪽 책상에서 역장이 인사를 건네 왔다. "시마자키라면 구마자와 촌에 사는 대학생인가?" 왜 그런지 상냥한 목소리였다. 구니오가 고개를 끄덕이자 "도쿄대 다니는 학생이지? 이 근처에서는 모르는 사람이 없어"라고 말하며 얼굴이 헤벌쭉 풀어졌다. 소매치기 아저씨가 옆에서 눈이 휘둥그레졌다. 역장은 자기소개까지 하면서 "파출소 순경이 지금 자리에 없다네. 경찰서에 연락했으니까 잠시만 더 기다려"라고 말하고는 다시 사무 일로 돌아갔다.

"학생, 도쿄대 학생이었어? 부기 학교라고 한 건 거짓말이었구나?"

구니오는 부루퉁한 얼굴로 고개를 끄덕였다.

"훌륭한 인물은 참말로 겸손하기도 하네. 나라면 누가 물어보기도 전에 도쿄대 다닌다고 자랑했을 텐데. 어이구, 도쿄대 학생이었구먼. 이봐, 그렇다면 참말로 나 좀 봐줘. 학생은 앞으로 도쿄에서 장밋빛 인생을 보낼 사람이잖아. 나 같은 노인네를 징역살이시켜봤자 무슨 이득을 보겠어. 군대에서도 장교는 이등병 따위는 상대도 안 하는 법이여. 학생, 제발 나 좀 한 번만 봐줘."

소매를 잡아당기는 바람에 팔꿈치를 뿌리쳤다. 실은 구니오는 이 아저씨가 어떻게 되건 상관없었다. 그래도 이 자리를 지키고 있는 건 스포츠머리 남자의 정의감이 무위로 돌아가는 건 미안하다는 마음 때문이었다. 구니오의 그런 빈틈을 눈치챘는지, 소매치기 아저씨가 다시 애걸복걸 매달렸다.

"제발 부탁이야. 두 번 다시 이런 짓은 안 할게. 적선하는 셈 치고 나 좀 봐줘." 팔을 붙들고 흔든다.

"이러지 마세요." 뿌리치려고 하자 이번에는 손을 잡았다.

"내가 저쪽 뒷문으로 살짝 나갈게. 학생은 여기 암말 말고 그냥 있어. 내 짐 보퉁이는 그냥 두고 갈게. 어차피 옷 몇 벌뿐이니 손해날 것도 없어. 난 소매치기라도 안 하면 먹고살 수가 없는 버러지 같은 사람이구먼. 학생하고는 영판 다른 신세야. 자네야 도쿄대 나오면 관직에 오르고 큰 회사에 취직해서 성공할 사람이잖아. 이런 정도는 눈감아 줘도 되는구먼. 안 그러면 세상이 너무 불공평하잖아."

구니오는 난처했다. 소매치기 아저씨는 필사적인 표정이었다.

"그러면 나는 갈 테니까 암말 말고 있어, 응?" 아저씨는 역무원의 시선이 미치지 않는 것을 확인하더니 의자에서 슬그머니 바닥으로 내려앉아 엉거주춤한 자세로 마치 물이 흐르듯이 슬금슬금 열린 뒷문 밖으로 빠져나갔다.

구니오는 어이가 없어 멀거니 앉은 채 창문 너머로 그 뒷모습을 지켜보았다. 아저씨는 역사 옆 변소 뒤에 일단 몸을 숨기고 주위를 살펴보더니 냅다 큰길로 뛰었다. 헌팅캡을 벗어 손에 움켜쥐고 마치 강아지처럼 달렸다. 상당히 나이 많은 노인인 줄 알았는데, 의외로 오십대 중반쯤밖에 안 되었는지도 모른다. 역무원에게 소매치기가 도망쳤다는 말은 하지 않았다. 어째서 그냥 내버려두는 건지 스스로도 잘 알 수 없었다. 구니오는 의자 등받이에 몸을 던졌다. 긴 한숨을 내쉬었다. 세상은 불공평하다— 구니오는 소매치기 아저씨가 한 말을 내내 곱씹었다.

아키타도 올해는 장마가 그저 말뿐이었는지, 온통 파란 하늘에 감싸여 있었다. 풀숲의 초록빛이 반짝반짝 눈부시게 빛났다.

구마자와 촌에 도착했을 때는 벌써 정오가 지나 있었다. 역에서 경찰 조사를 받는 사이에 두 시간에 한 대뿐인 버스를 놓친 탓이었다. 경찰은 20여 분 뒤에나 도착했다. 정말 도쿄에서는 생각할 수도 없는 느리터분한 출동이었다. 참고로, 소매치기는 무라타 도메키치라는 이름의 전과 8범이었다. 인상착의를 듣자마자 사복형사가 "아, 무라타구먼"이라고 얼굴을 찌푸렸던 것이다. 도호쿠와 오우 철도에서는 이미 유명하게 알려진 상습범이라고 했다. 도주해버린 데 대해서는 구니오가 "변소에 가는 줄 알았다"라고 둘러대서 대충 넘어갔다.

버스 정류장이 면사무소 앞이어서 우선 '인력송출과'에 보고부터 하기로 했다. 과장이 나와 위로의 말을 해주었다. 주민에게 몹시 오만하게 구는 사람이라는 얘기가 떠돌았는데, 왠지 구니오에게는 친절하게 굴었다.

"자네가 정말 큰일을 겪는군. 야마신 흥업 사장하고 통화했는데 자네 형님은 심장마비였다고 하더라고. 한 집안의 가장을 잃었으니, 이것 참. 심심한 조의를 표하네."

"고맙습니다."

구니오는 사망진단서를 보여주고 호적과에서 말소 수속을 마쳤다. 형수의 번거로움을 조금이라도 덜어주고 싶었다.

과장이 면사무소 차로 태워다 주겠다고 해서 고맙게 받아들이기로 했다. 그 전에 잡화점에서 팥빵과 우유를 사서 그 자리에서 먹었다.

"입 험한 사람들이 이래저래 숙덕거릴 테지만, 자네는 그런 말은 상대도 하지 마." 차에 올라타자마자 과장이 말했다.

"뭐라고들 하는데요?"

"여름철에도 돌아오지를 않으니 도쿄에서 딴살림 차린 거 아니냐고 숙덕거리는 얼간이들이 있더라고."

"올림픽 특수 때문에 도쿄의 건설 현장은 일손이 부족해요."

"알지. 알지만 시골 사람들의 오락은 남 씹는 거뿐이라니까."

구니오는 말없이 다리를 버텼다. 울퉁불퉁한 비포장도로에 차가 난파선처럼 뒤흔들렸기 때문이다. 구마자와 촌에 포장도로는 없었다. 비가 내리면 길은 당장 진창이 되고, 행여 산에서 흙더미가 무너질까 봐 전전긍긍했다. 다리는 목조, 제방은 촌민이 손으로 하나하나 쌓은 것이다. 철과 콘크리트는 어디에도 없었다.

산길을 따라 10여 분을 달려 가까스로 집에 도착했다. 버스 정류장에서 걸어가면 족히 30분은 걸리는, 그림에나 나올 법한 깡촌이다. 논 한가운데 한 칸 집으로, 수목에 에워싸여 있었다. 도쿄의 혼고라면 정원 딸린 저택이라는 것이 될 테지만, 여기서는 녹음 따위 목탄(木炭)보다도 가치가 없었다. 우선 본채부터 버팀목을 대서 겨우 지탱하고 있다. 메이지 시대에 지은 집이니 벌써 반세기가 넘었다. 어렸을 때부터 눈이 쌓일 때마다 집 전체가 삐걱거렸다.

부지에 들어서자 그새 친척들이 모여 있었다. "오래간만이구먼." 노인들이 차례차례 구니오의 얼굴을 쓰다듬었다. 어머니가 안에서 나와 "얼굴이 많이 여위었구나"라고 엉뚱한 소리를 했다. 귀성은 1년 반 만이라 우선 아들을 만날 수 있다는 것에 마음을 빼앗긴 듯했다.

"배는 안 고프냐?"

"버스 정류장에서 팥빵 먹었어."

"그랬어? 솥에 고구마 쪄놨으니까 먹어라."

"알았어요."

구니오는 안으로 들어가 안방에 설치된 제단 앞에 앉아 보스턴백에서 유골 항아리를 꺼내 유영(遺影) 앞에 놓았다. 이미 장례 준비는 되어 있는 듯했다.

"형수님은?"

"기요코는 부엌에 있어."

"가즈오하고 아키코는?" 조카들의 이름을 댔다.

"학교 갔어."

가장이 항상 집을 비운다는 건 분명 이런 것이리라. 아버지의 죽음에도 실감이 나지를 않는 것이다.

형수가 긴 앞치마 차림으로 다가왔다. "도련님, 수고를 끼쳐서 미안해요." 어두운 얼굴로 죄송해했다.

"화장하기로 결정해서 제가 입회했어요. 편안히 잠든 얼굴이었습니다."

"그래요. 고마워요." 형수는 유골 항아리에 손을 내밀더니 아무 말 없이 한참을 쓰다듬었다. 그 손에 깊은 주름이 새겨져 있었다.

형수는 아직 서른네 살일 터였다. 도쿄에 가면 그 또래 여자들은 한참 여성스러운 향기를 풍길 나이다. 역시나 그 나이에 독신으로 사는 여자는 거의 없지만, 남자를 유혹하는 아파트 유부녀 이야기는 자주 들렸다. 하지만 눈앞에 있는 형수는 노파와 그리 다를 것이 없을 만큼 여자의 향기를 느낄 수 없었다. 야외에서의 육체노동은 여자에게서 용서 없이 젊음을 빼앗아 가는 것일까.

"저어, 잊어버리기 전에……" 구니오는 받아온 조의금을 건넸다. 이어서 서명 날인을 해달라던 서약서에 대해서도 이야기했다.

"이런 건 어떻게 해야 한대요?" 형수가 내용을 읽어보고 난처한 얼굴로 물었다.

"무시해도 별문제는 없어요."

"아니, 그건 안 좋지." 면사무소 과장이 옆에서 참견을 하고 나섰다. "이 오리엔트 토목은 야마신 흥업을 통해 오래전부터 구마자와의 취업자들을 죄다 받아주는 곳이야. 되도록 평지풍파는 일으키지 않는 게 좋아. 그야 이런 걸 해달라고 하면 사실은 사고가 아니었나 하고 의심이 들기도 하겠지만, 구니오가 유해를 확인했고 병원 진단서도 있고, 그러니 아기 엄마, 잘 부탁해요."

과장의 말에 형수는 군말 없이 따랐다. 찬장 서랍에서 인감을 꺼내 서류를 방바닥에 펼쳐놓고 벌레처럼 몸을 웅크린 채 하아 입김을 불어 꾸욱 도장을 찍었다.

"임금을 떼어먹는 업자가 한둘이 아닌데, 그래도 꼬박꼬박 월급 주는 오리엔트 토목하고 야마신 흥업은 그나마 믿을 만한 데야. 올봄에 이 동네에서만 여덟 건의 임금 체불 피해가 났어. 겨우내 일한 걸 떼어먹고 날아버리다니, 참말로 도쿄에는 악귀들이 우글거린다니까."

과장이 변명하듯이 줄줄이 늘어놓았다. 임금 체불은 타지로 돈벌이 나간 노동자들에게는 최악의 공포였다. 올해는 누구누구가 당했다는 이야기를 구니오는 어렸을 때부터 자주 들어왔다.

그나저나 앞으로 이 집안은 어떻게 되는가. 큰형과 둘째 형이 죽고 이제 아들은 바로 위의 셋째 형과 구니오뿐이다. 그 셋째 형은 반은 야쿠자여서 친가에 거의 얼굴을 보이지 않았다. 그렇다고 구니오가 귀향할 의사는 없었다. 희망은 사회경제학자가 되는 것이라고, 대학원에 진학할 때 어머니에게 말해두었다.

구니오는 책임감을 느꼈다. 혈육으로서 집안의 경제적 곤궁을 그저 바라볼 수만은 없다.

면사무소 과장은 쉴 새 없이 타관 노동자를 고용해주는 업주를 감싸고돌면서 형이 병으로 죽었다는 점을 강조했다. 그리고 면사무소에서 주는 거라면서 조의금 봉투를 놓고 돌아갔다.

작은아버지가 "저놈이 업자들한테 뇌물 받아먹는다는 그 공무원이구먼"이라고 내뱉었다. 다들 입을 꾹 다문 채로, 무거운 공기가 떠돌았다. 작은아버지가 조의금 봉투 속을 보니 500엔짜리 딱 한 장이었다. 보고 있던 사람들이 모두 코웃음을 쳤고, 어머니까지 덩달아 피식 웃었다.

조카들은 오후 4시쯤에야 학교에서 돌아왔다. 시골 아이들답게 도쿄에서 돌아온 삼촌 구니오에게 한참이나 낯을 가리더니, 그것이 가라앉을 즈음에는 갓난쟁이처럼 몸을 치대왔다. 어리광 부릴 사람이 그리웠던 것일까. 조카들에게 명랑함이라고는 없었다. 아버지가 죽은 일이 실감나지 않아서, 하늘을 나는 새가 어디에도 내려앉지 못하고 빙빙 떠도는 듯한 느낌이었다.

밤샘은 해가 저물면서 시작되었다. 형은 이미 뼛가루가 되었지만 모두들 관습을 중시했다. 동네 아주머니들이 모여 큰 가마솥에 국을 끓였다. 이 지역 촌장인 전쟁 전의 면장님 댁에서 술을 보내줘 제단에 올렸다. 인사도 없이 모두들 밥을 먹었다. 방 안에서 먹는 건 남자들뿐이고 여자들은 부엌방이다. 미망인인 형수만 얼굴에 흰 분을 바르고 방 안에서 술을 따랐다. 그것이 이 마을의 관습이란다.

"그나저나 시마자키 집안 묘는 누가 지키게 되나? 구니오냐, 아니면 가즈오냐?"

옆 동네에서 양돈업을 하는 먼 당숙이 말했다.

"구니오는 도쿄대에 다니는데 설마 여기로 돌아오겠어?"

마을 아저씨 한 사람이 구니오를 보고 웃으며 말했다.

"누가 너한테 물어봤냐?"

"누구한테 물어봐도 마찬가지지. 도쿄대 나온 수재가 뭐가 아쉬워서 구마자와 촌 동네로 돌아오겠냐고."

구니오는 눈을 떨구고 표정을 감추었다. 자신이 나서서 말할 마음은 없었다.

"그럼 가즈오인가? 얘, 가즈오, 네가 이 집안의 대를 이어줄래?"

가즈오는 말석에서 얼굴이 잔뜩 긴장되어 있었다.

"가즈오는 고등학교 보낼 거예요."

그때 형수가 나서서 말했다. 노기가 담긴 강한 말투였다.

"고등학교에 보내다니, 그러면 집안은 어쩌고?"

"아무튼 높은 학교에 보낼 거구먼요."

항상 조용하고 얌전하던 형수가 한 걸음도 물러서지 않았다.

이 동네에서 고등학교에 진학한다는 건 다시 말해 마을을 나간다는 뜻이었다. 농사일을 물려받을 거라면 공부는 필요 없다고 다들 생각했다. 남들만큼 농지라도 넉넉하다면 모르지만 알량한 땅뙈기를 가진 소작농이 집안이고 뭐고 따질 것도 없습니다— 형수의 무언의 항의가 들려오는 것만 같았다.

형수는 구마자와보다 한참 더 산속 오지의 가난한 동네에서 열여덟 살 때 반쯤은 노동력으로 시마자키가에 시집왔다. 구니오가 아는 한, 여행을 해본 적도 없고 초밥집 목로에 앉아 초밥을 먹어본 적도 없다. 외출복이라고는 시집올 때 가져온 기모노 한 벌뿐이다. 언젠가 구니오가 귀성할 때 우에노 역에서 샌드위치를 사다 준 적이 있었다. 아이들보다 형수가 더 눈을 반짝이며 좋아했다. 그때까지 마요네즈 맛이라는 걸 알지 못했던 것이다.

"구니오, 도쿄에서 지내기는 어떠냐? 재미있어?" 마을의 농사꾼이 물었다.

"예, 뭐." 구니오는 말끝을 흐렸다.

"지난번에 아키타 영화관에서 〈긴자의 작은 도련님〉을 봤어. 역시 도쿄는 참말로 잘들 살더라. 나도 죽기 전에 꼭 한 번 긴자 거리를 걸어보고 싶네."

"나는 수도고속도로라는 하이웨이를 꼭 한 번 달려보고 싶구먼."

"그보다는 도쿄타워지."

"아니, 황궁부터 봐야지."

도쿄에 가본 적도 없는 농사꾼들이 수도 이야기로 신이 나 있었다.

"그러면 돈벌이를 나가. 홋카이도 탄광에만 가지 말고 도쿄 건설 현장에 가면 되잖아." 한 노인이 비꼬듯이 말했다. 농사꾼들이 잠시 입을 꾹 다물었다.

"그렇긴 한데 도쿄는 역시 무서운 곳이라……."

"그렇고말고. 어떤 놈이 맥없이 폭탄을 터뜨리질 않나, 유괴사건이 일어나질 않나. 사기꾼은 또 얼마나 많아?"

"역도산도 칼에 찔려 죽어버렸다잖아."

도쿄를 선망하던 기세는 사라지고 저마다 한마디씩 늘어놓았다. 구니오 역시 상경하기 전까지 도쿄는 그저 무서운 곳이라고만 생각했다. 길에서 말을 거는 사람은 모두 시골 사람을 속여먹으려는 사기꾼이라고 생각했다. 도호쿠 사람의 도쿄에 대한 두려움은 판에 박은 듯 똑같았다.

"이봐, 도쿄대 학생. 내 술 한 잔 받아."

마을 사람들이 연달아 술을 따라주었다. 구니오는 입을 대는 시늉만 하고 대충 넘어갔다. 원래부터 술을 잘하는 편이 아니었다. 신입생이던 시절에 하숙집 선배들이 저녁마다 술자리를 강요하는 바람에 하숙방 전깃불을 끄고 숨어버린 적도 있었다.

"구니오는 우리 구마자와 촌의 자랑이구먼. 언젠가는 촌장이 되어야지."

"에이, 촌장 같은 건 쩨쩨하지. 국회의원이 되어서 우리 동네에도 철도 좀 깔아주게."

남자들이 구니오를 안주로 술을 마시는 통에 점점 더 앉아 있기가 거북스러웠다.

"한여름인데 살빛이 어째 저리 하얗대? 역시 씨가 다르다니까."

"이봐, 지금 뭔 소리를 하는 거여?"

어머니가 금세 얼굴색이 변한 채 부엌으로 사라졌다.

구니오는 요리를 집어 먹었다. 반찬은 대부분 푸성귀고, 고기라고는 닭이 조금 있을 뿐이다. 그립고 다정한 맛이기는 하지만, 도쿄의 먹거리에 익숙해진 눈에는 빈말이라도 좋은 음식으로 비치지 않았다. 전체적으로 색채가 없고 간장 냄새만 풀풀 났다. 생각해보면 이 동네에서 살던 무렵, 구니오는 돈가스도 교자도 먹어본 일이 없다. 이 동네에는 식사를 즐길 여유가 없는 것이다.

한참 조문객을 상대하고 있으려니 누군가 등을 쿡 찔렀다. "구니오, 미안하지만 잠깐만." 두건을 쓴 이웃 아주머니였다. 어두운 표정으로 손짓을 했다. 자리에서 일어나 부엌문 앞까지 따라갔다.

"구니오, 한 가지 꼭 부탁할 게 있어." 아주머니가 소변이라도 참는 듯 몸을 오그리면서 말했다. "우리 애아버지가 돈 벌러 나가더니만 통 돌아오지를 않아. 모내기할 때도 안 오고, 창피스러운 얘기지만 돈 부치던 것도 뚝 끊겼어. 합숙소에 편지를 보내도 답장이 안 오고……."

구니오는 조용한 얼굴로 고개를 끄덕였다. 이 아주머니의 남편은 분명 형과 같이 도쿄에 나갔을 터였다. 시마자키 집안과 마찬가지로 소작 농가이고 아직 어린아이 셋이 있었다.

"참말로 염치없는 부탁이지만서도 구니오, 우리 애아버지 합숙소에 찾아가서 고향에 꼭 한 번 내려오라고 전해줬으면 좋겠네."

아주머니는 울음이 터질 듯한 얼굴이었다. 적어준 메모를 보니 합숙소는 형이 있던 나리타 근처였다.

"구니오 말고는 어디에도 상의할 데가 없어. 야마신 흥업에 얘기하면 당장 면사무소에 연락이 갈 거고, 그러면 금세 온 동네에 소문이 날 거 같아서……."

"알았습니다. 제가 찾아가서 만나볼게요."

구니오는 즉석에서 대답했다. 어물어물 뜸을 들이면 아주머니에게 큰 상처가 될 것 같았다. 혼자 어지간히 고민한 끝에 마음을 굳게 먹고 자신에게 상의해온 것이다.

"아이고, 고맙네." 아주머니가 하녀처럼 비굴하게 머리를 숙였다. 이 아주머니도 아직 서른 살 남짓일 터였다. 그렇건만 여성적인 분위기라고는 어디에도 없었다.

술이 얼근히 오르자 남자들의 목소리가 커졌다. 아주머니들도 부엌 마루방에서 홀짝홀짝 마시고들 있었다. 우는 사람은 아무도 없었다. 그중에는 형과 어릴 적 친구들도 많을 텐데.

형의 유영은 마을 축제 때 찍은 것이었다. 반두루마기 차림의 형이 코를 벌름거리며 서툴게 웃고 있었다.

그때 천장 형광등이 꺼졌다. 정전이었다. 시골에서는 일상다반사여서 눈이 많이 올 때는 일주일 동안 계속 정전된 적도 있었다. 어머니와 형수가 익숙한 손놀림으로 촛불을 켰다. 틈새 바람에 불꽃이 하늘하늘 흔들려 유영의 표정이 움직이는 것만 같았다.

다음 날은 쾌청한 날씨 속에 장례식이 거행되었다. 승려가 독경을 올리는 가운데, 마을 사람 모두가 참례하고 농협 간부와 촌장도 얼굴을 보였다. 장례식은 간소하다는 말 한마디면 끝날 만큼 조사도 없고 유족 인사도 없었다. 삼도천을 건너는 사자를 불러 세워서는 안 된다는 관습 때문이라고 한다. 괴상한 관습이라고, 구니오는 도쿄 사람의 눈높이로 지켜보고 있었다.

가마 같은 상여에 유골 항아리를 넣은 관을 얹고 장정 네 명이서 떠멨다. 논두렁길을 모두 함께 줄줄이 걸어서 산중턱의 묘지까지 갔다. 며칠 전에 내린 비로 길이 심하게 질퍽거려서 사람들의 신발이 당장 진흙투성이가 되었다.

층층 밭이 늘어선 언덕길을 오르면서 구니오는 마을을 내려다보았다. 포장도로는 한 줄기도 없다. 기와집도 이곳에서는 드물었다. 화재 감시 망루는 목조다. 제방은 겨우 흙 부대를 쌓아 올린 것이라 해마다 홍수가 일어났다. 병원도 진료소도 없다. 하수도도 없고 우물물은 여자들이 일일이 길어 올리지 않으면 안 된다. 전기는 끌어왔지만 노상 정전이다. 텔레비전은 없는 집이 더 많았다. 전화는 촌장 집에 한 대가 있을 뿐이다. 자가용 차는 한 대도 없다. 세대별 평균 수입은 아마 연간 10만 엔 정도일 것이다. 쌀 산지라는 건 말뿐이고 평지가 적어 대부분이 한 마지기 이하의 초영세 농가였다. 입에 겨우 풀칠이나 하는 나날이다. 젊은 사람은 없다. 농한기에는 여자와 노인만 남는다. 날이 맑으면 경치가 좋지만, 날씨가 궂으면 먹물을 뿌린 듯 음침한 풍경이 된다. 밤이면 칠흑처럼 깜깜하다. 자살자가 많다.

어떻게 해볼 수도 없이 가난하고 미래라고는 없는 이 마을 꼴은 대체 어떻게 된 것인가. 경제백서가 노래하던 '이제 전후의 피폐에서 완전히 벗어났다'라는 선언은 도쿄에만 해당되는 것인가. 이 마을은 전쟁 전부터 똑같은 생활고에 허덕였다. 이렇게 살기가 고단하다니, 대체 무엇을 위해 태어났는지 알 수가 없다. 그야말로 동물의 삶이다.

절 뒤편의 어슴푸레하고 축축한 묘지 자리에 구덩이가 파여 있었다. 천천히 관을 내리고 한 삽 한 삽 흙을 뿌렸다.

"얘, 너희들도 해봐라." 아저씨의 말에 조카들도 흙을 던져 넣었다.

"저승에서는 부디 편히 살아라." 마을의 한 할머니가 말했다.

다음 순간, 어머니가 돌연 파르르 떠는 소리로 울음을 터뜨렸다. 큼직한 눈물이 비 오듯이 땅에 떨어지고 얼굴을 구깃구깃하게 만들었다. 그 눈물은 아들의 죽음에 대한 것이라기보다 무상한 운명에 대한 항의처럼 보였다.

할머니가 우는 것을 보고 이번에는 조카들이 사이렌처럼 울기 시작했다.

"울어라, 울어. 죄다 흘려버리는 게 좋아." 노파가 이 빠진 소리로 말했다.

형수는 넋이 나간 표정으로 무덤 옆에 우두커니 서 있었다. 살기에 지쳐버린 형수는 어린 두 자식을 안고 이제부터 어떻게 살아가야 할지 몰라 울 힘도 없는 듯한 표정이었다.

구니오도 끝까지 울지 않았다. 자신이 눈물을 쏟으면 형과 이 마을이 더욱더 비참해질 것 같은 마음이 들었기 때문이다.

6

9월 5일 토요일

9월이 되어 조금쯤은 더위가 누그러들었다. 연일 최고기온이 27~28도에 달하는 대단한 늦더위였지만, 8월이 워낙 사막 같은 날씨였기 때문에 그나마 몸으로 느끼는 부담이 가벼워졌다. 어제는 소낙비도 내렸다. 대지에서 모락모락 피어오르는 듯한 열기도 이제는 없었다.

오치아이 마사오는 지난 월요일 이후 처음으로 자기 집에서 아침을 먹었다. 도키와다이라 아파트 단지에 이사 온 그다음 날, 경시청에 출근하자마자 연쇄 폭발 사건의 특별 수사본부에 소집되어 탐문수사 임무에 나섰다. 독신 경찰들만 우글거려 사내 냄새가 지독한 고지마치 경찰 기숙사에서 사흘을 잔 끝에 미야시타 계장에게서 "오늘은 자네가 집에 가"라는 명령이 떨어졌다. 처자를 거느린 가장은 되도록 집에 들어가게 해준다는 것도 다마리 과장의 방침이었다.

토스트를 베어 먹으며 조간신문을 읽었다. 어제, 요요기 올림픽 수영장에서 국가대표선수의 첫 수영이 거행되었다고 사진을 넣어 보도하고 있었다. 천장의 곡선이 그야말로 미래적인 디자인이어서 체육시설이라기보다 궁전처럼 보였다. 요요기 종합 체육관은 지금까지 아무도 본 적이 없는 형태의 건축물이다.

"정말 멋있다. 나도 한번 보러 가고 싶어."

아내 하루미가 신문을 들여다보며 탄성이 섞인 소리로 말했다.

"좋지. 이번 사건이 일단락되면 함께 가자고. 임산부에게 전차는 힘들 테니까 자동차로 갈까? 수사 차량 잠깐 빌려 타면 되거든. 닛산의 신형 세드릭이야."

"또 또 헛된 약속." 하루미가 하얀 이를 내보이며 접시에 포타주 수프를 다시 부어주었다.

요요기 종합 체육관의 완공식은 오늘 거행될 예정이다. 경시청은 이 식전을 위해 500명의 경비를 풀기로 했다. 자칭 소카 지로라는 범인이 저지른 폭발 사건은 첫 번째가 지지난주 토요일이었고 두 번째는 지난주 토요일이었다. 그리고 오늘이 또 토요일이다. 그렇게 따지다 보면 누구라도 불길한 예감이 들게 마련이다.

"이번 주에 병원에는 갔었어?"

"응, 다녀왔어. 별 이상 없대. 분명 예정일에 낳을 수 있을 거야."

이제 슬슬 산달에 접어드는 아내의 출산 예정일은 10월 10일이다. 즉, 도쿄 올림픽 개회식 날이다.

"미안해, 중요한 때에 집에도 못 들어오고." 얌전히 빈 코를 한 차례 훌쩍이고는 수프를 입에 떠 넣었다.

"그거, 벌금 100엔!" 하루미가 신이 나서 오른손을 쑥 내밀었다.

"……아차, 그랬지." 마사오는 눈을 떨구고 어깨를 흔들며 웃었다.

업무로 집에 들어오지 못하는 건데 일일이 미안하다고 하지 말라고 하루미가 말했었다. 다음에 또 그런 말을 하면 벌금 100엔을 내야 한다고 했다. 동료에게 자랑하고 싶을 만큼 참한 형사 아내였다.

하루미는 남편의 업무에 관해 일절 질문을 하지 않았다. 마사오가 간혹 힘들다고 우는소리라도 하지 않는 한, 화제에 올리는 일도 없었다. "오늘 밤부터 못 들어가"라고 한마디 연락만 해주면 만사를 다 짐작하고 홀로 가정을 지켜주었다. "어떤 사건이야?"라고 물어본 일은 결혼한 뒤로 한 번도 없었다. 마사오는 그게 콧등이 시큰하도록 고마웠다.

아들 히로시가 잠이 깨어 밖에 나왔다. 마사오는 식사를 멈추고 화장실에 데려가 오줌을 누여주었다. 출근하기 전에 단 5분이라도 아이와 함께 놀아주고 싶었다. 오줌을 눈 뒤에는 주방에서 비행기를 태워주었다. 겨드랑이에 땀띠가 나 있어서 선반에서 땀띠분을 꺼내 만세를 시키고서 발라주었다. 간지러운지 까르륵거리며 좋아했다.

"여보, 빨리 먹고 출근해야지." 하루미가 재촉했다.

"응, 그래." 선 채로 먹던 토스트를 입에 몰아넣었다. "하루미, 갈아입을 와이셔츠 좀 챙겨줘."

"다 챙겨놨죠. 저기 보자기. 양말도 팬티도 넣었어."

"고마워. 좋은 마누라를 둬서 나는 정말 행복해." 컵을 손에 들고 우유를 들이켜 마셨다.

“그런 말은 내 눈을 똑똑히 보고 말해야죠.” 하루미가 들뜬 기색으로 말했다.

“아, 그건 다음에.”

마사오는 주머니에서 지갑을 꺼내 100엔짜리 지폐 한 장을 하루미에게 건네주었다. 가족에게 서비스하지 못한 데 대한 죄를 갚는 거라고 생각하니 돈을 내주는 게 흐뭇하기만 했다.

현관에서 배웅을 받으며 집을 나섰다. 버스 정류장까지 가는 길에 아래층에 사는 사람과 함께 가게 되었다. “이사하자마자 바깥일이 몹시 바쁘신 모양이더군요”라고 웃으며 말했다. 마사오가 대답을 못 하고 있었더니 “우리 집사람이 날마다 그 댁에 들락거리나 봐요”라고 설명해줘서 아내들끼리 친하게 오간다는 것을 알았다.

“예, 형사의 숙명이지요.” 마사오는 쓴웃음을 지으며 머리를 긁적였다.

그나마 한결 마음이 놓였다. 아내가 그새 아파트 단지의 생활에 익숙해진 모양이다.

맑은 공기 아래, 전깃줄에서 참새가 분주하게 울고 있었다. 아침결만 보면 이미 가을이다.

한조몬 회관에 도착하자 즉시 2층 회의실에서 매일 아침마다 하는 수사 회의가 열렸다. 8월 31일 첫 소집 이래로, 투입되는 형사는 그 숫자가 날마다 늘어나 어느새 50명을 넘어섰다. 형사부 수사1과 약 200명 중 4분의 1을 차지하는 숫자다. 관할 경찰서에서의 사건을 해결한 계부터 순서대로 불려 나와 사안에 대한 보고를 듣고는 한결같이 놀라고 분개했다. 우선 사건에 경악하고, 그다음은 공안부가 지휘의 전권을 쥐었다는 데 분개하는 것이다.

아침 회의는 대개 다나카 과장대리가 담당을 분담해주는 것뿐이지만, 오늘은 오랜만에 다마리 과장이 얼굴을 내보이고 격려의 말을 날렸다.

"토요일과 일요일은 집에 있는 사람이 많으니까 특히 탐문에 힘을 쏟아주기 바란다. 어떤 소소한 정보라도 혼자서 대충 뭉개지 말고 반드시 윗선의 판단을 문의할 것. 여러분도 알다시피 도쿄에서는 7일부터 IMF 총회가 열릴 예정이다. 경찰에서는 그 경비에도 나서야 한다. 이제 도쿄는 국제도시다. 요인의 일본 방문은 일상다반사가 되었다. 선진 동맹국의 일원으로서 세계를 향해 수도 치안에 조금치의 불안감도 없다는 것을 보여줘야 한다. 여러분도 특히 명심해서 수사에 임해주기 바란다. 우리는 지금 국가의 적과 대치하고 있는 것이다."

강한 어조로 말했지만 다마리의 얼굴에는 피로의 기색이 엿보였다. 소문으로는 공안부와의 합동수사가 대혼란을 빚어서 그 조정에 잠시 눈 붙일 새도 없다고 한다. 게다가 매일 밤 아무 일도 없는 척하며 공관에 돌아가 야간 취재에 나선 기자들과 대면하지 않으면 안 된다. 그 임무는 마사오가 상상할 수 있는 범위만으로도 너무나 가혹한 것이었다.

"어이, 오치아이. 아이엠에프라는 게 뭐야?"

회의가 끝나자 모리 다쿠로가 목을 쭈욱 빼며 물어왔다.

"아, 그건 국제통상 뭐라나 하는 거예요. 경제 관련이죠."

"그래? 정말 도쿄도 참 대단해졌네." 팔짱을 끼고서 고개를 끄덕이고 있었다.

"모리 선배님, 대단해진 건 우에노 서쪽이죠. 아사쿠사 같은 데는 아직도 호객꾼이 극성이라고요." 니이 가오루가 빗을 꺼내 머리를 가다듬으며 말했다.

"이봐, 니이, 그새 야마노테 쪽 사람이 다 됐네? 당신이 태어난 세타가야 같은 데는 바로 얼마 전까지도 죽순 캐러 다니던 데야."

"에이, 그건 전쟁 전 얘기죠. 지금은 뭐니 뭐니 해도 고마자와 경기장이 턱하니 앉아 있는데요? 올림픽 회장이랍니다. 상점가에서 제비를 뽑았더니 입장권이 당첨됐어요. 괜찮으시면 선배님도 좀 나눠드릴까?"

"이봐, 농담들 하지 마." 미야시타가 큼직한 얼굴을 들이댔다. "그 올림픽이 지금 위기에 처해 있어. 만에 하나 누가 올림픽을 방해하고 나섰다가는 입장권이고 개뿔이고 없어." 그렇게 말하고는 턱짓을 하는지라 5계 전원이 줄줄이 따라갔다.

1층 식당에서 아이스커피 일곱 잔을 주문했다. 자리에 앉자마자 이와무라가 잽싸게 선풍기를 확보해서 옆에 갖다 놓고 빙빙 돌렸다. 윙윙하는 시끄러운 소리가 울렸다.

"자네들, 제발 위에 보고할 소재 좀 줘. 회의 때마다 매번 '예의 수사 중'이라는 말만 하려니까 아주 죽겠어. 어제는 과장대리한테 다마리 과장의 체면을 뭉개놓을 셈이냐고 된통 혼났다고."

미야시타가 코에 주름을 잡으며 나지막한 소리를 냈다.

"계장님, 그런 말씀을 하시려면 특별 수사본부는 지금 어느 방향으로 가고 있는지, 우선 그런 정도의 정보는 알려줘야 하는 거 아닙니까? 암중모색도 사흘을 넘기면 미로로 빠져든다고요."

두툼한 안경의 사와노 히사오가 이론가다운 발언을 했다.

"그렇죠, 급조한 수사본부는 오합지졸이 된다잖아요. 최소한 우리가 어느 지점에 있는지는 알려주셔야지."

구라하시 데쓰오가 졸린 듯한 눈으로 말했다. 덥수룩한 턱수염이 머리색과 똑같이 허옇게 빛났다.

"글쎄, 그건 몇 번이나 말했잖아. 이번 건은 지금까지의 수사와는 일하는 방식이 다르다니까. 지시를 내리는 건 공안부 간부야. 위에서는 일부 대의원까지 참견하고 나서는 모양이야. 진짜 그자들은 지휘 계통이라는 걸 통 모른다니까."

식당 여기저기에 비슷한 모습으로 수사1과 형사들이 진을 치고 앉아 있었다. 잔뜩 심통이 난 표정으로 탁자에 다리를 얹은 형사도 있었다.

현시점에서 마사오 일행이 얻어들은 수사 정보는 다음과 같은 것이었다.

폭탄은 두 건 모두 흑색화약의 다이너마이트. 공사 현장에서 사용하는 일반적인 것이다. 이 점에 관해서는 더 이상 검증이 필요 없는 것으로 결론이 났다. 간토 지역 일대의 화약 보관시설을 일제히 조사하여 장부와 재고 숫자가 맞지 않는 화약고를 알아냈기 때문이다. 오타구 로쿠고도테에 소재한 화약업자로, 건설업계의 하부에 위치하는 이른바 발파업자다. 네 개를 한 테이프로 묶어서 세 다발, 도합 열두 개의 다이너마이트가 분실되었고, 이번 사건과 같은 종류의 화약이라는 게 판명되었다. 업자는 도난 사실을 신고하지 않았다. 잃어버린 걸 몰랐다고 시치미를 뗐지만, 그런 변명이 통할 리 없어서 엄중한 추궁을 당했다.

취조 과정에서, 숙직하는 사람이 없었던 추석 휴가 중의 8월 13일부터 16일 사이에 누군가 사무소에 침입하여 열쇠를 들고 나가 잡목림 지하 화약고에서 다이너마이트를 훔쳐 간 것으로 밝혀졌다. 침입 경로는 알아내지 못했지만, 감식과에서 창문을 흔들었더니 어이없이 열렸다고 한다. 사무소 내부를 뒤진 흔적은 없었기 때문에 당초에 아무도 침입 사실을 알아채지 못했다. 원래부터 돈이 될 만한 물건이 없어서 문단속에 무심했던 듯하다. 말단 영세 하청업의 현실은 의외로 그런 정도일 것이다. 안전관리에 신경을 쓸 만큼 회사의 체제가 갖춰져 있지 않다.

시일이 한참 경과한 탓에 지문과 족적 채취는 불가능했다. 주변에 대한 탐문수사도 해봤지만, 거주자가 거의 없는 공장지대여서 유력한 목격 정보는 얻을 수 없었다.

센다가야의 스가 경시감 저택 폭발 사건에 그중 한 개를 사용했고, 나카노 경찰학교 폭발 사건에는 두 개를 사용한 것으로 추정된다. 범인이 일단 다이너마이트의 위력을 시험해본 것으로 여겨진다.

시한 발화장치는 전기회로식으로, 건전지 두 개를 연결한 전기회로의 중간에 자명종 시계를 이용한 타임스위치와 히터를 달아 일정한 시간이 경과하면 전류가 흐르고 히터가 과열되어 폭발하는 장치였다. 이것은 자칭 '소카 지로'라고 밝힌 범인이 작년 9월 5일에 지하철 긴자선 교바시 역에 정차 중인 전차 안에서 저지른 폭발 사건과 거의 동일한 수법이다. 입수 경로는 다른 반에서 수사 중이지만, 현재로서는 분명하게 밝혀지지 않았다.

두 통의 범행 예고문은 글씨를 잘라 붙인 것과 볼펜에 의한 육필 해서체가 섞인 것이었다. 육필은 한 글자 한 글자를 의식적으로 가공한 것으로, 예전에 소카 지로가 보내왔던 성명문의 특징적인 둥그스름한 필적과는 전혀 닮지 않았다. 글씨의 크기나 경향이 일정하지 않은 점을 보면 평소에 잘 쓰지 않는 쪽 손으로 썼을 가능성이 높다. 잘라서 붙인 글씨는 감식과에서 꼬박 사흘 동안 조사한 결과, 라디오 기술 잡지 〈무선과 과학〉 63년 7월 호에서 절취한 것으로 판명되었다. 〈무선과 과학〉은 발행부수 2만 부의 잡지로, 수도권에서 그 반수가 팔리고 있다. 작년에 발매된 호라는 점에서, 도내의 모든 헌책방에 수사가 들어갔지만 유력한 정보는 올라오지 않았다. 그 글씨를 어디에서 절취한 것이냐를 알아낸 감식과에는 경비본부 최고 책임자로부터 술이 하사되었다.

성명문에 대해서는 몇 가지 견해가 나와 있다. 1) 범인은 이전의 소카 지로와는 전혀 다른 사람이다. 2) 소카 지로가 수사의 혼선을 노려 일부러 잘라 붙인 글씨와 해서체로 바꾸었다. 3) 또 다른 공범자가 썼다.

소카 지로의 성명문은 신문 등을 통해 사진이 공개된 적이 있고, 다른 사람이 범인일 경우, 흉내 내려고 마음먹으면 흉내는 낼 수 있었다. 그렇게 하지 않은 점에서 범인의 총명함이 드러난 것이라고 할 수 있었다. 흉내를 내서 쓴 글씨는 아무리 교묘하다고 해도 경찰의 필적 감정을 무사히 넘어갈 수 없다. 완전히 별종의 글씨였기 때문에 수사본부는 세 가지 가능성을 모두 버리지 못한 채 수사 인원을 늘리지 않으면 안 되었다.

지문에 대해서는, 편지지에는 전혀 남아 있지 않고 봉투에는 몇 개의 지문이 있었지만 동일한 것이 아니어서 우체국 직원의 것으로 보는 게 타당하다고 판단되었다. 그 때문에 장갑을 끼고 투함했을 가능성이 높아서 과거 두 번의 소인이 찍힌 중앙 우체국 관내의 전 우체통을 감시했지만, 세 번째 협박문이 아직껏 도착하지 않아 헛수고에 그치고 말았다.

우표 뒷면의 타액에서는 A형 혈액형이 검출되었다. 소카 지로 사건에서 검출된 타액도 A형이었다.

수상한 인물에 관해서는, 센다가야 사건에서 폭파 조금 전 시각에 하얀 와이셔츠와 검은 바지 차림의 대학생으로 보이는 남자가 목격되었다. 한적한 고급 주택가였기 때문에 통행인은 싫더라도 눈에 띄기 마련이어서 기본 탐문수사에서 복수의 목격 정보를 얻을 수 있었다. "어딘가의 저택에 들어와 사는 서생인 줄 알았다"라고 한결같이 증언했다고 한다. 실제로는 전후에 센다가야에서 서생을 두고 지낼 만한 저택은 몇 집밖에 없었지만, 전쟁 전의 이미지가 강했던 것으로 보인다. 예전에는 그 일대가 사족(士族)과 화족의 저택가였던 것이다.

나카노 사건에 대해서는, 사람의 왕래가 지나치게 많아 유력한 정보를 얻지 못했다. 피해를 입은 경찰학교는 토요일 오후라는 해방감 때문이었는지 뒷문까지 개방해놓은 상태여서 책임 떠넘기기가 지금까지도 이어지고 있다. "폭발이 일어난 그 시간에 심지어는 이웃 아이들이 우리 운동장에서 놀고 있었다니까"라고 교양부의 사쓰마 하야토가 자조적으로 알려주었다.

단독범인가 공범이 있는가. 사상적인 배경은 있는가 없는가. 그 두 가지에 대해서는 현재까지 어떠한 단정도 내릴 수 없다.

이상이 지금까지의 수사 회의에서 알려진 내용이다.

미야시타가 아이스커피를 서둘러 마시고 얼음을 입에 한가득 물었다.

"그나저나 니이, 자네의 유흥가 쪽 정보는 좀 어때? 밤에는 자유롭게 풀어줬으니까 뭔가 잡은 거 있으면 좀 토해내."

우둑우둑 얼음을 씹으며 작고 우묵한 눈을 데굴데굴 굴렸다.

"아직 도움이 될 만한 건 하나도……."

"아무튼 뭔가 말 안 하면 밤에도 탐문수사 내보낼 거야."

"아이참, 너무하시네." 니이는 얼굴을 찌푸리며 담배 필터 부분을 손목시계 문자판에 톡톡 쳐서 잎을 꾹꾹 뭉쳤다. 그것을 입에 물고 성냥으로 불을 붙였다. 마치 영화배우처럼 멋들어지게 담배를 피운다.

"스가 경시감의 아들이 중앙 텔레비전 방송국 직원으로 예능을 담당하는 모양인데, 최근에 부모에게 의절당하고 센다가야 자택에서 쫓겨났다고 하던데요?"

"뭔 소리야, 그건 또?"라는 미야시타.

"아무튼 말을 하라고 하시니까 말한 거 아닙니까."

"그 뒷얘기도 있어?"

니이가 어깨를 으쓱 쳐들었다. "집에서 쫓겨난 그 도련님이 기어든 곳이 뉴라틴쿼터 호스티스의 아파트더라고요. 한마디로, 훌륭한 부모님 밑의 방탕한 아들이라는 거죠."

"그래서?"

"아들은 자택의 폭발 사건을 가스가 새서 일어난 화재라고 생각하는 모양이에요. 주위에 그렇게 말하고 다녔대요."

"그건 또 어떻게 된 거야?"

"우리 집에 불이 나서 깜짝 놀랐었다, 라고 했답니다. 아버지의 명령으로 사건을 감추는 건지, 아니면 아버지가 아들의 입을 통해 이번 일이 새어 나갈까 봐 일부러 화재라고 거짓말을 하고 집에서 쫓아낸 건지……. 아무튼 텔레비전 방송국에서 일하는 사람이니까 걱정도 되겠죠. 예능 쪽이라도 선배 동료 중에 기자가 있으니까요."

"흠."

"그 아들, 사건 당일에 호스티스 애인하고 데이트도 했더라고요." 니이가 새끼손가락을 세우며 말을 이었다. "둘이서 진구가이엔 불꽃놀이를 구경했어요. 일단 집에 차를 두고 다시 불꽃놀이 대회장에 나간 참에 화재가 났다고 그 호스티스가 같이 어울리는 친구들한테 말했대요. 자기까지 큰일을 당할 뻔했다고."

미야시타가 의자에 깊숙이 몸을 묻고 팔짱을 꼈다. 뭉친 것을 풀려는 듯 목을 옆으로 지그시 구부렸다.

"그 아들은 이름이 뭐야?"

"스가 다다시. 스물네 살. 둘째 아들. 형은 대장성 상급직. 매형은 외교관. 한마디로 눈꼴시게 상류급 가족이죠."

다들 쓴웃음을 지었다. "말조심해." 미야시타가 짐짓 나무라는 척

했다.

"이봐, 니이, 텔레비전 방송국에 다닌다는 그 둘째 아들은 관청 쪽으로만 똘똘 뭉친 스가 집안의 망나니인 셈이야. 그러니 사실을 있는 그대로 알려주지 않았을 가능성이 높지."

"그렇겠죠?"

"하지만 사건 당일에 현장 근처에 있었어. 혹시 수상한 사람을 목격하지는 않았는지, 자네가 그 둘째 아들한테 슬쩍 물어보라고."

"진짜로 하시는 말씀이에요?"

"내가 지금 농담하게 생겼어?"

"아니, 어떻게 그런 걸 물어봐요, 최고 책임자의 아들한테?"

"아무튼 머리를 짜서 방법을 찾아봐."

"계장님, 참고로 묻겠는데요. 센다가야 탐문 때는 지역 주민들에게 어떻게 폭발 사고라는 걸 감췄답니까?" 이와무라가 번쩍 손을 들고 질문했다.

"나도 그것까지는 모르겠어. 방화 가능성도 혹시 있을지 몰라 확인 삼아 묻는 것이라든가, 아마 그런 거 아니겠어?"

"최고 책임자의 둘째 아들에 대한 얘기는 우선 과장님이나 대리님께도 보고하는 게 어떨까요?"

마사오가 제안했다. 사건이 사건인 만큼 어떤 정보든 5계에서만 떠안고 있는 건 그리 좋은 방법이 아니라는 생각이 들었다.

"응, 그럴까……." 선풍기 바람을 너무 많이 쐰 탓인지 미야시타가 크게 재채기를 했다. "자, 그럼 오늘의 탐문수사 구역을 확인한다."

사와노가 지시를 받아 지도를 펼쳤다.

"오치아이와 이와무라는 혼고 5번지와 6번지. 니이와 사와노는 1번지에서 3번지……."

빨간 연필로 선과 이름을 그려 넣었다. 마사오 일행이 맡은 곳은 동네에 혹시 수상한 자가 살고 있는지 첫 집부터 샅샅이 훑어나가는 롤러 작전이다. 지요다, 주오, 미나토 같은 중요 구는 공안부가 담당해버려서, 결국 형사부에서는 인해전술의 졸병으로 동원되는 듯한 느낌이 강했다.

"잘 들어, 작은 정보라도 허술하게 다루면 안 돼. 범인은 반드시 우리 형사부에서 검거한다. 도쿄 올림픽도 형사부가 지킨다. 그런 강한 의지를 갖고 임하도록 해."

미야시타의 훈시에 마사오는 새삼 마음을 다잡았다. 둘째 아이의 탄생은 이번 사건을 해결한 뒤에 맞이하고 싶었다. 개회식 날까지 이 사건이 미해결인 채로 남아 있는 건 도저히 받아들일 수 없다.

전차에 흔들리며 혼고 3초메 역까지 갔다. 우선 관할인 모토후지 경찰서에 들러 한 차례 인사를 넣었다. 지역 경찰에 적을 만들지 않기 위한 일종의 관습이다. 이어서 이와무라와 나란히 길거리로 나갔다. 이 근처는 공습을 면한 덕에 전쟁 전부터의 오래된 목조 가옥이 초밥 채우듯 촘촘하게 들어차 있다. 좁은 골목은 미로 같았다. 군데군데 저택도 있어서 큼직한 수목이 버섯처럼 담벼락 밖으로 머리를 내밀었다. 도쿄대가 바로 코앞이어서 대학생 하숙집도 많다.

"여름방학도 끝났고 이제 슬슬 학생들이 돌아올 때예요." 이와무라가 골목길 가의 집들을 올려다보며 말했다.

"범인이 좌익 학생 쪽에 있을 거 같아?"라는 마사오.

"그야 가능성이 아주 크죠. 공안부에서는 이번 폭발 사건이 소카 지로의 범행이라고는 전혀 생각 안 할걸요? 시한 발화장치는 소카 지로와 수법이 비슷하긴 하지만, 기계 쪽에 약간의 지식만 있으면 전문 서

적을 보면서 얼마든지 만들 수 있거든요. 범행 성명문의 문장만 읽어 봐도 정신이 돌아버린 자라는 인상은 별로 없어요."

이와무라는 넥타이를 느슨하게 풀고 부채질을 해가며 말했다. 마사오도 동감이었다.

작년 한 해 세상을 떠들썩하게 한 소카 지로라는 폭파범이 저지른 일련의 범행은 명백히 편집증적인 냄새를 풍겼다. 전문가 사이에서는 유치한 자기현시욕과 지배욕의 소유자라는 소리가 많았다. 범행에도 일관성이 없고, 미인 가수나 은막의 스타를 노리는가 싶더니 무차별 살인을 기도하는 식으로 난폭한 성향을 보여 정신분열증 환자라는 지적도 있었다.

그에 비해 이번 사건은 어딘가 냉철하고 위협적인 인상이었다. 두 건의 폭파 사건이 모두 인적이 드문 장소를 선택해서 피해자가 발생하는 건 그리 원하지 않은 것처럼 보인다. 범인의 반사회성은 부정할 수 없지만, 흉포성은 없는 것 같았다. 그리고 의외로 인텔리일 거라는 게 마사오의 감이었다.

"그나저나 공안부장이 말했다는 M 계획이라는 거, 진짜 신경질 나네요." 이와무라가 짜증스럽다는 듯이 말했다.

"누가 아니래." 마사오도 고개를 끄덕였다.

형사부에서 새어 나온 이야기지만, 공안부장의 M 계획 발언이 문제였다. M 계획이라는 건 예전에 미국이 원자폭탄을 제조했을 때의 '맨해튼 계획'의 약칭이다. 복수의 작업 팀에게 똑같이 개발을 시켜서 가장 뛰어난 데이터만 순차적으로 채용하여 결국 완성에 이르렀다는 작전이다. 수많은 팀들의 노고가 물거품이 되지만, 톱으로서는 가장 효과적인 전술이다. 마사오 같은 형사에게는 그 명칭도 괘씸할뿐더러 자신들을 마치 장기짝처럼 취급한다는 불쾌감도 있었다. 국가경찰이라고 떠드는 공안부는 어떤지 모르지만, 시민경찰인 형사부는 심리적인 자부심과 의리로 움직이는 조직이다.

번지를 확인하면서 한 집 한 집 탐문했다. 경찰수첩을 제시하고 "올림픽 경비를 위한 방문입니다"라고 말하면 거의 대부분의 주민이 웃는 얼굴로 맞아주고 가족 구성부터 직업까지 순순히 밝혀주었다. 올림픽이라는 이름만 대면 자기 집 서랍 속까지 내보여도 괜찮다는 듯이 협력해주는 것이다.

이 근처에 수상한 인물은 없습니까. 이런 느닷없는 질문도 혼고가 오랜 옛날부터 형성된 주택가이기 때문에 물어볼 수 있었다. 한동네에서 모두들 서로 알고 지내는 사이였다. 최근에 이사 온 사람, 직장을 그만둔 사람, 한동안 얼굴을 볼 수 없는 사람, 전기 쪽으로 지식이 있는 사람, 손재주가 뛰어난 사람, 〈무선과 과학〉 잡지를 구독하는 사람—

의아한 얼굴을 내보여도 개의치 않고 차례차례 질문을 던졌다.

하숙집에서는 집주인을 불러 문의했다. 한결같이 "아이, 우리 집 학생들은 다 착해"라고 말하는지라, 우선 추석에 고향 집에 내려가지 않은 학생부터 알아보기로 했다. 다이너마이트를 도난당한 게 추석 휴가 때였기 때문이다.

"그건 다른 형사한테도 말했는데?"

첫 번째 하숙집에서부터 그런 말이 나왔다. 대학생 하숙집은 공안부가 벌써 한 바퀴 다 돈 모양이다. 생각해보니 그쪽에서 가장 먼저 할 만한 일이기는 했다.

"확인차, 다시 한번 얘기해주세요"라고 부탁해서 자기들도 정보를 얻었다. 기찻삯이 꽤 비싸다지만 역시 추석에는 고향에 내려가는 학생이 많아서, 귀성하지 않은 사람은 한 하숙집에 한 명 정도의 비율이었다.

마침 하숙방에 있는 학생에게는 직접 이야기를 들었다. 모두 도쿄대

학생들이라서 마사오와 이와무라도 상당히 애를 먹을 각오를 하고 나왔지만, 역시나 환영해주는 분위기는 아니었다.

"롤러 작전인가요? 안보 투쟁 이후로는 처음이군요."

몇 학년인지 알 수 없게 설 늙은 학생이 뻣뻣한 얼굴로 입실을 거절했다.

"우린 공안부가 아니라 일반 형사라니까."

마사오는 쓴웃음을 지으며 목을 빼고 책장을 재빨리 살펴보았다. 〈무선과 과학〉 혹은 좌익 관련 서적이 있는지 확인하기 위해서였다.

"대학생 입장에서 도쿄 올림픽은 어떻게 생각해? 쓸데없는 일인가? 아니면 성공적으로 끝나기를 바라나?"

"그야 당연히 성공적으로 끝나기를 바라죠. 나도 이 나라 사람인데."

학생과 그런 잡담만 나누었다. 그래도 표정에 주의를 기울이며 이와무라와 함께 번갈아 말을 건넸다.

몇 번째인가의 하숙집에서 마음에 걸리는 정보를 얻었다. 추석에 귀성하지 않은 학생으로, 여름방학 동안 건설 현장 합숙소에서 육체노동 아르바이트를 한다면서 9월이 되었는데도 하숙집에 돌아오지 않는다는 것이다.

"그 학생이 평소에는 얼굴이 하얗고 가부키 배우처럼 곱상한 남학생이야. 그런 사람이 막노동 아르바이트를 하겠다고 나서니 더 깜짝 놀랐지. 입주로 일하는 거라 당분간 밥은 안 먹을 거라면서 7월 하순에 나갔어. 지금까지 몇 번 들어오기는 했는데 하룻밤만 자고는 또 가버리고……."

하숙집 주인인 초로의 여자가 느긋한 어조로 말했다.

"어떤 아르바이트죠?"

"글쎄, 자세한 건 나도 모르겠지만 어딘가의 공사 현장일 거야. 그 학생네 형이라는 사람이 아키타에서 돈 벌러 올라온 인부인데, 무슨 사고가 났다나 병이 났다나 해서 죽어버렸대. 그래서 그 유골을 들고 아키타에 다녀오고 그 사흘 뒤쯤에 일하러 나간 거야. 아 참, 말린 떡을 선물로 가져왔었어. 솔직히 너무 딱딱해서 난 먹지도 못했지만."

"공사 현장이라면……."

"왜 도쿄대 학생이 노동일을 하느냐고 물어봤더니, 형님 대신 도쿄 올림픽에 도움이 되고 싶어서 그런다고 하면서 웃더라고. 내 생각에는, 자기 형이 얼마나 고생했는지 직접 겪어보려는 거 같아."

어느새 마루 끝에 차와 과자까지 내주었다. 도코노마(방 한쪽을 바닥보다 높이 만든 곳. 인형이나 꽃, 족자 등을 장식한다)를 보니 군복을 입은 젊은이의 유영이 액자에 담겨 있었다. 이 부인도 전쟁 통에 아들을 잃은 걸까. 마사오는 문득 그런 상상을 했다.

"참 괜찮은 학생이야. 착하고 예의 바르고, 영화배우 한쓰로를 닮았어." 입에 손을 대고 아가씨처럼 웃었다.

"그 학생은 이름이 어떻게 되지요?"

"시마자키 구니오야. 도쿄대 경제학부 대학원생."

"마지막으로 본 게 언제였어요?"

"음, 글쎄……." 부인이 생각에 잠겼다. "그렇지, 지난 토요일이야. 저녁에 훌쩍 들어와서 자기 방에 있다가 일요일에 나갔어. 아 참, 그렇지." 문득 생각난 듯 손뼉을 쳤다. "그 전에 돌아온 것도 토요일이었어. 밤도 한참 늦은 시간이야. 그러고는 일요일에 다시 나갔어."

메모를 하면서 마사오는 뭔가 희미하게 걸리는 것을 느꼈다. 그 두 번의 토요일 모두 폭파 사건이 있었던 날이다.

"그러고 보니, 형사님, 오늘도 토요일이네?"

"예, 맞아요."

"그럼 오늘 돌아오려나?" 부인이 아들의 귀성을 기다리는 고향 집 어머니처럼 눈을 반짝였다. "미리 전화라도 해주면 좋을 텐데 시마자키 군은 항상 느닷없이 온다니까……."

"죄송하지만 그 학생 방을 잠깐 봐도 될까요?" 이와무라가 공손하게 물었다.

"그건 안 되지, 본인이 없는데." 부인은 의연히 거부했다. "지난번 안보 투쟁 때 경찰에게 내 마음대로 방을 보여줬다고 하숙생들이 얼마나 나무랐는데? 사직 당국에서 하라는 대로 하시면 안 된다고 따지는 통에 아주 혼이 났어."

마사오는 이와무라와 마주 보며 쓴웃음을 지었다. 우선 이름과 소속은 알았으니 다행이다. 대학에 문의해보면 신원 조회는 별일 아니었다.

"혹시 오늘 밤에 들어오면 내가 말은 해둘게." 부인이 말했다.

"아뇨, 그렇게까지 안 하셔도 돼요." 차와 과자를 대접해줘서 고맙다는 인사를 하고 물러나왔다.

골목으로 나와 별채의 하숙방을 올려다보았다. 메이지 시대 때 지어진 낡은 목조 2층이었다. 창문에는 빨래도 널려 있었다. 대학생들의 생활의 냄새가 느껴졌다.

풍령이 딸랑딸랑 울었다. 골목길을 바람이 빠져나갔다.

탐문수사를 계속해서 오후에는 헌책방이 늘어선 길로 접어들었다. 간다 진보초만큼 많은 건 아니지만, 도쿄대학의 턱밑인 만큼 아카데믹한 풍정의 헌책방이 처마를 맞대고 이어졌다. 헌책방 탐문은 다른 수사 팀에서도 할 테지만, 그냥 지나갈 수도 없어 일단 방문해보기로 했다.

"글쎄, 벌써 다녀갔어요."

고집스러워 보이는 헌책방 주인들은 형사라면 진즉에 다녀갔다면서 여간 쌀쌀맞은 게 아니었다.

"〈무선과 과학〉인가 하는 실용 잡지 얘기죠? 그런 잡지책은 뭉텅이로 헐값에 나가요. 그걸 일일이 기억할 리가 있나. 공학부 학생이 팔러 오고 공학부 학생이 사 가요. 기껏해야 그런 책이라니까."

책방 주인들은 사상이나 문예서 이외의 잡지는 한 수 아래로 보는 기색이었다.

그런 게 아니라 이 동네에 수상한 자는 없는지, 올림픽 경비를 위해 그냥 한 바퀴 도는 거라고 마사오가 설명했다.

"그 얘기도 전에 똑같이 하던데? 수상한 사람이라니, 대학가에 그런 사람이 있겠어요? 전학련 일이라면 댁들 쪽이 더 잘 아실 거고."

전체적으로 까다로운 아저씨들이었다. 도중에 우연히 가게 텔레비전을 통해 짧은 뉴스를 보았다. 요요기 종합 체육관의 완공 행사가 지치부노미야 전하, 이케다 수상, 고노 올림픽 담당 장관과 그 밖의 요인들이 출석하여 화려하게 거행되었다고 아나운서가 전하고 있었다.

경비는 성공이다. 단게 겐조(일본의 건축가)의 유니크한 종합 체육관 건물은 범인의 타깃이 되는 일 없이 무사히 지나간 모양이다. 마사오는 가슴을 쓸어내렸다.

몇 번째인가에 들어간 고바야시 서점이라는 헌책방에서는 귀 어두운 할머니가 가게를 지키고 있었다.

"우리 아들은 잠깐 점심 먹으러 나갔어. 며느리는 시장 갔고. 뭐 찾는 게 있으면 한 15분만 기다려요."

이쪽은 갑작스레 상냥하기 짝이 없었다. 가게의 라디오를 엄청 크게 틀어놓고 민요에 푹 빠져 있었다. 무심코 책장을 둘러보는데 발치 선반에 해묵은 〈무선과 과학〉이 쌓여 있었다. 이와무라에게 눈짓을 하고 서로 고개를 끄덕였다. 물론 별동대가 확인을 다 마쳤을 테지만, 허리를 숙이고 앉아 책등을 확인해보니 잘라낸 활자가 사용된 63년 7월 호만 없었다. 팔렸을까 아니면 처음부터 빠져 있었을까. 습성에 따라 흰 장갑을 끼고 몇 권을 집어 들어 책장을 넘겨보았다.

조금 지나서 젊은 아가씨가 가게 안에 들어왔다. 반공일이라 회사에서 일찍 퇴근한 모양이었다. 마사오 일행에게 웃는 얼굴로 인사를 건네더니, 안쪽을 향해 "다녀왔습니다!"라고 환한 목소리를 올렸다.

"요시코, 어서 오너라. 아빠는 점심 먹으러 갔고 엄마는 시장 갔다." 할머니가 큰 소리로 대답했다.

"할머니, 나 라디오 좀 빌려줘. 2층에 올라가서 들을래." 아가씨가 할머니의 귓가에 대고 말하고서 손을 맞댔다.

"응, 그야 괜찮지만, 뭘 들으려고?"

"비틀스. 라디오에서 특집 방송 하거든."

"비, 비, 뭐?"

"비, 틀, 스! 할머니도 함께 들을래? 아 참, 할머니, 그 노래가 마음에 들면 레코드 한 장 살까? LP 레코드야, 노래 많이 들어 있는 거."

예쁘장하게 웃는 얼굴로 할머니의 팔을 흔들며 졸랐다. 열여덟 살, 꽃띠 아가씨인가. 마사오는 마음속으로 중얼거리며 혼자 빙그레 웃었다. 눈앞의 아가씨는 눈이 부실 만큼 한창 청춘이었다.

그러는데 어머니가 돌아왔다. "어라, 요시코, 오늘 양재 교실 안 갔니?"

딸은 아차 하는 기색으로 얼굴을 찌푸리더니 "아, 오늘은 쉬기로 했어"라고 얼버무리고 안쪽 방으로 도망치려고 했다.

"왜 쉬는데? 어디 몸이 안 좋아?"

"아니, 그런 건 아니고."

"그럼 뭔데?"

"아이, 하루쯤 쉬는 건데 어때. 꼭 듣고 싶은 라디오 방송이 있어서 그래."

딸이 돌아보며 불만스럽게 볼이 불룩해졌다.

"알았다, 또 비틀스구나? 엄마는 그거 반대야. 그런 지저분하게 생긴 그룹."

"지저분하긴 뭐가 지저분해? 엄마는 너무해, 왜 그런 식으로 말하는데?"

딸은 금세 얼굴빛이 변해서 따졌다.

"남자가 머리를 길게 기르고, 그게 뭐니?"

"그런 건 개인의 자유야!"

"이가 바글바글할걸?"

"날마다 샴푸해!"

잠시 어머니와 딸의 말다툼이 이어졌다. 마사오와 이와무라는 완전히 무시당한 채였다.

"왜 떠들고들 그래? 가게에서 모녀간에 싸우면 어떡해? 저기 아카몬까지 다 들리더라." 이번에는 주인인 듯한 중년 남자가 돌아왔다.

그리고 반대편 통로에 있던 마사오 일행을 발견하고 거북살스러운 듯 머리를 숙이더니 다시 아내와 딸을 꾸짖었다. "손님들 앞에서 말씨름을 하고 있었어?"

"아뇨, 손님 아니에요. 경찰에서 나왔습니다." 마사오가 온화하게 말하며 손을 좌우로 흔들었다. "잠깐 탐문하러 돌아다니는 중이에요."

가족 모두가 입을 꾹 다물고 이쪽을 보았다.

"……그래요? 지난번에도 형사가 다녀갔어요. 〈무선과 과학〉이랬던가? 그때 할 얘기는 다 했는데."

머리를 긁적이며 주인이 말했다. 안경 너머로 이쪽을 품평하는 듯한 시선을 던졌다.

"미안합니다. 끈덕지게 확인하고 다니는 게 경찰 일이라서요." 옆에서 이와무라가 변명을 했다.

"그러니까 내가 한 말은, 평소에는 별로 신경도 안 쓰는 잡지인데 단골 경제학부 학생이 기술 계통의 잡지를 사 가는 게 좀 의외다 싶어서 기억하고 있었던 것뿐이에요."

주인아저씨의 말에 마사오는 저절로 몸이 긴장되었다. 단서가 여기에 있었구나. 탐문수사는 역시 하고 볼 일이다.

"추석 지나서 20일이었던가? 우리 책방에 늘 드나들던 학생이 이래저래 책을 찾더니 그 잡지 한 권을……."

가족들의 귀에 들어가는 게 싫었는지 주인은 "어이, 안으로 들어가!"라고 아내와 딸을 쫓아냈다.

"평소에는 손님에게 별로 말을 안 거는 편인데, 그 학생이 오랜만에 얼굴이 까맣게 그을려서 왔더라고요. 어디 해수욕장에라도 다녀왔느냐고 내가 물어봤죠. 그래서 더 또렷하게 기억났어요."

"얼굴이 까맣게 그을렸어요?"

"예, 평소에는 뽀얗고 곱상한 학생이었는데."

마사오는 이와무라와 서로 마주 보았다. 오전 중에 하숙집에서도 그 비슷한 이야기를 들었던 것이다.

"한마디 해두겠는데, 그 학생은 수재랍시고 잘난 척하는 것도 없이 정말 착실한 아이예요. 무슨 조사를 하는지 모르겠지만, 형사님에게 그런 말을 한 것도 그 학생이라면 전혀 관계가 없을 것이다 싶어서 얘기한 거예요."

"예, 고맙습니다."

"안보 반대 데모도 학생들은 나름대로 정의감이 있어서 나섰어요. 경찰이 너무 예민하게 굴었지."

"예, 그럴지도 모르죠. 그래서 그 학생은 이름이……?"

"이런 얘기를 두 번씩이나 해야 하다니, 원 참. 영 내키질 않네." 주인은 홍콩 셔츠 소매에 손을 넣어 두 팔을 북북 긁적였다. "경제학부 대학원생, 시마자키 구니오 군." 부루퉁하게 이름을 댔다.

"아키타에서 온 학생이죠?" 순간적으로 하숙집에서 얻은 정보를 입 밖에 냈다.

"뭐야, 다 알면서? 형사님도 참 성질 이상하시네."

"예예, 협조해주셔서 고맙습니다."

마사오는 수첩에 메모를 하면서 뛰노는 가슴을 억눌렀다. 〈무선과 과학〉 쪽에서 뜻밖에 호박이 넝쿨째 굴러들었다. 이 구역이 할당된 것에 감사하지 않으면 안 될 것이다. 연일 빈손으로 털레털레 경시청에 들어가던 처지라서 어떤 단서가 됐든 반가웠다.

그 뒤, 시마자키 구니오라는 학생에 대해 사상적 배경 등을 탐색해 봤지만 책방 주인은 모른다는 말만 거듭했다. 과거에 구입한 책에 대해서도 그냥 공부하는 책이라고 얼버무렸다. 그 학생에게 불리한 말은 하고 싶지 않은 눈치였다. 도쿄대 학생 시마자키 구니오는 어떻든 이웃들에게는 상당히 호감을 얻은 인물인 듯했다.

안쪽에서 외국 음악이 흘러나왔다. "요시코, 소리 좀 줄여." 어머니가 계단에서 2층을 향해 나무랐다. "엄마나 조용히 해." 딸의 말대꾸가 내려왔다.

이게 그 소문난 비틀스인가. 처음 들었다. 공이 통통 튀는 듯한 음악이라고 마사오는 느꼈다. 시끄럽기는 하지만 불쾌하지는 않았다. 젊은 여자들이 좋아할 만도 했다.

책방 주인에게 고맙다는 인사를 건네고 가게를 나섰다.

"시마자키라는 학생의 하숙방, 어떻게 좀 들어가볼 수 없을까요?" 이와무라가 걸음을 옮기며 흥분한 얼굴로 말했다. "어차피 아무나 드나드는 하숙이잖아요? 학생인 척하고 슬쩍 들어가면……."

"아냐, 그렇게 서두르지 말자. 아직 상황증거도 없는 단계잖아."

"하지만 추석에 고향에도 안 내려가고 도쿄대 학생이 건설 현장 합숙소에서 막노동을 하고, 경제학부면서 〈무선과 과학〉 옛날 호를 사들이고……. 수상한 점이 한두 가지가 아니에요. 게다가 다이너마이트를 도난당한 발파업자는 토건업 하청이라서 건설 현장하고도 관련이 있잖아요?"

"그렇기는 해도 무단침입은 안 돼. 우선 해가 저문 뒤에 하숙집 앞을 지키자. 오늘 밤은 집에 못 들어갈 테니까 각오해."

"알겠습니다."

이와무라가 신음하듯이 대답했다.

탐문수사를 잠시 쉬고 혼고 파출소로 들어갔다. 다나카 과장대리에게 정시 연락을 하기 위해서였다. 탐문수사 팀은 하루에 세 번, 의무적으로 전화 연락을 하게 되어 있다.

수첩을 내보이고 본부 수사1과인데 전화 좀 빌리자고 말했더니 얼굴에 여드름이 난 젊은 순경이 직립 자세로 경례를 붙였다. 최근 몇 년 동안, 올림픽 개최 때문에 경시청은 경찰을 대폭 증원했다. 이 젊은이도 그중 한 사람인 모양이었다.

다이얼을 돌리자 다나카가 직접 전화를 받았다. "오치아이? 마침 딱 맞는 타이밍에 연락했군." 어둡게 가라앉은 목소리였다. 심상치 않은 분위기에 마사오는 몸이 긴장되었다.

"요요기 종합 체육관은 무사했는데, 덴노즈 창고 거리에서 사건이 터졌어. 바로 30분 전이야. 모노레일 교각이 일부 폭파되었어. 피해 상황과 그 밖의 상세한 정보는 아직 들어오지 않았어."

"이번에는 모노레일을?"

"음, 이렇게 되면 신칸센도, 수도고속도로도 위험해."

모노레일은 하네다 공항의 손님들을 도쿄 도심으로 실어 오는 새로운 교통기관으로 올림픽 개최에 맞추어 건설 중이었다. 개통은 분명 이달 중순일 터였다.

"곧바로 현장으로 출동해. 방금 미야시타도 그쪽으로 가라고 했어. 공안부에 선수를 빼앗기면 안 돼. 알았나?"

"알겠습니다."

"표적이 드디어 경찰 앞에 모습을 드러냈어. 언론 쪽을 어떻게 틀어막을지, 윗선에서도 지금 골머리를 앓고 있어. 혹시 기자를 만나도 일절 발설하면 안 돼."

"물론이죠. 아 참, 대리님, 감시하고 싶은 대학생이 있는데, 나중에 차량 한 대 부탁합니다."

"뭐야, 괜찮은 정보인가?"

"아직은 모르겠어요."

"어허, 그런 소리 말고 빨리 말해봐. 지금 난 지푸라기에라도 매달리고 싶다니까."

다나카가 내던지듯이 걸걸한 소리를 냈다.

"그럼 유력한 정보라고 하죠. 하긴 공안이 벌써 마크해서 신원을 파악했을 거예요."

"그렇다면 더더욱 질 수 없지."

전화를 끊었다. 옆에서 귀를 세우고 듣고 있던 이와무라에게 사건이 터졌다고 알려주었다. 이와무라는 대번에 정수리가 벌게지더니 "그 망할 놈. 모노레일을 부술 거면 우에노 공원 쪽 모노레일이나 부술 것이지"라고 우습지도 않은 농담을 날렸다. 건설 중인 도쿄 모노레일은 유원지 이외에는 처음으로 깔리는 공공 교통기관이었다.

신입 순경이 안쪽에서 보리차를 내왔다. 마사오와 이와무라는 컵을 들자마자 단숨에 들이켜 마시고 미처 고맙다는 말도 못 한 채 뛰쳐나갔다.

7

9월 6일 일요일

어쩌다 찾아오는 일요일에는 한없이 늦잠을 자고 싶은데 미도리가 아침부터 보란 듯이 청소를 시작해서 스가 다다시는 침대 대신 잠을 잔 소파에서 투덜거리며 내려와 발코니까지 북북 기어 피난을 했다.

아직 제대로 눈도 뜨지 못한 얼굴로 담배에 불을 붙이고 한숨과 함께 연기를 토해냈다. 하늘은 구름 한 점 없이 맑고, 바로 코앞에 도쿄 타워가 절대군주처럼 우뚝 솟았다. 8층 빌딩에서 도쿄 풍경을 내려다보면 상당한 부호가 된 듯한 기분이다. 스무 살 여자가 이렇게 호화스러운 외국인용 맨션을 빌리다니, 전후 민주주의가 과연 올바른 것인지 아니면 나사가 풀려버린 것인지 모르겠다. 뉴라틴쿼터의 호스티스 미도리는 도쿄 변두리 무코지마의 창호 가게 딸이지만, 얼굴 하나로 대기업 부장급의 월급을 받는다.

"미도리, 신문." 다다시가 목을 길게 빼며 말했다.

"난 신문 안 본다니까. 몇 번이나 똑같은 말을 시켜?" 미도리가 청소기를 돌리며 도도하게 쏘아붙였다.

"호스티스라면 신문쯤은 봐야지. 정재계의 높으신 분들이 클럽에 들락거리시잖아. 그러다가는 같이 대화도 못 해."

"정 보고 싶으면 역 매점에 가서 사다 드리죠."

왜 그런지 영 기분이 안 좋은 거 같아서 다다시는 자신이 사러 가기로 했다. 아버지에게서 돌연 집을 나가라는 선고를 듣고 몸뚱이 하나로 미도리의 맨션에 기어든 게 벌써 2주째다. 이제 슬슬 집을 구해야지, 안 그러면 그녀와의 인연도 끊길 것 같다. 처음에는 침대에서 함께 자게 해주더니 요즘에는 소파로 몰아냈다.

넓은 거실을 가로질러 현관문을 열고 복도로 나왔다. 그러자 옆집 현관 신문함에 며칠분의 신문이 꽂혀 있는 게 눈에 들어왔다. 오늘 아침 신문도 있었다. 그걸 슬쩍하기로 했다.

쓰윽 집어 들고 안으로 돌아왔다.

"안 갔어?" 의아한 얼굴로 바라보는 미도리에게 "옆집 거, 빌려 왔어"라고 말하자 눈을 치켜뜨며 화를 냈다.

"빨리 갖다 놔. 그건 도둑질이잖아."

"괜찮아. 옆집, 팬암(Pan Am)의 스튜어디스지? 잔뜩 밀려 있는 거 보면 어차피 비행 중이야."

"말도 안 돼." 허리에 손을 짚고 다다시를 노려본다.

냉장고에서 우유를 꺼내 탁자에 신문을 펼쳐놓고 우유를 마시며 훑어보았다. 명색이 '텔레비전 맨'이니 뉴스만은 똑똑히 점검해야 한다.

사회면을 보니 신칸센 레일에 돌을 올려놓은 52세의 토목공 조수가 체포되었다. 동기는 신칸센을 세워 가까이에서 보고 싶었기 때문이란다. 별 바보가 다 있다고 다다시는 어깨를 들썩이며 웃었다. 신칸센은 시험 운행을 계속해서 10월 1일에는 개통할 예정이다.

사건이 일어난 곳은 시즈오카였다. 순찰을 돌던 경찰차에 들켜 현행

범으로 체포된 모양이다. 정말 운도 없는 범인이다.

다다시는 잠시 생각해보다가 미간을 찌푸렸다. 혹시 도카이도 신칸센 전역을 경찰이 지키고 있는가. 그렇지 않고서야 철로 침입자를 그리 쉽게 발견할 수 있을 리 없다.

일본 경찰도 참 수고가 많구나, 하고 아버지의 얼굴을 떠올리며 생각했다. 올림픽 경비의 최고 책임자인 아버지는 집에도 거의 들어오지 못할 만큼 황망할 터였다.

그나저나 왜 갑자기 나를 집에서 내쫓은 것일까. 다다시는 마음속에서 자문해보았다. 가스가 새서 불이 났던 날 밤, 아버지는 집에 달려오자마자 다다시를 향해 "너는 한참 나가서 지내!"라고 말했다. 왜 그러시냐고 물었더니 고뇌에 찬 표정으로 "절연(絶緣)이다"라고 조용히 내뱉었다. 평소 같으면 다다시 편을 들어주던 할머니도 아무 말씀이 없었다. 텔레비전 방송국에 취직해 스포츠카를 타고 다니는 게 그렇게 마음에 안 들었을까. 분노보다 곤혹스러움이 더 컸다.

다시 신문에 눈을 떨구었다. 도쿄판에는 시운전 중인 모노레일 사진이 크게 실렸다. 이쪽은 모든 게 순조로운 모양이다. 총공사비 196억 엔이라고 적혀 있었다. 월급 2만 5000엔인 다다시는 상상도 못 할 액수였다. 하마마쓰와 하네다 공항을 15분 만에 연결하고 언젠가는 요코하마까지 연장할 계획이라고 한다.

"미도리, 하네다 공항까지 드라이브나 갈까? 수도고속도로를 타면 틀림없이 모노레일을 볼 수 있어."

"안 돼. 난 오후부터 오디션이야."

미도리는 어느새 경대를 마주하고 머리를 빗고 있었다.

"무슨 오디션?"

"와타나베 프로덕션."

"또 일부러 어려운 데를."

"〈비눗방울 홀리데이〉에 출연하고 싶단 말이야."

다다시는 말없이 어깨를 으쓱 쳐들었다. 혹시라도 미도리가 〈비눗방울 홀리데이〉에 출연한다면 그녀 친가 근처에서 한바탕 소동이 벌어질 것이다.

"아, 깜빡 잊고 말 안 했는데, 엊저녁에 우리 클럽에 형사가 왔었어. 10시 넘어서." 미도리가 컬을 세팅하면서 말했다. "하필 나를 지명하더라고."

"형사가 미도리를 지명해? 왜?"

"그게 좀 이상해. 왜 나를 지명했느냐고 물어봤는데, 그냥 순진하고 귀엽다고 소문이 나서 찾았다나? 순 거짓말이지 뭐야. 탁자에 앉자마자 계속 시시콜콜 캐묻기만 하고."

"시시콜콜 캐물어?"

"응, 2주 전에 불꽃놀이 보러 갔잖아. 그날 밤 얘기."

"아, 우리 집에 불이 났고 그길로 내가 집에서 쫓겨난 그날 밤?" 신문을 접고 하품을 씹었다. "그래서 그날 밤이 어쨌다고?"

"센다가야에 사는 애인 집에도 갔다고 하던데 그때 얘기를 좀 해달라, 그러는 거야. 그래서 내가 그랬어. 그 사람 내 애인이 아니라고."

"훙, 그러셔?" 다다시는 쓴웃음을 지으며 어깨를 툭 떨구었다. "그건 그렇고 이야기 계속해봐."

"무슨 일 때문에 그런 걸 조사하느냐고 물었더니 대답은 안 하고 아무튼 얘기해달래. 처음에는 나도 잔뜩 경계했는데 그 형사가 너무 핸섬하고 얘기를 진짜 재미있게 하는 거야. 나중에 선배 호스티스한테 물어봤더니 니이라는 별명의 유명한 멋쟁이 형사래. 홀딱 반해버린 호스티스도 한둘이 아닌가 봐. 보통 경찰 월급으로는 우리 클럽에 드나들 수 없잖아? 근데 누구 연줄인지는 모르지만 노상 들락거려. 그런 손님이 몇 명 있더라고."

다다시는 후욱 한숨을 내쉬었다. 입이 가벼운 사람은 텔레비전 쪽에서는 절대 못 버틴다고 한마디 쏘아붙이고 싶었다.

"근데 그 니이라는 멋쟁이 형사가 나한테 센다가야 저택가에서 본 것을 하나도 빼지 말고 말해달라는 거야."

"아, 잠깐. 그 형사, 우리 아버지가 경시청의 스가 슈지로 경시감이라는 건 알고 있었어?"

"응, 알고 있었어. 둘째 아들이 쫓겨났다는 것도 알더라." 미도리가 놀리듯이 말했다.

"참 나, 괴상한 형사네."

"그래서 내가 줄줄 얘기했어. 근데 언덕길에서 다다시가 도쿄대 시절의 동창생을 우연히 만났다는 대목에서 이상하게 관심을 보이면서……."

"아, 시마자키?" 코털을 뽑으며 대답했다.

"이름까지는 기억이 안 나서 그냥 햇볕에 그을리고 머리가 길고 무척 잘생긴 사람이었다고 말했더니, 그 형사가 혹시 시마자키 구니오 아니었냐고……."

"그건 또 뭔 소리지? 혹시 시마자키란 놈, 경찰이 마크 중인가? 그런 얘기는 들어본 적 없는데? 학교 다닐 때는 정치에는 전혀 무심하고 비리비리한 녀석이었어."

"아무튼 그래서 내가 그렇다, 시마자키였다, 라고 대답했더니 아주 흥분을 해서 어떤 표정이었느냐, 뭘 들고 있었느냐, 뭘 입고 있었느냐, 어찌나 캐묻는지. 내가 본 대로 들은 대로 한바탕 얘기해줬더니 그냥 급하게 가게를 나가더라고. 11시부터 하는 쇼도 안 보고."

"에엥, 무슨 일이지?"

"그 도쿄대 학생, 혹시 빨갱이 아니야?" 미도리가 거울을 마주 보며 빨간 립스틱을 바르고 있었다.

"글쎄, 그건 아니라니까……."

다다시는 창밖으로 시선을 던지며 생각을 굴렸다. 형사가 조사한 건 다다시의 집에 불이 났던 날 밤의 일이다. 아버지와 어머니는 가스가 새는 바람에 일어난 화재 사고라고 했었다. 아버지가 올림픽 경비 최고 책임자라는 것 때문에 당장 하라주쿠 경찰서에서 경찰 몇 명이 허겁지겁 달려왔지만 단순한 화재라는 걸 알고 곧바로 철수했다.

하지만 단순한 화재라면 형사들이 그렇게 캐고 다닐 리 없다. 혹시 내가 사실을 제대로 알지 못하고 있는 건가. 애초에 자신에게는 현장도 보여주지 않았다. 정말로 그게 단순한 화재였을까.

그날 밤에 본 시마자키 구니오를 기억 속에서 끌어냈다. 얼굴이 하얗고 곱상하던 녀석이 햇볕에 까맣게 그을려 있었다. 인기척도 없는 주택가를 빠른 걸음으로 내려왔었다. 그는 불꽃놀이를 구경하러 간다고 했다. 그것도 혼자서.

"나 오디션장까지 좀 태워다 줘."

"좋아. 어디야?"

"중앙 텔레비전 방송국."

"첫, 우리 방송국이었어?" 다다시는 코에 주름을 잡았다. "하긴 와타나베 프로덕션이라면 사장실이라도 척척 빌려 쓰시겠지."

자리에서 일어나 옷을 갈아입었다. 흰 폴로셔츠에 마도라스체크의 버뮤다팬츠다. 집에 들어가지 못해 계속 여름 옷차림 그대로였다.

맨션을 나와 엘리베이터에 탔다. 요즘 들어 도심에 엘리베이터 딸린 고층 맨션이 많이 들어섰다. 호텔 같은 프런트가 있고 복도에는 카펫이 깔렸다. 아파트 단지의 호화판이다. 도쿄에서는 이제 단독주택의 시대가 끝나려는 모양이다.

1층에 내려가 현관홀을 걸어가는데 소파에 남자 둘이 앉아 있었다. 일요일인데도 양복 차림이라서 저절로 눈길이 갔다. 남자들이 고개를 돌려 다다시를 쳐다보았다. 왠지 서로 마주 보며 고개를 끄덕인다.

그러고는 다다시에게로 다가왔다. 회사원으로는 보이지 않았다. 야쿠자 아니면 형사? 차림새는 반듯한데도 전체적으로 풍기는 포스가 다르다. 우선 체격부터 우람하다.

"스가 다다시 씨죠?" 한쪽 남자가 말을 걸어왔다.

"아뇨, 아닌데요." 다다시는 시치미를 뗐다.

"어허, 농담도 잘하시네. 스가 경시감의 아들이라고 들었는데." 남자가 은근한 미소를 지었다.

"그럼 경찰에서 나왔어요?"

"그래요, 경시청에서 나왔어." 둘이서 앞쪽을 막아서며 안주머니에서 수첩을 꺼내 보였다. "스가 씨의 자택에 화재가 났던 날 밤에 대해 좀 물어볼 게 있는데."

"그거라면 어제저녁에 이 아가씨가 다 얘기했다던데요, 뉴라틴쿼터에서."

다다시는 턱으로 미도리를 가리켰다. 이 수사관들은 그건 알지 못하는지 서로를 흘끔 쳐다보았다.

"이봐요, 서로 연락쯤은 하지 그래요? 두세 번씩 조사하고 다니는 건 세금 낭비죠. 아버지한테 이를 겁니다."

아버지의 부하라고 생각하니 공연히 더 화가 났다. 어차피 직접 알현도 못 하는 말단인 것이다.

"나, 시간 없어." 미도리가 발을 동동거리며 말했다.

"어젯밤에 조사해 간 형사라니, 그게 누구지?"

"그런 건 그쪽에서 직접 알아보세요, 동료인데." 다다시가 쏘아붙였다.

"경시청은 3만 명이 넘어."

"아이, 늦겠다니까." 미도리가 볼이 잔뜩 부었다.

수사관이 "급해요?"라고 묻는지라, 귀찮아서 사정을 설명해줬더니 그럼 택시비를 주겠다며 자기들 마음대로 프런트에 택시 호출을 부탁했다.

"이봐요, 우리 아버지는 아들이 경찰에게 취조당한다는 거 알아요?"

다다시가 비스듬히 꼬나보는 자세로 항의했다.

"취조라니, 그냥 단순한 탐문인데."

"아무튼 아버지한테 말해야겠어요. 명함 줘요." 손을 내밀었다.

"어허, 우린 명함이 없어."

"그게 말이 돼요? 이름도 안 밝히는 사람에게 무슨 말을 합니까?"

수사관들이 가만히 한숨을 내쉬고 머리를 좌우로 흔들었다.

"알았어. 그러면 나만 밝히지. 경시청 공안부 공안1과, 야노야." 한 사람이 조용히 말했다. 그 말을 듣고 다다시는 눈이 휘둥그레졌다.

"공안부? 그럼 역시 시마자키란 녀석이 학생운동이라도 했어요?"

"시마자키? 지금 시마자키라고 했지?" 수사관의 표정이 바뀌었다.

"예, 했어요."

"그거, 도쿄대 학생 시마자키 구니오, 맞지?"

"예, 그래요. 애초에 그쪽에서는 다 아는 얘기 아니에요? 어젯밤에 뉴라틴쿼터에서 미도리가 형사한테 다 말했다던데."

"우리한테도 자세히 말해봐."

양쪽에서 팔을 잡혀 소파로 끌려갔다.

"이거, 이거, 강제구인 아닙니까?"

"시마자키 구니오가 어쨌다고?"

"아, 글쎄 우리 집 근처에서 봤다고요."

"봤어? 그날 밤에?"

"그래요."

"택시 아직도 안 오잖아!" 미도리가 날카로운 소리를 냈다. 완전히 저기압이다.

"아가씨, 사쿠라다 큰길까지 나가면 택시 금세 잡혀. 아직 젊은 나이에 게으름 피우지 말고 어서 가봐."

수사관 한쪽이 나지막한 소리로 말했다. 더 이상 저자세가 아니었다. 뭔가 일각을 다투는 일이라는 눈치였다.

"아이참, 다다시, 뭐라고 말 좀 해봐!"

"아, 어젯밤에 아가씨네 클럽에 왔던 형사는 어떤 사람이지? 수사 1과?"

"난 그런 것까지는 몰라요. 형사는 그냥 형사죠."

기가 센 미도리는 고개를 홱 돌리더니 핸드백을 어깨에 메고 성큼성큼 맨션을 나갔다.

"스가 씨, 그럼 그때 이야기를." 수사관들이 좌우에서 몸을 내밀며 다그쳤다.

"아버지한테 다 이를 테니까 그리 알아요." 다다시는 콧김을 씩씩거리며 말했다.

"그래, 다 이르든지 말든지. 그보다 시마자키 구니오 얘기부터 해봐."

야노라는 남자의 얼굴 표정이 바뀌었다. 길쭉한 얼굴에 매부리코여서 어딘지 보통 일본인과는 다른 용모였다. 살기 같은 것이 느껴져서 다다시는 투덜거리던 입을 꾹 다물었다.

"이봐, 빨리 말해. 처음부터 다 얘기하라고."

마치 교무실에 불려간 중학생 같은 느낌이었다. 다다시는 기가 죽은 채 두 사람의 공안부 수사관에게 그날 밤에 본 것을 이야기하기 시작했다.

8

7월 18일 토요일

이른 아침부터 내리기 시작한 비는 도쿄의 수원지를 적시는 일도 없이 도시 전체를 축축하게 만든 채 점심 전에 뚝 그쳐버렸다. 도심에서는 이르면 다음 주부터 급수제한이 시작될 것 같다고, 감도가 그리 좋지 않은 라디오가 전해주었다.

시마자키 구니오는 조금 전에 자신이 직접 해 먹은 가락국수를 생각하며, 물이 부족한 때에 적당한 요리가 아니었다고 도쿄 도민의 한 사람으로서 반성했다. 삶은 면을 넉넉한 찬물에 씻어 집주인 아주머니에게 받아 온 얼음을 띄우고 2층 베란다에 올라가 풍령 소리를 들어가며 이웃집 고양이와 함께 편안한 점심을 즐겼다. 학생 대부분이 고향에 내려갔기 때문에 혼고 니시카타는 유난히 조용했다. 구름 낀 하늘 아래, 오랜만에 맛본 시원함과 사치였다.

어제, 아키타에서 도쿄로 돌아왔다. 어머니가 좀 더 있다 가라고 했지만, 집에 있어봐야 할 일도 없고 어쩐지 마음이 불편해서 가정교사 아르바이트가 있다고 둘러대고 도망치듯이 고향 마을을 떠나왔다. 어머니는 버스 정류장까지 배웅을 나와 "이쪽 일은 걱정하지 마라"라고 다부진 표정으로 손을 흔들었다. 구니오는 그 슬픈 웃음을 바라보며 견딜 수 없는 양심의 가책을 느꼈다. 공부 하나 잘하는 덕분에 자기 혼자만 고향의 가난함에서 벗어났다는 현실의 잔혹함과, 그것을 받아들인 데 대한 죄책감이었다. 자신은 구마자와 촌에 돌아갈 생각이 없었다. 아무 도움도 될 것 같지 않은 학문의 세계에서 살아가려 하고 있었다. 버스가 출발한 뒤에도 언제까지나 손을 흔드는 어머니의 모습에 가슴이 뭉클했다. 자신은 매정한 인간이라는 자책에 휩싸였다. 그 괴로운 자책감은 우에노 역에 도착할 때까지 멈추지 않았다.

우에노 역 플랫폼에 내려서자 그때까지 차 안에서 들려오던 도호쿠 사투리는 깨끗이 사라지고, 개찰구를 빠져나와 인파 속에 섞여 들자 뭔가 무거운 족쇄에서 해방된 듯한 마음이 들었다.

도쿄의 풍경은 잡답(雜沓) 그 자체였다. 눈에 비치는 모든 곳에 사람이 있었다. 그것이 지금의 구니오에게는 고마웠다. 분모가 크면 한 개인에게 주어지는 관심의 양은 적어진다.

오후에는 오타 구의 변두리까지 나갔다. 고향에서 동네 아주머니가 부탁한 사람을 찾기 위해서였다. 돈벌이 나간 남편이 돌아오지 않는다고 고통스럽게 하소연했다. 합숙소 주소를 적은 메모를 건네주며 꼭 만나서 말을 전해달라고 했다. 오늘은 토요일, 반공일이라서 잘하면 합숙소에서 만날 수 있을지도 모른다.

구니오는 남의 가정사에 참견할 마음은 없었다. 자신보다 나이도 많은 아저씨를 나무랄 마음도 없었다. 그냥 만나서 아주머니가 꼭 연락을 해달라더라고 전해주기만 할 생각이었다. 자신은 단순한 메신저인 것이다.

가마타 역에서 내려, 버스터미널에서 계원에게 주소를 보여주며 타야 할 노선을 알아냈다.

흙먼지가 날리는 공장지대에서 내려 자재가 높지이 쌓인 거리를 걸었다. 전봇대의 주소 표시판을 살피며 찾다 보니 그 번지가 곧바로 눈에 띄었다. 하지만 그곳은 공터였다. 거대한 토관이 몇 개나 쌓여 있었다.

손수건으로 이마의 땀을 닦으며 구니오는 어깨를 떨어뜨렸다. 그리 간단히 찾아질 리가 없구나. 공사 한 군데가 끝나면 합숙소는 해체된다고 형에게 들은 적이 있다.

옆에 수은 공장이 있어서 그 안의 어슴푸레한 작업장에서 일하고 있는 노인에게 물어보았다.

"글쎄, 모르겠네." 도쿄 말로 대답이 돌아왔다. 그걸로 그만, 더 이상 어떻게 해볼 방법이 없어서 부지 주위를 맥없이 한 바퀴 돌았다. 여름 한창때를 맞이하여 매미가 미친 듯이 울어댔다. 덤프트럭이 지나가자 포장되지 않은 도로에 흙먼지가 피어올랐다.

앞쪽에서 우편집배원이 자전거를 타고 다가왔다. 퍼뜩 생각이 나서 손을 흔들어 집배원을 세웠다.

"미안한데요, 여기 있던 건설 노동자 합숙소, 어디로 옮겼는지 아세요?" 구니오가 물었다. 아키타의 가족들이 부친 편지가 반송되지 않았다는 걸 보면 어딘가에 전송됐을 터였다.

"아, 동일본 토목 회사 합숙소? 거기라면 저 앞의 공터로 이사했어. 200미터쯤 가면 돼." 집배원이 몸을 틀어 손끝으로 가리키며 자세히 알려주었다.

구니오는 안도했다. 맡은 일은 그래도 해낼 수 있겠다.

알려준 대로 걸어가보니 2층 건물의 조립식 숙소 두 개가 나란히 서 있었다. 아무래도 이게 합숙소인 모양이다. 창에 널린 빨래 가운데 작업화가 있는 걸 보고 알았다. 막연히 바라크처럼 초라한 곳이라고 상상했기 때문에, 뜻밖에 근대적인 숙소라며 구니오는 약간 마음이 놓였다. 형도 이런 곳에서 살았으리라.

부지 안으로 들어갔다. '동일본 토목 회사'라는 간판이 내걸렸고, 몇 명의 남자들이 수돗가에서 몸을 씻는 중이었다. 완전히 벗어버린 사람도 있어서 구니오는 흠칫 놀랐다. 남의 시선은 아랑곳할 것도 없이 머리에서부터 발끝까지 비누 거품을 묻힌 채 씻고 있었다.

"뭘 봐?"

입을 헤벌리고 우두커니 서 있는 구니오에게 그쪽에서 먼저 말을 걸어왔다. 모두 다 도호쿠 사람인 듯했다.

"남자 벗은 거, 처음 봤어?"

한 남자가 말했다. 구니오가 얼굴이 하얗고 곱상해서 그런지, 자신의 고간(股間)을 비벼가며 외설스러운 웃음을 지었다.

"아, 미안해요. 오구라 사다오 씨라고 여기 있어요?"

구니오가 물었다. 아주머니가 부탁했던 아저씨의 이름이 오구라 사다오다.

인부들은 구니오의 모습을 아래위로 쓰윽 노려보더니 왠지 눈에 경계의 빛을 띠면서 "오구라는 여기 없어. 무슨 볼일이지?"라고 나지막한 소리로 물었다.

"이제 여기서는 일을 안 해요?"

인부들은 입을 꾹 다물고 대답하지 않았다. 그러자 뒤편에 있던 두목 같은 새치 머리가 앞으로 나와서 "당신, 누구야?" 하고 물었다.

"오구라 씨와 같은 동네 사람이에요."

"같은 동네?"

"예. 아키타 구마자와 촌의 시마자키라고 합니다."

고향 사람이라는 말을 듣고 인부들의 표정이 누그러들었다. "뭐야, 관청에서 나온 줄 알았네." 그런 목소리도 흘러나왔다.

"당신, 일부러 아키타에서 여기까지 찾아왔어?"

"아뇨, 저는 도쿄에서 살아요. 오구라 씨 아주머니의 부탁을 받고……."

구니오의 말에 인부들이 히쭉히쭉 웃기 시작했다.

"아주머니한테 무슨 부탁을 받았는데?" 새치 머리가 물었다.

"아주머니가 꼭 좀 연락해달라고 했어요."

"집사람이? 어이구, 거참 딱하게 됐네."

한 인부가 뒤에서 소리치듯이 말했다.

"어이, 시끄러워." 새치 머리의 남자가 말리더니 "이쪽으로 와"라고 턱짓으로 구니오를 조립식 숙소 뒤편으로 데려갔다.

"오구라의 가족들이 걱정 많이 하지?"

"예. 그야 연락이 뚝 끊겼으니까요."

"돈은 부쳤었나, 오구라가?"

"자세한 건 모르지만, 요즘 들어 그것도 끊긴 모양이에요."

"그래, 돈도 안 부쳤구먼." 남자는 고개를 좌우로 가로저으며 "난처한 일이기는 하지만 우리도 어떻게 할 수가 없어"라고 한숨을 내쉬었다.

"무슨 일이 있었던가요?"

"잘 들어, 젊은이. 오구라는 여기서 일은 하지만, 지금 다른 데서 살고 있어. 가마타 역 뒤편 공동주택에서 살아. 그러니까 어떻게 된 거냐면, 여기에서 딴살림을 차렸어."

"여기에서 딴살림?"

"그래." 남자는 강한 눈빛으로 쏘아보며 따지듯이 말을 이었다. "하지만 누구도 그 친구를 나무랄 수 없어. 도쿄 생활에 익숙해지면 아키타로 돌아갈 마음이 없어지게 마련이야. 나도 마찬가지야. 30년 동안 돈 벌어 바쳤으면 이제 됐잖아? 어머니하고 마누라한테 애걸을 해서 인연을 끊었어. 오구라도 그래, 열다섯 살 때부터 여름이고 겨울이고 없이 죽어라 일만 했어. 그러니까 좀 봐주라고."

"아뇨, 봐주고 말고 할 일도 아니고, 저는 그냥……."

남자가 침을 퉤 뱉는 바람에 구니오는 저도 모르게 흠칫 물러섰다.

"오구라는 여기서 여자가 생겼어. 이혼한 경력이 있는 호스티스고 자식도 딸린 여자야. 외로운 사람들끼리는 찰싹 붙는 법이지. 도쿄는 한창 경기가 좋다지만 밑바닥에서 살아가는 우리는 하루하루 살아가기도 바빠. 여유가 없으면 하룻밤의 즐거움을 원하는 법이라고. 그러니까 용서해줘. 서른다섯이 되어서 처음으로 사랑 타령 좀 해보는 거야. 용서해주라고."

그 박력에 기가 눌려 구니오는 반사적으로 고개를 끄덕였다.

남자가 큰 한숨을 토해냈다. "그래, 오구라한테도 드디어 고향 소식이 왔구먼. 하지만 마누라가 쳐들어온 것보다는 낫네. 그 친구, 이번 봄부터 누구만 보면 깜짝깜짝 놀라더니만." 혼잣말처럼 중얼거리며 고개를 저었다.

"안 알려줄 수가 없어서 알려주기는 하겠는데, 이봐, 오구라를 나무라지 말라고."

"그건……, 저는 그냥 집에서 연락을 바란다는 말을 전하기만 할 겁니다."

"그래, 지금쯤 집에서 쉬고 있을 거야."

새치 머리 남자는 광고지 뒷면에 지도를 쓱쓱 그리더니 "여기야"라고 구니오의 눈앞에 쑥 내밀었다.

"합숙소에서 들었다고 말해도 돼."

"알겠습니다. 고맙습니다."

구니오는 공손히 머리를 숙이고 손수건으로 목의 땀을 닦으며 돌아섰다.

"너, 학생이야?" 남자의 목소리가 등 뒤에 쏟아졌다.

"예, 그런데요." 그 자리에 멈춰 서서 대답했다.

"손수건 쓰는 사내는 참말로 오랜만에 봤네. 완전히 도쿄 사람이 다 됐구나." 흰 이를 드러내며 비꼬는 투로 웃었다. "흠, 그래, 구마자와 촌에서도 너처럼 세련된 젊은 놈들이 나오기 시작하는 모양이다."

구니오는 대답할 말이 없어서 애매하게 미소를 지었다.

수돗가에서는 인부들이 아직도 물을 둘러쓰고 있었다. 여름에는 이곳을 욕실 대신 쓰는 모양이다. 대중탕에 가는 돈이 절약되기는 할 것이다. 형도 이렇게 했을까 하고 생각하니, 좀 더 오래오래 합장을 해줬어야 한다는 후회의 마음이 솟구쳤다.

버스로 가마타 역까지 돌아가 서쪽 출구 쪽으로 나갔더니 역 앞이 온통 공사 중이었다. 간판에는 도큐선 고가도로 공사라고 적혀 있었다. 길가에 돗자리 한 장의 노점이 줄줄이 늘어서서 더 북적거렸다. 노점상 중의 한 노파가 길 가는 사람들에게 도쿄 도를 마구 욕하고 있었다.

"우리는 강제로 철거당했어! 도쿄 도는 우리 점포를 돌려줘라! 역 앞 정비사업 반대! 올림픽을 해도 그렇지, 외국인이 이런 가마타 같은 곳엘 뭐 하러 오겠어! 판잣집이 뭐가 어때서! 그렇게 우리가 창피하냐!"

주위에서는 또 시작이구나 하는 느낌으로 쓴웃음들을 짓고 있었다.

"무슨 소리예요? 퇴거료를 대체 얼마나 받아 챙겼는데?" 옷가지를 팔던 젊은 남자의 위세 좋은 소리가 날아왔다. 여기저기서 실소가 터지고, 노파는 점점 더 얼굴이 벌게져서 화를 냈다.

토요일 오후이기도 해서 역 주변은 사람들이 가득했다. 영화관 앞에 사람들이 줄을 섰고, 여기저기서 아베크족이 팔짱을 끼고 걸었다.

스피커에서는 '도쿄 올림픽 노래'가 흘러나왔다. 도쿄는 참 넓기도 하다고 구니오는 혼잣말을 흘렸다. 아키타 같으면 이런 정도만 되어도 가장 큰 유흥가일 것이다.

철도 옆으로 난 길을 걸어 주택가에 들어서자 서민들의 생활 냄새가 진하게 풍겨왔다. 처마 밑에 빨래를 주렁주렁 내걸고, 골목길에서는 아줌마들이 화로에 국거리를 끓이고 있었다.

알려준 공동주택은 금세 눈에 들어왔다. 바깥 계단이 있는 2층 건물로, 전쟁 후에 곧바로 지은 것으로 보였다. 대부분의 집들이 현관문을 활짝 열어 바람을 통하게 해두었다. 1층 맨 끝 집에 '오구라'라는 명패가 걸려 있었다. 문은 죄다 활짝 열렸고 레이스 포렴이 하늘하늘 미풍에 흔들렸다. 바깥에서 안을 살펴보았다. 인기척이 있었다.

구니오는 한 차례 헛기침을 하고 큰 소리로 말했다.

"실례합니다."

곧바로 허스키한 여자 목소리가 나고, 어린아이의 목소리도 함께 들려왔다.

"네, 무슨 일이세요?" 여자가 현관까지 나왔다. 무릎 위 길이의 소매 없는 원피스 밖으로 하얀 살이 그대로 드러났다. 파마한 머리를 위로 바짝 올려 묶었고 화장기 없는 맨얼굴에 눈썹이 없어서 그야말로 술집 여자 같은 분위기의 서른 중반 여자였다. 무엇보다 목소리가 술에 절어 있었다.

레이스 포렴을 손으로 가르고 안을 슬쩍 들여다보았다. 부엌과 방 한 칸이었다. 그 안쪽 방에서 여자아이를 얼러주는 한 남자의 등판이 보였다.

"실례합니다. 아키타 구마자와 촌에서 온 시마자키라고 하는데요."

한순간에 여자의 안색이 쓰윽 변했다. 남자가 펄쩍 뛰듯이 돌아보았다. 방 안이 컴컴해서 얼굴까지는 확인할 수 없었다. 하긴 오구라 사다오라는 사람은 중학교 때 몇 번 본 것뿐이었다.

"여보……." 여자가 겁에 질린 목소리로 남자를 불렀다.

"오구라 씨에요?" 구니오가 물었다.

"이봐, 시마자키라고 했나?" 남자가 자리에서 일어나 다가왔다. 짧고 헐렁한 잠방이에 러닝셔츠 차림이었다. "너, 혹시 구니오?" 사투리 억양이 섞인 도쿄 말로 물었다.

"예, 시마자키 구니오에요."

"그래?" 남자의 까맣게 그을린 얼굴이 환하게 풀렸다. "이게 대체 몇 년 만이냐? 10년은 됐지?"

"아, 오구라 씨?"

"그래, 나야."

오구라는 천천히 고개를 끄덕이더니 구니오의 얼굴을 찬찬히 바라보았다. 반가운 듯 가느다란 실눈이 되어 웃었다. 하지만 표정이 완전히 환한 건 아니었다. 눈 밑의 살이 파르르 떨렸다.

"아 참, 너희 형 일, 참 안됐다."

"알고 계셨네요."

"합숙소는 다르지만 거의 코앞이나 마찬가지야. 같은 고향 사람인데 그런 연락은 금방금방 들어오지." 여기서부터 아키타 사투리로 바뀌었다. "아, 잠깐 저기 밖에서 얘기하자." 오구라는 슬리퍼를 발에 꿰더니 잠방이 차림 그대로 공동주택 밖으로 나섰다.

"아차, 담배를 깜빡했네." 다시 한번 되돌아갔다.

"아빠, 어디 가?" 여자아이의 천진한 목소리가 방 안에서 들려왔다.

"잠깐 친구가 왔어." 오구라가 대답했다. 여자는 말이 없었다.

오구라가 앞장서서 걷고 구니오는 그 뒤를 따라갔다. 두부 장수의 나팔 소리가 골목길에 울려 퍼졌다. 큰길을 가로질러 옆의 골목길로 들어가자 기다란 철조망이 눈앞을 가로막았다. 그 너머는 광대한 조차장(操車場)이었다. 가마타의 조차장이라면 작가 마쓰모토 세이초가 《모래그릇》에서 사건 현장으로 묘사해서 유명해진 곳이구나, 라고 구니오는 아무 상관도 없는 일을 생각했다.

"내가 너한테 부끄러운 꼴을 보이는구나." 철조망에 양손을 얹고 레일 위를 덜컹덜컹 달려가는 기차 차량을 바라보며 오구라가 불쑥 말했다. "언젠가는 누군가 찾아올 거라고 생각했지만, 설마 그게 구니오일 줄은 몰랐다……."

"형 장례식 때문에 구마자와 촌에 갔었어요. 그때 아주머니가……."

"그랬구나. 집사람이 뭐라고 했어?"

"꼭 연락 좀 달라고 했어요."

오구라는 그 말에는 대답하지 않고 담배 한 개비를 꺼내 엄지손톱에 톡톡 쳐서 담뱃잎을 꾹꾹 채우고 성냥으로 불을 붙였다. 한 모금 깊이 들이마시더니 흐린 하늘을 향해 긴 연기를 토해냈다.

"그러고 보니 너, 대학원에 진학했다면서? 너희 형이 자랑 많이 했어. 역시 머리가 좋구나. 도쿄대 대학원이라니, 우리 같은 사람은 상상도 못 할 일이다."

"아뇨, 그리 대단할 것도……."

"겸손 떨 거 없어. 그 끝에는 박사나 장관이 되는 건가? 좋겠다, 미래가 있는 사람은."

오구라는 먼눈으로 말하더니 한숨을 내쉬며 철조망을 등지고 쪼그려 앉았다. 돌멩이를 주워 휘익 내던졌다. 한참이나 팔매질을 하고 있었다.

"구니오, 그냥 못 본 척 해줄래?" 불쑥 말했다. "나를 찾아봤는데 결국 못 찾았다고 해줘."

"그래도……."

구니오는 곤혹스러웠다. 부탁을 받고 찾아왔을 뿐, 이 일에 관여할 마음은 없었다. 새 여자가 생겼을지도 모른다고 짐작은 했었지만 그 뒷일 따위는 생각도 해보지 않았다.

"아까 그 여자, 다카코라는 여자야. 역 앞의 작은 주점 여급이야. 우리 같은 노동자들은 월급만 타면 한껏 모양내고 술 마시러 몰려나가. 그래서 그때 알았어. 처음에는 손님과 여급의 관계였는데, 점점 친해져서 제 신세 얘기도 하게 되고, 가만히 들어보니 그쪽은 이혼해서 어린 애를 밤이면 주점 2층에서 재운다고 하더라고. 어쩐지 마음이 짠해서 말이지. 시즈오카 출신이라 도쿄에 아는 사람이 하나도 없다고 하고, 예전 남편은 폭력을 휘둘러서 도망쳐 나왔다고 하고. 자기는 부락민 출신이라 차별을 당한다고 그런 얘기도 하고……. 어쩌다 내가 밤마다 그 집에서 애를 봐주고 하다 보니 결국 함께 살게 되었어."

구니오는 선 채로 내려다보기가 미안해서 그 옆에 나란히 쪼그려 앉았다. 근처 고가도로 공사 현장에서 땅을 뚫는 드릴 소리가 울렸다.

"구마자와 집에는 정말로 미안하게 생각해. 그렇긴 한데, 내가 여기 이 모녀를 놔두고 고향에 돌아갈 수는 없어. 구마자와 집은 친척들이 있으니 어떻게든 살 테지만, 여기 모녀는 내가 없으면 못 살아. 게다가 내가……, 다카코를 좋아해."

오구라가 진지한 얼굴로 말했다. 구니오는 합숙소에서 두목 같던 남자가 한 말을 떠올렸다. 서른다섯이 되어서 처음으로 사랑 타령 좀 해보는 거야. 용서해주라고—

"구니오, 너는 잘 모를 거야. 도쿄대 졸업하면 이 나라에서는 무서울 게 없잖냐. 돈도 척척 벌 거고 외국에도 나갈 수 있을 거고, 아무튼 전부 네 것이 되겠지. 아가씨도 맘대로 골라잡을 거야. 하지만 내 손에는 아무것도 안 들어와. 열 살 때부터 농사일 시작했고, 열다섯 살 되니까 기다렸다는 듯이 타지로 돈벌이 보내더라. 한겨울에 홋카이도 탄광 땅속에서 구멍을 팠어. 한창 여기저기 놀러 다니고 싶을 때 발은 죄다 동상에 걸리고 손은 다 터서 피가 나고, 정말 여태껏 좋은 일이라고는 하나도 없었어. 그저 잠깐 위안거리라고는 술하고 유곽뿐이지……."

갑작스러운 고백에 구니오는 곤혹스러웠다. 고향 사람이기는 하지만 띠동갑으로 나이 차이가 나서 한동네에 살면서도 친하게 이야기해 본 적이 없었다.

"스물다섯 살이 되니까 이제 슬슬 장가가라고 해서 옆 동네 스무 살 아가씨하고 중매결혼을 했어. 그게 고향의 집사람이야. 좋지도 싫지도 않아. 시골의 결혼은 말을 씨 붙이는 거하고 다를 게 없어. 며느리는 대를 이을 아들만 낳으면 되는 사람이지. 아무도 그런 걸 이상하게 생각하지도 않아. 노름으로 치자면 그건 최악의 패야. 부부가 똑같이 그 뒤로는 아무것도 없어. 면장이나 촌장 집이라면 그래도 어떻게든 해보겠지만 소작인에게는 아무것도 없어. 죽을 때까지 마냥 일만 해. 그럭저럭하다가 서른 넘어서 처음으로 도쿄에 돈벌이를 나왔어. 도쿄는 무서운 곳인 줄만 알았더니 야아, 이건 별천지더라. 처음으로 어물어물 식당에 들어가 케첩라이스를 먹어봤는데 하도 맛있어서 정신이 나갈 지경이었어. 여자들은 너무 예뻐서 이게 정말로 똑같은 인간인가 싶었어. 합숙소 형님 따라서 주점에 갔더니 여급한테서 정말 좋은 냄새가 나더라. 손이 얼마나 고운지, 진짜 믿어지질 않았어. 구마자와에서 태어난 여자들은 너무 불쌍하지. 손가락이 굵고 뭉툭한 건 밭일을 너무 많이 해서 그래. 서른이면 벌써 주름이 쪼글쪼글해. 이런 불공평한 일이 어디 있냐? 안 그래, 구니오?"

오구라가 두 번째 담배에 불을 붙였다. 구니오에게도 권해서 손을 흔들며 사양했다. "안 피워? 그런 점도 인텔리답구나"라고 묘한 것에서 감탄을 해주었다. 오구라의 이야기가 이어졌다.

"도쿄에서 살면 다들 늦게까지 일하는 이유를 그제야 알았어. 돈만 있으면 뭐든 손에 들어오기 때문이야. 나도 통 일로 밤낮없이 일했어. 고향에 1만 2000엔씩 부치고 잔업해서 받은 건 내가 썼어. 하루는 양복 한 벌만 있었으면 싶더라. 마침 다카코를 사귀던 무렵이어서 그거 입고 둘이서 긴자에도 가고 신주쿠에도 가고 싶었어. 마가 끼었지. 고향에 부칠 돈에 그때 처음으로 손을 댔어. 근데 양복 입고 나가서 둘이 겸상으로 스키야키 한번 먹었더니 그때부터는 아무것도 뵈는 게 없더라. 평생 착실하게 일해봤자 좋은 일은 하나도 없어. 평생 고향에 돈만 부치는 인생이라면 더 이상 살 의미도 없어. 쌀 맛을 본 어린애에게 보리밥을 먹으라고 해봤자 그건 안 될 얘기 아니냐. 나는 이제 고향에는 돌아가고 싶지 않아."

마지막 말은 마치 성당 고해실에서 신부에게 호소하는 듯한 어조였다.

"고향 식구에게는 참말로 미안하게 생각해. 막내는 올봄에 초등학교에 들어갔어. 입학식에도 못 가보고, 더 이상 아비라고 할 수도 없어. 죽었다고 생각하고 나 같은 건 잊어줬으면 좋겠다. 네 형이 죽은 것처럼 나를 그냥 이 세상 사람이 아니라고 생각해줬으면 좋겠어."

오구라는 자리에서 일어나 엉덩이에 묻은 흙을 털었다. 구니오도 일어섰다. 머리 위를 제트여객기가 가로질러 갔다. 엔진 소리가 굴삭기의 소음과 겹쳐졌다. 고래 같은 기체가 저공으로 하네다를 향해 날아갔다. 해외에서 오는 비행기 편이리라. 올림픽이 가까워진 때문인지, 거리에는 부쩍 외국인의 모습이 많아졌다.

오구라가 돌아보았다. 갑자기 울 것 같은 얼굴이 되어 정면에서 구니오의 양팔을 잡았다.

"구니오, 부탁한다. 그냥 못 본 걸로 해줘라."

힘껏 붙잡고 앞뒤로 흔들었다. "자, 잠깐……." 구니오는 놀라서 뒷걸음질을 쳤다.

"못 본 걸로 해줘. 제발 부탁이다."

"아뇨, 나는 그냥……."

"너, 나를 경멸하지? 구니오, 나를 경멸하지?"

"아뇨, 아니에요……."

"경멸하면서, 뭘! 나라면 경멸할 거야."

"정말로 아니에요."

"왜? 도쿄대 학생은 밑바닥 인생 따위와는 아무 관계도 없냐?"

"그런 생각, 안 합니다."

"거짓말 마!"

오구라가 갑작스레 고함을 질렀다. 얼굴이 벌게져서 입술을 파르르 떨었다.

"그래, 맘껏 비웃어라. 나는 밑바닥이야. 맨 밑바닥 인생이라고. 너 같은 엘리트가 내 심정을 알겠냐? 나는 나라의 번영 같은 건 상관도 없어. 올림픽도 아무 관계 없다고."

오구라는 흥분한 기색으로 발을 굴렀다.

"예, 못 본 걸로 할게요!" 구니오가 말했다.

오구라가 움직임을 멈췄다. 구니오의 얼굴을 빤히 들여다보았다. "거짓말하면 안 돼?" 눈을 치뜨고 다짐했다.

"……아주머니한테는 합숙소가 없어져서 못 찾았다고 편지할게요."

애초에 사실대로 전하고 싶은 마음은 없었다. 가장이 돌아가지 않으면 고향의 가족들이 힘들어지리라는 건 잘 알지만, 눈앞에 선 사람의 절실한 마음을 짓밟을 수는 없었다. 무엇보다 자신에게 남을 재판할 권리 따위는 없었다.

"정말이지?"

"정말이에요."

오구라의 손에서 스르르 힘이 빠졌다. 구니오는 풀려난 팔을 문질렀다.

"야, 미안하다. 내가 참말로 진상을 떨었다."

오구라의 목소리가 나지막해졌다. 고개를 숙이고 입술을 깨물고 있었다.

"아뇨, 그렇지 않아요." 구니오가 말했다. 위로의 말이 아니라 본심이었다. 왠지 이 남자에게 호감을 품고 있었다.

"잊어줘. 나에 대해서는 깨끗이 잊어버려."

"예, 잊어버릴게요."

오구라는 손바닥으로 얼굴을 쓱쓱 비비더니 "그럼, 너 먼저 가"라고 불그레한 눈으로 말하더니 담배를 꺼냈다.

구니오는 목례를 건네고 발길을 돌려 역을 향해 걸음을 옮겼다.

돌연 고가도로 공사의 드릴 소음이 멎고, 등 뒤에서 성냥 긋는 소리가 들렸다.

9

7월 22일 수요일

새로운 한 주가 시작되었다. 시마자키 구니오는 옷가지를 챙겨 넣은 보퉁이를 들고 다시 오타 구 하네다에 찾아갔다. 형을 화장할 때 함께 입회했던 야마신 흥업의 야마다 사장을 찾아가는 것이었다.

전날 전화했을 때, 야마다 사장은 노골적으로 경계하는 기색을 드러내며 "네 형 일은 이미 깨끗이 처리됐어"라고 구니오의 말을 듣기도 전에 강한 어조로 말했다. 아키타의 형수에게서 우편으로 서약서가 도착했기 때문에 재판을 해도 자기네가 이긴다는 전혀 엉뚱한 소리까지 했다.

"아뇨, 그런 게 아니라 이번 여름에 거기서 일 좀 했으면 하고요." 구니오가 그렇게 말하자 무슨 뜻인지 얼른 알아듣지 못했는지 "누가?"라고 되물었다.

"제가요. 건설 현장에서 형과 똑같이 일하게 해주세요."

"무슨 헛소리야? 도쿄대 학생이 어른을 놀리나?"

"아뇨, 진지하게 하는 말이에요. 놀리는 게 아닙니다."

"아, 글쎄, 장난하지 말라고. 뭐가 좋다고 이런 막노동 일을 해?"

몇 차례 티격태격한 뒤에 아무튼 내일 가겠다고 구니오는 억지로 약속을 밀어붙였다. 야마다는 할 말을 잃고 "아, 글쎄, 아니, 그게"라고 더듬거리기만 했다.

가정교사 일은 동아리 후배에게 대신 해달라고 부탁하고, 하숙집 주인아주머니에게는 입주 아르바이트를 하기로 했다고 말해두었다.

"입주 아르바이트라니, 여관 같은 데?"

"아뇨, 공사판 일이에요. 형 대신 도쿄 올림픽에 나도 한몫을 하려고요."

학생들 일이라면 무엇이든 팔을 걷어붙이고 돌봐주는 주인아주머니는 구니오의 말에 마치 여우에 홀린 듯한 얼굴을 했다.

도쿄 도는 어제부터 35퍼센트의 3차 급수제한을 실시했다. 하숙집 부엌에도 미리 물을 받아둔 양동이며 주전자가 온통 바닥을 차지했다. 이번 주의 기상도도 전국이 고기압으로 뒤덮여 있었다. 오늘도 환하게 맑아서 쨍쨍한 한여름 날씨가 되리라는 건 틀림이 없었다.

야마신 흥업은 하네다에 촘촘히 들어선 조립식 건설 현장 합숙소 한 곳에 사무실을 마련해놓고 있었다. 하지만 그런 사무실은 대부분 곁방살이여서 야마신 흥업의 경우는 거래처인 오리엔트 토목 회사의 합숙소 안에 있었다. 고향을 떠나 도쿄까지 돈벌이 나온 인부를 알선해주는 사업은 책상과 전화 한 대면 충분한 모양이다.

"진짜로 왔네? 학생, 대체 왜 그러는 거야?"

야마다는 구니오의 얼굴을 찬찬히 들여다보며 이해가 안 된다는 표정으로 미간을 찌푸렸다.

"기왕 왔으니 차라도 한잔 마시고 가."

의자에서 일어나 왼쪽 다리를 절뚝절뚝 절면서 안쪽 식당으로 가더니 냉장고에서 차가운 보리차를 꺼내 컵에 따라주었다. 인부들은 현장에 나가서 합숙소 안에는 사람이 없었다. 텅텅 비어 조용한 사무실에서 낡아빠진 선풍기가 윙윙 소리를 내며 돌아갔다.

"허참, 학생도 참 괴짜구먼. 공사판 노동자 일이 어떤 것인지 알기나 해? 작업화 신고서 곡괭이 휘두르며 흙 범벅이 되어서 일해야 한다고."

야마다가 담배를 피우며 말했다. 다시 보니 그도 막노동 일꾼 그 자체의 풍모였다. 햇볕에 수없이 그을린 피부는 거무스레하고 얼굴에는 깊은 주름이 새겨졌다.

"물론 알죠." 구니오는 공손한 얼굴로 대답했다.

"아니, 아직 몰라. 사회 경험이니 뭐니, 그런 생각으로 덤볐다가는 단 사흘도 못 버텨."

"아뇨, 사회 경험 같은 게 아니고……."

"그럼 뭐야? 도쿄대 학생이면 가정교사로 일해도 막일꾼보다는 훨씬 더 많이 벌 거 아냐. 일부러 공사판에서 일할 이유가 없잖아."

구니오는 잠시 대답하지 못했다. 마음속에 결의는 있었지만 그것을 말로 표현하기가 어려웠고 더구나 야마다가 그걸 이해해줄 것 같지도 않았다.

"……형에 대한 애도예요." 졸지에 그런 말이 입 밖으로 튀어나왔다.

"애도?"

"형은 우리 식구를 먹여 살리려고 20년 넘도록 몸이 가루가 되게 일했어요. 형 덕분에 나는 고등학교도 대학교도 다닐 수 있었던 거나 마찬가지예요."

거짓말이었다. 형은 동생의 진학을 결코 기뻐하지 않았다. 오히려 열다섯 살이나 나이 차가 나는 동생을 질투하여 "너는 네 마음대로 할 수 있어서 좋겠다"라고 볼찬소리를 하곤 했다.

"형에게 공사판 일을 밀어붙이고 나 혼자만 공부하고 있는 게 전부터 양심에 찔렸어요. 한 번이나마 형과 똑같이 일해보지 않고서는 형의 노고를 알 수 없겠지요."

"한 가지 물어봐도 되겠나?"라는 야마다.

"네."

"자네는 왜 아키타 사투리가 전혀 없어? 싫어하는 건가?"

"아뇨, 고등학교 때 담임선생님이 와세다 대학 출신인데, 너는 반드시 도쿄대에 갈 거니까 미리부터 표준말을 익혀두라고 했어요. 그래서 열다섯 살 때부터 계속 표준어만……."

"흥." 야마다가 코웃음을 쳤다. "알았어. 계속 말해봐."

"어떻든 형 대신 내가 일을 해보려고요. 그리고 나는 이 나라에서 가까운 시일 내에 프롤레타리아혁명이 일어날 거라고 생각해요. 눈에 띄는 형태로 일어나지 않더라도 부르주아 사회에 어떤 식으로든 철퇴가 떨어질 겁니다. 그때 나는 프롤레타리아 편에 서고 싶어요. 실은 지금 대학원에서 배우는 마르크스경제학도……."

야마다가 시큼한 것을 입에 머금은 듯한 얼굴을 했다. "학생, 그렇게 어려운 소리는 내가 못 알아듣지." 코에 주름을 잡으며 말했다. 구니오는 입을 다물었다.

"알았어. 우리를 놀리려는 게 아니라면 여기서 일해도 괜찮아. 어차피 올림픽까지는 공사 현장마다 일손이 턱없이 부족해. 근데 일주일쯤 해보고 관두겠다면 그건 안 돼. 괜히 방해만 된다고."

"여름 한철 동안 할 수 있게 해주세요."

"정말이지? 8월 말까지 일을 못 할 때는 벌금을 물린다? 그리고 처음 일주일은 일당도 400엔이야. 아무리 봐도 학생은 힘은 별로 못 쓰게 생겼잖아."

"예, 그거면 돼요."

구니오가 진지한 얼굴로 대답했다. 야마다의 얼굴이 헤벌쭉 풀어졌다.

"허참, 이게 뭔 일이래. 도쿄대 학생이 야마신 흥업에서 공사판 일꾼이 되다니."

혼잣말처럼 중얼거리고는 의자에 등을 던지고, 몸이 여위었는데도 불룩 튀어나온 배를 슬슬 문질렀다.

"그건 갈아입을 옷이야?" 구니오의 보퉁이를 가리켰다.

"예, 당장 오늘부터 일할 생각으로 왔어요."

"허참, 그렇다면 오늘 오후부터 현장에 나가볼텨?"

"예, 잘 부탁합니다."

"그래, 허허허허."

왠지 야마다는 기분이 좋아져서 혼자 한참이나 웃었다. 덩달아 구니오도 웃음이 번졌다. 야마다는 담배를 비벼 끄더니 "여기 2층이 잠자는 방이야"라고 턱끝으로 가리키며 자리에서 일어섰다.

둘이서 일단 밖으로 나와 뒤편의 바깥 계단으로 돌아갔다. 밥하는 아줌마 몇 명이 그쪽에 쪼그리고 앉아 감자 껍질을 벗기고 있었다. 아키타에서도 자주 보는 다리 굵직한 중년 여자들이었다.

"젊은 총각이 새로 왔어. 오늘 저녁부터 1인분 더 챙겨줘." 야마다가 아줌마들을 향해 실실 웃으며 말했다. "아주 미남이지? 아, 괜한 생심은 내지 마. 도쿄대 학생이야. 신분이 다르단 말이지."

아줌마들이 신기하다는 듯 구니오를 올려다보았다. "참 나, 만날 헛소리만 한다니까. 관에서 감시를 나오셨겠지. 공무원 아저씨, 이 합숙소는 사람을 하도 거칠게 다뤄서 벌써 몇 명이 죽어나갔네요." 한 아줌마가 장난스럽게 고자질을 하자 모두 깔깔거리며 한바탕 웃었다.

2층으로 올라가보니, 열 평 남짓한 넓이에 가구도 뭣도 없이 썰렁한 공간이었다. 바닥은 베니어판이고 다다미도 깔리지 않았다. 구석에 이불이 산처럼 쌓였고 천장에는 알전구 세 개가 매달려 있었다.

방에 선풍기는 없었다. 물론 텔레비전도 없다. 활짝 열어둔 창문에는 방충망도 없었다.

"형도 여기에서 지냈어요?" 구니오가 물었다.

"응, 몇 년 동안 계속 이 합숙소였구먼."

야마다의 대답에 구니오는 새삼 방 안을 둘러보았다. 형이 다시 훌쩍 다가올 듯한 착각을 느꼈다.

야마다는 방 한쪽 구석으로 가더니 큼직한 버들고리에서 작업복 바지와 작업화를 꺼내 구니오의 발치에 던져주었다.

"이거, 지급품이야. 지금 바로 갈아입어. 5시에 마이크로버스가 한 바퀴 도니까 그거 타고 기타노마루 공원으로 가면 돼. 일본 무도관 공사야. 학생도 알아? 올림픽 유도 경기장인데, 이제 한달음이면 완공이야. 우선 오후 6시부터 하는 B시프트의 반절만 해보라고."

"저어, 제가 전기드릴이나 기계 같은 건 쓸 줄 모르는데요." 구니오가 멈칫거리며 말했다.

"그런 걱정 할 거 없어. 학생은 그냥 막노동이야. 일륜차로 벽돌만 옮기면 돼. 건물 앞 광장에 그거 까는 건 다른 사람이 할 거야."

"알겠습니다."

학생복을 벗고, 태어나서 처음으로 작업복 바지를 입었다. 위는 와이셔츠를 벗고 그냥 러닝셔츠 차림이다. 그 자리에서 작업화를 신고 호크를 채우자 그것만으로도 벌써 땀이 뚝뚝 떨어졌다. 보퉁이에서 수건을 꺼내 머리에 둘렀다.

"귀중품은 지금 얼른 꺼내놔. 아래층 금고에 보관해줄게. 손목시계는 아주 좋은 먹잇감이야. 눈 깜짝할 새에 훔쳐서 전당포로 가져간다니까. 여기서 함께 먹고 자고 하는 사람들 반절이 뜨내기야."

"예."

학생증과 손목시계를 야마다에게 맡겼다. 지갑은 없었다. 가진 돈이라고는 동전뿐이다.

"장갑은 있어? 이건 지급품이 아니고 한 쌍에 10엔씩 돈을 내야 하는데."

"예, 주세요."

방을 나서 계단을 내려가자 밥하는 아줌마들이 깜짝 놀라서 구니오를 바라보았다. "어라, 진짜였어? 가부키 배우처럼 곱상한 총각이." 누군가 그렇게 말하며 믿을 수 없다는 얼굴로 입을 헤벌리고 있었다.

순회 버스를 기다리는 동안, 화장실에 가는 척하며 합숙소 뒤편에서 맨손체조를 했다. 운동과는 전혀 인연이 없어서 고등학교 때는 관악부에서 활동했다. 싸움을 해본 적도 없다. 애초에 남자 친구도 없었다.

긴장했는지 목이 말랐다. 손바닥은 땀으로 흥건히 젖었다. 구니오는 배에 힘을 주어 스스로 기합을 넣었다. 육체노동을 경험하지 않는다면 자신은 타락하고 만다. 자본이 만들어낸 무한한 욕구가 품고 있는 비합리성, 그것을 이해할 수 있는 건 프롤레타리아밖에 없다. 세상을 바로잡는 건 프롤레타리아를 빼고는 없다. 고향의 어머니가 흘린 눈물은 피눈물이다—

몸 안쪽에서부터 후끈 달아올랐다. 오늘부터 열심히 해보자고, 달리기경주에 임하는 초등학생처럼 결심했다.

오후 5시에 마이크로버스가 왔다. 30명쯤 탈 수 있는 박스형의 비교적 새 차였다. 차체 옆구리에 낯선 회사 이름이 적혀 있었다. 아마 원청 토건 회사일 것이다. 오리엔트 토목도 야마신 흥업도 인부를 제공하는 회사에 지나지 않는다. 야마다와 둘이 버스에 탔다. 야마다는 현장 시찰을 나간다고 했다.

차 안에는 이미 열 명이 넘는 남자들이 있었다. 이웃 합숙소에서 타고 온 모양이다. 모두 새까맣게 그을렸고 어깨 근육이 울룩불룩했다. 나이는 다양했다. 미성년으로 보이는 소년이 있는가 하면 환갑을 넘긴 듯한 노인네도 있었다. 대화도 없이 다들 부루퉁한 얼굴로 창밖을 보고 있었다. 몇몇이 구니오를 흘끔 쳐다보더니 '뭐야, 저 허연 놈은?' 이라는 표정을 내보였다.

버스는 제1게이힌 도로를 줄기차게 북상했다. 길 이름을 안 건 표지판이 있었기 때문이다. 시나가와 역을 통과하여 다마치에서 히비야 대로에 들어서자 도심지의 오후 시간이기도 해서 정체가 시작되었다. 차를 타고 이 근처를 달려보는 건 처음이었다. 왼편 앞쪽으로 보이는 도쿄타워가 그야말로 자랑스럽게 우뚝 솟아 있었다. 시바 공원 바로 앞 사거리에서는 수도고속도로 고가 밑을 지나갔다. 길 양옆에는 거대한 빌딩들이 줄줄이 서 있었다. 상경한 지 6년째가 되지만, 최근 몇 년 동안 변화하는 도쿄의 모습은 엄청난 박력이 있었다. 대학 1학년 때, 긴자 주위는 악취를 내뿜는 개천이었다.

데이코쿠 호텔 앞을 지나갈 때, 머리에 포마드를 바르고 근사하게 차려입은 내국인 손님이 리무진에 타는 모습이 눈에 들어왔다. 저 사람도 똑같은 일본인인가, 하고 신기한 느낌이 들었다. 이 나라에는 새로운 유산계급이 탄생하려 하고 있다. 백인과 어깨를 나란히 하겠다고 눈이 벌게진 일본인이다. 그건 즉 노동자계급을 그대로 존속시키려는 꿍꿍이인 셈이다.

한 시간여 만에 기타노마루 공원 건설 현장에 도착했다. 구니오는 저도 모르게 창문에 얼굴을 바짝 대고 건설 중인 무도관을 올려다보았다. 80퍼센트쯤 완성된 그 위용에 압도되었다. 아치형 지붕은 마치 경제 발전을 이뤄낸 일본의 상징인 듯 늠름하게 하늘로 치솟아 있었다. 사진으로 봤을 때는 악취미의 극치라고 생각했는데 실물을 직접 보니 야유할 말을 잃고 말았다. 나라가 위신을 걸고 덤벼들면 이런 정도의 재주쯤은 아무것도 아니다.

버스는 조립식 사무동 앞에 정차하여 사람들을 내려주었다. 자리를 바꾸듯이 공사장에 있던 인부들이 차에 올랐다. 셔츠는 흙투성이고 얼굴은 그을음인지 뭔지로 거뭇거뭇 더러워졌다. 야마다가 "A시프트 끝내고 합숙소로 돌아가는 사람들이야"라고 알려주었다.

"A시프트는 오전 8시부터 오후 6시까지, B시프트는 오후 6시부터 오전 2시까지. 근데 A부터 '통 일'을 할 경우에는 오후 10시까지만 해도 돼. 학생은 오늘 첫날이니까 어깨나 좀 풀 겸 10시까지만 해."

야마다의 말에 구니오는 고개를 끄덕였다.

“참고로, C시프트도 있어. 그건 오전 2시부터 8시까지. 밤샘이라 일당이 높으니까 다른 업자가 죄다 쓸어갔어. 우리는 그쪽에는 손도 못 댄다니까. 그쪽은 다 이런 놈들 차지.”

야마다는 검지로 뺨을 쓰윽 그었다.

사무동에서 흰 헬멧을 받았다. 야마다는 거기에 빨간 비닐 테이프를 한 바퀴 돌려 붙이고 “이게 오리엔트 토목이라는 표시야”라고 말했다. 헬멧을 보고 일거리 분담이 이루어지는 모양이다.

그러고는 둘이 또 다른 텐트로 들어갔다. 야마다가 오리엔트 토목의 직원에게 인사를 했다. 여우처럼 눈이 가느다란 아라이라는 현장감독을 소개해줬지만, 구니오가 머리를 숙이며 인사해도 완전히 무시하는 태도였다.

“야마신 쪽 인부들 말이에요, 통 일 좀 더 해줄 수 없어요? 이게 뭐야, 지난주 가동시간이 꼴찌잖아. 덕분에 작업이 늦어져서 나만 된통 혼났다고요.”

“어이구, 미안합니다. 어떻게든 채우겠습니다.”

야마다는 마냥 쩔쩔매면서 아라이의 기분을 맞춰주고 있었다. 그때, 공기를 찢는 호루라기 소리가 울려 퍼지고 그와 동시에 땅을 뒤엎던 드릴 소리가 멎었다. 시프트가 바뀌는 시간인 모양이다.

“이봐, 학생. 저기 종이 박스 안에 주먹밥 있어. 지금 얼른 먹어둬.” 야마다가 말했다.

박스 안을 들여다보니 신문지로 둘둘 싼 도시락 같은 게 채워져 있었다.

“장부에 야마신이라고 표시하고 자네 이름을 적어. 그래야 주말마다 청구서가 나오니까.”

"얼마지요?"

"허허, 학생도 빈틈이 없구먼. 주먹밥 두 개에 50엔이야."

구니오는 지나치게 비싸다고 생각했다. 50엔이면 식당에서 카레라이스도 먹을 수 있다.

"싫으면 안 먹어도 돼. 근데 이 근처는 식당도 없어."

"아뇨, 먹을게요."

구니오는 서둘러 주먹밥을 먹었다. 김도 감지 않고 그저 매실장아찌만 넣은 소금 주먹밥이었다. 유난히 노란 단무지 두 쪽이 딸려 있었다. 다른 인부들도 우르르 텐트로 들어와 장부에 기입하고 그 자리에 선 채로 주먹밥을 입에 몰아넣었다. 대화는 없이 우적우적 씹는 소리만 들렸다. 차가 든 큼직한 주전자 세 개가 받침대에 나란히 놓여 있어서 인부들이 번갈아가며 컵도 없이 주전자 꼭지를 입에 대고 꿀꺽꿀꺽 마셨다.

구니오도 따라 했다. 들어 올리려는데 주전자가 예상보다 훨씬 무거워서 가슴이 후르르 떨렸다. 이 중에서 자신이 가장 마른 편이다.

맛이 싱거운 차였다. 아직 일을 시작하지도 않았는데 얼굴이 온통 땀범벅이었다.

6시 조금 지나 B시프트 일이 시작되었다. 여기저기서 일제히 기계 소리가 터져 나왔다. 똑같은 마크의 헬멧을 쓴 남자들을 따라가 무도관 남측 도로에 모였다. 현장감독인 아라이에게서 길가에 쌓여 있는 넓이 30제곱센티미터에 두께 10센티미터 정도의 블록을 북쪽 현관 앞으로 옮기라는 지시를 받았다.

그 양이 보통이 아니었다. 집채만큼 쌓여 있다. 작업원은 여섯 명. 각자에게 일륜차가 주어졌다. 이 일이 끝나면 다음에는 뭘 하나 걱정할 일이 전혀 없었다. 하룻밤을 새워도 끝날 것 같지 않았기 때문이다.

"시마자키라고 합니다. 오늘 처음 왔어요. 잘 부탁합니다."

구니오는 바로 곁에 있던 나이 든 인부에게 인사를 했다.

"넌 어디 사람이여?"

"야마신 흥업에서 나왔어요."

"뭐야, 나하고 똑같네? 그럼 아키타?"

"예, 구마자와 촌이에요."

"에? 혹시 시마자키 하쓰오하고 친척인가?"

"동생입니다."

구니오가 대답하자 나이 든 인부는 눈을 둥그렇게 떴다.

"그럼 도쿄대 학생?"

"예."

잠시 할 말을 잃고 구니오를 발끝에서 머리끝까지 바라보았다.

"그래, 하쓰오 동생이구먼. 아, 그건 그렇고 야마다 사장한테 장갑 사지 마. 역 앞 철물점에 가면 반값에 살 수 있어."

"……아, 예."

남자는 시오노라는 이름으로, 지금의 합숙소는 7년째라고 짤막하게 자기소개를 했다. 오늘은 A시프트부터 오전 2시까지 '통 일'을 한다고 했다.

"어이, 빨리하자고. 사담(私談)은 금지야. 들키면 벌금 내야 해."

아라이는 조금 떨어진 곳에서 다른 작업 지시를 하고 있었다. 오리엔트 토목은 몇 가지 단순 작업을 맡고 있는 모양이었다.

구니오는 블록을 일륜차에 실었다. 과연 몇 킬로그램이나 되는지 들어보니 등에서 우두둑 소리가 나면서 허리까지 울렸다. 다른 인부는 한 번에 세 장씩 옮기는 거 같아 자신도 그렇게 하기로 했다.

블록 세 장을 싣고 자세를 낮추어 두 다리를 버티면서 일륜차의 핸들을 들었다. 당장 균형을 잃고 옆으로 쓰러져버렸다.

혀를 차며 다시 실었다. 일륜차 핸들을 잡고 가까스로 걸음을 뗐다. 5미터쯤 갔을 때, 균형을 잃고 다시 옆으로 쓰러졌다. 아무래도 자신에게 세 장은 무리였다. 다른 인부들에게 마음속으로 사죄하며 두 장으로 줄이기로 했다.

숨을 헐떡이며 블록을 들어 올렸다. 서녘 해가 강하게 비쳐 들어 모래 깔린 바닥에 자신의 그림자가 길게 늘어져 있었다. 여름철에는 7시는 지나야 해가 떨어진다. 황궁 해자 너머로 오테마치 빌딩가의 불빛이 숲의 가장자리를 오렌지 빛으로 물들였다. 그러고 보니 4학년 때, 연구팀 교수님이 미쓰이 은행에 취직하라고 추천해준 적이 있다. 면접만 보면 된다고 했다. 그 말대로 했다면 지금쯤 자신은 오테마치 빌딩가에서 일하고 있을 터였다.

일륜차를 밀며 걸음을 옮겼다. 넘어지면 다시 쌓고 걸음을 옮기다가 또 넘어졌다. 아무도 구니오를 도와주는 사람은 없었다.

죽을 둥 살 둥 한 차례 왕복했을 때, 다른 인부는 벌써 세 번은 다녀간 뒤였다. 똑같은 시간 동안 일을 해도 옮긴 블록은 3 곱하기 2분의 3만큼 차이가 난다. 야마다가 당분간 일당 400엔만 주겠다고 한 건 옳은 계산이었다. 자신은 아무 도움도 못 되고 있다.

구니오는 너무 미안해서 최소한 열심히 하는 모습은 보여주자는 마음에 돌아갈 때는 뛰어가기로 했다.

"학생, 뛸 거 없어." 그 모습을 보고 시오노가 말했다.

"아뇨, 나 혼자만 일을 못하면 다른 분들께 미안해서요."

구니오의 말에 인부들이 흐흥 웃었다.

"빨리 해치워봤자 우리 일당은 똑같아. 오히려 시간이 비면 다른 일이나 시키지. 처음에는 누구나 그 정도밖에 못해. 걱정할 거 없어."

남에게 피해가 가지 않는다는 말에 구니오는 마음이 놓였다. "고맙습니다" 하고 머리를 숙였다.

"학생, 진짜로 하쓰오 동생이야? 생김새는 영락없이 영화배우 같은데."

시오노가 씩 웃으며 말하고는 큼직한 손으로 구니오의 어깨를 툭 쳤다. 그 충격이 뼛속까지 울렸다. 쉰 살이 넘었을 텐데도 젊은 구니오보다 훨씬 더 힘이 셌다.

해가 떨어지고 공사 현장에 조명이 켜졌다. 그 불빛을 따라 모기들이 일제히 달려들었다. 모기떼의 검은 그림자가 어른거리는 광경은 공포영화의 한 장면이 떠오를 만큼 섬뜩했다. 입에까지 모기가 엉겨 붙는 바람에 구니오는 몇 번이고 침을 뱉었다.

이때쯤 되자 구니오의 양팔은 퉁퉁 부어올랐다. 일륜차의 균형도 제대로 못 잡겠고, 블록을 쌓고 내리는 것도 상당한 힘을 써야 하는 일이었다. 종아리도 뻐근했다. 손바닥이 욱신거렸다. 장갑을 꼈어도 익숙하지 않은 압력에 살갗이 금세 비명을 올렸다.

그리고 가장 괴로운 건 작업화 속이었다. 엄지와 검지 발가락이 마주치면서 견딜 수 없이 쓰라렸다. 다섯 걸음을 떼면 발가락 사이가 쓰라려서 그 자리에 주저앉는 지경이었다.

그런 참에 아라이가 다가왔다. "넌 왜 빈둥거려?" 딱딱한 표정으로 구니오를 노려보았다.

"죄송합니다. 발에 물집이 잡혀서……." 구니오가 얼굴을 찡그리며 하소연했다.

"지금 장난치냐? 아까부터 보니까 일도 못하는 게 자꾸 쉬기만 하고 있어."

"죄송합니다. 늦은 건 제가 다 할게요."

"주의 1회에 벌금 200엔이야. 야마신 사장에게 말해."

아라이는 콧김을 씩씩거리며 내뱉더니 안전화로 자갈을 밟으며 멀어져갔다.

"저 밉살스러운 놈!" 시오노가 곁에 다가와 작은 소리로 말했다. "올림픽 때까지만 꾹 참아. 이번 돈벌이만 끝나면 당분간 도쿄에는 올 일도 없어. 일만 끝나면 우리가 저 새끼, 멍석말이할 거야."

구니오는 대답하지 않고 일을 계속했다. 이를 악물고 아픔을 참으며 블록을 날랐다. 몇 시나 됐는지 궁금해서 트럭 안의 시계를 들여다보니 아직 8시도 안 되었다. 앞으로 두 시간을 도저히 버틸 수 없을 것 같았다.

결국은 더 이상 참을 수 없어서 블록 더미 뒤로 들어가 작업화를 벗었다. 머뭇머뭇 발가락을 들여다보았다. 예상했던 대로 살갗이 벗겨져 피투성이가 되어 있었다. 저도 모르게 신음이 터져 나왔다.

침을 발라보려고 했지만 입안이 바짝 말라 침도 나오지 않았다. 주위를 둘러보았다. 저마다 바쁘게 일하고 있었다. 오리엔트 토목의 텐트 쪽을 살펴보았다. 안에 아무도 없는 것 같았다.

구니오는 작업화를 손에 들고 맨발 그대로 허리를 숙이고 텐트를 향해 뛰었다. 안에 들어서자 다시 한번 사람이 없는 것을 확인하고 주전자의 찻물을 발에 뿌렸다.

상처에 격통이 내달렸다. 자갈 위에 웅크리고 앉았다.

이게 무슨 꼴인가. 멀쩡한 사내대장부가 겨우 두 시간 만에 신음을 올리다니.

어떻게 할까. 포기하고 집에 돌아갈까. 아니면 치료를 부탁할까.

말을 하면 원청회사 사무동에 빨간약과 붕대쯤은 있을 것이다. 원청

회사는 도쿄대 선배들도 많이 다니는 대기업 건설회사다.

아니, 말단 신입 주제에 그런 말을 할 수는 없다. 첫날부터 이 꼴이라니, 너무도 한심하다. 형은 이 일을 20년이나 해온 것이다.

구니오는 몸을 일으켰다. 목에 둘렀던 수건을 풀어 끄트머리를 이로 물고 두 갈래로 찢었다. 발가락 사이에 그걸 감아 발뒤꿈치로 돌려서 묶었다. 양쪽 발 모두 그렇게 했다.

작업화를 신고 천천히 걸어보니 그럭저럭 통증을 견딜 만했다. 이 응급처치로 얼마나 버틸 수 있을까.

주전자 꼭지에 입을 대고 차를 꿀꺽꿀꺽 마셨다. 수분을 보급하자마자 땀이 뚝뚝뚝 쏟아졌다.

구니오는 다시 작업장으로 돌아왔다. 시오노와 일행에게는 화장실에 다녀왔다고 둘러댔다. 블록을 쌓고 일륜차를 밀었다. 온몸의 근육이 깜짝 놀라 비명을 올리는 게 생생하게 느껴졌다. 내일이면 아픔이 좀 더 강해지리라.

이를 악물고 작업을 계속했다. 모기들이 비웃듯이 구니오 주위를 왱왱 날았다.

10

9월 9일 수요일

다나카 과장대리에게서 수사 회의를 30분 늦게 시작한다는 연락이 들어왔다. 오치아이 마사오를 비롯한 수사1과 형사들은 한조몬 회관 1층 식당에서 텔레비전 중계방송을 골똘히 지켜보고 있었다. 아침에 올림픽 성화가 오키나와에서 가고시마까지 비행기로 이송되는 것이다. 멀리 그리스 올림피아에서 켜진 불꽃이 광대한 유라시아 대륙을 거쳐 마침내 일본 본토에 상륙했다. 성화는 10월 10일 개회식까지 일본 전국을 릴레이할 예정이었다.

경찰 간부들도 이 NHK 특별방송을 보고 있을 것이다. 성화 봉송에 혹시라도 불상사가 생긴다면 개최국으로서의 위신은 땅에 떨어진다. 전국 각 경찰청에서는 자기 관내에서 사건 사고가 일어나지 않도록 전력을 기울이고 있을 것이다. 마사오는 도쿄의 일개 형사에 불과하지만, 가고시마 현경 경찰관들의 심경을 충분히 짐작할 수 있었다.

텔레비전은 가고시마 상공에서 환영 비행을 하는 제트전투기 스물일곱 대의 위용을 보여주고 있었다. 화면이 바뀌자 바다에서는 거대한 함선과 수십 척의 요트가 하얀 돛을 펼치고 아름답게 떠 있었다.

"와아, 굉장하다. 천황이 나갔어도 이렇게까지는 안 할 텐데."

미야시타 계장이 엄청난 스케일의 세리머니에 탄성을 올렸다.

"그야 올림픽이잖아. 전 세계가 지켜볼 텐데 행사를 쩨쩨하게 할 수는 없지."

모리 다쿠로가 얼굴에 부채질을 하며 말했다. 제트기의 멋진 편대비행을 보면서 젊은 이와무라는 우아, 하는 탄식을 흘렸다. 저마다 자랑스럽고 뿌듯한 심정으로 영상을 지켜보았다.

구름 낀 하늘 아래, 가고시마 공항에 성화를 실은 YS-Ⅱ기가 착륙했다. 뛰어나온 수천 명의 가고시마 시민이 작은 국기를 흔들고 악대의 팡파르가 웅장하게 울려 퍼졌다. 성화를 높이 쳐들고 트랩에 선 사람은 문부성의 올림픽 담당 과장이다. 이 관료에게는 틀림없이 자손 대대로 자랑거리가 될 것이다.

터질 듯한 박수 소리가 울리는 가운데 성화가 마침내 본토에 도착했다. 곧바로 합화식이 거행되어 꽃에 둘러싸인 성화대 접시에 불이 옮겨졌다. 성화는 검은 연기를 올린 뒤, 오렌지빛으로 바뀌어 아른거리는 아지랑이를 피워 올렸다. 박수 소리가 한층 커졌다. 아나운서는 흥분한 어조로 "마침내 성화가 첫발을 찍었습니다"라고 목소리를 높였다.

마사오는 가슴속이 뭉클해지는 것을 느꼈다. 올림픽은 목전에 다가왔다. 이제 어디로 도망칠 길도 없다. 우리 나라는 올림픽을 아무 일 없이 개최해야 하는 것이다.

현 지사에게서 성화를 받아 든 체조복 차림의 여고생이 수줍게 뺨을 붉힌 채 긴장된 목소리로 "책임을 지고 릴레이하겠습니다!"라고 힘찬 선서를 했다. 예포가 지축을 흔들고 비둘기가 일제히 하늘로 날았다. 경제백서가 노래했던, 이제 전후의 피폐는 끝났다는 말을 바로 여기서 실감했다. 평화란 이토록 좋은 것이구나, 하고 분명 수많은 일본인들이 생각했으리라. 겨우 열한 살에 종전을 맞이한 마사오까지 그런 감개에 푹 젖었다.

마사오는 큰 용기를 얻은 듯한 마음이었다. 특별 수사본부는 중요 참고인을 얻어 갑작스럽게 활기를 띠고 있었다.

시나가와 구 덴노즈에서 일어난 세 번째 폭파 사건은 모노레일 교각의 표면 콘크리트가 3센티미터쯤 파였을 정도의 피해로 보고되었다. 사용한 다이너마이트는 한 개로 추정되고, 그 양은 안의 철근까지 파괴하기에 충분한 화약이었지만, 점착테이프로 어설프게 붙였기 때문에 더 큰 피해를 막을 수 있었다. 흑색화약의 다이너마이트는 단 한 개로도 바위를 깨뜨릴 수 있지만, 그건 바위에 구멍을 뚫어 깊숙이 파묻은 상태에서 폭파했을 경우다. 그런 점에서 보면 범인은 다이너마이트의 취급에 관한 지식은 거의 없는 인물이라고 추정할 수 있었다. 교각은 며칠간의 보수공사로 원상회복할 수 있다고 한다.

세 번째 폭파 사건에서 특히 눈길을 끈 것은 다이너마이트를 붙인 곳이 게이힌 운하 안에 서 있는 교각이라는 점이다. 들이는 수고를 생각한다면 매립지의 교각을 노리는 게 일반적일 터였다. 덴노즈에는 자재 창고와 농림성 목탄 사무실 몇 군데가 있을 뿐이어서 한낮에도 거의 인적이 없기 때문에 목격될 가능성은 낮다. 하지만 보트나 배를 이용하면 증거를 남길 가능성이 오히려 크다. 마사오는 범인이 폭발 때에 혹시라도 부상자가 생기는 건 원하지 않았다는 인상을 받았다. 범인이 이용한 보트나 배는 아직 밝혀지지 않았다.

사방이 바다여서 주위에 미치는 2차 피해는 제로였다. 또한 방수를 위한 목적인지 비닐로 둘둘 싼 흔적이 보였지만, 배의 운행으로 파도를 뒤집어썼는지 아니면 축축한 바닷바람을 장시간 쐰 탓인지, 완전하게 폭발하지 않았을 거라는 견해가 감식과에서 나왔다. 이 폭발이 해안도로의 교각에서 일어났더라면 모노레일 밑을 차지하고 있던 건축자재며 공사용 차량 등에 적잖은 피해가 났을 터였다.

목격 정보는 현재로서는 얻지 못했다. 폭발이 일어난 게 토요일 오후여서, 창고 거리에는 당직자 몇 명이 있을 뿐이었다. "큰 소리가 나기는 했는데 어딘가에서 공사하는 소리인 줄 알았다"라는 식의 지극히 태평한 증언이 나왔다. 그 비슷한 사건이 있었는데, 도쿄 전역에서 연일 밤샘으로 도로공사가 강행되자 그 소음을 틈타 전기드릴로 금고를 터는 연쇄 강도단이 지난달에 체포되었다. 도쿄 사람 모두가 소음에 익숙해져버린 모양이다.

문제는 이 폭파 사건을 더 이상 민간인의 눈에서 차단하기가 어려워졌다는 점이다. 도쿄 모노레일 주식회사는 히타치 제작소를 원청회사로 하는 역사 깊은 민영기업이다. 구체적인 피해가 나온 이상, 회사 쪽에 시치미를 뗄 수는 없었다.

이 점에 관해 마사오를 비롯한 현장 수사관은 전혀 아무 정보도 없는 처지였다. 미야시타의 추측으로는 히타치가 정부와 관련이 깊은 거대 기업이라서 톱들끼리 모종의 거래가 이루어졌을 거라고 했다. 마사오도 대충 그런 정도일 거라고 생각했다. 히타치는 다음 달 개업하는 신칸센에서도 중요한 역할을 맡고 있다.

전혀 아무 정보도 얻지 못했다는 점에서는, 도쿄대 학생 시마자키 구니오에 관해서도 수사1과는 공안부에 뒤처지고 있었다. 지난주 토요일, 혼고 니시카타의 헌책방에서 〈무선과 과학〉을 구입한 대학생이 있다는 것을 마사오와 이와무라는 탐문수사를 통해 포착했다. 그 시마자키라는 인물은 도쿄대 대학원생인데도 건설 현장 합숙소에 입주하여 막노동을 한다고 했다. 시마자키의 하숙집을 감시하겠다고 신청했을 때, 당초 다나카는 차량을 지급해주겠다고 약속했는데 저녁때가 되어서야 갑자기 기다리라는 지시가 떨어졌다. 또 다른 팀이 움직이고 있다는 이유 때문이었다. 공안부에서 간섭하고 나선 게 틀림없었다. 그렇다면 최소한 감시 결과라도 알려줄 거라고 기대했는데, 마사오 일행에게 그런 정보는 전혀 내려오지 않았다. 한 주가 지나 월요일 밤에야 중요 참고인으로 시마자키 구니오의 얼굴 사진이 수사관들에게 배포되었다. 학생증에 붙어 있었던 듯한 표정 없는 신분증명용 사진이었다. 처음으로 본 시마자키의 얼굴 사진은 과연 하숙집 아주머니의 말대로 가부키 배우를 연상시키는 곱상한 청년이었다.

수사 회의는 오전 9시를 막 넘어섰을 즈음에 시작되었다. 평소 회의실에는 수사1과의 2계부터 5계에 소속된 형사, 그리고 주로 제2방면 관할에서 동원된 형사들이 참석한다. 그 숫자가 연일 증원되어 오늘 둘러본 바로는 족히 80명이 넘는 인원이었다. 공안부까지 합하면 대체 몇 명이나 되는 대부대인지 짐작도 가지 않았다. 본청 4층 본부에서는 과장급 이상의 간부가 그날그날 올라온 보고를 바탕으로 밤샘 회의를 하여 앞으로의 방침을 정하고, 각 부서에 지령을 내리는 방식을 취했다. 윗선의 인적 구성이 어떻게 되어 있는지, 이것도 현장 형사들은 알지 못했다. 아무리 밀행 수사라지만 지금까지 전혀 경험해본 적이 없는 지휘 체계였다.

다나카가 수건으로 땀을 닦으며 정면 탁자에 자리를 잡았다. 계속 집에 못 들어갔는지 백발이 섞인 덥수룩한 수염이 얼굴 아랫부분을 뒤덮었다. 사무원이 준비해준 차를 마시더니 가장 먼저 텔레비전에서 방금 방영한 '성화 릴레이 방송'에 대해 말했다.

"여러분도 봤을 테지만, 드디어 올림픽 성화가 상륙했다. 성화는 네 갈래로 갈라져 앞으로 한 달간에 걸쳐 전국을 거치게 된다. 이 기간 동안 성화 경호를 맡는 경찰은 모두 수만 명에 달한다. 성화는 각지에서 열렬한 환영을 받으며 다음 지역으로 릴레이하게 된다. 그야말로 전 국민의 행사다. 명칭은 도쿄 올림픽이지만 사실상 전국에 해당되는 올림픽이다. 여러분은 이 점을 특히 명심하여 수사에 임해주기 바란다."

곁에 앉아 있던 대리보좌가 항상 하던 대로 특대 크기의 도쿄 도내 지도를 벽에 붙였다. 그 옆에 나란히 일람표가 내걸렸고 거기에 간토 지역의 건설회사와 그 휘하의 건설 현장 합숙소 주소가 적혀 있었다.

"그럼, 중요 참고인으로 이름이 올라온 시마자키 구니오에 대해 말하겠다. 어제까지의 조사에서, 당 참고인이 7월 22일부터 8월 31일까지 오타 구 하네다 니초메 X번지에 가설된 주식회사 오리엔트 토목 소유의 합숙소에서 노동일에 종사했다는 게 밝혀졌다. 도쿄대 학생이 어째서 막노동 인부로 일했는가. 그 동기에 대해서는 아직 분명치 않다. 다만 그 합숙소는 당 참고인의 친형이 도쿄에 돈벌이를 온 노무자로 일했던 곳이고, 그 친형이라는 자는 7월 12일 새벽에 당 합숙소 안에서 사망했다. 사인은 심장마비. 이 죽음에 대해 불명한 점은 현재로서는 없다. 당 참고인의 하숙집 주인아주머니 증언에 의하면, 형 대신 올림픽에 도움이 되는 일을 하고 싶다고 말했다고 한다. 이 증언을 얻어 온 것은 5계의 오치아이와 이와무라다."

수사관들이 흘끔 마사오 쪽을 보았다. 다른 계의 젊은 형사들에게서는 질투로도 읽히는 시선을 받았다. 이어서 다나카는 당 참고인의 도쿄대에서의 경력, 교우관계, 지도교수 등 대학생으로서의 정보 사항을 알려주었다.

"당 참고인의 사상적 배경에 대해서는 확실한 건 밝혀지지 않았다. 60년 안보 투쟁 때 당 참고인은 대학 2학년이었지만, 데모나 집회에 참가했다는 증언은 없었다. 오히려 별로 눈에 띄지 않는 비정치적인 성향의 학생이었다는 게 학내에 떠도는 일반적인 인상이다. 다만 최근 1년 동안 마르크스경제학 연구실 대학원생으로서 《자본론》의 부독본 편찬에 조교로서 일했다고 한다. 어째서 취직하지 않고 대학원에 갔는가, 어쩌다가 마르크스주의에 경도되었는가, 하는 점에 대해서는 아직 밝혀지지 않았다. 이건 말하자면……, 4층 공안부가 담당할 영역이다."

다나카는 쓰디쓴 벌레를 씹은 듯한 얼굴로 한 차례 코를 훌쩍 들이켰다.

덴노즈에서 폭파 사건이 일어났을 때, 현장에서는 형사부와 공안부 기동수사대 간에 충돌이 있었다. 마사오 일행이 뛰어갔을 때는 이미 싸움이 마무리된 뒤였지만, 서로 상당히 티격태격했다는 이야기를 나중에 들었다.

"당 참고인은 8월 말을 기해 건설 현장 합숙소를 나왔다. 오리엔트 토목은 인부들에 대해 기본적으로 월말까지 계산해서 다음 달 5일에 임금을 지급한다. 그 5일에, 즉 모노레일 교각 폭파 사건이 있었던 토요일 오후에 이 합숙소에 나타났던 게 마지막 목격 정보다. 그 이후로는 어디에 있는지, 소재지가 밝혀지지 않고 있다."

다나카는 이미 어젯밤에 알려진 정보도 회의에 참석하지 못한 수사관을 위해 다시 한번 확인한다는 뜻에서 얘기해주었다. 메모를 들여다보며 마사오는 자신들이 시마자키 구니오의 하숙집을 잠복 감시 하지 않은 것을 후회했다. 다나카는 자신의 입장 때문에 기다리라는 지시를 내렸겠지만, 내심으로는 자신의 지시를 무시하고서라도 잠복 감시를 해줬으면 하고 바랐는지도 모른다. 공안부에서는 아마 잠복을 계속했을 테지만 시마자키 구니오 본인의 소재는 아직 확인하지 못했는지, 아니면 확인하고서 이미 행적 조사에 들어간 것인지, 마사오 팀은 알 도리가 없었다.

다나카의 보고가 끝나자 시야 끝에서 누군가 손을 들었다. 돌아보니 사와노 히사오였다. "질문 한 가지만 해도 되겠습니까?" 샐러리맨 경험이 있는 사와노답게 온화한 목소리였다.

"자칭 소카 지로라는 범인에게서 세 번째 범행 예고문이 들어왔습니까?"

옆에서 니이 가오루와 모리가 일순 눈짓을 보내왔다. 그 두 사람이 성실한 사와노에게 질문을 해달라고 떠민 모양이다.

"아침 회의에서 질문은 받지 않는다. 저녁에 해줘." 다나카는 표정을 바꾸지 않고 말했다.

"그리고 당 참고인의 행적에 관해서인데요, 결국 토요일 밤에 니시카타 하숙집에 돌아오기는 했습니까?"

"똑같은 말을 두 번씩 하게 할 거야?" 다나카의 눈이 번쩍 빛났다.

"알겠습니다……."

사와노는 입을 다물고 고개를 떨구었다.

아무래도 과장대리급 라인에서도 수사 상황 전체를 파악하지 못한 눈치였다. 경시청 본부에 진을 치고 있는 경무관급 이상의 간부들은 정보 취급에 신경을 날카롭게 세우고 있었다. 수사1과에서 그 급에 속하는 건 다마리 과장뿐이다.

행적 탐문반의 업무 분담과 함께 회의는 해산했다. 복도로 나갔더니 미야시타가 니이의 머리를 툭 치며 "자네가 사와노에게 질문하라고 했지?"라면서 노려보았다.

"아이, 나 아니에요. 다쿠로 씨가 그랬지." 니이가 어깨를 으쓱 쳐들었다.

"왜 나한테 떠넘겨? 맨 처음 말을 꺼낸 건 너야." 모리 다쿠로가 눈을 치켜떴다.

"아니, 어떻든 우리한테 자꾸 정보를 감추면 사기가 뚝뚝 떨어지는 건 사실이에요. 최소한 유력한 참고인에 대해 얼마나 알고 있는지, 그런 정도는 알려줘야죠."

사와노는 어디까지나 올곧은 성품이다. 늦더위가 맹위를 떨치는데도 넥타이를 단정하게 매고 있는 차림새에서도 성품이 그대로 드러났다.

"자네들, 정보가 필요하면 자기 손으로 얻어 와. 형사 된 지 대체 몇 년째야? 자꾸 남한테 기대서는 끝장이라고. 범인은 반드시 우리 손으로 잡아야 해. 윗선의 코를 납작하게 해주잔 말이야."

미야시타가 부하들을 둘러보며 격려를 날렸다. 전원이 줄줄이 계단을 내려왔다.

"하지만 계장님." 이번에는 구라하시 데쓰오가 옆에 서서 걸으며 말했다. "이번 사건에서 우리끼리 자꾸 눈치를 보고 다퉈서는 결국 치명적인 실수가 생기지 않겠습니까? 우리 형사부에서는 정보를 다 내놨으니까 4층에서도 좀 똑같이 해달라고 일단 요청은 해야죠."

미야시타는 계단을 내려선 참에 신경질 난다는 듯이 뒤를 돌아보았다.

"아니, 다마리 과장이 아무것도 안 하고 가만히 있겠어? 우리가 생각하는 건 과장도 진즉부터 다 생각하고 있어. 그래서 현장에 대해 아무것도 모르는 상급직을 상대로 날이면 날마다 절충을 하는 중이야. 게다가 수사1과장은 정례 기자회견도 있어서 언론 대책에도 잔뜩 신경을 쓰고 있다고. 얼마나 고생하는지 자네들이 좀 알아줘야 할 거 아냐."

미야시타의 말에 5계 형사들은 입을 다물었다. 사건이 커지면 지휘계통이 복잡해진다. 행적을 탐문하고 다니는 수사관들과는 다른 차원에서 또 하나의 전투가 벌어지는 모양이었다. 수훈을 서로 빼앗으려는 쟁탈전인가. 아니면 서로 책임을 떠넘기려는 건가. 혹은 보신인가. 아니면 체면인가.

한조몬 회관 현관에서 수사관들은 흩어졌다. 눈앞에는 중무장한 기동대가 황궁 방향으로 행진하고 있었다. 쳐다보는 사람까지 저절로 더워지는 모습이다. 오늘도 30도 가까이 기온이 올라가는 건가. 가을의 기척은 아침저녁뿐이고 낮에는 아직껏 매미가 울었다.

마사오는 이와무라와 둘이서 일단 경시청에 돌아가 지급받은 차를 타고 시바우라 방면으로 나갔다. 범인이 이용한 배와 목격자를 찾기 위해서였지만, 도쿄만 연안은 지역이 넓고 노선버스도 제대로 다니지 않아 수사 차량의 사용이 허가되었다. 차종은 이스즈 벨레트. 간부 공용 차를 물려받은 것으로, 1500cc 소형차에 무리하게 경찰 무선기를 탑재하는 바람에 배터리가 금세 헐떡거려서 형사실에서 악명 높은 차였다.

핸들은 마사오가 잡았다. 차의 운전대를 잡으면 항상 마음이 들떴다. 자동차 보유 대수가 드디어 100만 대를 넘었다고 하지만, 마사오에게 마이카는 여전히 그림의 떡이다. 새로 들어간 아파트 단지에서도 겨우 몇 대밖에 눈에 띄지 않았다. 마사오가 자동차를 사들이는 건 아직 한참 나중이 될 것 같다.

"오늘은 수도고속도로를 달려보죠." 조수석에서 이와무라가 말했다.

"나도 그럴 생각이야. 시바우라 출구에서 내려서면 딱 좋아."

일부러 멀리 돌아 가스미가세키에서 수도고속도로로 올라섰다. 들어서자마자 지하로 들어갔다가 온화한 커브 길을 올라서서 입체적인 호를 그리며 이번에는 하늘을 향해 달린다. 입체화된 도시는 그야말로 만화영화 〈우주 소년 아톰〉 같은 세계다. 오른편으로 거대한 호텔 뉴오타니 빌딩이 보였다. 최상층의 회전 레스토랑은 구경꾼이 쇄도해서 항상 만원이라고 신문기사에도 실렸다.

액셀을 밟아 속도를 냈다. 삼각 차창으로 들어오는 바람이 이마의 땀을 시원하게 씻어주었다. 일반도로의 혼잡이 거짓말이었던 것처럼 수도고속도로는 텅 비어 있었다. 유료도로에 익숙하지 않은 데다 커브 길이 많아서 겁을 내는 운전자가 많은 탓이다.

이치노하시 인터체인지를 지나 도쿄타워를 왼편으로 바라보며 차를 몰았다. 마사오는 지금 이 경치를 아내 하루미에게도 보여주고 싶었다. 세계 어디에 내놔도 부끄럽지 않은 당당한 도쿄의 모습이다.

이와무라는 잠시 임무도 잊어버리고 차창을 흘러가는 풍경에 어린애처럼 신이 나 있었다. 니가타 출신의 그는 둘째 아들로, 고향에 갈 때마다 형제들이 도쿄 이야기를 해달라고 졸라댄단다. 분명 입에 침이 마르도록 도쿄 자랑을 해댈 것이다.

눈 깜짝할 사이에 시바우라 출구를 빠져나와 대형차가 오가는 해안도로로 들어섰다. 포장도로인데도 덤프트럭이 흘리고 간 흙먼지 때문에 길 전체가 뿌옇게 흐렸다. 잠깐만 뒷길로 들어오면 도쿄의 번영은 급조된 것이라는 느낌이 들곤 했다. 여전히 건축 폐자재가 아무렇지도 않게 바다에 방치되어 있는 것이다.

어제는 히노데 부교에서부터 시바우라까지 정박 중인 소형 선박들에 대한 탐문수사를 했다. 오늘은 좀 더 남쪽 방향으로 내려가볼 예정이다. 올해 시나가와 부두 조성 사업이 완료되어 이 일대는 완전히 경치가 달라져버렸다. 거대한 화력발전소 굴뚝에서 연기가 올라가고 있었다. 그저 엄청나게 넓기만 하고 아무도 살지 않는 곳이다. 덴노즈에 들어서자 폭파 사건이 일어난 현장 가까이에 관할 경찰서 순찰차가 서 있었다. 차 안의 제복 경찰에게 운전석 너머로 목례를 건넸다. 이제는 모노레일까지 경비 대상이 된 모양이다.

파손된 교각은 큼직한 시트로 전체를 가린 채 즉각 보수공사를 하고 있었다. 건설회사는 복수의 대기업이 각 지역별로 담당했다. 그 이름만 열거해봐도 이건 올림픽이라는 이름을 내세운 거대한 공공사업 프로젝트라는 것을 알 수 있다.

차를 다시 몰아 히가시시나가와 모래톱 끝에서 정차했다. 운하에 작은 배가 잔뜩 몰려 있는 게 눈에 띄었기 때문이다.

차에서 내려 주위를 둘러보았다. "어휴, 진짜 많네." 이와무라가 얼굴을 찌푸렸다. 낡아빠진 목선까지 포함하여 크고 작은 배가 100척은 될 것 같다.

돌담을 넘어 부교에 내려서자 나무 발판이 삐걱삐걱 흔들렸다.

"여기도 도쿄예요?" 이와무라가 물었다. "그럼"이라고 마사오가 대꾸했다.

"뭔 소리래? 당연히 도쿄지!"

돌연 배 안에서 목소리가 들려왔다. 바로 곁에 한 노인이 있었다. 배의 판자 색깔이 벗어부친 웃통의 보호색이 되어 미처 알아보지 못했다. 얼굴에 주름이 쪼글쪼글해서 화가 난 건지 웃는 건지 판단하기 어려운 표정으로 이쪽을 보고 있었다.

"젊은이들, 시나가와주쿠라는 것도 몰라? 도카이도 지역의 첫 번째 역참(驛站)이야. 옛날에는 이 동네에 게이샤도 많고 얼마나 흥성거렸는데? 숙소에서 낚시를 하는 손님들도 있었다니까. 하긴 옛날 우스갯소리에 책방 하던 긴조가 정사하려고 했다던 그 바다는 진즉에 다 메워졌다만, 허허허."

그렇게 말하고는 담뱃진으로 누렇게 변한 이를 내보였다.

"책방 하던 긴조라니, 그게 누구래요?" 이와무라가 작은 소리로 마사오에게 슬쩍 물었다.

"옛날 만담에 나오는 애송이 도련님이야. 여기 시나가와가 이야기의 무대였어." 마사오가 대답했다.

"영감님, 잠깐 실례합니다." 노인을 향해 경찰수첩을 내보였다. "경찰에서 나왔어요. 잠깐 몇 가지 여쭤봐도 될까요?"

"당신들 형사야? 아주 젊은데?"

흥미 깊은 듯이 바라보더니 잎담배에 불을 붙였다.

"여기 있는 배들은 전부 어선인가요?"

"응, 그렇지. 근데 반절은 안 쓰는 배라서 가끔 날 잡아서 쓰레기업자가 거둬다가 대중목욕탕 장작으로 팔아치운대."

"장작요? 그건 왜요?"

"왜냐니, 저쪽에 매립지가 생겼으니 그렇지." 노인이 턱으로 시나가와 부두를 가리켰다. "어장이 없어졌으니 우리 같은 어부야 완전 두 손들었지, 뭐."

"그럼 폐업한 건가요?"

"당연히 폐업했지. 도쿄 도에서 보상금은 좀 나왔어." 손가락으로 동그라미를 만들며 입가를 치켜올렸다. "도쿄 사람들은 이제 붕장어도 쥣방어도 못 먹을 거야. 그리고 김도 못 먹지. 가장 기막힌 건 김을 양식하던 사람들일 거야. 유서 깊은 도쿄 시나가와 김이 이제 명맥이 끊겨버렸어."

그 환한 말투에서 노인의 허무감이 오히려 진하게 느껴졌다. 옛날은 끝나버렸다. 이제 포기했다. 늙은 어부가 그렇게 말하는 것만 같았다.

"영감님도 폐업하시는 건가요?"

"헹, 내가 이제 새삼 육지에 올라가서 뭘 하겠어? 죽을 때까지 살살 물고기나 낚아야지."

노인은 다 피운 담배를 빈 깡통에 내던지고 히익히익 기묘한 소리로 웃었다.

"근데 이 배들은 모두 어디서 관리하지요?" 이와무라가 물었다.

"관리? 그야 어업조합이 있어서 거기에 등록하고 조합비를 낸 사람한테 표찰을 줘. 그 표찰이 있으면 배를 세워놓을 수 있지."

"배에는 자물쇠를 채우나요?"

"아냐. 모터는 빼서 집에 가져가지만 배는 그냥 로프로 묶어두기만 해."

"도난에는 전혀 대비를 안 하는군요?"

"모터보트 타고 날아다니는 시대에 노 젓는 이런 배를 누가 훔쳐 가나?"

"그러면 누구든지 슬쩍 배를 타고 나갈 수 있겠네요?"

"혹시 그런 괴상한 놈이 있다면 할 수 있겠지. 애초에 반절쯤은 별

볼 일도 없이 떠 있는 배라니까. 왜, 한 척 손으로 저어서 나가보려고? 저 건너 강가에 있는 건 죄다 폐업한 배니까 주인이 봐도 잔소리 안 해. 쓰레기업자가 어부들의 약점을 잡고 배 한 척을 똥값으로 후려치니 팔아먹으려도 화딱지가 나."

노인은 바구니에서 투망을 꺼내 점검하기 시작했다.

"영감님, 지난주 토요일에 이 근처에서 낯선 사람이 배에 타는 거, 혹시 못 보셨어요?"

"글쎄, 나는 못 봤는데. 무슨 일이 있었나?"

"모노레일 교각에 페인트로 낙서한 사람이 있었어요." 마사오는 얼결에 거짓말을 둘러댔다. "그것도 천황을 욕하는 낙서를 영어로 써놨어요. 혹시라도 외국 손님이 봤다가는 국가적인 수치잖습니까. 그래서 철저히 수사하는 중이에요."

심각한 얼굴로 줄줄 늘어놓았더니 이와무라가 등을 돌리고 웃음을 참고 있었다.

"거참, 괘씸한 놈일세. 올림픽 한다고 전 세계에서 관광객이 들어올 텐데 그게 뭔 짓이람. 그놈도 일본 사람이래? 참말로 못됐네."

노인이 자기 일처럼 화를 내며 미간을 찌푸렸다. 올림픽이라는 말만 나오면 모두들 애국자가 되는 게 요즘 세태였다.

"그러면 형사 총각들, 여기 운하를 따라 내려가다 보면 모퉁이에 철물점이 하나 있어. 거기 아가씨한테 물어보면 알 거야. 아차, 아가씨라는 건 50년 전 얘기고, 캬하하하, 오요네라는 할망구야. 가게는 딸 부부한테 맡기고 담배나 팔면서 온종일 물만 쳐다보고 있거든. 그 앞을 지나가는 배는 다 봤을 거야. 우리도 바다 나갈 때마다 손을 흔들어 인사하거든."

"오요네 씨라고요. 고맙습니다."

"남편은 병들었고 손자 놈은 전쟁 나가서 죽어버렸어. 불쌍한 할멈이야."

"그렇군요……."

마사오는 고맙다고 인사하고 물러 나왔다. 길로 올라와 새삼 늘어선 배들을 바라보았다. 정말 도쿄의 어업은 이제 끝이 났는가. 지금까지 생각해본 적도 없었다. 어부들도 다 사라지리라.

시선을 위로 옮기자 시나가와 부두의 화력발전소 굴뚝이 보였다. 공룡처럼 고개를 치켜들고 하얀 연기를 토해내고 있었다. 이 나라는 공업을 선택했다. 도쿄만 일대는 공장을 짓기에도 비좁은 곳이 되었다.

일러준 대로 철물점을 찾아갔더니 입구 옆에 담배 파는 창구가 보였다. 거기에 일흔 살 남짓한 노부인이 있었다. 이와무라가 인사를 건네며 유리창을 두들겼다.

"할머니, 하이라이트 한 갑 주세요."

100엔짜리를 내밀고 담배를 샀다. 노부인은 상냥하게 웃으며 낯선 두 사람에게 스스럼없이 세상 얘기를 건네 왔다. "요즘 계속 물이 안 나온다지요?"

"오요네 할머님이시죠? 안녕하세요?" 마사오가 허리를 숙이며 인사했다. "우린 경찰에서 나온 사람들이에요. 아까 저기 선박장에서 어부 영감님이 알려줘서요……." 간단히 사정을 설명했다.

"저런, 형사님이셨어? 날도 더운데 수고가 많네. 어서 안으로 들어와요."

노부인은 전혀 경계하는 기색 없이 마사오와 이와무라를 가게 안으로 맞아주었다. 웅차, 하고 귀여운 신음을 올리며 자리에서 일어섰다. "시원한 차라도 한잔 드려야겠네."

"아뇨, 괜찮아요, 할머니."

손을 저어 사양했지만 벌써 안으로 들어가버렸다. 어쩔 수 없이 마루턱에 앉아 한숨 들이기로 했다. 활짝 열린 가게 안을 바닷바람이 뚫고 지나갔다. 희미한 바다 향기가 코끝을 간질였다.

노부인이 다과를 쟁반에 내왔다. 사양하지 않고 감사히 먹기로 했다. 잠깐의 망중한이다.

"실은 지난주 토요일 일을 좀 여쭤보려고요……." 과자를 한 입 베어 먹으며 물었다. "이 앞의 운하로 낯선 사람이 지나가는 거, 혹시 보셨습니까?"

"아, 그러고 보니……." 어이없을 만큼 간단하게 노부인이 말했다. "웬 젊은 남자가 배를 타고 지나갔어."

귀를 의심했다. "정말요?" 마사오가 몸을 앞으로 쑥 내밀고, 들었던 컵을 쟁반에 내려놓았다. 이와무라는 과자가 목에 걸려 컥컥거렸다.

"머리가 긴 남자라서 생각이 나네. 어부도 아니고, 어디서 온 사람이 배를 타고 가나 했지."

마사오는 수첩에 끼워둔 시마자키 구니오의 사진을 꺼내 노부인에게 내보였다.

"혹시 이런 사람 아니었어요?"

노부인은 서랍에서 안경을 꺼내 찬찬히 사진을 들여다보았다.

"글쎄, 너무 멀어서 얼굴까지는 모르겠네. 하지만 분위기는 이런 느낌이었어."

"목격하신 게 몇 시쯤이었죠?"

"점심 먹은 뒤였으니까 오후 1시쯤이었나. 고기잡이는 대개 아침 일찍 나가거든. 어중간한 시간에 웬일로 바다에 나가나 하고 지켜봤었어."

"예, 그래서요?"

"바다 쪽으로 나갔어. 둘이서."

"둘이서?" 마사오의 목소리 톤이 높아졌다.

"응, 키가 훌쩍 큰 젊은 남자하고 키가 자그마한 중년 남자하고."

마사오는 이와무라의 얼굴을 마주 보았다. 서로 미간을 찌푸렸다. 이건 어떻게 된 건가. 단독범인 줄만 알았었다. 그렇다면 공범자가 있는 걸까. 아니면 여러 명의 범행?

"미안하지만, 처음부터 자세히 말씀해주실래요?"

"응, 그거야 괜찮지만 왜들 그렇게 놀라나?"

노부인은 눈이 동그래져서 천천히 이야기하기 시작했다.

11

8월 1일 토요일

도쿄는 아침부터 맑은 날씨였다. 아직 그림자가 길게 누운 아침 시간부터 기온이 올라간 데다 바람 한 점 불지 않아 살갗이 햇볕에 지글지글 타들어갔다. 시마자키 구니오는 합숙소 뒤편 수돗가에서 땀을 뚝뚝 흘리며 몇 개나 되는 양동이에 물을 받고 있었다.

최근 2주일 동안 도쿄에는 1밀리미터의 비도 내리지 않아서 물 부족은 점점 더 심각해지고 있었다. 급수제한은 단계를 지날수록 엄격해져서 지난주부터는 35퍼센트의 급수가 정지되었다. 단수는 한낮에 다섯 시간, 밤중에 여섯 시간으로 도합 열한 시간이다. 하루의 반절 가까운 시간 동안 수도꼭지에서 물이 나오지 않는 것이다.

구니오는 신입이라서 물을 받으라는 지시를 받았다. 매일 아침 남들보다 일찍 일어나 아침밥 먹기 전에 양철 양동이며 물통에 물을 받아 피라미드처럼 쌓아두는 게 합숙소에 들어온 뒤의 일과였다.

물통 채우기는 단 한 푼도 임금에 가산되지 않지만, 현장에서 남들만큼 일을 잘하지 못하는 터라서 구니오는 그리 불만스러운 마음은 없었다. 오히려 합숙소 동료들이 아무 도움도 안 되는 놈이라고 생각할까 봐 그게 더 두려웠다.

양동이에 찰랑찰랑 물을 받아 그늘 쪽으로 옮겨 간다. 팔근육이 서서히 깨어나는 게 스스로도 느껴졌다. 처음 사흘 동안은 지독한 근육통 때문에 아침에 일어나기도 힘들었지만, 열흘을 넘기자 몸이 조금쯤 노동일에 익숙해졌다. 햇볕에 그을린 피부는 슬슬 한 꺼풀을 벗어간다. 햇볕에 살을 태우는 건 쾌감 비슷한 느낌이 있었다. 최근 몇 년 동안 해수욕 한번 가본 적이 없었기 때문에 거울에 비친 자신이 마치 딴사람처럼 보였다.

다만 피로가 점점 쌓여가는 건 어쩔 수 없었다. 이번 주 수요일에 야마다 사장의 청으로 '통 일'을 경험했는데, 그 힘겨움에 온몸이 비명을 내질렀다. 구니오는 이제 내일로 다가온 일요일만 내내 손꼽아 기다렸다. 진흙처럼 진한 잠으로 어떻게든 피곤을 풀고 싶었다.

"아침부터 열심이네."

그 목소리에 돌아보니 시오노가 칫솔을 입에 문 채 서 있었다. 시오노는 첫날부터 함께 일했고 같은 고향 사람이기도 해서 곧잘 다정한 말을 건네주었다.

"안녕히 주무셨어요?" 구니오가 인사했다.

"학생도 참 너무 착해서 탈이야. 하라는 대로 꼬박꼬박 다 해?" 시오노가 코를 울리며 어이없다는 듯이 말했다. "물이 끊긴 게 우리 탓도 아니잖아? 그러면 합숙소를 관리하는 오리엔트 토목이 알아서 물을 마련해줘야지. 아무리 하청이라지만 돈도 안 되는 그런 일까지 왜 우리가 해야 한단 말이야?"

"네에……." 대꾸할 말이 없어서 구니오는 애매하게 고개만 끄덕였다.

"학생이 물을 받아주니까 밥하는 여자들이 아주 좋아서 난리야. 저거 하면 한 방 해달라고 해. 제일 젊은 여자를 노리라고."

"아, 아니에요, 나는……."

"학생, 이건 잘 처리하고 있어?" 시오노가 눈을 가늘게 뜨며 자신의 사타구니를 툭툭 쳤다. "밥하는 여자 몇몇이 한 번에 500엔만 내면 해주거든. 저쪽 창고에서 다들 해."

"아뇨, 나는 괜찮아요."

"하긴 학생처럼 곱상하면 긴자나 신주쿠에서도 얼마든지 젊은 아가씨들을 만나겠지, 뭐."

구니오는 말없이 쓴웃음을 지었다. 대학에 입학하고 한참 동안은 기숙사 전통에 따라 선배들과 함께 시부야 창녀촌에 들락거렸지만, 구니오는 어느 쪽인가 하면 수음에 빠지는 일이 많았다. 여학생들에게는 "시마자키 군은 순진하다"라고 놀림을 받은 적도 있었다.

"토요일인데 학생, 반공일로 일 끝낼 거야?" 시오노가 이를 닦으며 물었다.

"매일 하던 대로 A시프트부터 저녁까지 할 생각인데요."

"학생이 그렇게 일을 많이 해서 뭐 하려고? 가족을 먹여 살리는 것도 아니고."

"아뇨, 그래도 시골집에 돈을 좀 부치려고……."

시오노가 칫솔질하던 손을 멈췄다. "그랬어?" 새삼스럽게 눈을 크게 뜨고 구니오를 바라보았다.

"저런, 내가 말실수를 한 모양이네. 나는 학생이 그냥 용돈이나 벌려고 나온 줄 알았는데. 오호, 그랬구먼, 집에 돈을 부치려고……." 몇 번이나 고개를 끄덕이며 감탄한 기색으로 입을 움츠리고 있었다.

시골집에 돈을 부치는 건 일을 시작한 뒤에야 생각했다. 노동이 무엇인지 알아보는 게 목적이었을 뿐, 사실 돈에 대해서는 별다른 생각이 없었다. 지급된 출근 카드에 날마다 도장을 찍다 보니 급료는 어디에 쓸까 생각하게 되었고, 딱히 원하는 것도 없었던 데다 이 돈을 흥청망청 써버리는 건 어머니와 형수님에게 미안하다는 마음이 들어 학비와 생활비 이외의 돈은 모조리 고향에 부치기로 했다. 어머니를 조금이라도 도와주고 싶었다.

물 받는 작업을 마치고 양동이 위에 포장을 씌웠다. 시오노가 거들어주었다. 수돗가에 이를 닦으러 나온 인부들에게 시오노는 "어이, 이 학생이 막노동으로 번 돈을 아키타 고향 집에 부친다는구먼"이라고 흐뭇한 얼굴로 말했다. 인부들은 모두 "어이구, 그랬어?"라고 저마다 친근함이 담긴 눈빛으로 구니오를 바라보았다.

아무래도 자신이 그동안 주위 사람들에게 이질적인 존재로 보였던 모양이다. 그동안 딱히 못살게 구는 일은 없었지만, 아무도 곁에 다가오지 않았다. 학생이 막노동 합숙소에는 왜 왔는지 이해할 수 없었던 것이리라.

같은 또래의 인부 하나가 구니오의 어깨를 툭툭 쳤다. 하얀 이를 내보이며 "난 요네무라야. 괜찮으면 오늘 밤에 시내로 술 한잔하러 갈래?"라고 했다.

"근데 내가 술을 잘 못 하는데." 구니오가 대답했다.

"야, 함께 가자. 가끔은 고기 맛도 좀 봐야지." 이번에는 엉덩이를 툭툭 쳤다. 갑작스레 친구로 받아들여진 듯한 느낌이었다.

오전 7시에 모두 합숙소 식당에 들어가 아침을 먹었다. 쌀밥 한 그릇에 튀김을 얹은 미역 된장국, 말린 정어리 한 마리가 나왔다. 추가로 밥을 먹을 때는 장부에 이름을 적고 아줌마한테 받아 와야 했다. 그 밖의 작은 반찬들까지, 음식값은 하나하나 세세하게 정해져 있었다. 저녁 식사 때는 시원한 맥주도 준비되어 있지만 큰 병 하나에 150엔이나 받았다. 뙤약볕에 일을 마치고 돌아온 인부들이 한참 떨어진 역 앞 선술집까지 갈 수도 없어서 "이건 원가로 팔아야 할 거 아냐!"라고 투덜거리면서도 식전에 비싼 맥주병을 따곤 했다. 약자에게서 철저히 착취하는 게 자본주의 피라미드라고, 구니오는 냉엄한 현실을 매일매일 지켜보아야 했다.

밥을 몰아넣고 있으려니 가마타의 여관에서 장기 투숙 하고 있는 야마다가 나타나, 인부들에게 A시프트부터 일하라고 설득하고 다녔다. 도쿄 올림픽 개최가 코앞에 닥치면서 공사 현장마다 수많은 인부들이 필요한 상황이었다. 구니오에게도 다가와 귓가에 대고 "오늘은 반공일 하지 말고 끝까지 꾹 참아"라고 속닥거렸다.

"알았어요. 그럴 생각이었어요."

"학생은 말을 잘 들어서 좋아."

담뱃진 냄새를 훅 풍기고는 돌아갔다. 시오노는 불만스러운 듯 얼굴을 잔뜩 찌푸렸다. 요네무라는 적의가 담긴 눈빛으로 야마다를 노려보며 그 등 뒤에 대고 입 모양만으로 바보 새끼, 라고 욕을 했다.

"오늘 야마신 흥업은 도시락 몇 인분 준비해요?" 주방에서 아줌마가 얼굴을 내밀며 물었다.

"평소하고 똑같아. 반만 하고 돌아오는 사람은 없어." 야마다가 자기 마음대로 대답했다.

바깥에서는 일찌감치 매미가 미친 듯이 울어댔다.

이날 실려 간 공사 현장은 요요기 올림픽 선수촌이었다. 예전에 미군 주둔군 장교의 가족 숙소로 사용하던 워싱턴하이츠를 올림픽 개최를 계기로 일본에 반환하면서 선수촌으로 쓰게 되었다. 메인 게이트가 될 건물 앞에서 버스를 내려 언덕 위의 집들을 올려다보고 구니오는 저도 모르게 한숨이 새어 나왔다.

빨간 지붕에 하얀 벽의 2층 목조주택이 넉넉한 간격으로 늘어서 있었다. 지붕 위에는 굴뚝도 보였다. 집집마다 벽난로가 딸려 있는 것이다. 모든 정원에는 잔디가 깔렸다. 물론 부지에 들어온 건 처음이고 펜스 너머로 들여다본 일조차 없었다.

구니오는 텔레비전에서 본 미국 만화영화 〈톰과 제리〉가 떠올랐다. 고양이와 쥐가 쫓고 쫓기는 그 영화 속에서 미국 주택은 무시무시할 만큼 넓고 호화스러워서 스토리보다 그 나라의 풍족함에 압도되었다. 그것을 바로 지금 피부로 느꼈다. 전국이 가난에 시달리던 전후의 피폐함 속에서도 미국인은 도쿄 한복판에서 본국에서와 똑같이 우아한 삶을 살았던 것이다.

"정말 이런 나라하고 전쟁을 하다니, 일본인은 진짜 멍청이지 뭐야."

요네무라가 곁에서 내뱉었다. 구니오는 맞는 말이라고 생각했다. 백인은 유색인종의 번영을 허락하지 않았다. 민주주의는 정치적인 장식에 지나지 않는다. 백인의 본심은 여전히 패권주의다.

텐트에 소집되자 일본 무도관 건설 현장과 똑같이 오리엔트 토목의 아라이가 나와 있었다. 건설회사의 젊은 직원에게서 지시를 받으며 꾸벅꾸벅 머리를 숙였다. 그들이 떠나자 갑자기 얼굴 표정이 바뀌더니 야마다를 불러들여 고압적인 태도로 명령을 내렸다.

"일이 엄청 늦었으니까 속도 좀 올려줘요. 설마 토요일이라고 반절만 일하겠다는 놈은 없죠?"

"예, 그야 물론이죠. 통 일도 할 거고, 내일 일할 사람도 모집 중이에요."

"모집 중이라니, 지금 무슨 태평한 소리예요? 업무 명령으로 해주세요."

"알겠습니다. 가능한 한 많이 확보하겠습니다."

야마다는 이때만은 표준어를 쓰면서 비굴하게 허리를 꺾었다. 하긴 도호쿠 사투리가 완전히 빠진 게 아니라서 오히려 우스꽝스러운 어감이었다.

"공사 기간이 언제까지야?" 구니오가 작은 소리로 요네무라에게 물었다.

"내가 알 게 뭐냐. 우리 같은 말단은 시키는 일만 하는 거지."

아라이가 일을 분담했다. 구니오는 다시 바닥에 까는 블록 나르기였다. 일륜차를 조종하는 건 여전히 서툴렀다.

종이 울리고 작업이 시작되었다. 중장비 디젤엔진이 신음 소리를 올리고 검은 연기가 곳곳에서 피어올랐다. 거대한 롤러 중장비가 끼이이익 대지를 다지면서 바로 옆을 지나갔다. 블록을 깔아놓은 게이트 일대를 평평하게 고르기 위해서였다.

선수촌의 메인 게이트 시설은 올림픽이 끝난 뒤에 철거될 예정이라서 파이프와 나무로 짠 가벼운 느낌의 건조물이다. 그래도 조립식이라는 값싼 느낌은 전혀 없이, 전통과 모던의 두 가지 분위기가 묘하게 어우러졌다. 아마추어의 눈에도 아름답게 보였다. 이것도 이름 있는 건축가의 디자인일 것이다. 시선을 언덕 위로 향하면 세계적인 건축가 단게 겐조가 설계한 종합 체육관이 우뚝 서 있었다. 아키타의 어머니에게 보여주면 어떤 얼굴을 할까. 말문이 막혀서 한참 동안 멍하니 있을 것이다.

일륜차에 블록을 싣고 일단 허리를 낮춰 자세를 만든 뒤에 등을 쭉 펴면서 밀고 나간다. 직선은 괜찮지만 가장 큰 난관은 커브 길과 언덕길이었다. 도중에 포장도 안 된 오르막 커브 길이 있어서 두 번에 한 번은 균형을 잃고 넘어졌다. 그때마다 주위의 차가운 시선이 쏟아졌다. 다른 합숙소에서 온 인부들은 저 얼뜨기는 뭐냐고 나무라듯이 흘끔 노려보고 지나갔다. 아라이의 눈에 띄면 "너는 대체 언제까지 반편이 짓이냐?"라는 꾸지람이 날아왔다.

블록 하치장에서 시오노가 다가왔다.

"학생, 왼쪽으로 넘어지려고 하면 왼손으로 쳐들지 말고 오른손으로 핸들을 밀면서 버텨봐."

과연 일리 있는 말이었다. 항상 당황해서 핸들을 쳐들려고 했다. 요네무라도 다가왔다.

"그 일륜차, 타이어 공기가 빠졌어. 그러니 비틀비틀 힘이 더 들지. 네가 맨 꼴찌로 일륜차를 고르니까 안 좋은 게 걸리는 거야."

그 충고에 구니오는 남의 일처럼 감탄했다. 요네무라와 시오노가 누구보다 먼저 일륜차를 골라 가는 건 조금이라도 수월하게 일하려고 그랬던 거구나.

"난 그것도 몰랐네."

"이런 건 웬만해서는 안 알려주거든." 요네무라가 주위를 둘러보며 말했다. "저기 일륜차 한 대 있지? 빨리 바꿔 와."

"누가 잠깐 놔두고 볼일 보러 간 모양인데?"

"그러니 그 틈에 바꿔야지. 너, 도덕 선생이냐?"

"이따 쉬는 시간에 공기주입기 빌려올게. 분명 작업장 어딘가에 있겠지."

요네무라가 미간을 찌푸리며 콧김을 내뿜었다. "맘대로 해라." 자리를 떠버렸다.

"학생, 합숙소가 다른 인부들은 걸핏하면 싸움질이야. 죄다 친절할 거라고 생각했다가는 큰코다쳐."

시오노가 진지한 얼굴로 충고하고 구니오는 말없이 고개를 끄덕였다. 정말 성질 사나운 사람들이 많아 보였다. 지금의 합숙소에서도 하루걸러 한 번씩은 싸움이 났다.

어떻든 작업을 계속하기로 했다. 한 장에 10킬로그램이 넘는 블록 세 장을 짐칸에 실었다. 핸들을 잡고 밀었지만, 공기가 빠졌다는 말을 들은 탓인지 한층 더 무겁게 느껴졌다. 그래도 시오노가 가르쳐준 대로 해보니 확실히 균형 잡기가 쉬웠다. 중천에 오른 해가 쨍쨍하게 내리쬐어 온몸에서 구슬 같은 땀이 흘렀다. 첫날부터 시달렸던 발의 물집은 그새 굳은살이 박여 더 이상 아프지 않았다.

오전 10시가 되자 10분간의 휴식이 주어졌다. 중장비 소리가 멈추고 다들 수돗가에 줄을 섰다. 물을 받아 먹고는 땅바닥에 주저앉아 일제히 담배에 불을 붙인다. 바로 코앞에 잔디가 있어도 인부들은 출입이 금지되었다. 밟기도 미안할 만큼 잔디가 푸르러서 아무도 불평은 하지 않았다.

구니오는 타이어 공기주입기를 찾아보려고 오리엔트 토목 텐트로 갔다. 아라이는 보이지 않고, 반소매 셔츠 밑으로 양쪽 팔뚝에 문신을 새긴 눈매가 날카로운 남자가 감방 대장처럼 인부 몇 명을 거느리고 파이프 의자에 버티고 앉아 있었다. 그 사람만 작업화가 아니라 미군에서 흘러나온 부츠를 신고 있었다.

"넌 뭐야, 처음 보는 얼굴이네. 어디 놈이냐?" 담배를 꼬나물고 구니오를 노려보았다.

"여기에 공기주입기 있습니까?"

"이봐, 내가 물어봤잖아. 대답 못 하겠어?" 남자가 간사이 사투리로 나지막하게 으르댔다.

"저는 야마신 흥업에서 나온 시마자키라고 합니다."

"저는? 너 여자처럼 말한다? 어디서 온 도련님이래?"

남자가 낄낄낄 웃음을 터뜨렸다. 그에 맞춰 주위에 섰던 인부들도 놀리듯이 웃어댔다.

"저어, 공기주입기는……."

구니오가 주춤하지 않는 게 비위에 거슬렸는지, 남자의 안색이 확 변했다.

"야마신은 인부만 보내주는 데잖아? 느이들은 말이나 소하고 똑같아. 근데 뭔 말이 많아? 잔소리 말고 당장 일하러 가."

말이 통할 것 같지 않아 구니오는 슬쩍 어깨를 쳐들어 보이고 발길을 돌렸다.

"어이, 잠깐." 날카로운 소리가 등을 찔러왔다. 돌아보자 남자가 눈을 치켜뜨고 다가왔다.

"이거, 영 맘에 안 드는 놈이네. 야마신이라면 아키타 쪽이지? 근데 넌 왜 표준어를 쓰지?"

대답할 말이 없어서 시선을 떨구었다. 팔의 문신을 보니 모란꽃 한 송이가 활짝 피어 있다.

"너, 나 무시하냐?"

왼손 새끼손가락 한마디가 잘려 나간 게 눈에 들어왔다.

"아뇨, 그런 게 아니고……."

다음 순간, 명치에 충격이 내달렸다. 남자가 주먹으로 배를 친 것이다. 막 마신 물이 목구멍을 역류해서 그 자리에 몸을 꺾고 토했다.

"웬 엄살이야? 슬쩍 만져준 것뿐인데."

기침이 터지고 눈물도 나왔다.

"어이, 시마자키. 야마신이라면 하네다 합숙소지? 오늘 밤에 고자

쪽 합숙소로 와라. 큰길 하나 건너면 바로 옆이야. 잘 들어, 꼭 와야 해. 안 오면 데리러 간다?"

무슨 영문인지도 모른 채 텐트에서 밀려났다. 남자들이 킬킬거리며 웃는 소리가 등에 쏟아졌다.

얼굴을 찌푸린 채 일하던 곳으로 돌아오자 멀리서 지켜보고 있었는지 시오노와 요네무라가 걱정스러운 얼굴로 물었다. "저 새끼가 뭐래?"

"오늘 밤에 고자 쪽 합숙소로 오래요."

"가지 마. 히구치라는 놈인데 반은 야쿠자야." 시오노가 코에 주름을 잡으며 말했다. "밤마다 합숙소에서 도박판을 벌여서 인부들의 돈을 뜯어 가는 악당이야. 얘도 적잖이 뜯겼잖아." 턱으로 요네무라를 가리켰다. 요네무라는 얼굴을 붉히며 "난 딱 한 번이에요"라고 항변했다.

"그런 일이 있어도 회사에서는 아무 말 안 해요?"

"히구치한테는 다들 꼼짝도 못 해. 사람을 죽인 적이 있다고 떠벌리고 다니는 놈이니, 원. 아라이도 기가 질려서 보고도 못 본 척해."

"알았어요. 안 갈게요."

"그게 좋아. 무시해버려."

쉬는 시간이 끝나고 각자 맡은 자리로 흩어졌다. 일륜차 타이어에는 여전히 공기를 넣지 못한 채였다. 그때, 바로 옆을 대기업 건설회사 헬멧을 쓴 작업복 차림의 남자가 지나가기에 구니오는 가벼운 마음으로 물어보았다.

"아, 잠깐만요. 타이어 공기가 빠져서 그러는데, 사무동에 혹시 공기 주입기 있습니까?"

남자가 돌아보았다. 자신과 비슷한 나이의 젊은 사원이었다. 이제 막 대학을 졸업했는지 순진한 느낌의 얼굴이었다. 일본을 대표하는 건설회사의 사원이니 우수한 청년일 터였다. 도면을 옆구리에 끼고 있었다.

남자는 잠시 놀란 듯 그 자리에 서서 구니오의 얼굴을 바라보더니 "예, 있을 거예요. 지금 들어갈 거니까 찾아보죠"라고 웃으며 대답했다.

사원이 다시 걸음을 옮겼다. 인부들이 마치 진기한 동물을 목격한 듯한 시선으로 둘 사이의 대화를 지켜보았다. 요네무라도 멍해져서 입을 헤벌리고 있었다. 지금 누구한테 말을 건 거야? 그런 목소리가 금세라도 들릴 것 같았다.

잠시 뒤에 그가 자전거 공기주입기를 들고 돌아왔다. "이거면 되겠어요?" 꽤 상냥한 친구다. 잠깐 일륜차를 잡아달라고 하고 구니오는 타이어에 공기를 넣었다.

"어때요, 일은 할 만해요?" 남자가 물었다.

"글쎄, 나는 아직 온 지 얼마 안 돼서." 구니오가 대답했다.

"완공까지 시간이 촉박하거든요. 우리 회사도 마음이 급해요."

"기한이 언제까지예요?"

"현재로서는 9월 15일에 개촌식을 할 예정이에요."

"두 달도 안 남았네. 그럼 더 열심히 해야겠군요."

"예, 잘 부탁합니다. ……당신, 혹시 대학생?"

"그래요. 대학원생이죠. 표가 납니까?"

"그야 그렇죠. 혼자만 분위기가 다른데, 뭘."

남자가 친구에게 말하듯이 하얀 이를 내보였다. 어느 대학이냐고 물어서 도쿄의 모 대학이라고 대충 얼버무렸다.

"아르바이트 일당이 꽤 짭짤한 모양이죠?"

"음, 글쎄……."

"인부들은 어쩐지 무서워서 한 번도 말을 해본 적이 없는데."

"그래요? 하긴 좀 무서운 사람도 있죠."

"노동조건이나 안전 면은 어때요? 우리한테는 현장 정보가 전혀 들어오질 않아서. 가끔 노동부에서 감독이 들어오는데, 바빠서 제대로 조사도 안 하더라고요."

구니오는 어떻게 대답할까 생각하다가 "올림픽을 앞두고 있으니 약간 고생스러운 건 별수 없겠죠"라고 쓴웃음을 지었다.

"예, 그래요. 우리도 날마다 잔업이에요." 남자가 이마의 땀을 닦았다. "자, 그럼 힘들겠지만 열심히 해주십쇼." 위로의 말을 남기고 슬쩍 고개를 숙이고는 사라졌다.

그 즉시 아라이가 얼굴이 새파래져서 다가왔다.

"너, 지금 저 사람하고 무슨 얘기했어?" 거칠게 따지고 들었다.

"타이어 공기주입기를 잠깐 빌려달라고……."

"공기주입기? 이 새끼, 네가 지금 무슨 짓을 했는지 알기나 해?" 눈을 부라렸다.

"뭐가 잘못됐나요?"

"이런 미친놈. 제 분수를 알아야지. 공사판 인부가 왜 건설회사 직원하고 대거리를 하느냔 말이야. 아무리 젊은 직원이라도 너하고는 가방끈도 월급도 하늘과 땅 차이야!" 아라이는 두 손을 위아래로 펼치며 차이를 강조했다. "혹시라도 실례를 했으면 어쩔 거야? 가장 먼저 잘리는 건 우리 같은 영세 토건 회사야. 원청하고 하청의 관계가 어떤 건지 알기나 해?"

"예, 죄송합니다……."

"앞으로 조심해! 어휴, 진짜 이 시골뜨기가."

아라이는 침을 튀기며 욕을 하고는 땅바닥을 걷어찼다. 튕겨 온 돌멩이가 구니오의 정강이에 맞았다. 주위 인부들이 곁눈으로 지켜보며 킬킬거리고 있었다.

아무래도 공사 현장에는 세세한 '위계'가 있는 모양이다. 구니오는 자신이 세상 물정을 모른다는 것을 통감했다. 일하는 자는 모두 동등하다고만 생각했다. 대학원에 진학하지 않고 은행 같은 데 취직했다면 자신은 육체노동의 현장은 알지도 못하고 상상도 해보지 못한 채 살았으리라.

공기를 넣은 일륜차를 밀어보니 확실히 가벼워졌다. 통통 튀는 것 같았다. 이걸로 일이 조금쯤 수월해질 거라고 생각하니 한결 마음이 놓였다.

블록을 싣고 언덕길을 올랐다. 쨍쨍 내리비치는 햇빛이 강하게 반사하면서 지면에서도 열기가 훅훅 끼쳤다. 잠깐만 움직여도 온몸이 땀투성이가 되었다. 헬멧 안은 완전 찜통이다.

앞쪽 언덕 위 도로를 큼직한 자동차가 느린 속도로 달려갔다. 안에는 백인 가족이 타고 있었다. 억지로 가구를 밀어 넣어서 트렁크가 반쯤 열렸다. 워싱턴하이츠를 비워주려고 마지막 짐을 나르는 중일까. 냉방이 되어 시원한 차 안에서 금발 남자애가 창유리에 얼굴을 대고 이쪽을 보고 있었다. 20미터쯤 떨어져 있는데도 눈이 파랗다는 게 똑똑히 보였다. 저 소년의 눈에 외국의 이 광경은 어떻게 비쳤을까. 구니오는 잠시 그런 두서없는 생각을 했다.

롤러 중장비가 피워 올리는 흙먼지가 주위를 온통 누렇게 물들였다. 자동차는 언덕 너머로 잠겨 들듯이 사라졌다.

합숙소에 돌아온 건 오후 7시였다. 야마다가 통 일을 해달라고 사정했지만, 더 이상은 몸이 말을 듣지 않아서 머리를 숙여가며 빼달라고 했다. 시오노와 요네무라는 당연한 일처럼 거절했다. "토요일 오후를 망쳐버렸는데, 통 일까지 하라는 거야?"라고 야마다에게 직접 대들었다. 야마다는 얼굴을 찌푸리더니, 구니오를 옆으로 데려다 귓가에 대고 "그러면 내일은 좀 해줄래?"라고 부탁했다.

물론 구니오는 거절했다. 일요일에 제대로 쉬지 않으면 피로는 쌓이기만 할 뿐이다.

"아이, 그러지 말고, 응? 내가 오리엔트한테 엄청 혼났어. 아무도 안 나오면 앞으로 거래가 끊길 지경이라고."

야마다는 씁쓸한 얼굴로 자꾸만 소매를 잡아당겼다. 합숙소를 쓰게 해주는데 오리엔트의 요구를 거절할 수 없는 처지라고 몇 번이고 사정사정했다.

결국 구니오는 마음을 접고 오전에만 일하겠다고 대답했다. 자신이 할 수 있는 최대한의 양보였다.

토요일 저녁과 일요일에는 합숙소 식당이 문을 닫기 때문에 요네무라 일행을 따라 가마타 시내로 나갔다. 가장 먼저 대중목욕탕에 들어갔다. 합숙소에 들어온 뒤로 탕 안에 몸을 담가본 건 처음이다. 평일에는 양동이의 물을 뒤집어쓰거나 여러 사람이 들락거려 지저분해진 드럼통의 뜨거운 물에 뛰어들었다.

40도가 넘는 욕조 물에 목까지 푹 담그고 가장자리에 머리를 얹었다. 온몸이 조각조각 풀려나가는 듯한 느낌이다. 여기저기 긁힌 상처들이 쓰라렸다. 요네무라가 "으으, 천당이 따로 없네"라고 안도의 한숨과 함께 중얼거렸다. 농사꾼 집안의 둘째 아들이고, 앞으로 1년만 돈을 벌면 아키타에 돌아가 색시를 얻을 거라고 요네무라는 먼눈으로 제 이야기를 털어놓았다.

"옛날에는 도쿄가 진짜 좋아 보였는데 이제는 아키타가 더 좋아. 돌아가면 트럭 한 대 사서 운송업이나 할 생각이야. 지금 그 자금을 마련하는 거야."

요네무라는 예전에 집단 취직으로 도쿄에 왔다가 도무지 적응할 수가 없어 2년 만에 돌아간 적이 있다고 했다.

"그때 왠지 도회지에 패배한 듯한 마음이 들어서 다시 한번 도쿄를 택했지만, 이제는 아무 데나 상관없어. 도회지는 놀기에는 좋지만 우리 같은 사람이 살기에는 힘든 데야."

요네무라의 말에 다른 인부들이 참말로 맞는 말이라고 한마디씩 거들었다. 구니오도 따라서 고개를 끄덕였다. 천장을 올려다보니 형광등 뒤로 박쥐 몇 마리가 대들보에 앉아 있었다. 탕 물의 김을 쐬고 그들도 기분이 좋은 모양이다.

대중목욕탕을 나오자 모두 함께 슬리퍼 소리를 울리며 번화가를 한 바퀴 돌았다. 토요일 밤이라 거리가 축젯날처럼 홍청거렸다. 영화관 앞에는 사람들이 줄을 섰고 야시장에서는 힘찬 호객꾼 소리가 울렸다. 화려한 음악이 흘러나오는 가게를 창문 너머로 들여다보니 어슴푸레한 실내에서 젊은 남녀가 춤을 추고 있었다. 요즘 한창 유행하는 고고 카페였다.

"너, 이런 데도 들락거렸어?"라는 요네무라.

"설마. 한 번도 못 가봤어." 구니오가 고개를 저었다.

요네무라는 헤헤 웃더니, 그럼 저기는 어떠냐고 카바레 간판을 가리켰다.

"저기도 전혀……."

"아무튼 배부터 채우자." 싱글벙글한 얼굴로 어깨를 툭 쳤다.

잠시 걸어 골목길로 접어들었다. 갑자기 기름 냄새가 코를 찔렀다. 곳곳에서 고기 굽는 연기가 새어 나왔다. "야, 이 집이야." 요네무라가 턱끝으로 가리키며 '머리, 내장구이'라는 지저분한 간판이 걸린 가게로 들어갔다.

"역시 고기가 최고야. 말린 정어리로는 힘이 안 나."

다섯 평 남짓한 가게 안, 풍로가 놓인 탁자에 진을 치고 요네무라가 익숙한 몸짓으로 이것저것 주문했다. 우선 맥주로 목부터 축이고 골고루 차려낸 접시의 고기를 얹어 구워나갔다. 고기를 먹어보는 건 오랜만이었다. 합숙소에서 주는 동물성 지방이라고는 청어와 고래 고기뿐이고, 어쩌다 돼지고기 생강구이가 나와도 비계만 많은 데다 양도 적었다.

구운 고기를 양념에 찍어 입에 몰아넣자 혀가 아릴 만큼 맛이 사무쳤다.

"야아, 맛있네. 둘이 먹다가 하나 죽어도 모르겠다." 인부들의 얼굴이 환하게 풀어졌다. 구니오도 이렇게 맛있는 고기는 처음이었다. 몸이 간절히 원한다는 게 느껴졌다.

"아키타에 가면 고깃집이나 해볼까?" 요네무라가 말했다.

"운송업은 어쩌고?"

"이게 더 편할 거 같다. 색시도 여급도 둘 수 있잖아."

작은 농담에 크게 웃어가며 차례차례 고기를 배 속에 욱여넣었다. 가게 텔레비전에서는 야간 야구 경기 중계방송을 하고 있었다. 한신 타이거스의 무라야마가 자이언츠의 오우를 삼진으로 몰아냈다. 선풍기 소리가 시끄러워서 텔레비전 소리는 거의 들리지 않았다.

그때 가게 문이 덜커덩 열리면서 남자들이 들어왔다. 무심코 시선을 던진 순간, 몸이 바짝 굳어버렸다. 큼직한 슬리퍼에 요란한 알로하셔츠를 차려입고 나타난 남자는 아까 공사 현장에서 시비를 걸었던 인부 히구치였다.

"어라, 낮에 본 그 도련님이구나? 마침 잘됐네. 그거 먹고 얼굴 좀 보자. 얘기는 다 들었지? 내가 판 벌렸거든. 너도 와서 놀다 가라. 이 근처 합숙소에 들어온 놈은 죄다 한 번씩은 놀아줘야 해."

입 끝으로 슬쩍 웃더니 부하들을 거느리고 벽 쪽 탁자에 자리를 잡았다. 담배를 입에 물자 즉시 젊은 부하가 성냥불을 붙여준다. "아저씨, 여기 맥주 좀 가져오쇼." 거만한 태도로 주문했다. 다시 살펴보니 완전히 야쿠자 같은 인상과 풍채였다. 깍두기 머리라서 나이는 짐작하기 어려웠지만, 아직 서른 전일 터였다.

요네무라의 표정이 어두워졌다. "히구치 씨, 이 친구는 대학생인데, 좀 봐주세요"라고 말을 건넸다.

"뭐야, 이 도련님이 학삐리였어?"

"인부로 일하러 온 친형이 얼마 전에 죽었어요. 그 형 대신 아키타 집에 돈 부쳐야 하는 처지예요."

"오호, 거참 눈물 나는 사연이네. 근데 학삐리도 사회 공부는 좀 해야지. 안 그러냐?" 히구치가 간살거리는 목소리로 말했다. "학삐리라면 더 오셔야지. 공사판에서 잠깐 일 좀 했다고 세상 다 아는 것처럼 잘난 체하면 우리도 비위짱이 틀어지잖아. 기왕이면 뒷골목 맛까지 봐야 할 거 아냐?"

구니오에게 쏘는 듯한 시선을 보냈다. 이 사람은 자신이 상상도 못할 아수라의 세계를 뚫고 나온 인간이라는 생각이 들었다. 사람을 칼로 찌르거나 칼에 찔리는 세계. 우선 새끼손가락이 없다. 칼날이 살에 닿았을 때, 인간은 어떤 생각을 하는 걸까.

"어이, 신입. 뭐라고 말 좀 해봐. 입이 붙어버렸나?"

"……알았어요. 갈게요."

구니오는 승낙했다. 무섭기는 하지만 거절하면 더 귀찮을 것 같았다. 요네무라가 "이런 바보"라고 속삭이며 얼굴을 일그러뜨렸다.

"근데 일 시작한 지 열흘밖에 안 되어서 돈이 없어요."

"괜찮아, 괜찮아. 그건 내가 봐주지. 돈이 없는 놈은 급료 받을 때까지 외상으로 해줄게."

"그리고 내일도 일을 나가야 해서 밤샘은 못 해요."

"좋아, 알았어. 날짜 바뀌기 전에 돌려보내주지."

히구치는 구니오가 고분고분하게 나오는 게 이상했는지, 코를 크흥 울렸다. 고기를 집어 먹으며 텔레비전을 올려다보고 "엇, 타이거스가 이기고 있잖아?"라고 신이 난 목소리를 올렸다. 부하들을 상대로 한참 프로야구 강의를 하고 있다.

요네무라가 얼굴을 바짝 대고 작은 소리로 말했다.

"한마디로, 신입한테서 신변 보호료를 받겠다는 거야. 도박은 어차피 사기야. 2000엔 잃으면 얼른 손 떼고 나와. 사정을 해서라도 그만둬야 돼. 나는 1만 엔이나 뜯겼어. 진짜 엄청 손해야."

"알았어."

구니오의 마음속에 설마 죽이기야 할까, 라는 묘한 각오가 섰다. 게다가 다른 인부들이 경험한 일이라면 자신도 거쳐야 할 터였다.

야간 경기는 속도감 있게 진행되어 9시 전에 끝났다. 1대 0으로 타이거스가 이겼다. 무라야마의 완봉승에 히구치가 크하하하, 하고 도깨비 같은 형상으로 웃어댔다.

고자의 합숙소는 폐옥이 된 콘크리트 빌딩 바로 옆에 있었다. 바람이 통하지 않는 탓인지 유난히 공기가 눅눅해서 밤이 되어도 식지 않은 열기가 후끈하게 살에 휘감겼다. 부지 안이 온통 아편굴 같은 분위기였다. 주위에 민가라고는 없었다.

"어이, 재미있게 놀다 가라고." 히구치가 등을 떠밀었다. 온몸에서 마늘 냄새가 풍풍 풍겼다.

요네무라와 일행은 같이 오지 않았다. "미안하지만 우린 안 갈란다.

그자들하고는 상대하기도 싫어"라고 고개를 저으며 우르르 술집으로 들어가버렸다.

혼자가 되고 보니 역시나 바짝 긴장이 되었다. 이곳에는 고향 사람들은 없는 듯했다. 남자들의 굵직한 목소리가 새어 나오는 창문을 올려다보니 저절로 목에서 꿀꺽 소리가 났다.

2층에 올라가자 벌써 판이 벌어져 있었다. '섰다' 판이었다. "섰다! 섰다!" 하고 외치는 남자들 목소리가 우렁우렁 울렸다.

"어떻게 치는지는 알지?" 히구치의 물음에 구니오는 고개를 끄덕였다. 하숙집에서 친구들끼리 쳐본 적이 있다. 하지만 그때는 용돈 범위 내에서 친 것이었다.

히구치가 돌아온 것을 보고 남자들이 자리를 비켜주었다.

"손님 오셨다. 하네다 합숙소에서 일하는 대학생이시란다."

히구치가 소개해주어서 구니오는 "안녕하세요"라고 머리를 숙였다. 남자들은 가차없는 시선으로 구니오를 샅샅이 훑어보며 "어이구, 곱상하게 생겼네" "돈 떨어지면 똥구멍이라도 대주면 되겠다" 하고 한마디씩 놀려댔다.

화투 패 방석을 사이에 두고 자리를 잡았다. "우선 50개 내줘." 히구치의 지시에 구니오 쪽에 성냥개비 다발이 놓였다.

"성냥개비 하나에 100엔이야. 한 번에 30개까지 걸 수 있어. 아껴 써라."

그렇다면 걸 수 있는 최저액이 100엔인 모양이다. 그저께부터 일당이 600엔으로 오르기는 했지만, 성냥개비 여섯 개를 잃으면 하루는 공으로 일해야 한다. 그걸 생각하니 꼬리뼈 근처가 서늘해졌다.

"규칙은 간사이식이야. 선 잡은 사람이 구삥(9와 1), 나중 사람은 독사(4와 1), 세 장 똑같은 패는 세 배. 선은 오른쪽 돌리기로 한 판에 네 번 돌린다. 받기 싫으면 패스해도 돼."

히구치가 규칙을 설명하고 즉시 패를 까서 선을 정했다. 처음에는 히구치가 선이었다.

4의 '흑싸리' 패가 있어서 4와 1의 독사를 노리고 거기에 성냥개비 하나를 걸었다. 두 장째는 8의 '공산'이고, 세 장째는 2의 '매조'였다. 합쳐서 4끗이었다. 6끗인 히구치가 무난하게 이겼다.

두 번째로 돌린 패에서는 히구치가 '국진'을 뽑아서 구니오의 '공산명월'도 별 소득이 없었다.

이걸로 200엔을 잃었다. 아직 시간도 별로 지나지 않았는데.

방 안의 라디오에서 가요곡이 흘러나오고 있었다. 고시지 후부키가 부르는 '상 투아 마미'였다. 창밖에서는 번개족의 오토바이 폭음이 울려왔다. 토요일 밤이라 젊은이들은 집에 가만히 있을 수 없는 것이리라.

그 뒤로도 계속 잃어서 1000엔 하고 조금 더 잃은 참에 구니오에게 선이 돌아왔다.

"어쩔래. 받을 거야? 패스해도 돼"라는 히구치. 구니오는 잠시 생각해보고 "받을게요"라고 대답했다. 잃은 것을 되찾으려면 선을 하는 수밖에 없다. 이걸로도 안 된다면 그만 돌아가자고 생각했다. 비싼 수업료를 치르는 셈이지만 막노동판 합숙소 세계에 발을 들인 건 다른 누구도 아닌 자신이다.

"음, 그래야 사내지." 인부 한 사람이 팔꿈치로 쿡 찔렀다. 지독한 입냄새에 구니오는 몰래 숨을 멈췄다. "기운 나게 술 한잔하지?" 또 다른 인부가 술을 권했지만 마시지 않겠다고 말했다. 마셨다가는 분명 비싼 술값을 내라고 할 터였다.

구니오는 배에 꾸욱 힘을 넣고 패를 나눴다. 처음 돌린 패는 6에서 '매조'를 뽑아 8끗이었다. 한 사람이 갈리고, 나머지가 7끗 이하로, 처음으로 성냥개비가 불어났다. 역시 선을 잡아서 따면 크게 들어온다.

두세 개비를 건 사람이 있어서 한 번에 1000엔 가까이 땄다.

"오호, 꽤 잘하는데? 6에 '매조'를 뽑아서 8끗이라."

히구치가 느물느물 웃으며 무릎을 곧추세우며 앉음새를 바꿨다. 이제야 알아본 것이지만, 그의 이마 끝에는 칼로 베인 듯한 흉터가 있었다. 이 사람은 대체 어떤 인생을 걸어온 것일까.

두 번째 돌린 패에서는 바닥에 두 장의 1이 깔렸다. 다들 그 패에 걸었다. 히구치 혼자서만 5의 '난초'에 성냥개비 스무 개를 놓았다. 한 번에 2000엔씩이나 거는 바람에 구니오는 등줄기에 오한이 달렸다. 게다가 세 장째는 즉답으로 필요 없다고 했다.

구니오는 두 장째에서 7이 되어, 히구치를 뺀 다른 사람들과 승부를 했다. 나간 사람이 둘이고, 나머지 사람에게는 졌다. 이 시점에서 다섯 개의 성냥개비가 불어났다. 그러면 히구치와도 이걸로 승부를 해야 할까.

5초쯤 망설이다가 다시 한 장을 뽑기로 했다. 분명 히구치는 8 아니면 9다.

기도하는 마음으로 세 장째를 뽑았다. '목단'이어서 3으로 내려가버렸다.

"하하, 안됐다." 히구치가 자신의 패를 깠다. 7이었다. 그대로 갔다면 비기고 끝났을 터였다.

성냥개비를 헤아리면서 가슴이 쿵쾅거리는 것을 느꼈다. 벌써 3000엔을 잃었다.

"이제 그만 쳐야겠어요." 구니오가 무릎을 꿇고 말했다. "나로서는 닷새분의 일당이 날아갔습니다. 이게 한계예요."

"이런 멍청한 놈, 중간에 그만두는 게 어딨어? 선은 네 번까지는 패를 돌려야지."

"그래도……."

"처음에 말했잖아. 패스는 자유지만, 받았으면 끝까지 쳐야 한다고."

구니오는 마른침을 꿀꺽 삼켰다. 앞으로 두 번이나 해야 하는가.

"또 따면 되지 뭘 그래? 사내가 쩨쩨하게 굴지 말라고."

히구치의 목소리가 거칠어졌다. 다른 인부들은 느물느물 웃고 있었다.

"알았어요……."

멍한 심정으로 세 번째 패를 나눴다. 남자들이 거는 성냥개비 숫자가 단번에 불어났다. 구니오는 침착성을 잃은 채 자신의 몫 세 장을 뽑았더니 가장 안 좋은 1이었다. 자리한 모든 사람에게 잃는 바람에 성냥개비를 빌려서 내야 했다. 손끝이 부르르 떨렸다. 단 한 번의 승부로 마이너스가 두 배가 되었다.

"이제 마지막이야. 기운 차려서 잘해보자고."

네 번째 돌린 패에서 히구치가 상한선인 서른 개비를 삥의 '솔'에 걸었다. 왜 그런지 다른 인부들은 구경꾼으로 빠졌다. "와, 형님하고 단둘이 승부야? 사내대장부가 따로 없네." 젊은 남자가 비열한 웃음을 지었다.

구니오는 될 대로 되라는 심정으로 패를 뽑았다. '국화'에 '솔'. 선의 구삥이었다. 히구치는 세 장째를 뽑았다. 휴우, 드디어 이기는구나. 구니오는 안도하며 패를 열었다.

"선의 구삥이에요."

"흠, 그래? 난 말이지……."

히구치가 자신의 패를 열었다. 솔이 세 장이었다. 1땡이다.

"미안하다. 세 배야. 9000엔 내놔."

뱀처럼 시익 웃는다. 주위 남자들도 낮은 소리로 음산하게 웃었다.

구니오는 눈앞이 캄캄해졌다. 머리가 피이잉 돌았다. 1이 두 사람 사이에서만 네 장이나 나왔다는 건가. 요네무라가 말했었다. 어차피 사기 화투라고—

성냥개비를 계산해보니 잃은 돈이 1만 6000엔이었다.

"이걸로 네가 잡은 선은 끝났어. 어쩔래, 좀 더 계속할까?" 히구치가 차가운 눈빛으로 말했다.

"……그만 돌아가겠습니다."

가까스로 목소리를 쥐어짰다. 앞으로 어떻게 해야 좋을지, 구니오는 심한 현기증에 휩싸였다.

12

9월 12일 토요일

고지마치의 별관 스튜디오에서 리허설 준비를 하고 있으려니, 입사 동기인 보도국 사회부 기자 가사하라가 찾아왔다. 토요일이니 함께 점심 식사나 하자고 청해왔다.

"오랜만이지? 점심은 내가 살게." 햇볕에 탄 얼굴에 하얀 이를 내보였다.

스가 다다시는 대본을 넘기던 손을 멈추고, 그야말로 사건기자답게 부스스한 머리에 양복을 걸친 가사하라를 빤히 바라보았다.

"무슨 바람이 불어서 찾아왔냐? 특종 건져서 금일봉이라도 받았어?"

"그런 거 아냐. 뭐, 어떠냐, 밥 한 끼 먹는 건데?"

"그야 괜찮지만, 나는 토요일이고 뭐고 없어. 오후에 리허설 끝내고 곧바로 2주분을 녹화해야 해."

"무슨 프로그램인데?"

“〈호이호이 뮤직 쇼〉. 금요일 밤에 30분짜리.”

“아, 나도 봤어.”

“거짓말도 잘하셔. 경찰서 도는 기자가 그 시간에 집에 가서 텔레비전 볼 수 있어?”

다다시는 콧잔등에 주름을 잡고 대본을 말아 가사하라의 팔을 툭 쳤다.

“어쩌다 집에 들어가면 본단 얘기야. 마에타케가 사회자로 나오지? 야, 나도 열심히 보고 있어.”

가사하라는 주머니에 손을 넣고, 가슴을 젖힌 채 서 있었다. 같은 텔레비전 방송국이라도 예능계와 보도계는 딴 세상이다. 예능계 직원은 고분고분하고 수더분한 성격이 되고, 보도계는 밀고 당기는 재주가 뛰어난 저널리스트로 변모해간다.

“뭐 사줄 건데? 사원 식당 카레라이스는 이제 질렸다.”

“네가 먹고 싶다는 거, 다 사줄게.”

“그럼 아카사카 쓰쓰이 양식당에서 비프스테이크 덮밥. 거긴 에어컨도 빵빵하잖아.”

“제작부 쪽은 부자라서 좋겠다. 보도부는 날마다 메밀국수 배달이야. 시내 고급 식당은 제대로 아는 데도 없어.”

마침 정오를 알리는 차임벨이 울려서 둘이 나란히 스튜디오를 나섰다. 주차장에 세워둔 다다시의 차로 향했다.

“이거 혼다 S600이지? 네 차야?” 가사하라의 눈이 둥그레졌다.

“응, 근데 다 빚이야.”

“이걸로 탤런트 되겠다는 아가씨들을 헌팅하고 다니지?”

“어허, 무슨 말씀을. 우린 날마다 여기저기 인사하기 바빠. 예능 프로덕션 눈치 봐야지, 인기 있는 사회자 칭찬해줘야지, 건방진 아이돌 스타 비위 맞춰야지, 너희하고는 전혀 달라. 우린 완전히 남자 게이샤야."

다다시가 분통이 터져 줄줄이 늘어놓자 가사하라는 구관조처럼 꾸르륵 웃었다.

지붕 덮개를 열고 차를 출발시켰다. 마침 근처의 여고생들이 하교중이어서, 빨간 스포츠카의 다다시와 가사하라는 여학생들의 시선을 한 몸에 받았다.

"누구야?" "몰라." 그런 말들이 들려왔다. 연예인이 아니어서 몹시 실망한 눈치였다.

고지마치에서 기오이초의 호텔 뉴오타니 옆을 지나 벤텐바시를 건너갔다. 수도고속도로가 복잡하게 위아래로 교차하는 아카사카 미쓰케를 빠져나가 히토쓰기로 들어섰다.

"도쿄도 참 많이 변했다. 도심에서는 앞에 빨래 너는 집이 하나도 없어."

가사하라가 바람에 머리를 휘날리며 말했다. 이 친구는 간다 진보초의 신발 가게 아들이다.

"우리 집 근처도 그래. 맨션이 들어서면서부터 새들도 사라졌어. 전에는 우리 집 마당에 휘파람새가 와서 울었는데."

"참 나, 센다가야의 부잣집 도련님은 탄식하는 소재도 다르시구나."

"시비 걸지 마라. 어차피 상속세를 못 내서 지금 그 집, 아버지 대에서 끝이야."

"흐음. 아버님은 건강하시냐?" 가사하라가 시트에 몸을 묻고 물었다.

"뭐야, 너 우리 아버지하고 아는 사이야?" 다다시가 쓴웃음을 지으며 되받아쳤다.

"바보, 아는 사이는 무슨. 햇병아리 기자가 경찰 간부하고 감히 말이나 섞어보겠냐? 올림픽 경비의 최고 책임을 맡으셨으니 얼마나 힘드실까, 걱정이 되어서 해본 말이야."

"글쎄다. 나는 집에서 쫓겨난 몸이라서……."

"집에서 쫓겨났어?" 가사하라가 벌떡 몸을 일으켰다.

"응, 내가 영 마음에 안 드시나 봐. 스가 집안은 모두 국가를 위해 일해야 한다고 미리 정해놓고 덤비시거든. 방탕한 둘째 아들이 집 문턱을 밟는 것도 싫은 모양이야."

다다시가 자조적으로 내뱉자 가사하라가 문득 의미심장한 눈빛으로 바라보았다.

"왜, 불쌍하냐?"

"아니, 실은 너한테 잠깐 물어볼 게 있어. 그래서 같이 밥 먹자고 한 거야."

"뭘 물어볼 건데?"

"아냐, 밥부터 먹고 얘기하자. 맛있겠지, 그 쓰쓰이 양식당의 비프스테이크 덮밥이라는 거?"

"도쿄에서 최고로 맛있는 식당이지. 도쿄에서 최고는 전국에서도 최고야."

"하하하, 도쿄에서 최고는 전국에서도 최고." 가사하라가 재미있다는 듯 따라서 중얼거리더니 조수석에서 크게 기지개를 켰다.

아카사카 거리는 근무를 마친 샐러리맨과 직장여성들로 북적거렸다. 상점 처마에는 국기와 올림픽 마크의 초롱불이 축제 때처럼 늘어섰다. 하지만 거리에는 온통 먼지가 뿌옇게 일었다. 여기서도 공사를 하기 때문이다.

쓰쓰이 양식당에서 두 사람 모두 비프스테이크 덮밥을 주문했다. 비프스테이크 덮밥이란 스테이크 고기를 간장과 버터에 구워서 밥에 얹어내는 것이다. 연예 프로덕션 사장을 따라와 한 차례 먹어본 뒤부터 가장 좋아하는 음식이 되었다.

"넌 항상 이런 근사한 것만 먹어?" 가사하라가 미간을 찌푸리며 "에이, 나도 제작부 쪽을 지원할 걸 그랬네"라고 비꼬는 소리를 던져왔다.

"말이 되는 소리를 해라. 접대할 때나 겨우 먹어보는 거야."

"우린 그 접대라는 게 아예 없어. 한밤중에 형사 집에 찾아가 부인에게 가락국수나 대접받는 정도지."

"그 대신 경찰서 돌 때는 조사비 수당이 나오잖아. 야, 나도 다 알아. 영수증도 필요 없다면서? 여기 식사비도 그거지?"

"뭐, 그건 그렇지."

가사하라는 운동부 학생처럼 밥을 입에 몰아넣더니 탁자에 탕 내려놓고 큰 숨을 내쉬었다. 컵의 물을 단숨에 비워버리고 "언니, 물 좀 줘요"라고 머리 위에서 흔든다. "야, 내가 물어보려는 건 말이지……" 하고 몸을 앞으로 내밀었다.

"벌써 다 먹었네. 걸신들렸냐?"

다다시는 얼굴을 찌푸리며 국물을 후루룩 마셨다.

"별수 없어. 사건기자의 습성이거든."

그렇게 말하며 상의 안주머니에서 수첩을 꺼냈다. 마치 형사 같은 몸짓이다.

"실은 말이다, 이건 미확인 정보인데 스가 슈지로 경시감이 올림픽 경비본부 최고 책임자 자리에서 해임될 거 같다는 소문이 돌고 있어."

"아버지가?" 다다시는 먹던 손을 멈추고 고개를 들었다.

"아니, 어디까지나 소문이야. 이건 미국의 일본대사관에 일등 서기관으로 나가 있던 경찰청 경비국의 차기 에이스가 급거 호출되어 총감 바로 밑으로 들어온 데서 나온 추측성 얘기야. 연차는 스가 경시감보다 아래인데 윗선을 제치고 올라간 건 경찰 조직에서는 이례 중의 이례라는 거야."

"난 그런 건 전혀 몰랐는데."

"너희 아버님, 혹시 무슨 일 저지르셨냐?"

무례한 질문에 다다시는 기분이 상했다. 아무리 거북한 존재라고 해도 친아버지다.

"당국의 설명이 전혀 없으니까 괜히 묘한 입방아를 찧는 기자도 있어. 이를테면 여자 문제로 말썽이 난 게 아니냐……."

"야, 가사하라. 할 말이 있고 안 할 말이 있지!" 밥알을 튕기면서 항의했다.

"화내지 마. 내가 한 말이 아냐."

"우리 아버지가 어떤 사람인지 알잖아? 바윗돌보다 더 고지식한 분이야."

"음, 그렇다는 얘긴 들었어. 그러니 더더욱 무책임한 입방아가 귀에 솔깃하게 들리는 거야."

"흥." 다다시는 콧방귀를 날리고 스테이크 덮밥의 마지막 한 젓가락을 몰아넣었다. 모처럼 먹은 맛있는 요리지만 뒷맛이 떨떠름했다. 가사하라가 담배에 불을 붙이고 커피 두 잔을 추가 주문했다.

"실은 그것과는 별도로, 요즘 들어 경찰의 움직임이 이상해. 올림픽 경비라는 명목으로 모든 정보를 극비로 돌려버리고, 간부의 정례 회견까지 취소하는 판이야. 게다가 본청 수사1과 형사들의 동향도 수상쩍어. 보통은 사건이 터지면 본청 형사가 관할서로 출장을 나가서 거기에 수사본부를 설치하게 돼. 그래서 본청의 자기 자리를 비우는 건 노상 있는 일이지. 하지만 형사들이 왜 그런지 경찰 복지시설인 한조몬 회관에 모여서 날마다 뭔가 숙덕숙덕하고 있단 말이야."

"그런 얘기 해봤자 내가 알 턱이 있냐."

"아, 내 얘기 좀 더 들어봐. 내 추측으로는 올림픽 경비와 관련해서 뭔가 사건이 발생했어. 그걸 극비에 부치려고 수사관들을 한조몬 회관에 따로 모아놓고, 새로운 지휘관으로서 경비 에이스를 불러들였다—아무래도 그런 거 같아."

"글쎄, 번지수가 틀렸다니까."

"뭐 짐작 가는 거 없어? 뭐든지 좋아, 너희 아버님, 평소와 다른 기척이라든가……."

"내가 말했잖아, 집에서 쫓겨났다고. 요즘 한참 동안 아버지 얼굴도 못 봤어."

퉁명스럽게 대답하고 이쑤시개를 집어 이를 쑤셨다.

하지만 경찰이라는 말을 들으니 지난번 일요일에 찾아온 형사들이 머릿속에 떠올랐다. 공안부의 야노라는 건방진 수사관이 진구가이엔 불꽃대회 날 밤의 일을 끈질기게 물었다. 도쿄대학 동창인 시마자키 구니오의 이름을 댔을 때, 야노는 이상할 만큼 강한 관심을 보였다. 정말 무슨 사건이 일어난 걸까. 아버지가 힘겨운 문제를 떠안고 있는 걸까.

커피가 나와서 잠시 말없이 마셨다.

"또 한 가지, 내 얘기 좀 들어봐. 이건 관계가 있는 건지, 아니면 전혀 잘못 짚은 건지는 나도 잘 모르겠지만……." 가사하라가 코를 한 차례 들이켜며 말했다. "우리 집 옆의 헌책방에 형사가 와서 탐문수사를 하고 갔어. 〈무선과 과학〉 63년 7월 호를 사 간 사람이 없느냐고 캐물었다는 거야."

"〈무선과 과학〉? 얘가 점점 더 뭐가 뭔지 모르겠는 소리를……."

"응, 그건 전기 관련 전문 잡지. 아무래도 마음에 걸려서 근처 헌책방에 물어봤어. 진보초에서는 내가 꼬마 때부터 사랑을 독차지했잖냐.

물어보기만 하면 다들 친절하게 콸콸 얘기해줘. 근데 형사가 책방마다 샅샅이 찾아다니면서 똑같은 걸 조사했더라고."

"그야 탐문수사라면 전부 다 돌겠지."

"하지만 각 책방마다 두 번씩이야. 각각 다른 사복형사가 찾아와 끈질기게 물어보고 갔대. 대학생 같은 젊은 남자의 사진을 보여주면서 이런 남자가 왔었느냐고도 물었대. 책방 주인 중에 좌익 관련 책을 전문으로 다루는 사람이 있어서 경찰을 엄청 싫어하는데 낯익은 공안부 형사가 와서 꼬치꼬치 캐물으니까, 이 친구가 폭탄이라도 만들었느냐고 농담을 던진 모양이야. 그랬더니 그 형사가 얼굴이 확 변해서 절대 아니라고 중언부언 변명을 늘어놓더래."

"그래서 그게 어쨌다고?"

"폭탄이라고 하면 우선 떠오르는 건 소카 지로잖아."

가사하라가 소리를 낮추며 날카로운 시선을 던져왔다.

"소카 지로?" 다다시는 말문이 턱 막혀버렸다. 등줄기에 서늘한 것이 내달렸다.

얼른 생각난 건 센다가야 집에 일어났던 화재였다. 그 불꽃대회 날 밤, 자신이 메이지 공원에서 들었던 소리는 분명 건조한 폭발음이었다. 그 폭발음에 놀라서 돌아보니 집에서 연기와 불길이 솟구쳤다. 아버지와 어머니는 가스가 새서 일어난 화재라고 했다. 그리고 자신은 집에서 쫓겨났다.

"내가 잡지사에 찾아가서 〈무선과 과학〉 63년 7월 호를 입수했어."

"응, 그랬더니?"

"딱히 문제가 될 만한 기사는 없었어. 근데 폭탄이라는 관점에서 다시 보니까 타이머 제작법을 그림까지 넣어서 해설해둔 게 있더라고. 소카 지로의 범행 수법은 모조리 시한 발화장치였어. 그러니 전혀 관련이 없는 건 아니지."

"너무 지나친 거 아니냐? 억지로 갖다 붙이고 있네."

"아니, 천만에. 나도 인맥이 만만찮은 사람이야. 우에노 경찰서에 아직 소카 지로 사건의 수사본부가 남아 있거든. 그래서 거기 형사 한 사람에게 슬쩍 떠봤어. 소카 지로가 또 출몰한 거 아니냐고."

"응응, 그래서?"

"그 형사, 당장 줄행랑을 치더라고. 그길로 나만 떴다 하면 행방불명이야." 가사하라가 느물느물 웃었다. "경찰은 지금 소카 지로를 잡아들이려고 혈안이 되어 있어. 올림픽 개최 전에 기어코 체포하려는 거야……."

가사하라가 새 담배에 불을 붙였다. 다다시도 카멜 담뱃갑을 꺼냈다. 불을 붙이고 깊이 빨아들였다. 다다시의 마음속에 스멀스멀 불안감이 피어올랐다.

우리 집의 화재가 시한폭탄 때문에 일어났다는 건가. 선뜻 믿기 어려운 얘기였다. 하지만 바로 며칠 전에 공안부 수사관이 미도리의 맨션까지 알아내서 탐문수사를 나왔다. 그날 밤의 일을 하나도 빠뜨리지 말고 말하라고 해서 시마자키 구니오를 만났다는 이야기도 했다.

시마자키 구니오……. 혹시 그 녀석이 뭔가 일을 저지른 건가. 가사하라가 조사하고 있다는 그 소문에 시마자키가 관련이 된 걸까.

"이봐, 가사하라. 경찰이 탐문수사 때 보여줬다는 사진은 누구야?" 다다시가 물었다.

"거기까지는 모르겠어."

"혹시 예쁘장한 남자냐? 마른 편이고 이목구비가 단정하고 가부키 배우 같은……."

"너, 뭔가 알고 있어?" 가사하라가 미간을 좁히며 바짝 다가들었다.

"아니, 아는 건 아니고……." 당황해서 급히 고개를 저었다.

"말해봐. 뭐든 좋으니까."

"아니라니까……."

"말 좀 해봐. 관계없는 얘기라도 좋아." 덥석 손을 잡고 흔들어댔다.

다다시는 난처했다. 어디까지 말해야 할까. 아버지는 경찰 간부다. 쓸데없는 말을 해서 난처한 입장에 빠뜨리고 싶지는 않았다. 어머니와 할머니와 누나는 더욱더 난처하게 만들고 싶지 않다.

"아니, 그게……." 다다시가 입을 열었다. "실은 최근에 공안부 수사관이 나한테도 어떤 사람에 대해 묻더라고. 시마자키 구니오라는 도쿄대 대학원생이야. 경제학부에서 나하고 같은 반이었어. 그러니까 우리하고 동갑이야. 지금 하마노 교수님 연구실에 있어. 너, 그 친구 사진을 입수해서 헌책방 아저씨한테 한번 물어봐. 경찰이 보여준 게 이 사람이냐고."

"시마자키 구니오?" 가사하라가 수첩에 메모를 했다. "왜 그랬지? 그 사람이 뭘 어쨌는데?"

"그건 나도 모르지. 이번 일과 관계가 있는지 없는지도 몰라. 아무튼 느닷없이 경찰이 찾아와서 그 친구에 대해 이래저래 물어봤어."

"어떤 질문을 했어?"

"사상이라든가 경제 상황이라든가, 뭐, 여러 가지야. 내가 그 친구하고는 거의 어울린 적이 없어서 잘 모른다고 대답했어. 실제로 엄청 조용한 녀석이라 존재감이 희미했어."

"흠, 시마자키 구니오……."

"가사하라, 혹시 형사들이 보여준 사진이 정말로 시마자키였다면 나한테도 알려줘."

"응, 알았어. 물론 알려주고말고."

가사하라는 단서를 얻은 데 만족했는지 얼굴이 불그레하게 상기되었다.

센다가야 집에서 불이 났던 일은 말하지 않기로 했다. 가사하라는 그건 모르는 눈치였다. 이제 와서 생각해보니 그만한 화재를 지역판 신문에서도 기사로 올리지 않았다는 건 뭔가 이상했다. 경찰 간부 자택에서 일어난 사고라서 체면 때문에 외부에는 감췄을 거라고 생각했는데, 아무래도 그런 이유만은 아닌 모양이다.

"그나저나 보도국 쪽은 재미있냐?" 다다시가 화제를 바꾸었다.

"응, 재밌지. 앞으로는 뉴스도 텔레비전 시대야. 똑같이 대학 졸업해서 신문사 쪽으로 간 친구들은 걸핏하면 우리를 얕잡아보는 소리를 하는데, 두고 봐라, 아마 눈 깜짝할 사이에 역전될 거다. 첫째로, 이번 올림픽을 어떻게 보도할 거야? 백 마디의 글줄을 늘어놓는 것보다 한 세기에 한 번뿐인 순간을 영상으로 고스란히 보여주는 게 훨씬 더 빠르지."

가사하라가 자신만만하게 대답했다. 특종에 열정을 쏟아붓는 동기가 약간은 부럽기도 했다.

"흠, 소카 지로……." 다다시가 먼 곳을 응시하는 눈으로 중얼거렸다. "연달아 폭발 사건이 일어났던 게 작년이지?"

"응, 세상 돌아가는 속도가 너무 빠르니까 다들 금세 잊어버리는데, 그 범인은 아직 살아 있어."

"바로 이 근처를 멀쩡하게 어슬렁거린다거나?"

"그래, 어슬렁거릴 거야. 바로 우리 주위를."

가사하라가 부스스한 머리를 긁적이며 실눈이 되어 웃었다.

양식당을 나서는데, 점심시간이 끝난 인부들이 다시 도로공사를 시작하고 있었다. 온통 소음이 울리고 흙먼지가 피어올랐다. 헬멧을 쓴 작업복 차림의 남자들이 다다시의 차를 빨리 빼라고 재촉했다. 땀범벅이 된 인부들이, 머리에 번들번들 포마드를 바른 다다시를 아니꼽다는 눈빛으로 쳐다보고 있었다. 분명 부잣집의 방탕한 아들놈이라고 생각할 것이다. 하긴 뭐, 전혀 틀린 얘기도 아니다만. 다다시는 내심 혀를 찼다.

차에 탔더니 스테이크 덮밥의 트림이 나왔다. 내가 잘살기는 꽤 잘사는구나, 라고 남의 일처럼 생각했다.

저녁에 방송국 일을 마치고 다다시는 센다가야 자택에 잠깐 들러보기로 했다. 가사하라의 말을 듣고 나니 집안일이 조금은 걱정스러웠던 것이다. 절연당하고 집에서 쫓겨난 게 8월 22일 불꽃대회 바로 뒤였으니까 식구들을 만나는 건 그럭저럭 3주일 만이었다. 물론 아버지와는 맞닥뜨리고 싶지 않아 미리 전화로 확인했다. "너희 아버지는 항상 한밤중에나 들어와." 손자에게는 항상 너그러운 할머니가 사위의 부재를 알려주었다. "옷 좀 가지러 갈 거예요." 다다시의 말에 "아유, 그래? 그러면 꼭 할미에게도 얼굴을 보여다오"라고 금세 목소리가 환해졌다.

차를 몰고 들어서려는데 대문 앞에 제복 경찰 두 명이 보초를 서고 있었다. 전에는 없었던 일이다. "난 이 집 아들인데요." 운전석에서 머뭇머뭇 말을 건넸다. "네, 말씀 들었습니다." 경례를 붙이고 문까지 열어주었다.

집이 경호 대상이라는 데 놀랐다. 경찰청장이나 경시총감이라면 또 모르지만, 아버지는 서열로 보면 겨우 넘버 파이브 정도다. 역시 그 일은 단순한 화재가 아니었던 모양이다.

자갈이 깔린 현관 앞에서 차를 내려 정원으로 돌아갔다. 방울벌레들이 합창을 하며 맞아주었다. 달빛 아래 찬찬히 바라보니 별채가 깨끗이 사라지고 없었다. 다다시는 충격을 받았다. 잔해조차 없다. 풀도 없는 평평한 택지다. 본채에서 튀어나온 연결 복도가 바닷가의 부교처럼 뚝 끊겨 있었다. 별채는 어린 시절부터 다다시의 놀이터였다. 복도를 내달리다가 어머니에게 어지간히 혼도 났다. 말을 듣지 않으면 별채의 다실 붙박이장에 가둬두기도 했다. 컴컴한 그곳이 무서워서 엉엉 울었다. 자물쇠를 채운 것도 아닌데 붙박이장의 장지문을 열지 못했던 건 어린애다운 순진함 때문이었을까.

"다다시, 어서 오너라." 할머니가 현관 밖까지 나와 있었다. 변함없이 기모노 차림이다. "배고프지 않니? 저녁은 먹었어?"

"응, 스튜디오에서 도시락 먹었어요."

"그럼 목욕은? 방금 마사루가 들어갔는데."

"형이 집에 있어요?"

"그래, 토요일이잖니."

형 마사루는 대장성 관료로, 아자부의 공무원 숙소에서 살았다. 도쿄대 법학부를 3등의 성적으로 졸업한 우등생으로, 내년 봄에 대의원의 딸과 결혼을 앞두고 있다. 결혼한 뒤에는 케임브리지로 유학 갔다가 외무성 주계국(主計局)으로 돌아오는 것까지 이미 결정이 나 있다. 아버지만큼 고지식한 건 아니지만 말썽꾸러기 동생이 눈에 띄기만 하면 항상 설교를 늘어놓았다. 스가 가문에 먹칠을 해서는 안 된다, 라는 게 형의 입버릇이었다.

"가끔씩은 한 목욕탕에서 서로 등도 밀어주고 하면 좋을 텐데."

"이크, 말도 안 돼. 생각만 해도 오싹해요."

다다시는 양팔을 비비면서 잰걸음으로 현관에 들어섰다. 그러자 걱정스러운 얼굴의 어머니가 기다리고 서 있다가 "다다시, 잠깐 나 좀 볼까?"라고 손짓을 했다. 별수 없이 안쪽 주방으로 따라갔다.

어머니는 밥통을 식탁으로 가져오더니 부탁하지도 않았는데 주먹밥을 만들기 시작했다.

"나, 시메(밥이라는 뜻의 '메시'를 거꾸로 말하는 방송업계의 은어) 먹었어."

"그럼 가져가. 한창 젊은데 얼마든지 먹을 수 있잖니."

어머니는 가만히 한숨을 내쉬고 묵묵히 주먹밥을 만들었다. 그러더니 불쑥 말했다.

"너, 말투가 그게 뭐야? 엄마는 그런 말 싫어."

다다시는 입을 움츠렸다.

"방송국 쪽에서는 그런 말투를 쓰는지도 모르지만, 집에서는 그러지 마."

"……알았어요. 바른 말 고운 말 쓸게요."

눈앞에서 꾹꾹 쥐어주니 문득 먹고 싶어졌다. 하나를 집어 도쿄 전통 조림이 들어간 주먹밥을 덥석 베어 물었다. 간이 딱 맞아서 뺨이 얼얼할 만큼 맛있었다. 그걸 보고 어머니가 된장국을 데웠다.

"요즘 누구 집에서 신세를 지고 있니?"

"회사 친구 아파트." 여자네 집에서 식객 노릇을 한다는 말은 안 했다. 어차피 캐묻지는 않을 터였다.

"밥은 꼬박꼬박 잘 먹고?"

"응, 날마다 방송국에서 배달 도시락만 먹지."

"일은 재미있어?"

"엄청 부려먹어."

어머니는 아들과의 대화에 굶주려 있었는지, 세세한 것까지 물었다.

튀김과 두부가 든 된장국을 훌훌 마셨다. 오랜만에 어머니가 차려준 밥을 먹고 보니 "아, 집이 좋긴 좋구나" 하고 노인네 같은 감개에 젖었다. 그런 참에 형이 가운 차림으로 나타났다. "다다시, 잠깐 할 얘기가 있으니까 2층으로 올라와라." 턱짓을 한다.

"뭔데, 할 얘기 있으면 여기서 해."

"글쎄, 됐으니까 위로 와." 명령 투로 말하고서 먼저 주방을 나갔다.

"칫, 잘난 척하기는."

다다시는 남은 주먹밥을 입에 밀어 넣고 투덜투덜 따라나섰다.

2층 형의 방에 들어가 바닥에 자리를 잡았다. 책장에는 법률 서적과 경제 전문서가 줄줄이 꽂혀 있었다. 그 속에서 딱 한 권, 헤이본(平凡) 출판사의 남성 잡지 〈헤이본 펀치〉가 눈에 띄었다. 섹시한 여배우 사진이 많은 패션 관련 잡지다.

"어라, 형도 이런 잡지 읽어?"

"후학을 위해서야. 세상 돌아가는 것도 알아야지."

"흥, 둘러대기는."

형은 클래식한 책상 앞에 앉더니 부하를 마주한 청년 장교 같은 분위기로 팔짱을 척 꼈다.

"오늘 오후에 긴자에서 미유키족을 일제 단속했어. 혹시 네가 잡혀갔을까 봐 어머니가 걱정하시더라."

"참 나, 나도 이제 스물네 살이야. 그런 단속에 내가 왜 걸려?"

"부모에게 자식이란 언제나 어린애야. 특히 너는 지금 실 끊긴 연 같은 신세니까 여간 걱정이 아니시겠지."

"그게 내 탓이냐고요." 다다시는 얼굴을 찌푸리고 셔츠 주머니에서 카멜 담뱃갑을 꺼냈다.

"이 녀석, 건방지게 양담배를 피워? 이리 내놔." 라이터도 함께 빼앗겼다. 연예 프로덕션 사장이 준 까르띠에 라이터다. 형은 그것을 찬찬히 들여다보며 "아직 어린 녀석이 이런 걸 들고 다니니까 실없다는 소리를 듣는 거야"라고 잔소리를 했다.

"그런 걸로 시비 걸지 마."

"시비가 아니라 충고야. 우리 집안은 아버지를 비롯하여 모두가 중요한 위치에 서 있어. 가족 중에 누구든 불상사가 일어나면 친척들에게까지 누를 끼치게 돼. 나는 그게 걱정이야."

"나 참, 내가 완전히 신용을 잃었구나." 다다시는 다리를 쭉 뻗고 뒤로 손을 짚었다. "나도 나름대로 착실히 일하고 있어. 우선 회사 일이 바빠서 까불고 돌아다닐 시간도 없어."

"그렇다면 다행이다. 그냥 확인차 말해봤어. 아버지가 너를 쫓아내신 건 올림픽이 끝나면 풀릴 테니까 그때까지만 좀 얌전히 지내."

형의 말에 다다시는 몸을 일으켰다. "왜 올림픽 끝날 때까지야?"

"그야 아버지가 경비 일 때문에 바쁘시니까 집안일은 생각할 여유가 없으실 거고."

말투에서 뭔가 부자연스러운 느낌이 들었다. 시선도 슬쩍 돌리고 있었다.

"형, 한 가지 물어봐도 돼?" 이번에는 정색을 하고 말했다. "지난달에 집에서 일어났던 화재, 정말로 가스가 새서 불이 났어?"

"응, 그럼. 갑자기 무슨 소리야?" 형의 입 끝이 희미하게 흔들렸다. 뭔가 감추고 있다고 직감했다.

"아버지가 올림픽 경비 최고 책임자 자리에서 밀려날 것 같다는 소문은 어떻게 된 거야?"

"뭐라고?" 형의 안색이 변했다. "그런 얘기 어디서 들었어?"

"어디서 들었건 그게 문제가 아니잖아. 사실은 어떻지?"

"그냥 소문이야. 그런 사실 없어. 그보다 어디서 들었어?" 무서운 얼굴로 노려보았다.

"나도 방송국에서 일하는 사람이야. 여기저기서 정보가 들어와."

"너, 그런 말 다른 데서는 하지 마. 소문이라는 건 어이없이 증폭되고 퍼져가는 법이야."

"나야 말 안 하지. 아버지 험담은 나도 그리 달갑지 않아."

"아무튼 그런 소문은 무시해. 아버지는 중대한 국가적 임무를 맡고 계셔. 시샘해서 하는 말들은 감수할 수밖에 없지."

형이 억지 위엄을 부리려고 짐짓 헛기침을 했다. 다다시는 문득 그 속을 슬쩍 떠보고 싶었다.

"우리 집 별채가 폭발한 거, 소카 지로가 한 짓이 아니라면 좋겠는데."

형의 얼굴이 순식간에 창백해졌다. "뭐라고? 소카 지로는 이번 일과 아무 상관 없어. 그냥 가스가 새서 불이 났을 뿐이야." 파르르한 목소리로 열심히 항변한다.

"그래? 그렇다면 됐어." 다다시는 몸을 뒤로 젖히며 차가운 눈으로 형을 관찰했다. 그 태도가 거슬렸는지 이번에는 목소리가 거칠어졌다.

"너, 왜 그런 말을 해?"

"갑자기 생각나서 한번 말해봤어. 폭파범 소카 지로는 아직 1년밖에 안 된 사건이잖아."

"설마 그런 소문이 떠도는 건 아니겠지?"

"글쎄, 나는 잘 모르겠네."

시치미를 떼며 고개를 저었다. 이걸로 분명해졌다. 적어도 이번 불은 가스가 새서 일어난 화재가 아니다. 다다시는 무릎을 세우고 그만 자리에서 일어섰다.

"다다시, 잠깐만!"

형이 허리를 엉거주춤 쳐들며 팔을 내밀어 다다시의 멱살을 잡았다.

"엇, 뭐야? 이거 놔."

"너, 무책임한 소리를 하고 다니면 아무리 동생이라도 용서 못 해."

"왜 화를 내고 그래?"

"너는 스가 가문 사람이야. 국가를 위해 일해야 할 사람이란 말이야."

"국가를 위해서라니, 그런 막무가내 흑백논리는……."

얼굴을 일그러뜨리며 뿌리쳤다. 하지만 형은 점점 더 팔에 힘을 넣었다.

"흑백논리란 건 뭐야? 제 나라를 생각하지 않는 인간만 우글거리면 일본은 어떻게 되겠어? 올림픽은 어떻게 되지? 이번 올림픽을 성공시키는 건 우리 한 사람 한 사람의 의무야. 너 역시 무관한 일이 아니란 말이야. 협력하지 못하겠다면 이 나라를 떠나."

"그게 말이 돼?"

"아무튼 앞으로 한 달 동안 얌전하게 있어. 이상한 소문에 끼어들지 마. 누가 물어봐도 모른다고 해. 내 말 안 들으면 형제의 인연도 끊을 거야. 두 번 다시 우리 집 문턱을 못 넘을 줄 알아. 이건 협박이 아냐. 진심이야."

"알았어."

다다시는 자리에서 일어나 셔츠 칼라를 바로잡고 손으로 머리를 가다듬었다.

"남자 대 남자의 약속이다?" 형이 다짐했다.

"알았다니까!"

"내 눈 똑바로 보고 말해."

"……알았어."

형의 험악한 기세에 눌려 다다시는 진지한 얼굴로 고개를 끄덕였다. 형의 또 다른 얼굴을 본 듯한 마음이 들었다. 강하고 박식하고 든든했던 형은 이제 가족을 떠나 국가 조직의 일원이었다.

고개를 떨구고 방을 나섰다. 과일 접시를 쟁반에 얹어 내오던 어머니와 계단에서 마주쳤다.

"이거 먹고 가거라. 배 깎았는데."

"됐어. 그만 갈래."

빠른 걸음으로 복도를 지나 현관을 나섰다. 마루 쪽에서 할머니가 고양이를 무릎에 안고 바람을 쐬고 있었다.

"어머, 다다시. 자고 가는 거 아니었니?" 느긋한 목소리를 발한다.

"안 돼요, 쫓겨난 몸이라서."

다다시는 할머니에게 다가가 귓가에 대고 "할머니, 조심하세요. 폭탄범이 또 나타난 거 같아"라고 속닥였다.

"괜찮아. 경비해주는 사람도 있는데, 뭘. 게다가 이 나이가 되면 무서운 게 하나도 없단다. 폭탄 같은 건 공습에 비하면 겨우 불꽃놀이 같은 거야."

귀족 출신의 할머니는 의외로 다부진 데가 있어서 조용히 미소를 지으며 말했다.

그렇구나, 역시 폭탄이었어— 다다시의 등줄기가 서늘해졌다. 누군가 우리 집을 노리는 것이다. 그리고 시마자키 구니오의 이름이 머릿속에 떠올랐다. 그날 밤, 센다가야에서 햇볕에 탄 얼굴의 시마자키를 만났었다. 경찰은 그 일에 심상치 않은 흥미를 드러냈다—

머릿속이 뒤죽박죽이 되었다. 대체 어떻게 된 일인지 갈피를 잡을 수가 없었다.

차에 올라 시동을 걸었다. 자갈을 가르며 출발했다. 센다가야 언덕에서는 아름다운 초승달과 함께 도쿄타워가 보였다.

13

8월 5일 수요일

시마자키 구니오가 고자의 합숙소 도박판에서 1만 6000엔을 잃었다는 소식은 눈 깜짝할 사이에 인부들 사이에 퍼졌다. 낯선 인부까지 연민과 비웃음이 뒤섞인 시선을 던져왔다. 문득 뒤를 돌아보면 누군가가 황급히 시선을 돌렸다. 야마다도 어색한 태도를 보이며 곁에 다가오지 않았다.

함께 분개해준 건 시오노와 요네무라였다. "아무리 그래도 그건 너무 큰 돈이잖아"라고 얼굴을 붉히며 히구치의 비열한 수법을 욕했다. 구니오의 일당은 현재는 600엔이고, 오후 10시까지 반절짜리 '통 일'을 해도 기껏 900엔이다. 날마다 통 일을 하는 건 몸이 말을 안 들어서 불가능하고 일주일에 사흘을 한다고 해도 1만 6000엔을 마련하려면 3주일 이상이 걸린다. 게다가 그 금액에서 합숙소 숙박비며 도시락값을 제하기 때문에 손에 들어오는 돈만 계산하면 한 달분이 넘는다. 즉 구니오는 여름 내내 완전히 돈 한 푼 못 건지고 일만 할 처지가 된 것이다.

"그냥 도망쳐라. 무슨 좋은 꼴을 보겠다고 이런 곳에 있어?"

시오노는 합숙소에서 도망치라고 했지만 요네무라가 그건 안 된다고 말렸다.

"히구치가 끝까지 찾아갈 거야. 지난번에도 그런 일이 있었어. 도박 빚을 마련하지 못해서 요코하마 항만 노동자로 도망쳤던 인부가 히구치 부하들한테 들켜서 치도곤을 당했어."

요네무라는 목소리까지 낮추며 유령을 겁내는 어린아이 같은 표정을 내보였다.

그의 말이 옳았다. 히구치는 당장 야마다 사장을 찾아가 구니오의 하숙집부터 친가 주소까지 죄다 조사해놓고, 도망쳐도 소용없다고 못을 박았던 것이다.

구니오는 잠시 시간을 두었다가 히구치를 찾아가 돈을 좀 깎아달라고 사정해볼 생각이었다. 쉽게 들어줄 리는 없지만 그것밖에는 방법이 없었다. 1만 6000엔이라는 돈은 너무나도 큰 금액이었다.

지난주에 이어 선수촌 게이트의 블록 깔기 작업에 나갔다. 일륜차를 다루는 방법은 이제 익숙해졌다. 능률도 다른 인부의 70퍼센트쯤까지는 따라잡았다. 하지만 여전히 힘에 부치는 노동이었다. 손에는 수없이 물집이 잡혔다가 터지고 허벅지와 등허리 근육이 땅겼다.

간밤에도 반절짜리 통 일을 했다. 아침부터 오후 10시까지 계속 일한 뒤에 마이크로버스에 흔들리며 합숙소에 돌아오면 대중탕에 나갈 기력도 없었다. 드럼통 물을 한 차례 끼얹고 얇디얇은 이불에 푹 쓰러지지만, 인간은 피로가 쌓이면 도리어 잠이 안 오는 것인지 얕은 잠만 거듭하다 보면 금세 또다시 새벽 6시가 되어 꾸역꾸역 일어나야 하는 나날이 이어졌다.

형은 이런 날들을 어떻게 견뎌냈을까. 아무리 어려서부터 노동일을 했다지만 이제 곧 마흔 살이 되는 나이에 이런 가혹한 노동은 몹시도 힘에 부쳤을 것이다. 게다가 해마다 똑같이 반복되는 일이다. 소처럼 일만 하는 인생에 형은 과연 무슨 생각을 하며 살았을까.

공사 현장은 날이 갈수록 긴장된 분위기가 더해졌다. 수많은 하청업자가 뒤섞여 자기 회사 작업부터 먼저 하려고 덤비는 바람에 여기저기서 작은 다툼이 일어났다. "거기 좀 비켜!" "우리가 왜 비켜?" 5분 걸러 한 번씩 고함이 터지고, 현장감독이 다급하게 뛰어갔다. 말단 노동자인 구니오도 일정이 급박하다는 게 실감이 났다. 오리엔트 토목에서는 날마다 통 일을 해달라고 안달이었다.

구니오는 블록을 일륜차에 싣고 언덕을 올라갔다. 허리를 낮추고 몸을 앞으로 잔뜩 숙여 한 걸음 한 걸음 나아간다. 여름 햇볕은 무자비하게 내리쬐고 반사열이 온몸을 휘감았다. 헬멧 속은 사우나 같고 코와 턱에서는 땀방울이 투두둑 떨어졌다. 너무 더워서 농담 한마디 하는 사람도 없었다.

바로 옆에서는 삽차가 땅을 파고 있었다. 중장비를 조종하는 건 아라이였다. 평소에는 위세를 부리며 지시만 내리던 그도 일손이 부족하자 직접 작업에 나섰다.

"어이, 거기!" 우연히 그 옆을 지나가는데 아라이의 고함 소리가 날아왔다. 뭔가 악을 쓰는데 삽차의 엔진 소리가 시끄러워서 잘 들리지 않았다. 게다가 머플러(소음기)에서 검은 연기가 훅훅 끼쳐서 가까이 다가갈 수도 없었다.

크게 손짓을 하는지라 멀리 돌아서 삽차의 운전석으로 다가갔다.

"너, 여기 일 좀 거들어. 삽 들고 와서 바위 옆의 흙 좀 퍼내."

아라이가 일러준 곳을 보니 빙산의 일각처럼 뾰족한 바위가 얼굴을 내밀고 있었다. 그 주위의 흙을 삽차로 파냈는데 바위 크기를 알 수 없어 쉽게 제거하지 못하고 있는 모양이었다.

구니오는 하라는 대로 삽으로 흙을 퍼냈다. 그러면 삽차가 내려와 다시 땅을 파 들어갔다. 하지만 빠지지직 돌 깎이는 소리만 날 뿐, 바위는 꿈쩍도 하지 않았다.

일단 엔진 소리가 멎었다. 아라이가 내려와 바위 앞에 쪼그리고 앉았다. "안 되겠네. 이거 혹시 암반 아니야?" 잔뜩 찡그린 얼굴로 내뱉었다. "바빠 죽겠는데 왜 이런 게 튀어나와서 속을 썩이는 거야."

그러는데 건설회사 사원이 나타났다. 언젠가 구니오에게 공기주입기를 빌려준 젊은 친구였다.

"왜 그래요?"

그 말에 아라이가 펄쩍 튕기듯이 일어나 등을 꼿꼿이 세웠다.

"아, 예. 아무래도 큰 바위인 거 같아요."

"그래요? 이것 참, 큰일이군요. 입촌식이 거행되는 광장이라서 파버리든 깨버리든 일단 제거해야 하는데……."

남자는 온화한 어조로 말하더니, 옆에 선 구니오를 보고 "안녕하세요?"라고 헬멧 차양에 손을 얹으며 인사를 건넸다. 구니오도 마주 인사를 했다.

"형씨는 어떻게 생각해요?" 상대가 대학원생이라는 친근감 때문인지 구니오에게 의견을 물어왔다.

"글쎄, 토목에 대해서는 전혀 문외한이지만 크기를 짐작하기 힘든 바위라면 파내는 것보다는 깨버리는 게 리스크가 적을 거 같은데요."

"그렇겠죠? 나도 동감이에요. 그러면 발파업자를 알아봐야 하는데……." 남자가 뒷목을 긁적이며 생각에 잠겼다. "댁의 회사에서 발파업자를 알아볼 수 있어요?" 아라이에게 물었다.

"아뇨, 그건 좀……. 우리 회사는 단순 작업의 맨 아래 하청이라서요."

아라이는 이마에 땀을 흘려가며 마냥 쩔쩔매고 있었다.

"알았어요. 우리 쪽에서 지금 수배하기로 하죠."

남자는 발길을 돌리더니 사무동으로 뛰어갔다. 그 뒷모습을 지켜보던 아라이는 구니오를 보며 못마땅한 얼굴로 "너, 건설회사 직원에게 함부로 입 놀리지 말라고 했지?"라고 괜한 트집을 잡았다.

"거기, 발파하기 쉽게 흙이나 좀 더 퍼내."

"예."

구니오는 삽을 들고 바위 주변의 흙을 퍼냈다. 예전에 워싱턴하이츠의 잔디가 쉽게 뿌리를 내렸을 만큼 이 일대는 습기를 품은 양질의 검은흙이다. 선수촌은 올림픽이 끝나면 시민을 위한 녹지 공원으로 다시 태어난다고 한다. 아키타의 어머니를 한번 데려오고 싶은 마음이 간절했다. 녹음이 지천으로 널린 탓인지 구마자와 촌에는 공원 같은 건 없었다.

건설회사 사원이 낯선 기계를 들고 돌아왔다. 찰칵 소리를 울리며 주름상자 같은 걸 펼쳤다. 아무래도 신형 카메라인 모양이다.

"재작년에 나온 폴라로이드 카메라인데, 봤어요?" 구니오를 향해 물어왔다.

"그게 폴라로이드 카메라예요? 실물을 보는 건 처음이에요."

"회사 거예요. 무려 4만 3000엔." 하얀 이를 내보이며 말했다.

"정말 비싸군요. 대졸 초임의 세 배가 넘네."

"그래요. 우리가 구입하기에는 올림푸스 펜 카메라 정도가 적당하죠." 남자가 인화지를 끼우고 바위 앞에서 사진 찍을 자세를 취했다. "미안하지만 그 바위 옆에 좀 서줄래요? 크기를 비교하려고요."

"예. 이쪽에 서면 되겠어요?" 구니오가 지시대로 했다.

"오케이. 자, 찍습니다."

셔터를 누르고 인화기를 뽑아냈다. 아라이가 저도 모르게 쓰윽 넘어다보았다. 구니오도 다가가 최신 사진 기술을 구경했다.

남자가 검은 종이를 팔랑팔랑 흔들자 인화지에 서서히 상이 떠올랐다. 우아, 하고 아라이가 탄성을 올렸다.

"아라이 씨, 이 친구 좀 잠깐 데려가도 될까요?"

남자가 구니오를 가리키며 아라이에게 말했다.

"아, 예. 괜찮기는 한데요……."

"발파업자가 오타 구 로쿠고도테 쪽 사람이에요. 방금 전화로 출동을 요청했는데, 장치할 바위에 따라 준비할 화약이 달라진대요. 그래서 카메라로 바위 사진을 찍어서 가져다주기로 했어요. 그 심부름을 이 친구에게 좀 부탁했으면 하는데."

"예에, 그야 뭐, 좋으실 대로……."

아라이는 비굴하게 고개를 굽실거렸다. 내심으로는 '왜 이 녀석한테'라고 투덜거리고 있을 것이다.

구니오는 사원의 뒤를 따라 사무동으로 들어갔다. 거기서 발파업자 사무소의 약도를 받았다. 다음 순회 버스를 타고 가마타까지 나가 거기서 게이큐선 전차를 타라는 지시였다.

"미안하지만, 한 가지 물어봐도 되겠어요?" 구니오가 말했다.

"뭔데요?"

"왜 나를 지명했어요?"

남자는 가볍게 쓴웃음을 짓더니 "인부 중에 심부름을 부탁할 만한 사람은 형씨밖에 없잖아요"라고 말하며 어깨를 움츠렸다.

"게다가 조금이라도 편하게 일하는 게 좋죠. 힘쓰는 일은 돈벌이 나온 인부들이 하면 돼요. 그 사람들은 그것 말고는 못하잖아요. 우리한테는 다른 할 일이 있어요. 적재적소라고 하죠? 대학원 졸업하면 형씨도 두뇌 쓰는 직장에 다닐 텐데."

구니오는 애매하게 웃었을 뿐, 대답은 하지 않았다. 그의 친절은 분명 고마운 일이었다. 하지만 다른 인부에게 그런 친절을 베푸는 일은 없다. 아라이 이하의 노동자들은 미리부터 다른 계급으로 파악하고 있었다.

적재적소? 혼자 입속으로 중얼거렸다. 혹시라도 인부들이 듣는다면 크게 분노할 것이다. 분노 끝에는 분명 허탈한 마음에 사로잡힐 것이다. 그리고 쿠데타는 일어나지 않는다. 지도자가 없기 때문이다.

작업화를 벗고, 빌려준 샌들을 발에 꿰고 밖으로 나섰다. 수돗가에서 물을 마시고 수건으로 얼굴을 훔쳤다. 한숨 들이면서 선수촌 숙소가 늘어선 언덕을 올려다보았다. 열기가 아지랑이가 되어 어른거리는 속에서 인부들이 움직였다. 구니오는 사람의 고함 소리와 중장비가 으르렁거리는 소리를 묘한 거리감을 가진 채 듣고 있었다.

로쿠고도테 역에서 약도를 들여다보며 비포장도로를 걸었다. 도쿄 남쪽 끝인 이 일대는 공장단지로 개발되어 도심의 화려함과는 아무 인연도 없이 기름 냄새만 풍풍 나는 동네였다. 5분쯤 걸어 들어가자 공터들이 눈에 띄고 뒤편 잡목림 속에 '기타노 화약' 사무소가 있었다. 그 너머는 다마가와 제방이었다. 곤충채집 채를 든 어린애들이 우아 요란한 소리를 내며 구니오 곁을 지나 달려갔다. 파란 하늘에는 솜사탕 같은 구름 한 조각이 유유히 떠 있었다. 들려오는 건 매미 소리와 이따금 날아오는 제트여객기 소리뿐이다.

거의 바라크 같은 기타노 화약 사무소에는 삼십대 후반으로 보이는 남자 하나가 목제 책상에 다리를 얹고 담배를 피우고 있었다.

"기타노 사장님 계십니까?" 미닫이문을 열고 인사를 건넸다. "다이너마이트 설치할 바위 사진을 가져왔어요."

"아, 선수촌 공사 현장에서 심부름 나온 사람?"

마른 몸매의 기타노 사장이 구니오를 찬찬히 쳐다보더니, 양쪽으로 갈라놓은 숱 많은 장발 머리를 쓸어 올리며 한 차례 코를 킁 울렸다.

"당신, 어떤 회사 사원이지?"

"그냥 인부예요."

"그렇게 안 보이는데?"

"그래요? 일 시작한 지 2주일밖에 안 된 아르바이트생이라서."

"아, 대학생이구나. 이름은?"

"시마자키라고 합니다."

"음, 그래."

기타노는 턱을 슬슬 쓰다듬으며 다시 구니오를 발끝에서 머리끝까지 훑어보더니 왜 그런지 입가에 엷은 웃음을 띠었다.

그 역시 공사 현장에는 그리 어울리지 않은 모습이다. 어딘가 인텔리다운 분위기가 감돌고 어찌 보면 결핵에 걸린 다자이 오사무 같은 인상이었다.

구니오가 바위 사진을 건넸다. 기타노는 사진을 들여다보더니 "일반 흑색화약이면 충분하겠군. 그래도 혹시 모르니 네 개를 가져가야겠어"라고 중얼거리고는 책상 서랍에서 열쇠 다발을 꺼냈다. 이어서 벽에 걸린 대형 손전등을 어깨에 멨다.

"그럼 즉시 출동해볼까. 시마자키도 현장에 돌아갈 거지? 함께 내 차 타고 가. 근데 그 전에 잠깐 도와줄 일이 있어."

"예."

구니오는 무슨 일을 해야 하는지 알 수 없었지만, 일단 대답했다.

둘이서 사무실을 나와 옆의 잡목림으로 들어갔다. 나무들이 햇볕을 가려 숲속에는 냉기가 감돌았다. 아주 잠깐 누려보는 피서지 같다. 숲의 한가운데, 흙으로 쌓아 올린 움집 같은 볼록한 봉우리가 있었다. 옆에 붙은 짧은 내리막 계단 끝에는 경사진 모양으로 철제 문짝이 달려 있었다. 역시 화약 관리는 엄중하게 하는 듯했다.

기타노가 큼직한 자물쇠에 열쇠를 꽂아 선박의 해치 같은 문짝을 들어 올렸다. 끼이이, 하고 경첩이 맞물리는 소리가 나면서 열린 입구 너머로 검은 어둠이 보였다.

손전등을 비추며 안으로 들어갔다. 열 평 정도의 공간으로, 천장이 낮아서 몸을 구부정하게 숙여야 하고 사방은 콘크리트 벽이었다. 기타노가 "옛날에는 방공호로 쓰던 데야"라고 말해줘서 구니오도 역시 그렇겠다고 생각했다.

"아버지 때부터 시작한 발파업인데 나는 물려받을 생각이 없었어. 이래 봬도 내가 대학물 먹은 사람이야. 일본대 문학부, 야학이긴 하지만. 간다의 작은 출판사에서 일했는데, 아버지가 쓰러진 데다 출판사도 도산해버렸고 자식도 태어났고, 그래서 어쩔 수 없이 내가 떠맡게 됐어."

기타노는 묻지도 않은 자기 신상 이야기를 하기 시작했다. 손전등 불빛이 닿은 쪽에 다이너마이트를 가득 넣은 나무 상자가 쌓여 있었다.

"한때는 발자크 소설에 빠져 지냈어. 나도 언젠가는 그런 소설을 쓰고 싶었는데, 어찌어찌하다 보니 영세 발파업자가 됐지 뭐야."

기타노는 나무 상자의 뚜껑을 열더니 안에서 릴레이 바통만 한 크기의 다이너마이트 네 개를 꺼내 마대 자루에 넣었다.

"근데 막상 해보니까 이 일이 아주 예술이야. 드릴로 바위에 구멍을 뚫어 다이너마이트를 깊숙이 꽂아 넣고 팡 폭발시켜서 바위를 깨뜨리지. 엑스터시가 느껴진다니까. 관능적인 맛이 있어. 마치 섹스처럼."

구니오는 대답할 말이 없어서 "아, 예"라고만 대답했다.

"이런 일, 무딘 놈은 못해. 그냥 꽂아 넣고 불만 붙이면 되는 일이 아니거든. 테크닉과 사랑이 필요해."

점점 더 무슨 말인지 알 수가 없었다. 어째서 자신을 화약고에 데리고 들어왔는지도 점점 알 수가 없었다.

기타노가 슬그머니 몸을 맞댔다. 팔이 스쳤다. 구니오는 저도 모르게 흠칫 물러섰다.

손전등이 꺼졌다. 입구에서 들어오는 빛뿐이어서 내부는 어둠에 휩싸였다. 기타노의 손이 구니오의 허리를 휘감았다. 어느새 얼굴이 귓가에 다가와 뜨거운 숨을 헉헉거리고 있었다.

"이봐, 시마자키. 좀 즐겨보자고." 들척지근한 목소리로 속삭였다.

"아뇨, 이런 거 안 해요." 구니오가 깜짝 놀라 남자의 손을 풀어냈다. 이 사람이 그러니까 남색가였구나. 등줄기에 섬뜩한 소름이 돋았다.

"남자 맛은 아직 모르는 거야?"

"모릅니다."

"그럼 한번 경험해봐. 자기에게 새로운 세계를 알려주고 싶은데." 기타노가 두 팔로 껴안으려고 했다. "아이, 어때. 좋잖아? 금방 끝날 거니까. 응?" 거친 숨을 토해내고 있다. 구니오의 사타구니로 손이 뻗어왔다.

"이러지 말죠." 구니오는 몸을 틀며 저항했다.

"오케이. 그럼 이렇게 하면 어때? 내가 2000엔 줄게. 2000엔이면 너한테는 사흘 치 일당이잖아? 비프스테이크든 뭐든 다 사 먹을 수 있어."

기타노는 잔뜩 흥분한 기색으로 말했다. 손은 그사이에도 쉴 새 없이 구니오의 몸을 더듬고 있었다.

"싫습니다."

"왜? 너, 동성애가 싫어? 멸시하는 거야?"

"아뇨, 그런 게 아니라 나와는 다른 세계라는 얘기예요."

"다른 세계라고 무시하는 거야?"

"아무튼 싫습니다."

구니오는 억지로 뿌리치고 북북 기어서 밖으로 뛰쳐나왔다. 땅바닥에 무릎을 짚고 얼굴에 흐르는 땀을 닦았다. 처음 겪어보는 일에 심장이 두근두근 종을 쳤다.

기타노는 1분쯤 뒤에 밖으로 나왔다. 말없이 문짝을 닫고 자물쇠를 채우더니 시선을 맞추지 않고 "아, 미안해. 잊어버려"라고 태연한 어조로 말했다.

"자, 갈까?" 등을 구부정하게 숙이고 터벅터벅 앞을 걸어갔다. 더 이상 조르지 않을 거라고 판단하고 구니오는 그 뒤를 따라갔다.

사무소 옆에 밴 타입의 자동차가 있었다. 조수석에 올라탔다. 짐칸에는 전기드릴이며 굴삭기 같은 공구가 실려 있었다. 차가 출발했다. 스프링이 망가졌는지 도로의 요철에 엉덩이가 붕 뜰 만큼 흔들렸다.

"시마자키. 아까 그 일, 남한테는 말하지 말아줄래?"

남자가 앞을 본 채 말했다.

"예, 안 해요."

구니오가 대답했다. 실제로 가슴에만 담아둘 작정이었다. 지금은 세상 어느 누구도 소외시키고 싶지 않은 심정이다. 사람을 가르고 싶지 않은 것이다. 가령 사기 도박판을 벌인 히구치라도.

"마누라하고 자식도 있는데……. 나도 내가 이상하다고 생각해."

"아뇨, 그런 건 아니고……."

"시마자키, 참 선량한 친구구나. 마음 내키면 찾아와. 2000엔 줄 테니까."

기타노는 어색함이 풀렸는지, 아니면 시치미를 떼려는 건지, 핸들을 쳐가며 "상 투아 마미~"라고 콧노래를 불렀다. 조금 전의 일이 마치 꿈만같이 느껴졌다.

바윗돌 폭파는 30분쯤 걸렸다. 현장에 도착하자 완벽한 기술자의 얼굴이 되어 기타노는 건설회사 사원과 시원시원하게 협의를 하고 몇 가지 서류에 도장을 찍었다. 현장에 가더니 전기드릴로 바위에 깊이 1미터가량의 구멍을 파고 다이너마이트 두 개를 안에 꽂아 넣었다. 부서진 바위가 멀리 흩어지지 않도록 전체에 그물망을 씌우는 것으로 준비를 완료했다.

현장감독이 호루라기를 울리자 전원이 반경 50미터 밖으로 대피했다. 혹시나 해서 서측 일반도로는 일시적으로 통행을 정지시켰다.

기타노가 도화선에 불을 붙이더니 느릿느릿 걸음을 옮겨 자리를 떠났다. 딱총이 터지는 듯한 건조한 파열음이 나고 분진이 하늘로 피어올랐다. 성공한 모양이다.

구니오와 몇몇 인부가 호출되어 부서진 바윗돌을 손으로 들어냈다. 거대한 바위가 순식간에 산산조각이 나버린 것에 감탄했다.

"어때, 예술이지?" 기타노가 다가와 말했다. 북적거리는 틈을 타 구니오의 엉덩이를 쓱 쓰다듬었다. 흠칫해서 돌아보니 입김이 느껴질 만큼 가까이에 이글거리는 눈을 한 중년 남자의 얼굴이 있었다.

뭐라고 대들 마음도 안 나서 구니오는 묵묵히 작업을 계속했다.

그날은 처음으로 통 일을 마지막까지 했다. 오전 8시부터 다음 날 오전 2시까지, 중간에 잠깐씩 쉬면서 열여섯 시간을 일한 것이다. 아라이가 강하게 밀어붙이는 바람에 어쩔 수 없이 한 일이었다. 여우 같은 눈빛의 현장감독 아라이는 구니오가 건설회사 사원과 친하게 얘기하고 심부름이랍시고 세 시간 가까이 노동일을 면제받은 게 어지간히 마음에 안 든 모양이다. "너는 고단하지도 않지?"라면서 가는 눈을 더욱 가늘게 뜨고서 야마다 사장을 불러 B시프트도 연속으로 시키라는 지시를 내렸다.

고된 심야 작업에 온몸이 비명을 올렸다. 일륜차를 밀고 가는데 무릎 관절이 덜거덕거렸다. 특히 자정을 넘기면서부터 손의 악력이 회복되는 데 한참이나 시간이 걸렸다. 한바탕 블록을 나른 뒤에는 열심히 팔을 주물러야 했다.

그날 밤, C시프트 요원으로 나타난 야쿠자 인부들도 목격했다. 눈빛이 날카롭고 대부분 등에 문신을 해서 전원이 히구치 같았다. 그 무시무시한 분위기에 압도되어 구니오는 저절로 생침을 꿀꺽 삼켰다. 다른 인부들도 눈을 맞추지 않으려고 조심하고 있었다.

예전에는 야쿠자였는지 모르지만, 이 자리에 와 있는 걸 보면 이제는 손을 씻었거나 뒷골목 세계에서 쫓겨났거나, 둘 중의 하나라고 했다. 어떻든 구니오가 알지 못하는 세계에서 살아온 사내들이다. 그 혹독했을 인생을 생각하며 구니오는 이 세상은 바닥없는 우물 같다고 느꼈다. 자신이 몸담았던 세계가 얼마나 좁아터진 곳이었는지, 스스로가 한심해졌다.

B시프트가 끝나자 오전 2시에 순회 버스가 왔다. 환자처럼 버스 좌석에 드러누워 하네다의 합숙소로 돌아왔다. 숙소 뒤편에서 물을 끼얹고 수건으로 몸을 닦은 뒤 새삼 온몸에 눌어 붙은 진한 피로를 실감했다. 하지만 세 시간쯤 자고 나면 또다시 A시프트 일을 나가야 한다. 이건 인간의 내구력 테스트라고 할 정도의 고행이다.

옆 창고에서 뭔가 소리가 났다. 고개를 돌려 바라보니 판자 틈새로 불빛이 새어 나왔다. 안에서 인기척이 났다. 소곤거리는 말소리도 들렸다. 문이 슬쩍 열리고 사람의 눈이 보였다.

"아, 시마자키구나?" 창고 안쪽에서 남자가 속살거리는 소리를 냈다. 누군가 싶어서 찬찬히 바라보았다. 목소리의 주인은 요네무라였다.

"거기서 뭐 하고 있어?" 구니오가 물었다.

"쉿." 요네무라는 입 앞에 검지를 세우더니 "이쪽으로 와"라고 턱짓을 했다.

이런 한밤중에 뭘 하는 건가. 의아해하면서도 손짓하는 대로 안으로 따라 들어갔다. 램프를 가운데 두고 요네무라와 또 한 명의 젊은 남자가 흙 부대에 몸을 기대고 다리를 쭉 뻗은 채 앉아 있었다. 희미하게 약품 냄새가 코끝을 간질였다. 발치에 앰풀(유리 용기)이 굴러다니고 그 옆에는 고무줄과 주사기가 있었다.

"필로폰이야. 맞아본 적 있어?"

요네무라가 핏발 선 눈으로 말했다. 불그레하게 달아오른 얼굴에는 유난히 찐득해 보이는 땀이 흐르고 있었다.

"아니, 없는데."

구니오는 고개를 가로저었다. 전후 한동안은 약국에서도 팔았다고 하지만, 아키타 시골에서는 그런 건 구경해본 적도 없다.

"한번 맞아볼래?" 또 한 명의 남자가 말했다. "피곤이 싹 달아나." 거친 숨을 토해내며 입술을 파르르 떨고 있었다.

"이런 건 어디서 구했어?" 구니오는 허리를 숙여 빈 앰풀을 주워 찬찬히 살펴보았다.

"이런 것쯤은 술집에만 가면 파는 사람이 수두룩해. 이건 한 대에 300엔. 대만제라서 값이 싸."

"그래……. 하지만 난 됐어."

"무섭냐?" 요네무라가 실실 웃으며 물었다.

"응, 무섭다." 구니오는 솔직히 대답했다.

"너희 형은 이거 했었는데."

"형이?" 놀라서 얼굴을 번쩍 들었다.

"응, 했어. 일이 힘들 때마다 맞았어."

구니오는 앰풀에 코를 대고 냄새를 맡아보았다. 강렬한 약품 냄새가 날 거라고 생각했는데 실제로는 무슨 과일 같은 냄새여서 내심 맥이 풀렸다.

"한번 맞아봐. 사회 공부라고." 요네무라가 말했다.

"돈도 없어."

"어이, 돈 필요 없어. 실은 역 앞 여인숙에서 훔쳐 온 거야. 이거 팔고 다니는 놈이 묵는 방을 얘가 우연히 알아냈거든. 가방을 뒤져서 간단히 슬쩍해 왔지."

또 한 명의 남자가 훔쳐 온 물건이라는 것을 털어놓고는 몸을 틀며 웃었다.

"정말이에요?"

"정말이에요? 킥킥킥, 숙맥같이 되묻기는."

"그럼 한번 맞아봐야겠네." 구니오가 말했다. 호기심이라기보다 의무감 같은 게 있었다. 형이 했던 일이라면 자신이 도망칠 수는 없다.

"너도 많이 변했다." 요네무라가 유쾌한 듯 코를 울리며 몸을 일으켰다. "어디, 팔 내밀어봐." 하라는 대로 구니오는 왼팔을 내밀었다.

요네무라는 구니오의 손목 10센티미터쯤 윗부분에 고무줄을 둘둘 감더니 팔꿈치 안쪽을 쓱쓱 비벼서 정맥이 떠오르게 했다.

"이거, 실은 그리 좋은 물건이 아니야. 그래서 심장을 지나갈 때 한순간 뜨끔하게 올 텐데, 놀라지 마라."

"알았어." 구니오는 배에 힘을 주었다.

주사기 바늘이 살을 뚫었다. 눈을 돌리지 않고 약액이 줄어드는 것을 계속 지켜보았다.

확실히 무언가가 혈관을 타고 들어갔다. 도중에 한 차례 딸꾹질이 나왔다. 아무래도 이게 뜨끔하게 온다는 그것인 모양이다.

그것이 지나자 갑작스럽게 신경이 날카롭게 벼려졌다. 아득히 먼 곳의 트럭 엔진 소리가 들려오는 것이다. 그것도 피스톤의 움직임까지 느껴질 만큼 정밀하게.

모든 것이 샤프해졌다. 지능지수가 20쯤 높아진 듯한 마음이 들었다. 뭔가를 시작하고 싶은 충동에 휩싸였다. 지금 바로 대학 연구실에 돌아간다면 마르크스 번역 따위 하룻밤 만에 해치울 수 있을 것 같았다. 자신의 몸뚱이가 이곳에 갇혀 있다는 게 안타깝기만 했다.

그다음은 별로 기억에 없다.

14

9월 14일 월요일

8월 22일 이래로 토요일마다 발생했던 연쇄 폭발 사건은 세 차례 터진 뒤에 멈췄다. 지난주 토요일은 제복 경찰의 요점 순찰이 효과가 있었는지 아니면 단순히 범인의 잠깐 동안의 휴식인지, 자칭 소카 지로는 별다른 움직임을 보이지 않았다.

수사본부가 가장 중요한 참고인으로 지적한 도쿄대생 시마자키 구니오의 발자취는 여전히 파악되지 않았다. 어쩌면 공안이 이미 존재를 확인하고 뒤를 밟으면서도 증거를 잡기 위해 그냥 놀려주고 있는지도 모른다. 하지만 형사부 쪽 수사관들은 그런 것을 알아낼 방도가 없었다. 한조몬 회관에서 열리는 수사 회의는 항상 무거운 분위기가 감돌았다. 오치아이 마사오는 형사가 된 뒤 처음으로 조직 수사의 벽이라는 것을 실감했다. 사건이 크면 클수록 현장 수사관은 기껏해야 장기짝이 될 수밖에 없다.

수사1과 형사들은 저마다 답답함을 품고 있었다. 아카사카의 호스티스와 시나가와의 담배 가게 노부인, 두 번에 걸쳐 유력한 증언을 물어 왔는데도 그것이 윗선에서 어떤 식으로 다뤄지고 있는지 전혀 하달되지 않았다.

"우리가 너무 고분고분한 거 아냐?"라는 게 니이의 의견이었다. 요즘은 수사에 관한 정보를 서로 공유하는 습관은 형사부에서는 찾아볼 수가 없었다. 서로 계가 다르면 남이나 마찬가지여서 술 한잔 함께하는 일도 없다. 하물며 상대가 공안부일 때는 아예 철천지원수라고 해도 과언이 아니다. 미야시타 계장이 "이봐, 니이. 그런 소리 하지 마. 모두 나라를 위한 일이라고 생각해"라고 애써 달래는지라 마사오 일행은 가까스로 불만을 가슴속에 담아 넣었다.

마사오는 오늘 탐문수사에서 풀려나 '이면 담당'이 되었다. 그래서 이와무라와 함께 다시 한번 시마자키 구니오의 지금까지의 족적을 더 듬어보기로 했다. 현장을 내 발로 직접 찾아가는 게 수사의 기본이라는 이유도 있었다. 하지만 더 중요한 건, 시마자키의 눈이 과연 어떤 것들을 지켜봤는지, 자신이 직접 알아보고 싶었다. 이 엘리트 대학원생은 용의자라고 하기에는 너무도 깨끗해서 아무것도 걸리는 게 없었다. 탐문을 통해 알아낸 인물상은, 그다지 눈에 띄지 않는 젊은이로, 조용한 성품이라서 친구도 별로 없고 학생운동을 한 전력도 없다. 마르크스경제학 연구실의 조교라는 것 때문에 수사본부에서는 사상범으로 보는 견해가 우세했지만, 마사오는 그건 뭔가 잘못 짚었다는 감이 들었다. 하지만 그런 느낌을 정확하게 설명할 수가 없었다. 형사가 된 지 6년째가 되지만 해를 거듭할수록 인간은 정말 알 수 없는 존재라는 생각만 쌓여간다. 그럴싸하게 밝혀낸 범행 동기라는 건 진술 조서와 공판을 위해 종이쪽에 적어놓은 것일 뿐, 애당초 인간의 마음속이라는 건 문자로 표현할 수 있는 게 아니다. 이런 생각은 형사로서는 바람직하지 않은 견해인지도 모르지만 자꾸만 떠오르는 의문을 멈출 도리는 없었다.

우선은 시마자키가 여름 내내 머물렀다는 하네다의 합숙소를 찾았다. 공업단지의 공터에 세워진 조립식 숙소였다. 위를 올려다보니 2층 창문이 활짝 열렸고 거기에 울긋불긋한 이불이 널려 있었다. 밥하는 아줌마인 듯한 여자가 막대기로 탕탕 먼지를 털었다. 평일이라서 인부들의 모습은 보이지 않고 전체적으로 느긋한 공기가 흘렀다.

주위를 둘러보니 길에 자동차 한 대가 서 있었다. 공안부의 암행 차량인 듯했다. 무시할 수도 없는지라 마사오는 다가가 인사를 건넸다.

"수고하십니다. 수사1과의 오치아이와 이와무라라고 합니다. 뭔가 이상은 없습니까?"

허리를 숙이고 운전석의 남자에게 공손한 자세로 물었다.

"없는데요?" 동년배의 수사관 둘이 안에서 차가운 시선을 던져왔다. "벌써 일주일을 잠복하고 있는데 아무것도 없어요. 비슷한 놈도 안 나타나." 수사관 중 한 사람이 그렇게 말하고는 크게 재채기를 했다.

"몸조심하십쇼."

"참 나, 여름감기에 걸려버렸네. 한밤중에 차창을 닫으면 완전 사우나고, 그렇다고 문을 열면 당장 썰렁한 가을이라니까요."

"저런, 고생이 많으시네."

가볍게 인사를 건네고 발길을 돌렸다. 합숙소 부지 안으로 들어가 알루미늄새시 유리문 너머로 안을 들여다보았다. 식당 구석에 칸막이를 친 사무실 같은 곳에서 공사 관계자로 생각되는 남자가 책상을 마주하고 있었다.

문을 열고 "실례합니다"라고 인사를 건넸다. 남자가 돌아보았다. 척 보기에 오십대여서 짧게 깎은 머리에는 흰색이 두드러졌다. 경찰에서 나왔다고 했더니 그 즉시 표정이 흐려졌다. "시마자키 때문이지? 그애가 잡혔어?"라고 엉거주춤 일어서며 물어왔다.

"아니, 그런 게 아니라 잠깐 물어볼 게 있어서. 아저씨는 이 합숙소

책임자인가요?"

"아, 나는 야마신 흥업의 야마다라는 사람인데, 인부들을 수배하는 일을 하고 있어."

야마다라는 남자가 도호쿠 사투리로 말했다. "우선 앉으쇼"라고 식당 의자를 권하고는 안쪽을 향해 "어이, 차 세 잔만 내와"라고 소리쳤다. 선풍기 스위치를 켜서 마사오와 이와무라에게로 돌려주었다.

"그나저나 참, 그 학생이 빨갱이였다니, 사람은 겉만 보고는 모르는 것이네." 야마다가 몸을 돌려 자리에 앉더니 담배에 불을 붙였다.

탐문수사에 임할 때, 시마자키 구니오는 전학련 중에서도 과격파 소속이고 국가전복을 노려 지하에 잠복 중이라고 말하기로 약속했다. 물론 경찰 측의 임시방편이다.

"참 착한 학생이었어. 거친 말 한번 들어본 적이 없구먼. 항상 묵묵히 일하고 묵묵히 밥 먹고, 그러고는 코 한번 안 골고 조용히 잤어."

"이 합숙소에 있는 동안, 어디 외출했던 적은 없습니까?"

"없어. 매일 밤마다 통 일을 반절씩 했거든. 아, '통 일'이라는 건 간단히 말하자면 밤샘 작업이야. 그러니 합숙소에 돌아오는 게 오후 10시 넘은 시간이고, 그러면 그냥 뒤쪽에서 물 한 번 끼얹고 잠자기도 바빠."

"누구하고 연락을 취했던 일은요?"

"글쎄. 식당에 공중전화가 한 대 있기는 한데 그걸로 어디에 전화하는 것도 본 적이 없어. 그야 여기 역 앞에 나갔을 때는 어땠는지, 그것까지는 내가 모르지."

밥하는 아줌마가 시원한 보리차를 내왔다. 이와무라가 컵을 들어 단숨에 들이켰다. 그것을 본 아줌마가 웃으며 다시 컵을 가져갔다.

"근처에는 나갔던 모양이죠?"

"아니, 그건 쉬는 날 저녁에 이 앞 가마타 역에 나가서 식당에서 고기도 좀 구워 먹고 그랬다는 거지."

"누구하고요?"

"요네무라라는 고향 친구가 있어. 다른 형사님한테도 그 얘기는 했는데."

"미안해요, 몇 번씩이나. 근데 그 요네무라 씨는 좀 만나볼 수 있을까요?"

"밤에는 돌아올 테니까 그때 물어보면 될 거야. 근데 진즉에 다른 형사가 다 물어보고 갔는데."

"알아요. 하지만 필요할 때는 몇 번이고 또 묻는 거예요."

마사오는 파이프 의자에 몸을 기대고 실내를 둘러보았다. 천장에 알전구와 파리 잡는 끈끈이가 매달려 있었다. 2층에서 누군가 걸어가는 발소리가 또렷하게 들려왔다. 벽도 베니어판 한 장이었다. 조립과 분해는 간단하겠지만 태풍이라도 불었다가는 당장 부서지겠다고 생각했다.

"시마자키는 술을 좀 했어요?" 이와무라가 옆에서 물었다.

"아니, 전혀 못해."

"도박은?"

"글쎄, 그런 건 안 했을 텐데." 야마다가 시치미를 뚝 떼는 얼굴로 말했지만 눈은 피하고 있었다.

"여기, 도박판 자주 벌어지죠?"

"어이구, 뭔 그런 말씀을." 야마다가 뺨을 푸르르 떨며 고개를 저었다. 아마추어의 반응이다.

"그러지 말고 사실대로 말해주세요." 마사오가 웃는 얼굴을 지으며 윗몸을 앞으로 쓰윽 내밀었다. "여기서 도박판을 벌였다고 해도 그건 불문에 부칠게요. 하지만 계속 거짓말을 하면 그때는 수색 들어갈 겁니다."

"허참, 그건 안 되는데……." 야마다의 얼굴이 금세 불그레해졌다. "이 합숙소는 오리엔트 토목 회사 소유야. 시골에서 일용직으로 돈 벌러 온 인부들을 여기서 지내게 해주는 건데, 경찰 수색 같은 게 들어오면 우리는 참말로 힘들다니까……." 괴롭다는 듯이 하소연을 했다.

"그럼 사실대로 말해요. 합숙소에 도박은 으레 있는 거 아닙니까?"

마사오가 스스럼없는 어조로 대하자 야마다는 잠시 신음을 흘린 뒤에 "그야 뭐, 가끔 하기는 하는데……"라고 떨떠름하게 인정했다.

"텔레비전도 없는 곳이라서 인부들이 밤에 즐길 일이라야 술 아니면 도박밖에 없는 형편이라니까."

"알아요. 그러니 그런 쪽은 조사 안 해요. 그래서 시마자키도 도박을 했어요?"

"흐흠." 다시 야마다의 입이 닫혔다. "나는 자세한 건 모르는데……." 두 번째 담배에 불을 붙이고 코로 연기를 토해냈다. 그러다가 불쑥 입을 열었다.

"고자 쪽 합숙소에 불려 가서 섰다 판 화투로 된통 당했다는 얘기는 들었어."

"고자 쪽 합숙소?"

"이 근처의 다른 합숙소인데, 거기에 야쿠자 같은 놈이 있어서 새로 들어온 인부들은 차례차례 다 당했구먼."

"자세히 좀 얘기해봐요."

마사오의 채근에 야마다는 창문 밖으로 시선을 던진 채 먼 옛날 이야기처럼 말했다. 그에 따르면 8월 초에 오사카에서 흘러 들어온 히구치라는 야쿠자가 시마자키에게 시비를 걸어 도박판에 참가하라고 협박했다. 어쩔 수 없이 그 말을 따른 시마자키는 사기가 틀림없는 화투 도박으로 만 몇천 엔의 빚을 짊어지게 되었다는 것이다.

"그렇기는 해도 그 학생은 참 남다른 데가 있었어. 기가 죽는 일도 없이 그냥 태연하더라고. 이 녀석에게는 희로애락이라는 감정도 없는가 하는 생각이 들더라니까."

"그래서 시마자키가 그 도박 빚을 갚았어요?"

"나도 모르지. 어떻든 시마자키의 8월분 급료는 9월 5일에 지불했어. 금액은 1만 9400엔이었구먼. 이것도 전에 왔던 형사한테 다 얘기했어. 내가 시마자키를 만난 건 그게 마지막이야."

"알겠습니다. 히구치라는 사람은 고자의 합숙소에 가면 만날 수 있겠죠?"

"아니, 이제 그놈도 없어." 담배 연기를 천장을 향해 토해냈다.

"없다니, 그건 무슨 얘기예요?"

"글쎄 말이야. 어디 다른 합숙소로 날라버렸는지 어쨌는지, 나도 자세한 건 모르겠어. 다들 히구치라는 놈하고는 관계를 맺지 않으려고 했으니까 어디로 꺼져버렸는지 아무도 모르지, 뭐." 한숨을 내쉬며 머리를 긁적이고 있었다.

마사오는 이와무라와 서로 얼굴을 마주 보았다. 이와무라는 심각한 얼굴로 생각에 잠겨 있었다. 좀 더 질문을 계속해서 야마다가 시마자키와 같은 고향 사람이고 아키타에서 돈벌이 나온 인부들을 현장에 알선하는 업자라는 것을 확인했다.

"시마자키의 가족에 대해서는 알고 있어요?"

"아니, 잘은 몰라. 형이 돈 벌자고 도쿄에 나와 있을 정도였으니 당연히 가난한 집일 테지. 하긴 그 동네에서는 별로 드문 일도 아니야. 다들 똑같이 그런 처지지."

"그렇군요."

마사오는 고맙다고 인사하고 자리에서 일어섰다. 모처럼의 기회라 합숙소 2층 방을 좀 보게 해달라고 했다. 바깥 계단을 올라 안에 들어서자 열 평 정도의 휑한 방에 다다미도 없고 구석에 버들고리가 쌓여 있을 뿐이었다. 시마자키는 이곳에서 6주가량을 보냈다. 엘리트 코스를 약속받은 도쿄대생이 막노동으로 돈을 벌어야 하는 사내들에 둘러싸여 무슨 생각을 하며 하루하루를 보냈을까. 방 전체에 땀과 곰팡이가 뒤섞인 시척지근한 냄새가 가득했다.

"뭔가 우울해지는 곳이네요." 이와무라가 작은 소리로 말했다.

마사오는 거기에는 대답하지 않고 창문에 널린 이불을 만져보았다. 오래도록 깔고 뭉갠 탓에 솜이 딱딱해진 싸구려 이불이었다. 요란한 색깔의 꽃무늬가 더욱더 값싼 분위기를 빚어내고 있었다.

야마다의 배웅을 받으며 건물 밖으로 나왔다. 그러자 입구 근처 쓰레기장에서 길고양이들이 한 되들이 깡통의 남은 반찬을 뒤지고 있었다. 호기심 많은 이와무라가 다가가 위에서 찬찬히 들여다보았다. "느이들, 뭐 먹냐?" 고양이에게 말을 건넨다. 다음 순간, "앗, 선배!" 하고 갑자기 진지한 목소리로 허리를 숙였다. 고양이가 놀라서 잽싸게 흩어졌다.

이와무라는 뭔가 유리 용기를 주워 들더니 호주머니에서 수건을 꺼내 거기에 얹었다.

"빈 앰풀이에요. 설마 비타민제는 아닐 거고……."

마사오도 곁으로 다가갔다. 앰풀은 몇 개나 있었다. 가슴속에서 파문이 일었다. 이 합숙소에서 복수의 사람들이 필로폰을 상용했을 공산이 큰 것이다. 합숙소에서라면 이런 일도 흔한 것일까. 그렇다면 시마자키도 필로폰 주사를 맞았을 가능성이 있다.

"가져가서 조사해보자."

"한 가지 건진 게 있네요. 맨손이 아니어서 그나마 다행이네."

이와무라가 입 끝을 올리며 웃었다.

지도를 펴봤더니 바로 근처여서 고자의 합숙소에는 걸어서 찾아갔다. 이곳에는 야간작업을 마치고 돌아온 인부들이 있어서 2층에서 이불을 깔고 줄줄이 잠들어 있었다. 그 밖에는 밥하는 아줌마가 있을 뿐, 관리자인 듯한 사람은 없었다. 단잠에 방해가 될 줄 뻔히 알면서도 가장 앞쪽에 누운 삼십대 인부를 흔들어 깨웠다.

"자는데 미안해요. 경찰입니다." 마사오가 수첩을 들이댔다.

인부는 눈을 뜨고 신음을 올리며 수첩을 보더니 "뭐야, 영장 있어?"라고 귀찮아 죽겠다는 듯 컬컬한 소리를 질렀다. 영장 운운하는 걸 보니 전과자인 모양이다.

"이봐, 피해 신고가 들어왔는데 도박 용의로 잡아들일까? 너 같은 놈, 유치장에 처넣는 거 아주 쉬워."

이와무라가 몸을 숙이고 낮게 으르댔다. 인부의 얼굴색이 변했다.

"아이, 그러지 마. 잠자는데 갑자기 깨우면 기분 좋을 사람이 있겠어?"

마사오가 달래는 역할로 나섰다. 찰떡궁합의 파트너 작전이다.

"이봐, 잠깐 얘기 좀 하자. 10분이면 돼. 히구치에 대해 물어볼 게 있어서 그래."

마사오가 히구치의 이름을 대자 인부는 일순 대답을 못 하더니, "내가 어떻게 알아, 그깟 깡패 새끼. 뭐, 조직원에게 잡혀가서 지금쯤 도쿄만 바닷속에 처박혀 있을 거요"라고 내뱉었다.

"아무튼 아래층으로 좀 내려와."

팔을 잡고 일으켜서 러닝셔츠에 잠방이 차림의 인부를 그대로 1층 식당으로 데려갔다.

탁자에 앉자 인부는 부루퉁한 얼굴로 담배에 불을 붙였다. 마사오는 탁자 가장자리의 알루미늄 재떨이를 앞에 놓아주면서 "히구치가 사라진 거, 언제부터지?"라고 물었다.

"형사님, 그 새끼가 또 무슨 짓 저질렀어?"

"그건 몰라도 돼. 질문에만 대답해. 언제부터 사라졌어?"

인부가 얼굴을 찌푸리며 한숨을 내쉬었다. "9월 5일 저녁이야. 이쪽 합숙소는 급료를 월말까지 계산해서 그다음 달 5일에 주는데, 그거 받자마자 사라졌어." 2층이 마음에 걸렸는지 낮은 소리로 말했다.

"아무런 예고도 없이?"

"그래. 갑자기 사사삭."

"짐은 갖고 나갔나?"

"아니. 다 놔두고. 뭐, 그래봐야 옷 몇 벌뿐이야."

"왜 수색원을 내지 않았지?"

"수색원?" 인부가 눈을 둥그렇게 치떴다. "참 나, 구중궁궐 공주님이 가출한 것도 아니고 무슨 수색원을 내? 게다가 그런 거 내봤자 경찰이 우리 같은 걸 상대나 해주나? 타관 인부가 사라지는 건 여기서는 일상다반사야. 감독하고 싸웠다, 다른 인부 물건을 훔쳤다, 일하기 싫어졌다……, 그런 걸로 노상 사람이 사라진다고."

"하지만 히구치는 사라질 이유가 없잖아?"

"글쎄, 난들 어찌 알아, 남의 속사정을?"

"히구치는 어떤 사람이었지?"

마사오가 묻자, 인부는 뚱한 표정으로 잠시 입을 꾹 다물었다. 이윽고 "한마디로 시끄러운 놈이야"라고 조용히 말했다.

"걸핏하면 성질나서 사람 패지, 트집 잡아서 돈 뜯어내지. 다들 무서워했어. 그래서 반쯤은 알랑거리고 반쯤은 슬슬 피했수다. 나는 피했던 쪽."

"굳이 찾을 필요도 없었단 건가?"

"당연하지. 이 합숙소 소유 회사도 그 새끼가 사라져줘서 아주 만세를 부르고 있을걸? 그런 놈이 말썽 부려서 경찰 들어가면 위쪽 회사에 된통 혼나거든."

인부가 입 끝으로 피식 웃었다.

"당신, 시마자키 구니오라는 젊은 인부는 알아?" 이번에는 이와무라가 물었다.

"시마자키? 아니, 모르겠는데."

"하네다 합숙소 인부야. 여기 도박판에서 엄청 뜯겼다던데?"

"아, 그 곱상한 대학생? 그거라면 생각나지. 한 달쯤 전이야. 히구치한테 끌려와서 항상 하던 사기 화투를 쳤다가 한 달 치 급료를 날렸다던데."

"히구치는 시마자키한테서 그 돈 받았대?"

"글쎄, 난 모르겠는데. 급료 주는 날, 하네다 쪽 합숙소에서 기다리다가 받아 갔겠지."

"그리고 그 급료가 지급된 5일 밤에 히구치도 없어졌단 거야?"

"그럴 거야. 다른 놈들한테도 엄청 뜯어냈으니까 이쯤에서 터를 바꾸려고 사라진 거 아닌가?"

"하지만 그러면 9월에 닷새 동안 일한 급료는 못 받잖아."

"모르겠수다, 그런 것까지는."

인부가 귀찮다는 듯이 말하고 담배를 재떨이에 비벼 껐다.

더 이상은 나올 말이 없을 거 같아서 마지막으로 히구치의 인상과 풍채를 물었다. 나이는 서른이고 키는 175센티미터 전후, 몸무게는 80킬로그램 남짓. 등에서 팔에 걸쳐 모란꽃 문신이 있고, 왼손 새끼손가락이 없다— 마사오는 그런 내용들을 메모하고는, 자는데 깨워서 미안하다고 말하고 자리에서 일어섰다.

"미안하면 100엔만 줘. 잠 깨운 값." 인부가 올려다보며 말했다.

"이 새끼, 도박 방조로 연행해줄까?" 이와무라가 화를 내며 나무랐다.

"에헤, 농담이야, 농담." 인부는 나른한 표정으로 손을 저으며 2층으로 돌아갔다.

밖으로 나오자 크게 기지개를 켰다. "히구치의 족적을 수색해봐야겠군요." 이와무라가 하늘을 보며 말했다.

"응, 전과가 있을 테니까 사진은 금세 입수할 수 있을 거야."

"시나가와에서 함께 배를 타고 갔다던 남자가 히구치일 가능성도 있을까요?"

"그건 아닐 거야. 몸집이 작은 노인이라고 목격자가 말했잖아. 히구치는 서른 살에 몸집도 큰 편이야. 분명 다른 사람이야."

머리 위를 거대한 제트여객기가 가로질러 갔다. 둘이 나란히 입을 헤 벌리고 한참을 쳐다보았다. 마치 고래가 하늘을 날아가는 것 같다.

폭력적인 그 소음에 건물 창유리가 드르르르 진동했다.

가마타 역 앞 대중식당에서 점심으로 카레라이스를 먹고 로쿠고도테로 향했다. 다이너마이트를 도난당한 발파 회사 '기타노 화약'에 가기 위해서였다. 그 뒤의 조사를 통해 예의 화약업자와 시마자키와의 접점도 떠올랐다. 8월 5일, 요요기 올림픽 선수촌 게이트 공사 현장에서 일하던 시마자키가 건설회사 사원의 심부름으로 폴라로이드 사진을 가져다준 적이 있다는 것이다. 지문은 채취되지 않았지만 수사본부에서는 시마자키가 '기타노 화약'에서 다이너마이트를 훔친 것으로 추정하고 있었다.

인가에서 한참 떨어진 잡목림 옆에 기타노 화약 사무소가 있었다.

곧 쓰러질 듯한 목조 바라크였다. 조금 떨어진 폐가 뒤편에 경찰 차량 한 대가 서 있었다. 참고인이 들를 만한 가능성이 있는 포인트는 모조리 공안부의 감시 대상이 된 모양이다. 인사라도 하려고 했더니 운전석에서 중년 수사관이 끄덕끄덕 졸고 있어서 깨우지 않기로 했다.

사무소에 다가가 안을 들여다보았다. 한 남자가 책상에 다리를 얹고 텔레비전을 보고 있었다. 발파업자라고 해서 우락부락한 남자일 줄 알았는데 헌책방의 젊은 아들 같은 풍모였다. 유리문에 인기척이 어른거리는 걸 알아보고 남자가 다리를 내렸다.

"실례합니다. 기타노 사장이시죠?" 마사오가 문을 열었다. 기타노는 몸을 돌리더니 "또 경찰이야?"라고 귀찮다는 얼굴로 물었다.

"사흘 전에도 경찰서에 출두했었어요. 좀 봐주세요. 나는 피해자라고요. 그야 관리 책임을 묻는다면 나도 별로 할 말이 없지만, 그래도 무슨 범인 다루듯이 하는 건 좀 ……."

"아, 그렇게 화내지 마시고. 우린 경시청에서 나왔어요. 관리 책임은 묻지 않을 거예요. 그저 시마자키라는 학생에 대해 좀 물어보려고요."

이와무라와 둘이서 안으로 들어섰다. 기타노는 코로 큰 한숨을 내쉬며 "거기 앉아요"라고 떨떠름하게 의자를 권했다.

"8월 5일에 공사 현장 심부름으로 시마자키가 여기에 왔던 건 사실이죠?" 마사오가 물었다.

"그때는 이름까지는 몰랐죠. 인부 같지 않게 늘씬한 젊은이가 왔던 건 분명해요."

"어떤 이야기를 했어요?"

"아무 얘기도 안 했어요. 발파할 암반의 폴라로이드 사진을 보여줬고, 그래서 이거라면 다이너마이트 네 개만 있으면 되겠다, 뭐, 그런 얘기였어요." 기타노는 신경질적으로 뺨을 파르르 떨며 말했다.

"화약고는 저기 옆의 숲속에 있는 거죠? 시마자키도 따라갔었어요?"

"아뇨. 여기서 기다리라고 했어요."

눈을 피하며 고개를 설레설레 저었다. 뭔가 불안한지 엄지손톱을 깨물고 있다.

"그 다음에는 차를 타고 요요기 선수촌까지 갔고요?"

"그래요. 아, 근데 별로 자세히 생각도 안 나요. 얌전한 사람이어서 내가 묻는 말에나 대꾸했지 자기가 먼저 말한 것도 없어요."

마사오가 질문하는 동안, 이와무라는 의자에 앉지 않고 서성거리며 사무소 안을 둘러보았다. 그게 거슬렸는지 기타노가 눈으로 이와무라의 움직임을 좇았다.

"침입한 것으로 추정되는 시기가 추석 연휴 때인데, 그때 여기에는 아무도 없었어요?"

"그럼요. 나는 숙직자를 둬야 한다는 규칙이 있는 줄도 몰랐어요. 정말이에요. 아버지한테서 물려받을 때, 그런 건 안 가르쳐줬다고요. 애초에 종업원도 없는 개인 사업체잖아요. 게다가 관청의 현장 검사관도 등록 변경 때 딱 한 번 왔어요. 그 뒤로는 아무 말도 없었으니까 행정 쪽에도 책임이 있는 거 아니에요? 우린 정말 행정지도 따위는 한 번도 받아본 적이 없어요. 그러더니 느닷없이 통산성(통상산업성. 일본의 경제·산업 분야 행정기관)에 오라 가라, 도면을 내놔라, 울타리를 높여라, 화기 취급 면허를 정지하겠다, 하고 겁을 주니 정말 이럴 수가 있습니까? 올림픽 때문에 여기저기 건설 현장에 불려 다니며 일을 얼마나 많이 했는데요? 감독은 소홀히 했으면서 그 책임을 우리 같은 말단 업체에게만 떠미는 건 뭐냐고요. 책임을 물을 거면 먼저 행정관청부터 혼내줘야 하는 거 아닙니까?"

기타노가 눈을 껌뻑거리며 줄줄이 불평을 늘어놓았다. 완전히 번지

수가 틀린 항의에 마사오는 쓴웃음을 지었다.

이와무라가 방 안쪽의 서류가 꽂힌 책상을 찬찬히 보고 있었다. 그걸 보고 기타노가 자리에서 일어섰다. "잠깐, 수색영장도 없으면서 남의 사무소를 마음대로 뒤지지 말라고요." 어쩐지 초조한 기색으로 소리를 질렀다.

"그냥 보기만 했는데요, 뭘." 이와무라가 대답했다.

"글쎄, 그것도 불쾌하다니까요."

이와무라가 어깨를 으쓱 쳐들고는 돌아왔다. 마사오 옆에서 허리를 숙이고 "책꽂이에 〈장미족〉(일본의 남성 동성애자 잡지)이 꽂혀 있어요"라고 귀엣말을 했다.

마사오는 다시금 기타노를 보았다. 그 말을 듣고 보니 아닌 게 아니라 남색 취향이 있는 인물로도 보였다. 단정한 용모에 가운데 가르마를 탄 장발 머리, 무엇보다 공들여 몸단장을 했다. 하긴 그렇다고 해도 무슨 죄가 되는 건 아니다. 인간은 제각기 다양한 취향을 가질 수 있다.

"수고스럽지만, 화약고 좀 볼 수 있을까요?" 마사오가 말했다.

"보는 건 괜찮은데, 그냥 방공호를 개조한 동굴이에요."

"아무튼 좀 보고 싶군요."

기타노는 책상 서랍에서 열쇠 다발을 꺼내더니 손가락에 걸어 빙글빙글 돌리며 회중전등을 들고 사무소를 나섰다. 마사오와 이와무라가 그 뒤를 따라갔다. 숲속의 축축한 땅을 밟으며 한참 들어가자 작은 고분을 연상시키는 흙더미가 있고, 선박의 해치 같은 철문이 끼워져 있었다.

기타노가 큼직한 자물쇠를 따고 문을 열었다. 손전등으로 안을 비추며 들어갔다. 마사오와 이와무라도 그 뒤를 이었다. 비좁은 공간이 금세 세 사람의 입김으로 가득 찼다. 참고삼아 다이너마이트를 보여달라고 했다. 파라핀 종이에 감싸인 다이너마이트는 딱히 어떻다고 할 것도 없이 상상했던 그대로의 종이 통이었다.

밖으로 나와 화약고 주위를 한 바퀴 돌았다. 입구는 단 한 군데여서 뒤쪽에서 보면 그저 자그마한 동산으로만 보였다.

"기타노 씨, 시마자키를 화약고에는 데려오지 않았단 말이죠?" 마사오가 다시 한번 확인했다.

"예. 사무소에서 기다리라고 했어요. 근데 내가 잡목림 안으로 들어가는 건 봤을 테니까 여기에 화약고가 있다는 건 알았겠죠, 뭐."

기타노는 아랫입술을 툭 내밀고 외국인처럼 두 손을 펼치는 포즈를 취했다.

진즉에 수색을 다 했을 거라고 생각하면서도 마사오는 혹시 무슨 유류품은 없는지 바닥을 찬찬히 살펴보았다. 첫 폭발 사건이 8월 22일이었고, 그 며칠 뒤에 공안부는 여기에서 다이너마이트가 없어졌다는 것을 밝혀냈다. 그래서 경찰이 현장검증을 한 건 벌써 3주일 전의 일이었다.

숲 안쪽에도 들어가보았다. 몇 년째 사람이 드나들지 않았는지 낙엽이 첩첩이 쌓였고 바위에는 이끼가 끼었다. 시야의 끝에 한 군데만 흙이 그대로 드러난 곳이 있었다. 뭔가 싶어서 가까이 가보았다. 그곳은 명백히 사람이 손을 댄 자국이 있었다. 시선을 주위로 옮기자 여기저기에 새 흙을 뿌린 듯한 흔적이 있었다.

이와무라도 옆으로 다가와 땅바닥에 쪼그리고 앉아 흙을 만져보았다. "여기는 땅을 판 모양인데요? 그것도 최근에."

"그렇지?"

"여기 이건 발자국이잖아요? 구두가 아니고 작업화예요."

땅바닥 표면은 뭔가로 훑은 흔적이 있지만, 한쪽 구석에 줄무늬 발자국이 남아 있었다. 앞부리가 손톱 끝이 갈라진 듯한 모양이었다. 운동화로 보이는 발자국도 있었다.

“응, 그래. 손대지 말고 그냥 둬.” 마사오는 뒤를 돌아보며 기타노를 불렀다. “기타노 씨. 여기 파헤친 흔적이 있는데, 뭐 생각나는 거 없어요?”

기타노가 미간을 찌푸리며 의아한 얼굴을 보였다. “아뇨, 모르겠는데요.”

시치미를 떼는 것 같지는 않았다.

한 군데만 검은흙이 드러난 지면을 마주하고 마사오는 위가 묵직해지는 것을 느꼈다. 가로로 길쭉한 그 부분은 정확히 사람 하나가 드러누울 만한 면적이었던 것이다.

“삽 있어요?”

“예, 있어요.”

심상치 않은 분위기를 느꼈는지 기타노가 심각한 얼굴로 사무소를 향해 달려갔다. 3분도 안 되어 큼직한 삽 두 개를 들고 돌아왔다.

“여기서부터는 발자국을 조심하자고. 이봐요, 기타노 씨. 거기 가만 있어요. 이와무라도 괜히 움직이지 말고.”

“알겠습니다.”

마사오와 이와무라는 상의를 벗어 근처 나뭇가지에 걸어두고 삽으로 검은흙 부분을 파냈다. 명백히 손에 와 닿는 감촉이 달랐다. 아무리 발로 꼭꼭 밟아도 원래의 땅처럼 단단하게 다져지지 않는 법이다. 삽 끝이 땅속에 쑥쑥 들어갔다.

온몸에서 땀이 쏟아졌다. 이와무라가 와이셔츠를 벗고 러닝셔츠 차림이 되는지라 마사오도 따라 했다. 다시금 땅파기 작업을 계속했다. 세 사람 모두 아무 말도 하지 않았다. 제각각 불길한 예감을 가슴에 품고 있었다.

15분쯤 파냈을 때 삽 끝에 뭔가 이물이 걸렸다. 그 감촉이 삽자루를 통해 마사오의 손바닥에 전해져왔다. 저도 모르게 삽질하던 손길을 멈췄다.

"마대 자루예요!" 이와무라가 말했다. 그것이 큼직한 마대 자루라는 건 금세 알 수 있었다. 세 사람 모두 숨을 꿀꺽 삼켰다.

"좋아, 마대 자루에는 삽 대지 마." 마사오가 지시를 내렸다.

주위의 흙을 파내자 전체적인 모습이 드러났다. 정확히 사람의 몸이 들어 있는 형태였다. 자루 끝은 끈으로 묶여 있었다. 꼼꼼하게도 리본 모양으로 묶었다. 마사오는 삽을 내려놓고 한 차례 양쪽 주먹을 불끈 쥐면서 자신에게 기합을 넣었다. 이미 의심할 여지는 없었다. 마대 자루 안은 사체다.

이와무라와 둘이 마대 자루를 흙 속에서 끌어냈다. 양쪽 끝을 들고 구덩이 밖으로 꺼냈다.

마사오는 상의에서 하얀 장갑을 꺼내 양손에 끼었다. 호흡을 가다듬고 신중하게 끈을 풀었다. 마대 자루 끝이 열리고 안에서 시푸르뎅뎅하게 변색한 남자의 얼굴이 쑥 나왔다.

"으아악!" 뒤에서 기타노가 기겁을 했다. 엉덩방아를 찧으며 주춤주춤 뒤로 물러선다.

"좋아, 자루에서 꺼낸다."

마사오는 얼굴을 쳐다보지 않도록 주의하며 사체의 상반신을 들어 올렸다. 이와무라가 바지를 벗기듯이 마대 자루를 아래로 슬슬 끌어내렸다. 사체는 작업복 바지에 헐렁한 일꾼 셔츠 차림이었다.

팔뚝이 눈에 띄었다. 꽃무늬 문신이 있었다. 이런 꼴로 나타나는구나, 라고 마사오는 마음속으로 중얼거렸다. 무슨 꽃인지는 잘 보이지 않지만 분명 모란일 터였다.

왼손을 들어보았다. 새끼손가락 한마디가 모자랐다. 이와무라와 얼굴을 마주 보았다.

"속히 다나카 과장대리에게 전화해. 그리고 앞을 지키고 있는 공안부도 불러오고."

"알았습니다." 이와무라가 한달음에 뛰어갔다.

다시 배에 힘을 꾹 넣고, 사체에 묻은 흙을 털어냈다. 냉정해지자고 자신을 타일렀다. 히구치가 사라진 건 9월 5일이다. 오늘은 14일. 인체가 백골이 되기까지 땅속에서는 공기 중에 있는 것보다 여덟 배의 시간이 걸린다. 얼핏 보기에는 아직 현저한 부패는 없었다.

가슴에서 머리 쪽으로 시선을 옮겼다. 후두부에 손상. 안면에는 울혈의 흔적이 있었다. 목을 보니 한 바퀴 빙 두른 모양으로 피하출혈 흔적도 있었다. 타살(打殺)인가 교살인가.

"기타노 씨, 이 남자 알아요?" 마사오가 물었다.

기타노는 아직도 바닥에 엎드린 채, 흘끔 사체를 쳐다보더니 금세 외면하면서 창백한 얼굴로 고개를 가로저었다.

"히구치라고, 등하고 팔뚝에 문신을 새긴 야쿠자 인부인데, 모르겠어요?"

말도 나오지 않는지 뺨을 파르르 떨며 고개를 가로저을 뿐이었다.

마사오는 일어서서 허리를 쭉 폈다. 가벼운 현기증이 느껴졌다. 목이 바짝 타고 손끝이 파르르 떨렸다.

사체 냄새를 맡았는지 까마귀 몇 마리가 숲 위를 선회하고 있었다.

15

8월 8일 토요일

토요일이라서 어떻게든 반공일로 일을 끝내고 싶었다. 시마자키 구니오의 몸뚱이는 풍선으로 비유한다면 파열 직전이라고 해도 좋았다. 용량이 한계에 달하여 한 치의 여유도 없었다. 이제 조금만 더 공기를 넣으면 팡 소리를 내며 터져버릴 것 같았다. 몇 시간만 더 움직이면 쉴 수 있다고 스스로를 격려하며 이를 악물지 않으면 팔다리가 말을 듣지 않았다.

야마다에게 오늘은 꼭 반공일로 끝내달라고 현장으로 향하는 버스 안에서 말했다. 피로가 정점에 달했다고 사정하며 이해를 청했다. 야마다는 생기를 잃은 구니오의 얼굴을 들여다보며 표정이 우울해지더니 "그건 점심때가 된 다음에 생각하자"라고 대답을 얼버무렸다.

기온은 아침부터 쭉쭉 올라가 오전 10시에는 30도를 돌파했다. 덤프트럭의 라디오가 그런 소식을 부지런히 전해주었다. 이곳은 햇빛의 반사열이 강해서 실제로는 40도가 넘을 것이다. 게다가 그저께부터 도쿄는 4차 급수제한에 들어가 수도꼭지에서 물이 나오는 건 하루 중 아홉 시간밖에 안 되는 판이었다. 여기저기 공사 현장에서 인부들이 탈수증세로 쓰러지자 건설회사는 도쿄 도에 급수차 출동을 요청했고, 마침내 올림픽 선수촌 공사 현장에도 한 대가 들어왔다. 하청 토목 회사별로 쳐놓은 텐트 안의 통에 물이 가득 채워졌을 때는 모든 인부들이 안도의 한숨을 내쉬었다. 목이 마를 때 그곳에 가면 물이 있다. 그렇게 생각하면 심리적으로도 한결 긴장이 풀리면서 마음이 놓였다.

구니오가 하는 일은 여전히 단조로운 블록 나르기였다. 정신이 아득해질 만큼 사람 손으로 한 장 한 장 옮겨야 하는 단순 작업을 반복하고 있으려니, 즐거움이라고는 시간이 흘러가기를 헤아리는 것뿐이었다. 손목시계를 합숙소에 맡겼기 때문에 태양의 위치를 보면서 정오까지 앞으로 얼마나 남았는지 마음속으로 수없이 계산해보았다. 분명 아득한 태고 때부터 노동자들은 다 똑같은 심정이었을 거라고 구니오는 두서도 없는 상상을 했다. 그리스의 파르테논 신전을 지은 것도, 에도성의 돌담을 쌓아 올린 것도 피지배층인 민중이었다. 그들은 무엇이 어떻게 만들어지는지도 알지 못한 채 위에서 시키는 대로 몸을 혹사당했다.

가까스로 정오를 알리는 사이렌이 울렸다. 구니오는 무거운 다리를 끌고 텐트로 향했다. 야마다가 텐트 안에 있다가 침울한 얼굴로 "오후에는 정말 안 되겠어?"라고 물어왔다.

"미안합니다. 간밤에도 통 일을 했어요. 한 번쯤은 꼭 쉬어야 해요."

구니오는 머리를 숙이며 다시 한번 사정했다. 공사 기일이 촉박하다는 건 알지만 자신이 그것을 떠맡을 의무는 없다.

"이것 참 큰일 났네. 다음 주는 추석 명절이라 처자식 있는 사람은 죄다 시골에 내려갈 거고 회사 현장감독들도 휴가에 들어갈 텐데, 그렇게 되면 결국 나 같은 절름발이도 작업화 신고 나서야 할 판이야."

야마다는 먼눈을 하고 말하더니 말 안 듣는 다리를 손바닥으로 탁 내리쳤다.

"그래도 사장님, 공사가 지연되는 건 야마신 흥업이 책임질 일은 아니잖아요?"

"아니, 그렇지가 않아. 인부를 몇 명 확보해서 몇 시간이나 일을 시킬 건지, 오리엔트 토목하고 우리 사이에 암묵적인 할당량이라는 게 있어. 그걸 달성하지 못하면 손해료라는 걸 물어야 해."

구니오는 건설업계의 실상에 암울한 기분이 들었다. 물론 그건 위법이었다. 하지만 원청회사는 뻔히 알면서도 모른 척 방관한다. 결국 가장 밑바닥의 야마신 흥업에게로 온갖 책임이 떨어지는 것이다.

"근데 아무리 그래도 자네 얼굴을 보니 더 이상 공사판에 밀어붙일 수도 없네. 몸이 망가지면 본전도 못 건지니까 오늘은 그만 끝내고 들어가."

야마다가 깊은 한숨을 내쉬었다. 구니오는 사장이 가엾다고 생각하면서도 건설 현장의 위계에는 분노를 느꼈다.

그러는 참에 다른 인부들이 줄줄이 나타났다. 텐트 밑에 있던 사람들이 문득 자리를 비키며 물러섰다. 누군가 하고 돌아보니 히구치와 그 부하들이었다.

“어이, 학삐리. 일은 제대로 잘하냐? 빚 갚으려면 힘 좀 써야지. 오늘도 통 일이야?”

히구치가 뱀 같은 눈으로 히쭉거렸다.

“아뇨, 오늘은 끝났어요.”

“뭐라고? 일 안 해도 빚 갚을 수 있어?”

“너무 지쳐서요.”

“젊은 놈이 엄살은. 내가 네 나이 때는 통 일 한 뒤에도 여자한테 달려갔었어. 어이, 학삐리, 이거는 있냐?”

히구치가 새끼손가락을 세워 보였다. 구니오가 난처해서 고개를 갸웃거리자 히구치 뒤를 따라다니는 인부들이 “이 녀석, 계집애 아니야?”라고 놀리며 큰 소리로 웃어댔다.

야마다는 히구치 일행과는 눈을 맞추지 않았다. 시오노와 요네무라도 텐트 안에 있었지만, 멀리서 쳐다볼 뿐 가까이 다가오려고 하지 않았다.

“그러면 오늘 저녁에도 우리 합숙소에 잠깐 나오지.” 화투를 집는 손놀림을 해 보였다.

“미안하지만, 이제 그만 봐주십쇼.” 구니오는 가만히 머리를 숙였다.

“그래. 됐다, 됐어. 너무 조았다가 경찰서로 뛰어들면 그것도 곤란하지.” 히구치가 얼굴을 들이대고 노려보았다. “똑똑히 들어. 괜히 엉뚱한 생각 하면 죽을 줄 알아. 함부로 입 나불거렸다가는 절대로 무사히 못 넘어가. 그리고 말이다, 경찰은 요새 올림픽 경비를 하느라 정신없이 바뻐셔. 수고를 끼치지 않는 게 우리 국민의 의무란 말씀이야." 그러고는 구니오의 명치를 툭 쳤다.

"어이, 비켜! 아키타 농사꾼들. 저리 못 비키냐!"

난폭하게 고함을 내지르며 물통을 차지했다. 바가지로 물을 받아 몇 번이나 들러 마셨다. 제 머리에도 퍼부었다. 아키타 출신의 인부들은 그 꼴을 말없이 지켜보고 있었다. 구니오의 눈에 그들은 영화 〈7인의 사무라이〉에서 산적에게 능욕당하는 농민들의 모습으로 보였다. 폭력 앞에서 민중은 어떻게도 해볼 도리가 없다.

히구치 일행이 나가자 자리를 바꾸듯이 오리엔트 토목의 아라이가 텐트 안으로 들어왔다.

"야마신, 오늘은 몇 명이나 해줄 거요?" 애초부터 싸움을 거는 투였다.

"미안합니다. 다들 몹시 지쳤어요. 열 명쯤 남기고 나머지는 돌아가게 해주면 좋겠는데." 야마다가 비굴하게 허리를 숙였다.

"지금 농담해요? 추석 연휴가 코앞에 닥친 판에 그렇게 만만하게 통할 줄 알아?"

아라이는 고압적으로 소리를 지르더니 주위의 인부들을 둘러보았다. "거기, 설마 돌아가는 거 아니지?" 구니오를 향해 으르렁거렸다.

"죄송한데 나는 요즘 계속 통 일을 해서 오늘은 그만 들어갈 겁니다."

"뭐야? 까불지 마. 네가 무슨 샐러리맨인 줄 알아? 계집애같이 산들산들 조잘대기는. 일용직이면 일용직답게 굴어!"

구니오의 은근한 태도가 거슬렸는지 아라이가 불끈 화통이 터진 기색으로 고함을 쳤다.

"죄송합니다. 얘는 정말로 이제 일 못 하는구먼요." 야마다가 옆에서 감싸주었다. "내일 일요일에 평소보다 더 많이 데리고 나올 테니까 오늘만 좀 봐줘요."

"안 돼! 절대 안 돼!" 아라이가 고개를 저었다. 어떻게 빌붙어볼 여지가 없었다. 잠깐 씩씩거리다가 문득 목소리를 낮추었다. "오늘 오후에 관청에서 시찰을 나오기로 했다니까요. 우리 쪽만 인부가 적으면 위쪽 회사에서는 당장 의욕이 없는 업체라는 소리가 나와요. 나도요, 대체 무슨 짓인가 싶어요. 토요일 오후에 높은 분이 시찰을 나오다니, 이건 뭐, 아예 못살게 굴기로 작정을 했나. 하지만 애초에 서로 간의 관계가 그런 걸 어쩌겠어요. 고분고분 따를 수밖에 없지. 알잖아요, 우리 입장도."

"알겠습니다. 오후에도 작업하지요." 구니오가 말했다. 몸이 어떻게 될지는 모르지만 더 이상 야마다가 꾸지람 듣는 걸 멍하니 보고 있을 수는 없었다.

아라이가 구니오를 흘끔 쳐다보았다. "뭐야, 너?" 얼굴을 찌푸리며 내뱉었다. "하나하나 맘에 안 든다니까. 무슨 큰 은혜라도 베푸는 식으로 말하고 있네."

"아뇨, 그런 게 아니고……."

"내 귀에는 그렇게 들려. 느물느물 말하는 꼬라지하고는. 나도 들었어. 너, 대학생이라며? 그것도 대학원이라고? 지금 우습냐? 흙 범벅, 땀 범벅으로 일할 수밖에 없는 사람들이 우스워?"

"아니에요."

"공부를 얼마나 잘하는지는 모르겠지만, 사람을 바보로 보는 거야, 뭐야?"

구니오는 더 이상 대꾸하지 않기로 했다. 무슨 말을 해도 걸고넘어질 뿐이다.

아라이는 구니오 말고도 '통 일' 할 인부를 더 요구했다. 야마다가 젊은 축들을 붙잡고 "대접 잘해줄게, 응? 응?" 하고 사정해서 가까스로 인원수를 맞췄다. 제 감정을 그대로 드러낸 게 거북스러웠는지, 아라이는 그래도 못마땅한 기색으로 "빨리빨리 점심 먹고 나와"라고 거만하게 지시하더니 의자 하나를 걷어차고 텐트에서 나갔다.

"행세깨나 하시네. 저놈, 조센징 아냐?"

누군가가 작은 소리로 말했다. 인부들이 어깨를 흔들며 웃었다.

구니오는 그 말에도, 다른 인부들의 킬킬거리는 웃음에도 크게 당황했다. 누가 어디 출신인가 하는 것 따위, 애초에 생각해본 적도 없다. 도쿄대에도 수많은 재일조선인이 있지만 다들 우수했다. 그들을 딱히 색안경을 끼고 본 일은 없지만 그렇다고 그들의 성장과정이나 억울한 심정을 헤아려준 적도 없었다. 구니오는 세상의 또 다른 면을 목격한 듯한 느낌이 들었다.

오후에는 점점 더 기온이 올라갔다. 열기로 아지랑이가 아른거려서 언덕 위의 경치는 모두 다 비뚤어져 보였다. 역시 육체가 한계에 달했는지 납이라도 짊어진 듯 온몸이 무거웠다. 구니오는 일륜차로 한 차례 왕복하고는 그때마다 나무 그늘에 웅크리고 앉아 호흡을 가다듬어야 했다.

아라이가 다가왔다. 일직선으로 구니오를 향해 오는 것이었다. 또 잔소리를 하려나 보다 하고 서둘러 일어서려고 했다.

"아, 됐어. 그냥 앉아 있어. 눈에 안 띄는 데서 적당히 시간만 때우라고." 손을 들어 제지했다. "날씨가 어지간히 더워야지. 쓰러지면 앞으로 일하는 데도 영향이 있어. 무리하지 마. 그냥 게이트 쪽에 검은 관용차 들어올 때만 열심히 해. 어차피 시찰은 30분이면 끝나니까 그사이에만 열심히 하면 돼."

아라이는 조금 전과는 딴판으로 온화한 어조로 말하더니 겸연쩍은 듯 코를 한 차례 훌쩍 들이켜고 성큼성큼 멀어져갔다. 곁에 있던 요네무라가 고개를 갸웃거렸다. 모두가 욕하는 만큼 냉혈한은 아닌 모양이다. 아라이는 아라이대로 중간에 끼어 죽도록 고생하고 있는 것이다.

문제의 검은 관용차는 2시 넘어서 왔다. 아무래도 도청이나 가스미가세키 관청가 쪽 공무원인 듯했다. 건설회사의 양복 입은 사원들이 굽실거리며 맞아들였다. 한참이나 서로 장황하게 인사를 주고받더니 일제히 헬멧을 쓰고 현장을 돌기 시작했다. 구니오에게 심부름을 시켰던 젊은 사원도 맨 끝에서 공손하게 따라다니고 있었다.

"공사 기한은 약간 늦어졌지만 이렇게 토요일 일요일까지 총동원 태세로……." 그렇게 설명하는 소리가 들려왔다. 공무원들은 손수건으로 입을 가린 채 응응, 하고 연신 고개를 끄덕였다. 흙먼지와 무더위에 질렸는지 겨우 20여 분 만에 남자들은 사무실로 들어갔다. 선풍기 바람을 쐬면서 주스를 마시는 게 창문 너머로 보였다. 어디서 데려왔는지 새파랗게 젊은 여사무원들이 접대에 나섰다.

한참 뒤에 남자들이 다시 바깥으로 나왔다. 건설 중인 선수촌을 배경으로 기념 촬영을 시작했다. 도쿄 올림픽이라는 국가 프로젝트는 그들에게는 일생일대의 공적일 것이다. 중장비의 엔진 소리 틈틈이 남자들의 웃음소리가 울려 퍼졌다.

구니오는 블록을 일륜차에 싣고 그저 오르막길만 열심히 왕복했다.

오후 일을 마치고 합숙소에 돌아오자 구니오는 마침내 꼼짝도 할 수 없었다. 감기에 걸린 것처럼 몸이 무겁고 속도 메슥거렸다. 관절에는 동통이 있었다. 물만 대충 끼얹고 2층 이불 위에 쓰러졌다. 밥도 넘어가지 않았다. 보다 못한 야마다가 물에 만 밥을 들고 올라왔다. "학생, 이거라도 먹어." 단무지를 반찬 삼아 그걸 조금 입에 떠 넣었다.

“내일은 쉬어야겠어요.” 구니오가 바닥에 엎어져 말했다.

“응, 알았어. 자네가 죽으면 나도 못 살아.”

야마다는 어두운 얼굴로 고개를 끄덕이더니 합숙소 안을 돌며 내일 일 나가줄 인부들을 모집하고 있었다.

식사 시간이 끝나자 조용해졌다. 인부들 대부분은 대중탕이나 밤거리로 나갔다. 아래층 식당에서 이따금 들리는 웃음소리를 보니 몇몇은 화투를 치는 모양이었다. 구니오는 납처럼 이불 위에 누워 있었다. 조금쯤 안정이 되어 몸을 뒤척일 만큼은 회복되었다. 머리 뒤에 깍지 낀 손을 대고 천천히 숨을 들이쉬고 내쉬었다.

라디오에서는 뉴스가 흐르고 있었다. 후생성 조사에 따르면 국민의 세대 평균 연 수입이 49만 엔이라고 아나운서가 억양 없는 목소리로 말했다. 다달이 나누면 약 4만 엔이다. 어디에 그런 높은 월급을 받는 사람이 있을까. 구니오는 현실과의 격차를 느꼈다. 아키타 고향에서라면 그런 사람은 즉시 큰 부자로 통할 것이다. 경운기도 사들여서 어머니와 형수는 가혹한 노동에서 해방되리라. 조카들은 모두 다 고등학교에 보낼 수 있다.

이 나라의 빈부격차는 해가 갈수록 심해지고 있다. 전후의 재벌해체와 농지개혁에 의해 지배층은 그 세력이 약해진 것처럼 보이지만, 실제로는 재벌이 일족에서 기업으로 옮겨 갔을 뿐이고 민중에게는 그 혜택이 내려오지 않는다. 가난한 민중은 여전히 가난한 그대로다.

발소리를 죽여 요네무라가 2층으로 올라왔다. “시마자키, 살아 있냐?” 작은 소리로 속닥거리더니 옆에 다가와 앉았다. 필로폰 맞은 것을 한눈에 알아보았다. 눈의 초점이 맞지 않는다. 뺨은 벌겋다. 윤기 없이 눅눅한 땀을 흘리고 있다. 구니오의 힘없는 표정을 보더니 요네무라가 “너도 맞을래?”라고 팔에 주사 놓는 시늉을 했다.

구니오는 선뜻 대답이 나오지 않았다. 사흘 전에 처음 필로폰을 경험했지만, 정말 무서울 만큼의 만능감을 맛보았다. 필로폰 중독자에게 삽을 쥐여주면 하루 종일 땅을 판다는 이야기를 제 몸으로 실감했다. 주사를 맞은 순간부터 피곤은 눈 녹듯이 사라지고 힘이 용솟음치는 것이다. 게다가 무서운 것도 없어진다. 요요기의 공산당 본부에 뛰어들어 "일본의 혁명은 나한테 맡겨라!"라고 일장 연설도 할 것 같은 벅찬 기운이 몸속에서 솟구쳤다. 그날 밤에 히구치와 화투를 쳤다면 분명히 이겼을 것이다. 혹시 졌다면 놈을 죽였을 것이다.

"오늘도 공짜로?" 맞고 싶은 마음도 없었는데 구니오의 입에서 스르륵 그런 말이 튀어나왔다.

"응. 너한테만은 공짜로 해줄게. 어차피 훔쳐 온 물건이야."

"그럼 부탁한다." 마치 누군가에게 조종이라도 당한 것처럼 왼팔을 내밀었다.

"오, 말이 통하네."

"아직 처음이니까 양은 좀 줄여줘."

"알았어, 알았어."

요네무라가 흐뭇한 얼굴로 주사 놓을 준비를 했다. 그것을 보고 구석에서 자고 있던 중년 인부가 부스스 일어나 "필로폰이야?"라고 물었다.

"그래요. 한 번에 300엔. 어때, 야마 아저씨도 맞을래?"

"가루야, 앰풀이야?"

"앰풀."

"물건은 괜찮아?"

"아니, 대만제. 일이삼등으로 치자면 삼등이죠."

"그럼 200엔."

"안 돼요. 300엔."

"아키타 고향 사람에게 덤터기 씌울래? 너, 사실은 오사카 사람이지?"

"내가 왜 오사카 사람이야?" 요네무라가 불끈했다. "에잇, 까짓것, 좋아요. 이번만 아주 싸게 드리지."

그 말에 아저씨가 헤헤거리며 엉금엉금 기어왔다.

"아저씨, 직접 주사 놓을 수 있어?"

"이 젊은 놈이 나를 뭘로 보나? 내가 이래 봬도 전쟁 중에는 군대 조달계였어."

"뭐여, 장사치였어요?"

"도통 아는 게 없는 놈이네. 1951년까지 필로폰은 합법이었어. 약국에서 팔았다니까."

아저씨는 익숙한 손놀림으로 주사기를 들더니 약액을 빨아올렸다. 왼팔 안쪽을 쓱쓱 비벼 정맥을 떠올렸다. 그 자리에 주사 흔적이 한두 개가 아니었다. 주삿바늘을 세웠다.

"어라, 정맥이 어디로 갔지? 한바탕 된통 앓았더니만 혈관이 가늘어져서 약도 제대로 안 들어가."

아프지도 않은지 아저씨는 몇 번이고 주삿바늘을 찔러댔다.

이어서 구니오 차례였다. 아직은 직접 주사를 놓을 용기가 없어서 요네무라에게 부탁했다.

"학생은 혈관이 튼실하구먼. 부럽다야."

아저씨가 홀린 듯한 눈빛으로 주사 놓는 모습을 들여다보았다. 구니오는 반절쯤 들어갔을 때 그만 멈춰달라고 했다.

"다 안 넣을 거면 나 줘."

"징글징글한 아저씨네. 여기, 가져가요." 요네무라가 주사기를 건네주었다.

구니오는 약액이 몸속에서 돌아가는 것을 조용히 느끼고 있었다.

2층에는 다른 사람들이 있었지만, 항상 있는 일인지 아무도 관심을 보이지 않았다.

1분도 안 되어 머리 밑이 군실군실했다. 이어서 온몸의 솜털이 모조리 곤두섰다. 리트머스 시험지가 반응을 보이듯이 단숨에 몸 전체가 피로에서 활력으로 반전했다.

"이 방에 엎드려 있기가 아깝구먼." 아저씨가 말했다. "창녀촌에나 갈까?" 요네무라가 콧김을 씩씩거렸다. 두 사람이 구니오를 보았다.

"미안하지만, 나는 돈이 없어서."

"어쩔 수가 없네. 내가 여자까지 대줄 형편은 못 된다." 요네무라가 말했다.

"이 학생은 얼굴이 잘생겨서 가마타의 시들어빠진 여자한테는 돈 낼 것도 없을 것이구먼." 아저씨가 무릎에 손을 짚고 자리에서 일어섰다. "우선은 시내로 나가자. 여자 냄새만 맡아도 좋겠다."

구니오도 따라가기로 했다. 아무튼 여기에 누워 있을 때가 아니다. 책만 있다면 칸트든 헤겔이든 독파해버리고 싶었다.

셋이서 계단을 내려가 밖으로 나섰다. 1층에서는 인부들이 내기 화투로 흥이 올라 있었다. 창문으로 들여다보니 둥그렇게 둘러앉은 사람들 속에서 시오노가 구니오를 흘끔 쳐다보고 얼굴빛이 변했다. 약 맞은 것을 알아본 모양이다. 딱딱한 표정으로 창가까지 오더니 요네무라를 향해 "이놈아, 학생한테 왜 못된 짓을 가르치고 그래?"라고 꾸짖었다.

"아이, 아니에요. 시마자키가 맞겠다고 했다고요. 게다가 공짜로 줬는데." 요네무라가 혀가 잘 돌아가지 않는 소리로 말하며 팔랑팔랑 손을 가로저었다.

"시마자키, 정말이냐?"

"예, 내가 맞겠다고 했어요." 구니오는 왠지 유쾌해져서 가슴을 쑥 내밀고 대답했다.

시오노는 뒤에 서 있던 아저씨에게도 시선을 던지며 "야마 씨도 맞았어?"라고 어이없어했다. "어휴, 맘대로들 해라." 한숨을 내쉬고 얼굴을 홱 돌려버렸다.

슬리퍼 소리를 울리며 부지 밖으로 나섰다. 아무것도 없는 풀덤불에 달빛이 쏟아졌다. 전봇대 아래 길고양이들이 모여 있다가 야옹야옹 울었다. 그 울음소리가 마치 고급 스테레오로 듣는 것처럼 한 음 한 음 방울 소리같이 귀에 날아들었다. 비행기가 상공을 날아갔다. 의식을 돌리자 그 즉시 굉음이 되어 주위에 소용돌이쳤다. 슬리퍼 소리가 두 사람 몫밖에 들리지 않았다. 돌아보니 한 사람이 모자란다.

"어라, 아저씨 어디 갔어?" 요네무라가 어둠을 향해 시선을 집중했다.

"어디 갔지?" 구니오가 온 길을 돌아갔다.

20미터쯤 뒤쪽 길 위에 검은 물체가 있었다. 사람이 쓰러졌다.

"큰일 났네. 나이도 많은데 한꺼번에 한 대 반이나 맞아서 그래."

둘이서 황급히 뛰어갔다.

"과다 섭취라는 그거지?"

"어려운 말은 하지 마. 아무튼 떠메자고. 합숙소로 돌아가야지."

구니오가 겨드랑이에 머리를 들이밀어 일으켜 세우자 요네무라가 앞에서 허리를 숙여 등에 업었다. 그대로 걸음을 옮겼다. 슬리퍼가 벗겨져서 구니오가 주워 들었다. 아저씨의 머리는 받침대를 잃은 물건처럼 옆으로 툭 꺾여 있었다.

"아저씨, 정신 차려, 정신 차려!" 요네무라가 계속 말을 걸었다. 구니오는 당황한 가운데서도 기도를 확보하는 게 좋겠다고 판단하여 숨을 쉴 수 있도록 옆에서 머리를 받쳐주었다. 아저씨의 입에서 거품이 나오고 있었다. 이대로 죽는 거 아닌가, 무서워졌다. 그러면서도 마음속 어딘가는 침착하기만 했다. 죽음이 별일도 아닌 것처럼 느껴지는 것이다.

5분여 만에 합숙소로 돌아와 2층 이불에 반듯하게 눕혔다.

"왜 그래?" 심상치 않은 사태에 누워 있던 인부들이 곁으로 다가왔다.

"어이, 야마다 사장에게 전화 좀 해!"

요네무라의 말에 젊은 인부가 방을 뛰어나갔다. 소란스러운 기척을 들었는지 1층에 있던 인부들도 올라왔다.

"그러니 내가 말했잖아. 야마 씨는 이제 필로폰 맞을 나이가 아니라고. 맞으면 당연히 심장이 기겁을 하지."

시오노가 눈을 치켜뜨고 말했다. 자신을 나무라는 거라고 생각했는지 요네무라가 붉어진 얼굴로 쏘아붙였다.

"내가 맞으라고 한 게 아니라 아저씨가 맞겠다고 졸랐다니까요!"

시오노는 그런 요네무라는 아랑곳할 것도 없이 베개를 야마 씨의 경추에 밀어 넣어 턱을 위로 향하게 했다.

"어이, 시마자키. 심장마사지 좀 해봐."

"알았어요."

해본 적은 없지만 하라는 대로 했다. 두 손을 심장 위쪽에 맞대고 일정한 리듬으로 힘껏 눌렀다. 야마 씨의 반응은 없었다. 눈이 허옇게 뒤집혔다.

"이거, 보통 일이 아니네. 구급차를 불러야겠어." 시오노가 어두운 목소리로 중얼거렸다.

"그건 안 돼. 필로폰 때문에 구급차 불렀다고 하면 경찰에서 수색이 들어와. 오리엔트에 피해가 간다고. 야마신 흥업의 입장이 뭐가 되겠어? 그렇게 되면 우리도……."

누군가가 말했다. 모두 같은 생각인지 고개를 끄덕이고 있었다.

"이러다 시간을 놓치면 어쩔 거냐고. 하쓰오하고 똑같은 꼴이 난다니까."

시오노가 말을 하고는 곧바로 아차 하는 얼굴을 했다. 구니오는 그 자리에서 얼어붙었다. 하쓰오? 그건 형이 아닌가. 갑자기 정신이 번쩍 돌아왔다. 약 기운이 일시에 사라졌다.

"멈추면 안 돼!"

고함 소리가 쏟아져서 심장마사지를 계속했다. 하지만 형의 얼굴이 머릿속을 온통 차지했다.

"시오노 씨. 방금 그거, 무슨 말씀이에요?"

"지금 그런 거 따질 때가 아니야. 우선 야마 씨부터 살려야지."

"대답해보세요. 우리 형, 심장마비로 죽은 게 아니에요?"

"시끄럽다니까. 말 걸지 마."

"사실은 이렇게 필로폰 과다 섭취로 죽은 거예요?"

"야마 씨는 아직 안 죽었어. 재수 없는 소리 하지 말라고."

"구급차를 불러요. 더 이상 아마추어가 손대봤자 위험해요. 뇌에 일정 시간 산소가 공급되지 않으면 숨이 돌아와도 장애가 남는다고요."

구니오가 주위에 사정했다. 인부들은 시선을 돌리고 있었다.

"위의 회사들 눈치를 보느라고 고향 사람을 그냥 죽게 내버려둬요?"

모두가 입을 꾹 다물었다.

"알았어요. 그럼 내가 부르죠. 누군가 대신 마사지 좀 해줘요."

구니오는 요네무라의 팔을 잡아당겨 심장마사지를 맡기고 방을 뛰쳐나갔다. 슬리퍼를 끌고 바깥 계단을 내려가 식당 옆 책상의 전화기로 향했다. 그러는 참에 야마다가 숨을 헐떡이며 뛰어들었다.

"왜 그래, 죽었냐?" 구니오를 향해 물었다.

"아뇨, 심장마사지를 하는 중이에요. 지금 구급차를 부르려고요." 수화기를 들었다.

"잠깐! 내가 병원까지 차로 실어 갈게. 그러면 돼. 그게 더 빨라."

몇 초 동안 신음한 끝에 구니오는 수화기를 내려놓았다.

야마다와 둘이 서둘러 2층으로 올라갔다. 심장마사지는 계속되고 있었다. "어이, 병원으로 실어 갈 거야!" 야마다가 지시를 내리고 몇 명이 달려들어 이불을 들것 삼아 야마 씨를 옮겼다. 야마 씨는 꿈쩍도 하지 않고 얼굴은 시퍼런 색깔로 변해 있었다.

야마다의 자동차 뒷좌석에 눕혔다. 구니오가 함께 타려고 하자 시오노가 뒤에서 양팔을 잡으며 말렸다.

"너는 가지 마. 경찰에 불려 가 오줌 검사라도 받았다가는 당장 철창행이야."

그 말을 듣고 야마다가 눈을 둥그렇게 뜨고 어리둥절한 소리를 냈다.

"시마자키, 너도 맞았어?"

다른 인부가 심장마사지를 하며 동승하기로 했다. 차가 출발했다. 모두 함께 차 꽁무니를 지켜보았다. 시오노는 아직도 뒤에서 구니오를 잡고 있었다. 팔을 놓아준 참에 돌아보며 물었다.

"시오노 씨, 사실대로 말해요. 형이 심장마비가 아니라 필로폰으로 죽었어요?"

시오노는 구니오를 빤히 쳐다보더니 깊은 한숨을 내쉬며 입을 열었다.

"그래. 네 형은 싸구려 필로폰 맞고 저세상으로 갔어."

"왜 구급차를 안 불렀어요?"

그 물음에는 대답하지 않았다. 입을 한일자로 꾹 다문 채 쏘는 듯한 시선으로 바라볼 뿐이었다.

"왜 안 불렀어요? 오리엔트 토목에 미안해서? 시골에서 올라온 인부는 인간 취급도 안 하는 거예요?"

인부들이 한 사람 또 한 사람 그 자리를 떠났다. 남은 건 시오노와 요네무라뿐이었다.

"마음이 좀 가라앉으면 찬찬히 얘기해줄게. 하지만 여기서는 흔한 일이야. 약도 그렇고 도박도 그렇고, 드러내놓고 조치를 취할 수는 없어. 그게 규칙 같은 거라고."

시오노가 어깨를 토닥여주었다. 요네무라는 아직 약이 깨지 않았는지 가슴을 쥐어뜯으며 중얼거리고 있었다.

"바보야. 다들 바보 멍청이야."

멀리서 개가 짖었다. 밤의 습기가 눅눅하게 구니오의 살갗에 휘감겨 들었다.

16

9월 17일 목요일

인부 히구치가 사체로 발견된 것을 계기로 형사부는 갑작스럽게 활기를 띠었다. 중요 참고인인 시마자키 구니오와 상당한 인연이 있었던 야쿠자다. 곧바로 가마타 경찰서에 수사본부가 설치되고, 오치아이 마사오는 이와무라와 함께 새로운 살인 사건을 조사하게 되었다. 히구치는 오사카 출신의 전과 3범으로 살인 전력도 있었다. 검시에 의한 사인은 질식사. 하지만 후두부에 돌 같은 것으로 얻어맞은 흔적도 있었다. 사체는 사후 약 열흘이 경과한 것으로 추정되었다.

가마타 경찰서 파견은 마사오로서는 생각지도 않던 기회였다. 히구치 주위를 훑어나가면 틀림없이 시마자키에게 가 닿을 것이라는 확신이 있었다. 전체적인 상황도 모른 채 날마다 탐문수사만 하고 다니는 것보다는 훨씬 자유롭게 움직일 수 있었다. 마사오는 히구치 살인범은 시마자키라고 생각했다. 실종된 일시, 묻힌 장소, 어떤 것을 들어봐도 시마자키와 연결이 된다. 다나카 과장대리도 똑같은 심증을 가졌는지 로쿠고도테의 사체 발견 현장에서 직접 지시를 내려주었다.

"이번 사건은 오치아이이와 이와무라한테 운이 따르는 거 같아. 가마타 경찰서에 아예 붙박이로 들어가. 자유롭게 움직여보라고."

하네다 합숙소에서 채취한 빈 앰풀은 이와무라가 직접 제출했다. 다나카는 이와무라에게서 상황 설명을 들었다. 밑바닥부터 차근차근 올라온 경력을 가진 다나카는 약물 취급에는 선수가 다 되었는지 신경을 집중하여 용기의 냄새를 맡았다. 한참 뒤에 코를 한 차례 훌쩍 들이켜더니 "자네들, 오늘 초밥 한턱 쏠게"라고 눈을 반짝였다. 그러고는 몸으로 툭 밀어붙이는 그만의 독특한 애정 표현을 해왔다. 형사부가 이번 사건에서 처음으로 공안부를 리드한 것이다. 5계의 동료들도 축하해주었다.

다음 날 아침, 다나카의 지휘 아래 하네다 합숙소에 대한 가택수색을 하고 임의로 인부들의 오줌을 제출받았다. 열 명 이상이 만성 반응을 보였고 그중 몇 명은 팔뚝의 주사 흔적만으로도 상용자로 추정되었다.

새파란 얼굴로 입술을 부르르 떨고 있던 야마신 흥업의 야마다 사장에게는 "사실대로 털어놓으면 체포를 보류해줄 겁니다. 하지만 조금이라도 감추는 게 있을 경우에는 약물 사용자 전원을 용서 없이 체포 구류할 거예요"라고 마사오가 위협을 넣었다. 알고 싶은 건 시마자키가 필로폰을 사용했느냐는 것이었다.

야마다는 깨끗이 인정했다.

"지난달 추석 전에 처음으로 약 맞은 걸 봤어. 그다음부터는 아마 매일 밤 맞았을 거야. 노상 약 맞은 눈이었으니까. 그 학생을 끌어들인 건 요네무라라는 동향 인부야. 아, 제발 부탁이니까 너무 나무라지는 마쇼."

손을 맞대며 빌었다. 요네무라는 시마자키와 마찬가지로 히구치의 도박장에서 크게 당한 적도 있다고 말했다.

갑작스럽게 몇 가지 애매한 점들이 한 줄기 선으로 이어졌다. 히구치가 행방을 감춘 건 이달 5일이고, 야마다가 마지막으로 시마자키를 본 것도, 모노레일 교각 폭파 사건이 일어난 것도 같은 날이다.

이렇게 되고 보니 모든 게 의심스러웠다. 야마다의 9월 5일의 알리바이와 반증 수사도 해봤다. 하지만 폭파 사건에 관해서는 전혀 관계가 없었다. 히가시시나가와에서 함께 배를 타고 갔던 몸집 작은 초로의 남자는 야마다가 아니었다. 그는 합숙소에 있었고 일을 마치고 돌아온 인부들에게 급료를 나눠줬으니 당일의 알리바이가 성립된다.

참고로, 사체 유기 현장에 있던 타이어 자국은 손수레 바퀴로 특정되었다. 남겨진 발자국은 인부들이 신는 작업화와 운동화로 최소한 두 종류였다. 몸집이 큼직한 히구치를 살해하여 마대 자루에 넣고 여기까지 실어다 파묻는 건 상당한 중노동이다. 복수의 공범이 있다고 보는 게 타당했다.

요네무라만 구류를 풀지 않고 남겨두었다가 가마타 경찰서 취조실에서 조사를 했다. 아키타 출신이고 스물다섯 살이라는데 오랜 세월 햇볕에 탄 피부가 검게 변해버려서 마사오 자신보다 나이가 어리다는 게 믿어지지 않았다. 손가락은 뭉툭하게 굵고 등짐을 너무 오래 짊어진 탓인지 러닝셔츠 밖으로 드러난 어깨에는 혹이 생겼다. 그림으로 그린 듯한 육체노동자였다. 새롭게 나타난 형사를 마주하고 잔뜩 못마땅한 기색으로 팔짱을 낀 채 한숨과 함께 말을 토해냈다.

"필로폰이 어디서 났냐는 건 벌써 다 말했어요. 이 일대에서 약 팔고 다니는 사람의 뒤를 밟아 숙소를 알아내고 밤중에 몰래 들어가서 훔쳐 왔습니다. 이제 하나도 없어요. 전부 다 합숙소 사람들하고 나눠서 맞았다니까요. 그야 돈을 받기도 했지만 별로 비싸게 받지도 않았어요. 한 대에 기껏 300엔 정도예요. 이봐요, 야마신 흥업 사장이 전부 다 솔직하게 말하면 체포는 안 된다고 해서 나도 솔직하게 다 얘기했다니까요. 근데 왜 나만 안 풀어주냐고요. 불공평하잖아요. 하루 일을 못 하면 700엔 손해예요. 필로폰 맞았다고 막노동꾼을 체포하기로 하면 한도 끝도 없을 텐데 대체 왜 이래요? 그 사람들 다 잡아들이면 도쿄 올림픽은 개최도 못 한다고요. 안 그래요, 형사님?"

"그렇게 대들지 마. 경찰 내에는 너희를 처넣으라는 소리도 있어. 마약류 관리법 위반은 형이 무거워. 게다가 너는 가택침입에 절도죄까지 붙어. 실형을 면치 못할 거야."

마사오는 입가에 웃음을 띠고, 하지만 눈에는 힘을 담아 천천히 말했다.

"약 파는 사람한테서 훔친 것도 절도예요?"

"응, 그래. 양공주한테 화대를 안 줘도 죄는 죄야."

"흥, 이놈의 세상은 약한 사람만 못살게 군다니까. 우리는요, 삥 뜯어가는 놈들을 잡아 가두면 좋겠수다. 당신들, 월급 얼마예요?"

"무슨 얘기야?"

"됐으니까 얼마냐고요. 좀 알려주쇼." 요네무라가 홧김에 따지고 들었다.

"그런 얘기를 왜 하나." 마사오는 쓴웃음을 지으며 차를 마셨다.

"공무원이니까 어차피 3만 엔이나 4만 엔, 높은 월급을 받겠지. 우리는 아무리 잔업을 해도 2만이면 끽이야. 이런 거, 착취라고 해야 맞는 거 아뇨? 우리가 받을 걸 당신들이 뜯어 간다는 생각은 안 해요? 세상이 다 그렇다니까. 부의 분배가 엉터리로 되고 있다고!"

"어이, 뭔 헛소리야?"

뒤에 서 있던 이와무라가 앞으로 나서며 요네무라의 어깨를 툭 밀쳤다. 뒤로 잔뜩 버티고 앉아 있던 요네무라가 몸의 균형을 잃고 의자에서 떨어질 뻔했다. "아, 그러지 마." 마사오가 만류했다.

"지금 그 얘기, 혹시 시마자키한테서 얻어들었나?" 호주머니에서 담배를 꺼내 권하며 넌지시 물었다.

"얻어듣다니, 뭘 얻어들어요?"

요네무라가 담배 한 개비를 뽑아 입에 물고 불을 달라고 했다. "참나, 이 새끼가." 이와무라가 투덜거리며 성냥불을 붙여주었다.

"그 분배 운운하는 말, 자네 입에서 그런 얘기가 나오니까 어째 어색한데?"

"그래요, 나야 어차피 중졸이죠. 그것도 모내기나 추수 때는 학생 반이 결석하는 시골 학교. 한자도 제대로 못 써요."

"비뚤어진 소리 하지 마. 질문에만 대답하라고. 합숙소에서 시마자키 구니오하고 가장 친하게 지냈다던데, 그건 사실인가?"

요네무라가 코를 한 차례 들이켰다.

"친하게 지냈다는 식으로 말하면 나도 좀 곤란하죠. 시마자키가 좌우도 분간을 못 하는 신입이라서 좀 친절하게 해준 정도지."

"그래서 필로폰도 가르쳤어?"

"그건 아니라니까요." 얼굴을 찌푸리며 즉답했다. "다른 사람들한테도 물어봐요. 그 녀석이 먼저 관심을 보였고 먼저 팔을 내밀었다고요. 그런 게 그 녀석의 괴상한 점이에요. 나도 잘은 모르겠지만, 여기서 필로폰을 피하면 죽은 형한테 미안하다고 할까, 그런 식인 거 같더라고요. 벌써 들었잖아요, 야마다 사장한테서? 시마자키의 형에 대한 얘기."

"네 입으로 직접 얘기해봐, 시마자키의 친형이 어떻게 죽었는지."

마사오가 책상에 팔꿈치를 짚자 요네무라가 거리를 유지하려는 듯 몸을 뒤로 버텨 의자 등받이를 삐거덕거리게 하면서 입을 열었다.

"7월 11일이었나. 토요일 밤이고 그다음 날은 쉬는 날이라 여자라도 사러 가자는 얘기가 나왔어요. 그래서 기운 좀 내보려고 한 대 맞기로 했죠. 밥하는 아줌마가 돌아간 뒤에 주방에 모였어요. 마침 가루가 들어와서 그걸 물에 녹여서 다들 돌아가며 맞았어요. 아, 미리 말해두겠는데, 나는 그때는 안 맞았어요. 그냥 옆에서 구경만 했지. 그달에는 빚이 좀 있어서 돈이 없었거든요. 약이 남으면 공짜로 좀 얻어볼까 하고, 그래서 옆에 붙어 있었어요. 처음에 맞은 놈이 크게 딸꾹질을 하면서 제 가슴을 치더라고요. 성분이 별로 안 좋은 약이라고 끙끙거리기에 나는 어디서 싸구려를 잡아 왔구나 하고 그냥 쳐다보고 있었죠. 그때 네다섯 명이 있었는데 마지막으로 맞은 게 시마자키의 형이었어요. 나를 보고 씩 웃으면서 너한테는 안 준다는 얼굴로 남은 필로폰까지 죄다 넣어버리더라고요."

"몇 그램이나 맞았는지 알아?"

"그런 걸 내가 어떻게 알아요? 그냥 보기에 보통보다 조금 많다 싶은 정도예요."

"시마자키의 형은 언제부터 필로폰을 상용했지?"

"그건 나도 몰라요. 내가 하네다 합숙소에 온 게 4년 전인데 그때 벌써 쩔어 있었어요."

요네무라가 한 손을 쳐들어 다시 담배 한 개비를 청했다. 어쩔 수 없이 건네주었다. 이번에는 직접 불을 붙여 맛있다는 듯 천장을 향해 연기를 토해냈다.

"그래서 뭐이냐, 그렇지, 합숙소에서 필로폰을 맞은 다음이었어요.

잠시 뒤에 약 기운이 돌 때쯤에 다들 가마타의 창녀촌으로 몰려나간 거예요. 나는 돈도 없고 그냥 눈요기만 하자 하고 합숙소를 나섰는데 그 참에 시마자키의 형이 털썩 쓰러졌어요. 내가 그럴 줄 알았다니까. 싸구려 물건을 그렇게 싹 쓸어서 맞더니만. 처음에는 뺨을 치면 눈을 뜰 거 같아서 다들 번갈아가며 싸대기를 먹였는데 아무 반응이 없는 거예요. 그러니 덜컥 겁이 났죠. 우선은 2층으로 업고 가서 자리에 눕히고, 어깨너머로 배운 대로 심장마사지도 해봤는데 눈을 허옇게 뜨고 꿈쩍도 안 하고 입에서 거품은 나오고, 우리도 다들 기겁을 해서 야마다 사장한테 전화를 했어요. 사장이 득달같이 뛰어온 건 좋았는데 구급차를 부르는 건 안 된다고……."

"왜 구급차를 부르면 안 되지?" 마사오가 말을 끼웠다.

"왜냐니, 그야 필로폰 맞은 걸 들키면 경찰이 들어올 거 아닙니까. 그러면 신문에도 실릴 거고, 합숙소 소유주인 오리엔트 토목은 우리를 쫓아낼 거고……."

"사람 목숨보다 위의 회사가 더 중요해?"

마사오가 말하자 요네무라는 얼굴색이 홱 변해서 "당신들이 그런 말을 할 자격이 있어?"라고 거칠게 내뱉었다.

"전에 합숙소 난동 났을 때, 경찰은 뭘 해줬는데? 형사 둘이 와서 잠깐 인부 말만 들어보고는 그냥 친구 간의 범행이라고 꿰맞춰놓고 그 다음은 아무것도 안 해줬잖아요. 게다가 오리엔트 토목 간부를 불러들여서 별것도 아닌 일로 경찰에 신고하지 말라고 고함치면서 피해 신고도 받아주지 않았다고. 그런 건 알아요? 경찰이 수사에 나서는 건 부자들이 피해를 입었을 때뿐이야. 우리 같은 사람이 어려울 적에는 아무것도 안 해줘. 이번 일은 왜 이렇게 캐고 드는지 모르겠지만, 시마자키가 빨갱이라거나 무슨 그런 이유죠? 그런 게 없으면 경찰은 그저 겉핥기로만 수색하고 사람이 죽어나가도 꿈쩍도 안 해."

"그렇지 않아." 마사오가 조용히 항변했다. 하지만 아픈 곳을 찔렸다는 마음도 있었다.

"그렇다니까요." 요네무라가 훤히 다 안다는 듯이 눈을 가늘게 뜨며 대꾸했다. "당신들은 우리를 똑같은 인간으로 봐주지 않아. 일반 시민에게 해가 미치면 수사하지만, 인부들 간의 피해는 그냥 윗선의 회사만 불러다 큰소리치고는 그걸로 끝내버리지. 당신들, 다른 계급에는 눈길도 안 줘."

"그것도 시마자키한테 얻어들었어?"

"그딴 거, 타관에서 돈벌이 10년만 해보면 누구라도 다 알아. 내가 열다섯 살부터 노무자로 일했어요. 당신들이 교실에서 수학하고 ABC 배울 때, 우리는 일륜차 끌었다고요. 당신들이 라디오 심야방송에 리퀘스트 카드 쓰고 있을 때, 우리는 통 일로 밤새 곡괭이 휘두르고 있었다고. 당신들이 남녀 교제 하고 있을 때 우리는……."

"알았어, 이제 그만 됐어." 이와무라가 옆에서 듣기에도 지겹다는 듯이 말했다. "요네무라, 고생은 너 혼자만 한 게 아니야. 나도 야간대학 다녔어. 부잣집 자식이면 형사 같은 거 됐겠어? 지금 일본에서 부유하게 사는 건 극히 일부일 뿐이야."

"흥, 그래도 중졸로 타지에 돈벌이 보내지는 않았잖아요." 코에 주름을 잡으며 대꾸하고는 얼굴을 홱 돌렸다.

취조실 창문으로 드릴 소리가 날아들었다. 경찰서도 도로공사의 소음을 피할 수 없었다. 마사오는 자리에서 일어나 창문을 닫고 선풍기를 돌렸다. 그 참에 주전자를 들고 와서 요네무라의 잔에 차를 채워주었다.

"시마자키의 형이 죽은 이야기는 이제 됐어. 그래서 동생 쪽은 필로폰을 몇 번이나 맞았지?"

"글쎄, 열 번인가 스무 번인가. 사흘을 못 버티고 매번 맞았으니까 그쯤은 됐겠죠."

"자네가 보기에는 어때. 시마자키는 중독 상태였어?"

"몰라요. 처음에는 누구라도 푹 빠져요. 중독이 되는 건 그 한참 뒤지."

"주사를 맞으면 어떻게 변하지?"

"그냥 평소처럼 얌전했어요. 눈은 멍해졌지만. 원래 착실한 친구라서 여자 만나는 데도 따라나선 적이 없어요."

"자기 형이 필로폰 과다 섭취로 죽었다는 걸 알았을 때, 시마자키는 어떤 반응을 보였어?"

그 질문에 요네무라는 잠시 말문이 막힌 채 고개를 저으며 한숨을 내쉬었다.

"눈이 정말로 슬퍼 보이더라고요. 그 친구, 형이 했던 건 자기도 전부 다 해보려고 하는 거 같았으니까."

"그건 무슨 소리지?"

"나도 잘은 설명을 못 하겠는데, 합숙소에 온 것도 그렇고 날마다 통일을 했던 것도 그렇고, 필로폰을 시도해본 것도 모두 제 형이 했던 일이기 때문일 거예요. 그 녀석은 식구들 중에서 저만 머리가 좋아서 도쿄대에 들어간 걸 몹시 미안하게 생각하는 눈치였어요. 그런 점도 뭔가 남들과는 달랐죠. 보통은 수재로 태어났다고 우쭐할 텐데, 그 녀석은 겨우 그런 걸로 차이가 나버리는 세상이라면서 화를 내더라고요. 불공평한 게 싫은 건지 뭔지."

"마르크스나 레닌 이야기는 했었어?"

"뭐여, 그게? 어려운 얘기 해봤자 나는 알아듣지도 못해요."

마사오는 공산주의에 대해 간단히 설명을 시도해봤지만 요네무라는 도통 이해하지 못하는 눈치였다. 주거지는 공짜, 먹을 것도 평등하게 나눠주는 제도라고 말해줬더니 "거참, 바라지도 않던 복이 굴러드네. 나 이제 일 안 해"라고 누런 이를 내보이며 웃었다.

"그럼, 다음은 히구치에 대해 얘기해보자."

마사오가 살해된 야쿠자의 이름을 대며 화제를 바꾸었다. 요네무라의 뺨이 일순 긴장했다.

"시마자키와 히구치가 맨 처음 만난 게 언제인지 말해봐."

"그게 언제였나. 음, 8월 첫 번째 토요일이었을 거예요." 미묘하게 시선을 피하며 말했다.

"토요일이라면 8월 1일이군. 둘이 어떻게 알게 됐지?"

"알고 말 것도 없었어요. 히구치는 새로 들어온 인부를 보면 자기가 먼저 시비를 걸어서 도박판에 나오라고 했어요. 그날도 공사 현장 텐트 안에서 시마자키에게 고자의 합숙소로 나오라고 을러댔죠. 내가 그냥 무시하라고 충고했는데, 그날 밤에 가마타 고깃집에서 운도 없이 덜컥 만나는 바람에 끌려갔어요."

"너도 따라갔어?"

"아니, 미안하지만 나는 그냥 왔어요. 히구치한테는 나도 된통 당한 뒤라서 그런 놈 옆에는 가기도 싫었어요."

"시마자키가 그날 밤에 사기도박으로 엄청 뜯겼다던데?"

"그래요, 1만 6000엔이라고 했나. 진짜 지독한 놈이에요."

"그 도박 빚은 갚았어?"

"그건 나도 모르겠는데."

요네무라의 얼굴이 붉어지는 것 같았다. 옆에서 이와무라가 날카로운 시선을 던지고 있었다.

"모를 리가 없을 텐데. 시마자키는 매사에 너하고 의논했잖아."

“의논이라니……. 멋대로 갖다 붙이지 마쇼.”

“9월 5일 급료일에 히구치에게 도박 빚을 갚기로 했던 거 아냐?”

“그런 거까지는 난 모르죠.” 요네무라가 찻잔을 들어 목을 축였다.

“9월 5일에 너는 뭐 했지?”

“글쎄, 뭘 했었나. 토요일이었잖아요? 그렇다면 저녁에 일 끝내고 합숙소에 돌아와서 야마다 사장한테 급료를 받고……. 아, 그다음 날이 일요일이라 고향에 돈을 못 부치니까 현금을 들고 있기도 무섭고 해서 1000엔만 빼놓고 나머지는 야마다 사장 금고에 넣어달랬어요.”

“그래서?”

“그 1000엔으로 고기 사 먹으러 갔어요.”

“누구하고 갔지?”

“합숙소 사람들이죠.”

“그날 시마자키를 만났었어?”

“아뇨, 못 만났는데.”

요네무라가 고개를 저었다. 또다시 시선을 피했다.

“마지막으로 만난 건 언제야?”

“글쎄, 언제였나…….”

그때 취조실 문이 열렸다. 관할서 형사가 본청에서 긴급 연락이 들어왔다고 알려왔다. 마사오는 이와무라를 남겨두고 형사부실로 갔다.

안에 들어서자 천장까지 피어오른 담배 연기가 눈에 스몄다. 쓸데없는 줄 알면서도 손으로 휘휘 저었다. 경전(警電, 경찰 전화의 준말. 경찰의 업무 전용 통신 회선이 연결된 전화)을 턱짓으로 알려줘서 수화기를 들었더니 야마다였다. “오치아이야?” 그 무거운 목소리로 좋지 않은 소식이라는 것을 직감했다.

“방금 들어온 연락이야. 시마자키가 가마타 역 뒤편 여인숙에 나타났어."

"시마자키가 나타났어요?" 저도 모르게 큰 소리를 질렀다.

"응, 근데 놓쳤어."

"놓쳐? 왜 놓쳐요!" 상사를 상대로 추궁을 했다.

"마약 판매상을 감시하던 7계의 멍청이 경찰이 골목길에 서서 잠깐 소변을 보다가 시마자키하고 눈이 딱 마주쳤대. 여간 눈치 빠른 놈이 아니야. 당장 줄행랑을 쳐버리더래."

"그래서요, 지금 시마자키는요?"

"도주 중이야. 다마리 과장의 지시로 도내 전역에 긴급 검문을 깔았어. 자네하고 이와무라는 즉시 그 주변을 수색해봐. 옷차림은 하얀 와이셔츠에 검은 바지, 흰 운동화. 햇볕에 탔다는 것 말고는 수배 사진하고 똑같아."

"알겠습니다."

"이걸로 자네들의 수훈이 날아갔어. 공안부에 뭐라고 설명해야 좋을지, 머리가 아프다."

"대리님, 기운 내세요. 우리가 꼭 잡겠습니다."

수화기를 던지듯이 내려놓고 취조실로 뛰어들었다. 이와무라에게 귀엣말로 소식을 전했더니 금세 몸이 꼿꼿해졌다.

"도쿄 전역의 마약 판매상에게 감시를 붙이라고 진언한 건 정답이었군요."

"응, 그래. 시마자키, 완벽한 필로폰 중독이야."

두 사람이 하는 말을 듣고 요네무라의 얼굴빛이 변했다. "왜 그래요. 시마자키가 잡혔어요?" 잔뜩 불안한 얼굴로 물었다.

"취조는 중단한다. 잠시만 더 유치장에 들어가 있어."

그렇게 말을 남기고 취조실을 나섰다. 복도에 있던 순경에게 요네무라를 유치장으로 돌려보내라고 지시하고, 현관으로 뛰었다. 어두운 복도에서 단숨에 빛의 세계로 달려 나갔다. 일순 눈앞이 캄캄해질 만큼 바깥은 맑은 날씨였다. 이 하늘 아래, 그리 멀지 않은 장소에서 시마자키가 달리고 있는 모습을 상상했다.

"자아, 우선 도망친 현장부터 밟아볼까요?" 이와무라가 으르대듯이 말했다.

둘이서 구두 소리를 울리며 아스팔트 길을 달렸다. 모르는 사이에 한껏 높아진 하늘에 비행기구름이 평화롭게 줄을 긋고 있었다.

17

9월 17일 목요일

한 달이나 늦은 여름휴가를 신청했더니 겨우 사흘 휴가가 떨어졌다. 생각해보면 5월 연휴 이후로 처음 받은 휴가였다. 스가 다다시는 수첩을 앞으로 넘겨 빽빽하게 써넣은 일정표를 들여다보았다. 용케도 쓰러지지 않고 버텨냈다고 자신에게 감탄했다.

총무는 휴가를 쓰라고 말했지만, 선배 프로듀서는 "신입이 무슨 여름휴가야?"라면서 당장 머리를 붙잡고 헤드록을 먹여왔다. "우리가 신입이었을 때는 선배가 무서워서 휴가의 휴 자도 못 꺼냈어"라면서 목을 휘감고 머리를 기둥에 쿵 들이박았다.

어렵게 휴가를 낸 건 시마자키 구니오를 찾고 싶었기 때문이다. 탐정놀이를 할 마음은 없지만, 입사 동기인 보도국의 가사하라에게서 그런 이야기를 듣고서 가만히 있을 수 없다는 마음이 들었다. 어쩌면 집 별채를 폭파한 게 시마자키인지도 모른다.

간다 진보초의 헌책방에 탐문을 나온 형사들은 시마자키 구니오의 사진을 보여주면서 목격 정보를 문의했다. 가사하라에게 시마자키에 대한 정보를 줬더니 그다음 날에 벌써 사진을 입수해서 헌책방 주인에게 확인한 뒤에 알려주었다. 보여준 사진은 대학 졸업 앨범에서 얻은 얼굴 사진이었다. 게다가 대학 후배에게 알아 오라고 했더니 시마자키가 니시카타 하숙집에 벌써 보름이 넘도록 돌아오지 않았다고 한다. 하숙집 주인의 얘기로는 8월 말에 하숙비를 내러 온 게 마지막이었다. 요컨대 행방불명이다.

가사하라는 흥분한 얼굴로 "혹시 이 녀석이 폭탄범 소카 지로라면 이건 완전 특종감이야"라고 다다시의 어깨를 잡아 흔들었다. 인상까지 확 바뀌어버린 가사하라는 사냥감을 쫓는 야생동물처럼 눈빛을 번득였다.

다다시는 그 말을 듣다가 자기 집도 폭탄 피해를 당한 것 같다고 깜빡 털어놓을 뻔했지만, 아슬아슬한 참에 입을 다물었다. 가사하라에게 그런 말을 했다가는 보도 기자의 근성으로 당장 취재에 나설 것이다. 그렇게 되면 아버지는 정보 누설의 진원지로 책임 추궁을 당하게 된다. 스가 가문의 일원으로서 그런 사태만은 피하고 싶었다. 텔레비전 방송국 사원이라는 것보다 혈족의 의리가 우선이다. 스스로도 자신의 그런 갸륵한 마음이 뜻밖이었다.

집에서 쫓겨난 이후로 계속 미도리의 맨션에서 신세를 졌지만, 나이도 어린 이 호스티스가 날이 갈수록 오만하게 굴었다. 하필 이런 때에 와타나베 프로덕션의 오디션을 통과해버린 것이다. 물론 스타 예비군의 한 사람일 뿐, 아직 데뷔 예정도 없지만 그래도 한껏 들뜬 마음을 억누르지 못하는 눈치였다. "혹시 우리 사이가 주간지 기삿거리라도 되면 어떡할 거야?"라고 은근히 나가달라는 압력을 넣으면서 손끝 하나 건드리지 못하게 했다. 별수 없이 다다시는 휴가 기간 동안 혼고 인근의 하숙집을 찾아보기로 했다. 혼고라면 낯익은 곳이기도 하고 방송국과도 가까웠다.

혼다 S600을 몰아 우선 도쿄대학 혼고 캠퍼스를 찾았다. 졸업한 뒤 한 번도 들른 적이 없어서 1년 반 만의 모교 방문이었다. 뒤편의 부속병원 쪽으로 차를 몰고 들어가 경제학부 건물 앞에 주차했다. 지나가는 학생들이, 이건 대체 누구냐는 눈빛으로 바라보았다. "졸업한 선배로는 안 보이지?"라고 다다시는 입속에서 중얼거렸다. 세련된 감색 골프 점퍼에 하얀 폴로셔츠, 마도라스체크의 면바지라는 차림새는 게이오대학 근처라면 그리 돋보일 것도 없겠지만 이곳에서는 완전히 화성인 취급이다.

고풍스러운 모교 건물을 올려다보며 남들만큼은 감개에 젖었다. 강의는 노상 빼먹던 불량 학생이지만 교수에게 혼나가면서 학점을 따느라 허덕거렸던 일들이 그립게 느껴졌다.

찾아간 곳은 시마자키가 조교로 일하던 하마노 교수 연구실이었다. 재학 중인 후배를 통해 자신의 방문은 미리 알려두었다. "텔레비전의 교양 방송 문제로 잠깐 뵙고 싶다"라고 거짓말을 둘러댔다. 그러지 않으면 열등생이던 자신을 만나주지도 않을 것 같았다.

마르크스 연구로 유명한 하마노 교수는 온후한 성품이지만 어딘가 인간에 대한 깊은 체념을 품고 있는 듯한 면이 있었다. 그다지 의욕을 보이지 않는 학생에게는 형식적인 리포트로 학점을 줘버리고, 자신의 연구에 흥미를 가진 학생만 열심히 지도했다. 60년 안보 투쟁 때는 전학련에서 함께 투쟁해달라고 애원했지만, 홀로 가루이자와 별장에 틀어박혀 책만 읽었다. 비난하는 학생들에게 "진심으로 혁명을 일으킬 마음이 있다면 천황을 죽여"라고 서슴없이 말해버리는 바람에 집회장을 단숨에 침묵에 빠뜨렸다는 건 도쿄대 야스다 강당의 일화로 두고두고 사람들의 입에 오르내렸다. 그 이후에 모두들 '괴짜 교수'라고 부르게 되었다. 교수들 사이에서도 혼자만 겉돌았다.

연구실 문을 노크하고 아귀가 잘 안 맞는 문짝을 슬쩍 들어서 열었더니 창가 책상 앞에 하마노 교수가 앉아 있었다. 백발을 기품 있게 7대 3으로 가르고, 반소매 하얀 남방셔츠를 입고 있었다. 이미 일흔 가까운 나이일 텐데도 노인이라는 인상은 없었다. 등이 꼿꼿하고 장년의 중후한 멋까지 감돌았다.

다다시를 보자 하마노 교수는 하얀 이를 내보였다. "여어, 스가 군, 오랜만이군"이라고 얼굴이 환하게 웃었다.

"오랜만입니다, 교수님. 저를 기억하셨습니까?" 다다시는 깊이 허리 숙여 인사했다.

"물론이지. 중앙 텔레비전에 취직했지? 경제학부에서 신문사에 들어간 사람은 몇 명 있는데 텔레비전 방송국은 자네가 처음이야. 그래서 기억하고 있었지."

"죄송합니다. 아버지한테 깽깽이 회사에 들어갔다고 혼났어요." 겸연쩍어서 머리를 긁적였다.

"아냐. 앞으로는 텔레비전 시대야. 자네는 선견지명이 있는 거지. 우리 집에는 텔레비전이 없었네만 요즘 들어 드디어 샀어. 도쿄에서 올림픽이 열린다고 하니 속세와는 선을 긋고 살던 학자도 그저 무시하고 넘어갈 수가 없더란 말이야."

다다시는 하마노 교수가 기분이 좋은 것에 안도하며, 들고 온 선물을 내밀었다.

"호오. 시오세 본가의 만두인가? 과연 좋은 집안의 자제분은 노포

(老鋪)를 알고 있군. 어디, 차라도 한잔 곁들여볼까."

하마노는 젊은 여조교에게 차를 준비해달라고 부탁하고 직접 꾸러미를 풀었다. "그렇지, 이거야, 이 색감." 하얀 만두를 꺼내 들고 실눈이 되어 웃었다. 그러고는 왜 그런지 창문 커튼을 닫아버렸다. 바깥 날씨도 청명한데 왜 커튼으로 가리실까. 바람이 불어와 하얀 커튼 자락이 하늘하늘 펄럭였다.

"어떻든 스가 군 같은 사람이 상부구조인 텔레비전 방송국에 들어갔다는 건 어떤 의미에서는 참으로 흥미 깊은 일이야."

하마노가 잘 알아들을 수 없는 소리를 했다. "상부구조, 라고 하시는 건……?" 다다시가 미간을 좁히며 여쭈었다.

"음, 마르크스의 유물사관이야. 하부구조가 사회, 상부구조가 문화, 요컨대 역사 속에서 문화는 경제라는 토대 위에서 성립되어간다, 라는 거야."

"아, 예……. 하지만 제가 지금 하는 일은 거의 노예 같은 일이라서……."

"레비스트로스의 구조주의야. 레비스트로스를 읽지 않으면 언어학을 이해할 수 없고 문화와 사회의 관련을 시간과 공간으로 환치할 수 없어."

다다시는 말없이 고개를 끄덕이고는, 자신이 사온 만두를 먹었다. 하마노 교수는 뼈리부터가 학자인 분이어서 전문서 이외에는 미시마 유키오도, 오에 겐자부로도 읽지 않았다. 그래서 일상적으로 나누는 대화조차 현학적이었다. 5분쯤이나 뭐가 뭔지 모르겠는 얘기를 계속하더니 조교가 차를 내온 참에야 겨우 일단락되었다.

"아, 그래서 오늘은 무슨 볼일인가?"

"예, 실은 저희 방송에서 '위인들의 여성 편력'이라는 코너를 생각하고 있거든요. 그래서 만일 마르크스의 여성 편력을 얘기하게 된다면 교수님께서 출연해주실 수 있는지 여쭤보려고요."

물론 간밤에 지어낸 거짓말이다. 하마노 교수가 어깨를 들먹이며 쓴웃음을 지었다.

"마르크스의 여성 편력이란 말인가? 텔레비전은 참 다양한 생각을 하는군. 아닌 게 아니라 재미있는 아이디어야. 그는 아내 예니의 하녀인 헬레네와 관계를 맺는가 하면 그 헬레네의 시누이에게 손을 대기도 하고, 마지막에는 조카딸이며 유부녀까지 그야말로 수없이 여자 문제를 일으켰어. 하지만 내가 텔레비전에 나가 그런 이야기를 했다가는……. NHK의 교육 방송이라면 괜찮겠지만, 자네는 연예 쪽이잖은가. 학회에서 무슨 소리를 들을지 몰라. 게다가 우선 텔레비전에는 나가고 싶은 생각이 없어. 이 나이에 노추를 드러낸다는 건 아무래도 부끄러운 일이고……."

"아뇨, 아닙니다. 교수님은 언제까지고 젊고 핸섬하십니다."

"하하하, 역시 텔레비전 업계 사람답게 칭찬이 능숙하군. 스가 군, 완전히 직업인이 된 거 같아."

"공치사로 드린 말씀이 아닙니다."

"고맙네. 그러나 모처럼의 부탁이지만 아무리 설득해도 헛일이야."

"그러시군요……." 다다시는 한숨을 내쉬며 몹시 아쉬워하는 척 연기를 했다. 미리 거절할 줄 알고 지어낸 이야기였다. "그러면 조교 중의 누군가를 좀 소개해주실 수 있을까요? 마르크스를 연구하는 대학원생 중에…… 아, 시마자키 구니오 군이 교수님 연구실에 있었지요? 그 친구는 어떻습니까?"

시마자키의 이름을 말한 순간, 하마노 교수의 얼굴 표정이 바뀌었다. 화학반응처럼 스르륵 웃음이 사라지고 눈에 강한 의심의 빛이 떠올랐다.

"어째서 시마자키 군이지?" 다다시의 얼굴을 관찰하듯이 물었다.

"예, 그 친구라면 저와 동창이기도 하고, 부탁하면 해줄 것 같기도 해서요. 게다가 상당히 잘생긴 친구라서 텔레비전에 잘 나오지 않을까……."

포커페이스를 유지하려고 했지만 얼굴이 달아올랐다.

"자네와 시마자키 군이 사이가 좋았다니, 내가 과문해서 그런지 전혀 몰랐는데?"

"아뇨, 사이가 좋다고 할 정도는 아니고요. 그저 문득 생각이 나서……." 식은땀까지 났다.

"그나저나 느닷없는 얘기로군." 하마노 교수가 고개를 갸웃거리며 눈을 가늘게 떴다.

"교수님, 시마자키는 오늘 학교에 나왔습니까?"

"글쎄, 모르겠네."

"어제는 이 연구실에 나왔나요?"

"아니."

"그럼 마지막에 온 건 언제지요?"

하마노는 다다시의 물음에는 대답하지 않고, 잠시 침묵한 뒤 신음하듯이 입을 열었다.

"스가 군. 나도 질문을 좀 하게 해주게. 시마자키 군이 무슨 일을 저질렀나?"

예상치 못한 반응에 다다시가 당황했다.

"아, 무슨 말씀이신지."

"시치미 떼지 않아도 돼. 방송 때문에 왔다는 것도 방편이었지? 자네는 내 수업에는 거의 들어오지 않았어. 사실을 말하자면 나도 졸업생

명부를 보고 겨우 생각났을 정도야. 시마자키 군과도 그리 접점은 없을 거고. 그렇지 않은가?"

"아뇨, 그게……."

다다시가 허둥거리는 건 아랑곳하지 않고 하마노 교수가 가만히 커튼을 젖혔다. 창밖을 턱으로 가리켰다. 맞은편에는 학생회관의 별관이 있었다.

"저 3층 창문에서 나를 계속 감시하고 있어. 공안부 경찰이야."

하마노 교수가 노기가 담긴 어조로 말했다. 다다시는 더 이상 입이 떨어지지 않았다.

"한 열흘 전에 공안부 수사관 둘이 찾아왔더군. 시마자키 군이 있는 곳을 아느냐고 물어서 모른다고 했더니만, 뭐든 좋으니 그에 관해 말해달라는 거야. 그러고 보니 8월 말에 내가 가루이자와 별장에 있을 때, 시마자키 군에게서 편지가 온 적이 있어. 그 얘기를 해줬더니 편지를 보여달라더군. 물론 거절했네. 그건 사적인 서신이야. 영장이 없는 한, 아무리 사직 당국이라도 남의 편지를 볼 수는 없어. 그래서 그렇게 말했더니 당장 그날부터 감시가 시작되었어. 어디서 어떻게 손을 썼는지 별관 방 한 칸을 확보해서 계속 나를 감시하고 있다네."

다다시는 별관 창문을 하나하나 눈으로 더듬었다. 마침 나무 뒤편 창문의 커튼이 부자연스럽게 올라갔고 사람 그림자가 보였다. 누군가가 쌍안경으로 이쪽을 보고 있었다.

"그 사람들, 어째서 시마자키 군을 찾고 있는지 알려주질 않아. 그건 말 못 한다고 버티는 거야. 오늘 자네 얼굴을 보니 생각이 나는군. 자네 부친께서 경찰 관료시지? 경찰은 가족을 이용해서까지 시마자키 군을 찾아내려고 하는 건가."

"아뇨, 교수님. 그건 아닙니다. 아버지와 저는 관계가 없어요. 우선 저는 절연을 당해 집에서 쫓겨난 몸입니다. 아버지와는 3주가 넘도록 만나지 못했어요."

다다시는 앉음새를 바로잡으며 말했다. 이 오해만은 풀고 넘어가지 않으면 안 된다.

"절연을 당했다고?"

"그렇습니다. 뭐가 마음에 안 들었는지 아버지가 저를 쫓아내셨어요."

"하지만 방송 운운한 건 거짓말이었지?"

"죄송합니다. 거짓말을 했습니다. 제가 이곳에 온 건 개인적인 관심사 때문이에요. 아니, 매스컴에 종사하는 말단의 한 사람으로서 공적인 관심도 물론 있습니다. 하지만 이건 뭐랄까……."

"흠, 아무래도 이해하기가 어렵군, 자네가 하는 말."

"죄송합니다. 제대로 설명을 드릴 수가 없군요. 하지만 제가 8월 하순에 모처에서 시마자키를 우연히 만난 적이 있어요. 그 뒤로 행방불명이 된 채 이제는 경찰까지 그를 찾고 있더군요. 실제로 저한테도 공안부에서 찾아왔었어요."

"아, 잠깐."

하마노 교수가 다다시의 말을 가로막았다. 그러고는 손을 내밀어 책상 위의 라디오를 켰다. 음악방송이어서 비틀스의 곡이 흘러나왔다. 볼륨을 높였다. 하마노 교수가 책상 앞으로 몸을 내밀었다. "만사 불여튼튼이야. 공안부는 도청을 하는 취미가 있는 모양이니까"라고 낮은 소리로 속삭이더니 입가를 치켜들며 웃었다. 라디오에서는 '아이 원트 투 홀드 유어 핸드'라는, 몸이 오그라드는 제목의 노래가 나오고 있었다.

"비틀스라는 이 그룹은 분명 세상을 크게 바꿀 거야. 종교 이외에서 프롤레타리아가 국경을 넘어 열광하는 우상이 출현한 건 세계사적으로 처음 있는 일이야. 게다가 노예무역으로 번영한 리버풀 출신이라는 게 재미있어. 그들은 기독교 문명이 내놓은 속죄의 사도인 것이야. 실로 흥미 깊은 일이지……. 아, 내가 잠깐 딴소리를 했군. 시마자키 군 이야기를 했었지? 그나저나 그는 어째서 경찰에 쫓기는 신세가 되었지?"

"그건 저도 좀……."

"그래, 말을 할 수 없는 거로군." 조용한 눈빛으로 말했다.

"무책임한 말로 타인의 명예를 훼손하고 싶지는 않습니다."

"나는 입이 무거운 사람일세. 무엇보다 국가권력은 젊은 시절부터 혐오해왔어. 그래서 시마자키 군에게서 온 편지를 보여주는 것도 거부했지."

다다시는 망설였다. 어디까지 말해야 좋을까. 집이 폭파되었다는 것만은 절대로 감춰야 한다. 하마노 교수가 의자를 돌려 옆모습을 보였다. 바깥에서 들어온 빛을 받아 일본인답지 않게 짙은 윤곽을 보이는 옆얼굴이었다. 침묵 속에 최신 전자 사운드가 흘렀다. 이대로는 아무 진척도 없겠다고 판단하고, 다다시는 마음먹고 일부를 이야기하기로 했다.

"실은 우리 방송국 보도 기자가 해준 말인데요. 경찰이 극비리에 소카 지로를 추적 중이고 그 참고인으로 시마자키 구니오의 이름이 거론되는 것 같습니다."

"뭣이, 소카 지로?" 하마노 교수가 펄쩍 뛰듯이 다다시 쪽으로 몸을 돌렸다. "그건 또 무슨 엉뚱한 얘기인가." 믿을 수 없다는 얼굴로 미간을 좁혔다.

"도쿄 올림픽 개최를 앞두고 어떻게든 체포하려고 애쓰는 모양이에요."

"그건 분명한 정보인가?"

"아직 추측 단계일 뿐이에요. 단지 공안부에서 시마자키의 사진을 들고 탐문수사 중이라는 것만은 사실입니다. 그리고 시마자키는 자취를 감췄고요."

하마노 교수가 팔짱을 끼고 신음을 올렸다. 뭔가 생각에 잠겨 있었다. 잠시 뒤에 짧은 한숨을 내쉬더니 다시 커튼을 치고 책상 서랍에서 봉투를 꺼냈다. 시마자키가 보냈다는 편지였다.

"사적인 서신을 타인에게 보여주는 건 예의에 어긋난 일이지만 이번만은 예외로 하겠네. 스가 군, 읽어보겠나?"

"네, 꼭 보고 싶습니다."

"긴 말 하지 않겠네. 자네를 믿어도 되겠지?"

"물론입니다. 믿어주십시오." 진지한 얼굴로 말했다.

하마노 교수가 편지를 건네주었다. 다다시는 받아 들자마자 우선 소인부터 보았다. 8월 21일 자, 가마타 우체국 소인이었다. 집이 폭파되기 전날이라는 것을 깨닫고 등줄기에 서늘한 것이 내달렸다. 편지지를 펼쳤다. 시마자키의 필체가 이렇구나, 라는 것이 첫 느낌이었다. 볼펜으로 쓴 글씨는 중학생처럼 치졸하고 행간도 일정하지 않았다. 서투르고 어눌한 인상이었다. 필체가 인품을 그대로 보여주고 있었다.

다다시는 편지글을 읽어 내려갔다.

하마노 교수님께

저녁나절이면 가을의 기척이 느껴지는 계절입니다. 풀숲 그늘에서는 이제 곧 방울벌레도 울기 시작하겠지요. 교수님은 별고 없으신지요. 오래도록 소식 올리지 못했습니다. 도쿄는 오늘 오랜만에 비가 내려 사람들의 표정이 환해졌습니다. 수도꼭지에서 물이 나오는 게 하루의 반밖에 안 되는 심각한 물 부족이지만, 이번 비로 조금쯤은 완화될 것 같습니다. 메밀국수를 좋아하시는 교수님께서 가루이자와에서 이번 여름을 보내시는 건 큰 행운이 아닐까요. 도쿄의 메밀국숫집은 물을 쓰지 못해 계속 덮밥만 내놓는 상황입니다. 신슈 메밀국수의 미각을 즐기고 숲을 건너가는 미풍에 마음을 달래며, 예전부터 하시던 시민사회론 논문 집필은 크게 진척이 있으시겠지요.

요즘 저는 생각하는 바가 있어 육체노동에 종사하고 있습니다. 사적인 일을 말씀드려 죄송합니다만, 지난달에 열다섯 살 위의 형이 세상을 떠났습니다. 그 형이 타관 인부로서 일하던 하네다의 건설 현장 합숙소에서 저도 똑같이 작업화를 신고 곡괭이를 휘두르고 있습니다. 마르크스의 '죽은 노동'과 '살아 있는 노동'을 인용하여 말하자면 '과거의 죽어버린 노동은 살아 있는 현재의 인간들의 노동에 의해 비로소 현실적인 의미를 갖는다'라고 환언할 수 있지 않을까, 어설프나마 혼자 생각해봅니다. 육체노동은 그것을 실증하기 위한 작은 시도입니다. 몸도 약간은 근육질이 되었습니다. 발의 물집은 두 번 정도가 터졌다가 아물었습니다. 서재에 틀어박히는 건 노인이 된 뒤에 해도 충분하다, 라고 교수님은 항상 말씀하셨습니다. 오로지 서적에만 탐닉하는 저에게 던져주신 충고였다고 전부터 실감했습니다. 벌써 한 달이 넘도록 책에는 손을 대지 않았습니다. 중학생 이후로 처음 있는 일입니다. 덕분에 날마다 사고(思考)합니다. 그간 축적해온 지식을 머릿속에서 새롭게 빚어낼 좋은 기회입니다.

저는 현재, 도쿄 올림픽 건설 현장에서 일합니다. 일본 무도관과 요요기 종합 체육관의 거대하고도 현대적인 건축물을 올려다보며 일본이 전쟁 후 25년여 만에 이토록 부흥했다는 데 대해 국민의 한 사람으로서 다른 사람과 똑같이 감개에 젖습니다. 마르크스는 전 세계에 자본주의가 퍼질 것을 전제하면서 그 정점에 선 국가가 붕괴할 거라고 예언했지만, 그 말에 따르자면 일본도 그런 길을 착실히 걷는 중이라고 할 수 있겠지요. '근대주의의 최대 무기가 생산이라면 그것을 비판하지 않고서 근대주의를 극복할 수는 없다'라고 교수님께서 언젠가 하신 말씀을 지금은 그저 되새기고 또 되새길 뿐입니다.

여기에서의 노동은 한마디로 가혹 그 자체입니다. 아침 7시에 버스에 차곡차곡 태워져 현장에 쏟아놓아지면 그다음은 소나 말과 마찬가지입니다. 근로기준법도 타관 인부에게는 지켜지지 않습니다. 잔업은 사실상 강요되고 식사와 수면을 제하고는 오로지 노동뿐인 나날입니다. 부상을 입어도 산재가 인정되는 건 건설회사의 정규직 사원뿐이고 타관 인부는 무시됩니다. 사람이 죽어도 유야무야되고 맙니다. 현장감독의 눈은 항상 윗선의 회사 사람에게로만 향하고, 아래쪽의 의사가 위로 전달되는 일은 없습니다. 노동력은 무한히 보충되는 것으로서 비품과 동일한 취급을 받습니다. 아니, 값비싼 중장비와 비교한다면 인간은 그 이하겠지요.

그런 상황이니 노동자들이 자본주의의 모순에 크게 분개할 것이라고 생각되지만, 실상은 지극히 조용합니다. 하루의 노동을 마치고 합숙소에 돌아와 술을 마실 때, 그들은 평범하고 명랑하고 거침이 없습니다. 저 자신도 마찬가지여서 착취 구조의 맨 밑에 있으면서도 쉽게 현실을 받아들여 거의 종복과 같습니다. 만일 마르크스가 이곳에 있었다면, 저임금에 장래에 대한 보장도 없는 상황인데도 떨쳐 일어서지 않는 무저항 일변도의 노동자들을 보며 크게 낙심하고 고뇌할 것입니다. '계급투쟁이란 실은 계급 간의 다툼이 아니다'라고 교수님은 저서에서 밝히셨습니다만, 저는 그 의미를 비로소 깨달았습니다. 노예를 해방해주는 것은 노예 측의 지도자가 아니라 지식계급 혹은 유산계급에서 태어난 이질 분자 혹은 테러리스트라고 이제야 실감했습니다. 거기에 제가 '조합도 사회주의정당도 실은 부르주아의 일종에 지나지 않는다'라고 덧붙인다면 교수님은 어떤 반론을 하실까요. 노동의 실천이라는 건 지식을 뒤흔드는 힘을 가진 모양입니다.

갑작스러운 말입니다만, 교수님은 도쿄 올림픽을 어떻게 생각하시는지요. 저는 국제사회로의 진출이 아니라 서구적 보편 사상에의 순진한 영합이라는 생각이 듭니다. 레비스트로스가 제창한 새로운 사상, 즉 '문명에서는 진보도 후퇴도 없다. 그런 의미에서 서구 문명은 전혀 보편적인 것이 아니라 서구 사회에서 구조화된 가치관에 의해 만들어진 것에 지나지 않는다'라는 견해에 저는 깊이 공감합니다. 급조된 건축물들에는 서구적인 도시로 거짓되게 꾸미려고 안달하는 도쿄의 왜곡됨이 드러나 있습니다. 그리고 그 거대하고 아름다운 콘크리트 덩어리 뒤에 일본의 현실은 감춰지고 무시되고 있습니다. 민중에게 헛된 꿈을 부여하여 현실을 망각하게 하는 것이 지배층의 상투적인 수단이라면, 현재로서는 성공을 거두고 있다고 말할 수 있겠지요.

굳이 어려운 이론을 펼치지 않더라도, 저희 고향은 지금 빈곤에 허덕이고 있습니다. 노동자들은 착취의 가장 밑바닥에 있습니다. 그들은 양처럼 얌전할 뿐입니다. 올림픽이 일시적인 사탕이 된 것이겠지요.

두서없이 저의 근황을 늘어놓았습니다만, 오늘 제가 펜을 든 것은 한 가지 유감스러운 소식을 교수님께 전해야 하기 때문입니다. 9월부터 시작되는 스터디 그룹에 저는 참가할 수 없습니다. 레비스트로스의 구조주의인류학 연구는 매우 기대했던 수업이지만, 몇 가지 이유 때문에 그 뜻을 이루지 못하게 되었습니다. 그 이유를 지금 말씀드릴 수는 없습니다. 어디까지나 저의 개인적인 사정입니다. 부디 너무 염려 마시고 한 학생의 잠시 동안의 휴학이라고 생각해주십시오. 저는 건강하고, 의기에 차 있습니다.

교수님을 도와드려야 할 처지에 참으로 죄송스럽습니다. 스터디 그룹으로 돌아가는 시기에 대해서는 분명한 말씀을 드릴 수가 없습니다. 10월 중반일 수도 있고, 내년까지 미뤄질지도 모릅니다. 어쩌면 몇 년 뒤가 될 가능성도 있습니다. 혹시 그렇게 될 때는 제 하숙집의 장서를 연구실에서 맡아주셨으면 합니다. 장서라고 해도 교수님과는 비교할 수도 없는, 그저 종이 박스 몇 개 분량일 뿐입니다. 은사님께 이런 부탁을 드리게 되어 참으로 마음이 무겁습니다만, 잘 아시는 대로 제게는 친우라고 할 만한 사람도 없습니다. 부디 잘 부탁드립니다.

간단히 쓰려고 했는데, 장장 긴 편지가 되고 말았습니다.

여름이 서서히 끝나가고 있습니다. 부디 몸 건강하시기를 빕니다.

8월 20일

시마자키 구니오 올림

추신.

오래전부터 교수님께 먹는 게 시원치 않다는 말씀을 들었는데, 요즘 저는 완전한 대식가가 되었습니다. 몸속에 잠들어 있던 뭔가가 눈을 뜬 듯한 느낌입니다. 밥을 푹푹 떠먹는 저를 언제가 꼭 보여드리고 싶군요.

"어떻게 생각하나?" 하마노 교수가 얼굴을 지그시 바라보며 물었다.

다다시는 미간을 좁힌 채 잠시 생각에 잠겼다.

이건 분명 이별의 편지다. 시마자키는 대학에 돌아올 마음이 없는 것이다. 이제부터 뭔가 큰일을 저지르려 하고 있다. 22일 밤에 자신의 집을 폭파한 범인이 시마자키라 상정하고 보니 편지 곳곳에 그런 결행에 대한 의지가 드러나 있는 듯한 감이 들었다. 그중에서도 '테러리스트'라는 단어를 보고는 가슴이 철렁했다.

"뭐라고 말 좀 해보게. 사실 나는 걱정이 되어 견딜 수가 없어. 그는 행방을 감췄고, 게다가 공안부 경찰까지 찾아왔질 않은가. 이 편지는 대체 어떤 뜻이라고 생각하나?"

"그건 저도 좀……."

"자네가 아는 게 있으면 뭐든 말 좀 해봐. 만일 경찰이 쫓는 거라면 한시바삐 출두시키는 게 좋아. 소카 지로라니, 그건 있을 수 없는 얘기야. 시마자키 군이 범죄자일 리 없어."

"저도 그렇게 생각하고 싶지만……. 아무튼 알아보겠습니다. 편지에는 친구가 없다고 했지만, 사실은 다들 호감을 가졌던 친구이니 반드시 단서가 있을 겁니다."

"그런가. 잘 부탁하네. 나도 여기저기 알아볼 테니 앞으로 서로 정보를 교환하세."

하마노 교수가 편지를 조심스럽게 접어 다시 봉투에 넣었다. 이어서 라디오를 껐다. 정적이 찾아왔다. 여학생들이 장난을 치며 교성을 올리는 소리가 복도에서 들려왔다.

"공안부 경찰들이 분명 이 편지를 읽었을 거야." 하마노 교수가 불쑥 말했다.

다다시가 놀라서 고개를 들었다. "하지만 교수님께서는 편지 공개를 거부하셨다고……."

"그들은 첩자를 두고 있어. 대학 내에도 있다네. 한밤중에 몰래 들어와 복사해 가는 것쯤은 식은 죽 먹기겠지." 하마노 교수는 자리에서 일어나 커튼을 걷었다. "나는 이 편지를 집에 가져가지 않았어. 책상에 열쇠도 채우지 않았다네. 내 마음속 어딘가에는 그 친구가 뭔가 일을 저지르기 전에 잡혔으면 하는 바람이 있는지도 모르겠어. 편지에서 '테러리스트'라는 단어를 보고 몸이 오싹했었으니까."

"저도 동감입니다."

"그 친구는 순수해. 그게 무엇보다 걱정이야."

하마노 교수가 조용히 한숨을 내쉬며 창밖을 보았다. 다다시에게는 이 노교수가 맞은편 교사에 잠복 중인 공안부 경찰에게 말을 건네는 것처럼 느껴졌다.

캠퍼스에 바람이 불어와 푸른 나뭇잎을 마구 흔들었다.

대학을 나서자 다다시는 니시카타에 있는 시마자키의 하숙집에 가보기로 했다. 자신의 눈으로 그가 어떤 곳에서 살았는지 확인해보고 싶었다. 기회가 된다면 방에도 들어가보고 싶다.

기쿠자카에 차를 세우고, 오래된 목조 가옥의 처마가 이어진 주택가를 걸어 들어갔다. 센다가야만큼은 아니지만 군데군데 큰 저택도 있어서 그 정원수가 이 동네의 경치에 윤기를 더해주었다. 번지를 확인하며 골목으로 들어가 여관 같은 하숙집에 도착했다. 올려다보니 창문에는 빨래가 널렸고 건물 전체에 학생들의 생활 냄새가 떠돌았다. 사람 목소리가 들렸다. 기타를 치는 소리도.

현관 앞에 섰다. 유리문에 자신이 비쳤다. 다다시는 포마드로 빗어 올린 머리를 일부러 헝클어 되도록 멋쟁이로 보이지 않게 했다. 미닫이문을 열고 안으로 들어섰다.

"실례합니다." 안을 향해 인사를 건넸다.

"네, 누구세요?"

복도의 가장 앞쪽 방문이 열리고 머리가 부스스한 학생이 얼굴을 내밀었다.

"시마자키 있나?" 아무것도 모르는 척하며 물었다.

"없는데요. 누구신지?" 남자의 표정이 바뀌면서 노골적으로 경계하는 기색을 보였다.

"나는 스가라고 하는데, 시마자키의 동창이야. 지금 대학에서 하마노 교수님을 뵙고 왔는데 시마자키가 연구실에 나오지 않는다고 해서 웬일인가 하고……."

"아, 선배님이시군요. 실례했습니다." 학생이 방에서 나와 미안해하며 인사를 건넸다. "난 또……."

"난 또, 뭐지?"

"아뇨, 아무것도 아니에요."

"말해봐. 경찰이라고 생각했어?"

다다시는 그렇게 물어보면서 진즉에 형사들이 다녀간 모양이라고 짐작했다.

"아, 아뇨." 얼굴이 팽팽하게 긴장한다.

"나한테는 감추지 않아도 돼. 하마노 교수님에게도 경찰이 찾아왔다는데, 뭘."

"저어, 시마자키 선배한테 무슨 일이 있습니까?"

학생이 목소리를 낮추어 조심스럽게 물었다.

"나도 모르겠어. 나야말로 궁금하던 참이야. 잠깐 올라가도 괜찮을까? 그 친구 방은 어디지?"

"2층 10호실이에요. 제 방 바로 위층입니다." 손가락으로 천장을 가리켰다.

구두를 벗고 올라서자 학생이 안내해주었다. 마룻바닥을 삐걱삐걱 울리며 계단을 올라갔다. 낡기는 했지만 반들거리게 닦아놓은 복도의 가장 안쪽에 시마자키의 방이 있었다. 작은 유리창이 달린 문에 손을 얹었다. 하지만 문은 잠겨 있었다.

"안에 들어갈 수 없을까?"

"열쇠는 주인아주머니가 갖고 있는데, 시마자키 선배의 가족이 아니면 안 열어줄 거예요."

"하긴 그렇겠다." 젖빛유리에 얼굴을 대고 들여다보았다. 물론 흐린 유리 너머로는 아무것도 보이지 않았다.

"경찰의 가택수색 같은 건 있었어?"

"제가 아는 한, 없었어요. 주인아주머니 말로는 형사가 따로따로 두 번이나 탐문을 나와서 방을 보여달라고 했는데 거절했대요."

"흠, 그거 잘하셨네."

"하지만 이번 달 6일 한밤중에 누군가 이 방에 다녀갔어요."

"무슨 소리야?" 다다시는 학생의 얼굴을 보았다. "자세히 말해봐." 어깨를 흔들었다.

"일요일과 월요일 사이의 밤중이라서 기억이 나요. 월요일에 수업도 있고 아르바이트도 있으니까 일요일 저녁에는 밤샘하는 사람이 별로 없거든요. 그래서 하숙집이 전체적으로 조용했어요."

"그래서?"

"그날 밤이 열대야여서 영 잠이 안 오더라고요. 이불 위에서 이래저래 생각을 굴리고 있었죠. 근데 밤 2시 넘어서 뒷문 열리는 소리가 나더니 복도가 삐그덕삐그덕. 이 하숙집, 10시 넘으면 현관문은 잠그는데 뒷문은 언제든 자유롭게 드나들 수 있거든요. 처음에는 하숙생일 거라고 생각했는데, 아무래도 살금살금 조심하는 걸음걸이가 이상했고 그것도 두 명의 발소리인 거 같았어요."

"두 명?"

"예, 적어도 한 명은 아니었어요. 발소리가 2층에 올라가 열쇠를 따는 소리가 달칵달칵 나더니 시마자키 선배 방으로—"

"응, 그래서?" 다다시는 진지한 얼굴로 귀를 세웠다.

"순간적으로 도둑인가 했죠. 하지만 학생 하숙방에 들어가봤자 훔쳐 갈 것도 없잖아요. 그리고 도둑이라면 곧장 시마자키 선배 방으로 갈 이유도 없죠. 그래서 혹시 시마자키 선배가 여자를 데려온 건가, 설마 그 착실한 선배가, 라는 생각도 했는데, 아니다, 사람이란 겉모습만 보고는 모르는 거다…… 혼자 그런저런 생각을 하면서 내 방에서 귀를 기울이고 있었어요."

"그랬더니?"

"30분쯤 살금살금 움직거리더니 다시 나갔어요."

"거, 이상하네."

"그러게 말이에요. 그다음 날 아침에 올라와 보니까 시마자키 선배 방이 잠겨 있어서 일단 도둑은 아니라고 안심하기는 했는데……. 역시 시마자키 선배가 다녀간 걸까요?"

학생이 콧숨을 내쉬며 의견을 청해왔다.

"글쎄, 난 모르지."

다다시도 마찬가지로 한숨을 내쉬고 어깨를 움츠려 보였다. 하지만 마음속으로는 하마노 교수의 말을 떠올렸다. 그들은 첩자를 쓴다—공안부 경찰은 국익을 위해서라면 비합법적인 수사도 불사하는 조직이다. 중요 참고인의 방에 몰래 들어가 조사하고 갔을 가능성이 큰 것이다.

복도 창문으로 바깥을 내다보았다. 주위는 온통 민가고 높은 건물은 하나도 없다. 이 하숙집은 어떤 창문에서 감시하고 있는 것일까.

"근데 이 하숙집, 빈방은 없어?" 다다시가 물었다.

"아, 이 앞 7호실이 비었는데요." 학생이 턱으로 복도 앞을 가리켰다.

"그 방을 한 달만 빌릴 수 있을까? 실은 내가 집에서 쫓겨난 몸이라서 말이야. 아차, 이건 비밀. 우리 집 바로 앞에서 올림픽 야간 공사를 하는 바람에 반잠을 못 자서 그런다고 둘러댄 거니까."

"알겠습니다. 주인아주머니는 바로 옆의 본채에 계세요."

"그럼, 나 좀 안내해줘."

후배를 재촉해 그의 어깨에 손을 얹고 앞뒤로 나란히 복도를 걸었다. 마치 새소리처럼 마룻바닥이 끼이끼이 울었다.

시마자키, 대체 어디 있는 거냐. 마음속으로 말을 건넸다. 무슨 엄청난 짓을 저지르려는 거야. 테러리스트라는 말이 다다시의 머릿속을 맴돌고 있었다.

18

9월 17일 목요일

책상에 장부를 펼쳐놓고 일하는 척하면서 5분마다 손목시계를 보고 있었더니 과장이 "고바야시, 몇 번을 봐도 1분은 60초야"라고 짓궂게 놀렸다. 시계는 퇴근 시간인 오후 5시까지 30분이 남았다고 알려주고 있었다.

"왜 그렇게 들썽들썽하지? 아하, 드디어 데이트? 점심때 온 전화, 남자 친구지?"

"어머, 아니에요."

고바야시 요시코는 불끈해서 도리질을 쳤다. 하지만 얼굴은 빨갛게 물들어버렸다.

"요즘 젊은이들은 참 좋겠다. 내가 열아홉 살 때는 전쟁터에 나가 있었어. 아가씨하고 손잡고 돌아다녔다가는 헌병이 쫓아와 종주먹을 먹였다니까."

과장은 먼눈으로 말하고는 목덜미에 팔랑팔랑 부채질을 하며 히죽거렸다.

"데이트 아니라니까요!"

요시코가 다시 부정하고 나섰다. 사실 딱히 데이트라고 할 수도 없었다. 아는 대학생이 갑자기 회사로 전화를 해서 일 끝난 뒤에 만날 수 있겠느냐고 한 것뿐이다.

"괜찮아, 괜찮아. 청춘을 마음껏 즐기라고. 일본은 민주주의 국가야. 더구나 도쿄는 올림픽이 개최되는 세계적인 도시야. 젊은 연인들이 거리를 활보하지 않고서야 그게 수도겠어? 그렇지?"

과장이 혼자서 떠들어댔다. 더 이상 상대하지 않기로 했다. 요시코는 연필을 들고 장부를 들여다보았다. 숫자만 나열되어 있는 따분한 일람표에 전표의 금액을 옮겨 적었다.

그러면서 또 손목시계를 보고 말았다. 시간이 좀체 가지 않는다. 목구멍에서는 안타깝기도 하고 두렵기도 한, 생전 처음 겪어보는 감정이 뭉클하게 치밀었다. 남자와 단둘이 시간을 보내본 일은 지금까지 한 번도 없었다. 그렇다면 이게 첫 데이트인가.

오후 3시가 지났을 때 회사 전화가 울렸었다. 요시코가 수화기를 들고 "네, 간다 제면 회사입니다"라고 항상 하던 대로 대답하자, 웬 남자가 잠깐 망설인 뒤에 "미안하지만 고바야시 요시코 씨 부탁합니다"라고 조용한 목소리로 말했다.

"네, 제가 고바야시 요시코인데요."

대답하면서 요시코는 당황했다. 사무직 여사원에게 집과 여자 친구 이외에 전화가 걸려오는 일은 없다.

"요시코?"

"아, 네."

가슴이 덜컥했다. 남자의 목소리가 귀에 익은 목소리였기 때문이다. 하지만 설마…….

"난 시마자키 구니오야. 근처에서 하숙하는. 알지?"

"아, 네, 네, 알아요."

그 즉시 혀가 꼬였다. 도쿄대생 시마자키 씨가 왜 나한테 전화를…….

"요시코가 전화로는 이런 목소리구나. 다른 사람인 줄 알았어."

"미, 미안해요." 얼토당토않은 사과를 하고 말았다.

"요시코, 일은 몇 시에 끝나지?"

"5시예요."

"끝나고 뭔가 약속 있어?"

"아뇨, 없는데."

"너무 갑작스럽기는 하지만, 잠깐 만날 수 있을까? 저녁, 내가 살게."

"저녁요?"

"응. 안 될까?"

"아뇨, 안 될 건 없어요."

저도 모르게 냉큼 큰 소리로 대답하고 말았다. 사무실 아저씨들이 무슨 일인가 하고 돌아보았다. 시마자키는 고등학교 때부터 혼자 좋아했던 대학생 오빠다. 갑작스럽게 들어온 청에 요시코는 머리가 제대로 돌아가지 않았다.

"그럼, 5시 반에 우에노 공원 사이고 동상 앞에서 만났으면 좋겠는데. 요시코네 회사, 간다에 있지? 30분이면 올 수 있을까?"

"그렇게 많이 안 걸려요. 20분이면 갈 수 있어요."

"하하, 오케이. 하지만 5시 반에 보자. 여유를 두는 게 좋으니까." 시마자키가 전화 너머에서 웃었다.

수화기를 내려놓자 감기에 걸린 것처럼 온몸이 달아올랐다. 요시코는 당황한 채 자리에서 일어나 세면실로 뛰어들었다. 거울을 보았다. 뺨을 두 손으로 감쌌다.

마침내 이런 날이 내게도 찾아왔구나. 남자가 함께 식사하자고 청해온 것이다. 게다가 상대는 핸섬한 도쿄대생이다. 멋진 연애를 꿈꾸기는 했지만 그런 건 영화 속의 일이라고만 생각했다. 자신은 무난하게 중매로 결혼할 거라고 혼자 마음먹고 있었다. 심장이 두근두근 물결쳤다. 어쩌지, 키스라도 하자고 덤비면? 끼야악, 키스라니! 혼자 묻고 답해가며 얼굴을 붉혔다. 남자와는 손조차 잡아본 일이 없다.

하지만 아쉬운 게 있었다. 오늘 입고 나온 옷차림이 시원찮은 것이다. 아무 특징도 없는 하얀 블라우스에 수수한 감색 스커트다. 이럴 줄 알았으면 이번 가을에 산 꽃무늬 블라우스를 입고 올걸. 구두도 멋진 외출용 하이힐을 신고 왔어야 하는데. 혼자서 발을 동동 굴렀다. 일찍 퇴근해버릴까 하고 일순 생각했다. 아니지, 아버지한테 들키면 무슨 꾸지람을 들을지 모른다.

화장이라도 제대로 하자고 마음먹었다. 근처 잡화점에서 칫솔을 사다가 이도 닦고 나가자. 여유를 갖고 5시 반으로 해준 건 침착하게 생각해보니 정말 다행스러운 일이었다.

요시코는 거울을 보며 예쁘게 보이는 얼굴을 연습했다. 머리를 매만져 조금이라도 어른스럽게 보이는 스타일을 만들어보았다. 이미 사무실 일 따위는 머릿속에 없었다.

퇴근 시간이 되어 화장을 고치고 핸드백을 든 채 운동회 달리기 하듯 회사를 벗어났다. 사무실을 나올 때 과장이 "어이, 고바야시, 너무 늦게까지 놀면 못써"라고 놀렸지만 무시했다.

이마가와바시에서 전차를 타고 우에노 공원으로 향했다. 올림픽까지 앞으로 한 달도 안 남았는데 여전히 도로는 곳곳이 공사 중이어서 부옇게 흙먼지가 일었다. 10월 10일까지 맞출 수 있을까. 국민의 한 사람으로서 은근히 걱정이 되었다. 그러고 보니 오늘, 하네다 공항과 하마마쓰를 잇는 도쿄 모노레일이 개통되었다는 뉴스가 나왔다. 나라의 현관인 공항만은 제대로 완성한 모양이다. 네 갈래로 갈라진 성화 릴레이는 현재 아오모리며 후쿠오카 등 각지를 달려오는 중이다. 어쩐지 전국이 들썽거리기 시작했다. 고등학교 다니는 남동생은 시내에서 흑인을 봤다면서 "그 사람, 틀림없이 아프리카 선수일 거야"라고 흥분했다.

만세이바시를 건너 전자제품점이 늘어선 아키하바라를 지나갔다. 상점 쇼윈도에 컬러텔레비전이 비치되어 길 가던 사람들이 컬러 화면을 지켜보고 있었다. 올림픽 수요를 예상해서인지 요즘 들어 컬러텔레비전 광고가 자주 눈에 띄었다. 하지만 20만 엔이라는 비싼 가격 때문에 서민은 아무도 사지 못하고 있었다.

차창으로 거리를 바라보며 요시코는 한 가지를 깨달았다. 유난히 경찰의 모습이 많이 보이는 것이다. 각 정류장에는 반드시 한두 명의 제복 경찰이 서 있었다. 올림픽을 앞두고 실시하는 경비 훈련일까. 하지만 그렇다고 하기에는 너무 이른 감이 들었다.

우에노 공원에서 내려 우에노 백화점 옆을 지나 언덕길을 올라갔다. 우에노는 긴자보다 훨씬 가까운데도 요시코와는 별로 인연이 없었다. 어렸을 때, 아버지 어머니를 따라 우에노 동물원에는 몇 번 왔었지만, 역 주변에 옛 야시장의 풍정이 짙게 남아 있고 구걸하는 상이군인이 많아서 어린 마음에도 무서운 곳으로 느껴졌다. 그 뒤로 서양미술관과 문화회관이 들어서면서 조금쯤 이미지가 좋아졌지만 그래도 젊은이들과는 별로 인연이 없는 곳이다.

공원 입구에 국기와 오륜마크를 그려 넣은 큼직한 간판이 서 있었다. 만남의 장소로 사용되는 곳인지, 누군가를 기다리는 모습의 젊은 남녀가 눈에 띄었다. 그 뒤편의 널찍한 돌계단에서는 어깨를 맞대고 앉아 있는 연인들의 모습이 보였다.

숨을 헐떡이며 사이고 동상 앞에 도착했다. 이곳도 사람으로 가득했다. 발돋움을 해서 주위를 둘러보다가 몇 초 만에 시마자키의 웃는 얼굴과 시선이 마주쳤다.

"아, 안녕?" 시마자키가 환하게 말했다. "미안해, 갑자기 불러내서." 햇볕에 까맣게 탄 얼굴에 하얀 이가 눈부시게 보였다.

"아뇨, 괜찮아요. 어차피 집에 가도 할 일도 없어요."

요시코는 고개를 저었다. 귀엽게 미소를 지으려고 했는데 긴장해서 뺨이 파르르 떨리고 말았다.

"왜 그런지 아직도 날씨가 덥네."

"그러게요. 오늘도 여름 같은 날씨에요." 손을 팔랑팔랑 흔들어 얼굴에 부채질을 했다.

"아래 스탠드에서 사이다를 사 왔는데, 마실래?" 시마자키의 손에 사이다 두 병이 들려 있었다.

"네, 마실게요." 요시코는 손을 내밀어 받아 들었다.

"저쪽 벤치에 좀 앉을까?" 턱짓을 했다. 시마자키의 왼손이 요시코의 등 뒤를 감싸는 바람에 저도 모르게 몸이 굳어버렸다.

하지만 어깨를 껴안은 건 아니었다. 재촉하는 느낌으로 가볍게 밀었을 뿐이다. 대체 뭘 기대한 거야, 하고 조금 창피해졌다.

큼직한 느티나무 아래 벤치에 둘이 나란히 앉았다.

사이다를 조금 머금었다. 입안에서 탄산이 톡톡톡 터진다. 시원한 바람이 불어왔다. 온몸이 말할 수 없이 상쾌했다.

"요시코는 어떤 일을 해?" 시마자키가 물었다.

"사무 보는 일이에요. 장부도 정리하고 심부름도 다니고." 조금쯤 마음이 가라앉았는지, 대답하면서 문득 의문이 생겼다. "시마자키 씨는 어떻게 내가 다니는 회사 전화번호를 알았어요?"

"전에 간다 제면 회사에 취직한다고 말했잖아."

"내가 그런 얘기를 했었어요?" 요시코는 기억에 없었다.

"그럼 요시코네 할머니한테서 들었나?"

"아, 그렇겠네요. 우리 할머니, 책방 손님에게 집안일을 다 얘기하신다니까."

"아무튼 그게 기억이 나서 전화번호부로 알아봤어."

시마자키의 대답에 요시코는 새삼 가슴이 덜컥했다. 이 핸섬한 도쿄대생이 일부러 전화번호부까지 뒤적여 내게 전화를 해준 것이다. 그건 물론 내게 호감을 느꼈기 때문이리라.

"전화라고 하니까 생각나네. 아까 요시코가 전화 받을 때, 유난히 얌전한 목소리여서 나는 다른 사람인 줄 알았어."

시마자키가 상큼하게 웃었다. 요시코는 그저 얼굴만 붉혔다. 영화배우 단 레이코처럼 "아이참, 놀리지 마세요"라는 식으로 멋지게 대꾸하면 좋을 텐데, 남자를 대하는 게 처음이라서 어떻게 해야 할지 알 수가 없었다.

"하지만 요시코도 사회인이니까 당연한 일이겠지? 내가 처음 혼고에 왔을 때는 머리 땋고 다니는 여고 1학년생이었는데 이제는 완전히 아가씨가 됐어……. 세월 가는 거 참 빠르다."

"아이참, 옆집 삼촌 같은 소리."

"다섯 살이나 차이가 나니까 물론 내가 삼촌뻘이지."

시마자키가 그렇게 말하며 어깨를 움츠렸다. 그렇구나, 다섯 살 차이가 나는구나. 요시코는 처음으로 나이를 의식했다. 하지만 겨우 다섯 살이다. 아버지와 엄마는 네 살 차이니까 그런 건 전혀 문제가 안 된다.

"아 참, 오늘 찻집 라디오에서 비틀스라는 그룹의 노래가 나오던데?

그거 들으면서 요시코가 좋아한다고 했던 게 생각났어. 정말 멋있더라, 비틀스. 새 시대의 음악이라는 느낌이 들었어."

"그래요? 어떤 곡이었는데요?"

비틀스 이름이 나오는 바람에 저절로 목소리에 신이 났다.

"글쎄, 곡명까지는 기억이 안 나는데……. 그 그룹은 틀림없이 인기 스타가 될 거야."

"영국이나 미국에서는 벌써 인기가 굉장해요."

"그래? 그렇다면 일본에서도 인기를 끌겠군. 요시코는 한참 앞서가는 셈이네. 리듬도 멜로디도 완전히 새롭고, 뭐랄까, 순열 조합과는 전혀 다른 곳에서, 이를테면 하늘에서 뚝 떨어진 듯한 느낌이야. 어른들이 그런 그룹을 적대시하는 건 자신들이 그동안 쌓아 올린 것을 무시당하는 게 화가 나기 때문이겠지."

"네, 그런 느낌일지도 모르겠네요."

요시코는 그가 말로 멋지게 표현해내는 데 감탄했다. 역시 도쿄대생은 다르다. 하지만 무엇보다 시마자키도 비틀스를 마음에 들어 한다는 게 너무나 기뻤다.

"난 존의 팬이에요." 시마자키의 옆얼굴을 보며 말했다.

"존이라니?"

"존 레넌. 비틀스의 리더예요."

"아, 그래? 멤버까지는 난 모르는데."

"시마자키 씨, 존 레넌을 닮았어요."

말해버린 뒤에야 얼굴이 후끈 달아올랐다. 시마자키가 자신이 좋아하는 타입이라고 고백한 꼴이었다.

"그거, 영광이네. 다음에 사진을 한번 봐야겠는데?"

"아, 사진 있어요. 항상 정기권 지갑에 넣고 다니거든요."

요시코는 핸드백을 열고 안에서 정기권 지갑을 꺼내 사진을 보여주었다.

"흠, 머리 모양은 좀 닮았나?" 시마자키가 쓴웃음을 지었다.

"아니에요. 눈도 그렇고 코도 그렇고, 진짜 닮았어요." 자기도 모르게 불끈해서 말해버렸다.

시마자키가 자리에서 일어섰다. "저녁 먹으러 갈까? 돈가스도 괜찮지?"

"네에." 요시코는 노래하듯이 대답했다.

시마자키의 뒤를 따라 걸음을 옮겼다. 옆으로 나란히 서보려고 다가갔을 때, 그의 어깨와 등이 눈에 들어왔다. 근육이 울룩불룩 튀어나와 있어서 깜짝 놀랐다. 지난번에 만났을 때가 분명 8월 말의 토요일이었는데, 그날도 늠름해진 모습에 놀랐었지만 이번에는 그보다 한층 더 탄탄한 몸집이었다. 무슨 막노동 아르바이트를 한다고 했었다. 하지만 그 이상으로 그가 발산하는 뭔가 특별한 기운이 느껴졌다. 얼른 표현할 수는 없지만, 이를테면 전쟁터를 뚫고 나온 듯한 인상이었다.

시마자키는 혼고에 온 뒤로 언제나 얼굴이 하얗고 곱상한 남자였다. 책을 좋아하는 조용한 청년이었다. 대체 무슨 일이 있었던 걸까.

스즈모토 연예장(演藝場) 뒤편의 양식당에서 탁자를 끼고 마주 앉았다. 무뚝뚝한 주인이 카운터 너머 주방에서 뭔가를 튀기고 있었다. 카운터에 앉아 있던 전통 옷차림의 젊은 손님이 "가져갈 새우 크로켓, 아직 안 됐어요?"라고 물었다. 그러자 주인이 "못 기다리겠으면 가쇼"라고 꾸지람을 날렸다. 아무래도 주인이 까다로운 식당인 모양이다. 시마자키는 "아마 신입 만담가일 거야. 선배들 심부름을 온 모양이다"라고 작은 소리로 알려주고는 쓴웃음을 지었다.

두 사람 모두 돈가스를 주문했다. 탁자에 팔꿈치를 짚고 차를 홀짝

거리고는 얼굴을 마주 보며 후후후 웃었다. 남들이 보면 연인이라고 생각하겠지? 그런 상상을 하며 달콤 쌉싸래한 기분에 젖었다.

"시마자키 씨, 대학에는 잘 다니세요?" 요시코가 물었다.

"응? 뭐, 그냥 대충. 대학원이라 날마다 수업을 들어야 하는 건 아니야."

시마자키는 우수가 담긴 눈빛으로 머리를 슬쩍 쓸어 올렸다.

"어떤 공부를 해요?"

"요시코, 마르크스라고 알아?"

"네, 이름은 알아요."

"나는 그 마르크스 연구로 유명한 교수님의 연구실에 있어."

"그래요?"

이것저것 알고 싶었지만 어떤 질문을 해야 좋을지 모르겠다.

"마르크스라는 사람은 19세기 초에 독일에서 태어난 경제학자야. 《자본론》이라는 유명한 책을 썼어. 간단히 말하자면, 사회주의와 공산주의의 본가라고나 할까? 요시코네 책방의 책장을 보면 관련 서적이 잔뜩 꽂혀 있어."

"난 책에 대해서는 전혀 몰라요."

요시코는 눈썹을 팔자로 늘어뜨리며 어깨를 움츠렸다.

"공산주의라고 하면 금세 빨갱이라고 손가락질을 하고, 체제 측에서도 노골적으로 경계하지만, 인간의 근원적인 행복을 생각하는 지극히 순수한 사상이야. 공산주의란 우리에게 창출되어야 할 어떤 상태이지 그것에 따라서 현실이 바로잡혀야 하는 어떤 이상이 아니야. 우리가 공산주의라고 부르는 것은 실천적인 현재의 상태를 지양하는 현실적인 운동이야."

시마자키는 서늘한 얼굴로 말을 이어나갔지만 요시코는 입을 헤벌리고 듣고 있을 뿐이었다.

"이건 교재를 통째로 외운 거야. 시험 보려고 달달 외웠어."

시마자키가 턱을 쑥 내밀며 장난스럽게 웃었다. 그 애교 있는 몸짓이 역시 존 레넌을 너무 닮아서 요시코는 왠지 행복한 기분이 되었다. 시마자키의 사진을 한 장 받을 수 없을까, 하고 생각했다.

한참이나 기다리게 하더니 드디어 돈가스 정식이 나왔다. 소스를 뿌려 한 조각을 집어 드는데 고기가 두툼해서 깜짝 놀랐다. "여기 돈가스, 아주 맛있어." 시마자키가 속삭였다. 먹어보니 정말 맞는 말이었다.

"동생에게 사주고 싶네요." 요시코가 말했다.

"아, 이름이 노리오였던가? 와세다 실업고 야구부지? 정식 선수로 올라갔어?"

"아뇨, 후보 선수. 그래도 날마다 흙투성이가 되어서 열심히 연습해요."

"그래, 기특하다. 뭐든 계속하면 언젠가는 실력을 발휘해. 앞으로 크게 도움이 될 거야."

"네, 그렇게 전해줄게요."

동생을 칭찬해주니 마음이 흐뭇했다. 어쩐지 어깨의 긴장이 스르르 빠져나갔다. "후후." 이제야 겨우 제대로 웃을 수 있게 된 것에 요시코는 만족했다.

저녁값은 시마자키가 내주었다. 남자에게서 식사 대접을 받은 첫 번째 기념일이다. 식당을 나서자 해가 완전히 저물었다. 가로등이 버드나무를 환히 비추고 그 아래로 수많은 사람들이 오갔다. 시노바즈 연못 방향으로 걸어가는 도중에 시마자키가 문득 심각한 기색으로 입을 열었다. "실은 요시코에게 한 가지 부탁할 게 있어."

"뭔데요?" 요시코는 머리칼을 쓸어 올리며 시마자키를 보았다.

"수상(水上) 음악당 벤치에 어떤 중년 여자가 앉아 있을 거야. 머리에 빨간 스카프를 쓰고 있으니까 금세 알아볼 수 있어."

무슨 말인가 하고 의아했다.

"그 아줌마에게 요시코가 이걸 좀 전해줬으면 좋겠는데."

시마자키가 바지 뒷주머니에서 갈색 봉투를 꺼냈다. "그리고 건네줄 때 '금붕어 간장 종지 있습니까?'라고 물어봐. 그러면 그 아줌마가 다른 봉투를 내줄 거야. 그걸 받아 오면 돼."

무슨 말인지 점점 더 알 수가 없었다. 시마자키는 미소를 짓고 있었지만 그 눈에는 침착성이 없었다.

"무, 무슨 일이에요?" 요시코는 당황스러웠다.

"자세한 건 묻지 말고."

"그래도……."

"미안해, 요시코에게 이런 걸 부탁해서. 하지만 달리 부탁할 사람이 없어서 그래."

시마자키가 두 손을 맞대고 고개를 숙였다. 그 모습을 바라보며 요시코는 마음이 싸늘하게 식어갔다. 나를 불러낸 건 부탁할 게 있어서였구나. 그런 줄도 모르고 나는 가슴이 두근두근했어. 데이트 신청이라고만 생각했는데.

"시마자키 씨가 직접 가면 안 돼요?" 목소리까지 우울하게 가라앉았다.

"그것도 묻지 말아줘. 하지만 이것만은 약속할게. 요시코에게는 절대 아무 피해도 없어. 혹시 그런 일이 있다고 해도 요시코는 전혀 나쁜 짓을 한 게 아니니까 그냥 모른다고 하면 돼. 아는 대학생이 부탁하는데 차마 거절할 수 없어서 심부름을 했다, 그렇게 말해."

"이거, 나쁜 짓인 거예요?"

시마자키가 진지한 얼굴로 고개를 저었다. 그 말을 그대로 믿어줄 수는 없었다. 설명하지 못하는 걸 보면 적어도 좋은 일일 리는 없다.

이 사람은 대체 어떤 사람일까. 책을 좋아하는 착실한 대학생이라고만 생각했었다. 여자로서는 알지 못한 또 다른 일면이 있는 걸까. 남자들은 다 그렇다고 하더니.

시마자키가 손을 잡았다. "부탁이야. 요시코밖에 없어."

"……알았어요." 요시코는 눈을 떨구고 고개를 끄덕였다. 거절할 용기도 없고, 혼자 잔뜩 들떴던 자신이 너무 바보 같다는 생각이 들어서 이제는 오늘 밤이 어떻게 되건 상관없었다.

"고마워. 신세는 꼭 갚을게."

시마자키는 잡은 손을 흔들었다.

갈색 봉투를 받아 들고 요시코는 혼자 연못가를 걸었다. 시마자키가 "저기서 기다리고 있을게"라면서 가까운 찻집을 가리켰다.

버드나무가 늘어선 산책로는 연인들을 위한 최상의 만남의 장소였다. 모두들 몸을 맞대고 사랑을 속삭이고 있었다. 그중에는 키스를 하는 사람까지 있어서 눈을 어디에 두어야 할지 난처했다.

앞쪽에서 음악 소리가 들려왔다. 음악당에서 쇼를 하는 모양이다. 민요였다. 우에노의 축축한 밤공기에 잘 어울리는 음악이라고 생각했다.

수상 음악당에는 사람들이 모여 있었다. 회사에서 돌아오는 길의 샐러리맨이며 직장여성, 근처에 사는 노인과 아이가 벤치에서 느긋하게 노래를 들으며 담소하고 있었다.

빨간 스카프를 쓴 중년 여자는 그런 사람들의 뒤편에 있었다. 금세 알아보았다. 한눈에 저 여자, 라고 생각했다. 분을 하얗게 바르고 빨간 립스틱에 화려한 물방울무늬 원피스를 입고 있었다. 얼른 보기에도 영락없는 창부였다. 시마자키가 어째서 이런 여자에게 볼일이 있는 걸까.

여자는 담배를 피우며 나른한 표정으로 무대를 바라보고 있었다. 요시코는 그 옆에 다가가기가 무서웠다. 자신에게 도사견의 머리를 쓰다듬으라고 명령한 것과 그리 큰 차이가 없는 일이었다.

하지만 일을 맡은 이상은 어쩔 수 없었다. 빨리 해버리자고 생각했다. 배에 꾹 힘을 넣었다. 일직선으로 다가가 여자 앞에 섰다. 여자가 얼굴을 들고 의아하다는 표정을 보였다.

요시코는 갈색 봉투를 내밀었다. "금붕어 간장 종지 있습니까?" 일러준 그대로 말했다. 여자가 미간에 주름을 잡았다.

"이봐요, 사람 잘못 본 거 아냐?" 술에 찌든 탁한 목소리였다.

"나도 모르겠어요. 알려준 대로 하는 것뿐이에요." 긴장해서 요시코의 목소리가 갈라졌다.

"누가 가르쳐줬는데?"

"아는 남자요."

요시코가 대답하자 여자는 경멸하듯이 흥 하고 코웃음을 쳤다.

"요즘 젊은 애들은 도통 모르겠다니까. 겉으로는 얌전한 게 뒤로는 폰이야?"

폰? 요시코는 그게 무슨 말인지 알지 못했다.

"너, 부모님 있지? 그렇다면 어지간히 해둬." 여자가 기가 막힌다는 듯 웃었다. 다음 순간, 갈색 봉투를 요시코의 손에서 채 갔다. "저기 뒤에 정원수 있지?" 턱짓을 한다.

돌아보니 5미터쯤 뒤에 인도와 공원을 가르는 정원수가 있었다.

"그 앞에 자전거 세워져 있잖아. 거기서 기다려."

"네."

하라는 대로 자전거 옆에까지 걸어갔다. 여자를 보니 봉투 안을 확인하고 있었다. 한 장, 두 장, 지폐를 헤아리는 눈치였다. 봉투 안에 돈이 들었다고 짐작은 했었지만, 역시 자신의 짐작이 맞는 모양이다.

여자가 다가왔다. "나 쳐다보지 마. 그냥 무대만 보고 있어!" 하고 날카로운 소리를 냈다. 요시코는 하라는 대로 몸이 딱 굳은 채 고개를 돌렸다.

수상 음악당만 쳐다보았다. 무대에서는 전통의상 차림의 여자가 샤미센에 맞추어 노래를 하고 있었다. 조명을 받아 머리에 꽂은 핀이 반짝였다.

여자가 바로 옆에서 자전거 바구니에 든 천 주머니를 뒤적였다. 그리고 요시코 바로 뒤에 와서 섰다.

"손 뒤로 내밀어."

손을 엉덩이 뒤로 돌리자 봉투를 쥐여주었다.

"바로 핸드백에 넣어."

하라는 대로 서둘러 핸드백에 챙겨 넣었다.

"이것만 맞고 딱 끊어. 안 그러면 나처럼 돼."

여자가 귓가에서 속닥였다. 등을 떠미는 바람에 펄쩍 뛰듯이 요시코는 걸음을 옮겼다.

끝났다— 심장이 두근두근 물결쳤다. 땀이 났다.

뛰는 걸음으로 찻집에 갔다. 이미 연인들도 눈에 들어오지 않았다. 찻집에서는 시마자키가 목을 빼고 주위를 살피고 있다가 요시코를 알아보았다. 그래도 조심스럽게 시선을 여기저기에 보내며 살피고 있었다.

"다녀왔어요." 요시코가 뛰는 걸음으로 다가가 말했다.

"고마워." 시마자키가 미소를 지으며 맞이했다.

"없다니까 그러네. 감시 같은 게 붙을 리가 있나. 학생은 너무 신중해서 탈이야."

돌연 시마자키 뒤편에서 다른 남자의 목소리가 들려왔다. 요시코는 흠칫해서 걸음을 멈춰버렸다. 목소리의 주인을 보았다. 헌팅캡을 쓴 자그마한 몸집의 노인이었다. 노인이라고는 해도 아직 예순은 안 된 듯했지만.

"아가씨, 미안하네. 시마자키가 너무 겁이 많아서 그렇구먼."

노인은 지독한 도호쿠 사투리를 썼다. 담뱃진으로 누르스름해진 이를 내보이며 웃었다.

시마자키는 그 즉시 표정이 딱딱해졌다. 요시코가 내민 봉투를 그대로 노인에게 건네더니 나무라는 어조로 말했다.

"무라타 씨, 이거면 됐죠? 여인숙에서 마구 팔아먹지 말고 아껴 쓰세요. 이젠 입수하기도 어려워요."

"하하, 알았어, 알았어. 근데 자네도 이거 할 거면서 뭘 그래?"

노인은 별로 개의치 않는 기색으로 자신의 왼팔을 툭 쳤다.

시마자키가 한숨을 내쉬었다. 손으로 얼굴을 쓱쓱 비빈다. "아무튼 오늘은 그만 들어가세요." 부루퉁한 얼굴로 말했다.

"그래, 먼저 들어갈게. 나하고 학생은 동지야."

노인이 킬킬거리며 웃었다. 발길을 돌려 조그마한 동물처럼 등을 둥그렇게 구부리고 사라져갔다.

"요시코, 미안해. 정말 미안하다." 시마자키가 말했다. 진심으로 미안하다는 얼굴이었다.

"방금 그 사람, 누구예요?"

"아무것도 아냐. 아무것도 아니라고."

시마자키는 눈을 맞추지 않고 고개만 젓고 있었다.

요시코는 조금쯤 안도했다. 저 수상쩍은 봉투는 시마자키가 노인의 부탁 때문에 입수한 것이다. 그 노인이 누구인지는 짐작도 가지 않지만, 시마자키도 어쩔 수 없이 한 행동인 듯했다.

"잠깐 나가서 걸을까? 모처럼 만났는데."

시마자키가 말했다. 기분을 풀어보려는지, 두 손을 들어 기지개를 켰다.

"네."

요시코도 따라서 기지개를 켰다. 눈이 마주치고 둘이서 푸훗 웃음을 터뜨렸다.

시노바즈 연못가를 나란히 걸었다. 이따금 어깨가 스쳤다. 손을 잡지 않을까, 기대했지만 그런 일은 없었다. 그래도 요시코는 차츰 마음이 누그러들었다. 이제부터 본격적인 데이트라고 생각하기로 했다.

"회사 일은 재미있어?" 시마자키가 물었다.

"재미있어요. 회사 사람들이 다 착해요."

"그래. 앞으로는 여성도 직업을 가지는 시대야. 다양하게 공부하고 경험을 쌓아서 원하는 길을 찾아나가면 돼. 무엇보다 요시코는 아직 열아홉 살이니까."

"그래도 결혼하면 일은 관둬야 할 거 같은데." 요시코가 발밑의 돌멩이를 툭 차며 말했다. 돌멩이는 데굴데굴 굴러 풀숲으로 들어갔다.

"그래? 그건 아깝지."

"그래도 난 결혼하면 집에서 저녁 차려놓고 남편 기다리는 게 좋을 거 같아요."

"아, 그렇구나." 시마자키가 눈을 떨군 채 웃었다.

"시마자키 씨는 그런 거 싫어요? 부인이 밖에 나가서 일하는 게 더 좋아요?"

"그건 본인이 결정할 일이지. 일하고 싶다는데 집에 붙잡아두고 싶지는 않아."

"시마자키 씨, 착한 사람이네요." 요시코가 올려다보며 말했다.

"뭘, 그렇지도 않아."

나이가 더 많은데도 시마자키가 수줍어하고 있었다. 역시 좋은 사람이라고 생각했다. 나는 이 남자가 좋다.

그때, 앞쪽에서 경찰 둘이 걸어왔다. 그러고 보니 오늘 길거리에서 유난히 경찰이 자주 눈에 띄었다. 이런 곳까지 순찰을 하는 걸까.

갑자기 시마자키가 어깨를 맞댔다. 떠밀리듯이 인도에서 벗어났다. 연못가에는 몇 팀의 연인들이 서로 껴안고 있었다. 요시코는 당황스러웠다.

경찰이 10여 미터 앞에까지 다가왔다. 시마자키가 발을 멈췄다. 무슨 일인가 하고 요시코도 발을 멈췄다. 시마자키가 돌아보며 요시코의 어깨를 팔로 감쌌다. 갑작스러운 일에 요시코는 흠칫 숨을 삼켰다.

"요시코." 시마자키가 정면으로 덮쳐왔다. 말도 안 돼. 여기서? 설마.

얼굴이 바짝 다가들었다. 미처 눈을 감을 새도 없이 키스를 했다. 경찰의 구두 소리가 지나갔다. 순경 앞에서, 어쩜 이리 대담할까.

따스한 것으로 입술이 막혔다. 눈을 감았다. 품에 안겼다. 몸이 둥실 떠오르는 듯한 느낌이었다. 뭔가 기묘하고 기분이 좋다.

첫 키스는 희미하게 돈가스 소스의 맛이 났다.

19

8월 10일 월요일

주말을 보내고 새로 맞이한 월요일, 시마자키 구니오는 오전 일을 면제받고 우에노 역에 가게 되었다. 그 전날 새벽에 사망이 확인된 야마 아저씨, 본명 야지마 사다키치의 화장에 입회하기 위해 아키타에서 유족이 올라오기로 했고, 야마다 사장이 그 유족의 마중을 나가라고 지시한 것이다.

"아키타 밖으로는 나와본 적도 없는 할머니야. 도쿄라는 말만 들어도 오줌을 지릴 만큼 시골 사람이라니까. 미안하지만 학생이 우에노 역까지 가서 좀 데려와."

야마다가 합숙소에서 담배를 피우며 말했다. "왜 저예요?"라는 구니오의 물음에 "그야 네가 인상이 좋으니 그렇지. 여기서 너 말고 남한테 좋은 느낌을 줄 만한 얼굴이 어디 또 있어?"라고 대답하고는 자조하듯이 코웃음을 쳤다.

야마 씨는 토요일 밤, 미처 날이 밝기도 전에 어이없이 죽어버렸다. 병원에 실려 갔을 때는 이미 심폐 정지 상태여서 심장마사지도 전기충격도 소용이 없었다. "구급차를 불렀어도 소용없었어"라고 야마다가 변명 비슷한 말을 했다. 왼팔 안쪽이 온통 주삿바늘 흔적이어서 충분히 수상쩍게 생각했을 법한데도 의사는 경찰은 부르지 않았다. 병원 측에서도 뻔히 다 알고 있는 듯했다.

야마 씨는 향년 56세였다. 나이를 알고 "그렇게 할아버지였어?"라는 말이 여기저기서 나왔다. 인부는 햇볕에 까맣게 그을린 탓에 마흔을 넘으면 모두 다 나이를 알아볼 수 없다. 곧바로 아키타 본가에 전보를 치고, 답신 전화가 야마신 흥업으로 걸려왔다. 귀찮은 일은 어서 빨리 끝내버리고 싶은지 화장은 당장 월요일에 하기로 정해졌다. 유족은 아내 한 사람으로, 상경하겠다고 했다.

야마 씨의 죽음은 싱거울 만큼 자연스럽게 합숙소 인부들에게 받아들여졌다. 마치 인사이동이나 퇴직처럼 "아, 없어졌네" 하고 끝내버리는 것이다. 눈물을 흘리는 이는 단 한 사람도 없고, 오래된 친구 몇몇이 "이게 뭔 일이람"이라며 잠시 슬퍼했을 뿐이다.

구니오는 형을 생각하지 않을 수 없었다. 형도 야마 씨와 똑같이 조악한 필로폰을 과다 섭취 하고 심장이 견뎌내지 못해 혼수상태에 빠진 것이다. 그리고 구급차도 부르지 않고 대충 떠메고 간 병원에서 숨을 거두고 심장마비라는 진단을 받았다.

시오노에게 캐물으니 "어쩔 수가 없어. 어쩔 수가 없다니까"라는 말만 되풀이했다.

"합숙소에서 일어난 일은 전부 내부적으로 처리하는 게 여기 관습이야. 필로폰 맞았다는 게 위쪽 회사에 알려지면 야마신 흥업에 처벌이 떨어질 거고, 그러면 우리도 당장 일당이 줄어들어."

구니오는 그 말을 듣고, 형은 죽어서도 눈을 못 감겠구나, 하고 서른아홉 살로 인생을 마감해야 했던 무학의 한 인간이 견딜 수 없이 가엾었다. 노동자의 목숨이란 얼마나 값싼 것인가. 지배층이 민중을 바라보는 시선은, 19년 전에 본토 결전을 상정하고 '1억 국민이 모두 불꽃으로 타오르자'라고 몰아치던 시절 그대로, 전혀 달라지지 않았다. 민중은 한낱 장기짝으로만 취급되고, 국가체제를 유지하기 위한 희생물에 지나지 않는다. 옛날에는 그게 전쟁이었고, 이제 그것은 경제발전이다. 도쿄 올림픽은 그 헛된 구호를 위해 높이 쳐든 깃발이었다.

구니오는 우에노 역 중앙 개찰구에 선 채, 끓어오르는 허탈감과 분노가 뒤섞인 감정과 싸우고 있었다. 가슴속에서는 묵직하고 컴컴한 공기가 당장이라도 터져 나오려고 했다. 최근 며칠 동안 계속 그랬다. 마구 뒤흔들리고 팽창하여 목구멍을 압박했다. 가까스로 억누르고 있지만 뭔가 스위치 하나만 켜지면 그 즉시 제어력을 상실할 것만 같다.

플랫폼 방향에서 시끄러운 벨 소리가 들렸다. 안내 방송이 흘러나왔다. 천장에 매달린 큰 시계를 보니 오전 9시 반이었다. 어제저녁에 아키타를 떠난 급행열차가 정각에 도착한 모양이다. 개찰구에서는 플랫폼을 세로로 한눈에 내다볼 수 있었다. 중앙의 11번 선로에 진한 갈색 차량이 모습을 드러냈다. 개찰구는 그것을 정면에서 바라보는 위치다.

"우에노~, 우에노~." 독특한 억양의 안내 목소리가 스피커에서 울렸다. 차 문이 열리고 승객이 차례차례 플랫폼으로 내려섰다. 큼직한 짐 보퉁이를 짊어진 행상인, 자리에 맞지 않게 멀쑥하게 차려입은 양복 차림의 남자, 싸구려 기모노를 입은 촌티 나는 여자. 도호쿠가 한 번에 몰려나오는 듯한 느낌이다.

구니오는 준비한 도화지를 머리 위로 쳐들었다. 먹물을 찍어 큼직하게 '아키타 센보쿠 군(仙北郡), 야지마 씨'라고 써 온 종이였다. 마중 나온 사람들이 개찰구 앞에 늘어섰다. 여름방학 기간이라 요란한 여관 깃발까지 펄럭여서 역의 번잡한 풍경에 색채를 더해주었다.

무너진 둑처럼 개찰구에서 사람들이 쏟아져 나왔다. 과연 야지마 씨 부인이 자신을 알아볼지 걱정스러웠다. 화장장 주소와 전화번호는 알려줬다지만 처음 도쿄에 올라오는 도호쿠 사람에게 도쿄는 외국과 그리 큰 차이가 없다.

깨금발로 키를 높이며 도화지를 높이 쳐들었다. 주위에서 반두루마기 차림의 여관 종업원들이 예약한 손님의 이름을 줄줄이 불러댔다. 무사히 만나서 반가워하는 소리가 뒤섞이면서 주위는 온통 축젯날 같은 모습이었다.

그때 등을 툭 치는 사람이 있었다. 반사적으로 고개를 돌렸다. 먼저 시야에 뛰어든 것은 모자였다. 트위드 헌팅캡. 누군가 하고 의아할 사이도 없이 전구가 켜지듯 뇌리에 기억의 단편이 되살아났다. 이 모자는 본 기억이 있다.

"어이, 형씨, 오랜만이네." 남자가 얼굴을 헤벌쭉 풀면서 환한 목소리를 냈다. "도쿄대 학생이었지? 나, 생각나?"

갑작스러운 일이어서 구니오는 선뜻 말이 나오지 않았다. 모자 밑의 얼굴을 들여다보며 새삼 확인했다. 그곳에는 노인인지 장년인지 얼핏 구분하기 어려운 거무스레하고 주름 가득한 얼굴이 있었다. 지난달에 형의 유골을 수습하여 고향에 내려갔을 때, 기차 안에서 조의금을 슬쩍 훔쳐 가려고 했던 소매치기다.

"내가 형씨 이름도 아는구먼. 시마다 군이지? 역장이 아주 공대하는 걸 보고 얼른 외워뒀어."

"시마다가 아니라 시마자키예요."

구니오는 슬며시 쓴웃음을 지으며 대답했다. 남자는 그때 기차 안에서와 마찬가지로 댓바람에 친한 친구처럼 굴었다.

"아차, 그렇구나. 살짝 틀렸네. 시마자키 군이었어. 그나저나 그날은 고마웠어. 형씨가 나를 도망가게 해줬잖아."

"흐흥, 그랬죠."

역사에서 있었던 일이 떠올랐다. 그 참에 이 남자의 이름도.

"무라타 씨였죠?"

구니오가 말하자 남자가 펄쩍 뛰듯이 뒤로 물러섰다.

"어떻게 내 이름을 알아?"

"나중에 출동한 형사한테 들었어요. 우에노와 아키타 역 노선에서 상당히 유명하시다고 하던데요?"

"아하, 그랬구나. 그럼 이제 굳이 감출 것도 없네." 무라타가 애교 가득한 미소를 지으며 집게손가락으로 코 밑을 비볐다. "무라타 도메키치, 올해로 쉰다섯. 주소 불명. 옛날에는 부두 노동자로 일했는데, 요즘은 그냥 이 차 저 차를 넘나드는 '하코시'로 살고 있어."

"하코시?"

"철도 전문 소매치기를 그렇게 말해. 내 입으로 꼭 설명을 해야겠어?"

무라타가 어울리지 않게 수줍어하는지라 구니오는 어깨를 흔들며 웃었다.

"형씨, 누구 마중 나왔어?"

"예, 좀."

"좀이 뭐야? 괜히 어물어물 감추지 말고 시원하게 말해봐."

"유족이 오기로 했어요. 아키타 인부가 사망해서 이쪽에서 화장을 하기로 했거든요. 부인이 올라오기로 해서 내가 마중을……."

"아키타 인부? 그런 일에 형씨가 무슨 관계가 있는데?"

"아뇨, 실은……."

구니오는 자신이 하네다 공사 현장 합숙소에서 일하게 된 사정을 대충 설명해주었다.

"호오, 역시 도쿄대생은 남다르네. 처음 봤을 때부터 내가 그런 줄 알았어. 가정교사라도 하면 될 걸 노동판에서 일하다니. 이 학생은 천하의 도쿄대생이면서 무슨 기모노 옷집 일꾼처럼 겸손하다니까."

호칭이 '형씨'에서 '학생'으로 바뀌었다. 팔짱을 끼고 진기한 생물이라도 발견한 듯 쳐다보았다. 그사이에도 구니오는 이름이 적힌 도화지를 쳐들고 있었다. 그러자 등에 보퉁이를 멘 쉰 살 남짓한 아주머니가 다가왔다. 머뭇거리는 느낌으로 구니오의 얼굴을 들여다본다. "저어, 야마신 흥업에서 나오신 분인가요?"라고 어두운 목소리로 말했다.

"네, 맞아요. 야지마 씨 부인이시죠?"

구니오가 묻자 아주머니는 어색한 웃음을 지으며 비굴하게 허리를 숙였다. "야지마의 안사람이에요. 이번에 연락도 해주시고, 고맙구먼요." 사투리가 나오는 게 부끄러웠는지 분명하게 입을 열지 않았다. 수건을 손에 들고 쉴 새 없이 땀을 닦는다.

"아뇨, 천만의 말씀이세요. 삼가 조의를 표합니다. 저는 시마자키라고 하는데, 야마다 사장 대신 마중을 나왔어요. 합숙소에서는 야지마 아저씨한테 늘 신세를 졌습니다. 저도 아키타의 구마자와 출신이에요."

"아, 그래요. 구마자와 사람이구먼."

"예, 그러니 어려워하지 말고 뭐든 말씀해주세요."

"미안하네, 큰 폐를 끼치고."

아주머니는 깊숙이 머리를 숙였다. 얼굴은 검은데 목덜미만 기묘하게 하얗다. 더운 날씨에 기모노를 차려입었지만 결코 고급스러워 보이지 않았다. 허리에 두른 띠는 닳고 닳은 흔적이 있었다.

"침대칸 타고 오셨어요?"

"아니, 이등칸. 돈 쓸 형편도 아니고 해서."

"그러세요. 몹시 고단하시지요. 제가 짐 들어드릴게요."

구니오가 손을 내밀자 아주머니는 "아이고, 아니야, 무슨 말씀을"이라고 온몸으로 미안해하며 뒤로 물러섰다. "제가 들게요." "아니, 아니야." 한참 옥신각신한 끝에 가까스로 보퉁이를 빼앗아 들었다.

"어이, 학생." 무라타가 옆에서 말을 끼웠다. "나도 함께 갈까? 지금 시간이 남는데, 별로 할 일도 없고. 무슨 거들 일이 있으면 내가 거들어 줄게."

"아, 안 돼요. 화장터에 가는 건데." 구니오가 난처해서 거절했다. 잘 아는 처지도 아닌 터에 어쩌면 이리도 반죽이 좋은지.

"아이, 어때. 고향 사람 좋다는 게 뭐여. 나도 좀 끼워줘."

"아뇨, 그래도 이건 좀…… 위쪽 회사에서 조문객이 올지도 모르고."

"안 되겠어?"

"예, 안 돼요."

"그래?" 잠시 틈을 두었다. "알았어. 그러면 일 끝나는 대로 우에노에서 밥이라도 먹자. 초밥 어때? 내가 사줄 테니까."

"아, 예……."

"내가 왠지 학생이 맘에 들어. 사람 차별을 전혀 안 하잖아. 나 같은 사람, 깔보지도 않고. 그런 거 참말로 좋구먼."

무라타가 입 끝을 치켜들며 말했다. 구니오는 어떻게 대답해야 좋을지 알 수 없었다.

"저녁에는 시간 있지?"

"아직 잘 모르겠어요. 화장 끝난 뒤에 공사 현장에 나가야 할지도 모르고요. 아마 그럴 가능성이 높아요."

"그래? 그러면 연락처라도 알려줄게." 무라타가 귀 뒤에 꽂아둔 볼펜을 빼내 구니오의 도화지에 급히 전화번호를 써주었다. "오카치마치 뒤쪽의 여인숙이야. 내가 항상 거기서 묵어. 지저분한 곳이지만 노숙자 쪽방보다는 방이 괜찮고 꽤 안전하거든. 아, 안전하다는 건 나한테 그렇다는 얘기. 야쿠자만 우글거리는 곳이라 아무도 안 오거든."

"아, 그래요……."

"학생, 나 싫어? 귀찮아?"

"아뇨." 즉시 고개를 저었다.

"그럼 꼭 연락해."

"예……." 저도 모르게 고개를 끄덕여버렸다.

무라타는 발길을 돌리더니 어깨를 흔들며 성큼성큼 멀어져갔다. 손에는 자그마한 보스턴백을 들고 있었다. 그 안에 소매치기로 거둬들인 남의 지갑들이 들어 있을까. 남자의 뒷모습을 바라보며 참 별별 사람이 다 있구나, 하고 세상의 넓이에 새삼 감탄했다. 무라타는 대관절 무슨 사연이 있어서 소매치기 짓을 하며 살게 되었을까. 고향에 가족은 있을까.

도화지에 적힌 전화번호를 물끄러미 바라보다가 아주머니의 시선을 깨닫고 문득 정신을 차렸다.

"아, 미안합니다. 아는 사람을 우연히 만나서. 가시지요. 화장터는 오모리 역에서 조금만 더 가면 돼요. 차표는 제가 살게요."

아주머니를 재촉하여 차표 파는 곳으로 갔다. 혹시라도 놓칠까 봐 아주머니가 구니오 뒤를 바짝 따라왔다. 새로 기차가 들어온 모양이었다. 역구내가 사람으로 가득했다. 모두 다 부채질을 하고 있어서 멀리서 보면 잔물결이 일렁이는 것 같았다. 습도가 높아서 조금만 움직여도 땀이 났다. 역무원의 안내 방송이 고막을 왕왕 흔들었다. 구니오는 한시라도 빨리 바람이 통하는 곳으로 나가고 싶었다.

고자의 화장장에서는 한 달여 전과 똑같은 일이 반복되었다. 야마다가 모셔 온 스님이 귀찮은 듯 짧은 독경을 올리고, 오리엔트 토목 전무가 얌전한 얼굴로 입회하고, 조의금이 아주머니의 손에 건네졌다. 아주머니는 천황이 말을 걸어주기라도 한 것처럼 황송해하며 계속 머리를 조아리고 있었다. 앞으로 일절 배상 청구를 하지 않겠다는 서약서가 내밀어졌다.

화장장에 가는 길에 구니오는, 서약서라는 건 회사 측에서 책임을 면하려고 써달라는 것이니 그 자리에서 서명할 필요는 없다고 미리 알려주었다. 하지만 큰 기업을 상대로 말썽을 일으키는 일 따위, 이 아주머니에게는 너무나 두려운 일이었는지 한마디 항의도 없이 허리를 숙인 채 그 자리에서 도장을 찍어주었다.

싸구려 필로폰을 맞고 목숨을 잃었다는 얘기를 구니오는 아주머니에게 말하지 않았다. 그런 걸 알아봤자 유족은 더 비참하기만 할 뿐이고, 죽은 사람으로서도 그리 떳떳하지 못한 일이었다.

화장장에서 아주머니는 거의 말을 하지 않았다. 시키는 대로 굽실굽실 따르더니, 화장하는 동안에는 벤치에 가만히 앉아 시간을 때우고 있었다. 처음에는 구니오가 이것저것 말을 걸어봤지만 짤막한 대꾸밖에 돌아오지 않았다. 지금은 누구와 말을 하기도 귀찮은 심정인 것 같아서 가만히 놔두기로 했다.

출관 때도, 납골 때도 아주머니는 울지 않았다. 어른들 틈에서 잔뜩 긴장한 어린애처럼 얼굴이 굳어버린 채 입을 한일자로 꾹 다물고 있었다.

화장은 점심때가 조금 지나 끝이 나서 야지마라는 타향살이 인부는 이 세상에 태어난 적도 없었던 듯이 깨끗이 사라졌다. 근처 공장에서 오후 시업을 알리는 사이렌이 울리고 있었다.

아주머니가 아무래도 미덥지 않아서 구니오는 다시 우에노 역까지 바래다주기로 했다.

"오늘 공사판에는 안 가도 돼. 아까 라디오에서 들으니까 오늘 최고 기온이 35도래. 학생은 추석 휴가도 없이 계속 일만 했으니까 오늘 하루쯤은 아무도 잔소리 안 할 거야."

야마다가 웬일로 다정하게 말해주면서 심부름값이라고 300엔을 주었다.

구니오는 아주머니를 데리고 화장장을 떠났다. 도쿄는 쾌청한 날씨여서 새파란 하늘에 구름 한 점 없었다. 잠시만 걸어도 땀이 흘렀다. 양산을 받쳐 든 아주머니는 말없이 고개를 숙인 채 걸었지만, 비행기가 바로 위를 지나갈 때만은 발을 멈추고 하늘을 보더니 그 거대한 동체에 놀랐는지 입을 헤벌리고 정신없이 바라보았다.

20여 분 만에 오모리 역에 도착했다. 점심 식사를 아직 못 해서 잠시 쉬기도 할 겸 역 앞 백화점에 들어가기로 했다. 꼭대기 층의 식당 쇼윈도 앞에 섰다.

"야마다 사장이 돈을 좀 주셨어요. 뭐든 드시고 싶은 걸로 골라보세요."

구니오의 말에 아주머니는 납으로 만든 음식 모형을 뚫어져라 쳐다보더니 돈가스 덮밥을 골랐다. 내심 식욕도 없을 거라고 생각하던 참이라 약간 뜻밖이라는 마음이 들었다. 구니오도 똑같이 돈가스 덮밥으로 식권 두 장을 샀다. 창가 탁자에 마주 앉았다. 식당 안은 에어컨이 켜져 있어서 그 시원한 냉기에 아주머니는 "아아, 이게 에어컨이구나"라고 탄식처럼 중얼거렸다.

"이 시간이면 16시 30분발 히바리호를 타면 되겠네요. 후쿠시마에서 갈아타야 하지만, 그게 가장 빠르겠지요?"

"아니, 야간열차 타면 돼." 아주머니가 컵의 물을 마시고 말했다. "한 번도 여행을 해본 적이 없어서 갈아타는 기차는 길을 잃어버려."

"그럼 오가 1호를 탈까요? 그건 아마 19시 45분 출발일 거예요. 근데 그걸 타려면 저녁까지 기다려야 하는데요."

"그래도 그거 타고 가야 해." 말투에 묘한 고집스러움이 담겨 있다.

"아주머니가 괜찮으시다면 저도 괜찮지만……."

돈가스 덮밥이 나와서 뚜껑을 열고 젓가락을 들었다. 아주머니는 돈가스 한 조각을 집더니 잘린 면을 들여다보며 "이렇게 두툼한 고기는 생전 처음이야"라고 말했다.

"그래요? 여기서는 그냥 보통인데."

"아니, 역시 도쿄는 다르구먼. 우리 동네는 식당이 없어서 오다테까지 나가야 하는데, 거기 식당 돈가스는 종잇장처럼 고기가 얇아."

아주머니가 그제야 대화다운 대화를 했다. 표정에 약간은 부드러움이 떠올랐다.

"그건 구마자와도 비슷해요. 저도 도쿄 나와서 처음으로 돈가스 먹어봤어요."

"그래? 나는 이게 두 번째야."

아주머니가 진지하게 말하는지라 구니오는 웃을 타이밍을 놓쳐버렸다.

"시마자키 군은 색시하고 애들은 있어?"

"아뇨, 아직 총각이에요. 실은 대학생인데 여름방학 동안 아르바이트를 하고 있어요."

"아, 그래서 그렇구나. 어쩐지 생김새가 다르다 했어. 우에노 역에서 처음 봤을 때, 어디서 온 영화배우인가 했어."

"……." 눈을 내리뜨고 쓴웃음을 지었다.

"무섭게 생긴 사람이면 그냥 모르는 척 다시 시골로 내려가려고 했는데."

"저런, 유골은 어쩌고요?"

"사실은 큰아들을 보내려고 했어. 근데 큰애는 홋카이도 탄광에 가버렸고, 둘째가 있기는 한데 진즉에 결혼해서 도시로 돈 벌러 나갔어. 연락을 해도 둘 다 못 온다고 해서 할 수 없이 내가 왔구먼."

아주머니는 그리 슬플 것도 없다는 듯 담담하게 집안 사정을 설명했다. 남은 건 여든이 다 된 시어머니와 자신, 큰며느리와 손자 둘. 모내기와 추수 때는 큰아들이 잠깐 돌아오지만 그 이외에는 여자 셋이서 농사를 지어야 한다. 딸도 하나 있지만 몇 년 전에 옆 동네 농가로 시집을 보냈다.

"우리 딸은 농사짓는 집은 싫다고 했는데, 나를 닮아서 생김새가 반반하지를 못하니 어떻게 해볼 수도 없고."

구니오는 대답할 말이 없어 조용히 듣고 있었다. 아주머니는 돈가스를 게걸스럽게 먹으면서 말을 이어나갔다. 마침내 하소연할 상대를 만났다는 듯한 느낌이었다. 구니오라면 두 번 다시 볼 일도 없고, 무슨 소리를 하건 동네에 퍼질 일도 없을 터였다.

"아까 우에노 역에서 여기 올 때 말이지……."

"네."

"전차 창문으로 큰 탑이 보이던데, 그게 도쿄타워야?"

"네, 맞아요. 하마마쓰 근처에서 바로 앞에 보였었죠?"

"응, 그래. 거기는 누구라도 올라갈 수 있어?"

"물론이죠. 입장료는 내야 하지만 엘리베이터 타고 전망대까지 스르륵 올라갈 수 있어요."

"기차는 저녁에 타러 가면 되니까 나도 평생 단 한 번 도쿄 구경이나 해봤으면 싶은데……. 아키타에서 도쿄 올 때까지 내내 그 생각만 했어."

"그러세요? 좋네요, 도쿄 구경."

"학생, 나 도쿄타워라는 데만이라도 좀 구경시켜주면 안 될까?" 아주머니가 구니오의 얼굴을 보며 물었다.

"예, 모시고 갈게요."

"도쿄는 어쩐지 무서워. 길을 물어보면 시골 사람인 줄 알고 속여서 돈을 뺏어 갈 거 같고……."

"아이, 그렇지는 않아요." 구니오가 쓴웃음을 지으며 대답했다. "괜찮으시면 도쿄타워 다음에 황궁도 안내해드릴까요?"

"그, 그렇게 좀 해줘."

아주머니는 긴장이 풀렸는지 고개를 좌우로 갸웃거려가며 자기 손으로 어깨를 두드렸다. 그리고 다시 돈가스 덮밥을 마주하고 밥알 하나도 남기지 않겠다는 듯 집중적으로 씹었다. 마지막에는 단무지를 뽀독뽀독 먹고는 혀로 이를 핥아가며 츱츱 소리를 냈다. 기품이 없다기보다 애초에 매너라는 개념이 없는 것이다. 아주머니는 만족스러운 듯

배를 쓰다듬더니 창밖으로 시선을 던진 채, 오가는 비행기를 초등학생처럼 넋을 잃고 바라보았다.

다마치에서 전차를 갈아타고 시바 공원까지 가서 마침내 도쿄타워에 도착했다. 어른 120엔을 내고 전망대에 올랐다. 아주머니는 고속 엘리베이터에 소스라치게 놀라서, 여름방학을 맞아 놀러 나온 어린애들을 밀쳐내고 벽 쪽의 손잡이를 움켜잡았다.

전망대에 오르자 달에라도 내려서듯이 신중하게 걸음을 옮겼다. 사방을 둘러싼 유리판에 바짝 붙어 서서 눈을 둥그렇게 뜨고 있었다. 감동한 건지 놀란 건지, 옆에서 보기에는 판단이 되지 않았다. 아주머니는 "아이고, 아이고" 하는 감탄의 소리를 올리며 도쿄의 파노라마를 온몸으로 받아들이고 있었다.

"어때요, 잘 오셨다는 생각이 드세요?"

"잘했고말고. 이런 구경을 했으니 이제 죽어도 여한이 없어."

"아이, 그럴 것까지야……."

구니오가 쓴웃음을 지었지만 아랑곳할 것도 없이 그저 멀거니 서 있었다.

"저기, 후지산이 보이네요."

"응? 어디 어디?" 아주머니가 즉석에서 반응을 보였다.

"저기요. 저기 삼각 능선이 보이지요?"

"아, 저거? 아이고, 도쿄타워에 올라온 것만 해도 대단한 일인데 게다가 후지산까지 구경하다니……. 참말로 죽어도 여한이 없구먼."

아주머니는 몇 번이나 한숨을 내쉬고 모든 것을 눈 속에 찍어 가려는 듯 조망에 푹 빠져 있었다. 이 아주머니에게는 처음이자 마지막 도쿄일 것이다. 남편이 죽지 않았다면 평생 인연이 없었을 이 나라 최고의 수도인 것이다.

"학생……." 아주머니가 앞을 바라본 채 불쑥 말했다. "학생은 나를 인정머리 없는 할망구라고 생각하지?"

구니오는 일순 말이 막혀서 "아니, 그럴 리가요"라고만 대답했다.

"아니, 그렇게 생각할 거야. 영감이 세상을 떠났는데 눈물 한 방울 안 비치고 도쿄 구경이나 하고 다니니. 누가 봐도 못된 여편네라고 하겠지."

"설마요. 그런 생각 안 해요." 서둘러 고개를 저었다.

"괜찮아, 솔직히 말해도. 내가 열아홉 살에 시집을 왔어. 신랑이 누구인지도 모르고 그냥 집안에서 정해준 대로, 촌장 어른까지 방직 공장도 그만 다니고 시집가라고 나서니 그 말을 거스를 수가 있어야지."

"예."

"그래서 조그만 동네로 시집을 왔더니만 그다음 날로 호미 들고 들에 나가라고 하더라고. 신혼여행도 안 갔고 결혼 축하 같은 것도 없었어. 옛날 며느리는 소나 말하고 다를 게 없었구먼. 다른 거라고는 어린 애를 낳는 것 정도지."

구니오는 말없이 듣고 있었다. 옆에서는 초등학생들이 환성을 올리며 뛰어다녔다.

"우리 애아버지는 가을 추수 마치면 사할린 탄광 인부로 나갔어. 겨우내 집안에 노인네하고 여자하고 애들뿐이야. 무슨 식모살이를 온 거 같았구먼. 시부모를 모시고 있으니 언제 한번 마음 놓고 쉴 수도 없고, 그냥 눈 감고 잔잘 때나 내 시간이었어."

"그러시군요……."

"5년쯤 지나니까 애아버지가 여름철에도 돈벌이를 나갔어. 그렇게 되니 나는 점점 더 들일이 많아지고, 게다가 전쟁까지 터져서 애들은 근로봉사를 하러 가고 군수공장에 동원되어 가고 끝판에는 우리까지 징용을 나갔어. 그러니 온 가족이 오순도순 살아본 날은 며칠 되지도 않아." 아주머니의 눈이 조금씩 슬픔으로 차올랐다. "애아버지하고는 사이가 나쁘지는 않았어. 싸움 한번 한 적 없구먼. 그럼 잉꼬부부였냐 하면 그런 것도 없었어. 학생은 아직 젊은 사람이고 이제 도쿄에서 괜찮게 살아갈 사람이니 잘 모르겠지만, 촌 동네 부부간이라는 게 다 그래. 서로 다독다독 위로하는 건 한참 더 나이 든 다음이고, 죽어라 일해야 하는 때는 서로 제 할 일이 바빠서 정을 나누고 말고 할 것도 없어. 참말로 이런 걸 뭐라고 해야 하나. 내가 배운 게 없어서 말도 못 하겠지만, 애아버지가 세상을 떠났다는데도 아무 생각도 안 들어. 오늘도 화장장에서 관 속의 애아버지를 보니까 처음에 그런 생각이 들더구먼. 아, 이 사람이 이런 얼굴이었나……. 30년 넘도록 함께 살았는데 겨우 그런 생각밖에 안 나니 참말로 내가 생각해도 매정한 여편네여……."

"아뇨, 그렇지는 않아요. 원래 사람이란 게 아무리 제 식구라도 남의 얼굴을 잘 안 보는 거잖아요."

구니오는 그렇게 말하면서 형이 화장되던 날, 자신도 관 속의 형에게 똑같은 느낌을 가졌던 게 생각났다.

"우리 애아버지는 합숙소에서는 어떻게 지냈대? 남을 괴롭게 하지는 않았어?" 아주머니가 구니오 쪽으로 몸을 돌리며 물었다.

"괴롭게 하다니요, 천만의 말씀이세요. 같은 고향 사람이라고 우리한테 아주 친절하게 해주고 일하는 것도 많이 가르쳐줬어요. 게다가 우스갯소리를 잘해서 야지마 아저씨 옆에는 늘 사람들이 있었어요."

제대로 알지도 못하는 사람이지만 구니오는 죽은 야지마를 칭찬했다. 당연한 예의라고 생각했다.

"그래? 나는 어디서 어떻게 일하는지 한 번도 듣지를 못해서……."

"간밤에 합숙소에서 밤샘을 했는데, 다들 슬퍼했어요."

"그래. 참말로 고마운 일이네." 아주머니가 깊숙이 머리를 숙였다.

"저어, 소프트크림 하나 먹을까요? 애들이 먹는 거 보니까 왠지 먹고 싶네. 돈은 야마다 사장한테 받았으니까 사양하지 마시고."

화제를 바꾸고 싶어 구니오가 턱짓으로 옆의 매점을 가리켰다.

"아, 그러면 나도 하나……."

아주머니는 기모노 허리띠를 바로잡으며 미안하다는 듯이 허리를 숙이고 말했다.

매점에서 두 개를 사다가 벤치에 나란히 앉아 소프트크림을 핥아 먹었다.

"도쿄는 참말로 좋구먼. 뭐든지 다 있고." 아주머니가 지금 이 시간을 곱씹듯이 절절히 말했다. "같은 나라라는 게 믿어지지 않을 만큼 아키타하고는 참말로 딴판이야. 이 정도면 올림픽을 해도 외국 사람들한테 하나도 부끄러울 거 없겠어. 어디든지 넉넉하고 화려하니 기운이 넘치잖아. 길에 지나가는 사람들도 다 복스럽고……. 참말로 도쿄에서 복이란 복은 죄다 독차지한 것 같구먼."

"복을 독차지했다……." 구니오가 그대로 따라 중얼거렸다. 이보다 정확한 말은 없다고 생각했다. 그리고 "아니, 그렇게 놔둘 수는 없죠"라고 내뱉었다.

아주머니가 무슨 말이냐는 표정으로 구니오를 돌아보았다. 구니오 자신도 왜 그런 말이 튀어나왔는지 잘 알 수 없었다. 하지만 마음속에서 뭔가 뚜껑이 열린 것처럼 줄줄이 말이 튀어나왔다.

"도쿄만 부와 번영을 독차지하다니, 결단코 용서할 수 없는 일이에요. 누군가 나서서 그걸 저지해야 합니다. 내게 혁명을 일으킬 힘은 없지만, 그래도 타격을 주는 것쯤은 할 수 있어요. 올림픽 개최를 구실로 도쿄는 점점 더 특권을 독차지하려 하고 있어요. 그걸 말없이 보고만 있을 수는 없지요."

아주머니가 의아한 듯이 구니오를 빤히 바라보았다. 한참 틈을 둔 뒤에야 "아, 그래……"라고 중얼거렸다. 무슨 말인지 전혀 알아듣지 못한 눈치였다.

"아, 미안해요. 이상한 소리를 했네."

"아니, 아니야."

아주머니는 소프트크림을 다 먹고 다시 전망대 끝에 서서 이제 마지막으로 보는 것이라는 듯 한참이나 도쿄 경치를 바라보았다.

구니오도 나란히 섰다. 날씨가 좋아서 건축물마다 또렷한 윤곽이 보였다. 요요기 종합 체육관의 특징적인 지붕이 머리를 치켜든 공룡처럼 우뚝 서 있었다. 야마다 사장이 따로 심부름을 시키지 않았다면 지금쯤 자신은 그 안에서 블록을 나르고 있었을 거라고 생각하니 묘한 감개가 끓어올랐다.

도쿄타워 다음으로 황궁과 긴자 거리를 구경하고 구니오는 아주머니를 우에노 역으로 데려갔다. 아주머니는 그 시간 동안 한 번도 남편을 잃은 슬픔에 젖는 일은 없었다. 도쿄의 화려함에 압도되어 그것 말고는 돌아볼 여유가 없는 눈치였다. 거의 무방비하게 오감을 내맡기고 있었다. 만일 구니오가 함께 따라오지 않았다면 틀림없이 길을 잃고 헤매다가 여차하면 교통사고를 당했을지도 모른다. 긴자 사거리의 횡단보도를 건너가다가 "아이고, 저건 뭐래?"라면서 핫토리 시계점 시계판을 올려다보며 중간에 우두커니 서버린 것이다. 황궁에서는 기념 촬영을 하라면서 덤터기를 씌우려는 사진사의 말에 의심할 것도 없이 카메라 앞에 서려고 했다. 구니오가 나서서 겨우겨우 사진사를 떼어냈다.

플랫폼에서 유골 항아리를 건네주자 정신없이 도쿄 관광에 빠져버렸던 게 아무래도 마음에 걸렸는지 "우리 애아버지가 참말로 어이없다고 탄식을 하겠구먼"이라고 자조하듯이 중얼거렸다.

구니오가 그저 빈말이나마 다음에 또 오시라고 했더니 아주머니는 손사래를 치며 말했다.

"아이고, 내가 또 올 일이 있겠어? 입에 풀칠하기도 바쁜데, 한가하게 여행 다닐 여가는 내 생전에는 없구먼."

구니오는 대답할 말이 없었다. 이 아주머니는 남은 인생을 오로지 육체노동에 바칠 수밖에 없다는 것을 생각하니 가슴이 뭉클해졌다. 그리고 자신이 얼마나 큰 특권을 쥐고 있는지 새삼 실감하고, 동시에 노동자계급에 강한 부채감을 느꼈다. 기껏 공부 하나 잘한다는 것으로 자신은 노동을 면제받고 있다니.

추석 귀성과 겹쳐 기차는 만원이었다. 이등칸 4인용 비좁은 곳에 아주머니는 자리를 잡았다. 통로에는 사람이 넘쳤다. 도시락을 펴놓은 사람도 있었다. 찜통같이 더운 날씨여서 승객 모두가 흥건히 땀에 절었다. 그 광경이 어쩐지 인간의 존엄을 무시당한 듯한 모습이어서 바라보기조차 괴로웠다.

발차 벨이 울렸다. 아주머니는 차창 너머로 가만히 고개 숙여 인사를 건네고 입가만으로 미소를 지었다. 무릎에는 구니오가 사준 역 도시락이 놓여 있었다. 손을 흔들며, 출발하기 시작한 열차를 오래도록 지켜보았다. 문득 견딜 수 없이 안타까웠다. 크게 고함을 지르고 싶은 충동이 몰려와 이를 악물었다. 이것이 무슨 감정인지 열심히 분석해보려 했지만 뇌보다 몸뚱이 말단의 모든 세포가 먼저 반응해버린, 거의 성충동에 가까운 것이었다. 지금 자신은 터져버릴 듯한 뭔가를 안고 있었다.

구니오는 플랫폼을 뒤로했다. 공사판 작업을 마치고 돌아온 뒤처럼 온몸이 무거웠다.

개찰구를 나와 구니오는 무라타 도메키치에게 연락해보기로 했다. 오전에 우연히 만났을 때, 초밥을 사준다고 했다. 마음이 바뀌지 않았다면 정말 사달라고 하고 싶었다. 게다가 이대로 합숙소에 돌아가는 건 영 내키지 않았다. 막노동 인부가 된 뒤로 질 낮은 고기 말고는 제대로 된 외식을 해본 일이 없다.

공중전화에 들어가 그가 적어준 여인숙 번호를 돌렸더니, 단골손님인지 금세 불러주었다. 수화기 너머로 복도를 급히 뛰어오는 소리가 들리더니 한껏 신난 목소리가 구니오의 귀에 울렸다.

"학생이야? 아하하, 약속한 대로 전화해줬구나. 반갑다, 반가워."

정말로 반가워하는 눈치였다.

"무라타 씨, 아까 만났을 때 초밥 사준다고 했죠?"

"그럼, 사주고말고. 뭐야, 아직도 저녁을 안 먹었어?"

"예, 시간이 없어서."

"실은 나도 아직 못 먹었어. 그 뒤에 경마장하고 파친코에 들렀다가 이제 막 들어온 참이야. 그래, 잘됐다, 잘됐어. 지금 어디야?"

"우에노 역이에요."

"그럼 남쪽 출구에서 기다려. 금방 나갈 테니까."

무라타가 신이 난 기색으로 말했다. 소매치기 주제에 마치 큰아버지처럼 다정하게 구는 게 우스웠다.

역 앞에 서서 귀가를 서두르는 회사원과 취객을 바라보았다. 세상은 올림픽 특수로 한창 호경기라고 했다. 그렇게 생각해서 그런지 사람들의 표정도 환하게 보였다. 이번 여름 보너스는 예년보다 많았는지도 모른다. 하긴 그런 것도 교외에 새로 생긴 아파트 단지에 들어간다든가 전기밥솥을 사는 정도의 소소한 문화적 혜택에 지나지 않는다. 일본 역사에서 프롤레타리아는 지배층에 창을 겨눠본 일이 없다. 오로지 참는 데만 익숙해져서 인권이라는 개념조차 없었다. 무리를 해서라도 선진국인 척하고 싶어 하는 나라 쪽에서 보자면 더할 나위 없이 고분고분한 양 떼일 것이다.

목이 말랐다. 솜털이 거꾸로 서고 살갗 밑에서 세포가 수런거리는 듯한 기묘한 느낌이 들었다. 왼쪽 팔을 더듬으며 혹시 필로폰을 원하는 것인지도 모르겠다고 퍼뜩 생각했다. 중독 증상이라고 할 정도는 아니지만 지금 눈앞에 필로폰이 있다면 덥석 맞을 게 분명했다.

무라타는 10여 분 만에 나타났다. 담배를 입에 물고 얼굴이 꾸깃꾸깃해진 채 "아하하, 참말로 좋다, 좋아"라고 연신 고개를 끄덕였다.

"도쿄대생 친구가 생기다니 내 평생에 없었던 일이야. 전쟁 끝나고 이날 입때까지 계속 뒷골목 세계만 떠도는 몸이거든. 야쿠자 아니면 소매치기나 날치기, 내 주위에는 죄다 그런 인간들뿐이야. 어차피 내놓은 놈들이지. 참말로 믿을 만한 인간이 하나도 없어. 지껄이는 것도 다들 한심하고. 내가 이래 봬도 옛날 학제로다가 중학교를 졸업했어. 가와바타 야스나리도 엄청 읽었구먼."

"그래요?" 구니오는 다시 만난 안도감에 쿡쿡 웃었다.

"그나저나 얼른 초밥 먹으러 가자. 아메요코초에 내가 자주 가는 초밥집이 있어. 거기 가서 먹자."

무라타가 어깨를 토닥였다. 나란히 걷자 무라타는 구니오의 어깨 정도의 키였다.

"그 모자, 여름에는 덥지 않아요?"

"이건 이제 내 몸의 일부야. 개가 덥다고 털을 벗나?" 무라타가 트위드 헌팅캡을 툭 치며 말했다. "근데 학생은 추석에 고향 안 가도 돼? 부모님이 기다리실 텐데."

"지난달에 다녀왔으니까요."

"아, 그렇군. 그때 우리가 고향 가는 기차에서 만났었지?"

"무라타 씨는 추석이 대목인 셈인가요?"

"어허, 학생, 뭔 소리야? 내가 이래 봬도 이등칸 손님은 건드리지 않아. 많이 가진 사람한테서 좀 덜어 오는 것뿐이지."

무라타는 입을 뾰족하게 내밀며 항변했다.

"하지만 난 가난뱅이인데요?"

"그때는 부자로 보였어."

담배를 길바닥에 버리고 짧은 다리를 내밀어 비벼 껐다. 골목은 비포장 흙길이어서 밤에도 먼지가 뿌옇게 일었다.

고가도로 아래 작은 초밥집에 들어가 카운터에 자리를 잡았다. 벽에는 도쿄 올림픽 포스터가 붙어 있었다. 국기와 오륜마크가 그려진 인상적인 디자인이다. 맥주를 주문하고 "재회를 축하하며!"라고 건배했다. 시원한 맥주가 내장에 속속 스며들었다.

"주인장, 아예 처음부터 죄다, 적당히 만들어줘."

"어유, 경기가 좋으시네."

"경마에서 제법 땄거든."

무라타는 호기롭게 말한 뒤에 구니오에게 얼굴을 바싹 대고 "여기서는 행상인으로 통하니까 그리 알아"라고 속삭였다.

넙치와 전어 중치의 초밥이 나왔다. 덥석 집어 먹었다. 고추냉이의 매운맛이 코를 톡 쏘았다. 이런 기품 있는 자극을 언제 맛봤던가 하는 기묘한 그리움을 느꼈다.

"근데, 학생. 저거하고는 뭔가 관계가 좀 있나?"

무라타가 턱으로 벽의 포스터를 가리키며 말했다.

"올림픽요? 매일 공사 현장에서 선수촌 바닥 깔고 있죠."

"아니, 그런 거 말고……." 코에 주름을 잡으며 피식 웃는다. "도쿄대생이라면 조직위원회나 경찰 쪽으로 선배들이 있어서 대충 입장권 몇 장이 좀 들어온다든가, 그런 거 없어?"

"글쎄, 찾아보면 있을지도 모르지만……. 그게 왜요?"

"아니, 나도 구경 좀 하고 싶어서. 평생 단 한 번의 올림픽이기도 하고……."

구니오는 말없이 맥주잔을 비우고 "실은 아저씨 일 때문이죠?"라고 작은 소리로 말했다.

"눈치챘어?" 무라타가 머리를 긁적였다.

"그렇구나. 올림픽은 무라타 씨한테는 큰돈이 들어올 기회군요."

"그래도 외국인한테는 손 안 댈 테니까 걱정 마. 내 고객은 어디까지나 도쿄 부자들이야."

"외국인한테는 왜 손을 안 대죠?"

"왜냐니, 이봐……." 무라타가 몸을 돌려 답답하다는 듯이 말했다. "외국인한테 피해를 줬다가는 국가의 수치가 되잖아. 그랬다가는 그 외국인들, 두 번 다시 이 땅에 안 오지. 우리도 그런 정도는 생각이 있어."

"의외로 체제적이시네요."

"뭐야, 체제적이라는 게?"

"지배층 쪽에 선다는 뜻이에요."

무라타가 잠시 미간을 좁혔다. "그게 뭐, 나쁜 일이야?"

"멀리 극동의 섬나라까지 찾아오는 외국인 관광객이라면 부르주아 중의 부르주아겠죠. 빼앗을 거라면 그쪽을 노려야 해요."

"그런가?"

"당연하죠." 구니오는 조용한 눈빛으로 딱 잘라 말했다.

"학생, 바람 넣는 소리 하지 마. 괜히 진짜로 그럴 마음이 나잖아."

"무라타 씨는 도쿄 올림픽을 어떻게 생각하세요?"

"어떻게 생각하냐니. 그야 일본 사람에게는 경사스러운 일이지, 당연히."

"그럴까요? 내가 보기에는 서구 사회를 쫓아가지 못해 안달하는 짓으로 보이는데요. 게다가 국민에게 헛된 꿈을 심어줘서 현실에서 눈을 돌리게 하려는 거예요."

"이봐, 학생. 취했어?"

"설마요. 맥주 좀 마셨는데요, 뭘."

"그럼 술로 하자. 여봐요, 주인장. 여기 됫병 술 두 잔." 무라타가 주방장을 향해 손가락 두 개를 세웠다. 1분도 안 되어 술이 나왔다. "흠흠, 그래서 학생은 도쿄 올림픽에 반대야?" 술잔을 쓱 들어 올려 입 끝으로 홀짝 마신다.

"예, 반대합니다."

"흥, 아무리 그래봤자 이제 두 달 뒤면 올림픽이야."

"아저씨랑 나랑 방해 작업 좀 해볼까요?"

구니오의 말에 무라타는 술이 목에 걸려 요란하게 컥컥거렸다.

"이봐, 학생. 지금 뭔 소리야?" 바지에 흘린 술을 손으로 툭툭 털어냈다.

"개최 자체를 저지하기는 힘들겠지만 나라에 한바탕 파란을 일으킬 정도의 복안은 있어요."

구니오는 담담하게 말했다. 최근 며칠 동안 생각하던 것을 드디어 발설했다는 후련함이 마음속 어딘가에 있었다.

무라타가 구니오를 찬찬히 바라보았다. "사람은 참말로 겉만 보고는 모르는 것이구먼. 학생, 혹시 전학련이니 뭐니, 그런 거야?"

"아뇨, 나는 논 폴리스예요. 하지만 프롤레타리아의 한 사람으로서 권력자들에게 순종하지 않는 양도 있다는 것을 저항이라는 형태로 보여줄 필요가 있다고 생각해요."

"도대체 무슨 말인지를 모르겠네. 학생, 무슨 짓을 하려는지 모르겠지만 괜히 올림픽을 방해했다가는 온 나라 사람에게 지탄을 받아."

"그럴까요?"

"그야 물론이지!" 무라타가 단호하게 말했다.

구니오는 술을 입에 옮기며 가만히 한숨을 내쉬었다. 벽의 포스터를 바라보았다. 국기의 빨간빛이 평소보다 더 선명하게 비쳤다. 저건 어쩌면 민중의 피 색깔이 아닐까. 최근 한 달 동안 아키타 노동자가 둘이나 죽었다. 그것을 아는 국민은 거의 없다. 아니, 알았다 해도 문젯거리로 생각해주지도 않을 것이다. 노동자들은 올림픽을 위한 인간 희생물로 국가에 바쳐졌다—

"아, 미안하지만 다랑어라는 것도 좀 먹어보고 싶어요." 구니오가 말했다.

"어라, 아직 먹어본 적이 없어?"

"없어요."

"그럼, 먹으라고. 여어, 주인장. 여기 다랑어 초밥 2인분 주쇼."

대화가 끊기고 말없이 초밥만 먹었다. 술도 더 주문했다. 취기가 돌고 뇌의 일부가 마비된 듯한 느낌이 몰려왔다. 핑크빛 다랑어가 나왔다. 입에 넣었다. 살살 녹아드는 그 맛에 깜짝 놀랐다. 형은 이런 걸 먹어봤을까. 어머니와 형수님은 틀림없이 이런 건 먹어본 적이 없다. 구마자와 촌사람들은 분명코 단 한 사람도 먹어본 적이 없다.

"무라타 씨, 기왕이면 관헌을 상대로 돈을 쌔비잔 말이에요." 구니오가 말했다.

"이봐, 그렇게 큰 소리로 말하면 어떡해?" 무라타가 팔꿈치로 쿡쿡 쳤다.

"노동자들끼리 서로 빼앗아봤자 비참하기만 하죠."

"학생, 대체 무슨 소리를 하는 거야."

"나라에서 왕창 뜯어내야죠. 룸펜 프롤레타리아의 반역입니다."

"호오, 그거 좋네. 할 수만 있다면 나도 같이 하고 싶어."

구니오가 술에 취했다고 생각하는지, 대충 맞장구를 쳐주는 느낌으로 아무렇게나 대꾸했다.

"우선 1억 엔 정도만 뜯어냅시다."

"좋지. 나도 1억 엔 좀 만져보자."

"올림픽을 인질로 몸값을 두둑이 받아낼 거예요."

"그래, 좋네. 까짓것, 하자!"

무라타가 쓴웃음을 지으며 술을 더 달라고 외쳤다.

구니오는 연거푸 술잔을 비웠다. 포스터 속 국기 색깔이 이제는 훨훨 타오르는 불길로 보였다.

20

8월 15일 토요일

사흘 전부터 세상은 추석 연휴에 접어들어 도쿄는 솔개 울음소리가 들릴 만큼 조용했다. 평소에는 자동차의 통행이 끊이지 않는 도심 간선도로도 마치 전쟁 때처럼 한산했다.

시마자키 구니오는 공사 현장으로 향하는 마이크로버스 맨 뒷자리에서 인구밀도가 단숨에 낮아진 도쿄 거리를 내다보고 있었다. 아침부터 해가 쨍쨍 내리쬐어서 분명 한여름 맑은 날씨였지만 사람이 적어진 만큼 어쩐지 바람이 잘 통하는 것 같았다. 옆에서 나란히 달려가는 전차 안을 넘어다봤더니 평소의 회사원이나 직장여성이 아니라 상복을 입은 부인 단체가 자리를 차지하고 있었다. 야스쿠니신사로 향하는 유족회 사람들이다. 라디오 아침 방송에서 오늘 정부 주최 전국 전몰자 추도회가 개최된다고 했다. 천황 및 각료들이 참석하고 전국에서 유족이 결집하는 대규모 행사라고 한다.

전쟁미망인들은 어떤 마음으로 기도를 올릴까. 남방에서 전사한 남편들은 현재 일본의 평화와 번영을 알지 못한다. 전쟁에 지면 당장 나라가 망한다고 아직도 믿고 있는 영령들이 많을 것이다. 젊은 나이의 전사라는 건 온전히 타인의 입장에서 생각해봐도 참으로 아무런 의미도 없는 일이다.

미망인들은 대부분이 사십대로 보였다. 결혼해서 아이를 낳자마자 남편을 나라에 빼앗겼다. 바로 19년 전만 해도 사람 목숨의 가치가 석탄이나 철보다도 값쌌던 것이다.

미야케자카에서 그 전차와는 길이 갈렸다. 세월이 흐르면 슬픔도 엷어지는 것인지 미망인들은 온화한 표정으로 담소하고 있었다.

요요기 올림픽 선수촌에는 하라주쿠 쪽을 통해 들어갔다. 버스에서 내리자마자 작업이 시작되었다. 구니오 일행은 그 전날부터 회장 내부의 도로포장 공사에 쫓기고 있었다. 덤프카가 토해놓은 산더미 같은 아스팔트를 인부들이 삽으로 평평하게 깔아나간다. 식어서 굳어버리기 전에 얼른 펼쳐야 하기 때문에 시간의 유예가 허락되지 않는 작업이다. 게다가 추석 연휴에 고향에 내려간 인부들이 많아 일손에 여유가 없었다.

그 전날 아스팔트 공사를 처음으로 경험해본 구니오는 하마터면 탈수증에 빠질 뻔했다. 아스팔트가 내뿜는 강한 열기에 날씨까지 펄펄 끓어서 찜통 목욕탕 안에서 고된 노동을 하는 느낌이었다. 쏟아지는 땀이 팔꿈치를 타고 줄줄 흘러내렸다.

요네무라는 그야말로 못마땅하다는 얼굴로 "이런 일은 항상 야마신 흥업한테만 떨어진다니까"라고 내뱉었다. 시오노도 "이건 완전히 고문이다, 고문이야"라고 한숨을 내쉬었다. 역학 관계 때문인지 이런 작업은 항상 아키타 출신 일용직 팀에게만 떨어졌다.

구니오는 체념하는 마음 한편으로, 아예 육체노동의 가장 밑바닥을 경험해보고 싶은 마음도 있어서 이를 악물고 묵묵히 작업을 했다. 마음속에 떠오른 결의를 약해지게 하고 싶지 않았다. 일이 괴로우면 괴로울수록 사고는 농도가 진해진다.

오전부터 기온은 쭉쭉 올라갔다. 온도계는 없지만, 반사열이 강한 공사 현장은 가볍게 40도는 넘을 것 같았다. 10분마다 통에 담긴 물을 마시지 않으면 땀 대신 소금이 나왔다.

야마다가 다가와 목덜미에 흐르는 땀을 닦으며 "아, 오늘은 롤러 중장비가 오질 않으니까 미안하지만 인력으로 평평하게 골라야겠어"라고 말했다.

"뭐요? 그게 말이 돼요?" 요네무라의 얼굴빛이 변했다. 다른 인부들도 일손을 멈추고 멍하니 바라보았다.

"윗선의 회사가 추석 연휴에 들어갔다니까. 우리 마음대로 중장비를 쓸 수가 없어."

"웃기지 마쇼! 이 무더위 속에 어떻게 인력만으로 롤러를 끌라는 거야?" 다른 아저씨가 거칠게 소리쳤다.

"어떻게든 하는 수밖에 없어. 덤프트럭을 기다리게 할 수가 없다니까."

인부들은 할 말을 잃고 험악한 눈으로 야마다를 노려보았다. 야마다는 모르는 척 인부들의 시선을 받아들였다.

"하루만 참아줘. 그 대신 덤프트럭은 앞으로 다섯 대만 오라고 했어. 모두 함께 덤벼들면 점심때까지는 다 끝날 거야. 그러면 오늘 토요일이기도 하고, 다들 반공일로 돌아갈 수 있어."

"틀림없지요? 아무리 오리엔트가 통 일을 요구해도 못 한다고 할 거죠?" 요네무라가 다짐을 받았다.

"그래, 걱정 마. 아라이도 없고 다른 감독도 없어. 오늘내일은 다들 고향에 간대."

그 말에 인부들은 다시 작업을 시작했다. 하지만 인력으로 롤러를 끈다는 게 보통 일이 아니었다. 옆에서 그냥 지켜보기에도 중노동이다.

가장 신입이기도 해서 구니오가 지명을 받았다. "아, 구니오 혼자서는 못 할 테니까……"라면서 야마다가 인부들을 둘러보았다. "어휴, 미치겠네"라고 투덜거리며 요네무라가 잔뜩 찌푸린 얼굴로 앞에 나섰다.

삽으로 평평하게 고른 아스팔트 위에 서자 작업화를 통해 가차 없이 열기가 훅훅 타고 올라왔다. 롤러의 핸들 부분에 몸을 넣고 둘이서 온 힘을 다해 끌어당겼다. 미묘하게 균형을 잡아야 하는지라 좀체 앞으로 나아가지 않았다.

"비탈에서는 내려야 하는 거 아니야?" 야마다가 말했다.

"어쨌거나 일단 올려야 내리기도 할 거 아니에요!" 요네무라가 신경질을 내며 소리쳤다.

금세 땀이 쏟아지고 온몸이 열탕에서 막 나온 사람처럼 후끈거렸다.

"어허, 수고가 많으시네."

곁을 지나가던 히구치와 그 부하들이 이쪽의 모습을 보고 떠들어댔다.

"소가 하는 일을 아키타에서는 사람이 하는 모양이지? 그러니 대대로 가난뱅이지."

입에 담배를 꼬나물고 신나게 놀려대더니 흥흥 코웃음을 치며 웃었다.

"저 새끼, 내가 언젠가는 꼭 죽여버릴 거야."

요네무라가 신음하듯이 중얼거렸다.

"그때는 나도 도와줄게."

구니오의 돌연한 대답에 요네무라는 눈이 휘둥그레져서 돌아보더니 "응, 그래"라고 당황한 기색으로 말했다.

선수촌 잡목림에서는 매미가 미친 듯이 울어댔다. 공사용 차량이 지나갈 때마다 흙먼지가 피어올랐다. 도쿄는 벌써 3주가 넘도록 비가 내리지 않았다.

12시까지 10여 분이 남은 참에 와이셔츠 차림의 공무원이 현장에 나타났다. "여러분, 작업을 중단해주십시오"라고 하더니 인부들을 한 곳에 집합시켰다. 남자는 손에 라디오를 들고 있었다.

"지금부터 종전기념일 묵도를 하겠습니다. 도청의 지시이니 잘 따라주십시오."

아무래도 관할청에서 전국 전몰자 추도식의 정오 묵도에 맞춰 공사 현장 인부들에게도 묵도를 시키라는 지시가 내려온 모양이었다. 보고도 해야 하는지, 카메라를 든 부하 직원이 옆에서 대기하고 있었다.

땀에 젖은 인부들이 헬멧을 벗고 떨떠름한 얼굴로 정렬했다. 라디오 스위치를 켜자 악대가 연주하는 국가가 흘러나왔다. "천황 황후 양 폐하가 도착하셨습니다"라는 아나운서의 실황중계 소리가 들려왔다. 이어서 이케다 수상의 식사(式辭)가 흘러나왔다.

"19년 전 오늘, 우리는 거센 전쟁의 종언을 맞이했다. 황야에 산화하고 자신의 임무에 순사하고, 또한 타국 땅에서 스러진 300만 인의 애국정신은 전쟁에 대한 비판과는 별도로 영구히 역사에 남을 것이다. 평화와 번영 속에서 그 확고한 희생과 고난을 망각하기 쉽지만, 전 국민은 항상 종전의 날로 다시 돌아가 새롭게 마음을 다지지 않으면 안 된다……."

무더위를 꾹 참으며 멍하니 듣고 있었다. 땀이 발치에 뚝뚝 떨어졌다. 공무원들은 멀쩡한 얼굴이었다.

수상의 인사가 끝나고 정오 시보와 동시에 공무원이 "묵도!"라고 소리를 높였다. 근처 시부야 구청의 사이렌이 주위에 울려 퍼졌다. 구니오는 머리를 숙여 묵도했다.

구니오에게 전쟁의 기억은 별로 없었다. 산간의 한촌이었던 탓에 공습도 없었고 다급한 전쟁의 분위기도 없었다. 그저 종전의 날만은 기억이 났다. 할아버지가 온 가족을 불러 모아 "미국이 쳐들어오면 남자는 죽이고 여자는 데려간대. 그런 일이 생기면 전깃줄을 끊어서 우리 식구 모두 손잡고 감전해서 죽자"라고 새파란 얼굴로 말했던 것이다. 천황의 녹음방송도 기억났다. 초등학교 교정에 마을 사람들이 모여 라디오를 둘러싸고 천황의 목소리를 들었다. 아무도 뭐라고 하는 건지 알아듣지 못해서 교장에게 물었더니 교장은 "일본은 전쟁에 패했습니다"라고 떨리는 목소리로 말했다. 그 뒤 한참 동안 아무도 입을 열지 않았다.

1분간의 묵도가 끝나자 늘 듣던 대로 우물우물하는 어조의 천황의 말씀이 있었다.

"종전 이래 지금까지 19년, 지난 전쟁에서 나라에 순사한 수많은 사람들과 그 유족의 심정을 생각하며 지금도 또한 가슴의 아픔을 느낀

다. 본일 친히 전몰자 추도식에 임하여 지난날을 회상하고 국운의 현상을 바라보며 감개가 특히 깊은 바가 있다. 여기에 전 국민과 함께 우리 나라 장래의 진전과 세계 평화를 기념하여 진심으로 추도의 뜻을 표한다."

귀를 기울이면서 구니오는, 천황제는 이런 때 참 편리하구나, 라는 건조한 감상을 품었다. 완전하신 공인이 정점에 있어주는 덕분에 이 나라의 지배층은 언제라도 봉공인이라는 입장으로 도망칠 수 있었다. 민주주의의 가혹함과 맞서지 않고 넘어갈 수 있었다. 천황제는 일본인의 영원한 모라토리엄인 것이다.

라디오를 끄고 "해산!"이라는 신호와 함께 점심시간에 들어갔다. 야마다가 뛰어와서 "마지막 덤프트럭이 들어왔으니까 그것만 처리하고 점심 먹자, 응?"이라고 손을 맞대며 사정사정했다.

인부들은 그러자고 말하고, 점심을 뒤로 미룬 채 작업장으로 돌아갔다.

이 속도로 나가면 오후 1시 지나서는 자유로워질 수 있다. 구니오는 마음속에서 한 가지 행동에 나설 결심을 하고 있었다.

오후 2시 반에 합숙소에 돌아와 물 몇 바가지로 땀을 씻어내고 와이셔츠와 바지로 갈아입었다. 요네무라가 파친코에 놀러 가자고 했지만, 대학 친구를 만나야 한다고 거짓말을 둘러대고는 게이큐 전차를 타고 로쿠고도테로 향했다. 등에는 륙색, 바지 뒷주머니에는 장갑이 들어 있었다.

차 안은 눈을 의심할 만큼 텅 비어 있었다. 염주를 손에 들고 성묘에서 돌아오는 길인 듯한 할머니 일행 두 명이 있을 뿐이어서 활짝 열린 창으로 바람이 아무 장애물 없이 시원하게 들어왔다. 차창으로 보이는 길거리도 한산했다. 줄줄이 들어찬 공장은 모두 셔터가 내려졌고 굴뚝도 한숨 돌인다는 분위기로 햇볕을 받고 있었다. 깃발을 단 금붕어 장수가 느긋하게 자전거를 타고 지나갔다.

로쿠고도테 역에서 내려 공터를 한참 걸어서 열흘 전에 왔던 '기타노 화약'으로 향했다. 이제부터 도둑질을 할 생각인데도 구니오의 마음속에 긴장감이라고는 없었다. 마치 도서관에 책을 빌리러 가는 듯 발걸음이 가벼웠다. 다만 햇볕이 사정없이 쨍쨍 내리쬐는지라 수건을 손에서 놓을 수가 없었다.

5분여 만에 도착해서 우선 주위를 둘러보며 남의 눈이 없다는 것을 확인했다. 잡목림 입구에 서 있는 회사 간판 너머로 목을 빼고 사무소 안의 상황을 살펴보았다. 그러자 낡아빠진 목조 사무소 창에 인기척이 있었다. 지난번에 만난 기타노 사장인 것 같았다.

구니오는 낙담했다. 일이 그리 쉽게 풀릴 리가 없지. 코로 한숨이 새어 나왔다. 분명 추석 휴가로 아무도 없을 거라고 생각했다. 아예 해 질 때까지 기다릴까. 그렇게 생각하며 발길을 돌리려는데 창문 여는 소리가 들렸다.

"누구야, 사치코야?" 여자의 이름을 부른다. 들켜버렸다. 최대한 빨리 자리를 떠야 할 텐데도 구니오는 왠지 초조한 마음도 없이 발을 멈추고 그쪽으로 몸을 돌렸다.

"사치코 아니야? 누구야, 무슨 볼일 있어요?"

어떻게 대답해야 하나. 할 말을 찾고 있으려니 기타노가 창문으로 몸을 내밀고 이쪽을 바라보다가 깜짝 놀란 소리를 냈다. "엇, 혹시 지난번에 왔던 그 학생?"

구니오는 엷은 웃음을 띠며 말없이 고개를 꾸벅 숙였다. 말은 아직 나오지 않는다.

"아, 학생이었구나. 갑자기 누가 왔나 하고 놀랐네. 오늘은 일 때문에 온 건 아니지? 공사 현장에서 아무 연락도 없었는데." 구니오를 확인하자마자 기타노의 눈이 반짝였다. "아무튼 들어와. 나도 딱히 할 일이 없던 참이야. 그저께부터 추석 휴가인데 집에 있으면 애새끼들이 시끄럽게 굴어서 사무소에서 조용히 책이나 읽으려고 피난 왔어."

기타노가 청하는지라 안에 들어가기로 했다. 그의 말대로 책상에는 책이 펼쳐져 있었다.

"아, 이거? 야마다 후타로의 닌자 도술 책이야. 요즘 한창 유행하는 베스트셀러도 좀 읽어보려고." 기타노가 책을 들어 표지를 툭 쳤다. "자네, 시마자키 군이랬지? 내가 이름을 기억해뒀어. 인상에 남았거든. 상당한 인텔리 얼굴이잖아. 공사 현장에는 절대 그런 얼굴이 없는데 말이야."

"그런가요?" 구니오는 애매하게 대답하고 미소를 지었다.

"참 반갑네. 이렇게 와주다니."

기타노의 얼굴이 서서히 상기되었다. 뭔가 오해하고 있다는 것을 구니오는 그제야 깨달았다. 지난번에 자신의 몸을 원했을 때, 마음이 내키거든 오라고 했었다. 상대해주면 2000엔을 주겠다는 말도 했다.

"내가 아까 사치코냐고 했었지? 그건 마누라 이름이야. 쉬는 날에도 꼬박꼬박 사무소에 나왔더니 요즘 들어 슬슬 의심을 하더라니까. 바람 피우는 줄 아나 봐. 그래서 또 나 감시하러 나온 줄 알았어. 시마자키 군이 머리가 길어서 얼굴만 보면 영락없이 여자 같거든. 잠깐 가슴이 철렁했네."

기타노는 혼자서 떠들고 있었다. 불안하게 손끝으로 턱이며 뺨을 쓰다듬으며 눈이 촉촉해졌다. 문득 콧김을 씩씩거리더니 구니오에게 바짝 다가들었다. "좋다는 뜻이지? 여기까지 찾아온 걸 보면." 그러면서 슬그머니 팔을 어깨에 둘렀다.

"아뇨, 그게 아니고." 구니오가 팔꿈치로 밀어냈다.

"아이, 기왕 여기까지 왔잖아? 돈은 틀림없이 줄게. 지난번에 내가 그랬지, 2000엔 준다고."

얼굴이 굳은 채 다가들었다. 구니오는 몸을 피하려고 했지만 정말로 힘주어 거부하지는 않았다. 이건 열쇠가 어디 있는지 확인할 수 있는 좋은 기회다. 머릿속에 그런 꿍꿍이가 떠올랐다.

"저어, 여기서는 좀……." 순간적으로 그런 말이 튀어나왔다.

"어때, 아무도 안 보는데."

"그래도 환한 곳은…… 화약고 안에서라면……."

기타노가 몸을 뗐다. 어깻숨을 몰아쉬며 "그래, 거기면 되는 거지?"라고 말했다. 구니오가 슬쩍 고개를 끄덕였다.

"좋아, 그러자. 하긴 거기가 반지하라서 시원해."

다카노는 책상 서랍에서 열쇠 다발을 꺼냈다. 빠른 걸음으로 사무소를 나와 잡목림 안으로 갔다. 움집처럼 흙더미를 두둑하게 쌓아 올린 화약고의 자물쇠를 열었다.

"들어가자, 응?"

기타노가 앞장서고 구니오는 그 뒤를 따랐다. 지난번에 왔을 때와 똑같이 열 평쯤의 공간 한가운데 다이너마이트 상자가 쌓여 있었다. 문은 닫지 않았다. 전기가 없어서 바깥의 빛을 차단하면 완전한 암흑이 되기 때문이다.

"학생, 그 륙색은 뭐야?"

"뭐, 별로. 아무것도 안 들었어요."

"그럼 내려놔. 그리고 라이터 같은 건 없지?"

"예."

"이런 곳은 정전기도 아주 위험하거든. 그러니까 옷은 얼른 벗는 게 안전해."

기타노가 그렇게 말하고 와이셔츠를 벗었다. 역시나 구니오는 망설여졌다. 자신은 남색 취향 따위는 없다. 호기심도 없었다.

기타노가 웃통을 벗고 다시 몸을 맞대왔다. "어서 벗어." 흥분할 대로 흥분한 얼굴로 구니오의 와이셔츠 단추를 풀려고 했다. 정말 궁지였다. 이 자리를 어떻게 모면해야 할까.

아예 몸을 맡겨버릴까. 그런 마음도 머릿속을 스쳤다. 필로폰도 경험했다. 야쿠자를 상대로 도박도 해봤다. 일단 나쁜 길로 들어섰으면 끝까지 가보라는 말도 있다. 일이 이렇게 된 마당에 자꾸 머뭇거리는 건 도리어 남자답지 않다는 마음이 들었다.

기타노의 손이 구니오의 가슴팍으로 들어왔다. 눅눅한 남자의 손이 다른 생물처럼 꿈틀거렸다. 그리고 또 다른 손이 가랑이를 더듬는 바람에 구니오는 저도 모르게 몸을 뒤로 뺐다.

"괜찮아, 괜찮아." 기타노가 귓가에서 속삭였다. "넌 틀림없이 우리 쪽 사람이야. 내가 알아. 이 부드러운 피부, 탄탄한 몸뚱이, 쪽 곧은 콧날. 완전히 가부키 여장 배우잖아. 흥, 여자 따위가 감히 너의 참된 맛을 알 리가 없어."

입구에서 들어오는 빛에 기타노의 얼굴이 떠올랐다. 눈에 핏발이 섰다. 너무 흥분한 탓인지 뺨이 푸들푸들 떨리고 있었다.

그의 손이 바지 벨트를 잡았다. 어느새 기타노는 하반신을 모두 드러내고 있었다. 단단해진 성기가 허리를 파고들었다.

나무 상자 위에 엎드리게 하고서 바지를 벗겼다. 다리 틈새로 성기를 쓰다듬었다. 구니오는 각오를 했다. 한 차례쯤이라면 경험해도 좋다. 어차피 본궤도를 벗어나려 하고 있는 것이다.

그때 밖에서 발소리가 들렸다. 구니오는 흠칫 몸을 일으켰다.

"왜, 무서워? 걱정 마. 힘들지 않게 잘해줄게."

"아니, 그게 아니고……."

"그게 아니면, 왜?" 팬티에 손이 들어왔다.

"밖에 누군가……."

"밖에?"

기타노가 움직임을 멈추었다. 둘이서 귀를 기울였다. 분명 인기척이 있었다. 자갈을 밟는 소리가 들렸다.

기타노는 몸을 떼더니 급하게 팬티와 바지를 입고 계단을 반쯤 올라가 엉거주춤한 자세로 바깥을 살폈다. "누구야? 무슨 볼일 있어요?" 아무렇지도 않은 척 큰 소리를 내질렀다.

"여보, 나야." 여자 목소리가 사무소 쪽에서 들려왔다.

기타노가 혀를 찼다. "제기랄, 마누라네. 한참 좋은 판에 왜 오고 지랄이야." 얼굴을 찌푸리며 투덜거렸다.

"사치코? 나 창고에 있어. 아, 이쪽으로 오지 마. 지금 폭약 조합 중이라 위험해. 바로 갈 테니까 거기서 기다려."

다시 밖을 향해 소리를 지르더니 원래 자리로 돌아와 와이셔츠를 걸쳤다.

"미안해. 방해꾼이 왔어. 여기서 잠깐만 기다려. 당장 쫓아내고 올게. 어차피 별 볼 일도 없어."

그렇게 말하고 키스를 했다. 구니오는 당황한 채 그 혀를 받아들일 수밖에 없었다.

창고에 혼자 남겨졌다. 호흡을 가다듬었다. 자신도 바지를 입고 와이셔츠 단추를 다시 채웠다. 그리고 바지 뒷주머니에서 장갑을 꺼내 양손에 꼈다.

이건 생각지도 못한 찬스다. 하느님이 나를 밀어주시는 건가. 지금까지 살아오면서 행운이라고 할 일은 별로 없었다. 오히려 번번이 소원이 어그러지는 일이 많았다. 그래서 성격도 비관적이 되었다. 그런데 이런 행운이 내게 떨어지다니. 망설이지 말고 돌진하라는 뜻인가— 이제야 심장이 두근두근 뛰고 땀이 쏟아졌다.

신중하게 가장 위쪽의 나무 상자를 열었다. 안에 다이너마이트 다발이 촘촘하게 채워져 있었다. 몇 개나 필요할지 짐작도 가지 않았지만 우선 열두 개짜리 한 다스를 슬쩍하기로 했다.

신중하게 집어넣고 륙색의 끈을 묶어 등에 짊어졌다. 문득 생각이 나서 나무 상자의 위치를 바꿔놓기로 했다. 한 다스가 빠져버린 상자를 아래로 바꿔놓으면 그만큼 발견을 늦출 수 있다.

잽싸게 손을 움직였다. 불꽃이 일면 폭발할 가능성이 있다고 해서 최대한 신중하게 작업했다. 몸을 움직이자 화약고 안은 그 즉시 숨이 답답해졌다.

상자를 바꿔놓고 허리를 숙인 채 살금살금 밖으로 나왔다. 사무실 쪽에서 여자가 우는 소리가 들려왔다. 아니, 우는 소리가 아니다. 구니오는 나뭇가지 뒤에 숨어 살짝 안을 들여다보았다.

기타노가 마누라를 책상에 엎어놓고 뒤에서 성교를 하고 있었다. 그야말로 돌연한 욕정이었는지, 치마만 둘둘 걷어 올린 자세였다.

여자가 동물 같은 소리를 올렸다. 기타노도 머리를 흩트린 채 바쁘게 허리를 움직이고 있었다. 구니오는 적당한 감상이 떠오르지 않았다. 아무튼 냉큼 떠나기로 했다.

다이너마이트가 손에 들어왔다! 감격이 솟구쳤다. 도쿄대에 합격했을 때, 이제는 내 미래가 활짝 열렸다고 생각했던 그 기쁨과 비슷했다.

그렇다, 나는 좀 더 크게 변할 것이다.

21

9월 21일 월요일

월요일, 오치아이 마사오는 아침에 일어나자마자 아내의 산부인과 정기검진에 함께 따라나섰다. 드디어 산달을 맞이하여 아내의 배는 애드벌룬 같았다. 요즘은 계단을 오르내리기도 힘든 데다 병원에라도 한 번 나가려면 흔들리는 버스를 타야 한다. 혼자라면 그나마 낫겠지만 두 살 난 아들까지 데리고 나서야 했다. 마사오는 다나카 과장대리의 허가를 얻어 월요일 오전만 쉬기로 했다.

야쿠자 인부 히구치가 살해된 사건은 아직도 유력한 단서를 얻지 못한 상태였다. 목격 정보가 없고 흉기도 발견되지 않았다. 손수레의 타이어 자국도, 작업화와 운동화의 발자국도 어디에나 흔히 있는 것이라서 특정하기가 곤란했다.

수사본부는 가마타 경찰서에 설치되었지만 형사들은 모두 곤혹스러워하는 분위기였다. 모두들 도쿄대생 시마자키 구니오의 범행이라는 확신은 갖고 있지만 그에 대해 공개된 정보가 어디까지 정확한 것인지, 아무도 판단을 내리지 못하고 있는 것이다. 수사의 지휘를 맡은 부서장조차 마사오와 이와무라에게서 정보를 얻으려고 하는 판이었다. 형사들은 한편에서는 울화를 끓이면서도 한편으로는 투지를 불태웠다. 공안부가 이쪽을 무시한다면 보란 듯이 범인을 검거해서 코를 납작하게 해주는 수밖에 없었다.

버스를 타고 역 앞에 도착하자 은행 앞에 사람들이 줄을 서 있었다. 무슨 일인가 하고 마사오가 내다보았다. 하루미는 남편의 얼굴을 잠시 쳐다보더니 "당신은 신문도 안 봐?"라고 미간을 좁혔다.

"올림픽 기념주화, 예약했던 사람들한테 오늘부터 나눠준다잖아."

"아, 그런가? 깜빡했네." 마사오는 이마를 톡 치며 쓴웃음을 지었다. "미리 알았으면 나도 몇 개쯤은 구할 수 있었는데."

"정말?"

"관할 은행에 부탁하면 당연히 몇 개는 빼주지. 경찰과 기업은 상부상조하는 관계거든."

"어머, 경찰에 그런 이점도 있었어?"

"올림픽 개회식도 볼 수 있어."

"진짜? 어떻게?"

"남아 있는 경비석이 경찰청 안에서 뒷거래로 왔다 갔다 하더라고."

하루미는 말없이 쓴웃음을 지었다.

병원에 도착하여 접수를 마치고 아들과 함께 셋이서 벤치에 앉았다.

"프루츠 우유라도 마실까? 매점에서 사다 줄게." 마사오가 말했다.

"아냐, 됐어. 당신, 오늘 진짜 다정한데?" 하루미가 웃었다.

"산달의 아내를 집에 혼자 두고, 내가 뭐 해준 게 있어야지."

"아이, 그런 말 하지 마. 난 괜찮아. 아파트 이웃들이 다들 친절하게 해줘." 마사오의 팔을 툭 쳤다. "아 참, 이삼일 뒤에는 히로시 데리고 고이와에 가야겠어."

고이와라는 건 아내의 친정이다.

"그렇게 빨리? 예정일까지 2주쯤 남았잖아."

"엄마가 일찌감치 오래. 나도 엄마가 돌봐주는 게 편하고."

"응……."

아내의 판단에 맡기기로 했다. 핵가족 시대라고 해도 역시 기댈 데는 혈육뿐이다.

"어쩐지 예정일에 딱 맞춰서 낳을 거 같아." 하루미가 배를 쓰다듬으며 말했다.

"10월 10일?"

"응, 올림픽 개회식 날. 온 세계가 축복해주는 날에 우리 아기도 태어나는 거야."

"그렇게 되면 좋을 텐데."

"꼭 그렇게 될 거야. 1000엔 내기 할까?"

가느다란 실눈이 되어 행복한 미소를 짓는다. 둘째의 출산을 앞두고 아내는 뭔가 자신만만한 눈치였다.

20분쯤 기다리자 하루미의 이름을 불렀다. 아들과 둘이서 대합실 텔레비전을 보며 진찰이 끝나기를 기다리기로 했다. 히로시가 안아달라고 해서 무릎에 앉혀줬더니 마사오의 얼굴을 만지작거리며 놀았다.

"히로시, 아빠라고 말해봐."

말을 건네도 우, 라든가 아, 라든가 하는 기성을 발할 뿐, 대답은 해주지 않았다.

요즘 히로시는 말을 배우기 시작해서 맘마와 엄마를 말할 수 있게 되었다. 하루미는 아들이 처음으로 엄마라고 불러줘서 하늘에라도 오를 듯한 기쁨을 느꼈다고 한다. 자신에게는 언제쯤에나 아빠라고 불러줄지 은근히 기다려졌다. 미야시타 계장에게 그런 얘기를 했더니 "자네, 빨리 가르쳐주지 않았다가는 자칫 아저씨가 되는 수가 있어"라고 겁을 주었다.

이것도 형사의 숙명이다. 그러니 더더욱, 짧은 시간이라도 가족과 함께하고 싶었다.

한숨을 내쉬었다. 등받이에 몸을 맡겼더니 온몸의 긴장이 스르르 풀렸다. 수사는 암중모색이지만 이런 한때가 그나마 위로가 되어준다.

둘째가 태어나면 잠시 휴가를 얻고 싶다. 올림픽으로 소란스러운 도쿄를 빠져나가 하코네쯤에서 느긋하게 놀다 오자. 마사오는 벌써 3주

넘게 계속 근무했다. 사건이 해결되면 다마리 과장도 크게 한턱낼 것이다. 다마리는 부하들과 말이 잘 통하는 새 시대의 관리직이다.

아들과 놀아주면서 멍하니 텔레비전을 보고 있으려니 화면에 거리에서 검은 연기가 피어오르는 광경이 나왔다. 뉴스 방송인 것 같았다. 어디서 화재가 났나. 저도 모르게 몸을 앞으로 내밀며 자세히 보았다.

헬리콥터에서 공중촬영 한 영상이었다. 꽤 큰 규모로 보도하는구나, 그렇게 큰 화재인가. 마음속으로 생각하며 귀를 기울이는데 취재기자가 흥분한 기색으로 "아무래도 폭발 사고가 일어난 것 같습니다!"라고 외치고 있었다.

폭발 사고라는 말에 마사오는 숨을 헉 삼켰다. 히로시를 품에 안은 채 텔레비전 앞으로 바짝 다가가 바닥에 무릎을 짚고 음량을 높였다.

"오늘 오전 9시 20분경, 다이토 구 오카치마치의 여인숙 밀집 지역에서 돌연 폭발음과 함께 불길이 치솟아……."

"저어, 다른 환자분들도 계시니까 소리를 좀……."

나이 든 간호사가 달려와 마사오에게 주의를 주었다. "아, 잠깐만 조용히"라고 손으로 제지하며 텔레비전 화면을 뚫어져라 지켜보았다. 폭발의 원인은 발표되지 않았지만 발화지는 여인숙 중의 한 곳이고 복수의 부상자가 났다고 한다. 텔레비전상으로는 불길이 양쪽 건물에까지 번져서 애먼 피해를 입은 모양이다. 탐문수사를 하러 몇 번 돌았던 지역이라 현장 상황은 쉽게 상상이 되었다. 전후에 야시장이었던 곳이고 야쿠자가 우글거리는 여인숙 거리다. 오래된 목조 가옥이 많아 불이 붙으면 순식간에 여기저기로 번질 터였다.

왠지 가슴이 술렁거렸다. 도쿄 올림픽과는 관계가 없는 장소지만, 뭔가 폭발한 사고라면 작은 정보라도 놓치고 싶지 않았다.

자리에서 일어나 간호사에게 무례를 사과했다. 공중전화는 어디 있느냐고 물었더니 간호사는 한 걸음 뒤로 물러서서 손끝으로 현관 옆의 빨간 전화를 가리켰다.

빠른 걸음으로 대합실을 가로질렀다. 히로시를 안은 채 수화기를 들어 다나카 과장대리를 호출했다.

"오치아이입니다. 방금 병원에서 텔레비전 뉴스를 보니까 오카치마치에서 폭발 사고가 났다는데요? 자세한 정보가 들어왔습니까?"

"아직 모르겠어. 지금도 활활 타는 중이야. 5계 쪽에서 니이와 사와노가 나갔는데 아직 연락은 없었어."

"폭발 사고라는 건 확실해요?"

"그것도 아직 모르겠어. 하지만 많은 사람들이 폭발 소리를 들었대. 단순한 화재는 아니야."

"저도 그쪽으로 갈까요?"

"자네 부인, 괜찮겠어? 오늘 정기검진 받으러 갔잖아?"

"괜찮아요."

"그럼 가봐."

"고맙습니다."

짧은 대화를 마치고 전화를 끊었다. 물어보고 싶은 게 산더미 같았지만, 긴급한 때에 과장대리의 시간을 길게 빼앗을 수는 없었다.

품에 안긴 아들을 보았다. 어리둥절한 얼굴로 아빠를 보고 있다. "히로시, 미안하다. 아빠가 급히 나가봐야겠어." 그렇게 말하고 일단 병원 건물 밖으로 나왔다. 어깨에 목말을 태워주었다. 이야아앗, 하고 내달려 앞의 주차장을 한 바퀴 돌아주었다. 아들이 깔깔거리며 좋아했다. "이번에는 비행기 타기야." 두 손으로 안아 들고 하늘을 향해 휘이이잉 공중 유영을 시켜주었다. 아들과 함께한 겨우 3분간의 오붓한 놀이였다.

그러고는 서둘러 병원 건물로 돌아와 간호사실로 뛰어갔다.

"지금 진찰 중인 오치아이 하루미의 남편이에요. 내가 급한 일이 생겨서 지금 바로 가야겠어요. 아들을 진찰실의 집사람에게 좀 데려다 주면 좋겠는데요."

간호사들이 어안이 벙벙한 표정으로 올려다보았다. 그중 한 사람이 "아, 오치아이 씨군요"라고 충분히 알 만하다는 표정을 보였다. "경시청 형사분이야"라고 주위에 소곤소곤 말하자 모두들 조용히 고개를 끄덕였다. 아내가 집안 사정을 미리 말해둔 모양이다.

"알았어요. 부인께 전하실 말씀은?"

"미안하다고 좀 전해주세요."

마사오는 진지한 얼굴로 두 손을 맞댔다. 딱하다고 생각했는지 간호사들의 얼굴에 미소가 번지고 흔쾌히 아들을 맡아주었다.

"진찰 끝날 때까지 아드님은 우리가 봐드릴 테니 어서 가보세요."

"네, 미안합니다."

깊숙이 머리를 숙이고 발길을 돌렸다. 성큼성큼 복도를 지나 현관을 나선 뒤에는 냅다 뛰었다.

어떻게든 범인을 잡고 싶었다. 10월 10일, 둘째의 탄생 예정일이자 올림픽 개회식 날에는 어떻게든 아내 곁에 있어주고 싶었다.

전차를 갈아타며 오카치마치 현장에 도착하자 화재는 이미 진화되어 소방차가 떠나려는 참이었다. 온통 매캐한 냄새와 함께 여기저기서 증기가 피어올랐다. 구경꾼들이 좁은 골목길을 가로막고 흥분한 기색으로 웅성거렸다. 소방수가 구경꾼들을 정리하려고 했지만 이 지역은 질이 좋지 않은 사람들이 대부분이라 좀체 말을 듣지 않는다. 제복 경찰도 우르르 출동해서 소란 통에 절도 사건이 일어나지 않도록 반소된 건물 앞에서 진을 치고 있었다.

마사오는 사람들을 헤치고 정지선 앞으로 다가갔다. 경찰수첩을 보여주고 로프를 넘어갔다. 바로 앞에 니이의 뒷모습이 보여서 말을 건넸다.

"수고가 많으십니다. 현황 좀 알려주세요."

"엇, 오치아이. 가마타에 안 갔어?"

니이가 그렇게 말하며 손으로 어깨를 툭툭 털었다. 그을음과 재가 날려서 양복이 지저분해져 있었다.

"폭발이라는 소리를 듣고 뛰어왔죠."

"지금 감식과와 함께 사와노가 현장에 들어갔어. 이게 상당히 복잡한 사건이라서……." 니이는 주위를 둘러보더니 귓가에 대고 속삭였다. "공안부에서 개입하는 바람에 소방서 감식과하고도 티격태격하고 있어. 우리 수사팀까지 달려왔으니 일대 혼란이 일어났지."

"지휘 계통이 어떻게 되는데요?"

"방화라면 수사1과야. 다마리 과장이 누군가 지휘관을 지명할 거야."

"피해자는?"

"중경상자 수 명. 병원으로 다 실어 갔어. 현재로서는 사망자는 없어."

"그래서 다이너마이트예요?"

"아직 모르겠어. 하지만 기자 발표는 가스 폭발 사고로 나갈 거야."

"그야 그렇겠죠."

"사건이 영 복잡한 건 불이 난 여인숙 1층이 폭력단 사무실이기 때문이야." 니이가 미간을 찌푸리며 한숨을 섞어 말했다.

"정말요?" 마사오는 저도 모르게 눈앞의 불탄 건물을 쳐다보았다.

"여인숙 전체가 폭력단 오타니파 소유야. 공습 때 타다 남은 건물을 세상이 복잡한 틈을 타서 차지했대."

"그럼 야쿠자 간의 세력 다툼일 가능성도 있군요?"

"글쎄, 적어도 내 안테나에는 그런 건 걸리지 않았어. 올림픽을 앞두고 간토 일원의 폭력단이 일시 휴전 중이야. 경찰이 일찌감치 경고하기도 했고, 두목도 휘하들을 단속하고 있었어. 어지간한 말썽꾸러기라도 이런 판에 괜한 소란은 안 피울 거라고."

"흠, 그렇다면 단순 사고나 사건, 둘 중 하나겠네요."

그러는 참에 그을음으로 얼굴이 새까매진 사와노가 건물에서 나왔다. 구두는 흠씬 젖었고 온몸에 재를 뒤집어썼다.

"후유, 니이 씨도 너무하시네. 나한테만 시키고." 원망스러운 눈빛으로 니이에게 푸념했다.

"투덜거리지 말라고. 그나저나 어땠어?"

"발화 지점은 1층 사무실 한복판 바닥이에요. 응접세트가 창문 밖까지 날아간 걸 보면 틀림없이 화약에 의한 폭발이래요."

"숙박인은 있었어요?" 마사오가 물었다.

"폭력단 관계자를 공안부가 전원 싹 쓸어갔어." 옆에서 니이가 코웃음을 치며 대답했다.

"그러면 우린 현장에서 도망친 자가 없는지 주위를 탐문해봐야겠군요."

"오치아이, 우리 마음대로 수사에 나서도 괜찮을까?" 사람 좋은 사와노가 괜한 걱정을 했다.

"대리님이 책임져주시겠죠."

마사오는 그렇게 말하고 눈을 가늘게 뜨며 손수건을 내밀었다. "어, 고마워." 사와노가 수건을 받아 얼굴을 닦았다. 아침에 아내 하루미가 챙겨준 하얀 손수건이 금세 시커멓게 물들었다.

5계는 현장에 세 사람뿐이었기 때문에 각자 단독행동을 취하기로 했다. 마사오는 우선 구경꾼 속으로 파고들어 가 누군가 목격자는 있는지 물어보고 다녔다. 하지만 첫마디를 건네자마자 사람들이 슬금슬금 흩어져버렸다. 느물느물 웃는 사람까지 있는 걸 보면 경찰에 대한 경계심과 반발심이 반반일 것이다.

"아까 폭력계 담당이 다 물어보고 다녔수다"라는 소리가 튀어나왔다. 아무래도 관할 경찰서 폭력계에서도 움직인 모양이다. 하긴 폭력단 사무실에 불이 났으니 당연한 일이다.

"우리는 우리대로 조사해야 돼. 괜히 감췄다가는 나중에 경을 칠 줄 알아."

상대에 맞춰서 마사오도 거칠게 나갔다. 여기저기서 적의의 시선이 날아왔지만 형사가 기죽을 수는 없다. 사람들을 헤치고 골목길 안쪽으로 들어갔다.

"어이, 젊은이. 당신 우에노 경찰서 형사야? 못 보던 얼굴이네."

길가 의자에 앉아 있던 노인이 컬컬한 목소리로 말을 건네 왔다. 대낮부터 술 냄새를 풍풍 풍기고 있다.

"우에노 경찰서 아니고 본청이에요. 영감님, 뭐 좀 봤어요?"

"봤을 수도 있고, 못 봤을 수도 있어." 입을 동그랗게 움츠리고 선문답 같은 소리를 한다.

"그러지 말고, 봤는지 못 봤는지 확실히 말해봐요."

"아니, 내가 나이가 들어서 그런지 뭘 깜빡깜빡 잊어버려. 옛날에는 우에노에서 아사쿠사 거리까지 술집 여자들 얼굴하고 이름까지 죄다 외웠는데 요새는 싹 잊어버렸어. 어제 본 얼굴도 깜빡한다니까."

"참 나, 뭔 소리예요?"

"어허, 인생 급할 거 뭐 있어? 어때, 정신 나는 약 한 잔만 먹여주면 생각이 날 것도 같은데 말이야."

노인이 표정도 바꾸지 않고 손으로 술잔 기울이는 시늉을 해 보였다. 마사오는 맥이 쭉 빠졌다.

"완전 능구렁이 영감이네. 두 홉들이면 되겠어요?"

"응, 술집 것으로 사줘. 이 근처는 아직도 합성주가 돌아다니거든."

노인이 턱짓을 했다.

"그럼, 여기 가만히 있어요."

마사오는 노인에게 손짓을 하고는 아메요코초까지 뛰어가 가장 먼저 눈에 띈 술집에서 두 홉들이 이급주 한 병을 샀다. 물론 사비로 산 것이다. 서둘러 돌아왔다.

"영감님, 이거면 되겠어요?"

노인이 병을 받아 들더니 우헤헤, 하고 기쁨의 소리를 올리며 얼굴이 구겨지도록 웃었다.

"어서 생각 좀 해봐요." 수첩을 꺼내면서 옆에 있던 나무 상자를 끌어다 자리를 잡고 앉았다.

"어허, 젊은이. 뭘 그리 서두르나." 노인은 술병 뚜껑을 비틀어 병나발을 불며 단숨에 3분의 1쯤을 마셨다. 만족스러운 듯 온몸으로 한숨을 내쉰다.

"영감님, 말해봐요. 뭐 좀 봤어요?"

마사오가 재촉하자 노인은 한 차례 헛기침을 한 뒤에 거드름을 피우듯이 담배를 꺼내 불을 붙이고 연기를 토해내며 마침내 입을 열었다.

"폭발하던 순간에는 정말 소스라치게 놀랐어. 내가 도쿄 공습 때도 피난갈 곳이 없어서 여기 그대로 있었거든. 그때 기억이 되살아나서 하마터면 놀라서 죽을 뻔했네."

답답하기 짝이 없는 느긋한 어조였다.

"어떤 소리였는데요?"

"파앙, 이야. 아주 날카로웠어. 그 점은 소이탄하고는 다르지. 그건 빠엉, 이었거든."

"아, 글쎄, 그런 얘기는 됐고요."

"그러고는 폭발 소리와 함께 유리창이 박살 났어."

"소리는 딱 한 차례였어요?"

"응, 한 방이야. 그래서 내가 화들짝 놀라서 소리 나는 쪽을 봤지. 그랬더니 오타니파의 여인숙이야. 이거, 조직 간에 싸움이 났나 보다 하고 가만히 지켜보고 있었더니만 남자들이 얼굴이 새파래져서 건물에서 길로 튀어나오는 거야."

"조직원들이었어요?"

"조직원하고 위층에 묵었던 손님들이야. 곧바로 불길이 번지면서 시커먼 연기가 피어오르니까 그만 발칵 뒤집혀서 금고를 꺼내라, 권총하고 일본도부터 꺼내라, 하고 형님들은 고함을 지르고 아랫놈들은 우왕좌왕, 아주 난리가 났어. 아, 그 무기들이 어디로 갔는지는 나도 몰라. 그거 찾아낼 거면 이 일대를 대청소하면 될 거야."

"시간 나면 그것도 하지요. 그래서요?"

"소방서에서 출동하기 전에 간부들은 다 튀었어. 쇼와 대로 쪽으로."

"그 밖에 도망친 자는 없었어요?"

마사오가 묻자 노인은 담배를 땅바닥에 버리고 발로 비벼 끄더니 눈앞에 선 형사의 표정을 살피듯이 슬그머니 입을 열었다.

"도망친 놈들 중에 딱 한 사람, 내가 아는 얼굴이 있었는데."

"누구죠?"

"이봐, 젊은 형사. 내가 어째 배도 살살 고프네. 아침도 못 먹었거든."

"장난치지 말고요. 경범죄법 위반으로 연행할 겁니다?" 꽁초를 주워 얼굴에 들이댔다.

"어허, 선량한 시민을 위협하면 안 되지. 이거 봐, 그냥 가락국수라도 좋아. 저기 노점에서 팔아. 한 그릇에 20엔."

노인이 흐느적흐느적 애원했다. 마사오는 주머니에서 동전을 꺼내 20엔을 노인의 손에 쥐여주었다. "나중에 사 먹어요"라고 말하며 눈을 흘겨주었다.

노인이 동전을 챙겨 넣더니 불쑥 말했다.

"무라타 도메키치라는 자야. 소매치기. 나이는 쉰 중반일 거야."

"무라타 도메키치?"

"우에노 경찰서 형사라면 다들 아는 놈이야." 거무스레한 이를 내보이며 킥킥 웃었다. "1년 내내 모직 헌팅캡을 쓰고 다니는 철도 전문 소매치기야. 벌써 20년 넘도록 형무소하고 여기를 오락가락했을 거야, 그놈."

"그래서 그 무라타라는 사람은 어떤 모습이었어요?"

"그게 말이지, 눈은 초점이 없고 다리도 휘청거리더라고. 내가 보기에는 그놈, 필로폰을 맞은 거 같았어. 하긴 이 근처 여인숙에서는 그거 맞는 놈이 한두 놈이 아니야."

"무라타가 여기 폭발 사고하고 뭔가 관련이 있는 거 같았어요?"

"그건 모르지. 나는 그냥 본 것만 말할 뿐이야. 무라타가 술에 취한 걸음으로 건물 밖으로 튀어나왔고, 그러자 젊은 놈이 또 튀어나와서 그자를 떠메고 가버렸어."

"아, 잠깐. 젊은 놈이 떠메고 갔다고요?"

"응, 이 근처에는 어울리지 않는 대학생풍의 곱상한 사내였어."

마사오는 저도 모르게 메모하던 손을 멈췄다. 노인이 이야기를 계속했다.

"륙색 하나 메고 무라타를 껴안고는 급하게 도망쳤어. 아, 그렇지. 처음에는 조직원 몇 놈이 뒤를 쫓았는데, 그냥 쫓는 시늉만 하고 금세 관두더라고. 뭐랄까, 진짜로 쫓는 거 같진 않더란 말이지."

"진짜로 쫓는 게 아니라니, 무슨 말이에요?"

"얼른 사라져라, 두 번 다시 오지 마라, 그런 느낌인가?"

"이해가 안 되네. 대학생 같은 남자와 무라타가 오타니 조직하고 무슨 일이 있었을까요?"

"나야 모르지, 그런 것까지야."

"알았어요. 그럼 대학생 같은 남자의 인상착의를 말해봐요. 우선, 키는?"

"키는 180쯤이었나. 호리호리한 편이고 햇볕에 거무스레하게 탔어. 옷은 검은 바지에 하얀 와이셔츠."

"머리형은?"

"머리는 꽤 길었어. 앞머리가 내려와 눈에 걸칠 정도야. 상당히 예쁘장한 편이었어."

마사오는 꿀꺽 목을 울렸다. 수첩을 뒤적여 마지막 장에 끼워두었던 시마자키 구니오의 얼굴 사진을 노인에게 내보였다.

"이봐요, 영감님. 혹시 이 사람 아니었어요?"

노인이 가슴팍 호주머니에서 안경을 꺼냈다. 코 위에 널름 얹고 사진을 멀찌감치 바라보았다.

"그래, 이놈이네. 틀림없어. 방금 전 일이니까 똑똑히 기억나."

마음속에서 일시에 핏기가 빠져나갔다. 마사오의 얼굴빛이 변하는 것을 보고 노인이 슬쩍 눈을 치켜떴다.

"뭐야, 젊은 형사. 이놈을 찾고 있었어? 그러면 내가 얘기해줘서 한 건 크게 건진 거지?"

"두 사람이 어느 쪽으로 갔어요? 그냥 걸어갔어요? 아니면 차 타고?" 강한 어조로 다그쳤다.

"어허, 귀중한 단서를 잡았구나? 그러면 술하고 가락국수로는 안 되지. 어이, 젊은 형사. 내가 수훈을 세우게 해줬으니까 뭐 좀 더 줘."
"어디로 갔느냐고 묻잖아요!"
마사오의 목소리가 거칠어졌다. 노인의 멱살을 잡고 세게 흔들었다.
"아이, 왜 이래. 흥분하지 말라고. 아차차, 피 같은 술을 흘렸네."
노인이 당황하여 술병 뚜껑을 막더니 손에 흘린 술을 쪽쪽 빨아 마셨다.
"빨리 말하라니까요!"
"우에노 역 쪽이야."
"어디로 튀었는지, 짐작 가는 거 없어요?"
"그것까지는 나도 모르지. 또 다른 여인숙으로 슬쩍 숨었는지 아니면 도쿄를 떠버렸는지, 나는 뭐, 도통 모르지."
"알았어요. 고마워요."
자리에서 일어나 발걸음을 돌렸다. "어이, 젊은 형사. 50엔만 더 줘. 50엔만 더 줘." 등줄기에 쏟아지는 소리를 무시하고 골목길을 뛰었다. 니이의 모습이 보였다. 니이도 마사오를 찾고 있었는지 숨을 헐떡이며 다가왔다.
"어이, 오치아이, 특별 정보야."
항상 쿨한 니이가 웬일로 얼굴이 붉어진 채 말했다. 마사오의 등을 툭툭 치더니 나란히 옆에 서며 어깨에 팔을 둘렀다.
"현장에서 도망친 사람 중에 시마자키 구니오로 보이는 젊은 남자가 있었어. 여인숙에 있던 사람들이 똑같이 증언했어. 며칠 전부터 이 근처를 어슬렁거렸대."
"니이 씨, 그건 나도 이미 파악했어요." 조용한 눈으로 대꾸했다.
"호오, 역시나 자네는 냄새를 잘 맡는단 말이야."
"나는 또 한 가지 보너스도 건졌어요."

"함께 도망친 소매치기?"

"어, 벌써 다 아시네?" 이번에는 마사오가 팔꿈치로 니이의 옆구리를 쿡 쳤다.

"무라타 도메키치. 나도 이름은 들은 적이 있어."

"내 생각에는……."

"그래, 시나가와 사건이지?"

"맞아요. 함께 배를 타고 갔다는 초로의 남자가 바로—"

"좋아. 우에노 경찰서에 들어가서 증명사진을 얻어 오자."

"나도 똑같은 생각을 한 참이에요."

둘이서 우에노 경찰서로 향했다. 저절로 걸음이 빨라져서 쇼와 대로를 건넌 뒤에는 거의 뛰다시피 했다. 발밑으로 빌딩의 바람이 빠져나갔다. 지난주쯤부터 가을이 한꺼번에 다가온 듯한 느낌이다. 그건 다시 말해 올림픽 개회식 날이 바짝 다가왔다는 뜻이다.

그날 마사오는 석간신문을 한조몬 회관에서 읽었다. 오카치마치의 폭발 사건에서 정보를 얻어낸 덕분에 급하게 다나카의 호출을 받고 이쪽으로 온 것이다.

짐작했던 대로 신문에는 「우에노에서 가스 폭발 사고」로 실렸다. 경찰은 일련의 폭발 사건을 철두철미하게 비밀에 부칠 작정인 것이다. 물론 그건 정부의 의향이기도 하다. 일부 매스컴 관계자들이 수상쩍게 생각한 모양이지만, 사고 현장이 폭력단 사무실이었던 탓에 대부분 야쿠자 간의 세력 다툼 정도로 넘겨짚고 있었다. 이렇게 되고 보니 일을 복잡하게 만든 폭력단 사무실에 오히려 고마워해야 할 지경이었다.

우에노 경찰서에서 무라타 도메키치의 사진을 입수한 마사오와 니이는 그길로 시나가와의 담배 가게로 달려갔다. 덴노즈 운하에서 모노레일 교각 폭파 사건이 일어났을 때, 목격 증언을 해준 노부인을 찾아간 것이다. 무라타의 사진을 보여주고 배에 동승했던 게 이런 사람이었느냐고 물었다. 노부인은 한참이나 고개를 갸웃거렸지만, 헌팅캡을 쓰고 있지 않았느냐고 다시 묻자 얼굴을 번쩍 들고는 딱따구리처럼 몇 번이고 고개를 끄덕였다.

"그래, 맞아. 생각나네. 헌팅캡을 쓰고 있었어."

그 한마디에 마사오와 니이는 서로의 어깨를 난폭하게 퍽퍽 쳤다.

혹시나 해서 다시금 그 일대의 탐문수사로 똑같은 목격 증언을 다수 얻어냈다. 이제 틀림없었다. 시마자키 구니오에게는 공범자가 있다. 그건 도쿄대생과는 도무지 어울리지 않는 쉰다섯 살의 전과 8범 소매치기였다. 공통점이라면 둘 다 아키타 출신이라는 것—

오후 7시부터 수사 회의가 시작되었다. 형사부 소속의 수사관은 마침내 100명을 넘어섰다. 다마리 과장도 나타나서 험악한 표정으로 정면 의자에 자리를 잡았다. 얼굴에는 피로한 기색이 역력했다. 그의 고생은 쉽게 상상이 되었다. 형사부 쪽의 리더로서 공안부뿐만 아니라 경비부와 방범부, 교통부와도 절충하지 않으면 안 될 터였다.

"다들 날마다 수사하느라 고생이 많다." 다나카가 우렁찬 목소리로 말했다. "오늘은 몇 가지 안건이 있다. 우선 오늘 오전 오카치마치에서 일어난 폭발 사건에 관한 것이다. 감식 결과, 앞서 일어난 세 건과 마찬가지로 흑색화약의 다이너마이트에 의한 폭발로 특정되었다. 빌화장치 등을 사용한 흔적은 발견되지 않았다. 따라서 도화선에 직접 불을 붙여 폭발시킨 것으로 보인다. 소카 지로 사건 때도 없었던 난폭한 수법이다. 폭발한 건물은 국지회 계열의 조직폭력단 오타니파 소유의 간이 숙박소로, 1층을 이 폭력단의 사무실로 쓰고 있었다. 참고로 이 폭력단의 회장과 두목은 폭발 사건 직후에 행방을 감췄다. 현장에서 신병을 확보한 조직원은 모조리 말단 부하들이다. 이들이 애매한 진술만 하고 있어서 현재로서는 폭발 당시의 상황을 파악하지 못했다. 취조 담당자의 심증으로는 뭔가 입을 다물고 있는 눈치가 보인다고 한다. 간단히 실토하면 형님들에게 혼이 날까 봐 그럴 테지만, 뭐, 하룻밤만 취조하면 순순히 얘기할 것으로 생각된다. 단순한 말단 폭력배다. 그 밖의 숙박인들은 전원이 2층 객실에 있었기 때문에 당시 상황은커녕 무슨 일인지조차 알지 못하고 있다. 참고로 다섯 명의 숙박인 중에 지명수배 중인 절도범 두 명이 있었다. 불행 중 다행이랄까. 아차, 지금 이런 얘기를 할 때가 아닌가?"

다나카의 분하다는 듯한 농담에 수사관들이 와그르르 웃었다. 폭파된 간이 숙박소는 말하자면 그런 장소였다는 얘기일 것이다.

다나카의 설명이 이어졌다. 숙박인 명부는 불에 타서 발견되지 않았다. 단서가 될 만한 증거품도 현재로서는 나오지 않았다. 위법 약물 등도 화재로 소실되었을 가능성이 높다. 폭력단 간의 분쟁에 관해서는 우선 가능성을 배제해도 좋다. 항간에 떠도는 소문대로 가장 큰 폭력단인 동성회 회장이 도쿄 올림픽 폐회 때까지 서로 간의 분쟁을 엄금했다는 지령은 그쪽 세계에 빠짐없이 전달되어 있다고 한다.

"다음으로, 이번 사건에 관한 유력한 추가 정보가 들어왔다. 이건 탐문수사를 담당했던 사람이 직접 발표하도록 하겠다. 니이, 오치아이."

다나카가 턱으로 가리켰다. "자네가 말해." 니이가 팔꿈치로 쿡 치는 바람에 마사오가 자리에서 일어섰다. 한 차례 헛기침을 하고 보고를 시작했다.

"그 밖에도 정보를 얻은 분이 많겠지만, 과장대리의 지명에 따라 제가 말씀드리겠습니다. 폭발 현장 주변을 탐문해본 결과, 현장에서 도망친 자 중에 시마자키 구니오가 있었다는 것이 밝혀졌습니다. 복수의 목격자가 사진을 보고 확인해주었기 때문에 틀림없을 겁니다. 그리고 시마자키와 함께 도망친 인물이 있었고, 이것 역시 증언에 의해 인물이 특정되었습니다. 무라타 도메키치, 55세. 아키타 출신이고 전과 8범의 소매치기입니다."

다나카가 앞쪽 칠판에 이름을 썼다. 메모하는 소리가 회의실 안에 서걱서걱 울렸다.

"무라타는 눈의 초점이 맞지 않고 걸음도 제대로 걷지 못했다, 필로폰을 복용한 것 같았다, 라는 게 목격자의 말입니다. 또한 무라타라는 인물은 지난 9월 5일, 덴노즈에서 발생한 모노레일 교각 폭파 사건 때, 시나가와 운하에서 목격된 배에 시마자키와 함께 타고 갔던 초로의 남자라는 것이 탐문에 의해 판명되었습니다."

대부분의 수사관에게는 새로운 정보였는지 작은 웅성거림이 일어났다.

"그러니까 시마자키 구니오에게는 공범이 있었고, 그 사람이 같은 고향 출신의 무라타 도메키치였습니다."

"두 사람이 알게 된 계기는 뭐였어?" 나이 많은 수사관에게서 질문이 날아왔다.

"현재로서는 그것까지는 알지 못합니다. 저녁에 또 한 차례 현장 주변의 음식점을 돌아봤는데……. 아, 이 얘기는 사와노 씨께 부탁합니다."

보고를 사와노에게 인계했다. 그쪽 정보를 얻은 사람이 사와노였기 때문이다.

"마찬가지로 5계의 사와노입니다. 시마자키와 무라타에 관해 몇 건의 목격 정보가 있었습니다. 그중에서 특히 확실한 것은 8월 5일 우에노 니초메의 초밥집 '사토'에 둘이 함께 왔었다는 증언입니다. 식당 주인의 말에 따르면, 마침 추석 연휴가 시작되기 전날 저녁이어서 날짜가 기억난다고 했습니다. 무라타는 한 달에 한 번씩은 찾아오던 단골손님으로, 자신을 아키타 행상인이라고 소개했다고 합니다. 그날 함께 온 시마자키는 처음 보는 얼굴이었지만, 술에 취한 무라타가, 이 젊은이가 누군지 아느냐, 나와 동향인 도쿄대생이다, 내가 이래 봬도 도쿄대생하고 친구 사이다, 라고 자랑했던 것을 기억하고 있었습니다."

"둘이서 어떤 이야기를 했대?" 다나카가 물었다.

"손님의 대화는 엿듣지 않는 게 습관이라서 그것까지는 알지 못한대요."

"음, 알았어. 수고했어. 무라타에 대해서는 오늘 오후, 경찰청을 통해 아키타 현경에 문의해뒀어. 어떠한 소소한 정보도 생략하지 말고 보내달라고 부탁했으니까 이제 곧 줄줄이 나올 거야. 자, 그다음은 폭파 피해를 입은 오타니파에 대한 보고야. 3계의 기요미즈."

지명을 받은 수사관이 일어섰다.

"오타니파는 전후에 야시장을 중심으로 형성된 폭력 조직입니다. 중요한 수입원은 우에노 일대의 경호비, 도박, 일용직 인부의 알선입니다. 시마자키가 하네다 합숙소에서 일용직 일을 했다는 점에 착안하여 인부 알선 쪽을 살펴봤더니 의외의 인물과 관련되어 있다는 게 밝혀졌습니다. 이달 14일에 오타 구 로쿠고도테의 기타노 화약에서 사체가 발견된 그 사건입니다."

그 말에 마사오는 저도 모르게 고개를 번쩍 들었다.

"오타니파는 도내의 여러 건설 합숙소에 인부를 소개해왔고, 오타 구 일대에서 총무 역할을 해온 게 바로 이번에 살해된 히구치입니다. 히구치는 정식으로 조직에 가입한 건 아니지만 오타니파의 준구성원 대우를 받으며 활동했습니다."

메모를 하면서 맥박이 빨라졌다.

"그럼 히구치 살해에 시마자키가 관련이 있었고, 그 일로 오타니파와 시마자키가 뭔가 연관이 있었다고 봐도 좋은 건가?"

다나카의 질문에 수사관은 "예"라고 짧게 대답했다.

"무라타의 활동 무대가 우에노 일대이고, 우연한 기회에 서로 알게 된 시마자키가 이쪽으로 흘러왔다. 그 뒤에 히구치 살해 사건이 일어났고, 오늘은 폭발 사건이 일어났다. 이거 참, 추리소설 못지않게 복잡하구먼."

다나카가 칠판에 관계도를 그렸다. 분필이 스치는 불쾌한 소리에 스스로 얼굴을 찌푸렸다.

"다나카, 오늘 밤 안으로 오타니파의 조무래기들을 취조해서 알고 있는 건 전부 실토하게 해." 지금까지 입을 다물고 있던 다마리가 말했다. "지금 공안부가 취조하고 있지만 내가 협의해서 9시부터는 형사부로 돌려달라고 할게. 다소 무리를 해도 괜찮아. 샅샅이 다 불게 하라고."

"알겠습니다."

"그리고 오늘 밤부터 도내 모든 숙박 시설에 대해 형사부 단독 롤러 작업에 들어간다. 호텔과 여관은 관할 경찰서에 넘기겠지만 여인숙에 대해서는 여기 있는 수사관들이 담당하도록 한다. 쉬는 날도 없이 연일 수고가 많다만, 부디 잘 부탁한다." 다마리가 자신의 손목시계를 보았다. 다음 일정이 있는 눈치였다. "범행 성명문 및 협박문은 나카노 사건 이래로 들어온 게 없다. 돈에 대한 요구도 아직은 없다. 오로지 올림픽을 방해하려는 목적인지 아니면 돈을 받아 갈 방법을 찾고 있는 중인지, 아직 어느 쪽인지는 판단이 서지 않았다. 어떻든 우리가 할 일은 범인 체포다. 형사부에서 일치단결하여 시마자키 구니오를 체포하도록 하자. 본 사안에 관해 나는 개인적인 수훈을 인정하지 않는다. 누구든 정보를 포착하면 모조리 과장대리에게 보고하도록. 이상, 회의를 계속해."

자리에서 일어나 한 차례 목례를 건네고 다마리는 큰 걸음으로 회의실을 나갔다. 그 등을 지켜보는 수사관들은 잠시 입을 꾹 다물고 있었다.

마사오는 새삼 이 사건의 중대성을 실감했다. 아내와 아들은 내일이라도 친정에 가게 하자. 자신은 개가 되어 도쿄 전역의 냄새를 맡고 다녀야 한다. 범인을 체포하기 위해.

22

9월 22일 화요일

오후 7시에 고지마치 별관 스튜디오에서 버라이어티 방송의 리허설이 끝나고, 스가 다다시는 선배 스태프에게 배달 도시락을 나눠주고 다녔다. 출연자들 몫은 이미 대기실에 가져다주고 보온병의 차도 다시 채워주었다.

"어이, 스가. 나는 여기서 이사카하고 먹을 거니까 도시락 좀 부탁해."

둥근 얼굴에 안경을 낀, 몸집도 크고 태도도 오만한 사회자의 지시를 받고 다다시는 급히 복도를 달렸다.

"저기, 스가. 차 타고 나가서 담배 좀 사다 줄래?" 옆을 지나가는 참에 가슴 큼직한 여배우가 심부름을 시켰다. "라크 담배야. 아카사카 프린스에 가면 살 수 있어."

"라크 담배라면 유키에 씨 전용으로 사둔 게 있어요. 좀 있다가 가져올게요." 급정지해서 다다시가 대답했다.

"어머, 눈치도 빠르시지. 역시나 도쿄대 출신 인텔리는 다르다." 섹시

한 윙크가 날아왔다.

"스가, 택시 좀 불러줘."

"스가, 안약 없어?"

복도를 달려가는데 여기저기서 심부름이 날아왔다. 텔레비전 방송국의 젊은 사원은 거의 하인이나 다름없다. 아들이 일하는 모습을 아버지가 봤다면 도쿄대 출신이 보이 짓을 하고 있다고 펄펄 뛸 것이다.

지시받은 일들을 대강 처리하고, 가까스로 스튜디오 한쪽 구석 탁자에서 도시락을 열고 있는데 보도국의 가사하라가 숨을 헐떡이며 뛰어왔다. 본관에서 일부러 여기까지 허위허위 찾아온 모양이다.

"스가, 지금 잠깐 괜찮아?" 탁자 앞에 앉아 덤벼들듯이 몸을 내밀며 말했다.

"어휴, 이제야 엉덩이 좀 붙이나 했더니. 내가 완전히 심부름꾼이 된 기분이라니까."

"글쎄, 지금 잠깐 괜찮냐니까."

가사하라가 눈에 핏발이 선 채 탁자를 쿵쿵 쳤다.

"식사 중이야. 보면 알잖아. 이제 겨우 젓가락 들었어. 방해하지 마."

"그럼 먹으면서 들어. 어제 오전에 우에노에서 폭발 사고가 있었는데, 알아?"

"아니. 나는 그저께부터 여기 붙잡혀서 계속 일하는 중이야. 지난 주말부터 해를 못 봤다……." 돈가스를 덥석 베어 물고 밥을 입에 가득 욱여넣은 참에 눈이 휘둥그레졌다. "뭐라고? 폭발 사고?"

"그래. 방송국 옥상에서도 연기가 보일 정도였어. 저녁 뉴스에도 나왔고."

"아, 글쎄, 내가 계속 여기에 처박혀 있었다니까. 그보다 폭발 사고라니?"

"발표는 가스 사고로 나왔어. 오카치마치 여인숙 거리에서 화로의 가스가 새서 인화 폭발 했다는 거야. 건물은 거의 전소. 부상자가 몇 명 나왔어."

"에, 그런 일이 있었구나."

"내가 직접 현장에 갔었어. 어쩐지 관심이 가더라고. 이런 걸 회가 동한다고 하지. 인근 주민들에게 물어봤더니 나보다 한발 앞서 형사들이 총출동해서 탐문수사를 하고 갔더라."

"형사들이 탐문수사?"

"그래, 소방서 감식과가 아니야. 경시청 사복경찰들이 우 몰려왔어. 어때, 뭔가 냄새가 나지?"

"글쎄, 난 그쪽 사정은 전혀 모르겠는데……." 다다시는 대답하면서 자기 집 폭발 사건을 생각했다. 그때도 일찌감치 가스 화재 사고로 발표되었다. 등줄기가 서늘해졌다. 얼굴빛이 변한 걸 들키지 않으려고 도시락 쪽으로 고개를 숙였다.

"그쪽 동네는 빈말로라도 치안이 좋은 곳은 못 되지. 더구나 폭발한 여인숙이라는 게 폭력단 소유의 건물이었어. 그러니 경찰이 총출동한 것도 당연하긴 해."

"그래? 폭력단 소유 건물이라……."

다다시가 애매하게 고개를 끄덕이며 단무지를 씹었다. 머릿속에서는 시마자키 구니오에게로 상상이 펼쳐졌다. 또 그 녀석과 관련된 사건일까. 그렇다면 이번에는 왜 폭력단인가.

"근데 조직 간의 다툼일 가능성은 거의 없어. 그런 정보는 전혀 없었거든."

"그래, 올림픽을 앞두고 야쿠자들이 쓸데없이 싸움판을 벌이지는 않지."

"어쨌거나 그쪽은 상관없어. 그보다 현장을 취재하다가 내가 엄청난 정보를 잡았어. 특종이야." 가사하라가 콧구멍을 벌름거리며 다시금 거리를 좁혀왔다.

"뭔데, 말해봐."

"형사가 증명사진을 보여주면서 한 바퀴 돌았대. 그 사진이 누구냐. 바로 네가 알려준 시마자키 구니오야."

역시 그 이름이 나오는구나, 하고 다다시는 소름이 돋았다.

"뭐야, 놀라지도 않냐?"

"놀라고 있어, 지금."

"아니, 별로 놀라지도 않는데? 어디 좀 더 놀라게 해줄까? 내가 시마자키 구니오의 증명사진을 보여주면서 형사랑 똑같이 현장 주변을 탐문해봤더니 목격자가 몇 명이나 있었어."

"목격자?"

"그래. 폭발 직후에 현장에서 달아난 사람들 중에 시마자키 구니오가 있었다는 거야. 머리가 길고 곱상하게 생겨서 그쪽 여인숙 거리에서는 특히 눈에 띄었겠지. 그러니까 시마자키가 그 사건 현장에 있었단 얘기야."

"그게 정말이야?"

"응, 정말이지. 게다가 또 한 가지—" 가사하라가 눈을 데구루루 굴렸다. "어제저녁부터 경찰이 도내의 호텔, 여관, 간이 숙박소, 사우나식 터키탕까지 롤러 작전을 펴고 있어. 내가 혹시나 해서 간다 일대의 여관을 돌아다녔는데 역시 짐작했던 대로 시마자키 구니오의 사진을 보여주면서 본 적이 없느냐고 물었다는 거야."

"흠, 그래……."

"이제 뭐, 뻔하지? 시마자키 구니오가 바로 소카 지로야. 어제의 폭발은 가스 사고가 아냐. 폭탄이 터진 사건이지. 발표는 단순한 눈가림용이야. 그리고 경찰은 시마자키 구니오를 폭파범으로 지목하고 뒤를 쫓고 있어. 이건 이제 틀림없는 사실이야."

가사하라가 흥분한 기색으로 탁자를 흔들었다. 야야, 하고 다다시가 나무랐다.

"너, 괜히 지레짐작하는 거 아니냐? 우선 소카 지로는 시한 발화장치를 사용하잖아. 근데 왜 현장에 나와 있느냐고."

"거기까지는 나도 모르겠어. 아무튼 시마자키는 폭발 현장에 있었어. 이게 무슨 행운인지 모르겠다. 잠깐의 탐문으로 내가 고래를 낚았다니까. 이봐, 스가. 너희 아버님 쪽 루트에서 뭔가 정보 좀 얻을 수 없겠냐?"

가사하라가 엉뚱한 소리를 하고 나섰다. "야야, 말도 안 되는 소리 하지 마." 다다시는 얼굴을 찌푸리며 대꾸했다.

"내가 아무리 물어봐도 아버지는 경찰 내부 일을 얘기 안 해."

"그러니까 내가 이렇게 사정하는 거 아니냐. 꼭 아버님이 아니라도 좋아. 너희는 온 집안이 죄다 관료잖아."

"안 될 말씀. 국가공무원은 입이 무거운 법이야."

다다시의 머릿속에 형의 얼굴이 떠올랐다. 열흘 전에 집에 얼굴을 내밀었을 때, 형 방에 불려 가 잔뜩 잔소리만 들었다. 소카 지로라는 이름을 대자마자 형은 얼굴이 확 변해서 쓸데없는 소문에 괜히 끼지 마라, 누가 물어봐도 모른다고 해라, 안 그러면 형제의 인연도 끊겠다, 라고 무시무시하게 으르댔다. 자신은 스가 집안의 쓰레기 같은 존재지만 가족을 배신하지는 않는다.

"내가 우에노 경찰서에 이어 오늘은 경시청의 아는 형사에게도 은근슬쩍 떠봤어. 우에노 폭발 화재, 그거 소카 지로의 소행 아니냐고. 그랬더니 그 형사, 무슨 어이없는 소리냐고 웃기는 하는데, 얼굴이 딱 굳어버리더라. 그런 거 눈치채는 데는 내가 엄청 빠르잖냐."

다다시는 듣기만 했다. 도시락이 갑자기 맛이 없어져버렸다.

"폭력단과 관련해서 의심하는 기자는 있어도 설마 소카 지로라는 이름을 내미는 사람이 있을 줄은 생각도 못 했을 거야."

가사하라가 제 손으로 차를 따라 기운차게 후루룩 마셨다. "앗, 뜨거." 얼굴을 뒤틀고 있다.

"너, 경찰서 돈다면 관할도 있지? 경시청 담당도 아닌데 그렇게 네 맘대로 아무 데나 돌아다녀도 되냐?" 다다시가 말했다.

"괜찮아. 그게 바로 텔레비전 방송국의 좋은 점이지. 신문기자 2년차는 선배들 심부름이나 하고 다니지? 우리는 윗선이 없으니까 나 같은 신입도 다 현장에서 뛰어. 이젠 정말 텔레비전의 시대야. 우리는 트럼프의 에이스 카드를 뽑았어, 와하하하."

가사하라가 황금박쥐처럼 높직하게 웃었다. 텔레비전 방송국은 대부분 개국한 지 10년도 안 된다. 그래서 관리직이라도 대부분이 삼십대였다. 직장은 자유스러운 분위기를 뛰어넘어 아예 막가파식이었다.

"부장에게는 조금 전에 보고했어. 우리 부장, 눈이 휘둥그레져서 담당 임원에게 달려갔지. 지금쯤 이 특종을 어떻게 할지 상의하고 있을걸? 오케이가 내려오는 대로 내가 원고 쓸 거야. 경찰이 소카 지로 사건의 용의자를 특정했다— 어때, 전국이 들썩거리겠지? 우리가 신문을 따돌리는 거야."

가사하라는 얼굴이 불그레해져서 떠들어댔다. 무서울 게 없다는 태도였다. "내일이나 모레 뉴스, 기대해라"라면서 검지를 좌우로 흔들며 자리에서 일어섰다.

"스가, 경찰 쪽 루트 다시 한번 잘 생각해봐. 지금 내게는 증거가 필요해."

"안 돼. 기대도 하지 마."

"아니, 기대할 거야. 동기 좋다는 게 뭐냐."

가사하라가 군대식으로 경례를 붙였다. 어이가 없어서 아무 말도 못 하고 있으려니 감독의 지시가 날아왔다.

"어이, 스가. 지금 바로 맥주 좀 사 와. 시원한 걸로 대여섯 병만."

귀를 의심하며 그쪽을 돌아보았다. 감독 옆에서 둥근 얼굴에 안경을 낀 사회자가 "재즈는 흥이 올라야 하거든. 쭉 들이켜고 한 방에 녹화 끝내서 내보내는 거야"라고 말하며 가슴을 젖히고 우히히힛 웃었다.

가사하라가 어깨에 힘을 넣고 스튜디오를 나갔다. 그 뒷모습을 바라보며 다다시는 한숨을 내쉬었다. 텔레비전 업계는 모두들 기세가 등등했다. 자신들의 시대가 왔다고 굳게 믿고 있었다.

방송 녹화를 무사히 마치고 니시카타의 하숙집에 도착한 건 밤 11시였다. 도쿄대 출신이라고 하숙집에서는 간단히 받아주었지만, 방송국 일에 쫓겨서 닷새 전에 계약한 뒤로 두 번밖에 오지 못했다. 가재도구는 당연히 없고, 옆방 하숙생에게서 빌린 여름 이불 하나가 있을 뿐이다.

너무 피곤해서 곧바로 쓰러져 자고 싶었지만 머리가 군실거려서 일단 근처 대중탕에 다녀오기로 했다. 수건 한 장 어깨에 걸치고 누군가의 슬리퍼를 슬쩍 빌려 신고 조용한 주택가를 걸었다. 학생 하숙이 많은 까닭에 여기저기 창문마다 아직도 전깃불이 켜져 있었다. 낮에 비가 내린 모양이지만, 밤이 되면서 그쳤다. 하긴 구름이 잔뜩 껴서 일기예보에서는 내일 또 비가 올 거라고 했다.

옛 하쿠산 거리 쪽의 대중탕은 밤늦은 시간인데도 손님들로 북적거렸다. 반은 학생이고 반은 지역 주민이다. 이 일대는 공습을 면한 오래된 가옥이 많아 집에 목욕탕이 없는 곳이 많은 모양이다. 센다가야 고급 주택가에서 자란 다다시로서는 서민의 삶을 엿볼 수 있는 신선한 광경이었다.

입욕료와 세발료를 내고 안으로 들어갔다. 비누도 샴푸도 없지만 누군가 대학생 한 놈을 붙잡아 빌려 쓰기로 했다. 도쿄대생은 매사에 까다롭게 굴지 않는다.

더운물로 가볍게 몸을 씻어낸 뒤에 수건을 머리에 얹고 탕에 들어갔다. 온몸의 근육이 스르르 풀려나가는 느낌에 저도 모르게 한숨이 새어 나왔다. 퉁탕퉁탕. 물통이 부딪치는 소리가 높직한 천장에 메아리쳤다.

5분쯤 몸을 담그자 온 얼굴에서 땀이 쏟아졌다. 슬슬 나가서 몸을 씻어보자 하고 눈으로 빈자리를 찾았다. 비누를 빌려야 하니까 대학생 옆이 좋다. 그렇게 한쪽부터 시선을 이동하는데 벽 쪽의 씻는 자리에서 시마자키 구니오의 옆얼굴이 퍼뜩 눈에 들었다.

일순, 모든 소리가 사라졌다. 구니오의 옆얼굴만 다다시의 오감을 점거했다.

온몸이 딱 굳었다. 심장이 마구 종을 쳤다. 물속인데도 다리가 후들거렸다.

아냐, 설마. 내가 잘못 본 거겠지. 경찰에 쫓기는 처지의 시마자키가 자기 하숙집 근처에 나타날 리가 없다. 아까 낮에 가사하라에게서 시마자키 이야기를 들었는데 당장 그날 밤에 내 눈에 띄다니, 이건 너무 잘 짜인 각본 아닌가.

숨을 꿀꺽 삼키고 다시 한번 찬찬히 보았다. 남자는 물을 머리에서부터 끼얹으며 두 손으로 머리를 쓸어 올렸다. 등에는 햇볕에 탄 러닝셔츠 자국이 또렷이 찍혀 있었다. 얼굴과 목, 견갑골 밑의 두 팔만 까맣게 탄 상태다. 몸은 기막히게 탄탄했다. 운동부 학생으로 착각할 정도다.

좀 더 분명하게 확인하고 싶어 탕 안에서 슬그머니 이동했다. 남자는 비누 거품을 얼굴에 바르더니 안전면도기로 수염을 밀기 시작했다. 깨끗하게 경사를 그린 코가 보였다. 옆으로 길쭉한 눈도. 자신이 쳐다본다는 걸 눈치 못 채게 하려고 머리에 쓴 수건을 눈썹까지 내렸다.

아무리 봐도 그건 시마자키 구니오였다. 졸업한 뒤로 한 번도 만난 적이 없었다면 알아보지 못했을지도 모른다. 하지만 한 달 전에 불꽃대회 날 밤에 우연히 만난 적이 있어서 기억의 스크린에 분명하게 찍혀 있다. 다다시는 가슴이 쿵쾅거렸다. 신의 인도라고 해야 할 이런 우연에 치골 근처로 소름이 훅 끼쳤다.

그가 하숙집에 돌아온 것일까. 아니, 그럴 리는 없다. 돌아왔다면 하숙생들이 가장 먼저 알려줬을 것이다. 눈에 띄면 스가가 찾고 있다고 말해달라. 하숙방 후배들에게 그렇게 부탁했었다.

혹시 히가시카타의 오이와케 학생 기숙사로 숨어든 것일까. 나쓰메 소세키의 《산시로》에도 등장했던 유명한 도쿄대 기숙사다. 후배만 있으면 쉽게 드나들 수 있는, 예전부터 식객이 우글거리기로 유명한 기숙사이기도 하다. 아니, 하지만 거기는 경찰이 눈을 붉히며 가장 먼저 감시할 장소다. 나라면 거기로 숨지는 않을 것이다. 현인회(縣人會) 기숙사 쪽도 마찬가지다. 그는 대체 어디에 숨은 것일까—

말을 걸어볼까. "어라, 또 만났네?"라고. 아니, 그건 아니다. 다다시는 머릿속에서 그 생각을 지웠다. 시마자키는 내심 놀랄지도 모르지만 겉으로는 아무렇지도 않은 척 태연한 얼굴로 사라져버릴 것이다. 그리고 두 번 다시 이 대중탕에는 나타나지 않을 것이다.

다다시는 일단 그의 시선을 피해 탕에서 나왔다. 들키지 않도록 시마자키의 대각선 뒤쪽에 자리를 잡고 거울 너머로 그의 등을 지켜보았다. 미행하기로 마음을 먹었다. 녀석이 있는 곳을 알아내면 스가 집안과 나라를 위해서도 유리한 일이 될 것이다.

머리 샴푸는 포기했다. 뜨거운 물을 끼얹어 포마드만 씻어냈다. 아무것도 하지 않으면 이상하게 보일 거 같아 수건을 돌돌 뭉쳐 때를 밀었다.

수염을 깎은 시마자키가 자리에서 일어섰다. 비누며 샴푸를 바구니에 넣고 탈의실로 나간다. 그 등판을 놓치지 않도록 지켜보았다. 지금 따라나설 수는 없다. 탈의실에서는 몸을 숨길 데가 없다.

언제라도 나갈 수 있도록 몸의 물기를 훔쳐냈다. 목을 길게 빼고 바깥만 내다보는 다다시를 옆자리 학생이 의아한 듯 쳐다보았다.

"어이, 경제학부 대학원생 중에 시마자키 구니오라고 알아?" 다다시가 말을 건넸다.

"아뇨, 저는 문학부인데요."

"그럼 잘 기억해둬. 잠시 뒤에는 유명 인사가 될지도 모르거든."

"왜요, 아쿠타가와상이라도 타나요?"

학생이 진지한 얼굴로 물어왔다.

그사이에도 탈의실 상황을 살피고 있으려니 시마자키가 로커를 열고 옷을 입기 시작했다. 다행히 시마자키가 사용하는 로커는 다다시와는 반대편 벽 쪽이었다.

다다시는 눈이 감춰지게 앞머리를 최대한 내리고 탈의실로 나가기로 했다. 시마자키에게 등을 향하고 로커를 열어 서둘러 옷을 입었다. 하숙집에서 갈아입고 나왔기 때문에 면바지에 티셔츠의 가벼운 차림이다.

시마자키가 매점에서 우유를 샀다. 선풍기 앞에 서서 맛있게 마시고 있다. 다다시는 구석의 긴 의자에 앉아 수건을 머리에 쓰고 물기를 닦으며 훔쳐보았다.

우유를 다 마시더니 시마자키가 바구니를 옆에 끼고 현관으로 걸어갔다. 여기서부터 본격적인 미행이다. 다다시는 젖은 수건을 이마에 둘렀다. 속으로 10초를 헤아려 잠깐 시간을 둔 다음에 따라갔다. 시마자키는 벌써 밖으로 나간 뒤였다.

현관에서 슬리퍼를 발에 꿰다가 아차 하고 혀를 찼다. 슬리퍼는 소리가 요란하고, 이 시간에는 행인이 거의 없다. 가능한 한 거리를 유지할 필요가 있었다.

대중탕을 나섰다. 좌우로 고개를 돌렸다. 오른편 방향으로 시마자키의 뒷모습이 보였다. 그리 서두르는 기색도 없이 유유자적 혼고 거리를 향해 걸어가고 있었다. 이걸로 오이와케 기숙사 쪽은 아닌 것으로 판명되었다.

다다시도 뒤를 따랐다. 하지만 아무래도 슬리퍼 소리가 울렸다. 차도 달리지 않는 곳이라 거리 전체에 소리가 울린다. 발끝으로 걸었더니 조금쯤 소리가 줄었지만 20미터쯤 그 자세로 걷고 나니 장딴지에 쥐가 날 것 같았다.

어쩔 수 없이 슬리퍼를 벗기로 했다. 누가 보기라도 하면 수상하게 여기겠지만 다행히 인적은 없었다. 이건 다시 경험하기 힘든 중대한 국면이라고 자신을 다독이며 다다시는 벗은 슬리퍼를 양손에 들고 슬금슬금 걸어갔다.

시마자키는 혼고 거리로 나서자 한 차례 뒤를 돌아보았다. 다다시는 황급히 전봇대 뒤로 숨었다. 미행을 경계하는 건가. 심장이 두근두근 뛰었다.

잠시 걸어가더니 시마자키는 농학부 앞의 혼고 야요이 사거리를 건넜다. 그대로 고토토이 거리로 들어간다. 다다시는 전봇대 뒤에 몸을 숨기고 신호등을 한 차례 기다리기로 했다. 그 앞에 골목길은 없다. 오른편은 혼고 캠퍼스, 왼편은 야요이 캠퍼스. 온통 도쿄대 관련 지역이다.

초조한 마음으로 신호가 파란불로 바뀌기를 기다린 뒤에 냅다 뛰어서 횡단보도를 건넜다. 50미터쯤 앞에 시마자키가 보였다. 양쪽에 높은 담벼락이 있어서 도쿄대생들이 도버해협이라고 부르는 언덕길이다.

시마자키는 고토토이 길을 네즈 방면으로 향하지 않고 산자로에서 오른편으로 꺾어 들었다. 똑바로 가면 시노바즈 연못이다. 혹시 우에노까지 가려는 건가. 아니, 그럴 거라면 굳이 니시카타 쪽 대중탕을 이용할 이유가 없다.

시마자키는 내리막길을 서두르는 기색 없이 평범한 걸음새로 걸어갔다. 누가 봐도 목욕탕에 다녀오는 하숙생이다. 경찰과 마주쳤더라도 딱히 관심을 두지 않을 것이다.

그런 생각을 한 탓인지 아니면 하느님의 심술인지, 그때 길거리 반대편 인도에서 자전거를 탄 경찰이 달려왔다. 다다시와 눈이 마주쳤다. 당당하게 굴었더라면 좋았을 텐데 슬리퍼를 손에 든 맨발이라는 게 마음에 걸려 시선을 피하고 말았다.

끼이익 브레이크를 잡는 소리가 울렸다. 다다시를 향해 말을 건넸다. “어이, 그런 데서 뭘 하는 거야?” 위압적인 말투였다.

“아무것도 아닌데요.” 다다시는 속삭이는 소리로 대답했다.

“아무것도 아니긴 뭐가 아무것도 아냐?” 경찰이 자전거에서 내려 길을 건너왔다.

이런 제기랄. 왜 하필 이런 때에— 다다시는 얼굴을 찌푸리며 시마자키의 등을 눈으로 좇았다. 시마자키는 뒤쪽에서 일어난 일은 알아차리지 못한 채 계속 걸어 내려가 도쿄대 야요이 문 너머로 쓱 사라졌다.

아, 그렇구나. 녀석이 혼고 캠퍼스 안에 은신하고 있었구나. 다다시는 허를 찔린 듯한 마음이었다.

도쿄대는 '자주 자치'를 내세우며 경찰의 출입을 철저히 거부하는 대학으로도 유명했다. 1952년에는 '도쿄대학 포포로 극단 사건'이라고 해서, 좌익 학생들의 연극단 '포포로'에 잠입한 사복형사를 붙잡아 사죄문까지 쓰게 한 사건이 발생했다. 많은 경찰 관료를 배출했으면서도 한편으로는 빨치산입네 하고 내세우는 게 도쿄대생의 기질인 것이다. 바로 옆에 모토후지 경찰서가 있기는 하지만 제복 경찰의 순찰을 일절 인정하지 않았다.

"어이, 거기서 뭐 하냐니까!" 젊은 경찰이 무서운 얼굴로 말했다.

"잠깐 바람 좀 쐬려고 나왔는데요." 다다시가 슬슬 굽실거리며 대답했다.

"누굴 놀리나. 왜 맨발이지?"

"아니, 이건 끈이 뜯어져서."

"어디 좀 봅시다." 경찰이 손전등으로 발치를 비쳤다. "멀쩡한데?" 다다시의 팔을 잡고 엄격하게 따지고 들었다.

길거리 끝에 이미 시마자키 구니오의 모습은 없었다. 그는 광대한 도쿄대 캠퍼스의 어디를 은신처로 삼고 있는 걸까.

대학에서 먹고 자는 학생이라면 얼마든지 있었다. 그래서 시마자키만 유독 눈에 띄는 일은 없을 것이다. 운동부나 문화부 동아리실, 학사회 분관, 야스다 강당. 그 밖에 숙직실은 마음대로 골라잡을 수도 있다. 강의실에서 자더라도 요즘 같은 때는 담요 한 장만 있으면 얼마든지 잘 수 있다.

흥, 역시 머리가 잘 돌아가는 녀석이다. 다다시는 녀석이 몹시도 얄미워졌다.

경찰이 직업을 물어서 저도 모르게 학생이라고 대답했다.

"도쿄대생?"

"그런데요."

"학생증은?"

"아, 미안해요. 재작년에 졸업했네요."

"이놈이 경찰을 우습게 보는 거야?"

경찰이 얼굴이 빨개져서 소리를 질렀다.

"너, 서까지 좀 가자." 경찰이 코를 벌름거리며 을러댔다.

"예? 말도 안 돼. 왜요? 그냥 목욕 갔다 오는 길인데." 다다시는 눈을 부라렸다.

"어디로 가는데?"

"……니시카타 하숙집."

"그러면 이쪽이 아니잖아!"

경찰의 침이 얼굴까지 튀었다.

"저기요, 내가 경시청 간부의 아들이에요. 계급은 경시감."

"이놈, 점점 더 수상하네? 경찰의 계급 같은 걸 일반 시민이 어떻게 알고 있지?"

"글쎄, 우리 아버지가……."

"아, 됐어. 얌전히 따라오기나 해." 셔츠 자락을 잡아당겼다.

다다시는 깊은 한숨을 내쉬며 밤하늘을 올려다보았다. 일기예보대로 다시 비가 오기 시작했다. 빗방울이 이마를 툭 쳤다.

그나저나 어떻게 해야 하나. 시마자키를 목격했다고 누군가에게 털어놓아야 하는 걸까.

하지만 아버지에게든 형에게든, 일이 이렇게 된 사정을 설명하기가 상당히 어려울 것 같다. 어떻든 가사하라한테만은 입을 다물기로 했다. 특종에 눈이 먼 사건기자는 괜히 일을 더 복잡하게 만들 것이다.

거부할 수도 있었지만 다다시는 그냥 얌전히 경찰서에 연행되기로 했다. 비가 본격적으로 내리기 시작했기 때문이다.

모토후지 경찰서에서 다다시는 아버지의 이름을 대지 않았다. 하숙집 주소와 이름, 근무처를 써내고 중앙 텔레비전 방송국에 전화로 문의해달라고 해서 신원을 증명했다. 우연히 데스크에 있던 상사가 "하룻밤 거기서 재워주시죠"라고 경찰에게 농담을 하는 바람에 아차 하면 진짜로 그렇게 될 뻔했다.

다음 날 아침, 방송국에서 가사하라를 붙잡고 그 일은 어떻게 되었느냐고 물었더니 간밤에 마신 술 냄새를 풍풍 풍기면서, 억울하게 치한으로 몰린 사내 같은 표정으로 "나, 떨려났어"라고 실토했다.

"데스크하고 부장은 이쪽 토박이지만 국장 이상은 원래 회사의 낙하산이야. 사장도 마찬가지고. 그 사람들, 내심으로는 신문 쪽으로 돌아가고 싶은 모양이지. 거래를 했더라니까. 나라에서는 올림픽 전에 폭발 사건 같은 거 발표하고 싶지 않은 거라고."

울화통이 터진다는 표정으로 마구 떠들더니 몇 번이고 한숨을 내쉬었다. 가사하라는 지역 뉴스부로 밀려나서 "오늘은 센슈의 굴뚝 해체 작업에 대한 취재나 하래"라고 붉어진 눈빛으로 자조적인 웃음을 흘렸다.

다다시는 형식적인 위로를 해주었을 뿐, 그리 깊이 캐묻지는 않았다. 간밤의 일은 물론 비밀로 했다. 그리고 한 시간쯤 책상에서 고민하던 끝에 회사를 나와 빗속에 담배 가게 공중전화로 갔다. 수화기를 들고 다이얼을 돌렸다. 경시청 경무부다.

"어떤 부서에 신고해야 할지 모르겠어서 그쪽으로 걸었습니다. 올림픽 경비본부에 전해주십시오. 익명의 정보 제공입니다. 당신들이 찾고 있는 도쿄대생 시마자키 구니오는 도쿄대학 혼고 캠퍼스 안에 잠복하고 있습니다. 내가 어젯밤에 봤어요."

그 말만 하고 전화를 끊었다. 수화기 너머에서 "아, 이봐. 이봐!" 하고 외치는 소리가 들렸지만 상대하지 않았다. 심장이 입 밖으로 튀어나올 만큼 쿵쾅거렸다.

이렇게 하는 게 가장 낫다고 생각했다. 스가 집안에도 일본에도 자신에게도—

도쿄 거리에는 가을비가 추적추적 내리고 있었다. 갑작스럽게 가을이 부쩍 깊어져서 스웨터가 그리울 만큼 공기가 썰렁했다. 그런데도 등허리에 축축하게 땀이 나 있었다.

23

8월 20일 목요일

아침부터 비가 내려서 선수촌 옥외 건설 현장은 모조리 작업이 중지되었다. 시마자키 구니오가 7월 22일에 합숙소에 들어온 이후, 실로 한 달 만에 내리는 비다. 라디오에서는 간토 지역의 수원지 오고우치 댐 부근에 거센 호우가 내린다는 소식을 전했다. 평소에는 억양이 없는 아나운서가 "그야말로 도쿄가 기다리고 기다리던 비입니다!"라고 신이 난 목소리였다. 45퍼센트 절수라는 전대미문의 급수제한도 이번 비로 조금쯤은 완화될 것 같다.

"다들 오늘은 편히 쉬어." 야마다 사장도 웬일로 다정한 말을 해줬다. 표정도 부드럽고 어깨의 긴장도 풀리는 느낌이다. 다들 이대로 도쿄에는 비가 내리지 않고 올림픽도 못 하는 거 아닌가 불안해하던 참에 내려준 은혜로운 비였다.

"우리 영화관에라도 갈까? 냉방 완비라서 아주 시원해."

요네무라가 쏘삭거렸지만 구니오는 하숙집에 볼일이 있다고 거절했다.

"너, 사실은 이거 있지?"

요네무라가 새끼손가락을 세우며 놀리자 다른 인부들도 "야야, 나쁜 여자한테는 걸려들지 마라" "남자도 조심해"라며 저마다 한마디씩 놀려댔다. 일을 쉬게 되자 합숙소 전체에 부드러운 공기가 흘렀다.

합숙소에서 종이우산을 빌려 쓰고, 옆으로 후려치는 빗속에서 전차를 갈아타며 니시카타의 하숙집으로 향했다. 게이힌선을 타고 우에노까지 가는 게 더 빠르지만, 왠지 천천히 시간을 보내고 싶어 이쪽 노선을 택했다. 오전 중에는 어떤 전차나 출근 시간만 지나면 대개는 비어 있다.

전차에 자리를 잡고 앉았을 때, 곁에 앉은 샐러리맨의 반소매 밖으로 나온 팔이 자신과 너무도 색깔이 달라서 깜짝 놀랐다. 구니오는 까맣게 탄 자신의 피부에 입이 헤벌어지면서 왠지 유쾌해졌다. 육체의 변화는 쾌감 같은 걸 느끼게 한다.

차창으로 내다보이는 도쿄 거리는 비 덕분에 전체가 반들거렸다. 기온도 30도를 크게 밑돌아서 빌딩이며 도로까지 한숨 돌리는 느낌이다. 무엇보다 빗소리가 신선했다. 어제까지 도쿄는 온통 건설공사 소리에 지배되고 있었다. 귀에 들어오는 소리가 다정하면 저절로 기분까지 푸근해진다. 구니오는 무의식중에 깊은숨을 들이쉬었다.

한 시간쯤 걸려 니시카타의 하숙집에 도착했다. 하숙생 대부분이 아직 고향에서 올라오지 않았는지 반절 가까운 창문의 커튼이 닫힌 채였다. 고개를 빼고 본채를 살펴보니 마루문이 열렸고 포렴이 드리워져 있었다. 주인아주머니는 집에 있는 모양이다. 텔레비전을 보면서 바느질이라도 하고 있을 것이다.

현관에는 들어가지 않고 뒤쪽으로 돌아갔다. 홈통으로 쏟아지는 빗물이 처마 밑에 웅덩이를 만들었다. 어디서 나왔는지 개구리 한 마리가 돌 위에 장식물처럼 가만히 앉아 있었다.

뒷마당으로 들어섰다. 바닥은 풀로 뒤덮였지만 한 귀퉁이 사방 1미터가량의 면적에 나무판자가 깔려 있었다. 위에는 디딤돌이 얹혀 있다. 이 판자 밑은 방공호로 들어가는 입구였다. 하숙집 뒷마당에 전쟁 때 파놓은 방공호가 메워지지 않은 채 남아 있는 것이다.

구니오는 주위를 한 차례 둘러보며 남의 눈이 없는 것을 확인하고 디딤돌을 옆으로 치웠다. 나무판자를 두 장만 들어 올려 벽에 기대 세웠다. 지하로 내려가는 돌계단이 나타났다. 언젠가 주인아주머니가 "우리는 피난 갈 시골 친척 집이 없었어. 그래서 별수 없이 남편이 죽을 둥 살 둥 팠다니까"라고 말한 적이 있다. 추억이 깊은 곳이라서 메우고 싶지 않다고 했다.

종이우산을 펼친 채 그 자리에 놓고, 허리를 숙여 낮은 계단을 내려갔다. 내부는 천장 높이가 1미터 정도로, 사람 대여섯 명이 들어설 정도의 넓이였다. 천장과 벽을 콘크리트로 단단히 메운, 방공호치고는 상당히 본격적인 곳이다. 그 안은 잡동사니가 차지하고 있었다. 녹슨 어린이용 삼륜차며 오래된 절구가 쌓여 있었다. 구니오는 찬찬히 주위를 살폈다. 입구에서 비쳐 드는 빛에 의지할 수밖에 없었다.

가장 안쪽에 놓인 버들고리의 뚜껑을 열었다. 안에는 지난주에 자신이 감춰둔 배낭이 있었다. 저도 모르게 안도의 한숨이 흘러나왔다. 아무에게도 들키지 않았다. 사고도 없었다. 집주인이 방공호에 들어오는 일은 거의 없다. 그렇다는 건 알고 있지만 아무래도 마음이 놓이지 않았었다.

혹시나 해서 배낭을 꺼내 안을 확인했다. 파라핀 종이로 감싼 열두 개의 다이너마이트는 습기도 차지 않고 처음 가져왔을 때와 똑같은 상태였다.

살그머니 원래 자리에 돌려놓았다. 이곳에 보관하는 게 현재로서는 가장 안전한 방법이라고 생각했다. 이마의 땀을 손수건으로 닦았다. 겨드랑이에도 축축하게 땀이 났다.

살금살금 바깥으로 나왔다. 다시 주위를 둘러본 뒤, 나무판자를 원래대로 끼워 넣어 입구를 막았다. 빗방울이 여기저기서 통통 튀었다. 구니오는 목을 움츠리고 뒷문으로 뛰어들었다. 싱크대에 사람이 우뚝 서 있어서 흠칫 놀랐다.

"앗, 시마자키 선배? 말도 없이 뛰어들면 어떻게 해요!"

그쪽에서도 깜짝 놀란 모양이다. 같은 경제학부의 후배가 공동 취사장에서 인스턴트 라면을 끓이고 있었다.

"아, 야마시타 군. 시골에는 안 내려갔어?" 구니오가 종이우산을 접으며 말했다.

"어제저녁에 왔어요. 가정교사 아르바이트가 있어서……. 선배야말로 아키타에 안 갔어요?"

"나는 형 장례식 때 다녀왔어."

"아 참, 그렇지." 후배가 찬찬히 구니오의 얼굴을 바라보았다. "선배, 혹시 하와이에 갔다 왔어요?"

진지한 얼굴로 묻는 게 우스워서 구니오는 저도 모르게 쓴웃음을 지었다. "하와이는 무슨. 막노동을 좀 했어. 마르크스경제학의 실천이야."

"엄청 달라졌는데요? 야구선수 같아요."

"이런 부스스한 머리의 야구선수가 어디 있어?" 구니오는 젖은 머리를 쓸어 올리며 계단을 향해 올라갔다. 아 참, 하고 문득 생각이 나서 멈춰 섰다.

"야마시타, 혹시 1억 엔이 몇 킬로그램이나 되는지 알아?"

구니오의 질문에 후배가 몸을 뒤로 젖혔다. "뭔 소리예요, 뜬금없이?"

"아, 모르면 됐어. 그냥 한번 물어봤어."

"1억 엔이라면 10킬로그램이죠." 어린애 같은 얼굴의 후배가 아무렇지도 않게 대답했다.

"그래?"

"쇼토쿠 태자 그림의 1만 엔짜리 한 장이면 1그램, 100만 엔이면 100그램, 1000만 엔이면 1킬로그램. 그러니까 1억 엔이면 10킬로그램이죠."

"우아, 박사님이네."

"히힛, 은행에 취직한 선배한테 들은 거예요."

"어쩐지."

구니오는 그제야 이해를 하고 자신의 방으로 향했다. 그렇구나, 10킬로그램. 입속에서 중얼거렸다. 하긴 말로 해봤자 실감은 나지 않지만.

부피는 계산으로 알아낼 수 있다. 머릿속에 그림을 그려보았다. 당장 가짜 돈다발을 만들어볼 필요가 있다. 할 일이 많을 것 같다.

구니오는 발꿈치를 들고 통통통 계단을 올라갔다.

점심때쯤 되어서 구니오는 헌책방에 나가보기로 했다. 다이너마이트에는 아무래도 시한 발화장치가 필요하고, 그러기 위한 자료를 구하고 싶었다. 공학부 하숙생을 붙잡고 물어보면 알려줄지도 모르지만, 분명 의심을 할 테니 독학으로 만들어보기로 했다. 게다가 어렸을 때부터 기계 만지는 걸 좋아해서 라디오쯤은 자기 손으로 척척 만들었다.

빗속에 누군가의 굽 높은 슬리퍼를 슬쩍 빌려 신고 혼고로 나갔다. 저택가 담장 밖으로 얼굴을 내민 정원수가 하나같이 짙은 초록색으로 빛났다. 길에서 마주친 낯선 노부인이 가볍게 목례를 건네면서 "드디어 비가 오네"라고 기품 있게 말했다. "네, 이제는 메밀국수도 먹을 수 있겠어요." 구니오가 문득 생각나서 대답했다. 그러자 노부인은 걸음을 멈추고 "어머, 그렇구나, 호호호" 하고 아가씨처럼 웃었다.

단골로 다니는 헌책방을 몇 군데 돌면서 〈무선과 과학〉이라는 잡지의 지난 호를 찾아보았다. 전기와 기계를 좋아하는 마니아가 곧잘 읽는 잡지로, 구니오도 몇 번 사본 적이 있다. 기사에 상세한 그림 설명이 붙어서 무엇이든 쉽게 만들어낼 수 있기 때문에 초보자들도 애독하는 과학잡지다.

오랜만에 맡아본 책 냄새는 구니오의 마음을 차분하게 가라앉혀주었다. 생각해보니 벌써 한 달이 넘도록 책에는 손도 대지 못했다. 자신의 인생에서는 획기적인 일이었다.

아카몬 근처의 헌책방 고바야시 서점 진열대에 마침 몇 년 치의 〈무선과 과학〉이 쌓여 있었다. 정기 구독자가 둘 데가 없어 한꺼번에 처분한 모양이다. 이 우연한 행운에 구니오는 마음이 설레었다. 괜히 멋으로 긴 세월 책방 탐험을 해온 게 아니다. 하느님은 간절히 원하는 건 내려주신다— 당장 한 권씩 들고 목차를 살펴보았다. 누군가의 시선이 느껴져 계산대 쪽을 돌아보니 낯익은 책방 아저씨가 "어라, 시마자키 군이야?"라고 말을 건네 왔다.

"안녕하세요? 오래간만입니다." 구니오가 가볍게 인사를 했다.

"웬일이야, 까맣게 탔는데? 바다에라도 다녀왔어?"

"아뇨, 막노동 아르바이트예요."

"그래? 아주 씩씩해졌네. 좋다, 좋아."

주인아저씨가 다시 봤다는 표정으로 응응, 고개를 끄덕였다. 이 책방은 3년 전부터 노상 들락거렸기 때문에 온 가족이 모두 낯익은 사이였다. 지금 한창나이의 딸은 항상 얼굴을 붉히며 인사를 하곤 했다.

"아 참, 아저씨, 미안합니다. 괴테 전집 값을 아직도 못 드렸네요."

문득 생각나서 구니오가 말했다. 이 일대는 도쿄대생이라고 하면 외상을 해주었다.

"괜찮아. 나중에 한꺼번에 계산해주면 되지, 뭘. 그 하숙집에 있던 사이토 군은 취직하고 첫 월급 타자마자 밀린 외상값 갚아주러 왔더라고."

책방 주인은 비뚤어진 데 없이 착한 사람이었다.

"죄송해요. 그리고 고맙습니다."

구니오는 다시 잡지 각 호의 목차를 훑어보았다. 대부분의 기사는 무선기나 진공관 앰프를 만드는 방법이었다. 15분쯤 들여다보다가 제목 하나를 발견했다. '시판하는 시계로 만들 수 있는 간단한 타이머'라는 것이다. 그렇군, 타이머야! 구니오는 무릎을 탁 쳤다. 시한 발화장치라고 하면 무슨 거창한 것으로 생각하기 쉽다. 하지만 타이머로 전원이 들어오는 장치만 있으면 건전지와 열선으로 간단히 발화되는 것이다.

그 기사가 실린 호를 사기로 했다. 40엔밖에 안 돼서 그 자리에서 바로 냈다. 평소에는 딱딱한 책만 가져가는 구니오가 묘한 책을 사들이자 책방 주인이 의아한 얼굴로 표지를 들여다보았다.

"비가 와서 다행이네요." 구니오가 날씨 이야기를 꺼냈다.

"그러게 말이야. 정말 걱정이 이만저만이 아니었는데." 책방 주인은 표정이 부드러워지면서 이제 집에서 목욕도 할 수 있겠다고 실눈이 되어 웃었다.

"댁에서는 여름에 집에서 목욕을 하시는 모양이죠?"

"나하고 아들놈만. 딸은 이제 싫대."

요시코라는 이름의 딸이 생각났다. 항상 어린애로만 봤는데 올봄에 고등학교를 졸업하고 직장여성이 되었다고 한다. 이제 더 이상 머리 땋은 모습은 못 보는 건가.

"다음에 뵐게요." 인사를 하고 책방을 나섰다. 수확이 있어서 마음이 통통 튀었다. 이제는 고물상에서 시계와 전열기만 사면 된다.

정오가 지난 시간이어서 고물상에 가기 전에 배부터 채우기로 했다. 아카몬 앞의 도쿄대생 단골 식당에 들어갔다. 식당 안은 한산해서 4인용 탁자를 독차지할 수 있었다. 벽의 메뉴판을 보았다. 날마다 막노동꾼의 큼직한 도시락만 먹었기 때문인지 뭐든 많이 먹고 싶었다. 구니오는 카레라이스에 라면까지 같이 주문했다. "학생 혼자야?" 여주인이 구니오를 보며 물었다.

"예, 혼자예요. 너무 많이 먹죠?" 유쾌한 기분이 되어 되물었다.

"아니, 한창 젊은데 많이 먹어야지." 여주인은 하얀 이를 내보이며 웃더니 주방을 향해 주문을 외쳤다. 그러고는 가게 안 텔레비전 앞에 진을 치고 〈소용돌이치는 바다〉라는 NHK 드라마를 열심히 보고 있었다.

구니오는 벽 쪽에서 신문을 발견하고 집어 들었다. 합숙소에 신문이 없어서 오랜만에 읽는 것이다. 1면에는 미국이 도쿄 올림픽 중계에 사용할 통신위성을 쏘아 올리는 데 성공했다는 기사가 실려 있었다. 미국의 도움 없이는 아시아에서 올림픽을 개최할 수 없는 모양이다.

페이지를 넘기자 올림픽의 내빈을 안내할 여성 도우미들이 첫 모임을 가졌다는 기사가 사진과 함께 실려 있었다. 선정된 여자들은 모두 외국 생활 경험자로, 이케다 수상의 차녀, 옛 황족과 재벌가 자녀들이 대부분이었다. 구니오는 평생 말 한번 나눠볼 일 없는 상류계급의 아가씨들이다.

사회면에 '화제의 인물'이라는 박스 기사가 있었다. 엄격한 얼굴 모습의 중년 남자였다. 제목에는 「국가의 위신을 책임진다—올림픽 경비본부 최고 책임자 스가 슈지로 경시감」이라고 적혀 있었다. 저도 모르게 눈이 빨려들었다. 그렇군, 이 사람이 올림픽 경비의 실질적인 책임자인가. 경찰 관료인 걸 보니 도쿄대 출신 선배가 틀림없다.

스가— 귀에 익은 성씨였다.

"자, 우선 카레라이스부터 먹어."

아주머니가 카레라이스를 내왔다. 좋은 냄새가 코끝을 간질였다. 신문을 펼친 채 옆으로 밀어놓고 숟가락을 컵의 물에 적셔 한 입 크게 떠넣었다.

문득 생각이 났다. 도쿄대 고마바 캠퍼스 시절 같은 반에 스가 다다시라는 친구가 있었다. 도쿄대생답지 않게 유연한 사고를 가진 녀석이고 센다가야 저택가에서 산다고 했다. 아버지가 경찰 간부다. 속도위반쯤은 가볍게 봐주지, 라고 자랑하는 걸 들은 적이 있다.

카레라이스를 먹으며 그 기사를 읽었다. 스가 슈지로는 경찰 엘리트 코스를 걸어온 인물로 치밀한 일 처리와 유사시 관리능력이 뛰어나 올림픽 경비를 맡게 되었다고 한다. 과거에 외무성에 파견된 경험도 있어서 국제성도 풍부하다. 데릴사위로 들어간 스가 집안은 옛 화족이고, 그의 친가는 대대로 군인 혈통이라서 두말할 게 없는 인물이다. 경비력은 국력이다, 일본의 국력을 세계에 보여주고 싶다— 이것이 스가 슈지로의 코멘트였다.

국력이라고? 구니오는 반발하는 마음과 함께 적잖이 화가 났다. 제대로 말하자면 사실은 국민의 삶이 곧 국력 아닌가. 이 고급 관료가 지방 벽지의 실태를 모를 리 없다. 도쿄만 느닷없이 근대도시로 얼렁뚱땅 꾸며놓고 도대체 무엇을 '세계에 보여주고 싶다'는 것인가.

라면이 나왔다. 참깨를 듬뿍 뿌려 나무젓가락을 들고 힘차게 빨아들였다. 코에 매운맛이 쿡 끼쳐서 얼른 물을 마셨다.

이번 주 토요일에 진구가이엔에서 개최되는 불꽃대회에 대한 기사도 실렸다. 10만 명이 넘는 인파가 예상되며, 올림픽 경비의 리허설을 위해 억지로 하는 행사가 아니냐, 이건 세금 낭비다, 라는 비판도 나오고 있다고 한다.

문득 얼굴을 들자 식당 벽에 불꽃대회 포스터가 붙어 있었다. 도쿄 올림픽 기념 불꽃대회, 회장은 진구가이엔, 8월 22일 토요일 오후 7시. 벌써 내일모레다.

라면은 3분 만에 먹어치웠다. 손등으로 입을 닦고 크게 숨을 내쉬었다. 진구가이엔이라면 스가 슈지로의 자택이 있는 센다가야의 바로 앞쪽이다. 그 아들과 동창이니 주소는 졸업생 명부를 보면 금세 알 수 있다.

구니오의 가슴속에서 정체 모를 공기가 서서히 커져갔다. 지금까지 경험한 적이 없는, 갈비뼈를 떠미는 듯한 에너지였다. 저절로 콧구멍이 벌름거리면서 거친 숨이 나왔다.

모레, 몸도 풀어볼 겸 올림픽 경비 최고 책임자의 자택을 노려볼까. 폭탄과 불꽃대회의 대비도 풍자적이어서 멋있다.

구니오는 이미 마음을 정했다. 실행에 옮기자. 경찰 관료는 국가 그 자체다. 게다가 상류층의 저택이니 살살 봐줄 것도 없다.

"잘 먹었습니다." 자리에서 일어나 100엔 지폐를 탁자에 올려놓았다. "정확히 100엔이네요." 이대로 가만있을 수 없다는 기분에 서둘러 식당을 나섰다.

"고맙습니다~." 여주인의 태평한 목소리가 등 뒤에 쏟아졌다.

구니오는 혼고 거리를 한 바퀴 돌았다. 찾아가는 곳은 고물상과 철물점이다. 시계와 리드선, 건전지하고……. 필요한 물건을 머릿속에 떠올렸다.

범행 예고문도 만들자. 다이너마이트가 폭발하는 것과 동시에 경찰에게 이것이 진지한 행동이라는 걸 똑똑히 알리는 것이다.

자신의 거침없는 행동력이 스스로도 뜻밖이었다. 손발의 족쇄가 모두 풀려나간 듯 몸이 가뿐했다.

두 다리는 지칠 기미를 보이지 않았다. 언덕 많은 혼고는 골목길이 강처럼 구불구불 이어졌다. 민가의 처마에는 길고양이 몇 마리가 몸을 맞대고 웅크리고 있었다. 멀리서 천둥이 울렸다. 도쿄 사막이라고 일컬어지던 물 부족 사태는 이것으로 말끔히 풀리리라.

24

8월 22일 토요일

토요일이라서 일은 반공일로 끝이 났다. 야마다 사장에게서 당연한 것처럼 '통 일'을 하라는 지시가 떨어졌지만, 일요일인 내일 꼭 나가겠다는 교환 조건으로 겨우 자유의 몸이 되었다. 시마자키 구니오는 그야말로 평상심을 유지하고 있었다. 국가권력에 일격을 가하는 데 대한 부담감도 전혀 없고, 이제부터 테러리즘에 투신한다는 비장감 따위도 없었다. 그저 조용한 마음으로 하숙집에 돌아갈 준비를 했다.

합숙소에서 대충 몸을 씻고 항상 입는 반소매 셔츠와 학생 바지로 갈아입었다. 가마타 역 앞에서 돈가스 덮밥 한 그릇으로 힘을 붙였다. 그리고 골목길로 들어가 필로폰 파는 사람을 찾아보았다. 간이 숙소 앞에 서 있는 수상쩍은 남자에게 말을 건네자 처음에는 시치미를 뗐지만 하네다 합숙소 사람이라고 했더니 갑자기 태도가 바뀌어 그야말로 간단히, 한 대에 300엔짜리 필로폰을 내주었다.

"추석 연휴라서 하나도 못 팔았어. 우리도 진짜 힘들다. 학생, 서비스 잘해줄 테니까 많이 좀 사."

앰풀이 든 종이봉투를 밀어붙이는 바람에 쓴웃음을 지으며 다섯 개를 샀다. 주사기도 함께 샀다.

필로폰을 사들인 건 쾌락에 맛을 들였기 때문도 아니고 만능감에 기대고 싶었기 때문도 아니다. 그저 막연히, 세상의 상식으로부터 벗어나려는 지금의 자신에게는 위법한 물건이 잘 어울린다는 생각이 들었다. 권총이 눈앞에 있다면 자금이 어찌 됐건 그것도 갖고 싶을 정도였다.

이날은 전차를 타고 우에노로 나가 산책도 할 겸 시노바즈 연못을 거쳐 고토토이 길로 하숙집에 돌아왔다. 하숙생은 거의 다 나가고 주인아주머니도 집에 없었다. 주위에 사람의 눈이 없는 것을 확인하고 방공호에서 다이너마이트 하나를 꺼내 방에서 발화장치 제작에 들어갔다.

와이셔츠와 바지를 벗어 행거에 걸었다. 러닝셔츠와 잠방이 차림으로 창가에 앉아 한참 부채질을 하면서 땀이 걷히기를 기다렸다. 여기저기서 매미가 울었다. 비는 그저께 겨우 하루만 내렸을 뿐이고, 오늘은 다시 해가 쨍쨍 내리쬐는 날씨다. 기온은 분명 30도를 넘을 것이다.

낮은 책상을 두 평 방 한가운데 놓고 고물상에서 사 온 도구들을 펼쳤다. 드라이버와 납땜인두, 수동으로 돌리는 자명종 시계와 전열기 등이다. 수건을 머리에 질끈 묶고 손바닥을 쓱쓱 비볐다. 〈무선과 과학〉의 해당 페이지를 펴서 옆에 놓고 즉시 공작에 뛰어들었다.

드라이버로 자명종 시계의 뒤 뚜껑을 열었다. 안이 예상했던 것보다 휑해서 김이 샜다. 내장된 청동 벨을 떼어내자 공간이 더 넓어져서 태엽 스프링 판만 자리를 차지하고 있었다. 벨을 때리는 해머를 앞뒤로 흔들어 동작 상태를 확인했다. 혹시나 해서 기계기름을 넣어주었다. 오래된 기름 때문에 빽빽해져서는 본전도 못 건진다.

다음에 해머 끝에 낚싯줄을 연결했다. 돌리기 쉬운 삼베 실도 후보에 올랐지만, 만에 하나의 경우를 생각해 내구성 강한 아크릴제를 골랐다. 실의 한쪽에는 절연재로서 기타 피크에 구멍을 뚫어 붙였다. 쉽게 미끄러진다는 점에서 플라스틱 소재가 가장 좋다고 판단했다.

문패만 한 크기의 나무판자를 책상에 놓고 시계를 비닐 테이프로 고정했다. 이어서 실의 길이에 맞춰 건전지 케이스의 위치를 정하고, 이쪽은 나사로 고정했다. 건전지 케이스는 모형 가게에서 파는 평범한 물건이다.

마지막으로 배선 작업이다. 리드선은 최단 길이로 판자에 붙이고 회로 중간에 전열기에서 떼어낸 니크롬선의 코일을 감고 꼼꼼하게 납땜을 했다. 이걸로 완성이다.

원리는 지극히 간단하다. 배선 경로에 설치한 건전지 케이스 접촉면에 절연 칩을 끼워 넣어 시간이 되면 피크가 당겨져 빠지면서 전기가 흐르는 구조다. 중간에 전열 코일이 있어서 이것이 발열하면 도화선에 불이 붙는다.

수공 기계라는 것에 오히려 경찰은 오싹한 공포를 느낄 거라고 구니오는 생각했다. 누구든지 할 수 있는 일이라는 점을 어필할 수도 있다.

완성한 뒤에는 시험도 해보았다. 도화선을 잘라 전열 코일에 감았다. 이것으로 발화하는지 어떤지를 확인하면 된다.

시계의 자명종 바늘을 3분 후로 맞추고 지켜보았다. 시간이 되자 원래 벨을 때렸던 해머가 움직였다. 낚싯줄이 당겨지고 절연체 칩이 떨어진다. 전열 코일이 스르륵 빨개지더니 곧바로 도화선에 불이 붙었다.

성공이다.

구니오는 안도의 한숨을 내쉬며 방바닥에 벌렁 누웠다. 어깨에 힘이 잔뜩 들어갔었는지 두 팔을 쭉 뻗자 어깻죽지에 시원한 아픔이 내달렸다. 창문 밖을 보았다. 푸른 하늘이 펼쳐져 있었다. 처마 밑의 풍령은 꿈쩍도 하지 않고 주택가 전체에 눅눅한 습기가 고였다. 가만히 있어도 땀이 났다.

아차, 그렇지. 이제야 생각났다. 이 장치에는 온통 내 지문이 찍혀 있을 것이다. 불발했을 경우, 어떤 변명도 통하지 않는 증거를 남기게 된다…….

에이, 아무렴 어때. 천장을 보며 혼잣말을 중얼거렸다. 잡을 테면 잡아보라지. 나는 이제부터 시작하는 일에서 승자가 될 것이다. 땅을 치고 후회하는 건 권력자들이다.

손목시계를 보니 오후 4시였다. 여유 있게 5시쯤에 하숙집에서 출발하기로 하면 이제 한 시간이 남았다. 잠깐 눈을 붙일까도 생각했지만, 이런 무더위에 잠잘 마음이 나지 않아 필로폰을 맞기로 했다. 왠지 그냥 맞고 싶었다. 눈앞에 팥떡이 있으면 딱히 먹을 생각도 없는데 저절로 손이 나가는 것과 마찬가지다.

자리에서 일어나 종이봉투를 끌어당겼다. 안에서 앰풀과 주사기를 꺼냈다. 자기 손으로 직접 주사를 놓는 건 처음이라서 조금 긴장했다. 약액을 앰풀에서 빨아들여 바늘을 위로 쳐들고 공기를 빼냈다. 왼팔의 팔꿈치 안쪽을 비벼 정맥이 드러나게 했다. 바늘을 찔렀다.

잘됐다. 약이 몸에 스며드는 감각에는 완전히 익숙해졌다. 모세혈관 하나하나가 수런수런 고개를 쳐드는 느낌도.

만능감이 솟구치는 걸 보니 그리 나쁜 선택은 아니었다. 그런 변명을 자신에게 되뇌었다.

온몸의 땀이 스르륵 걷혔다. 갑작스럽게 청각의 감도가 늘어나 매미 소리가 폭포처럼 쉴 새 없이 울렸다. 그러면서도 시끄럽다는 느낌은 들지 않는다.

눈을 감았다. 이른 아침의 호수처럼 마음은 잔잔하게 가라앉았다. 구니오는 오늘의 의거가 성공하리라는 믿음을 가졌다. 준비는 완벽하다.

오후 5시에 하숙집을 나섰다. 다이너마이트와 시한장치는 작은 배낭에 넣어 등에 멨다. 시부야 구 센다가야 485번지. 스가 슈지로의 주소는 이미 외웠다. 지도로 확인해보니 하치만 신사의 바로 뒤편이었다.

하쿠산 도로까지 걸어가 전차를 탔다. 스이도바시에서 갈아타고 센다가야에서 내렸다. 겨우 30분 만에 도착해버렸다. 개찰구를 나서던 구니오는 눈이 휘둥그레졌다. 역 앞은 인간의 홍수여서 도쿄 체육관 앞까지 사람들로 가득 차 있었다. 이런 광경은 본 적이 없다.

"멈추지 말고 계속 가요!" 제복 경찰이 핸드 마이크로 고함을 질렀다.

"여기서 약속이 있어요." 젊은 여자가 항의했다.

"안 됩니다. 앞으로 계속 가요. 지금 누구를 만나고 말고 할 상황이 아니에요."

마치 데모대에 맞서는 기동대처럼 군중을 회장으로 밀어 넣고 있었다. 실제로 기동대 장갑차가 여기저기 서 있었다. 올림픽 경비의 리허설이라고 하더니 그 말이 맞는 모양이다.

"소지품은 앞으로 안고 가세요. 소매치기와 날치기 조심하세요."

그런 안내 방송이 흐르는 가운데 한 젊은 경찰과 눈이 마주쳤다. "이봐요, 잠깐!" 갑자기 말을 걸어온다. "배낭은 앞으로 안으라고요. 자칫하면 소매치기 당해요." 드문드문 여드름이 난 그 경찰은 무척 공손했다. "아, 고마워요." 구니오는 미소와 함께 고개를 끄덕이며 지시에 따랐다.

배낭에 다이너마이트가 있었지만 구니오는 아무렇지도 않았다. 필로폰을 맞은 덕분인지 전혀 당황하는 게 없었다.

군중이 진구가이엔 방향으로 진행하는 가운데 구니오만 오른쪽으로 빠져 센다가야 주택가로 들어섰다. 이 동네에 와본 건 처음이다. 우선 나무가 울창하게 우거진 것에 놀랐다. 길이 마치 초록빛 터널 같다. 니시카타에도 저택은 꽤 있지만 센다가야는 차원이 다른 느낌이다. 거대한 저택은 안을 들여다볼 수도 없었다. 전쟁의 화를 면한 고전적인 기와지붕이 담벼락 너머로 살짝 보일 뿐이다.

스가 저택은 금세 찾았다. 높은 지역의 한 블록을 모조리 차지한 광대한 저택이었기 때문이다. 과연 몇 평이나 될지 짐작도 가지 않았다. 잘 모르는 사람이라면 절이라고 생각했을 것이다. 구니오는 우선 저택 주위를 한 바퀴 돌아보았다. 회벽 담장은 기와지붕을 얹은 번듯한 것이었다. 다만 그건 앞쪽의 반절뿐이고 나머지는 벽돌담이다. 일부가 공습으로 불에 탄 모양이다. 사람의 왕래는 전혀 없었다. 이곳이 정말 도쿄 한복판인가, 하는 묘한 기분이 들었다.

중간에 보니 뒤쪽에 작은 문이 있었다. 손잡이를 슬쩍 돌려보았다. 당연하다는 듯 열쇠가 채워져 있었다. 하지만 그 옆에 쓰레기 버리는 큼직한 통이 있어서 그 위에 올라서면 쉽게 담을 넘을 수 있을 것 같았다. 마음에 걸리는 건 이 집에서 개를 키우느냐 하는 점이다.

구니오는 준비해 온 어육 소시지 포장을 벗기고 한 조각 떼어 안으로 휙 던졌다. 귀를 기울였다. 5초, 10초. 전혀 소리가 나지 않는다. 다시 한 번 똑같이 했다. 역시 소리는 들리지 않았다. 필로폰 덕분에 청각에는 절대적인 자신감이 있었다. 나뭇가지 밟는 소리 하나도 놓칠 리 없다.

다시 집 앞쪽으로 돌아왔다. 지은 지 100년이 넘은 듯한 대문은 굳게 닫혀 있지만, 옆의 작은 문은 열린 채여서 그곳으로 안의 모습을 살펴볼 수 있었다. 물을 뿌려놓은 굵은 자갈길. 울창한 정원의 나무들. 안에 사람이 있는지 어떤지는 알 수 없었다.

거대한 저택치고는 경비가 허술한 편이었다. 전통적인 부잣집이라는 건 의외로 그런 법인지도 모른다. 게다가 주인은 경찰 간부다. 도둑이 이런 집을 노릴 리 없다.

자전거를 탄 두부 장수가 나팔을 불며 저택 앞길을 지나갔다. 저택이 즐비한 조용한 동네에 독특한 멜로디가 메아리쳤다. 두부 장수가 구니오를 흘끔 쳐다보았다. 시선을 피하면 도리어 수상쩍게 생각한다는 냉정한 판단에 따라 등을 꼿꼿이 펴고 의젓하게 목례를 건넸다. 이 저택에서 일하는 서생이라고 생각했는지 두부 장수가 서둘러 인사했다.

어슬렁거리다가 더 이상 목격되면 재미없을 거 같아 구니오는 행동에 들어가기로 했다. 망설임은 없었다. 목적을 향해 나아갈 뿐이다. 손목시계를 보니 오후 6시 반이었다.

조금 전의 뒷문으로 돌아가 주위를 둘러보았다. 어디에도 인적은 없었다. 장갑을 끼고 쓰레기통 뚜껑에 올라가 담장 기와에 손을 짚었다. 점프해서 단숨에 몸을 그 위에 얹었다. 오른발을 올려 걸터앉은 뒤 머리를 낮춘 채로 집 쪽으로 몸을 던졌다. 도마뱀 같은 자세로 담장 밑에 찰싹 달라붙어 집 안의 기척을 살폈다. 다시금 그 광대한 부지에 아연했다. 거대한 본채, 대숲에 에워싸인 별채, 물이 넘실거리는 연못, 놀랍도록 아름다운 일본 정원, 그 너머에는 테니스장까지 있었다. 이렇게 호사스러운 저택이 있다니. 고향 마을 사람들이 본다면 너무 놀라서 벌린 입이 다물어지지 않을 것이다.

정원에는 아무도 없었다. 본채에서는 전깃불 빛이 흘러나왔다. 시간으로 봐서는 식구들이 저녁 식사 준비를 하고 있는지도 모른다. 아니,

이런 집이라면 분명 하녀가 있을 것이다.

소리가 나지 않도록 살금살금 벽에서 벗어났다. 허리를 숙이고 조심스럽게 주위를 살피며 담장을 따라 걸었다. 별채까지 건너가 재빨리 건물 그늘에 몸을 숨겼다. 본채와의 사이에 널찍한 대숲이 있어서 사각지대가 되었다. 가장 걱정했던 개는 없었다.

별채는 덧문이 꼭꼭 닫혀 있었다. 평소에는 사용하지 않는 모양이다. 구니오는 이곳에 발화장치를 설치하기로 마음먹었다. 부상자가 나오는 건 바라지 않는다.

구니오는 배낭 안에서 다이너마이트와 시한 발화장치를 꺼냈다. 폭발 시각은 이미 맞춰두었다. 오후 7시 반. 불꽃대회가 시작되고 30분이 지난 뒤다. 장치에 건전지를 세팅했다. 피크를 끼워 낚싯줄의 팽팽한 상태를 마지막으로 확인하고 별채 마루 밑에 밀어 넣었다. 이제 더 이상 돌아올 수 없는 강을 건넜다. 다이너마이트 한 개의 파괴력은 어느 정도나 될까. 7시 반이면 알 수 있을 것이다.

길게 머무적거리는 건 금물이다. 구니오는 서둘러 뒷문 쪽으로 돌아왔다. 안쪽에서 문고리를 풀었다. 태연한 얼굴로 당당하게 바깥으로 나왔다. 장갑을 벗어 배낭에 챙겨 넣었다. 머리를 가다듬고 한 차례 헛기침을 한 뒤에 걸음을 뗐다. 놀랍게도 한 방울의 땀도 흘리지 않았다. 맥박도 평상시 그대로다. 필로폰의 힘에 감사했다.

어느 쪽으로 갈까 하다가 기왕 여기까지 왔으니 잠깐 불꽃대회를 구경하기로 했다. 목이 말라서 시원한 사이다라도 마시고 싶었다. 그러고 보니 배도 고팠다. 노점상이 나왔다면 야키소바라도 사 먹자.

진구가이엔을 향해 언덕길을 내려갔다. 바로 코앞에서는 인파로 시끌벅적한데도 센다가야 저택가는 피서지처럼 고요했다. 해는 완전히 저물었다. 8월도 하순에 접어들자 일몰 시간이면 벌써 가을이 느껴졌다.

잠시 걸어가는데 언덕길 아래에서 엔진 소리를 울리며 소형 스포츠카가 달려왔다. 오픈카에 차체는 빨간색이다. 조수석에는 젊은 여자의 모습이 보였다. 멋깨나 부리는 녀석이라고 생각하며 무심코 시선을 던지는데 차가 구니오 옆에서 급정차했다. "어이, 시마자키!" 느닷없이 말을 건네 왔다.

"시마자키 맞지? 도쿄대 고마바 캠퍼스에서 같은 반이었어. 나야, 스가 다다시. 언젠가 네가 미팅 티켓도 사줬잖냐."

눈앞에 있는 사람은 방금 자신이 다이너마이트를 설치하고 온 경찰 간부 집의 아들이었다. 이건 또 무슨 불운한 우연인가. 졸업한 뒤로 한 번도 본 적이 없는 동창생을 여기서 덜컥 만나다니.

"아, 재즈 하던 스가구나?" 구니오는 미소를 지으며 말했다. 전혀 당황하지 않고 대응했다는 게 그나마 다행이었다.

"우연이네. 이런 데서 뭐 하냐?"

"지금 불꽃놀이 구경 가는 중이야. 요요기 역에서 내렸더니 잠깐 길을 잃었다."

거짓말도 술술 잘 나왔다.

스가는 우연한 재회에 놀라면서도 반가워하는 기색이었다. 요즘 어떻게 지내느냐고 물어서, 대학원 하마노 교수 연구실에 다닌다고 말했다. 스가는 졸업한 뒤로 한 번도 대학에 가본 적이 없다면서 쓴웃음을 지었다. 포마드로 말끔하게 빗어 올린 머리와 화려한 복장은 옛날 그대로였다.

"너는 중앙 텔레비전에 취직했지?" 구니오도 근황을 물었다. 이 녀석은 경제학부에서는 처음으로 텔레비전 방송국에 취직했다. 장래성이 좋다고 추켜세웠더니 스가는 어깨를 움츠리며 슬그머니 웃었다.

그때 펑, 하는 소리가 울려 퍼졌다. 순간적으로 어느 방향에서 난 소리인지 가늠하지 못한 채, 자신이 장치한 폭탄이 터졌나 하고 몸이 얼어붙었다. 하지만 곧바로 앞쪽 상공에 불꽃이 퍼지는 것을 보고 구니오는 가슴을 쓸어내렸다.

"아차, 이럴 때가 아니지. 서둘러야겠네." 스가가 차의 기어를 넣고 사이드브레이크를 꺾었다. "시마자키, 언제 시간 나면 방송국에 놀러와라."

"응, 그래." 구니오는 손을 쳐들어 인사하고 다시 언덕길을 내려갔다. 여기서도 심장은 전혀 두근거리지 않았다. 정신에 영향을 미치는 약이란 그 위력이 대단하다.

그나저나 이 일을 어떻게 생각해야 할까. 스가는 지금 집에 돌아간다고 했다. 그리고 30분 뒤에는 별채가 폭발할 것이다. 그는 폭발 직전에 집 근처에서 우연히 대학 동창을 만난 것에 대해 뭔가 의심을 품을까.

불꽃이 차례차례 밤하늘에 피어올랐다. 펑, 펑. 고막을 뒤흔든다. 풍압까지 느껴졌다. 이렇게 가까이에서 불꽃을 보는 건 처음이다. 발전하는 도쿄를 축복하듯이 밤하늘에 큼직한 꽃을 피워 올린다. 사람들의 환성도 들렸다. 어른들은 웅성웅성, 어린아이들은 꺄꺄 기성을 올리고 있다.

구니오에게 후회의 마음은 없었다. 그저 되는대로 흘러갈 뿐이다. 경찰에 잡힐 생각은 전혀 없고, 오로지 도전하겠다는 마음뿐이다.

일본 청년관 옆 광장에서 사이다와 야키소바를 사 들고 그 옆에 새로 지은 국립 경기장 부지로 갔다. 계단 위쪽에 올라서면 구경하기가 좋을 것이다.

관객들 틈에 섞여 야키소바를 먹었다. 아무도 구니오를 알지 못했다. 자신도 주위 사람들을 알지 못한다. 도쿄에는 1000만 명의 인간이 살고 있다.

손목시계를 보았다. 이제 슬슬 7시 반이다. 이곳에서는 센다가야의 높직한 지대까지 훤히 보였다. 혼자서만 고개를 꺾어 뒤를 돌아보자 의아해하는 눈빛을 보내는 사람이 있었다. 구니오는 되도록 뒷줄로 옮겨 가서 시간이 되기를 기다렸다.

그리고 7시 반. 숨을 죽인 채 센다가야 쪽을 지켜보았다. 파앙, 하고 불꽃과는 질이 다른 날카로운 소리가 났다. 붉은 불길이 컴컴한 수목 사이에서 피어올랐다.

성공이다. 구니오는 주먹을 꾹 움켜쥐었다. 약간 흥분하기는 했지만, 펄쩍 뛸 정도는 아니었다. 주위 사람들은 앞쪽의 불꽃을 보는 데 정신이 팔려 전혀 눈치채지 못했다.

벌써부터 내일 신문이 기다려진다. 구니오는 천천히 걸음을 옮겼다. 센다가야 역도 지금이면 한산할 것이다.

하숙집에 돌아가 앞으로의 작전을 짜기로 했다. 목격자가 있었기 때문에 의외로 경찰의 손이 일찌감치 뻗어 올지도 모른다.

스가 저택에서는 새빨간 불길과 함께 불티가 휘날리고 있었다.

25

9월 23일 수요일

숙박 시설의 롤러 작전은 도심에서 하는 보리밟기 같은 것이다. 정해진 구역의 한쪽 끝에서부터 한 집 한 집 샅샅이 내 발로 훑어나간다. 오치아이 마사오는 회사원 집안에서 자랐지만 형사 일을 몇 년째 하다 보니 어쩐지 농가의 일상을 알 것 같은 기분이었다. 아무튼 단번에 끝나는 일은 하나도 없다. 땀을 흘린 자만이 수확을 얻는다는 격언이 잘 어울리는 형사 일은 농사꾼의 고된 작업과 상통하는 점이 있다.

마사오는 이번 수사를 시작한 이래로 시마자키 구니오가 아키타의 가난한 농촌 출신이라는 것이 항상 마음에 걸렸다. 아키타 현경에서 도착한 정보에 따르면, 그의 고향인 구마자와 촌은 교통이 열악해서 눈 때문에 길이 막히는 겨울철에는 거의 육지의 고도(孤島)가 되는 곳이라고 한다. 아직 수도 시설도 없고 전기가 들어간 것도 극히 최근이다. 그런 환경 속에서 십대의 시마자키는 어떤 생각을 하며 시간을 보냈을까. 마을이 생긴 이래 최고의 수재라는 말을 들은 시마자키가 실은 어머니가 떠돌이 영사기사와 눈이 맞아 낳게 된 사생아라고 한다. 폐쇄적인 시골 마을에서 어지간히 색안경을 끼고 바라봤을 거라고 쉽게 상상이 되었지만, 시마자키 본인의 인품에 대해서는 좋은 이야기만 전해져왔다. 매사에 겸손하고 항상 웃음을 잃지 않으며 행동거지가 조용하고 침착하다. 거짓말하지 않고 욕심 부리지 않고 부녀자와 노인과 아이에게 친절하다. 그것이 시마자키 구니오의 인물상이다. 현재 경찰청의 지시에 따라 구마자와 촌으로 통하는 모든 길목에 아키타 현경의 경찰차가 배치되었다. 탐문수사는 진즉에 끝났다. 당연히 마을 사람들은 이변을 눈치챘을 터였다. 시마자키 구니오가 도쿄에서 뭔가 일을 저지른 것 같다, 라고. 시마자키는 이제 고향을 잃은 셈이다. 앞으로는 돌아갈 집조차 없다.

아키타 현경에서는 그것과는 별도로, 무라타 도메치키와의 관계를 뒷받침할 정보가 들어왔다. 7월 중순, 도호쿠 본선의 야간열차에서 소매치기가 체포되었는데 그 범인이 전과 8범의 무라타였다. 그리고 피해자는 시마자키였다. 두 사람은 아키타현의 한 역에 강제로 내리게 되었지만 경찰이 도착하기 전에 무라타가 도주해버렸다. 돈을 다시 찾았기 때문에 지역 경찰서에서는 출동 기록을 쓰기도 귀찮았는지 그냥 없었던 일로 처리했다. 현경에서 강력하게 다그치자 그제야 서둘러 신고를 한 모양이었다. 하지만 그 두 사람이 어쩌다 함께 행동하게 되었는지는 여전히 밝혀지지 않았다. 도쿄대생과 초로의 소매치기는 어떤 경위로 의기투합하게 된 것일까.

범행 동기에 대해서는 전혀 정보가 들어오지 않았다. 마르크스 연구자라는 점 때문에 공안부에서는 좌익 사상을 가진 자라고 파악한 모양이지만, 마사오 쪽 팀에서는 그게 아무래도 석연치 않다는 느낌을 갖고 있었다. 극좌파 학생이라면 동지가 얼마든지 있을 터였다. 하지만 시마자키는 어딘가 고독한 분위기였다. 혁명의 강한 의지보다는 허무의 냄새가 났다. 이론이 아니라 그건 형사의 직감이다.

이와무라와 둘이서 우에노에서 닛포리까지 모든 숙박 시설을 돌았다. 오늘은 아침부터 비가 내려 여기저기 물웅덩이까지 건너뛰면서 돌아야 했다. 시마자키가 숙박한 흔적은 나오지 않았지만, 무라타의 사진을 보여주자 몇 군데 숙박 시설에서 과거에 묵고 간 적이 있다는 반응이 나왔다. 주소가 일정하지 않은 소매치기라면 싸구려 숙소를 이리저리 떠돌 수밖에 없을 것이다.

"선배, 범인이 보낸 범행 예고문은 정말로 없는 걸까요?"

곁에서 이와무라가 그렇게 묻다가 한바탕 크게 재채기를 했다. 9월답지 않은 쌀쌀한 날씨 탓에 오늘 아침 고지마치의 경찰 기숙사에서 눈을 뜨자마자 대부분의 형사들이 코를 훌쩍거리고 있었다.

"글쎄, 나도 모르지. 아무튼 그런 성명문이 있었건 없었건 우리하고는 관계없어. 시마자키를 찾아내기만 하면 그걸로 사건은 해결돼."

"그렇긴 해도 공안부에서 계속 정보를 독점하고 내놓지 않으면 우리 형사부는 사기가 떨어지게 마련이죠. 그저께 일어난 폭발 사건만 해도 그래요. 오타니파의 취조는 대체 어떻게 된 거냐고요. 공안부는 결국 형사부에 참고인들을 인도해주지 않았잖아요."

"지금 윗선에서도 혼란스러울 거야. 과장급 이상은 모두 최고 책임자의 명령에 따라 움직이고 있어."

"흥, 선배님은 속도 좋으시네. 출세하시겠어요."

"이런, 그딴 소리 할래?"

마사오가 흘겨보자 이와무라는 입을 툭 내밀고 코를 훌쩍였다.

오카치마치에서 발생한 폭발 사건은 형사부가 취조한 내용을 보자면 무라타의 범행일 가능성이 높았다. 오타니파의 조직원들이 시마자키를 감금하자 필로폰을 맞고 잔뜩 흥분한 무라타가 쳐들어와 다이너마이트에 불을 붙여 사무실 바닥에 던져버렸다는 것이 그 자리에 함께 있었던 젊은 조직원들의 증언이다. 시마자키를 감금하게 된 경위에 대해서는 현재 공안부에서 취조 중이어서 아직 정보가 내려오지 않았다. 한마디로, 여기서도 참고인을 둘러싸고 공안부와 형사부가 힘겨루기를 하고 있는 것이다.

우에노 일대의 여인숙은 도호쿠에서 올라온 행상인들이 많아서 안으로 한 걸음만 들어서도 도호쿠 사투리가 튀어나왔다. 너무 사투리가 심해서 무슨 말인지 도통 알아들을 수가 없다. 도쿄 토박이인 마사오에게는 그야말로 외국어나 마찬가지여서 가능하면 통역이라도 부르고 싶은 심정이었다.

하지만 시마자키는 보통 대화할 때는 도호쿠 사투리를 거의 쓰지 않았다고 한다. 상경한 지 6년째였으니 당연한 일인지도 모르지만, 마사오는 시마자키가 천성적으로 그쪽의 토착적인 성향이 별로 없는 사람이 아닌가 하는 마음이 들었다. 사진만 봐도 영화배우처럼 잘생겨서 다들 깜짝 놀란다. 전체적으로 도시적인 인상이 넘친다.

골목길을 하나 건너자 여인숙 거리 여기저기에 남자들이 처마 밑에서 주사위 도박판을 벌이고 있었다. 마사오 일행을 보고 형사라고 직감했는지 서둘러 천으로 가렸다.

“아, 괜찮아요. 계속해도 됩니다. 근데 한 가지만 물어봅시다. 이런 사람 본 적 있어요?”

마사오가 두 장의 사진을 내보였다. 남자들은 말없이 고개를 좌우로 흔들 뿐이었다.

어딘가에서 휘파람 신호가 울렸다. 길가에 나와 있던 남자들이 줄줄이 여인숙 안으로 들어갔다. 형사가 오면 항상 이러는 모양이다. 게다가 찌르는 듯한 시선이 창문 곳곳에서 날아왔다.

“이거 가마타 경찰서에 수사본부를 그냥 놔둬도 되는 거예요? 히구치 살인 사건, 본청 담당은 우리잖아요?”

질척거리는 골목길을 걸으며 이와무라가 투덜투덜 불평을 흘렸다.

“히구치 살인도 범인은 시마자키야. 그렇다면 우리가 할 일은 똑같아.”

마사오는 자신을 다독이듯이 중얼거렸다.

“그렇긴 해도 이쪽 사람들은 대낮부터 뭘 하는 거죠?”

“오늘이 추분(秋分) 휴일이잖아.”

“아, 그렇구나.” 이와무라가 제 손으로 이마를 탁 쳤다. “다른 사람들에게는 명절날이군요.” 한숨을 내쉬며 먼눈으로 말을 이었다. “10월 10일까지 이번 사건을 해결하고 편안하게 텔레비전으로 올림픽이나 관전했으면 좋겠네요.”

“나도 그러고 싶다. 아, 근데 기왕이면 직접 가서 보자. 과장한테 부탁해서 입장권 좀 얻어달라고 해야겠어. 그 정도의 특권쯤은 죄가 되지 않을 거야.”

“나는 유도하고 여자 배구 좀 부탁합니다.”

“나는 개회식.”

"어휴, 설마. 개회식 티켓은 어려울걸요?"

"경비용 감시석을 놓고 청 내에서 쟁탈전이 벌어지는 거 같더라고."

"아하, 그렇겠네요." 이와무라가 어깨를 으쓱 쳐들었다.

골목길을 빠져나와 큰길로 나서자 파출소가 있었다. 마침 정오 즈음이라 일단 본청에 연락을 넣기로 했다.

젊은 순경에게 수첩을 내보이고 전화를 빌렸다. 다이얼을 돌리면서 바깥 하늘을 올려다보니 어느새 비는 걷히고 서쪽 하늘에서는 구름의 터진 틈새로 해가 얼굴을 내밀었다.

"오치아이예요. 정시 연락입니다. A3 구간의 행적 수사를 마쳤는데, 이렇다 할 단서는……."

"아, 그건 됐어. 이와무라하고 둘이서 지금 즉시 혼고 모토후지 경찰서로 가봐. 행적 수사반은 전원 그쪽으로 출동한다."

다나카 과장대리의 절박한 목소리였다.

"무슨 일이 있었습니까?"

"아까 경무부에 익명의 제보 전화가 들어왔어. 시마자키 구니오가 도쿄대학 구내에 은신 중이라는 제보야. 배후 관계는 수수께끼지만, 아무튼 경찰이 시마자키를 쫓고 있다는 것을 아는 걸 보면 단순한 장난은 아닌 거 같아. 모토후지 경찰서에는 미야시타가 나가 있어. 거기서 지시를 받으라고."

"알겠습니다."

"정신 바짝 차려. 반드시 우리 형사부에서 잡아야 해."

"네!"

전화를 끊고 이와무라에게 귓속말로 지시 사항을 전달했다. 의자에 앉아 구두에 묻은 흙을 털고 있던 이와무라가 누가 때리기라도 한 듯 고개를 번쩍 쳐들더니 "택시부터 잡죠"라면서 길로 뛰어나갔다. 그와 교대하듯이 바람이 파출소 안으로 들이쳤다. 하늘에서는 비구름이 점점 동쪽으로 밀려나고 있었다. 오후에는 우산이 필요 없을 모양이다.

"자네, 미안하지만 우산 좀 맡아줄래?"

"네, 알겠습니다."

젊은 순경이 경례를 붙이고 긴장된 얼굴로 우산을 받아 들었다.

모토후지 경찰서에 뛰어들자마자 마사오와 이와무라는 강당으로 안내되었다. 그곳에는 미야시타를 비롯한 5계의 형사들이 모두 모여 있었다. 다른 계의 형사도 있어서 형사부만으로도 대충 스무 명은 되었다. "이제야 도착했습니다"라고 말을 건넸지만 니이가 슬쩍 돌아봤을 뿐, 다른 이들은 벽에 붙은 커다란 지도를 올려다보며 뭔가 투덜거리고들 있었다. 강당 안에는 험악한 공기가 감돌았다. 여기저기서 수사관들끼리 언쟁을 벌이고 있었다.

"무슨 일이에요?" 마사오가 작은 소리로 니이에게 물었다.

"우리는 대학 구내에 들어갈 수 없대. 주변만 빙빙 도는 반쪽 수사를 하라는 거야. 안에는 공안부만 들어갈 거래. 그래서 형사부는 다들 화가 나 있어."

"왜 그렇게 되는 건데요?"

"그야 담당이 공안부시니까 그렇겠지."

니이가 팔짱을 끼며 흥 하고 콧방귀를 뀌었다.

그때 미야시타가 공안부 계장과 맞고함을 치기 시작했다.

"웃기지 말라고. 범인 체포는 우리 형사부의 특기야. 한패거리가 있어서 체포를 방해하고 나서면 어쩔 거야? 흉기를 갖고 있으면 어쩔 거냐고! 체포 기술은 우리가 선수야. 반절은 형사부에 배당해야지, 왜 감시만 시키느냔 말이야."

"당신 바보야? 거울을 좀 보셔. 누가 봐도 형사잖아. 당신들이 대학

구내를 돌아다니면 당장 좌익 학생들이 포위할 거라고. 게다가 오늘은 휴일이야. 학생도 별로 없는데 양복 입은 어른들이 설치면 당장 눈에 띄지. 그렇잖아도 도쿄대생은 경찰만 보면 눈에 쌍심지를 켜는데. 그러니까 이번 일은 우리한테 맡겨. 그리고 이건 부장의 명령이야. 불만 있으면 부장한테 말해."

마사오가 주위를 둘러보니 공안부로 보이는 수사관들은 거의 대부분 젊은 사람들이고 대학생처럼 자유로운 차림새였다. 이과 연구원으로 위장했는지 흰 가운을 걸친 사람까지 있었다. 100명 가까운 수사관을 학생으로 위장시켜 도쿄대학 구내에 투입할 모양이었다. 낯선 워키토키를 손에 든 사람도 있었다. 그걸로 무선 지시를 내리는 것이리라.

마사오는 공안부의 저력을 새삼 실감했다. 평소에는 층이 달라서 얼굴을 마주할 일도 없었다. 무슨 일을 하는지도 모른다. 정보 교환은 일절 없고, 어떻게 보면 야쿠자보다 오히려 더 먼 존재였다.

"그럼 우리도 최소한 젊은 형사들만 잠입하게 해줘. 이봐, 오치아이, 이와무라. 자네들 양복 벗고 넥타이 풀어."

미야시타가 소리쳤다. 사람들의 시선이 마사오 일행에게로 향했다. '저치들이 도쿄대 학생?'이라는 표정이 얼굴에 그대로 드러났다.

"좋아, 체육부 운동복을 입히자고. 그거면 되지? 이 정도로 늙수그레한 얼굴은 도쿄대생이라면 얼마든지 있어. 이 두 사람을 도쿄대 체육부 학생으로 내보낼 거야."

"아, 잠깐. 이건 내가 결정할 일이 아니야."

공안부 계장이 손으로 제지하더니 강당을 나갔다.

"오치아이, 괜찮으니까 여기 독신 기숙사에 가서 운동복하고 운동화 좀 조달해 와."

미야시타의 명령에 따라 이와무라와 둘이 뒤쪽 기숙사로 달려갔다.

건물에 들어서자마자 땀과 곰팡이 냄새가 코를 찔렀다. 어떤 경찰서나 독신 기숙사는 대학 체육부 탈의실과 별반 다를 게 없다.

당직 순경을 붙잡고 사정을 얘기한 뒤 운동복 몇 벌을 모아 오라고 부탁했다. 모두 지저분한 냄새를 풍기는 옷들이었다. "죄송합니다. 오전에 비가 와서 다들 빨래를 못 했어요." 순경이 미안하다는 얼굴로 옷을 내밀었다. 하지만 사치스러운 소리를 할 상황이 아니어서 비교적 냄새가 덜하고 치수가 맞는 것으로 골라 입었다. 서둘러 강당으로 돌아가자 이미 수사관들은 제각기 현장으로 흩어졌고 미야시타만 팔짱을 낀 채 기다리고 있었다.

"결국 우리는 작전에 참여시키지 않겠대. 그 대신 지시는 받지 않기로 했어." 쓰디쓴 벌레를 씹은 듯한 표정으로 말했다. "지휘관이 공안부장인 이상, 우리는 별도 취급이야. 아, 현재 다마리 과장이 우리 부장을 통해 협상 중이야. 다른 젊은 친구들도 잠복시킬 생각이거든. 그러니까 여기저기 눈치 볼 거 없어. 자네들이 대표로 가서 탐색하고 와."

"알겠습니다."

"어, 아주 잘 어울리는데? 대장까지는 아니어도 인상 험악한 럭비 부원 정도로는 보이네."

"어이구, 고마운 말씀을." 이와무라가 장난스럽게 머리를 긁적였다.

"우리 쪽에서는 혼고 도로 주변의 아카몬과 도쿄대 정문을 감시할 거야. 무슨 일이 있으면 당장 뛰어오라고."

다마리가 발길을 돌려 성큼성큼 멀어져갔다. 마사오와 이와무라는 서로 마주 보며 고개를 끄덕이고는 모토후지 경찰서를 나섰다. 하늘에는 엷은 햇살이 비치고 상쾌한 가을바람이 불었다. 가장 가까운 다쓰오카 문으로 갔더니 전기공사 회사의 밴이 길을 막고 있었다. 운전석을 넘어다보니 작업복 차림의 남자가 귀에 이어폰을 꽂고 있었다. 마사오 일행에게 날카로운 시선을 던지더니 곧바로 눈을 돌려버렸다. 혹시라도 대상자가 차를 타고 학교 안에서 나올 경우를 대비하고 있는 모양이다.

"이 차도 공안부에서 보냈을까요?" 이와무라가 놀라서 말했다. "이 작자들, 대체 예산이 얼마나 되는 거예요?"

"그러니 우쭐하는 거지. 쓰고 싶은 대로 펑펑 쓰니까."

공안부 예산은 경시청에서도 극비 사항이었다. 그 액수가 공개된 일은 단 한 번도 없다.

문밖에는 경찰견도 와 있었다. 비닐 안에 든 의류의 냄새를 맡게 하는 것을 보고 마사오는 충격을 받았다. 공안부에서는 시마자키의 의류를 입수한 것이다. 분명 누군가 시마자키의 하숙방에 몰래 들어가 훔쳐 온 것이다. 형사부에서는 절대로 할 수 없는 짓이다.

교문을 지나 캠퍼스 안에 들어섰다. 대학 시절에 검도부 연습 경기를 위해 몇 번 와본 적이 있어서 전혀 낯선 곳은 아니다. 하지만 일본 최고의 대학 캠퍼스는 형사들을 멈칫거리게 하기에 충분했다. 경찰에서 도쿄대 출신이라고 하면 대개는 최고 상급직이다. 동갑내기들도 계급이 벌써 경정급이다. 대학 때는 무예에 빠져 지냈기 때문에 도쿄대생을 허약한 수재들이라고 마음껏 경멸했지만, 사회인이 되어 위계를 알게 된 지금은 예전의 무지에 식은땀이 났다.

무턱대고 돌아다녀봤자 별 성과도 없겠다 싶어서 경제학부 건물로 향했다. 학생은 거의 보이지 않고 교사(校舍) 창문도 대부분 커튼이 내려져 있었다. 깊이 숨을 들이쉬자 수목의 진한 향기가 났다. 옛 마에다 번주(藩主)의 저택이었던 혼고 캠퍼스는 녹음이 넘쳤다. 몸도 풀 겸 마사오는 옆을 지나가는 학생에게 말을 걸어보았다.

"아, 잠깐 실례. 자기, 경제학부?"

"예, 그런데요."

"대학원의 시마자키라고 알아? 하마노 교수 연구실에 있는데."

"아뇨, 모르겠는데요. 저는 3학년이고 전공이 국제금융이라서……."

"그래? 고마워."

미소를 지으며 가볍게 목례를 건넸다.

"선배, 완전 선수인데요? 나는 수재를 대하면 아무래도 긴장이 되는데."

이와무라는 호주머니에 손을 넣고 어깨를 흔들며 걷고 있었다.

"혹시라도 째려보면 안 된다?"

"어이구, 설마요."

둘이서 편을 나누어 학생을 만나는 족족 말을 걸어보았다. 시마자키를 안다는 학생도 몇 명 있었지만, 최근에 본 게 언제냐는 질문에는 한결같이 미간을 좁히며 여름방학 전이라고 대답했다.

그때 누군가의 시선이 느껴졌다. 돌아보니 교사 그늘에서 흰 가운을 입은 남자 둘이 이쪽을 빤히 쳐다보고 있었다. 공안부 수사관인 듯했지만 일단 확인해보려고 말을 건넸다.

"어떤 학부 학생이지?"

"그쪽이야말로 어떤 학부야?" 한 사람이 날카로운 소리를 날렸다.

"아, 난 경제학부인데."

"학과는? 스터디 그룹은?"

"어, 무섭네. 우리가 가짜 대학생으로 보여?"

마사오는 분위기를 풀어보려고 억지 미소를 지었다.

"수사1과죠?" 남자가 말했다. "위장을 할 거면 미리 그렇다고 말을 해줘야지."

"그러는 댁은 어떤 학부 담당인데?" 이와무라가 턱을 툭 내밀고 대꾸했다.

"뭐야?"

"아, 잠깐. 여기서 영역 다툼을 해봤자 쓸데없어." 마사오가 말렸다.

"다른 쪽으로 가보쇼. 여기는 보름 전부터 에스 넣어놓은 데야. 그거 망가지면 진짜 큰일 난다고요."

"그래, 알았어."

마사오는 슬쩍 항복의 포즈를 취한 뒤에 발길을 돌렸다.

"뭡니까, 에스라는 게?" 이와무라가 물었다.

"스파이의 에스. 공안부가 아니어도 그 정도는 알아둬."

"쳇. 우리는 정보 하나 잡을 때도 사비를 터는데. 4층 친구들은 정말 혜택도 많네요."

둘이서 방향을 바꾸어 산시로 연못 쪽으로 갔다. 그 건너편에 운동장이 있어서 마사오와 이와무라의 차림새하고 딱 어울렸다.

"이번 제보 전화, 선배는 어떻게 생각해요?" 이와무라가 물었다.

"나도 모르지. 시마자키와 한패가 있는데 그자가 배신을 했거나, 아니면 경찰 수사를 교란하는 작전이거나."

"내가 보기에는 아무래도 교란 작전인 거 같아요. 이렇게 넓은 캠퍼스를 수색하고 게다가 주변 도로까지 마크하자면 상당한 인원을 이쪽으로 돌려야 하잖아요. 그게 범인 쪽에서 원하는 것이라면 그야말로 제대로 걸려든 꼴이죠."

"그건 그래. 하지만 윗선에서도 그런 정도는 생각하고 있겠지."

"이제 슬슬 올림픽 선수촌 입촌식이고 일주일 뒤에는 도카이도 신칸센이 운행을 시작할 거고, 올림픽 관련 행사가 줄줄이 이어지는 때예요. 내가 범인이라면 틀림없이 지금을 노릴 겁니다."

"그쪽도 모두 빈틈없이 막고 있어. 틀림없이 대대적인 배치를 해뒀을 거야." 마사오의 입에서 저도 모르게 한숨이 새어 나왔다. "우리는 계속 형사로만 움직여서 잘 모르지만 경찰이라는 조직은 우리가 생각하는 것보다 훨씬 거대하고 치밀해. 오늘 수사도 그래. 오전 중에 제보 전화가 왔는데 한 시간도 안 되어서 이만한 태세를 갖췄잖아. 솔직히 말해 나는 깜짝 놀랐어. 다른 팀에서는 지금쯤 주변 식당이며 대중탕을 탐문하고 다닐 거야. 요컨대 수사관은 단순한 장기짝이야. 윗선에 머리 좋은 사령관이 잔뜩 있어."

발치의 돌멩이를 걷어찼다. 아스팔트 위를 데굴데굴 굴러 이윽고 멎었다. 처음으로 경험하는 국가적 사건에 마사오는 당황하고 있었다. 살인범을 쫓는 것과는 차원이 다르다. 자칫 잘못해서 범인을 놓쳤을 때, 그 타격은 비교가 되지 않는다. 자신들은 장기짝이 되는 게 오히려 나은 게 아닐까. 그런 망설임이 마음 한 귀퉁이에 있었다.

"선배, 그런 썰렁한 소리 하지 마십쇼. 범인을 찾아 수갑을 채우는 건 형사가 할 일이잖아요. 범인은 꼭 우리가 잡자고요."

"응, 그래. 자네 말이 맞아."

새삼 자신에게 기합을 넣고, 걸음을 옮겼다. 산시로 연못을 둘러싼 언덕을 넘어 운동장으로 들어갔다. 체육부 학생들이 구령을 외치고 있었다.

"야아, 좋다. 역시 우리한테는 여기가 어울리네요." 이와무라가 양팔을 쳐들며 기지개를 켰다.

"자네는 보트부였지?"

"맞아요. 그때만 해도 도쿄대 따위는 쳐다도 안 봤죠. 좀 더 실컷 놀려먹을걸."

"하하, 동감이야."

"근데 시마자키는 뭔가 운동도 했을까요?"

"글쎄, 그런 정보는 들어온 게 없어."

"사진으로 봐서는 비리비리한 인상이었죠?"

"예단은 금물이야. 아직 젊은 친구가 인부 일을 한 달 반이나 했어. 근육도 탄탄해졌을 거고 햇볕에 까맣게 타기도 했을 거야."

마사오는 말을 하다가 문득 깨달았다. 아까부터 호리호리한 남자만 찾고 있었는데 그건 잘못이다. 장발이라는 정보도 머릿속에서 지워버릴 필요가 있다.

"이번 전화가 거짓 제보였으면 좋겠어요." 이와무라가 불쑥 말했다.

"그건 또 무슨 소리야?"

"형사로서는 탐문수사로 검거하고 싶잖습니까. 한 차례 도주극이 펼쳐지기도 해야 재밌죠."

"너는 〈7인의 형사〉를 너무 많이 봤어."

둘이서 운동장을 당당히 건너갔다. 육상부원 중의 한 사람이 선배인 줄 알았는지 등을 꼿꼿이 하고서 "안녕하십니까!"라고 큰 소리로 인사했다. 덩달아 여기저기서 인사가 날아왔다. 마사오와 이와무라는 관록 있는 척 연기하며 한 손을 쳐들고 "여어, 열심히들 하네"라고 대꾸해주었다.

"선배, 웃음이 나오려고 해요." 이와무라가 말했다.

"이런 바보, 여기서 웃었다가는 나한테 맞을 줄 알아." 작은 소리로 말하고 잔뜩 흘겨보았다.

수돗가에서 체육부 총무인 듯한 학생복 차림의 남자를 붙잡고 시마자키 구니오라는 대학원생을 아느냐고 물었다. "예, 알아요. 학부 가정교사 파견회 선배였거든요."

"최근에 본 적 있어?"

"아뇨, 못 봤어요. 나는 거의 부실에만 있고 강의실 쪽에는 별로 나간 적이 없어서……."

"그래. 고마워."

"시마자키 선배에게 무슨 일 있어요?"

"아냐. 잠깐 볼일이 있어서."

"아까도 어떤 선배분이 물어봤었는데요."

"그래? 시마자키, 인기 좋네."

웃는 얼굴로 대충 때우고 그 자리를 떴다.

"이거 사기 제보예요, 사기 제보." 이와무라가 고개를 저으며 말했다.

"마음대로 결론 내리지 마."

그 뒤, 해가 저물 때까지 둘이서 구내를 돌아다녔다. 몇십 명의 학생에게 말을 건넸지만 대부분 "아까도 물어봤어요"라는 대답만 들었다. 학생보다 오히려 수사관의 숫자가 더 많은 듯한 휴일의 도쿄대 캠퍼스였다.

비구름이 걷힌 하늘은 높직하고 종달새가 낭랑하게 울고 있었다.

26

8월 29일 토요일

오늘은 아침부터 본격적으로 비가 내려 현장 공사는 일찌감치 중지하기로 결정 났다. 최근 일주일 동안 시마자키 구니오는 계속 '통 일'을 했기 때문에 오랜만에 몸을 쉴 수 있는 은혜로운 비였다. 게다가 오늘은 토요일이라서 오후에는 두 번째 폭파를 실행할 계획을 세웠다. 오전 일까지 취소되어 시간적으로나 심리적으로나 훨씬 여유가 있었다.

아침 식사를 마친 뒤, 합숙소에서 오전 10시까지 다시 잠을 청했다. 그러자 근육이 불끈불끈 회복되어 스스로도 놀랄 만큼 몸이 가뿐해졌다. 자리에서 일어나 기지개를 켜는데, 꽤 기운차게 보였는지 옆에 누워 있던 시오노가 "젊은 사람은 역시 다르다. 나는 온종일 잠을 자야 겨우 기운을 차리는데"라고 한숨을 섞어 말했다.

"어디 나가려고?"

"네."

"돌아오는 길에 파스 좀 사다 줘. 돈은 나중에 줄게."

"네, 그러죠. 밤에나 돌아올 텐데 그래도 괜찮아요?"

"괜찮아."

시오노는 푸르르한 여름 이불을 끌어 올리며 다시 눈을 감았다.

"어이, 시마자키. 나는 필로폰 좀 사다 줘." 이번에는 반대편 이불에서 자고 있던 요네무라가 말했다.

"그건 좀 어렵겠는데?" 구니오가 쓴웃음을 지으며 대답했다.

"흥, 시치미 떼지 마. 너, 지난주 토요일에 가마타에서 장사치한테 직접 사 갔다던데 뭘 그래? 내가 다 들었어. 학생 같은 곱상한 남자가 하네다 합숙소 사람이라면서 사 갔다고 하더라."

구니오는 그 말에는 대답하지 않고 말없이 외출할 준비를 했다.

"필로폰 가르쳐준 내가 이런 말 하는 것도 우습지만, 적당히 해라. 너는 이번 달만 일하고 여기서 나갈 사람이야. 자기 몸을 아낄 줄도 알아야지."

"……알았어."

대답을 하면서도 구니오는 적잖이 마음이 흔들렸다. 오늘도 장사치가 눈에 띄면 필로폰을 살 생각이었다. 지난주에 사 온 게 아직 남았지만, 미리 사두는 게 한결 마음이 놓인다.

뭐 됐어. 흐르는 대로 한번 가보는 거야. 되도록 가볍게 생각하기로 했다. 구니오는 중독되지 않을 자신이 있었다. 마약에 빠지는 자는 사실 현실에서 도피하려는 것이다. 하지만 구니오는 그 현실에 아무 미련이 없었다.

배낭을 메고 합숙소를 나섰다. 가마타 역에 나가 차표를 사려는데 뒤에서 누군가 어깨를 툭 쳤다. 지난주의 그 필로폰 장수였다.

"형씨가 보이기에 저기서부터 막 뛰어왔어." 잇몸을 드러내며 개처럼 웃었다. "좀 사줘. 대만에서 새 물건이 들어왔어."

"예, 조금이라면……."

"그럼 이쪽으로 와."

소매를 끌고 골목길 안쪽으로 데려갔다. 결국 지난주와 똑같은 양을 사야 했다.

니시카타의 하숙집에 돌아와 지난주와 마찬가지로 폭발 장치를 만들었다. 다만 이번에는 다이너마이트를 두 개로 했다. 한 개의 위력은 이미 시험해봤기 때문에 두 개로 하면 분명하게 두 배가 되는지도 확인해보고 싶었다. 표적은 경찰 시설이니 대충 봐줄 필요도 없다.

지난주의 스가 저택 폭발 사건은 뉴스가 되지 않았다. 그다음 날, 스탠드에서 모든 신문을 사다가 눈을 화등잔처럼 뜨고 찾아봤지만 1면 기사는커녕 작은 박스 기사로도 나와 있지 않았다. 혹시 화재 사고로 실렸을지 모른다는 생각에 다시 뒤적여 찾아봤지만 센다가야에서 작은 불이 났었다는 얘기도 없었다. 그저 「진구가이엔 불꽃대회에 10만 인파」라는 기사가 사진과 함께 사회면에 실려 있을 뿐이었다.

여우에 홀린 듯한 기분으로 한참이나 신문을 들여다보다가 구니오는 전화로 문의해보기로 했다. 하라주쿠 경찰서에 걸었다. 요요기에 사는 회사원이라고 거짓말을 둘러대고 "엊저녁에 센다가야 방면에서 뭔가 큰 소리가 나면서 불길이 치솟았는데, 그게 대체 뭐였어요?"라고 물었다. 그러자 사무적인 말투로 "가스 누출로 화재가 난 거요? 119 신고가 들어와 소방서에서 출동했었습니다"라는 간결한 대답이 돌아왔다.

10초쯤 눈을 감고 생각을 굴리다가 '아하, 그렇게 나오신다는 거지?' 라며 구니오는 문득 유쾌한 기분이 들었다. 경찰과 일본 정부는 스가 저택의 폭발 사건을 은폐하려는 것이다. 이유는 간단하다. 도쿄 올림픽을 앞두고 국민에게 불안감을 던지고 싶지 않다는 것, 그리고 외국에 대한 위신 때문이다.

아시아에서 처음 열리는 올림픽은 서구에서 꼭 개최해달라고 청해서 이루어진 게 아니다. 자진해서 입후보하고 유치에 총력을 기울인 끝에 유색인종에 대한 편견을 뚫고 가까스로 실현된 일이다. 백인 사회는 아직껏 비(非)백인에 대해 냉담하기만 해서 자신들과 똑같은 문명을 가진 인간이라고 믿지 않는다. 올림픽 개최에 위험한 요인이 드러나면, 그러니 아시아 같은 데서 올림픽을 개최할 일이 아니었다고 당장 비난의 소리가 터져 나올 것이다. 경찰과 정부에서 가장 우려하는 건 국제사회에서 이 나라의 문명도를 의심받는 것이다.

구니오는 정부 차원에서의 은폐라는 것을 확신하고, 두 번째 성명문을 경시감 앞으로 보냈다. '당국의 현명한 판단을 높이 평가한다. 그래서 다시 한번 불꽃을 쏘아 올릴 것이다. 요구는 그 후에 밝히겠다. 도쿄 올림픽은 필요 없다. —소카 지로'라고 쓴 것이다. 수요일에 우체통에 넣었으니 틀림없이 도착했을 터였다. 경찰은 긴급회의를 열고 대대적인 수사에 들어갔을 것이다.

경찰이 자신에게 어느 정도 손을 뻗칠 수 있을지, 그건 아직 알 수 없다. 하숙집에 들어가기 전에 확인도 할 겸 주인아주머니에게 들러 찾아온 사람이 없었느냐고 물어봤지만, 학생들 일이라면 내 일처럼 도와주는 착한 주인아주머니는 그런 사람은 없었다고 고개를 가로저었다. 그렇다면 그날 밤, 스가 슈지로의 아들인 옛 동창에게 목격당했던 건 경찰에 전해지지 않았다는 얘기다. 그날 우연히 만났을 때 스가는 텔레비전 방송국이 "너무 채신머리없이 까부는 데라고 아무래도 집에서 쫓겨날 거 같아"라고 했었다. 혹시 경찰 관료인 스가 경시감은 텔레비전 방송국에 근무하는 아들에게도 집이 폭파된 사실을 감춘 게 아닐까. 구니오는 그렇게 추리했다.

왠지 가슴이 뿌듯했다. 자신은 국가를 상대로 봉기하였으나 마음속에 두려움이라고는 눈곱만큼도 없다. 오로지 혼자서 싸우고 있다. 선동하는 데 능숙한 좌우익 활동가 따위와는 태생부터 다르다.

시한 폭파 장치는 두 번째이기도 해서 금세 만들어냈다. 공작 솜씨도 부쩍 좋아진 것 같다. 완성한 장치를 보자기에 싸서 배낭에 넣었다.

이번에 폭탄을 장치할 곳은 나카노 경찰학교다. 처음에는 경시청이나 경찰청의 장관 공관을 생각했지만, 그런 곳은 경비가 특히 삼엄할 터라서 일단 피하기로 했다. 경찰학교쯤이라면 사람들의 출입이 많아서 그리 엄격하게 경비하지는 않을 것이다. 게다가 일반인의 애먼 희생 없이 경찰만 깜짝 놀라게 해주는 게 목적이기 때문에 부지가 넓다는 점도 마음에 들었다. 토요일이라면 분명 사람도 적을 것이다.

점심은 냉국수를 해서 먹었다. 얼마든지 먹을 수 있을 듯한 느낌이었다. 결국 2인분을 혼자서 먹어치웠다.

방바닥에 벌렁 누웠다. 아직 한참 시간이 남아서 구니오는 다시 필로폰을 맞았다. 그 즉시 오감이 예리하게 벼려져서 바깥의 빗소리가 음악처럼 아름답게 울렸다. 눈을 감았더니 솜털 하나하나에 모조리 신경이 통하는 것처럼 곤두섰다.

오후 1시 반에 하숙집을 나와 전차를 갈아타며 나카노 역에 도착했다. 신주쿠 서쪽으로는 별로 인연이 없어서 거의 와본 적이 없었다. 하지만 나카노만은 유명한 음악다방이 있는지라 전에 선배를 따라 한 번 와본 뒤로 혼자서도 여러 번 드나들었다. 그래도 역시 지리적으로 익숙하지 않은 곳이라 옛 육군나카노학교 자리가 경찰학교가 되었다는 말만 들었을 뿐, 막상 직접 와본 일은 없다.

굵은 빗발이 가늘어진 가운데 우산을 받쳐 들고 슬슬 걸어 경찰학교 정문 앞에 도착해보니 당연하다는 듯 보초가 있었다. 비옷을 입은 젊은 경찰 두 명이 등을 곧게 펴고 서 있는 것이다. 그 안쪽에 접수처 같은 작은 집이 있고 그곳에도 사람이 있었다. 구니오는 만만하게 생각한 자신의 어리석음에 혀를 찼다. 학교라고 해서 출입이 자유로울 거라고 마음을 놓고 있었다. 하지만 경찰 시설인데 출입이 자유로울 리 없다. 더구나 드나드는 사람들의 머리가 한결같이 짧았다. 장발인 자신이 섞여 들면 그 즉시 호기심의 눈으로 바라볼 터였다.

어떻게 해야 하나. 이 자리에서 계속 미적거리는 것만으로도 의심을 사게 된다. 구니오는 걸음을 멈추지 않고 그대로 지나쳐 일단 주변을 돌아보기로 했다. 이만큼 넓은 곳이니 출입문이 여러 개가 있을 터였다. 그 문마다 모두 보초가 서 있을까. 그건 아닐 것이다. 부지의 반 남짓을 돌아 전차 선로와 학교 담장 사이의 길을 걸어가다가 작은 출입구 하나를 발견했다. 마침 주위에 사람이 없어서 가만히 지켜보고 있으려니 학교 안에서 삼륜차 한 대가 나왔다. 차체에 쌀집 이름이 적혀 있었다. 아무래도 납품업자들이 드나드는 뒷문인 모양이다. 접수창구 같은 곳이 있기는 하지만, 안에 사람은 없었다. 문 너머 바로 앞쪽에 목조 건물이 있었다. 굴뚝이 솟은 걸 보니 식당이거나 목욕탕 등의 기숙사 시설 같았다. 삼륜차가 멀리 사라진 뒤에도 철문은 열린 채였다. 문 앞에는 나무 상자와 종이 박스가 쌓여 있었다.

구니오의 머릿속에 한 가지 아이디어가 떠올랐다. 업자인 척하면서 안으로 들어가면 되는 것이다.

청과 시장 이름이 적힌 종이 박스 두 개를 골라 박스 안에 배낭을 넣었다. 우산은 접고 와이셔츠는 벗어서 그것도 안에 넣었다. 햇볕에 그을린 러닝셔츠 차림의 자신은 누가 보건 노무자다. 우연한 일이기는 하지만 역시 막노동판에서 일하기를 잘했다. 예전의 창백한 모습이었다면 어떤 차림을 하더라도 부자연스럽게 비쳤을 것이다.

종이 박스 두 개를 한꺼번에 들었다. 높이가 있어서 정면에서는 자신의 얼굴을 확인할 수 없다. 감자라도 나르듯이 허리를 낮추고 옆 걸음질로 문을 넘어섰다.

안에 들어가자 역시나 사람들의 눈이 없을 수는 없었다. 연결 복도를 통해 사람들이 오가고, 수돗가에서는 운동을 마친 경찰학교 신입생들이 얼굴을 씻고 있었다. 도장에서 검도를 하는지 죽도가 맞부딪치는 소리가 울리고 운동장 쪽에서는 험한 날씨에도 아랑곳하지 않고 구보를 하는지 "하낫 둘, 하낫 둘" 하는 구령 소리가 들려왔다. 경찰학교도 대학 캠퍼스의 방과 후와 그리 다를 게 없는 풍경이었다. 그래서 구니오에게 관심을 갖는 사람은 없었다.

가장 앞쪽의 목조 건물에 도착해 미닫이문 앞에 종이 박스를 내려놓았다. 창문으로 안을 들여다보니 식당 배식실이었다. 안쪽으로는 주방이 보였다. 토요일 오후여서인지 인적이 없었다. 폭파 장치를 설치하기에 안성맞춤의 장소라고 생각했다. 오늘이라면 피해자가 나올 가능성은 낮다. 미닫이문을 잡았다. 문은 잠겨 있지 않았다. 괜히 꾸물거리다가는 의심을 살 것 같아 망설임 없이 당당하게 안으로 들어갔다. 15평 남짓한 넓이의 흙바닥이다. 들어서자마자 허리를 바짝 숙였다. 이제부터는 바깥에서 보이게 해서는 안 된다.

어디에 설치할까. 바닥에 무릎을 짚은 자세로 내부를 둘러보았다.

중앙에 커다란 배식대가 있고, 그 아래는 비품을 넣는 칸이었다. 문을 열고 안을 보니 양은그릇이 쌓여 있다. 구니오는 이곳에 설치하기로 마음먹었다.

종이 박스에서 배낭을 꺼내 신중하게 보자기를 꺼냈다. 타이머는 미리 오후 3시로 설정해두었다. 손목시계를 보니 오후 2시 40분, 마침 적당한 시간 차다.

건전지를 넣고, 지난번과 마찬가지로 기타 피크를 절연체로 끼웠다. 더 이상 정확도에 불안감은 없었다. 단순한 장치이기 때문에 불발은 있을 수 없다. 과연 다이너마이트 두 개는 어느 정도의 파괴력이 있을까.

비품 칸의 문을 닫았다. 종이 박스를 높직이 들고 밖으로 나왔다. 그러는데 자전거를 탄 어딘가의 납품 상인이 나타났다. 구니오를 얼핏 쳐다보더니 "여어, 수고가 많네"라고 인사를 건넸다. "예에." 구니오도 대답했다. 짐칸에 큼직한 간장 통을 얹은 중년 남자는 콧노래를 부르며 지나쳐갔다. 분명 지난주에도 이런 일이 있었다. 당당하게 굴면 아무도 수상하게 여기지 않는 것이다.

뒷문 밖으로 나와 다시 와이셔츠를 입었다. 비는 이미 걷혔고 그것을 기다렸다는 듯 역 방향에서 도로공사의 소음이 들려왔다. 빈 배낭에 우산을 찔러 넣었다. 그대로 등에 메고 구니오는 걸음을 옮겼다.

폭발 시각까지 잠깐 틈이 있어서 나카노 역에는 들어가지 않기로 했다. 플랫폼에서 기다리고 있으면 역원이 수상하게 여길 가능성이 있다. 구니오는 방향을 바꾸어 북쪽 출구의 아케이드가로 향했다. 이쪽에서 시간을 때우다 아슬아슬한 시각에 역의 고가 플랫폼에 올라가 거기서 폭발 규모를 확인할 것이다.

이제 잠시 뒤에는 대사건이 터질 텐데도 구니오의 마음속은 산속 호수처럼 고요했다. 온몸이 붕 떠오르는 것처럼 발걸음이 가벼웠다. 부담감은커녕 마치 산책이라도 하는 기분이었다. 점포 유리창에 비친 자신의 모습을 보았다. 매우 객관적인 시선이 생겨나서, 저 사람은 누구인가 하고 또 다른 자신이 머릿속에 중얼거렸다.

아케이드가를 휘적휘적 걸으며 시간을 조절한 뒤에 역으로 발길을 돌리려는데 "시마자키 씨!"라고 부르는 여자 목소리가 들렸다. 누구인가 하고 돌아보았다. 하숙집 근처 헌책방 고바야시 서점의 딸이었다.

"요시코, 이런 데서 만나네."

대답하면서 정말 우연한 만남이라고 생각했다. 시한 발화장치를 만드는 과학잡지를 찾아낸 곳이 바로 고바야시 서점이었다.

오랜만에 만난 서점 아가씨는 화장을 하고 있었다. 그러고 보니 지난봄에 고등학교를 졸업했을 터였다. 총총 땋은 머리가 귀여웠던 여고생이 그새 직장여성이 되어 있었다.

"웬일이야, 이런 곳에?" 구니오가 물었다.

"이 근처 양재 교실에 다녀요." 요시코가 수줍게 대답했다. 볼을 붉히는 건 여고생 때 그대로다. 요시코가 "시마자키 씨야말로 무슨 일로 나카노에?"라고 의아한 얼굴로 물었다. 근처 음악다방에 갔었노라고 거짓말을 했다. 그러자 요시코는 비틀스를 아느냐고 물었고, 엉뚱하게 음악에 대한 이야기를 잠시 나누게 되었다. 구니오는 비틀스는 알지 못했다. "맘보나 도돈바 같은 거?"라고 대답했더니 "아니에요"라고 요시코가 재미있다는 듯이 웃었다.

옆에 또 한 사람, 친구라는 아가씨가 있어서 소개해주었지만 구니오는 건성으로 인사를 건넸다. 여기서 시간을 낭비할 수는 없다. 슬슬 폭발 시각이 다가오고 있었다. 대충 이야기를 정리하고 자리를 떴다.

또다시 목격당하고 말았다. 인간관계가 좁은 편인데 왜 우연한 만남이 거듭되는 걸까.

걸음을 옮기면서 현재 상황을 냉정하게 분석해보았다. 일반적으로 생각한다면 혼고의 헌책방집 딸의 목격 증언 따위, 앞으로 경찰 수사망에 걸릴 일은 없다. 혹시 사건이 일반인에게 공표된다고 해도 요시코가 경찰학교의 폭발과 우연히 마주친 하숙생을 연결해서 생각하는 일은 없을 것이다.

역에 도착하여 차표를 사 들고 고가 플랫폼으로 올라갔다. 나카노에서 서쪽 무사시노 방향으로는 아직 빌딩이 거의 없어서 날이 맑으면 후지산까지 보일 것처럼 툭 트였다.

플랫폼의 시계를 올려다보았다. 긴바늘이 가장 위로 올라가 이제 곧 오후 3시가 되려 하고 있었다. 어깨에 힘이 들어가는 일도 없이 편안하게 쉬는 자세로 구니오는 서쪽 방향을 바라보며 서 있었다.

역 바로 옆 큰길에서 도로공사를 하고 있었다. 굴삭기 소리가 온통 주위를 지배하고, 행인들은 그 소리에서 한시바삐 벗어나려고 총총걸음으로 지나갔다.

오후 3시. 아무 일도 일어나지 않았다. 어떻게 된 건가 하고 손목시계를 보니 이건 3시 5분 전이다. 구니오는 눈을 내려뜨며 쓴웃음을 지었다. 시간이 틀린 손목시계로 타이머를 맞췄으니 이 시각에 폭발하지 않는 게 당연하다. 대학 입학 축하 선물로 친척들이 사준 태엽 시계가 이제 서서히 정밀도를 잃어가는 모양이다.

마음을 다독이며 이번에는 손목시계가 3시를 가리키기를 기다렸다. 그동안에 신주쿠 방면으로 가는 전차 한 대가 플랫폼에 들어왔지만 반대편 벤치에 자리를 잡고 앉아 그냥 보냈다.

그리고 설정한 시각이 되었을 때, 굴삭기 소음을 날려버릴 듯이 파앙 하는 파열음이 서쪽 하늘에 울려 퍼졌다. 날카로운 소리가 뒤섞인 건 창문 유리가 모조리 박살 났기 때문이다. 그와 동시에 파편이 허공을 날았다. 육상의 원반던지기처럼 수많은 양은그릇들이 빙글빙글 원을 그리며 상공을 날았다. 날아오르는 그 모습이 너무도 그림 같아서 구니오는 웃음이 터질 뻔했다. 지난번과는 달리 이번에는 다이너마이트의 엄청난 위력을 확인할 수 있었다. 암반과는 전혀 다르게 목조 건물에 다이너마이트 두 개는 약간 지나쳤던 모양이다.

어쨌건 두 번째도 성공이다. 계획은 순조롭게 진행되고 있다.

검은 연기가 하늘을 향해 힘차게 피어올랐다. 플랫폼에 있던 손님들이 모두 서쪽 끝으로 몰려들었다. "뭐야, 불이 난 거야?" 저마다 떠들고 있었다. 땡땡땡 종소리가 울렸다. 이 근처에는 아직 화재 망루가 남아 있는 것일까.

객관적으로 관찰하는 자신이 신기했다. 문득 생각이 나서 맥을 짚어봤지만 완전히 평상시와 똑같았다.

검은 연기는 유난히 두툼한 데다 바람의 방향까지 맞들어서 역 주변은 순식간에 회색 공기에 휩싸였다. 이건 어떻게도 은폐할 도리가 없을 거라고 생각했다.

소부선 전차가 곧 도착한다는 플랫폼의 안내 방송이 흘러나왔다. 뭔가 크게 흥분되는 기운이 느껴졌다. 어서 빨리 하숙집에 돌아가 다음 작전을 짜고 싶었다.

27

8월 31일 월요일

"시마자키, 어떻게 좀 안 되겠어? 우리는 한 사람만 빠져도 타격이 너무 크다니까. 그야 약속은 오늘까지였지만 그런 건 좀 융통성 있게 바꿔도 되는 거 아니야? 개학했어도 무슨 중학교도 아니니까 내일 당장 수업을 하는 것도 아니지? 그러면 앞으로 일주일쯤은 여기서 좀 더 일해도 될 텐데 말이야. 자네도 알다시피 오리엔트에서 요구하는 일정이 여간 빡빡한 게 아니야. 여기저기 공사가 늦어져서 다들 정신이 없어. 그야 그게 우리 책임은 아니지만, 맨 밑의 하청업체는 가장 먼저 조정 대상이 되는 거야. 제발 부탁 좀 하자, 어떻게 좀 해봐."

선수촌 공사 현장 텐트 아래서 점심을 먹고 있으려니 야마다 사장이 들어와 일을 좀 더 해달라고 끈질기게 물고 늘어졌다. 시마자키 구니오는 야마다의 침이 튀지 않도록 몸을 틀어 도시락을 가리고 몇 가지 안 되는 반찬으로 엄청난 양의 흰밥을 입에 쓸어 넣었다.

구니오는 사장의 부탁을 들어줄 마음이 없었다. 기껏 한 달 반의 육체노동으로 프롤레타리아의 삶을 실천했다고는 생각하지 않지만, 이런 일을 길게 한다고 해서 딱히 뭐가 어떻게 달라지는 것도 아니다. 자신에게는 따로 할 일이 있다. 도쿄 올림픽을 방해하여 정부로부터 돈을 뜯어내는 일.

"이봐, 시마자키. 제발 그렇게 좀 하자, 응?"

"죄송하지만 그건 안 돼요. 약속했던 대로 오늘까지로 해주세요."

구니오는 사장과 눈을 맞추지 않고 대답한 뒤에 도시락 밥을 싹싹 긁어 먹었다. 뚜껑에 차를 따라 꿀꺽꿀꺽 마셨다.

"그럼 밤에만 하는 건 어때? 낮에는 학교 가고 야간 현장에만 나오라고. 아직 젊으니까 할 수 있잖아?"

"그건 무리예요."

"자네는 아직 모르는 모양인데 그동안 상당히 힘이 붙었어. 이거 봐, 이 근육. 요네무라하고도 거의 다를 게 없다니까."

사장이 구니오의 두 팔을 잡고 어린애가 떼를 쓰듯이 자꾸 흔들었다. 찻물이 흘러 작업복이 젖었다.

"사장님, 좀 봐주세요."

"부탁이야. 내 평생 소원이라니까."

"미안합니다. 아무래도 어려워요."

둘 사이에 결말이 나지 않는 대화가 이어졌다.

간밤에 구니오는 합숙소 이불 속에서 곰곰이 궁리한 끝에 가능한 한 빨리 몸을 감추는 게 좋겠다는 결론을 내렸다. 한가롭게 뭉그적거리고 있을 때가 아니다. 나는 국가를 상대하는 테러리스트다.

이틀 전의 경찰학교 폭파는 스가 저택 때와 마찬가지로 신문에 전혀 실리지 않았다. 이렇게 나오는가, 하고 구니오는 등줄기가 서늘해졌다. 그토록 엄청난 폭발이 일어났는데 단 한 줄의 기사도 나가지 않게 단속한 것에서 경찰의 범상치 않은 결의가 전해져 도리어 두려움을 느꼈던 것이다. 앞으로 경찰이 어떻게 나올 것인가. 당연히 다이너마이트의 입수 경로부터 캐내려고 할 것이라고 생각하니 불두덩 근처가 움찔했다.

경찰이 본격적으로 나선다면 도쿄 및 인근 현에 존재하는 화약고와 그곳에 보관된 다이너마이트의 수량 따위는 며칠 만에 파악해낼 것이다. 그리고 인해전술로 서류상의 재고와 실제 수량을 대조하느라 분주할 터였다. 도난신고의 유무 따위는 이 상황에서는 아무 관계도 없다. 숫자가 맞지 않으면 철저히 추궁하여 분실 경위를 조사할 것이다. 자신이 다이너마이트를 훔친 '기타노 화약'을 알아내는 것쯤 식은 죽 먹기다. 일이 그렇게 되면 그 남색가 사장은 이러니저러니 거짓말을 둘러대면서도 시마자키 구니오라는 인부가 아무래도 의심스럽다고 자백할 것이다.

어쩌면 경찰은 이미 도쿄대생 한 명을 중요 참고인으로 리스트에 올려놓았는지도 모른다. 앞으로는 아무리 신중해도 지나침이 없는 단계라고 구니오는 자신에게 다짐했다.

합숙소 생활을 청산하고 나가면 우에노 여인숙 거리에 잠복하기로 마음먹었다. 무라타 도메키치를 찾아 부탁하면 이래저래 도와줄 것이다. 탐문이 시작된 시점에서부터 자신은 돌아갈 집을 잃는다. 니시카타 하숙집도, 구마자와 고향 집도—

"이봐, 시마자키. 밤에만이라도 좀 도와줘."

사장의 애원은 집요했다. 어지간히도 일손이 달리는 모양이다.

"올림픽을 열지 못하면 그건 일본의 수치잖아. 너, 도쿄대생이라면 다른 사람보다 그 책임감이 더 큰 거야."

"아뇨, 난 관계없어요." 구니오는 저도 모르게 쓴웃음을 지었다.

"왜 관계가 없어. 앞으로 이 나라를 떠메고 갈 사람인데?"

"아뇨, 난 아니에요." 구니오는 도시락을 수건에 싸서 바구니 안에 얌전히 챙겨 넣었다. "나는 국가 따위 어떻게 되건 관심 없습니다. 예전에 민중을 전쟁터로 몰아넣은 지배층은 이제는 사람들을 경제의 노예로 몰아넣으려 하고 있어요. 일본의 올림픽 개최는 그런 의미에서도 근대사의 중요한 이정표가 될 겁니다."

"내가 못 배운 사람이라고 어려운 소리만 골라서 하는구나." 야마다 사장이 눈을 치켜떴다.

"어제 신문에도 나왔지만, 올림픽 관련 공사로 얼마나 많은 인부들이 목숨을 잃었는지 아세요?"

"그딴 거 난 몰라."

"도카이도 신칸센에서만 200명, 고속도로에서 50명, 지하철 공사로 10명, 모노레일로 5명, 빌딩과 그 밖의 건물까지 합치면 300명이 넘을 거예요."

"음, 그건 그래. 너희 형도 그렇고, 여기저기 합숙소마다 사망자가 나왔어. 하지만 그게 어쨌다는 거야? 전쟁터에 나가는 것보다는 그래도 낫지."

"희생자를 짓밟고 이루는 번영이라면 그건 지배층만을 위한 문명이에요."

"허참, 이 녀석이 아까부터 자꾸 어려운 소리만 하네. 그런 것보다 지금 당장 인원수가 부족하단 말이야. 그걸 못 맞춰내면 우리는 오리엔트에 벌금을 물어야 해."

"죄송합니다. 난 못 해요." 구니오는 자리에서 일어나 머리를 숙였다. "지금까지의 급료는 9월 5일에 합숙소로 받으러 갈게요."

"인정머리 없는 놈. 고향 사람이란 것도 아무 소용이 없구먼. 예끼, 인텔리, 겉멋만 든 젊은 놈, 은혜도 모르는 놈."

사장의 어린애 같은 욕을 등 뒤로 들으며 구니오는 텐트 밖으로 나왔다.

간밤에 급료를 계산해봤더니 8월분이 2만 엔이 넘었다. 계속해서 '통 일'을 한 덕분이다. 합숙소 식비와 그 밖의 것을 빼도 1만 8000엔은 들어온다. 7월에는 반절만 일해서 8000엔 남짓 저금해뒀으니 모두 합해 2만 6000엔의 자금을 얻은 셈이다. 태어나서 처음으로 받아보는 육체노동의 대가였다.

하긴 야쿠자 히구치에게 도박 빚 1만 6000엔을 내줘버리면 손에 남는 건 1만 엔이다. 구니오는 다시 한번 그와 담판을 할 작정이다. 만만치 않은 상대지만 그렇다고 너무 쉽게 돈을 내주고 싶지는 않았다.

잔디가 깔린 언덕길로 올라가 심호흡을 했다. 오늘은 날씨가 맑아 햇살이 눈부시게 빛났다. 나무 그늘에 시오노와 요네무라가 누워 있어서 구니오도 그쪽으로 다가가 자리를 잡았다.

"학생, 오늘까지라면서?" 시오노가 눈을 가늘게 뜨고서 말했다.

"예. 이래저래 신세가 많았습니다."

"대학원 졸업하면 뭐 할 거야?"

"아직 정하지 않았어요."

"좋겠다, 좋겠어. 머리 좋은 놈은 미래가 있으니 얼마나 좋을까." 요네무라가 평소와는 달리 약간 토라진 말투로 툭 내뱉었다. "나 같은 놈은 중학교 들어가면서부터 앞으로 뭐가 되겠다는 생각이라는 건 해본 적도 없어. 큰아들은 농사꾼 시키거나 타지에 돈벌이 보내고, 둘째나 셋째 아들은 집단 취업 나가는 거, 그거 말고는 아무것도 없거든."

구니오는 대답할 말이 없어 눈을 내리떴다.

"올림픽 끝나면 나는 또 다른 공사 현장이야. 그다음에는 어디가 되려나. 도쿄만 매립 아니면 고속도로 연장 공사인가? 어딜 가건 일은 다 똑같지. 곡괭이 휘두르고 일륜차 끌고 합숙소에서 자고, 그게 우리 인생이야."

요네무라가 잔디를 뜯어 내던지며 한숨을 쉬었다.

"어이, 요네무라. 시마자키 마음 아프겠다. 이 녀석은 착한 놈이야. 머리가 좋아도 거들먹거리지 않고 잘난 척하지 않고. 이런 놈이 정치가가 된다면 우리 살기도 한참 좋아질 텐데 말이다." 시오노가 옆에서 거들고 나섰다. "기왕이면 아주 높은 사람이 되어줘. 네가 언젠가 텔레비전에 나오는 높은 사람이 되면 그거 보면서 이 사람 안다고 자랑 좀 쳐보자."

"예, 그래요. 열심히 하겠습니다."

구니오는 쓴웃음을 지으며 고개를 끄덕였다. 어쩌면 자신은 머지않아 텔레비전에 보도될지도 모른다. 지명수배자나 체포된 범인으로. 그렇게 되면 이 사람들은 어떤 반응을 보일까. 국가권력에 대항한 레지스

탕스라고 경의를 표해줄까, 아니면 일본을 수치스럽게 한 매국노라고 분개할까.

구니오는 합숙소에서 한 달 반을 보내면서 도저히 이해가 되지 않는 일이 있었다. 가혹한 노동을 강요받는 프롤레타리아들이 전혀 사회를 원망하지 않고 반역의 의지도 보이지 않는 현실. 그들은 가난해도 지긋지긋해하지 않고, 원망이 있어도 그걸 남의 탓으로 돌리지 않았다. 그저 운명이라고 반쯤 체념한 채 살아갈 뿐이다. 이건 일본 민족만 가진 특별한 성질일까. 적어도 마르크스가 살았던 유럽에서는 있을 수 없는 일이다.

그때 검은 그림자가 덮쳤다. 돌아보니 히구치가 부하들을 거느리고 서 있었다.

"어이, 학삐리. 오늘로 여기 관둔다면서? 관두는 건 자유지만, 돈은 준비했겠지?"

히구치가 으르대며 말했다. 러닝셔츠 사이로 내보이는 모란꽃 문신이 햇빛을 받아 붉게 빛났다. 뒤에서 시오노와 요네무라가 흠칫 긴장하는 기척이 느껴졌다.

"아, 실은 그 문제로 할 얘기가 있는데요." 구니오가 말했다.

"뭔데, 말해봐."

"반으로 좀 깎아줄 수 없을까요?"

히구치의 안색이 변했다. "안 들린다. 다시 한번 말해봐."

"반으로 좀 깎아주시면 고맙……."

다음 순간, 아래턱에 충격이 내달렸다. 히구치가 발차기를 날린 것이다. 뒤로 벌렁 쓰러지는 겨를에 그대로 뒤통수를 찧었다. 바닥이 잔디가 아니었다면 뇌진탕을 일으켰을 것이다.

구니오가 몸을 웅크리고 신음 소리를 올렸다. "아이, 그러지 마. 좀 봐주라니까." 요네무라가 일어서서 중재에 나섰다. "아직 어려서 세상 물정을 몰라. 내가 잘 타이를게. 그러니까 폭력은 쓰지 말아줘."

"이런 멍청한 새끼. 얘가 사람을 만만하게 보는데 성질이 안 나겠냐? 편을 들고 나서겠다면 너를 대신 때려눕혀줄까?"

조용히 내뱉더니 히구치가 요네무라의 멱살을 잡았다. 불끈하면 더욱더 냉혹해지는지, 아무 관계도 없는 요네무라를 가차 없이 퍽퍽 내리쳤다.

"그러지 말죠." 이번에는 구니오가 사이에 끼었다.

"이런 아키타 가난뱅이 농사꾼 놈들이! 왜 내가 너희 같은 놈들을 상대로 성질까지 내야 하느냐고. 농사꾼이면 농사꾼답게 조용히 말을 들어먹어야지."

가슴팍을 떠밀려 비틀거리는 참에 구니오도 얻어맞았다. 히구치가 여유 있는 자세로 앞으로 다가왔다. 다시 한 방, 이번에는 복부에 펀치를 먹었다.

"잘 들어. 월급 받는 5일에 아침부터 하네다 합숙소를 지킬 거야. 절대로 도망 못 가. 혹시라도 도망쳤다가는 너희 시골집에 쳐들어가 형제들을 죄다 초주검으로 만든다. 나는 한다면 하는 놈이야."

"도망 안 갑니다. 5일은 토요일이라 오후에는 돈이 나올 테니까 그거 받아서 줄게요."

"명심해. 나한테는 조직이라는 든든한 배경이 있어. 넌 무슨 짓을 해도 도망 못 가. 월급날, 기다리마."

히구치는 땅바닥에 침을 퉤 뱉고 어깨를 으쓱거리며 가버렸다.

"아주 제 마음대로네."

곁에서 멍하니 보고 있던 시오노가 새파래진 얼굴로 중얼거렸다. 요네무라는 입술이 찢어져 피범벅이 되어 있었다.

"물 가져올게."

구니오는 텐트로 달려가 빈 주전자에 물을 담아 왔다. 가까이에서 지켜보던 동향 인부들이 뛰어와 둥그렇게 둘러싸고 있었다. 그 한가운데서 요네무라가 책상다리를 하고 얼굴을 붉히며 "부러졌어"라고 말했다. 손바닥에 깨진 이 조각이 얹혀 있었다. 요네무라는 주전자를 빼앗아 물을 머금었다. 고질라처럼 토해냈다. 침과 함께 피가 섞여 있었다.

"왜 내가 이런 꼴을 당해야 하느냐고!"

"미안해." 구니오가 머리를 숙였다.

"네가 사과할 일이냐? 때린 놈은 히구치인데." 요네무라의 목소리는 신경질적이었다.

"그래……."

"내가 그놈 꼭 죽일 거야. 아키타를 업신여기는 놈, 내가 언제까지고 고분고분할 줄 알았다면 큰 착각이야."

요네무라가 입술을 파르르 떨며 말했다. 주위 인부들은 말없이 듣고 있었다. 어지간히 분했던지 몇 번이고 죽여버리겠다는 말을 주문처럼 반복했다.

오후의 작업 개시를 알리는 사이렌이 올림픽 선수촌에 울려 퍼졌다.

오후에 블록 나르기 작업을 하고 있으려니 건설회사 사원이 말을 걸어왔다. 얼마 전에 로쿠고도테의 기타노 화약에 심부름을 시켰던 젊은 사원이다. 사근사근하게 웃으며 "잠깐 다른 데서 도와줄 일이 있는데요"라고 말했다.

"물론 오리엔트 토목 쪽의 허가는 얻었어요."

"알았어요."

무슨 일인가 하고 뒤를 따라가니 남자가 하얀 세단에 올라탔다. 구니오도 타라고 해서 조수석에 올랐다. 회사 차로 보이는 세단은 아직 시트에 비닐이 씌워졌고 새 차 냄새가 났다. 기품 있는 엔진 소리를 울리며 출발했다.

“시마자키 씨, 도쿄대 경제학부 대학원생이라면서요?” 남자가 핸들을 툭 치며 말했다. 이름을 부르는 바람에 흠칫했다. “인부들이 숙덕거리는 걸 들었어요. 어쩐지 일류 대학일 거라는 느낌이 들긴 했지만, 우아, 진짜 놀랐어요. 참고로 말하자면, 나는 도쿄 공대 출신, 토목 전공이에요.”

“그렇다면 당신이 더 대단하네. 나는 물건이라고는 하나도 못 만드는 문약(文弱)인데.”

“하하하. 겸손한 말씀을. 참고로, 왜 막노동 일을 하기로 했어요?”

“가정교사에는 별로 소질이 없고, 학생 시절에 다양한 경험도 해보고 싶어서.”

구니오는 적당히 이유를 댔다.

“정말 훌륭하시네. 나라면 하루 만에 죽는 소리를 했을 거예요. 시마자키 씨, 어디 출신이죠?”

“아키타.”

“그래요? 나는 후쿠오카. 정반대네요.”

잠시 자기소개 같은 말을 주고받았다. 차는 하라주쿠를 지나 아오야마 도로를 달렸다. 거리가 몰라보게 깨끗해진 것에 깜짝 놀랐다. 올림픽을 위한 도로폭 확장공사가 완료된 것이다.

“좀 돌아가긴 하지만, 괜찮죠? 시마자키 씨도 오늘이 마지막인 모양이니까 육체노동 같은 건 다른 사람한테 맡기고 느긋하게 시간 때워도 돼.”

구니오는 대답할 말이 없어 쓴웃음을 지었다.

“일을 해보고서 절실히 생각하는 건데, 일본의 약점은 고용 시스템의 경직성에 있어요. 미국 같은 경우에는 임금이 싼 이민자를 자유롭게 고용하거나 해고할 수 있으니까 건설업계의 활력이 달라요. 일본은 한참 뒤떨어졌죠. 나무를 보고 숲을 보지 못한다는 게 바로 이런 거예요."

"그런가요?"

귀찮아서 반론은 하지 않았다. 구니오가 마르크스를 연구한다는 걸 알면 이 사람은 대번에 태도를 바꾸어 잔뜩 경계하고 나설 것이다.

"민주주의는 견지해야 하지만, 이렇게 하는 건 일본인이 평등하게 하향하는 듯한 마음이 들어요. 전후 민주주의의 가장 잘못된 점은 그런 체질에서 탈피하지 못하는 거죠. 미국이 태연히 잘라내는 부분을 일본은 잘라내지 못해요. 이건 박애 정신이 아니라 그저 허약한 거예요. 앞으로 일본 기업이 세계에 진출해야 할 때, 큰 족쇄가 될 거라고 생각합니다."

"하지만 노동력은 지금도 충분히 잘라내고 있잖아요?"

구니오는 저도 모르게 대꾸를 해버렸다.

"그래요? 그게 시마자키 씨의 실감인가요?"

"합숙소 일용직 인부들을 보면 역시 대우가 가혹해요."

"하지만 강제로 하는 건 아니죠. 임금도 화이트칼라와 그리 큰 차이가 없어요. 미국에서는 열 배 이상 차이 나는 경우가 얼마나 많은데요. 그러니 애초에 경쟁력이 다르죠."

"미국 사정에 상당히 밝으시네."

"실은 세 달 정도 연수를 다녀왔거든요. 완전히 압도당했어요. 일본은 좀 더 값싼 노동력을 마련해야 합니다."

그 뒤로는 계속 듣기만 했다. 남자가 열을 내어 미국과 일본의 차이를 말했다. 순수하게 일본의 장래를 걱정하는 청년으로 보였다. 단지 구니오와 다른 점은 말단 노동자의 시점이라고는 전혀 없고, 그것에 대해 아무런 의문도 품지 않는다는 것이었다.

도착한 곳은 메이지 공원 안의 국립 경기장이었다. 올림픽 메인 회장이어서 이곳만은 진즉에 완성되었다. 작년에는 예행연습이라고 할 수 있는 '도쿄 국제스포츠대회'도 열린 곳이다. "여기 확장공사를 우리 회사가 하고 있어요"라고 남자가 자랑스러운 기색으로 말했다.

계원에게 완장을 내보이고 둘이서 게이트를 들어섰다. 관리실로 가서 열쇠를 빌렸다.

"시마자키 씨가 할 일은 경기장 지하도에 들어가 콘크리트에 혹시 균열이 생기지 않았는지 점검하는 거예요." 남자가 말했다.

"내가? 하지만 그런 쪽으로는 전혀 아는 게 없는데……."

"괜찮아요. 그냥 눈으로 봐서 발견할 수 있는 범위면 되거든요. 지금까지 별 이상이 없었으니까 그저 형식적인 정기 점검이에요."

당황하는 구니오에게 남자는 손전등과 작은 해머, 열쇠를 건네주었다.

"근데 왜 나를 지명했어요?"

"하하, 실은 아까 오전에 야쿠자에게 맞는 걸 봤어요. 그걸 보니 내가 화가 나더라고요. 그래서 오후에는 편안한 곳으로 피신시켜주려고……."

"그랬군요."

"괜한 참견인지 모르지만, 그런 야만적인 인간들하고 어울려봤자 얻을 건 하나도 없어요. 한마디로 짐승들이죠. 우리 인생과는 아무 관계도 없어야 할 존재들이잖아요?"

남자가 걱정스러운 눈빛으로 말했다. 구니오는 미소로 답했다.

두 사람이 향한 곳은 경기장 남문 옆 덤불숲 속의 지하도 입구였다.

"이런 곳이 있었네."

"예, 서브그라운드에서 연습한 선수가 바깥에서 직접 안으로 들어올 수 있도록 나중에 판 거예요. 길이는 대충 400미터. 트랙 지하를 정확히 대각선으로 가로지르는 형태로 북문 비품 창고까지 이어집니다. 하긴 이번 올림픽에서는 사용할 예정이 없어요. 요즘에는 대체 누가 이런 걸 팠느냐고 위에서 서로 책임을 떠넘기고 있죠." 남자가 재미있다는 듯 웃었다. "자, 그럼 부탁합니다. 나는 다른 설비 점검이 있어서 두 시간 뒤에 돌아올 거예요. 그냥 편하게 둘러보면 돼요."

구니오는 직접 철문 자물쇠를 열고 어슴푸레한 계단을 내려갔다. 전깃불을 켰다. 그러자 한참 저 안에까지 갱도처럼 이어진 복도가 보여서 그 긴 길이에 깜짝 놀랐다.

안으로 들어가 손전등으로 벽이며 천장을 점검했다. 아직 새 지하도인지 콘크리트에는 흠집 하나 없었다. 할당량만 채우면 되는, 그야말로 긴장미라고는 없는 일거리였다.

쿵쿵. 해머로 벽을 쳤다. 그 메아리가 소용돌이쳐 고막을 흔들었다. 어이, 하고 소리를 질러보았다. 벽에 반사된 소리가 저 끝까지 달려갔다.

지하도 끝에 도착하자 바깥의 빛이 눈에 뛰어들었다. 계단을 올라가보니 그곳은 스탠드 아래의 비품 창고 앞이었다. 바로 옆은 게이트다. 이곳에서 올림픽 개회식이 거행될 거라고 생각하니 감회가 새로웠다. 이 경기장도 어머니에게 보여주고 싶다. 요즘 들어 생각나는 건 그런 것뿐이다.

정확히 두 시간 걸려 작업을 끝냈다. 지하도를 나와 남문 앞에서 기다렸지만 건설회사 사원은 도무지 나타나지 않았다. 30분을 기다리다가 그만 답답해져서 관리실로 찾아갔다.

"아, 다이세이 건설에서 나온 분? 급한 볼일이 생겨서 다른 현장으로 갔어. 당신, 함께 온 인부지? 미안하지만 버스나 전차를 이용하라고 전해달라던데."

구니오의 차림새를 보고 계원이 거만하게 말했다. 막노동꾼 따위와는 말도 섞고 싶지 않다는 태도였다. "어이, 그만 가봐." 손을 팔랑거리며 내쫓았다.

어쩔 수 없이 밖으로 나왔다. 어차피 현장에 돌아가봤자 블록이나 날라야 할 터라서 메이지 공원을 산책하기로 했다. 녹음이 풍성한 도심의 오아시스다.

일본 청년관에 매점이 있어서 사이다를 한 병 샀다. 주머니에서 동전을 꺼낼 때, 지하도 입구 열쇠를 그냥 들고 왔다는 것을 깨달았다.

지금이라도 돌려주러 가야 하나. 구니오는 망설였다. 오늘이 마지막이니 이제 그 건설회사 사원과는 다시 만날 일도 없다.

아이, 됐어. 이 열쇠가 뭔가 도움이 될 듯한 마음도 들었다.

사이다를 마셨다. 여름의 끝을 알리는 비늘구름이 서녘 하늘에 길게 뻗어 있었다.

28

9월 5일 토요일

눈을 뜨자마자 천장 대들보에 앉은 생쥐와 눈이 마주쳤다. 방정맞게 코를 벌름거리며 뭔가 냄새를 맡는 것 같다. 구니오가 크게 하품을 하며 두 팔을 쭈욱 펼치자 생쥐는 깜짝 놀라 벽의 구멍 속으로 질풍처럼 모습을 감췄다.

"드디어 일어났어?" 방구석에서 신문을 펼치고 있던 무라타 도메키치가 돋보기를 쳐들며 어이없다는 표정으로 말했다. "역시 젊은 사람이네. 열 시간을 내리 자다니, 난 이제 그런 건 못해. 우선 오줌을 못 참아서 안 돼. 잠자는 데도 체력이 필요하다니까. 잠 잘 자는 것도 젊다는 증거야."

구니오는 몸을 틀어 베갯머리의 손목시계를 보았다. 오전 9시를 가리키고 있었다. 잠든 게 오후 11시였으니까 정확히 열 시간 동안 눈 한 번 뜨지 않고 내리 자버린 셈이다. 이불 속에서 어깨와 등을 쭈욱 폈더니 기분 좋은 통증이 몰려와 근육의 긴장을 풀어주었다.

합숙소를 나와 며칠이 지났는데도 그간 쌓인 피곤이 한꺼번에 몰려왔는지 날마다 진흙 같은 잠을 잤다. 아무리 자도 점심을 먹으면 다시 수마가 덮쳐왔다. 딱히 할 일도 없어서 늘어지게 낮잠을 자고, 그렇게 잤으니 밤에는 잠이 안 올 거라고 생각했는데 밤에는 밤대로 또 쿨쿨 잤다. 구니오는 몸이 수면을 원하는 모양이라고 생각하며 욕망이 이끄는 대로 내맡겼다. 자신이 마치 아기 같다고 생각했다.

"아침 먹을래? 아래층에 가면 밥하고 장아찌 정도는 있을 거야. 물이라도 말아서 훌훌."

"아뇨, 지금은 괜찮아요. 나중에 빵이나 사다 먹을게요."

"그래, 좋을 대로 해라."

무라타가 담배에 불을 붙이고 연기를 피워 올렸다. "한신 타이거스가 1등이래. 오우 선수의 홈런 신기록도 일단 보류야. 참말로 올해는 자이언츠가 영 시원찮네." 신문지에 말을 걸듯이 중얼거린다. 이 소매치기 아저씨는 날마다 착실하게 신문을 읽는다. 우에노의 여인숙에 신세를 진 지도 벌써 닷새째다.

닷새 전에 구니오는 하네다 합숙소를 나와 미행이나 감시가 없는지 주의 깊게 확인하며 일단 하숙집으로 돌아갔다. 그리고 다이너마이트와 갈아입을 옷만 배낭에 챙겨 넣고 오카치마치의 싸구려 여인숙으로 무라타를 찾아갔다. 무라타는 먼 데서 온 조카라도 맞이하듯이 반가워하면서 동숙을 허락해주었다. 그 참에 구니오는 몇 가지 이야기를 털어놓았다. 화약 회사에서 다이너마이트를 훔쳐냈다. 경찰 간부의 자택과 경찰학교에 폭탄을 장치해서 폭파시키고 범행 성명문을 보냈다. 그래서 머지않아 경찰의 손이 뻗어 올 것 같다. 그리고 지금 배낭 속에 다이너마이트를 소지하고 있다—

반신반의하는 얼굴로 듣고 있던 무라타는 배낭에 시선을 던지며 북북 기어서 방구석으로 피신하더니 "그거, 거짓말이지?"라고 소리를 낮추어 물었다. 구니오가 배낭에서 다이너마이트를 꺼내 바닥에 펼쳐놓았다. "이런 바보. 하지 마. 어서 넣어!" 무라타는 눈을 둥그렇게 뜨고 두 손을 홰홰 저으며 어서 챙겨 넣으라고 애원했다.

구니오는 이 근처에 예전에 파놓은 방공호는 없느냐고 물었다. 가장 먼저 처리해야 할 일이 다이너마이트 보관 장소를 찾는 것이었다. 무라타는 "그렇다면 아주 좋은 자리가 있어"라면서 근처의 폐옥이 된 빌딩 지하실로 데려갔다. 어느 폭력단 소유 빌딩인데, 땅값이 오르기를 기다리고 있다고 한다. "여기가 야시장일 때 아편굴로 쓰던 자리야. 유령이 나온다는 소문이 퍼져서 노숙자도 이곳에는 안 와"라고 말했다. 빌딩 안은 한 걸음 들어서자마자 먼지가 풀썩 일어나 숨쉬기조차 힘든 암흑이었다. 해골이 굴러다닌다고 해도 그럴싸하게 느껴질 곳이었다. 습기가 차지 않도록 대량의 건조제를 사다가 신문지에 몇 겹이나 싸서 선반에 얹었다. 손전등으로 비춰본 지하실 벽에 '일본은 4등국'이라는 낙서가 있었다. 맥아더가 종전 때 기자회견에서 내뱉은 말이다. 이런 낙서를 한 사람은 미국과 일본, 어느 쪽에 분노했던 것일까.

다이너마이트를 무사히 보관한 뒤에는 여인숙에서 계속 빈둥거리면서 이따금 몇 가지 준비를 했다. 오카치마치에서 자명종 시계와 리드선을 사들이고, 등산용품점에서 나일론 배낭도 구했다. 그리고 헌 신문과 광고지로 1만 엔 지폐와 똑같은 크기의 돈다발을 만들어 1억 엔을 준비해보았다. 여기서 비로소 무라타는 묘하게 관심을 보였다. "1억 엔이 이렇게 많아?"라면서 벌써 현금이 손에 들어온 것처럼 흥분했다. 그러고는 처음으로 구니오의 계획을 도와주겠다는 뜻을 밝혔다. "그래, 하자! 한번 해보자고." 무라타는 코를 벌름거리며 돈다발 견본을 요리조리 뜯어보며 말했다.

배낭에 채운 10킬로그램의 종이 더미는 역시나 무거웠다. 그걸 메고 걸어가는 건 별문제가 없지만, 뛰게 되면 그 즉시 짐이 어깨를 파고들었다. 구니오는 요구 액수를 조금 줄이는 것을 고려해보았다. 1억 엔은 딱 떨어지는 숫자라서 좋기는 하지만, 언뜻 생각나서 제시한 듯한 인상을 줄 수 있다. 이를테면 8000만 엔으로 제시한다면 경찰은 그 어중간한 금액에 관심을 보일 것이다. 왜 1억이 아니고 어중간하게 8000만인가, 이리저리 추리를 할 것이다. 수수께끼는 많은 편이 좋다. 구니오는 하룻밤을 생각해본 끝에 요구 금액을 8000만 엔으로 정했다. 무라타에게 말했더니 "1억이건 8000만이건 우리는 다 쓰지도 못해"라면서 싱글벙글 실눈을 뜨고 웃었다.

2킬로그램을 덜어낸 배낭은 그만큼 보기에도 가뿐하고 팔다리의 부담도 줄었다. 구니오는 낮 시간에 우에노 공원 계단을 수없이 오르락내리락 뛰었다. 아무리 뛰어도 숨이 차지 않는 건 한 달 반 동안 참고 견딘 육체노동의 선물이다. 자신의 몸은 명백하게 변화했다. 구니오는 굵은 허벅지를 쓰다듬으며 자신의 몸이 무엇보다 믿음직스러웠다.

그것 외에는 날마다 여인숙에서 잠만 잤다. 이따금 필로폰도 맞았다. 눈치 빠른 무라타가 알아보고 "아이, 나도 좀 맞자"라고 졸라대서 나눠주었다. 무라타는 우에노 역에 나가 기차를 갈아타며 소매치기 활동을 했다. 건져 온 게 많을 때는 기분이 좋아져서 돈가스 덮밥을 사주기도 한다. 그런 일상이었다.

"학생, 요요기 체육관 수영장에서 일본 수영선수가 첫 헤엄을 쳤대. 거기, 네가 지은 곳이지?"

무라타가 신문을 쳐들고 사진을 가리키며 말했다.

"난 그 옆의 선수촌 바닥에 까는 블록을 날랐을 뿐이에요."

구니오는 자리에서 일어나 이불을 개키며 대답했다.

"너, 이런 시설도 폭파할 거야?"

"글쎄요, 아직 생각 안 해봤는데요."

"이런 시설은 건드리지 마라. 틀림없이 온 백성의 원성이 터질 거야. 요요기 종합 체육관도 무도관도 모두들 자랑스럽게 생각하는 데잖아. 그런 곳은 그냥 두는 게 좋아."

"모노레일은 어때요?"

"거기도 찬성은 못 하겠지만 경기 시설보다는 그래도 낫지. 근데 너, 정말로 할 생각이야?"

"물론이죠. 할 거예요."

이불을 방구석에 쌓아놓고, 전날에 빨아놓은 와이셔츠를 입었다.

"제발 금세 수리할 수 있을 정도로만 해. 교각 하나를 날려버리면 외국에서 온 손님이 모노레일을 탈 수 없잖아."

"무라타 씨는 도쿄 올림픽을 방해한다는 데 찬성했잖아요."

"아냐, 안 했어. 내가 찬성한 건 나라에서 돈을 받는다는 거지."

무라타가 코에 주름을 잡으며 장난치듯이 고개를 저었다.

오늘, 구니오는 세 번째 폭파를 감행할 계획이었다. 표적은 후보로 오른 여러 곳 중에서 17일에 개통할 예정인 도쿄 모노레일의 교각으로 정했다. 경찰 시설 이외의 장소를 노렸다는 점에서 경찰과 정부는 훨씬 더 허둥거릴 것이다. 경비 대상이 도쿄 올림픽을 위해 지어놓은 모든 시설로 확대되는 것이다. 고속도로도 신칸센도 호텔도 경비 대상이 된다. 그렇게 경찰을 의심암귀(疑心暗鬼)로 만들어 체제 측을 공포에 빠뜨리는 것이다. 그쪽에서는 아직 범인을 파악도 못 했을 것이다. 단독범 소카 지로의 소행인지 아니면 극좌파 그룹인지, 지금 한참 헤매고 있을 터였다.

"그나저나 무라타 씨, 배를 저을 줄 안다는 거, 정말이죠?"

구니오가 물었다. 서로 자기소개를 했을 때, 무라타가 오가반도의 어촌 출신이라고 털어놓았던 것이다.

"응, 잊어버리지 않았으면. 열여섯 살에 고향을 떠날 때까지 날마다 고기잡이 일을 거들었거든."

"그럼 잘 부탁해요."

"하지만 모노레일의 교각이라면 굳이 배를 타고 운하로 나가지 말고 매립지에 서 있는 교각을 노리는 게 더 쉬울 거 같은데?"

"부상자가 나오는 건 원치 않아요. 매립지 근처에서 아이들이 놀고 있기라도 하면 큰일이죠."

"이 녀석은 대담한 건지 소심한 건지 도무지 모르겠네." 무라타가 어깨를 흔들며 웃어댔다. 자리에서 일어나 허리에 손을 짚고 몸을 쭈욱 폈다. "그럼 빨랑빨랑 해치우자. 다이너마이트 가져오고 발화장치 만들고……. 근데 학생, 오늘 월급 받는 날이지? 초밥 사준다고 했잖아. 내가 그런 건 절대 안 잊어버려."

"알았어요. 꼭 사드리죠. 그러니까 배는 잘 부탁해요."

"좋아, 나한테 맡겨."

옷을 갈아입고 둘이서 나란히 밖으로 나왔다. 하늘은 쾌청해서 노면에 반사되는 빛이 시야에 하얗게 어른거렸다. 오전부터 기온이 쑥쑥 올라가고 있었다. 오후에는 30도를 넘을지도 모른다. 폭파에는 절호의 날씨라고 생각했다. 경찰들이 땀을 줄줄 흘리며 현장검증에 내몰리는 꼴을 보고 싶다.

야마노테선을 타고 시나가와 역으로 갔다. 시나가와는 옛날에는 도카이도의 첫 번째 숙박지였던 곳이고, 전쟁 전에는 김 양식으로 번화하던 지역이다. 야쓰야마(八山)라고 불리는 이 일대에는 막상 그런 산은 없었다. 예전에 바다를 매립할 때 산을 헐어서 메웠다고 한다. 새로 생긴 시나가와 부두에는 발전소 굴뚝이 우뚝 솟아 있었다. 도쿄 올림픽의 개최에 따라 급격히 공업지대로 변모하고 있었다. 정부에서 어부들의 어업권을 사들였기 때문에 도쿄만의 어업은 사실상 종언을 맞이했다.

운하 여기저기에 할 일이 없어진 어선이 어지럽게 계류되어 있었다. 실제는 방치일 것이다. 어선은 대부분 노를 젓는 작은 규모의 배였다. 슬쩍 빌려 타기에는 안성맞춤이다. 하네다 합숙소에서 건설 현장으로 갈 때마다 버스 차창으로 지켜봤기 때문에 잘 알고 있었다.

주위에 인적은 없었다. 토요일이라서 반공일 수업을 마친 초등학생들이 책가방을 메고 뛰어가는 정도였다. 바닷바람이 불어와 버드나무 가로수를 살랑살랑 흔들었다.

"도쿄 어부들은 참 복도 많지. 이런 나뭇조각 같은 배는 한겨울 동해 바다 파도에는 한 방에 날려가서 다 죽었을 거야."

작은 배들을 보며 무라타가 비웃는 표정으로 말했다.

"도쿄만은 폭풍이 없으니까요."

"도쿄(東京)하고 도호쿠(東北)는 겨우 글자 하나만 다른데 하나에서 열까지 죄다 불공평해. 참말로 화통이 터져서 못 살겠네."

"그러니 폭파해버리자는 거예요."

"하하하, 맞네, 맞아."

무라타가 누런 이를 내보이며 웃더니 부교에서 훌쩍 뛰어 배에 올랐다. “좋아, 이 배를 잠깐 실례해볼까.” 묶어둔 밧줄을 풀고 노를 잡았다. “학생도 얼른 타시게.” 마치 낚시라도 가는 듯 느긋한 말투였다.

무라타가 노를 저었다. 잠들었던 뭔가가 눈을 뜬 듯이 배 전체가 끼이이익 소리를 내며 몸을 틀었다. 시나가와 부두 쪽으로 운하를 저어갔다. 잠시 뱃머리가 좌우로 흔들거렸지만 무라타는 금세 예전의 감을 되찾았는지 1분도 안 되어 흐름이 안정되었다. 속도도 쑥쑥 높여갔다. “역시 몸으로 익힌 기술은 잊어버리지 않는 법이구먼.” 무라타는 기분이 좋아진 모양이었다. 바람을 맞으며 노래까지 흥얼거렸다. 아키타의 민요 ‘동팡 타령’이다.

이 나라 시작한 그제부터 퉁소와 샤미센에 피리와 북
잊을 수 없구나, 고향의 노래
동동팡팡 동팡파
동동팡팡 동팡파
도도팡파 도도팡파 동팡팡
자랑거리 말하자면 어디 질쏘냐, 쌀의 본고장에 술의 본고장
아키타 머위는 전국 최고지, 오노노 고마치 나서는 길목
동동팡팡 동팡파
동동팡팡 동팡파
도도팡파 도도팡파 돈팡팡

언제 보아도 우물가에 아름답게 피어 있는 창포꽃
아키타 아가씨 꼭 닮은 예쁜 꽃이라네, 다들 와서 보시오
동동팡팡 동팡파

동동팡팡 동팡파

도도팡파 도도팡파 돈팡팡

"무라타 씨, 유난히 기분이 좋으시네요. 그거 맞고 왔죠?" 구니오가 물었다.

"에헷, 들켰나? 실은 시나가와 역 뒷간에서 한 대 맞았어." 무라타가 필로폰 주사를 맞은 왼팔을 내밀며 태평하게 웃었다.

무라타는 작은 배를 자유자재로 조종했다. 운하의 코너를 빈틈없이 돌아들고, 마주 오던 예인선이 일으킨 파도를 솜씨 좋게 피해가며 장애물이 없는 곳에서는 마치 엔진이라도 달린 것처럼 쑥쑥 나아갔다. 비둘기 몇 마리가 뒤를 따라왔다.

"저게 갈매기라면 분위기도 훨씬 더 살 텐데." 무라타가 하늘을 올려다보며 말했다.

"가을이나 되어야 갈매기가 오겠지요."

"하긴 그렇다. 오가 쪽하고는 계절도 다르구먼."

"아저씨는 중학교 졸업한 뒤에 뭘 하셨어요?"

무심코 구니오가 물었다.

"아키타 술집의 심부름꾼으로 들어갔어. 야간 고등학교에 보내주기로 약속했는데, 막상 일을 시작했더니만 얘기가 달라지더라고. 주산을 잘하니까 밤에도 장부 정리를 하라고 어지간히 부려먹더만. 그러니 영 재미가 없어서 2년 만에 뛰쳐나와 여기저기 전전했지."

"전쟁에는 나갔어요?"

"안 나갔어. 전쟁 났을 때는 벌써 서른 살이 넘었고, 아키타에서 가정을 꾸리고 살았거든."

"결혼을 했었어요?"

"응, 아이도 있었어."

"그랬군요……."

무라타에게 가족이 있다는 건 뜻밖이었지만, 그다음 얘기는 물어보지 않았다. 남의 과거는 별로 캐묻고 싶지 않았다.

"……공습으로 죄다 죽었어."

하지만 무라타가 먼저 이야기해주었다.

"아키타 공습 때요?"

"그래. 1945년 8월 14일, 종전 전날 밤이야. 연합군의 최후 공습이었지."

무라타는 배를 저으며 맞바람에 내던지듯이 말을 토해냈다.

"그날 밤은 잊을 수가 없어. 당시에는 항만 하역 노동자를 조달하는 일을 했으니까 쓰치자키 항구 옆의 셋집에서 살았거든. 그날 밤에 역 앞 여관에서 술자리가 있었어. 무슨 바람이 불었는지 사장이 술을 넣어주더라고. 다들 기분이 좋아서 술잔을 주고받으면서 저 구두쇠 사장이 술을 내다니, 틀림없이 비가 오겠다고 하면서 왁자하니 웃고 있는데 공습경보가 울렸구먼. 다들 얼굴이 새파래져서 가만히 귀를 기울였지. 그랬더니만 큰길 쪽에서 종소리가 땡땡땡 울리고 순경이 여기저기 뛰어다니면서 전깃불 끄라고 고함치는 소리가 들려. 아, 드디어 아키타에도 왔나, 하니 그만 핏기가 싹 가시더라고. 급하게 전깃불을 끄고 다들 밖으로 뛰쳐나왔어. 아무튼 처자식이 제일 걱정이라서 냅다 집 방향으로 뛰었지. 그러는데 비행기 폭음이 들리는 거야. 시꺼먼 하늘을 올려다봤더니 이만하게 큼직한 B29의 그림자가 가오리처럼 크게 펴져 있더라고. 참말로 간이 떨어질 뻔했어."

무라타가 잠시 노 젓기를 멈추고 양손을 하늘을 향해 펼쳤다.

"그러고는 그다음 순간에 퍼엉, 퍼엉 하고 폭탄이 줄줄이 떨어지니

다들 혼비백산이지. 길을 북북 기어가면서 항구 쪽을 봤더니 온 동네가 벌겋게 타는 거야. 머릿속이 그만 하얘져서 정신없이 또 뛰는데 옆에서 경찰 몇 명이 나를 붙잡고, 지금 뭐 하느냐고, 얼른 방공호로 피난하라고 소리를 치더라고. 아니, 나는 가족이 걱정돼서 집에 가봐야겠다고 사정을 해도 놔주지를 않아. 괜찮다, 다들 진즉에 방공호로 피난했다, 경찰이 그렇게 얘기하니까 그 말만 믿고 근처 신사로 끌려가 대나무 숲속의 사람 가득한 방공호에서 숨을 죽이고 있었지. 갓난아이는 울어대지, 노인네들은 독경을 읊지, 도무지 마음이 놓이지 않는 거야. 심장이 두근두근 뛰는데, 제발 살아만 있어라, 제발 살아만 있어라, 내가 그때 생전 처음으로 하느님께 기도를 했구먼."

무라타가 먼눈을 하고서 코를 훌쩍였다.

"근데 그 기도가 통하질 않았어. 마누라하고 애들 둘이 도망칠 때를 놓치고 불에 타서 죽었어. 그날 밤에 70명이라는 민간인 희생자가 났는데, 그중 세 명이 우리 가족이야. 참말로 허탈하고 답답하다는 게 바로 그런 거야. 이런 말도 안 되는 일은 없구먼. 그 뒤 10년 동안 날마다 죽는 것만 생각했어. 무엇 때문에 사는 건지 도무지 모르겠더라고. 불교도 공부해보고 철학책도 읽어보고, 온갖 짓을 다해봤지만 아무 도움도 안 됐어. 전쟁은 서로 죽고 죽이는 짓거리 말고는 아무것도 아니야. 쓰치자키 항구에 석유를 비축해뒀기 때문에 거기를 노렸다고들 하는데, 사실은 그런 게 아니야. 그 미국 놈들, 내일이면 전쟁도 끝날 거고 마지막으로 한바탕 폭격을 해서 노란 원숭이들을 실컷 죽여주자는 생각이었어. 전쟁은 사람을 마귀 짐승으로 바꿔버려. 사람 목숨을 무슨 벌레처럼 갖고 놀았던 거라고. 그게 전쟁이야."

무라타가 바람을 향해 말했다. 전혀 감상적인 느낌도 없이 건조한 말투였다. 세월이 그에게 체념을 가져다준 것일까. 구니오는 할 말을 찾지 못한 채, 입을 꾹 다물고 운하의 물만 보고 있었다.

전쟁 이야기는 어른들에게서 어지간히도 많이 들었지만, 실제로 아키타 공습에서 가족을 잃은 사람을 만난 건 처음이었다. 무라타 아저씨가 그중 한 사람이었을 줄이야. 정말 인간은 어떤 과거를 뒤에 끌고 다니는지 알 수 없는 존재다. 구니오는 생각했다. 이 아저씨야말로 테러리스트가 되어야 하는 게 아닐까. 지구상의 모든 지배층에 일격을 가할 대의명분을 가진 사람이 아닐까—

"학생, 저건가, 모노레일 교각이라는 게?"

무라타의 말에 문득 정신을 차리고 앞쪽을 보았다. 덴노즈와 시나가와 부두 사이의 운하를 따라 부드러운 곡선을 그린 모노레일이 길게 하늘 위를 가로지르고 있었다.

"휘유, 저 위를 열차가 달린단 말이야? 아들놈이 살아 있다면 꼭 보여주고 싶구먼." 무라타가 엄청난 경치를 바라보며 감탄의 소리를 올렸다. "일본 사람은 참말로 대단하네. 전국이 잿더미였는데 아직 20년도 안 된 참에 이만한 것을 만들어내다니. 이봐, 학생. 저걸 정말로 부술 거야? 나는 아무래도 아까운 마음이 든다."

"괜찮아요. 다이너마이트 한 개만 쓸 겁니다. 그것도 바짝 붙일 거니까 그저 겉의 콘크리트만 조금 떨어져 나갈 거예요."

구니오가 웃으며 말했다. 바닷바람을 쐬었더니 어쩐지 상쾌한 기분이 들었던 것이다.

"이봐, 부탁 좀 하자. 나는 그냥 돈만 갖고 싶어. 올림픽에는 아무 원한이 없어."

"예, 나도 잘 안다니까요."

구니오는 어울리지 않게 가슴을 툭툭 쳐 보였다.

매립지에서 그리 멀지 않은 교각 옆에 배를 세우고, 주위에 사람들의 눈이 없는 것을 확인한 뒤에 작업에 들어갔다. 물 위로 1미터쯤의 위치에 양주 상자에 넣은 폭파 장치를 전기공사용 테이프로 동여맸다. 건전지를 세팅하고 나무 상자의 뚜껑을 닫았다. 운하에 파도는 일지 않았지만, 혹시나 해서 위에 방수용 비닐을 씌웠다.

"이거, 아주 간단한 장치네. 참말로 이런 게 시간에 딱 맞춰 폭발하는 거야?"

무라타가 솜씨 좋게 노를 받쳐 배가 움직이지 않도록 해주었다.

"나만 믿으세요. 지금까지 2전 2승이었어요."

시간에 여유를 두어 30분 뒤에 폭발하도록 맞췄다.

"끝났어? 그럼 얼른 가자고."

무라타가 서둘러 노를 저어 수로를 돌아갔다.

구름 사이로 해가 나와서 수면이 반짝반짝 빛났다. 자세히 들여다보니 도쿄만은 완전히 투명도를 잃고 기름이 여기저기 아메바처럼 모양을 바꿔가며 오른쪽 왼쪽으로 떠돌았다. 정부가 굳이 보상금을 주지 않았더라도 언젠가 이 바다에서의 어업은 끝이 났을 것이다. 일본은 점점 더 공업 입국이 되어가고 이곳 게이힌 지구는 그 중심인 것이다.

슬쩍해 온 배를 얌전히 원래 자리에 돌려놓고, 둘이서 히가시시나가와 거리를 걸었다. 덴노즈에 들어서자 건물은 온통 창고뿐이고 사람들의 왕래는 거의 없었다. 토요일 오후여서인지 덤프트럭도 지나가지 않았다.

"도쿄에도 이런 곳이 있었네." 무라타가 희한하다는 듯 주위를 둘러보며 말했다. "나는 내내 우에노에서만 살아서 이렇게 조용한 도쿄는 본 적이 없어. 참말로 도쿄는 뭐든 다 있는 데라니까." 이곳이 마음에 들었는지 콧노래를 부르고 있다.

땀을 흘리며 휘적휘적 걸어 시나가와 부두를 건너는 다리에 도착하자 폭발까지 3분여를 앞둔 마침 적당한 시간이 되었다.

“자, 그러면 구경 한번 해볼까.” 무라타가 풀덤불에 자리를 잡고 담배에 불을 붙였다. “학생, 초읽기라는 것 좀 해봐.”

“그렇게까지 정확하지는 않아요. 초침을 맞춰놓은 건 아니라서. 그냥 대충이에요.”

“그래, 대충이구먼. 하긴 뭐가 됐든 좋아.”

다리에서부터 헤아려서 세 번째 교각이 타깃이었다. 손목시계를 이따금 들여다보며 그 교각 쪽을 응시했다. “지금이에요.” 구니오의 말에 무라타는 무릎을 세우고 몸을 앞으로 내밀었다.

다음 순간, 파앙 하는 날카로운 파열음이 축축한 공기를 찢으며 일대에 울려 퍼졌다. 동시에 콘크리트 파편이 운하를 향해 튀어 날고 하얀 연기가 피어올랐다. 가장 먼저 반응을 보인 건 새들이었다. 여기저기서 일제히 하늘을 향해 날갯짓을 했다.

“애개, 겨우 이거야?” 무라타가 실망한 기색으로 말했다.

“그냥 붙여뒀으니까 이 정도예요. 딱 한 개였고.” 구니오가 대답했다.

“생각한 것보다 소리가 작네. 나는 소이탄처럼 퍼엉 하고 터질 줄 알았더니만.”

“하지만 분명하게 위력은 있어요. 콘크리트가 움푹 파였잖아요.”

“음, 그렇구먼. 목적은 달성했어.”

무라타가 자리에서 일어나 바지에 묻은 풀을 털어냈다. 헌팅캡을 고쳐 쓰고 구니오를 향해 턱짓을 했다.

“빨리 토끼자. 폭발 소리를 듣고 사람들이 나오는구먼.”

창고 거리에 시선을 던지자 몇몇 남자들이 목을 빼고 운하 쪽을 쳐다보고 있었다. 부두의 화력발전소 쪽에서도 사람들이 뛰어나왔다.

급한 걸음으로 길을 건너 시나가와 역으로 향했다. 사이렌 소리는 아직 어디에서도 들리지 않았다. 도중에 큼직한 짐칸을 뒤에 매단 자전거가 길가에 세워져 있는 것을 발견하고 무라타가 슬쩍 타고 가자고 했다.

"오랜만에 배를 저었더니 몸이 고단하네. 그게 허벅지에 힘이 들어가는 거야. 필로폰 기운도 다 떨어졌어. 게다가 날씨가 너무 더워. 이 자전거 좀 실례하자. 학생, 역까지 나 좀 뒤에 태우고 가."

"안 돼요, 남의 물건이잖아요. 이건 절도예요." 구니오는 거절했다.

"쳇, 대체 뭔 소리야. 경찰학교까지 폭파한 사람이 자전거 한 대쯤에 벌벌 떨고 있어."

"안 된다니까요." 더 이상 상대하지 않고 구니오는 걸음을 서둘렀다.

"이봐, 난 다리가 짧아. 똑같이 걸을 수가 없어."

"어린애 같은 소리 하지 마시고요."

"이런 괴물 같은 놈." 무라타가 부루퉁하게 입을 툭 내밀었다.

"저녁에 초밥 사드릴게요."

"흥, 괴물 대학생!"

투덜거리며 뒤를 따라왔다. 잠시 걸어가는데 드디어 사이렌 소리가 들렸다.

"학생, 내일 신문이 꽤 재밌겠는데?"

"아니, 안 실릴 거예요. 단 한 줄도." 구니오의 말에 "아 참, 그랬다고 했지" 하고 무라타는 얼굴을 찌푸렸다.

어떻든 세 번째 폭파가 성공한 것에 구니오는 안도했다. 이번에는 경찰과 정부가 어떻게 나올지 기대가 되었다. 도쿄 올림픽 개최까지 앞으로 35일. 이제부터는 경찰과의 숨바꼭질이다.

고텐야마의 짙은 녹음이 선로 너머로 보였다. 마치 피서지 같은 풍경이다. 무라타의 말대로 도쿄는 뭐든지 다 있는 곳이라고 생각했다.

시나가와 역에서 무라타와 헤어져 구니오는 하네다의 합숙소로 향했다. 급료도 받고, 그동안 신세를 진 시오노와 요네무라, 야마신 흥업의 야마다 사장에게 작별 인사도 할 생각이었다. 이제 더 이상 만날 일이 없을 거라고 생각하니 겨우 한 달 반의 인연인데도 왠지 감개가 깊었다. 고향 사람이란 참으로 고마운 것이라고 실감했다. 이론을 뛰어넘어 서로 도와주게 되는 것이다.

합숙소에 도착하자 반공일로 일을 마친 인부들이 이미 돌아와 수돗가에서 머리부터 물을 끼얹고 있었다. 여기저기 웃는 얼굴이 보이는 건 오늘이 급료일이기 때문일 것이다. 구니오는 선뜻 다가가지 못하고 건너편 공터 토관 뒤에 몸을 숨긴 채 형사의 감시는 없는지 상황을 확인했다. 경찰이 이번 일을 과연 어디까지 파악하고 있을까. 짐작도 할 수 없는 만큼 구니오는 더더욱 신중하게 행동해야 했다.

딱히 수상쩍은 차는 눈에 띄지 않는 것을 확인하고 합숙소 부지로 들어섰다. 가장 먼저 요네무라가 구니오를 발견하고 "여어, 꽃미남, 마지막으로 카바레나 함께 갈까?"라고 하얀 이를 내보이며 웃었다. 히구치에게 얻어맞은 앞니가 반이나 깨져 있었다.

"그럴 여유가 어디 있어? 고향 집에 보내고 학비 내기도 바쁜데." 구니오도 웃으며 대답했다.

창문으로 합숙소 안을 들여다보니 식당 안쪽 책상에서 야마다가 안경을 코에 걸고 수험생처럼 열심히 주판을 튕기고 있었다.

"우리 사장한테는 가장 기분이 안 좋은 날이야. 남한테 돈 내주는 게 싫어서 미칠 지경인 사람이거든."

시오노가 다가와서 말했다. 또 다른 인부는 "야마다 영감, 매달 5일이면 변비에 걸린다는데? 아무것도 내주고 싶지 않아서 똥까지 기를 쓰고 안 나온대"라고 하는 바람에 모두 함께 와하하 웃었다. 어쩐지 합숙소 전체가 신바람이 난 분위기였다.

"어이, 젊은 사람들부터 갔다 와." 시오노에게 등을 떠밀려 구니오가 안에 들어갔다.

"안녕하세요, 시마자키예요. 급료를 받으러 왔는데요."

"응, 시마자키."

정말로 음울한 목소리였다. 눈도 우묵했다. 야마다는 안경을 들어 올리고 구니오를 쳐다보더니 책상 위에 차곡차곡 놓인 봉투 속에서 하나를 꺼냈다.

"자, 수고했어. 지난번에도 말했지만 시간 있으면 언제든지 일하러 와. 도쿄 올림픽을 위한 일이라 생각하고."

"알겠습니다."

봉투를 받아 그 자리에서 안을 확인했다. 1만 9400엔. 생각했던 것보다 1000엔 정도가 많았다. 자기도 모르는 사이에 연속으로 통 일을 했기 때문일 것이다. 구니오는 수령증에 도장을 찍고 봉투를 손에 든 채 고맙다는 인사를 건네고 발길을 돌렸다.

"이봐, 시마자키." 야마다가 등 뒤에서 불렀다. 멈춰 서서 돌아보았다.

"대학 나오거든 꼭 훌륭한 사람이 되어야 해. 그래서 일본을 좀 더 좋게 만들어야지. 날마다 소금 땀 흘리면서 일하는 사람들이 집 한 채 못 가진다는 건 아무리 생각해도 이상하잖아?"

진지한 얼굴로 말하는지라 구니오는 저도 모르게 고개를 끄덕였다.

"잘될 거야, 학생은." 야마다가 섭섭한 듯 쓴웃음을 지었다. 구니오는 다시 한번 머리를 숙이고 사무실을 나왔다.

며칠 전에도 시오노에게서 그 비슷한 말을 들었다. 자신을 너무 높이 쳐준 얘기였지만, 육체노동자의 입장에서 바라본 대학생은 손이 닿지 않는 특권적 계급인지도 모른다. 그렇다면 나는 과연 무엇을 할 수 있는가 하고 자문하지 않을 수 없다. 가장 빠르게 세상을 바꾸자면 테러리즘 외에는 없다고 구니오는 새삼 마음을 다졌다. 도쿄대를 졸업해도 한낱 장기짝으로 사용된다는 건 똑같다. 그리고 조직에 소속되는 한, 모두들 보수적이 될 수밖에 없다.

"어이, 학삐리." 남자의 목소리에 얼굴을 들자 눈앞에 낯익은 히구치의 부하가 서 있었다. "얼굴 좀 보자. 우리 형님이 기다리셔."

아무래도 히구치가 구니오를 잡기 위해 부하를 보낸 모양이다. 스무 살쯤으로 보여서 뺨의 곡선에 아직 어린 티가 남아 있었다.

구니오는 한 차례 심호흡을 한 뒤에 알았다고 대답했다. 어떻게 할까. 아무 대응책도 없다. 다만 뇌의 저 밑바닥 바짝 응고된 부분에서 돈을 내줄 수 없다고 또 한 명의 자신이 강력하게 의사 표시를 하고 있었다.

"나도 갈 거야." 요네무라가 옆에서 말했다. 분노가 담긴 목소리였다.

"뭐야, 넌 관계없잖아?" 부하가 으르댔다.

"그렇게 따지면 너도 관계없지. 안 그러냐? 너희가 시마자키에게 말도 안 되는 짓을 할까 봐서 내가 옆에 붙어 있어야겠어. 왜, 불만 있어?"

요네무라는 잔뜩 열이 올라 있었다. 며칠 전, 히구치가 이를 부러뜨린 게 분노를 몰고 온 모양이다.

"아, 됐어. 따라와."

셋이서 고자의 합숙소로 갔다. 하늘에 구름이 사라지고 길바닥에서 훅훅 끼치는 열기로 세 사람은 금세 땀에 젖었다. 트럭이 흙먼지를 피워 올리는 바람에 길은 온통 황사처럼 엷은 막이 끼어 있었다.

구니오는 시나가와 쪽 하늘을 올려다보며 두 시간쯤 전의 모노레일 교각 폭파는 과연 어떻게 되었을까 하고 문득 생각했다. 엄청난 일을 저질렀는데도 겨우 이런 정도의 걱정뿐이다. 자신은 점점 더 세속에서 유리되어가고 있었다.

"시마자키, 어쩔 생각이야?" 걸음을 옮기면서 요네무라가 귀엣말을 건네 왔다.

"글쎄, 나도 모르겠어."

"무슨 태평한 소리야? 월급 탄 거, 거의 다 뜯기잖아. 그놈한테는 말로 해봤자 소용없어. 이제는 죽기 아니면 살기야."

전쟁터에 나가는 것처럼 결연한 말에 구니오는 저도 모르게 요네무라를 쳐다보았다.

"대들어보자. 폭력단이 뒤에 있다고 하는데, 그게 아무래도 의심스러워. 반쯤은 사기야. 괜히 겁을 줘서 합숙소를 제 손아귀에 넣으려는 거지. 이대로 가면 아키타 사람들은 그놈한테 번번이 돈을 바쳐야 해. 누군가는 대들지 않으면 아키타는 계속 봉이 될 거라고."

요네무라가 콧김을 씩씩거리는 것을 보며 구니오는 작은 허무감을 느꼈다. 제대로 하자면 이 강한 분노의 에너지는 자본가에게로 향해야 할 것이다. 하지만 실제 노동자들은 밑바닥에서 서로를 차별하면서 쓸모없는 다툼을 하고 있다. 하긴 어느 누구도 나무랄 수 없는 일이다. 내일의 수확보다 오늘 당장의 빵을 원하는 것이 인간이다.

고자의 합숙소에 가보니 인부들은 모두 나가버렸고 히구치 혼자 바깥의 나무 그늘에 평상을 내놓고 낮잠을 자고 있었다. 소슬바람이 나뭇잎을 흔들고 히구치의 코 고는 소리가 들려왔다. 부하가 달려가서 흔들자 야수 같은 신음 소리를 올리며 "어, 수고했어"라고 눈을 비비고 부스스 일어섰다. 크게 한숨을 내쉰다.

"하네다 쪽은 오늘 통 일, 없어? 역시 야마신 흥업 사장은 뭘 좀 안다니까. 우리는 위에 대찬 놈이 없어서 반공일에 월급날인데도 전원 통 일이야."

히구치가 평상에 앉은 채로 말했다. 작업복 호주머니에서 꾸깃꾸깃한 담뱃갑을 꺼내 성냥으로 불을 붙였다. "하긴 우리는 특별 대접이지." 연기와 함께 말을 토해냈다.

"여기 사장도 우리한테는 고개를 못 들거든. 그래, 좋다, 내가 인부들한테 말해서 일 나가라고 할 테니까 오늘 밤에 술 두 되만 넣어줘라. 그러면 협상 끝이야. 합숙소에는 말이지, 나 같은 사람이 있어야 돼. 경호도 해주고 협상도 해주고. 이봐, 안 그래?"

히구치는 한 차례 헛기침을 하더니 부하에게 "어이, 시원한 맥주 좀 가져와. 식당 냉장고에 있을 거다"라고 지시했다.

"토요일이라 밥하는 아줌마가 없어요. 그래서 열쇠가……."

"이 새끼가. 네가 열쇠 찾아서 열어!"

"알겠습니다."

부하가 발길을 돌려 숙소를 향해 뛰었다.

"어이, 학삐리. 돈 가져왔어?"

"아니, 그게……." 구니오가 대답을 망설였다.

"그게 뭐?"

히구치는 미간을 좁히더니 슬쩍 얼굴색이 변했다. 그러고는 "근데 너는 뭔 볼일이야?"하고 요네무라를 향해 턱짓을 했다.

구니오는 옆에서 요네무라가 뭔가 결심하는 기척을 느꼈다. 콧김을 씩씩거리며 양다리를 버티고 선 채 온몸에 힘을 넣고 있었다.

"어이, 히구치." 요네무라가 입을 열었다.

"뭐야?" 히구치가 날카로운 소리를 발했다. "지금 뭐랬어? 다시 한번 말해봐."

"이름을 불렀다."

"너, 중요한 거 잊어버리지 않았냐? '님'이라는 건 왜 떼어먹어?"
"그딴 건 상관없어. 너, 지난번에 내 이를 부러뜨렸지? 치료비 좀 받아야겠다."
"뭐? 너 이 새끼, 필로폰 맞았냐?"
"이를 새로 해 넣으려면 돈 많이 들어. 하나에 1만 6000엔에 해주마. 그러니까 시마자키의 빚은 내가 받으면 돼."
요네무라가 이렇게까지 대들 거라고는 상상도 못 했던 구니오는 어안이 벙벙해서 멀거니 서 있었다. 히구치는 순식간에 얼굴이 벌게지더니 평상에서 벌떡 일어섰다.
"너, 아키타 사람이 만만하지? 흥, 언제까지고 점잖게 네 말을 들을 줄 알았다면 큰 착각이야."
"이 새끼가 잘난 척 나불거리고 있어. 네가 무슨 가면 라이더라도 된 줄 아냐?"
"사기도박으로 일용직 동료의 돈을 뜯어내다니, 창피하지도 않냐?"
"어라, 목소리가 떨리는데? 오줌 지리겠다."
"시마자키의 돈은 못 줘. 앞으로는 아키타 사람에게 두 번 다시 시비 걸지 마라."
요네무라의 몸이 푹 꺾였다. 히구치의 주먹이 명치에 들어온 것이다.
"더 이상 말할 것도 없어. 느이들, 얼마나 맞아봐야 알아먹겠냐?"
요네무라가 땅바닥을 구르며 구토했다. 아픔과 고통으로 얼굴이 뒤틀렸다.
구니오가 다급히 사이에 들어섰다. 발로 차려는 것을 가로막고 히구치를 요네무라에게서 떼어놓았다. 그러자 이번에는 구니오를 떠밀었다.
"너는 잠깐 기절하고 있어." 두툼한 양손이 목을 감았다. 큰 뱀이 감겨들듯이 모든 방향에서 조르고 들어왔다.

이를 악물었다. 소리가 나오지 않았다. 손이 허공에 허우적거렸다. 시야에 안개가 서렸다.

다음 순간, 몸을 찍어 누르던 무거운 짐이 사라졌다. 목이 자유로워졌다. 구니오는 허리를 꺾고 온몸으로 컥컥거리며 기침을 했다. 눈물이 쏟아져서 모든 것이 수조 속의 풍경처럼 보였다.

문득 깨닫고 보니 사람이 우뚝 서 있는 게 보였다. 요네무라였다. 뭔가를 손에 들고 다리를 벌린 채 서 있었다. 구니오 옆에는 히구치가 쓰러져 있었다. 큼직한 돌이 시야에 들어왔다. 뒤통수에서 흐르는 피도.

구니오는 상황을 깨달았다. 요네무라가 구니오를 덮친 히구치의 머리통을 뒤에서 돌로 내리찍은 것이다.

"요네무라!" 컥컥거리면서 가까스로 소리를 냈다.

"죽일 거야, 이 새끼." 요네무라가 다시 돌을 머리 위로 쳐들었다.

구니오는 순간적으로 벌떡 일어나 요네무라의 허리를 잡고 두 번째 공격을 막았다. 둘이서 땅바닥에 엉덩방아를 찧었다. 돌이 떨어져 털썩 검은흙을 파고들었다. "이제 그만해! 더 이상 그럴 필요 없어." 어깨를 흔들며 달랬다. 요네무라는 말도 못 하고 창백한 얼굴로 거친 숨만 몰아쉬었다.

다시 히구치를 보았다. 엎드린 자세로 쓰러졌고 팔다리는 꿈쩍도 하지 않았다.

"죽었냐?" 요네무라가 물었다.

"모르겠어. 잠깐만 기다려."

구니오는 북북 기어 옆으로 다가가 히구치의 입에 손바닥을 대고 희미한 호흡을 확인했다.

"숨은 쉬고 있어. 늦기 전에 얼른 구급차를 부르자."

"그런 걸 왜 불러?"

"그래도 이대로 두면……."

"이제는 죽이는 수밖에 없어. 살려뒀다가는 지독한 보복을 할 거야, 이 새끼."

"그래도……."

"이런 놈은 죽는 게 나아."

요네무라가 일어섰다. 바지 벨트를 뽑아 양손으로 탁탁 당겼다. "어이, 비켜." 구니오를 밀쳐냈다. 뭔가에 들씐 표정으로 요네무라가 히구치의 목에 벨트를 감았다.

"아, 잠깐, 잠깐, 요네무라."

그러는 참에 조금 전의 부하가 돌아왔다. 맥주병과 잔을 얹은 쟁반을 들고 있었다. 눈앞의 광경에 그대로 얼어붙어 쟁반째로 바닥에 떨어뜨렸다.

"죽였어? 너희들이 형님을 죽였어?" 부하가 깜짝 놀란 소리로 물었다. 얼굴이 새파랗게 질려 있었다.

"안 죽였어. 아직 살았어. 그러니까 구급차를 부르자." 구니오가 사정했다.

"살았어?"

"희미하게 숨이 붙어 있어. 아마 맥도 있을 거야."

"그래, 하지만……." 부하가 머리를 갸웃거리며 머뭇머뭇 히구치의 얼굴을 들여다보았다. 그리고 꿀꺽 침을 삼킨 뒤 "이렇게 당하고 퇴원하면 너희는 틀림없이 죽어"라고 마치 자신의 형님이 이대로 죽어주기를 바라는 듯한 말을 내뱉었다.

"그럼 어쩌라고?"

"그걸 나한테 물어보냐?"

하네다의 합숙소로 데리러 왔을 때의 위세 등등한 모습은 사라지고 갑자기 심약한 애송이로 바뀐 것 같았다.

"어이." 요네무라가 히구치의 등에 올라탄 채 핏발 선 눈으로 말했다. "어차피 너도 피해자야. 그냥 못 본 걸로 해. 나는 히구치를 죽일 거야."

"정말로 하려고?"

"할 거야."

"정말 나는 아무 상관도 없는 걸로 해줄 거지? 그렇다면 나는 이 자리에서 당장 사라질게. 가마타 영화관에라도 가서 시간을 때울 거야."

"그렇게 해. 사체는 감춰버리고 우리 셋이서 입 다물면 히구치 따위, 그냥 행방불명자야."

"자, 잠깐."

부하가 엎어진 히구치에게로 뛰어가 뒷주머니에서 지갑을 꺼냈다. 1000엔 지폐를 몇 장 빼냈다.

"이거 내 돈이야. 억지로 도박하자고 해서 뜯어 갔어."

"알았어. 냉큼 사라져." 요네무라가 손으로 쫓았다.

구니오는 눈앞의 광경이 믿어지지 않았다. 요네무라가 히구치를 죽이는 건가. 들키지 않는다 해도 앞으로 평생 살인자로 살아가야 한다. 스스로 십자가를 짊어질 생각인가. 머릿속에서 생각이 빙그르르 굴러갔다.

"요네무라, 그렇다면 내가 할게!" 구니오가 내뱉었다. 무가 쑤욱 밀려나오듯이.

"뭐? 웃기는 소리 하지 마. 네가 왜……."

"너는 이미 한 차례 당했어. 그러니까 그다음은 내가 할게."

"뭐야, 너도 히구치를 죽이고 싶어?"

"이건 정당방위야."

"관둬라, 관둬. 대학생이나 되는 놈이 이치에 맞지 않는 소리를 하고 있어. 이런 건 우리가 할 일이야. 아직 처자식도 없고."

"나만 다른 사람으로 취급하지 마라."

"뭐라고? 너, 제정신이야?"

구니오는 달려가서 요네무라를 어깨로 밀쳐내고 히구치 위에 올라탔다. 부하는 아직도 자리를 뜨지 않고 있었다.

벨트 양끝을 단단히 힘주어 조였다. 요네무라와 부하는 미간을 찌푸린 채 망연자실한 모습으로 쳐다보고 있었다.

20초쯤 목을 졸랐다. 죽었다는 반응이 손바닥에 전해져왔다.

"죽었어." 구니오가 조용히 말했다.

"그, 그래……." 요네무라가 멍하니 대꾸했다. 부하는 할 말을 잃고 있었다.

"얼른 사체를 묻어버리자."

"어디에? 이 근처는 안 돼. 공사 때문에 언제 파헤칠지 몰라."

"생각나는 데가 있어. 로쿠고도테로 옮기자. 화약 창고 부지 안에 대숲이 있었어. 사람 출입이 거의 없는 곳이야."

머릿속에 언젠가 만난 기타노 사장의 얼굴이 떠올랐다. 이제 두 번 다시 인연 맺을 일이 없을 거라고 생각했는데, 설마 이런 일이 생길 줄이야.

마침 고자 합숙소에는 손수레가 달린 자전거가 있었다. 즉각 슬쩍해왔다.

"마대 자루에 넣자. 어이, 형씨. 도망치는 것도 이제 늦었고 여기 와서 일이나 거들어."

요네무라의 말에 부하가 울상을 지으며 얼굴을 찌푸렸다. "나도? 진짜?"

"빨랑빨랑 치워야 할 거 아냐."

셋이서 히구치의 사체를 손수레에 실었다. 삽도 얹었다.

"내가 탈게." 요네무라가 자전거에 올라타고 페달을 밟았다. 끼이끼이 녹슨 쇠가 맞부딪치는 소리가 났다.

구니오와 부하는 뛰면서 그 뒤를 밀었다. 금세 온몸이 땀으로 젖었다. 그런데도 살갗은 전혀 더위를 느끼지 않았다.

강둑으로 나서자 아이들이 군함 술래잡기를 하며 놀고 있었다. 새된 소리가 푸른 하늘에 울렸다. 그 속을 사체를 실은 손수레가 돌진했다.

29

9월 26일 토요일

시마자키 구니오는 체포되었을까. 일을 하면서도 한숨 돌릴 때마다 머릿속에 떠오르는 건 그 생각뿐이다.

스가 다다시가 경찰에 목격 정보를 전화로 알린 뒤로 사흘이 지났다. 그사이에 대형 태풍이 전국을 가로질러 사망자가 47명이나 되는 대재해를 일으켰고, 입원 중이던 이케다 수상은 전암(前癌) 상태라는 발표가 났다. 야구의 다이요 웨일스는 센트럴리그에서 매직넘버가 1이 되었다. 다다시는 어떤가 하면, 줄기차게 별관 스튜디오에 틀어박혀 프로그램 제작에 쫓기는 나날이었다. 신문도 읽을 틈이 없어서 대기실에서 보는 텔레비전의 5분 뉴스가 겨우 정보원이 되어주었다.

하긴 신문을 샅샅이 읽어봤자 시마자키의 시 자도 눈에 띄지 않으리라는 건 뻔히 알고 있었다. 경찰 간부의 집을 폭파했는데도 그 정보를 은폐했던 것이다. 혹시 체포되었다고 해도 도쿄 올림픽을 앞둔 이런 때에 국가의 위신이 걸린 뉴스를 내보낼 리 없다. 아예 없었던 일로 만들어버리는 것이다. 그래서 더더욱 마음에 걸렸다. 경찰은 소카 지로일 수도 있는 테러리스트의 신병을 확보했을까. 그러지 못했다면 자신이 애써 제보한 의미가 없다.

요즘 본사 빌딩에 돌아올 때마다 보도국을 들여다봤지만 딱히 달라진 기척은 없었다. 동기 가사하라는 대개는 책상에 발을 얹고 부루퉁한 얼굴로 주간지나 뒤적이고 있었다. 눈이 마주치면 잽싸게 달려와 차라도 한잔하자고 졸라댔다. 바쁘다고 거절하면 "그럼 뭐 하러 왔어? 너, 사실은 경찰 첩자지?"라고 몸을 툭툭 부딪치며 노이로제에 걸린 곰처럼 시비를 걸었다.

오늘은 특히 끈질기게 물고 늘어졌다. "스가, 오늘 오후에 요요기 올림픽 선수촌의 입촌식이야. 무슨 일 터질 거 같지 않냐?" 다다시의 뒤를 졸졸 따라와 복도에서 나란히 서자 팔로 목을 졸라왔다.

"그러면 네가 취재하러 나가면 될 거 아냐. 괜히 나만 들볶지 말고."

"너, 쌀쌀맞게 굴래? 그러지 말고 함께 가자. 토요일이라 오후에는 나가도 되잖아?"

"싫다. 나하고는 아무 관계도 없는 일이네."

"아니, 크게 관계가 있지. 시마자키는 네 동창이고, 올림픽 경비 최고 책임자는 네 아버님이셔. 넌 틀림없이 뭔가 정보를 쥐고 있어. 그렇지? 말해봐, 빨리."

"정보 같은 거 없어. 이거 놔라."

"누굴 속이려고, 내가 뻔히 다 아는데? 지난달에 너희 집도 폭파됐다면서?"

가사하라가 침을 튀기며 말했다. 다다시는 너무 놀라 저도 모르게 발을 멈추었다.

"저거 봐, 얼굴색이 싹 변하시네. 역시 넌 정직한 놈이야. 너희 아버님 주변을 취재해봤더니 지난달에 자택에서 가스 누출에 의한 화재가 있었다는 정보가 나오더라. 우에노에서 일어난 폭발 사고와 똑같은 패턴이었어. 이건 뭔가 있다 싶어서 집 근처에서 탐문을 좀 해봤더니 그게 작은 불이 아니라 폭발이었다는 거야. 이 새끼, 그런데도 나한테 그렇게 시치미를 떼?"

"야, 난 그런 거 몰라. 진즉에 쫓겨난 몸이라서 집에는 일절 출입 금지라니까."

다다시는 얼굴을 홱 돌리며 부정했지만, 뺨이 슬쩍 떨렸다.

"흥. 또 한 가지 일러주지. 너는 지금 시마자키와 같은 하숙집에 방을 빌렸어. 그건 어떻게 된 거지?"

"네가 그걸 어떻게 알았지?" 다다시는 가사하라의 팔을 뿌리치고 그를 벽으로 밀어붙였다.

"왜 이래, 아프잖아."

"말해. 어떻게 알았어?"

"사건기자를 물로 보지 마라. 최근 며칠 동안 일거리를 빼앗겨서 몹시 한가했거든."

"이 새끼, 내 뒤를 밟았어?"

"입사 동기끼리 뭘 감추고 그래. 말해봐, 어떻게 된 거야?"

"집에서 쫓겨나서 살 데가 없으니까 하숙집을 구했어. 근데 그게 우연히……."

"장난치냐? 그런 변명은 우리 할머니라도 안 믿겠다."

몸이 바뀌어 이번에는 다다시가 벽에 떠밀렸다.

"실은 나도 시마자키를 찾고 있어. 도쿄대학의 하마노 교수님이 간곡히 부탁하셔서……."

"하마노 교수? 이게 또 대충 둘러대네. 이봐, 스가. 어지간히 하고 털어놔라. 너는 아버지의 명을 받아 도쿄대학 인맥으로 시마자키를 찾는 중이야. 그렇지?"

"웃기고 있네. 우리 아버지가 나 같은 놈에게 부탁을 할 사람이냐? 일본 경찰을 우습게 보지 마라. 아무리 최고참 간부의 아들이라도 공안부 손에 걸리면 그냥 참고인일 뿐이야."

"그래? 그럼 네가 참고인이었어?"

"아니, 한 차례 조사를 받았을 뿐이야."

다다시는 침을 튀기며 서둘러 대꾸했다.

"아무튼 이제 결론이 났네. 시마자키 구니오는 폭파범이야. 그자가 소카 지로인지, 아니면 이름만 그렇게 대는 건지, 그건 모르겠어. 하지만 시마자키 구니오가 폭탄을 이용해 일련의 폭발 사건을 일으켰고, 경찰과 정부는 그놈을 눈이 벌게져서 찾는 중이야. 이 사건을 왜 은폐했느냐 하면, 놈이 유괴사건처럼 몸값을 요구하고 있기 때문이야. 인질은 바로 도쿄 올림픽인 거야."

가사하라가 콧구멍을 벌름거리며 줄줄줄 늘어놓았다. 다다시는 뒤죽박죽 헝클어졌던 지혜의 실타래 한 줄기가 스르르 풀린 듯한 기분이었다. 그렇구나, 시마자키가 도쿄 올림픽을 인질로 연달아 폭발 사건을 일으키는 거구나. 말로 콕 집어준 덕분에 이제야 이해가 되었다.

"몸값이라니, 무슨 증거라도 있어?" 다다시가 물었다.

"현재로서는 그냥 추리일 뿐이야. 하지만 뭔가 요구사항이 있다고 생각하는 게 상식적이지. 시마자키가 단순한 쾌락범이겠어? 내가 수첩 뒤표지에 그자의 얼굴 사진을 붙여놓고 날마다 들여다보고 있어."

가사하라가 안주머니에서 수첩을 꺼냈다. 표지를 넘겨 그 사진을 다다시에게 들이댔다.

"이 얼굴을 좀 봐. 이 녀석이 단순히 세상을 시끄럽게 하려고 폭탄놀이를 할 놈이냐? 아니지, 좀 더 깊은 사상을 품은 사내의 얼굴이야."

"사상이라면 돈 같은 건……."

"응, 그래. 놈은 돈 같은 건 바라지 않아. 아무것도 바라지 않을 거야. 정부를 깜짝 놀라게 해주려는 게 목적이지. 돈은 그저 수단일 뿐이야."

"너, 시마자키 일에 너무 집요한 거 아니냐?"

"나도 탐문해봤어. 하마노 교수 찾아가서 편지도 봤단 말이야. 덕분에 공안부의 미행이 붙었어. 그저께부터."

"정말?"

"음. 지금도 회사 앞에 사복형사가 와 있어. 앞쪽 현관에도 있고 뒷문도 지키더라. 일개 기자한테 이렇게까지 하겠냐, 상식적으로? 아무리 생각해봐도 이건 보통 일이 아니야. 국가의 중대사라고."

가사하라의 말에 다다시의 가슴속에서 회색 공기가 모락모락 피어올랐다. 경찰은 시마자키의 신병을 확보하지 못했다. 도쿄대 캠퍼스에서 놓쳐버린 것이다. 놈을 잡았다면 가사하라의 움직임 따위는 아무 관계도 없을 것이다. 이게 무슨 일인가, 애써 가르쳐줬더니만.

"내가 본격적으로 뛰어볼 거야. 길거리 정보 취재 같은 거, 개똥이다. 유급휴가 얻어서 나 혼자 시마자키를 쫓아볼 거라고. 너, 경찰에 말하고 싶으면 얼마든지 말해."

"내가 왜 그런 짓을……. 난 첩자 아니라고 말했지?"

다다시는 얼굴을 찌푸리며 다시 복도를 걸어갔다.

"그렇다면 나를 도와줘. 한 팀이 되자."

가사하라가 옆에서 따라오며 어깨동무를 했다.

"싫다. 우선 난 너무 바빠."

"그럼 최소한 알고 있는 건 죄다 말해. 시마자키가 어디에 잠복하고 있는지, 어디 짐작 가는 데 없냐?"

"야, 내가 그걸 어떻게 알아?"

다다시는 가사하라의 팔을 뿌리치고 냅다 뛰었다. "야야, 잠깐만!" 등에 쏟아지는 소리를 무시하고 계단을 뛰어 내려갔다. 뒷문으로 나와 주위를 둘러보았다. 가사하라의 말대로 공안부 수사관으로 보이는 남자 둘이 노상에 세워둔 차 속에 있었다. 시선이 마주쳤다. 뭔가 불쾌한 마음이 머리를 쳐들어서 다다시는 수사관들을 노려보았다. 이 굼벵이 같은 놈들, 시마자키는 대체 왜 놓친 거야—

조수석의 남자가 무전기 같은 것을 입에 대고 뭔가 연락을 취하고 있었다. 다다시는 발길을 돌려 별관 스튜디오를 향해 천천히 걸음을 옮겼다.

단숨에 기분이 암울해졌다. 하늘을 올려다보니 기막히게 멋진 비늘구름이 반쯤을 뒤덮고 있다. 기온은 연일 25도가 넘는데 하늘만은 한창 가을이다. 올림픽은 이제 머지않았다.

한숨을 내쉬었다. 항상 미워하던 아버지가 처음으로 그리웠다. 아버지가 힘들면 어머니도 할머니도 힘이 든다. 형도 누나도. 이건 스가 가문의 일대 사건이다.

점심시간이 지나 반공일로 일을 마치고 스튜디오를 나서자 뒷문에 서른 살쯤의 남자가 혼자 서 있었다. 부채로 얼굴을 부치며 은근히 미소를 짓더니 "오래간만이네"라고 슬쩍 인사를 건네 왔다. 다다시는 금세 생각났다. 언젠가 미도리의 맨션까지 탐문을 나왔던 공안부 수사관이다. 바로 뒤쪽에는 하얀 블루버드가 서 있고 그 안에 또 한 남자가 있었다.

"경시청의 야노라고 하는데, 생각나?"

"예, 생각납니다. 또 무슨 볼일이죠?"

"그건 스가 씨 하기 나름인데……." 야노는 턱짓을 하며 "차 안에서 잠깐 얘기 좀 할까?"라고 눈을 가늘게 하고서 말했다.

다다시가 말없이 야노를 노려보았다. 못 이기는 척 따르기로 했다. 사람을 어르는 듯한 태도는 마음에 들지 않지만 자신도 경찰의 동향을 조금이라도 알아두고 싶었다.

뒷좌석에 오르자 후끈한 열기가 살갗에 휘감겨 들었다. 얼굴을 찌푸리며 창문을 열었다.

"뭐야, 에어컨도 없어요?"

"무슨 농담을 하시나. 이건 경찰 차량이야. 아버님의 공용 차라면 그야 에어컨도 있겠지만."

야노가 입 끝을 치켜올리며 말했다. 지난번과는 딴판으로 저자세로 나오는 게 오히려 더 섬뜩했다.

"그럼, 잠깐 달릴까? 그러는 게 바람이 통해서 좋아. 뭣하면 니시카타의 하숙집까지 태워다 드려도 좋고."

"아뇨, 내 차도 회사 주차장에 세워뒀는데……." 다다시는 거기까지 대답하고는 말이 막혀버렸다. "뭐예요, 경찰이 니시카타 하숙집 감시한다는 거, 나한테 다 털어놔도 되는 겁니까?"

"아이, 진즉에 다 눈치챘잖아. 괜히 아닌 척할 것도 없지." 야노가 쓴웃음을 짓더니 운전석의 젊은 형사에게 "이봐, 황궁 주변이라도 달리자"라고 지시했다.

블루버드가 출발했다. 반초 고지마치 길은 학교에서 돌아오는 여학생들로 가득했다. 좋은 집안에서 자란 아이들의 낭랑한 목소리가 거대한 저택 너머로 얼굴을 내민 정원수에 메아리쳤다.

"이 동네 사람들은 얼마나 멋있게 살까." 야노가 창밖을 바라보며 말했다. 머리칼이 바람에 날리고 있었다.

"글쎄요, 내가 아나요? 하지만 여기 저택가도 앞으로 몇 년이면 끝이에요." 다다시가 대답했다.

"그래?"

"개인으로는 상속세도 고정자산세도 내기가 힘들어요. 결국 땅을 팔아먹을 거고, 그러면 아파트 들어서고 모퉁이에는 야채가게니 생선가게가 들어서겠죠. 우린 센다가야 쪽인데, 뭐 다들 비슷한 형편이에요. 교외로 이사 갈 궁리들만 하고 있죠."

"흠. 그런 말을 들으니 민주주의라는 것도 그리 나쁘지 않다는 생각이 드는데?" 야노가 느물느물 입가를 치켜올렸다.

"지난번에 탐문 나왔을 때 본 미도리라는 호스티스, 생각나요?"

"응, 생각나지."

"똑같은 소리를 하던데요."

야노가 눈을 내리뜨고 쓴웃음을 지었다.

이치반초를 지나 해자 밖으로 나서자 완성 단계에 접어든 일본 무도관의 지붕이 숲 너머로 보였다. 그 심상치 않은 거대함을 마주하면 마치 소인이 된 듯한 착각이 든다. 차 안의 세 사람 모두 시선이 저절로 그쪽으로 빨려들었다. 도쿄 올림픽의 상징 중 하나다. 낙성식 날에는 경비가 대폭 증강될 것이다.

"자네, 시마자키라는 도쿄대생하고 얼마나 친했지?" 야노가 느닷없이 물어왔다.

"얼마나 친했나……. 만나면 그저 인사나 하는 정도였어요."

"최근에 연락한 일은?"

"뭡니까, 그 질문은? 혹시 나를 의심하는 거예요?" 다다시가 불끈해서 물었다.

"아, 그렇게 화내지 말고."

"지난번에 말한 대로 불꽃대회 날 밤에 만났던 게 졸업한 뒤로 처음 만난 거고 그 뒤로는 만나지 않았어요."

"그거 정말인가?"

"그럼요, 정말이죠."

"그렇다면 9월 22일 밤에는 무엇을 했지?"

"9월 22일?" 날짜를 입 밖에 내어 말한 순간, 다다시는 마음에 짚이는 게 있었지만 순간적으로 시치미를 뗐다. "뭐, 별로 아무것도 안 했는데? 회사 일 끝나고 하숙집에 가서 잠잤다. 그냥 그것뿐이죠."

"그날 밤, 도쿄대학 뒤의 모토후지 경찰서에 묘한 기록이 남아 있던데 말이야. 거동 수상자로 임의동행해 온 사람이 중앙 텔레비전 방송국 직원이고 이름은 스가 다다시……."

"참 나, 다 알면서 왜 물어요?" 다다시가 코를 벌름거리며 말했다.

"도쿄대학 캠퍼스 주변을 자정 가까운 시각에 맨발로 어슬렁거리는 젊은 남자가 있어서 순찰 중이던 경찰이 직무질문을 했어. 근데 대답이 중언부언이어서 경찰서까지 동행을 요청했다는 거야. 관찰해본 바로는 술도 마시지 않았고 마약류를 사용한 듯한 기색도 없었다고 하더라고."

"이봐요, 사람을 범죄자처럼……."

"그날 밤, 왜 거기에 있었지?"

야노가 몸을 돌려 다다시를 보며 말했다. 눈빛이 날카로워져 있었다.

"언제 어디를 가건 내 자유죠."

"말해주실 수가 없군."

"그냥 산책이었으니까 딱히 이유가 없다는 얘기예요."

"심야의 산책? 그것도 비가 내리는 날에?"

"참 끈질기시네. 나를 좀 내버려두라고요. 경찰 신세 질 일은 하나도 안 했어요. 무엇보다 우리 아버지가 경찰관인데."

"그렇지. 당신 아버님은 경찰관이야. 그것도 내무성 출신의 국가공무원이시지. 경시청 경시감이시고 올림픽 경비본부 최고 책임자이시기도 해. 이번 임무를 무사히 수행하면 경시청 장관 후보에 오르실 거야. 혹시 떨어지더라도 어딘가 외국 대사쯤으로는 나가실 거고. 두말할 것 없는 정부 고관이시지."

"무슨 말을 하자는 거예요?"

"당신은 그 아버님의 명령으로 집에서 쫓겨났어."

"그래요. 그게 어쨌다고요?"

대답하면서 다다시의 얼굴이 살짝 굳어버렸다. 그것을 놓치지 않으려는 듯 야노의 눈이 번쩍 빛났다.

"스가 집안에서 당신 혼자만 아버님의 뜻을 거스르고 공무원이 되지 않았어. 게다가 은행원도 상사원도 아냐. 텔레비전 방송국 사원이지."

"방송국 사원이 뭐, 잘못됐어요?"

"아버님은 불효자식이라고 주위에 부끄러워하고 계셔."

"불효자식이라니……. 댁한테 그런 소리는 듣고 싶지 않군요."

"당신은 아버지를 미워해."

"뭐라고요?"

예상치 못한 전개에 다다시는 저도 모르게 미간을 찌푸렸다.

"아버지에게 복수하고 싶다고 생각하고 있어."

야노가 정면으로 다다시를 바라보았다.

"왜 얘기가 그런 식으로 흘러가죠?"

당황한 가운데 잠시 야노와 눈싸움을 했다. 야노의 눈은 다다시의 표정 변화를 놓치지 않겠다는 직업적인 의지에 차 있었다. 이야기가 이쯤에 이르러서야 다다시는 자신이 뭔가 혐의를 받고 있다는 것을 깨달았다.

"아, 실례." 침묵을 깨고 야노가 불쑥 말했다. "어떤 가능성이든 추정해보는 게 경찰의 임무거든."

"대체 무슨 얘기인지 모르겠네."

"22일 밤, 당신은 도쿄대학 옆길에서 누군가의 뒤를 밟고 있었어. 아닌가?"

"이번에는 얘기가 그런 쪽으로 돌아가는 건가요?"

"슬리퍼를 손에 들고 있었던 건 발소리를 내지 않으려고 한 거야. 그렇지?"

"대관절 무슨 소린지."

"그럼 내 마음대로 해본 추리라고 생각하고 들어봐. 그날 밤, 당신은 니시카타 하숙집 근처 대중탕에서 우연히 한 인물을 만났어. 깜짝 놀라서 그 뒤를 밟았겠지. 왜 뒤를 밟았는가 하면 그 인물이 자신의 집에서 일어난 화재와 깊은 관련이 있다는 것을 알았기 때문이야. 아, 이건 말이 좀 이상한가? 경찰이 호스티스의 클럽과 맨션까지 탐문수사를 하면서 그 인물에 대해 조곤조곤 캐물었으니 당연히 그럴 만도 하지."

야노는 담담하게 말했다. 다다시는 좌석에 깊숙이 몸을 묻고 창밖으로 시선을 옮겼다. 어느새 차는 사쿠라다몬에 접어들어 오른편으로 위풍당당한 경시청 청사가 보였다. 저 건물의 몇 층인가에 아버지가 있을 것이다.

"뭐, 집에서 일어난 화재에 대해서는 그냥 넘어가자고. 어떻든 당신은 그 사람을 덜컥 만났어. 그래서 그자의 뒤를 밟던 중, 고토토이 길의 도쿄대학 야요이 문 근처를 순찰 중이던 경관에게 직무질문을 받게 되었어. 슬리퍼를 손에 들고 맨발로 걸어갔으니 경찰이 불러 세우는 것도 당연하지. 결국 미행은 거기서 중단될 수밖에 없었지만, 앞을 보니 그자는 야요이 문을 지나 도쿄대 캠퍼스로 들어갔어."

다다시는 말없이 야노의 이야기를 들으며, 역시나 공안부 수사관은 우수하다고 생각했다. 파출소 순경과는 질이 다르다.

"경찰 내부에서는 당신이 미행한 인물과 서로 동지 관계가 아니냐고 의심하는 견해도 있어."

"뭐라고요?" 다다시는 얼굴을 찌푸리며 말했다.

"그래서 누군가는 확인하지 않으면 안 될 상황이 된 거야."

"진짜 어이없는 얘기네."

"같은 하숙집에 방을 빌리질 않나, 도쿄대 주변을 어슬렁거리질 않나. 그러니 경찰로서는 그냥 두고 볼 수가 없지. 하지만 간부의 자제라는 것 때문에 공식적으로 조사하기는 어려워. 우리도 나름대로 배려는 해주고 있다고."

"아이고, 그러셔요?"

"23일에 들어온 익명의 제보 전화, 그건 자네가 걸었던 거라고 생각하면 되겠지?"

다다시는 대답할 말이 없어 얼굴을 붉혔다.

"대답하고 싶지 않다면 그걸로 좋아. 얼굴빛으로 우리가 판단할 테니까."

"저기요, 나도 한 가지 물어봐도 되겠습니까?"

"뭐지?"

"그래서 당신들, 도쿄대 캠퍼스에서 시마자키를 잡았어요?"

이번에는 야노가 입을 꾹 다물었다. 눈을 가늘게 뜨고 턱을 북북 긁더니 무슨 정치가 같은 묘한 말을 한다.

"그에 대한 답변은 사양하기로 하지."

"기껏 어렵게 정보를 줬더니만……." 다다시가 한숨을 내쉬었다. 외국인처럼 하늘을 쓱 올려다보는 몸짓을 했다. "이건 뭐, 우수한 건지 도무지 미덥지 않은 건지……. 아 참, 또 한 가지 물어보죠. 이번 달 6일 한밤중에 니시카타의 시마자키 하숙방에 몰래 들어온 2인조 괴한이 있었다고 하숙생 후배가 얘기하던데, 그건 공안부에서 나왔던 거죠?"

야노의 눈동자가 아주 잠깐 흔들렸다.

"대답하기 싫다면 됐어요. 얼굴빛으로 내가 판단하죠."

다다시의 말에 야노는 기분이 상했는지 입을 한일자로 꾹 다물고 얼굴을 홱 돌려버렸다.

차는 히비야 사거리에서 좌회전하여 오테마치로 향했다. 일을 마친 샐러리맨과 직장여성들이 황궁 앞 광장 잔디밭에서 쉬고 있었다.

"스가 씨. 정보 제공은 고맙지만, 앞으로는 관여하지 말아줘." 야노가 조용히 말했다.

"댁의 지시는 받고 싶지 않군요. 나는 그냥 민간인이에요."

다다시가 대항하는 태도를 보이자 야노는 갑작스레 좌석에서 몸을 일으켰다. 무슨 짓을 하려나 하고 졸지에 방어 자세를 취했다. 야노는 앞좌석 틈새로 몸을 밀어 넣어 억지로 조수석까지 이동했다. 무전기의 마이크를 잡았다. "124에서 가스미가세키 3번"이라고 부루퉁한 목소리를 냈다.

"여기는 3번, 말씀하세요." 어딘가의 교환수가 응답했다.

"고지마치 건, 참고인과 면담했습니다. 그자와는 관계없는 것으로 보임. 지금 바로 복귀하겠습니다. 담당 야노."

"경시청, 알았습니다."

난폭하게 마이크를 내려놓더니 그 뒤로는 입을 열지 않았다. 비스듬히 뒤쪽에서 보이는 턱에는 수염이 살짝 돋아 있었다.

차는 황궁을 한 바퀴 돌아 중앙 텔레비전 앞으로 돌아와 다다시를 내려주었다.

"근데 자네, 내일 일요일 오후 2시 반쯤에는 어디서 뭘 하지?"

조수석에서 야노가 다시 이쪽의 표정을 살피는 눈빛으로 말했다.

"글쎄, 아직 안 정했는데요. 일요일이니까 방에서 뒹굴뒹굴 쉬고 싶네요."

"음, 제발 그렇게 해줘."

눈을 쓱 가늘게 하며 웃더니 창문을 닫았다. 차가 떠났다.

다다시는 이마에 솟은 땀을 손수건으로 닦아내고 크게 한숨을 내쉬었다. 첫, 왠지 맘에 안 드는 밉살스러운 놈이네. 입속에서 혼잣말을 내뱉었다.

그나저나 시마자키 구니오 그놈! 주먹으로 손바닥을 내리쳤다. 이미 올라탄 배라서가 아니라 자신이 직접 찾아내고 싶은 욕망에 휩싸였다. 상대는 테러리스트다. 한 번쯤은 그가 하는 말을 들어보고 싶었다. 말도 안 되는 이론을 씨부렁거린다면 한 방 세게 먹여줄 것이다.

30

9월 26일 토요일

이날 아침 수사 회의에서는 한바탕 웅성거림이 터져 나왔다. 자칭 소카 지로라고 하는 자의 협박장이 오랜만에 경시청에 도착했던 것이다. 소인은 24일, 우에노 우체국 관내의 우체통에 넣은 것이고, 이미 각오를 다졌는지 아니면 시간이 없었는지, 인쇄된 활자를 잘라 붙인 것이 아니라 볼펜으로 직접 쓴 글이었다. 편지지에서는 지문도 채취되었다. 지금까지 하숙방과 합숙소에서 채취해온 시마자키 구니오의 지문과 완전히 일치했다. 이번 사건에서 처음으로 부동의 증거가 드러난 것이다. 또한 시마자키가 소카 지로와는 다른 인물이라는 것도 완전히 밝혀지게 되었다. 소카 지로는 작년에 저지른 몇몇 사건에서 이미 지문을 남긴 적이 있었다.

협박장은 필름으로 촬영되어 슬라이드로 스크린에 비춰졌다. 다나카 과장대리가 상기된 얼굴로 문장을 읽었다. 오치아이 마사오는 커튼을 쳐서 어둠침침한 속에서 수첩에 베껴가며 듣고 있었다.

경시감 앞. 잠깐 뜸을 들였지만, 다시 폭탄을 설치한다. 이제부터가 본격적인 활동이다. 중지하기를 원한다면 돈을 내라. 금액은 8000만 엔. 1000만 엔 다발을 4×2의 입방체에 넣어 두툼한 비닐로 싸고 미쓰코시 포장지로 포장하여, 동봉한 보자기에 싸서 준비하라. 돈을 받을 곳은 도쿄역 10번 플랫폼이다. 일시는 9월 27일 오후 2시 30분. 3호차 정차 위치의 벤치에 올려놓을 것. 내 친구가 가지러 갈 것이다. 감시나 미행이 있거나 짐에 묘한 장치가 있을 경우, 거래는 중지된다. 그때는 어딘가에서 다이너마이트가 폭발할 것이다.

—소카 지로.

"드디어 본색을 드러내는군." "아주 놀고 있네." 그런 비아냥거림이 여기저기서 터져 나왔다. 회의실이 바람에 흔들리는 잡목림처럼 술렁거렸다. 다나카는 한 차례 크게 숨을 들이쉬더니 눈을 치켜뜨고 우렁우렁한 목소리로 말했다.

"범인이 지정한 일시는 내일이다. 그래서 시간이 없다. 현재 윗선에서 현금을 준비하고 있다. 거래에는 응할 방침이지만 어떻게 범인 일당을 체포할지는 아직 정해지지 않았다. 그 자리에서 사로잡느냐, 그냥 풀어줘서 아지트를 파악하느냐, 지금 위에서 검토 중이다. 또한 배치 방법도 아직 결정되지 않았다. 정보를 수집하는 중이다. 일단 여러분의 의견을 듣고자 한다. 우선 8000만 엔이라는 금액에 대해 얘기해보자. 어이, 사와노, 어떻게 생각하나?"

생명보험회사 출신의 사와노가 지명을 받았다. 갑작스러운 일이라서 당황하여 볼펜을 떨어뜨렸다.

"아, 예……. 혼자서 옮기기 좋은 무게가 딱 8000만 엔이었던 거 아닐까요?"

다나카가 노안경을 코에 얹고 수첩에 시선을 떨구었다. "8000만 엔이면 몇 킬로지?"

"약 8킬로그램입니다. 1억 엔이 10킬로그램이니까요."

"흠, 역시 은행업계 출신은 다르군. 그래서 8킬로그램이면 몇 관이나 되지?"

"대략 두 관이죠." 나이가 비슷한 미야시타 계장이 옆에서 말했다. "육군 보병대 장비가 대략 그 정도예요."

"알았어. 그렇다면 제법 묵직하겠네. 하지만 들고 뛰지 못할 것도 없는 무게야." 다나카가 수첩에 볼펜을 내달렸다. "그 밖의 의견은?"

"여기요!"라고 젊은 형사가 손을 들었다. 턱으로 가리키자 자리에서 일어나 의견을 밝혔다.

"4×2의 입방체라는 게 마음에 걸리는데, 오히려 그렇게 포장했을 경우의 모양새가 중요한 거 아닐까요? 이를테면 특정한 케이스에 쏙 들어가는 모양새라든가."

"음, 그래. 자네는 지금 바로 가장 가까운 은행에 나가봐. 8000만 엔을 실제로 포장해서 어느 정도의 크기가 되는지 계산해 와."

다나카의 지시에 따라 젊은 형사가 회의실을 나갔다.

"자, 다음으로 두툼한 비닐. 이 점에 대해서, 니이, 어떻게 생각하지?"

"전혀 모르겠는데요." 니이가 담배를 피우며 즉답했다.

"이봐, 니이. 생각 좀 해봐." 미야시타가 나무라면서 눈을 흘겼다.

"별로 중요한 건 아닌 거 같아요. 비닐은 방수 등의 이유가 아니라 그저 돈다발을 고정하기 위해서겠죠. 종이보다는 잘 안 찢어지니까요."

"그러면 미쓰코시 포장지를 쓰라는 건 무슨 뜻일까?"

"단순한 교란작전일 거예요. 범인이 재미삼아 해보는 짓이죠."

"다른 의견은?" 다나카가 볼펜을 지휘봉처럼 흔들었다. "범인이 그렇게 지정한 이상 뭔가 의미가 있다고 보는 게 좋아. 예단은 금물이야."

"근데 우리 중에 미쓰코시 백화점 포장지가 어떻게 생겼는지 아는 사람 있어?"

나이 든 형사의 말에 다들 우아 웃었다. 그리고 "니혼바시 아니면 긴자로 누가 좀 뛰어갔다 와" "아직 문 안 열었어" "괜찮아. 수위한테 말해서 구해 오면 되잖아"라는 말들이 오간 끝에 다시 젊은 형사가 당장 다녀오기로 했다.

"자, 그럼 문제는 보자기야." 다나카가 종이봉투에서 보라색 보자기를 꺼냈다. "앞에서부터 순서대로 돌릴 테니까 각자 잘 살펴봐. 아, 근데 더럽히면 안 돼. 딱 한 장뿐이야."

마치 천황의 하사품이라도 받듯이 수사관들은 공손히 받아 들었다. 잠시 뒤에 마사오의 손으로도 건너왔다.

"어째 싸구려 같은 느낌인데요." 옆에서 이와무라가 말했다. 아닌 게 아니라 보라색과 흰색이 섞인 그 보자기는 얼핏 보기에도 값싸게 보이는 물건이었다. 천이 우그렁우그렁해서 손에 닿는 감촉도 좋지 않았다. 경품으로 여기저기서 나눠주는 정도의 물건이다.

한 바퀴 돌린 참에 대리보좌가 보자기를 종이봉투에 다시 챙겨 넣고 복도로 나갔다. 누군가 기다리고 있었는지 받자마자 빠른 걸음으로 복도를 지나갔다. 아무래도 보자기에 대한 분석은 별동대가 움직이는 모양이다. 분명 공안부다.

"대리님, 보자기에 대한 분석은 우리가 해야 하는 거 아닙니까?" 모리가 못마땅하다는 얼굴로 말했다.

"지금 시간이 없어. 통상 수사로는 맞출 수가 없어."

"그렇다면 더욱 우리가 해야죠. 4층이 그런 일에 무슨 경험이 있다고 그걸 맡깁니까?"

"어이, 모리. 이야기를 딴 데로 돌리지 마." 다시 미야시타가 나무랐다.

아마도 공안부는 도쿄의 모든 백화점에서 보자기를 사들여 메이커와 구입처, 주요 유통처를 알아낼 것이다. 그자들이라면 못 할 것도 없다.

"그러면 보자기에 대해서 얘기해보자. 뭔가 생각나는 거 있어?"

"상당히 싸구려 물건이군요. 어디 가게에서 나눠주는 경품 아닌가요?" 이와무라가 손을 들고 발언했다.

"경품이라니?"

"역 앞 상점가의 제비뽑기에서 누구라도 다 당첨되는 물건인 거 같아요."

"그러면 왜 그런 물건을 일부러 보내서 거기에 현금을 싸 보내라고 했을까?"

"글쎄요, 그건 나도……." 이와무라가 입을 다물었다.

"똑같은 보자기를 범인 측에서 준비한 거 아닐까요?"

마사오가 옆에서 말했다. 다나카를 비롯한 수사관 전원의 시선이 쏟아졌다.

"그래, 계속 말해봐."

"범인은 두 장의 똑같은 보자기를 사서 한 장을 우리한테 보냈어요. 그리고 거기에 미쓰코시 종이로 포장한 현금을 싸서 벤치에 놓게 합니다. 그리고 그쪽에서도 똑같은 걸 만들어서 운반책이 잽싸게 진짜와 바꿔치기하는 겁니다."

"음, 훌륭한 추리야. 잠시 뒤의 수사 지휘 회의 때 그 의견도 올릴게."

"어이, 오치아이. 그렇다면 반드시 보자기일 필요는 없잖아?" 구라하시가 머리를 긁적이며 말했다. "가방이어도 좋을 거야. 운반할 거라면 그쪽이 더 편리하겠지."

"그건 그렇군요." 마사오는 구라하시를 보며 고개를 끄덕였다.

"좋아. 그 점은 일단 보류해두고, 다음으로 넘어간다. 도쿄 역 10번 플랫폼, 내일 14시 30분, 3호차 정차 위치의 벤치— 이 점에 대해서는 시간표를 조사해봤더니 그 전후에 이 플랫폼에서 발차하는 건 14시 46분발 특급열차가 가장 빠른 차편이야. 도쿄발이고 행선지는 이토시 슈젠지야. 참고로, 3호차라는 건 지정석 일등칸이야."

대리보좌가 도쿄 역 내부의 약도를 앞쪽 칠판에 걸었다. 평소에는 그다지 의식해서 본 적도 없지만, 수도 도쿄의 현관인 도쿄 역은 역시 규모가 커서 플랫폼이 19번까지 있었다. 그중 세 개는 새롭게 생긴 신칸센 폼이다.

"누구, 의견 있는 사람." 다나카가 수사관을 둘러보았다. "시간이 아깝다니까. 뭐든 좋으니 말 좀 해봐. 이와무라, 어때?"

이와무라가 어물어물 입을 열었다.

"범인이 무거운 짐을 들고 그대로 도쿄 역 구내를 도주할 생각은 아닐 거예요. 선로에 뛰어내린다는 것도 좀 어렵지요. 그렇다고 그 열차에 탄다면 최소한 요코하마에 도착할 때까지는 기차 안에 갇힐 테니까 그것도 위험이 너무 큽니다. 그렇다면……."

"그렇다면 뭐야?"

"열차라는 말을 듣자마자 1년 전에 있었던 요시나가 사유리 협박 사건이 생각났거든요. 구로사와 아키라 감독의 영화 〈천국과 지옥〉을 그대로 모방했던 사건 말입니다."

1년 전, 소카 지로는 여배우 요시나가 사유리에게 협박장을 보내 지정해준 열차에서 현금 100만 엔을 밖으로 던지라고 요구했다. 범인은 결국 현장에 나타나지 않았지만, 그건 구로사와 아키라 영화의 모방이었다. 영화 〈천국과 지옥〉은 그 전해에 공개되어 대히트를 쳤다. 특히 영화 속에서 몸값을 특급열차의 창문 밖으로 던지라고 한 장면이 화제가 되었다.

"실은 나도 그래." 미야시타가 허스키한 목소리로 말했다. "열차라는 말을 듣자마자 그게 머릿속에 떠오르더라고. 이번에는 열차가 출발한 뒤에 곧바로 범인 일당이 창문 밖으로 돈을 내던지는 거야."

"그렇습니다. 극단적으로 말하자면, 차가 출발하자마자 마루노우치 도청 앞쯤에서 창밖으로 던져도 그걸 주워 갈 공범만 있으면 되는 거예요. 똑같은 보자기의 가짜 물건으로 경찰의 시선을 교란하면 발각될 때까지 시간을 벌 수 있겠죠."

"그런 거라면 더더욱 가방을 쓸 거야. 보자기로 싼 물건을 바닥에 내던지면 돈다발이 흩어질 수 있어."

구라하시가 말을 끼웠다. 일리 있는 말이었기 때문에 전원이 다시 입을 다물었다.

"그 특급열차에 대해서는 어떻지? 그 열차에 대해 아는 사람 있어?" 다나카가 질문을 던졌다.

"아, 제가 타본 적이 있어요." 마사오가 손을 들자 전원의 눈길이 쏠렸다. "실은 4년쯤 전에 신혼여행 갈 때……."

우아 웃음소리가 일었다. "그랬군. 오치아이는 슈젠지로 신혼여행을 갔구나." 모리가 눈을 가늘게 하고 웃으며 말했다.

"아뇨, 아타미였어요. 슈젠지 전에 아타미에서도 정차하거든요."

"부럽다, 부러워. 우리 중에 신혼여행을 간 형사는 오치아이밖에 없어. 참 시절이 좋아졌다."

"놀리지 마세요. 수사1과에 오기 전이었어요."

"그래서 어땠어? 범인이 그 열차에 탄다면 어떤 작전을 펼 수 있을까?"

"글쎄요. 주로 행락객을 위한 열차예요. 가족 여행이나 직장의 단체 여행객들이 가득했어요. 3호차는 지정석 일등칸이라고 했지요? 그렇다면 신혼부부가 전세를 낸 것 같은 상태가 될 거예요."

"그러면 범인들이 신혼부부로 위장하고 나타날 가능성도 있겠군. 내일 일요일, 롯키(六輝, 음양도나 민간에서 길흉의 기준으로 삼아 여섯 가지로 분류한 날)는 뭐지?"

다나카의 목소리 톤이 올라갔다.

"롯키가 뭐예요?"

"대안(大安)이니 불멸(佛滅)이니 하는 거 말이야."

모두가 수첩에 눈을 떨구었다.

"대안일이에요." 마사오가 대답했다.

"오늘은?"

"불멸일입니다."

"그러면 내일 그 특급열차에는 유난히 신혼부부들이 많겠군."

"일단 위장 부부를 잠입시킬까요?" 미야시타가 제안했다.

"응, 그래. 하지만 이건 나 혼자 정할 일이 아니야. 우선 지휘 회의에 올리도록 하지. 또 다른 의견은?"

"저는 시마자키 구니오가 도쿄 역에 나타나지 않을 거라고 생각합니다." 마사오가 말했다.

"어째서?"

"놈은 자신에게 수사의 손길이 뻗치고 있다는 걸 벌써부터 알고 있을 겁니다. 들를 만한 곳에 일절 모습을 보이지 않는 게 그 증거지요. 근데 돈 받을 장소에 터덜터덜 나타나겠습니까?"

"그렇다면 운반책에게 맡기고 자기는 구경만 하겠다는 건가?"

"그럴 가능성이 높아요. 10번 플랫폼의 3호차 정차 위치를 지켜볼 수 있는 장소를 모두 확보해둘 필요가 있어요. 즉시 분담해서 조사해 보죠."

"아, 그거, 우린 안 해도 괜찮아." 다나카가 어금니에 뭔가 낀 듯한 어조로 말했다. "4층이 어젯밤부터 이미 움직이고 있어. 도쿄 역의 모든 대합실, 통로, 화장실, 개찰구 등에 배치가 끝났대. 철도 회관, 전국철도노조 회관, 중앙 우체국 등의 근처 높은 빌딩도 마찬가지야."

"그래서 우리한테 범인의 편지가 내려오는 게 하루 늦었군요."

틈을 두지 않고 니이가 비꼬듯이 말했다. "어이." 미야시타가 날카로운 소리로 부하를 흘겨보았다.

"4층은 매사에 인해전술이군요. 하지만 수사라는 건 형사 한 사람 한 사람이 착실히 물어 온 정보가 한데 모여졌을 때 성공하는 거예요. 사람만 많이 동원한다고 잘되는 게 아니라고요. 냄새 잘 맡는 개 100마리를 풀어놔도 먹이 하나 못 물어 오는 법이에요."

"니이, 말이 많다."

"아니, 그건 그래. 니이의 말이 맞아." 다나카가 담배에 불을 붙이며 잠시 틈을 둔 뒤에 말했다. "며칠 전 도쿄대학 캠퍼스 수색에서도 4층이 시마자키를 놓친 모양이야. 그때도 우리는 제외됐어. 그러고는 정식 보고도 없어. 유감스럽지만 이번 사건은 수사단 규모가 너무 커서 방향키를 돌리기 힘든 면도 있어. 하지만 그만큼 국가의 중대사라는 점을 인식해줬으면 한다. 어떻든 범인에게서 날아온 폭파 예고장이야. 다이너마이트가 얽힌 문제라고. 도쿄 역을 거래 장소로 제시한 이상, 만일의 경우를 생각해서 우리도 나름대로 다양한 대비책을 세워야 해. 윗선의 기본 방침은 첫째로 폭파 저지야. 범인이 바로 눈앞을 지나가더라도 우선은 폭발물부터 찾는 걸 택할 거야."

형사들이 침묵했다.

"방식은 다르지만, 마지막에는 우리가 범인을 검거하자. 형사 정신을 만천하에 보여줘야 할 거 아냐."

다나카의 격려에 저마다 고개를 끄덕였다. 그때 은행에 갔던 젊은 형사가 돌아왔다. 힘껏 뛰어왔는지 숨을 헐떡였다. 손에는 보자기에 싼 물건을 들고 있었다.

"고지마치의 미쓰이 은행에서 빌려왔어요. 1000만 엔 다발을 4×2로 쌓았을 경우의 부피는 이 정도랍니다."

수사관이 네모난 보퉁이를 탁자에 털썩 올려놓았다.

"이봐, 설마 현금을 빌려 온 거야?" 다나카가 눈을 둥그렇게 떴다. 모두들 깜짝 놀라 자리에서 일어나 이쪽 탁자로 몰려왔다.

"아니에요. 여직원이 돈 세는 연습을 할 때 쓰는 종이 다발을 은행 측에서 빌려주더라고요."

"어휴, 뭐야. 사람 놀라게 하지 마라."

"보자기는 은행 고객용 선물이라는데, 공짜로 줬어요."

"그래, 수고했어."

형사들의 얼굴에서 하얀 이가 드러났다. 선배들이 젊은 형사의 어깨를 토닥였다.

"그래, 이게 8000만 엔이구나." 우선 미야시타가 들어 올렸다. "우리가 평생 동안 벌어도 모으지 못할 돈이야."

“나가시마 선수는 연봉이 얼마였지?” 모리가 물었다.

“아마 1500만 엔일걸요?” 사와노가 대답했다.

“그럼 이 돈이면 자이언츠 팀 선수들을 모두 다 살 수 있겠네.”

“다마가와 야구장까지 통째로 살 수 있죠.”

잠시 신나게 돈 이야기를 하고 있는 참에 때를 맞춰 또 한 명의 형사가 심부름을 마치고 돌아왔다. 둘둘 만 포장지를 옆구리에 끼고 있었다. 백지에 빨간 호리병 비슷한 무늬가 그려진 포장지였다. 수사관들은 실제 포장지를 보고는 저마다 “아, 이거였어”라고 중얼거렸다. 유명 백화점이라 누구라도 한 번쯤은 본 것이다.

“좋아, 즉시 포장해보자. 누구 손재주 좋은 사람 좀 나와봐.” 다나카가 말했다.

“제가 하겠습니다.” 모리가 손바닥을 쓱쓱 비비며 앞으로 나섰다. “해군에서는 군복 접는 게 엄청 까다로웠거든요. 날마다 깨끗하게 접었더니 내무반장 감투까지 씌워주던데요?”

“하하하, 모리가 내무반장일 줄은 몰랐네. 신병한테는 완전 재난이었겠다.” 미야시타가 놀려먹었다.

모리는 포장지를 펼쳐 종이 다발을 비스듬히 놓고 솜씨 좋게 척척 포장해나갔다. 요소요소에 테이프를 붙여 금세 깨끗한 입방체를 만들어냈다. 이어서 그것을 보자기로 쌌다.

“어이, 이거 무엇으로 보이지?” 다나카가 수사관들을 둘러보며 물었다.

“답례품 정도겠는데요?” 사와노가 대답했다.

“무슨 값비싼 항아리라도 들어 있는 거 같아요.” 이와무라도 말했다.

모두 함께 다양한 각도에서 바라보았다. 그 보퉁이는 수수께끼를 풀어나가는 형사들의 시선은 아랑곳할 것도 없이 귀하신 사모님처럼 새침한 얼굴로 앉아 있었다.

31

9월 9일 수요일

그로부터 나흘이 지났는데도 시마자키 구니오의 양손에는 아직까지 가죽 벨트의 감촉이 그대로 남아 있었다. 팔꿈치 윗부분으로는 근질거리는 건지 욱신거리는 건지 알 수 없는 불안한 느낌이 있어서 어쩐지 자신의 몸이라는 생각이 들지 않았다. 가만히 있으면 느닷없이 저 혼자 움찔움찔 움직일 것 같아 손가락을 폈다 오므렸다 하면서 왠지 미덥지 않은 자신의 몸뚱이를 지그시 견디고 있었다.

예상했던 대로 모노레일의 교각이 폭파되었다는 기사는 신문에 실리지 않았다. 그런 뉴스는커녕, 그다음 날 조간신문에는 「모노레일, 이제 곧 개통」이라는 특집기사가 사진과 함께 실렸다. 올림픽을 향해 수도 도쿄는 준비가 착착 갖춰지고 있다고, 그야말로 즐거운 화제로 다루고 있었다.

"학생 말이 참말이었네." 무라타는 신문을 들여다보며 떫은 차라도 마신 듯한 얼굴로 말했다. "경찰의 높은 양반 집에 불을 질렀다느니 경찰학교를 날려버렸다느니, 솔직히 그냥 지어낸 이야기일 거라고 흘려들었는데, 이제 나도 믿을 마음이 생겼어. 경찰이라는 데가 이런 식으로 정보를 조작하는 곳이구먼. 국민의 알 권리니 뭐니 하는 거, 그자들은 개똥으로 보는 거야."

"국민의 알 권리라는 건 어떻게 아셨어요?" 구니오가 쓴웃음을 짓자 무라타는 "야, 사람 무시하지 마. 전에도 말했잖아. 내가 옛날에는 책도 많이 읽은 사람이야"라고 어린애처럼 뾰로통하게 토라졌다.

교각을 폭파한 것보다 훨씬 더 걱정스럽던 히구치 살해에 대한 뉴스도 신문에는 나오지 않았다. 이건 은폐할 필요가 없는 정보니까 경찰에서 아직 발견하지 못한 것일 터였다. 그나마 구니오는 마음이 놓였다. 살인은 과연 얼마나 오랫동안 감춰질 수 있을까. 그때 옆에 있던 젊은 부하가 입을 다물기만 하면 그냥 행방불명자로 취급되어 아무도 찾지 않을 거라는 기대감도 있었다. 하지만 일이 어떻게 풀려나갈지 지금으로서는 짐작도 할 수 없었다. 어떻든 이제 자신이 할 수 있는 일은 없다.

그날, 로쿠고도테의 기타노 화약에는 앞쪽 도로가 아니라 하천 제방 쪽에서 풀숲을 헤치고 들어갔다. 한참 가던 중에 혹시 경찰이 다이너마이트의 입수처를 알아내고 감시하고 있을지 모른다는 생각이 들었다. 너무도 부주의한 짓이었다. 그렇다고 그 근처에 사체를 묻을 만한 곳은 달리 생각이 나지 않았다. 잡목림은 아이들의 최고의 놀이터다. 아무도 들어갈 수 없는 화약 창고의 대나무 숲이야말로 가장 눈에 띄지 않을 장소였다.

사체가 든 마대 자루를 셋이서 떠메고 제방의 거친 풀숲에 발이 걸려 넘어져가면서 한 걸음 한 걸음 들어갔다. 왜 하필 이쪽이냐고 의아해하는 요네무라에게 사람들이 볼까 봐 그런다고 대충 둘러댔다. 대나무 숲에 도착하자 셋이서 구덩이를 파고 마대 자루째로 히구치를 땅속에 묻었다. 불룩한 흔적이 남지 않도록 파낸 흙은 주변에 골고루 흩뿌리고 바닥을 평평하게 골랐다. 인적이 없는 곳이기 때문에 풀이 수북하게 자라면 완전범죄가 될 가능성이 높았다. 하긴 구니오에게는 그다지 절박한 감정은 없었다. 다른 두 사람에게 누가 되지만 않는다면 들키건 말건 상관없다는 체념 비슷한 것이 있었다. 마음속이 온통 스르르 무너져 형태를 이루지 못하는 마른 모래 같다.

작업을 마치자 허리를 낮게 숙이고 숲에서 앞쪽 길을 살펴보았다. 경찰 차량인지 뭔지는 모르겠지만, 낯선 승용차 한 대가 서 있었다. 한 남자가 운전석에서 깊은 잠에 빠져 있었다.

히구치를 죽였다는 건 무라타에게는 말하지 않았다. 아무 일도 없었다는 얼굴로 저녁에 우에노로 돌아와 약속한 대로 초밥을 사주려고 식당 카운터 목로에 나란히 앉았다. 무라타는 유난히 신바람이 나서 붕장어 초밥을 세 개씩 집어먹었다. 방금 사람을 죽이고 왔다는 걸 알면 이 소매치기 아저씨는 어떤 얼굴을 할까. 구니오는 그런 생각을 하며 초밥을 입에 넣었다. 식욕에 별다른 영향은 없었다. 스스로도 신기했다.

오후에는 하숙집이 있는 니시카타에 나가보기로 했다. 정말로 하숙집을 감시하고 있는지 알아보기 위해서였다. 경찰의 것으로 보이는 차량이 나와 있다면 자신이 범인이라는 것을 이미 알아냈다는 얘기가 된다. 위험 부담이 큰 외출이지만 그래도 당국이 어떤 조치를 취하고 있는지 알아두고 싶었다.

무라타에게 상의했더니 그만두는 게 좋다고 말렸다.

"경찰의 감시를 만만하게 봐서는 안 돼. 용의자를 감시하려고 맞은편에 방을 얻는 것쯤은 다반사고, 어디든 갈 만한 곳은 모두 다 지키고 있다고 봐야 해. 이런 때 터덜터덜 나가봐, 눈 깜짝할 사이에 포위될 거야."

방바닥에 벌렁 누워 주간지를 보면서 무라타가 말했다.

"그래도 경찰이 나에 대해 얼마나 알고 있는지 미리 파악해두지 않으면 오히려 걱정이 되어서 제대로 활동할 수 없어요."

"글쎄, 너에 대해서는 이미 다 알고 있을 거라니까. 다른 데도 아니고 경찰을 노렸잖아. 게다가 다이너마이트를 훔쳤어. 벌써 수사본부가 설치되고 최소한 300명의 형사가 전담으로 너를 쫓고 있다고 보는 게 좋아."

"이 여인숙을 알아내는 것도 시간문제일까요?"

"거기까지는 나도 모르겠지만, 그나마 가장 안전한 곳이라는 건 분명해. 이 근처 사람들은 죄다 경찰을 미워하니까 선불리 입을 나불거리지는 않아. 그러니까 여기에 가만히 박혀 있어."

"막노동 인부처럼 가면 어떨까요? 작업화에 헬멧 차림으로."

"공사 현장도 아닌 주택가를 인부가 왜 돌아다녀? 공연히 더 의심만 사지. 기왕 변장을 할 거면 탁발승 차림으로 해."

"탁발승이라니, 그런 옷차림을 어디서 구해요?"

"돌아다니는 탁발승 붙잡고 돈 주겠다고 하고서 빌려."

"아이참, 어떻게 그래요?"

구니오가 나가기 위해 자리에서 일어서자 무라타는 주간지를 내려놓고 몸을 일으켰다.

"기어코 갈 거라면 한 가지만 꼭 지켜."

"뭔데요?"

"아무 일이 없었어도 이 여인숙에 곧장 돌아오면 안 돼. 미행이 따라붙을 수도 있어. 경찰은 배후에 다른 공범자가 있다고 생각할 때는 범인이 아지트에 돌아갈 때까지 그냥 지켜보다가 나중에 일망타진하는 거야."

"예, 알았어요." 구니오는 진지한 얼굴로 고개를 끄덕였다.

"그리고 오는 길에 백화점에 들러."

"예?"

"여성복 판매장으로 가라고. 속옷 매장이 가장 좋아. 속옷 매장 안을 슬슬 걸어가다가 갑자기 획 돌아봐. 그때 거동이 수상쩍은 남자 두 명이 보이면 그건 틀림없이 2인조 형사야."

구니오는 무라타의 처세술에 감탄했다. 그냥 멋으로 다가 전과 8범인 게 아니었다.

"조심해서 다녀와."

"네, 그럴게요."

어쩐지 용기가 났다. 동료가 있다는 건 얼마나 마음 든든한 일인가.

평소에 입던 옷차림으로 여인숙을 나섰다. 만일의 사태에 대비하여 운동화 끈을 단단히 고쳐 맸다. 근처에서 선글라스를 하나 사서 쓸까도 생각했지만, 도리어 눈에 띌 것 같아서 관뒀다. 그 대신 고물상에서 접이식 오페라글라스를 샀다. 히구치에게 돈을 뜯기지 않은 덕분에 자금은 넉넉했다. 생각해보면 2만 엔 가까운 돈을 품에 지닌 건 난생처음이다.

우에노에서 전차를 갈아타고 도쿄대 농학부 앞에서 내렸다. 평소에는 하쿠산 쪽 길로 들어가지만 오늘은 혹시나 해서 골목길을 한참 멀리 돌아 하숙집 근처 초등학교에 일단 몸을 숨겼다. 교정에서는 수업을 마친 아이들이 술래잡기며 공놀이를 하고 있었다. 담장 옆의 마침 좋은 위치에 정글짐이 있었다. 꼭대기에 올라가서 바라보니 하숙집 앞길이 훤히 보였다.

주머니에서 오페라글라스를 꺼내 하숙집 주변을 관찰했다. 좁은 길목에 차는 서 있지 않았다. 인적도 없었다.

"아저씨, 거기서 뭐 해요?" 밤송이 같은 머리의 남자애가 궁금해 죽겠다는 표정으로 다가왔다.

"아저씨가 아니라 형이야."

"형아, 뭐 해?"

"경치를 감상하고 있지. 공부하다가 잠깐 쉬려고 나온 거야."

"우아, 도쿄대생?"

"응, 그래."

다른 아이들도 다가왔다. 오페라글라스가 신기했는지 "뭐가 보여?" "우리도 좀 보여줘"라고 저마다 손을 내밀었다. 정글짐에 아이들로 자그마한 울타리가 생겨버렸다.

구니오는 문득 이 아이들을 이용해보자고 생각했다. 아직 의심이라는 걸 모르는 나이라서 어떤 말이든 들어줄 것 같았다.

맨 처음 말을 걸어온 애교 있는 남자애에게 오페라글라스를 빌려주었더니 열심히 렌즈를 들여다보고 있다. 그 귓가에 슬쩍 말을 건넸다.

"형이 너한테 부탁할 게 좀 있는데."

"뭔데?"

"도쿄대 교문 앞길에 '이하라장(莊)'이라는 하숙집이 있거든?"

"응, 나도 알아. 이하라 아주머니네 집, 우리 할머니하고 아주 친해."

"그래? 마침 잘됐네. 실은 형이 그 집 하숙생이거든. 지금 거기 우편함에 편지가 와 있는지 한번 보고 올래?"

"좋아." 남자애는 그야말로 간단히 승낙했다.

"갔다 오면 사이다 사줄게."

"우아~!" 남자애의 눈이 반짝였다. 그러자 다른 아이들이 "왜 너만 가?" "나도, 나도!"라고 떠들어댔다. 결국 처음의 남자애를 포함하여 친구 네 명이 함께 가기로 했다.

"말만 우편함이지, 실은 신발장을 우편함 대신 쓰는 거야. 현관 들어서면 바로 오른쪽에 신발장이 있어. 10이라는 번호가 붙은 신발장 속에 편지가 들어 있으면 여기로 가져와. 없으면 그냥 와도 돼. 아, 그리고 아주머니한테는 말 안 해도 돼. 어차피 이 시간에는 아무도 없을 거야.

혹시 다른 하숙생 형이 무슨 일이냐고 물으면 10호실 형이 시켰다고 하면 돼."

"응, 알았어."

네 명의 아이들이 놀란 토끼처럼 내달렸다. 달리기 시합 같다. 구니오는 다시 정글짐 위에 올라가 오페라글라스로 아이들의 뒷모습을 지켜보았다.

하숙집에 도착한 아이들은 바짝 긴장한 표정으로 살금살금 현관문을 열었다. 한 명만 들어가도 될 텐데 무슨 일이든 함께하기로 맹세한 사이인지 네 명이 모두 들어간다. 1분도 안 되어 아이들이 밖으로 나왔다. 한 아이가 손에 하얀 봉투를 들고 있었다. 무사히 임무를 마쳤다는 안도감 때문인지 아이들의 얼굴에 웃음이 흘렀다.

돌아오는 길에는 뛰지 않았다. 자기들끼리 장난을 치며 골목길을 온통 차지하고 걸어왔다. 구니오는 잽싸게 오페라글라스를 움직여 주위에 인적이 없는지 살펴보았다. 혹시 형사가 감시를 하고 있다면 대상자의 하숙집에서 편지를 꺼내 가는 아이들을 그냥 놓칠 리가 없다.

하지만 길에는 아무런 변화도 없다. 누군가 급히 뛰어나온다거나 차가 출발하는 일도 없었다. 내가 지나치게 걱정했구나. 구니오의 어깨에서 스르르 힘이 빠졌다. 경찰 간부의 자택을 폭파했을 때 동창 녀석의 눈에 띄고 말았지만, 설마 구니오를 폭파범이라고 생각하지는 않은 모양이다.

돌아온 아이들에게서 편지를 받으며 뭔가 이상한 일은 없었느냐고 물어보았다. "아무것도 없었어"라고 네 명이 똑같이 고개를 저었다. 우선 편지를 보낸 사람부터 들여다보니 고향의 어머니에게서 온 것이었다. 게다가 속달이다. 갑자기 가슴속이 울렁거렸다.

"형아, 사이다."

"아, 그래. 한 병에 10엔이던가?"

"응, 10엔."

마음이 딴 데로 가버린 채로 구니오는 지갑을 꺼내 50엔짜리 동전을 대표 아이에게 건네주었다.

"5엔짜리 웨하스, 같이 사 먹어도 돼?"

"응, 그래." 귀찮아서 거스름돈은 포기했다.

"야호!"

아이들이 환성을 지르며 다시 교정 밖으로 달려갔다. 구니오는 정글짐에서 내려와 나무 그늘의 그네에 앉았다. 불안한 마음으로 봉투를 뜯었다. 한 장의 편지지에 어머니가 연필로 쓴 글이었다. 학력이 일천하다는 게 그대로 드러나는 조잡한 글씨다.

구니오에게.

잘 지내느냐. 엄마는 건강하게 잘 지낸다. 지난번에 형 장례식 때 네가 애를 써줘서 고맙다. 네 형수도 고맙다고 했다. 구마자와는 요즘 벼를 베고 있지만 농협에서 일손을 빌려준다고 하니 그럭저럭 될 것 같다. 너는 걱정하지 마라.

그런데 아까 저녁에 아키타에서 형사 둘이 와서 너에 대해 물어보고 갔다. 요즘 집에 온 게 언제냐고 물어서 7월이라고 대답했더니, 무슨 달라진 점은 없었냐, 어떤 이야기를 했느냐, 여러 가지로 물었다. 엄마는 무슨 일인지 몰라 우리 아이가 무슨 일을 저질렀느냐고 물어봤는데 대답도 하지 않고, 어떤 책을 읽었느냐, 어떤 친구하고 사귀었느냐, 그런 것까지 물어봤다. 엄마는 그런 건 하나도 모르니 대답을 못 했다. 면사무소 총무님도 형사하고 함께 왔더라. 나중에 물어봤더니 네가 도쿄에서 학생운동을 한 거 아니냐고 하더라. 그게 정말이냐. 이 편지 보면 곧바로 답장해라. 엄마가 걱정하고 있다.

읽으면서 핏기가 쏙 빠져나갔다. 역시 경찰이 손을 뻗쳤다. 자신을 용의자로 지목하고 있는 것이다.

편지를 접어 다시 봉투에 넣었다. 퍼뜩 생각이 나서 풀 붙인 자리를 보았다. 그냥 보기에는 이상한 점이 없지만 쭈글쭈글한 부분이 어쩐지 부자연스럽게 보이는 것 같기도 했다. 경찰이 편지를 신발장에서 훔쳐내 이미 읽었는지도 모른다. 분명 그럴 거라고 짐작하고 구니오는 등줄기에 차가운 감촉을 느꼈다. 전학련 활동가 친구에게서 공안부는 무슨 짓이든 다 한다고 들은 적이 있다.

편지를 뒷주머니에 넣고 일어섰다. 주위를 둘러보았다. 이 교정에도 어디엔가 경찰의 눈이 있는 게 아닐까. 이미 미행을 당하는 건 아닐까. 조금 전까지도 태평했던 자신이 나귀처럼 어리석은 동물로 느껴져서 구니오는 강한 초조감에 휩싸였다.

일단 이 자리를 뜨자고 생각하고 초등학교 뒷문으로 향했다. 운동복 차림의 교직원과 마주쳤다. 의아하다는 눈빛으로 구니오를 쳐다보았다. 혹시 말이라도 걸어왔다면 냅다 도망쳤을 것이다.

초등학교를 나와 혼고와는 반대쪽인 하쿠산 방향으로 갔다. 올 때와 똑같은 길로 돌아간다는 게 두려웠다. 몇 번이나 뒤를 돌아보았다. 저절로 걸음이 빨라졌다. 언덕길을 몇 차례 내려가 하쿠산 거리로 나서자 마침 시간을 딱 맞춰 정차장에 전차가 들어오고 있었다.

구니오는 달렸다. 도로공사의 소음이 울리고 있었다. 무리하게 중앙분리대를 건넜더니 차들이 클랙슨을 울렸다. 땡땡땡. 발차 종소리가 울렸다. 손을 흔들어 기다려달라는 제스처를 내보였다. 운전기사가 출발을 조금 늦춰주어서 아슬아슬하게 올라탈 수 있었다.

문이 닫혔다. 덜커덩 소리를 내며 전차는 출발했다. 뒤를 따라온 승객은 없었다. 숨을 헐떡거리며 창밖을 보았다. 아무도 쫓아오지 않는다. 적어도 길거리에는 이쪽으로 시선을 던지는 사람은 없었다.

자리에 앉아 호흡을 가다듬었다. 손수건으로 이마의 땀을 닦았다. 마음에 걸려서 몇 번이고 창밖을 내다보았다. 옆자리의 할머니와 눈이 마주치자 말을 건네 왔다. "아직도 날씨가 덥네." 구니오는 미소를 지으며 대답했다. "예, 아직도 덥네요." 맞은편 자리에서는 사립 초등학교 교복을 입은 여자애 둘이 실뜨기 놀이를 하고 있다. 전차 안에는 평소와 다름없는 도쿄의 일상적인 분위기가 감돌고 있었다.

미행을 당하지는 않은 모양이다. 구니오는 등받이에 몸을 맡기고 다리를 앞으로 쭉 뻗었다. 경찰은 어디까지 알고 있는 걸까. 뒷주머니에 넣어둔 편지가 좌석과 맞닿아 부스럭거렸다. 어머니가 보낸 글귀를 머릿속에 하나하나 떠올렸다.

어머니에게 괜한 걱정을 끼치고 말았다. 속달로 보낸 걸 보면 형사가 집에까지 찾아오는 바람에 안절부절못하고 있을 것이다. 마음이 여린 어머니다. 지금 이 순간에도 불안한 오후를 보내고 있을 게 틀림없다.

당장 답장을 하고 싶었다. 형사가 뭔가 잘못 알고 찾아온 것이다, 나는 학생운동 따위에는 관여하지 않는다, 라고. 잠깐이나마 그 편지를 보고 어머니는 마음을 놓을 것이다. 기왕이면 뭔가 선물도 함께 보내주자고 생각했다. 사실은 돈이 가장 좋겠지만 어디서 난 돈인가 하고 걱정할 것이다. 달콤한 과자라도 사서 보내자. 가정교사로 가르친 학생이 성적이 올라서 갑작스레 보너스를 받았다고 하면 된다. 한시라도 빨리 어머니의 마음을 가볍게 해주고 싶었다.

구니오는 두근거리는 가슴을 억누를 수 없어 행선지를 도쿄 역으로 바꿨다. 도쿄 역에는 큼직한 선물 매장이 있고 그 옆의 중앙 우체국에서 소포를 보내면 내일 아키타에 도착한다. 속달보다 비용도 적게 든다.

국철로 갈아타고 도쿄 역에 도착했다. 플랫폼에 내려서는데 선로 하나 건너 맞은편 플랫폼에서 큼직한 환성이 터졌다. 무슨 일인가 하고 찬찬히 보았다. 예복 차림의 남자들이 누군가를 헹가래로 띄워 올리고 있다. 신혼여행을 배웅 나온 친구들인 모양이다. 그런 배웅객들이 몇 팀이나 있었다. 아침저녁의 러시아워 때 같다. 평일인데 왜들 저러나 하고 궁금해하고 있으려니 옆에 있던 노부인이 "오늘이 대안이라서 결혼식을 많이 한 모양이네"라고 혼잣말처럼 중얼거렸다. 구니오와 눈이 마주쳤다. "이번 주의 대안일은 오늘뿐이거든." 미소를 지으며 찬찬히 알려주었다.

"그렇군요"라고 구니오도 마주 웃어주었다.

중앙 통로로 내려가자 여기에도 예복 차림의 남녀가 가득했다. 모두 똑같은 보자기에 싼 답례품을 들고 있다. "죄다 메이지 기념관이야." 뒤에서 걸어오던 노부인이 다시 말했다.

"저 보자기가 거기 거야. 우리 딸도 메이지 기념관에서 결혼식을 올렸거든. 가을의 대안일은 결혼식장도 어지간히 바쁘겠네."

"유명한 결혼식장인 모양이지요?" 구니오가 물었다.

"여태 몰랐어? 결혼식은 메이지 기념관, 축하객 선물은 미쓰코시 백화점이지."

"그렇군요. 제가 시골 출신이라서."

"아니야, 그건 서민들의 꿈이라우." 노부인이 우아하게 웃었다.

예복 차림의 남녀는 술들을 마셨는지 큰 소리로 와글와글 떠들었다. 사방 벽에 울려서 동굴처럼 잡음이 소용돌이쳤다. 중앙 통로를 타고 야에스 출구를 향해 나가자 신칸센 승차장이 거의 완성 단계에 접어들고 있었다. 그러고 보니 개통식이 10월 1일이다. 앞으로 3주일 남았다.

마루노우치 출구 매점에서 분메이도의 카스텔라를 샀다. 조카들이 기뻐하는 얼굴이 눈앞에 선히 떠올랐다. 좀 넉넉하게 쓰자는 생각에 두 상자를 샀다.

오후 3시 넘어서 구니오는 우에노로 돌아왔다. 배가 고파서 히로코지의 식당에 들어가 냉메밀국수를 먹었다. 식당 텔레비전에서 뉴스를 하고 있었다. 올림픽 성화가 오늘 오전에 오키나와에서 가고시마에 도착했다고 한다. 이제부터 약 한 달 동안 전국을 돈다는 모양이다. 수많은 경찰관들이 경비에 동원될 것이다.

성화 코스에 아키타도 들어 있을까. 구마자와 근처로 지나간다면 마을 축제보다 더 신나는 행사가 될 것이다. 그런 식으로 도쿄 올림픽에 참여하게 해준 것만으로도 순박한 아키타 현민들은 펄쩍 뛰며 기뻐할 것이다.

식당을 나와 터벅터벅 번화가를 돌아다녔다. 필로폰을 맞고 싶었다. 어머니의 편지 때문에 우울해진 마음을 약으로 조금쯤 띄워 올리고 싶었다.

바로 앞에 마쓰자카야 백화점의 큼직한 건물이 보였다. 무라타가 충고해준 말이 문득 생각났다. 형사가 미행하지는 않는 것 같지만 일단 백화점에 들어가기로 했다. 도쿄의 기온은 30도를 넘어서고 있었다. 찜통 같은 무더위를 뚫고 이대로 여인숙에 돌아가는 것보다 청결한 백화점의 에어컨으로 잠깐 몸을 식히고 싶기도 했다.

에스컬레이터를 타고 올라가 여성복 매장에서 내렸다. 유난히 하얀 분위기의 매장이 눈에 띄었다. 속옷 매장이다. 그렇게 느껴서 그런지 좋은 향기가 나는 것 같다. 바보 같은 짓이라고 생각하면서도 손님이 드물어서 구니오는 그쪽으로 다가갔다. 혹시 아는 사람이라도 만났다가는 이런 데서 뭘 하느냐고 수상쩍게 생각할 것이다. 여점원이 구니오를 흘끔 쳐다봤지만 그쪽이 겸연쩍어하며 시선을 돌려버렸다.

서서히 땀이 걷혔다. 건조한 냉기가 살갗에 시원하게 와 닿았다. 설마, 하면서 고개를 홱 돌려 뒤를 보았더니 10여 미터 뒤에 남자 둘이 있었다.

소름이 오싹 끼쳤다. 한순간에 핏기가 싹 가셨다.

갑자기 돌아봤기 때문에 그쪽에서도 당황하는 기색이 역력했다. 하얀 반소매 남방에 회색 바지. 어디서나 흔히 볼 수 있는 샐러리맨 차림이지만 머리가 짧고 체격이 다부졌다. 두 사람은 급히 멈춰 섰으나 그렇다고 돌아설 수도 없고 몸을 감출 데도 없어서 그 자리에서 어쩔 줄을 모르고 있었다. 구니오는 미행하는 사복형사라고 확신했다. 그 밖에 어느 누가 자신의 뒤를 밟을 것인가.

마구 뛰었다. 계단을 찾아 세 칸씩 성큼성큼 건너뛰었다. 형사들이 쫓아오는 것을 확인할 여유도 없이 힘껏 달려서 1, 2분 만에 백화점 밖으로 뛰쳐나왔다.

사람들을 헤집고 큰길을 달렸다. 누군가와 부딪쳤다. "이봐, 조심해!" 화난 목소리가 날아왔다. 신호를 반쯤은 무시하고 사거리 몇 개를 건넜다. 그대로 시노바즈 연못 쪽으로 내달렸다. 미행을 완전히 따돌리지 않고선 여인숙에 돌아갈 수 없다.

머릿속이 뒤죽박죽 헝클어졌다. 경찰은 어디서 나를 발견했을까. 니시카타인가. 하지만 거기서 전차에 급히 올라탔을 때, 이미 미행은 따돌렸다. 그렇다면 무선 연락으로 모든 역마다 수사관을 배치한 걸까. 몸이 부르르 떨려왔다. 일본 경찰은 얼마나 무시무시한 조직인가.

심장이 종을 치고 있었다. 애써 가셨던 땀이 다시 뚝뚝 떨어졌다. 목이 말랐다. 뒤를 돌아보기가 무서워서 구니오는 한없이 뛰고 또 뛰었다.

32

9월 27일 일요일

몸값을 건네주기로 한 날, 형사부 수사1과 5계에 떨어진 임무는 역에서 일하는 종업원으로 분장하고 현장을 지키라는 것이었다. 미야시타와 모리는 플랫폼 청소원, 구라하시와 사와노는 광고 포스터 붙이는 사람, 오치아이 마사오와 니이, 이와무라는 화물 인부 작업복을 입고 가기로 했다.

"다들 잘 어울리네." 미야시타가 힘없이 웃으며 말했다. 그 전에는 "나도 정년퇴직하면 이런 모습이 될지도 몰라"라고 거울을 들여다보며 쓸쓸하게 중얼거렸다.

너무 오래 감시하다 집중력이 떨어지면 안 된다고 해서 마사오 일행은 오후 1시부터 감시에 들어가기로 했다. 공안부와 어떤 협상을 했는지 현장의 일개 형사로서는 알 도리도 없지만, 그나마 돈을 주고받는 현장인 10번 플랫폼에 자유롭게 드나들 수 있게 된 건 다마리 과장이 무진 애를 쓴 끝에 얻어낸 배치일 거라고 충분히 짐작이 갔다. 그중에서도 5계가 지명된 것은 지금까지의 수사 과정에서 유력한 정보를 많이 물어 왔기 때문일 것이다. 미야시타 계장 이하 일곱 명의 형사는 투지를 불태우며 어떻게든 범인의 신병을 확보하겠다고 맹세하고, 오전 중에는 간다묘진(神田明神)에 참배도 했다. 점심으로 야에스 지하상가에서 카레라이스를 먹고, 미리 준비해둔 역무원용 대기실에 모였을 때, 미야시타가 철도 공안 담당관의 호출을 받았다. 그리고 20분쯤 지나서 험악한 표정으로 돌아왔다.

"너희들, 잠깐 따라와. 배치에 들어가기 전에 잠깐 볼 게 있어." 나지막하게 가라앉은 목소리였다.

무슨 일인가 하고 모두 함께 따라나섰다. 소독약 냄새가 나는 어슴푸레한 계단을 내려가 철문을 통해 중앙 통로로 나선 참에 모두들 말문이 턱 막혔다. "아차차, 이거였구나!" 모리 다쿠로가 핏기를 잃은 얼굴로 중얼거렸다.

통로에는 예복을 입은 남녀들이 가득 차 있었다. 대부분 젊은 사람들로, 그들의 손에는 어제 보여준 것과 똑같은 보자기로 감싼 답례품 보퉁이가 들려 있었다.

"보시는 대로야. 오늘이 결혼식 길일이라 식장이란 식장은 모조리 아침부터 풀가동했대." 미야시타가 삼엄한 어조로 말했다. "용의자가 보내온 보자기는 메이지 기념관 보자기야. 거기서 오늘 하루에만 마흔네 쌍의 결혼식 및 피로연이 있었어. 평균 참석자 숫자는 약 100명. 거기에 44를 곱하면 4400명. 결혼식을 올린 신랑 신부는 대부분 식이 끝나는 대로 신혼여행을 떠나기 위해 여기 도쿄 역으로 몰려나와. 참석자 중 네 명에 한 명꼴로 역까지 배웅을 나오니까 적어도 1000명이 넘는 메이지 기념관 결혼식 참석자가 똑같은 보자기를 들고 역구내를 오락가락하는 셈이야."

"뭘 일일이 배웅을 나오고 그러지?" 모리가 투덜거렸다.

"그걸 아직도 몰라? 친구들이 플랫폼에서 신랑을 헹가래 치는 게 요즘 유행이야." 사와노가 대답했다.

"요즘 젊은 사람들은 취미도 괴상하네. 무슨 출정식 흉내도 아니고, 대체 뭐야." 모리가 어이없다는 듯 얼굴을 찌푸렸다.

다시 한번 둘러보니 피로연을 마치고 돌아온 참석자의 숫자가 정말 엄청나게 많았다. 남자들은 검은 양복, 여자들은 밝은 색깔의 원피스 차림이 대부분이어서 멀리서 보면 얼굴조차 분간하기가 어려운 상황이다. 게다가 손에 든 답례품은 거의가 보라색과 흰색이 섞인 보자기로 싼 것이었다. 크기도 거기서 거기였다. 꼭 메이지 기념관 보자기가 아니더라도 모두 다 똑같아 보이는 것이다.

"범인은 여기 배웅객들 사이에 숨어들 생각이야." 미야시타가 혀를 차며 말했다.

"영화 〈천국과 지옥〉을 모방했다는 설은 날아가버렸네요." 이와무라가 말했다.

"범인은 열차에는 안 탈 거야. 여기서 갖고 튀려는 거지. 이렇게 되면 굳이 바꿔치기를 할 필요도 없어." 구라하시가 말했다.

"계장님, 이런 상황이라는 건 위에서도 당연히 알겠죠?" 마사오가 물었다.

"물론이야. 아침부터 그야말로 정신없이 바쁘게 돌아가고 있어."

"그래도 별도의 지시가 내려오지는 않는 겁니까?"

"달라진 건 없어. 수사본부는 지금 폭탄 찾는 일로 정신이 없어. 몸값을 주고받는 건 그다음 문제라니까. 신칸센 승차장이 폭파되기라도 했다가는 간부 전원이 사직이야." 미야시타가 앞으로 한 발 나서서 부하들을 마주 보았다. "아무튼 상관없어. 우리가 할 일은 확실해졌다. 돈이 든 보자기를 절대로 놓치지 말 것. 다시 한번 확인한다. 14시 24분, 10번 플랫폼에 특급열차가 들어온다. 14시 30분, 공안부 수사관이 예복 차림으로 물건을 벤치에 가져다 놓는다. 그 수사관은 선글라스에 하얀 장갑을 꼈다. 수사관은 근처 재떨이 앞에서 담배를 한 대 피우고 그 자리를 뜬다. 10번 플랫폼에 배치된 건 우리 일곱 명 외에 공안부에서 분장하고 나온 역무원, 철도 짐꾼, 배웅객까지 도합 서른 명이다. 구분하는 방법은 구두다. 우리 수사관은 모두 똑같이 구두 앞부리에 검은 비닐 테이프를 붙였다."

일제히 자신의 발치를 보았다. 마사오 일행이 변장한 화물 인부는 번들거리는 게 없는 작업화라서 검은 테이프가 금세 눈에 띄었지만 어쩔 수 없었다.

"감시 중인 수사관이 물건에 손을 대는 일은 없다. 진짜 역무원에게도 이 물건만은 보고도 못 본 척해달라고 요청했다. 물건에 손을 댈 수 있는 건 선글라스에 흰 장갑을 낀 수사관들뿐이다. 14시 46분, 열차가 출발한다. 아마 결혼식 배웅객들이 내지르는 만세 삼창이 요란할 것이다. 벤치 위에도 발치에도 온통 똑같은 답례품 보자기가 넘칠 것이다. 범인이 들고 간다면 분명 그때일 거야. 일반 배웅객이 모르고 집어 가는 불상사가 생길지도 모르지만, 무게가 전혀 다르기 때문에 금세 알아보고 얼굴 표정이 달라질 것이다. 태연한 얼굴로 물건을 들고 가는 사람이 나타났을 때, 우리가 할 일은 미행이다. 나타난 사람이 운반책이 아니라 시마자키 구니오 본인이라고 해도 그 자리에서 신병을 구속해서는 안 된다. 지시는 공안1과장이 내리기로 했고, 우리가 추적해도 되는 범위는 역구내까지다. 그다음부터는 다른 팀에 바통 터치를 하게 된다. 용의자가 다른 플랫폼으로 이동하여 차를 갈아탈 경우에도 추적은 여기 플랫폼까지다. 특급열차에 탔을 경우도 마찬가지다. 그다음 일은 차 안의 수사관에게 맡긴다. 질문 있나?"

"예상치 못한 일이 일어났을 때는요?" 사와노가 물었다. "이를테면 플랫폼에 돈을 마구 뿌려버린다든가……."

"임기응변이라는 게 있잖아. 그럴 경우에는 역에서 일하는 인부 신분으로 놈을 덮쳐. 수갑 같은 건 꺼내지 말고." 미야시타의 카리스마 넘치는 말투에 사와노가 목을 움츠렸다.

"참고로, 수사관은 몇 명이나 동원됐습니까?" 마사오가 물었다.

"그건 모르겠어. 경찰청에서 가나가와 현경에도 지원을 요청했다고 들었어. 슈젠지까지 모든 철롯가에는 어떤 식으로든 쫙 깔려 있을 거야."

"점점 더 냄새 못 맡는 강아지들만 모여드는군요." 니이가 코웃음을 쳤다. 아무도 나무라지 않았다.

"좋아, 출동이다. 가능하면 오늘을 마지막 출동으로 만들자. 이번 일이 해결되면 다마리 과장과 담판을 해서 올림픽 개회식 감시석 추첨에 온 가족을 참석하게 해주겠다."

"우아, 우리 아들이 펄쩍 뛰면서 좋아하겠네." 모리가 고개를 좌우로 돌리며 우두둑 소리를 냈다.

"그럼 가볼까요?" 마사오가 크게 숨을 토해냈다.

모두 함께 서로의 등을 쳐주었다. 마치 럭비부의 시합 전 의식 같다. 이렇게까지 단합이 잘된 일은 마사오의 경험으로는 한 번도 없었다. 제발 아무것도 폭발하지 말아다오, 라고 모두가 마음속으로 빌고 있었다.

큼직한 우편용 자루를 들고 마사오는 이와무라와 함께 우선 10번 플랫폼을 이쪽 끝에서 저쪽 끝까지 걸어보았다. 다른 열차가 들어올 예정은 없는지 사람들이 드문드문 서 있을 뿐이다. 다만 역 전체의 소음이 플랫폼 지붕을 반향판 삼아 물결치듯이 퍼져갔다. 바로 옆의 플랫폼에서는 오사카행 특급이 발차를 앞두고 있어서 여기저기서 새신랑을 헹가래 치고 있었다. 마치 축제 때처럼 북적거렸다. 그쪽을 쳐다보니 헹가래를 치는 곁에 니이가 혼자 서 있다. 아타미를 지나가는 특급열차가 출발할 때에 이쪽 플랫폼이 얼마나 혼잡할지, 현장에서 즉각 체험해보고 있는 모양이다. 하지만 유유히 담배를 피우고 있어서 다른 계의 형사가 본다면 슬슬 놀고 있다고 생각할 것이다.

"어디로 사라졌나 했더니만." 마사오가 쓴웃음을 지으며 말했다.

"저런 형사가 멋있다니까요." 이와무라가 존경스럽다는 투로 중얼거렸다.

주위에 아무도 없어서 둘이 나란히 벤치에 앉았다.

"시마자키가 나타날까?"

"글쎄요. 하지만 운반책 같은 건 없을 거 같아요."

"무슨 소리야?"

"공범이라야 무라타 도메키치 한 사람뿐이잖아요. 다른 공범 같은 건 없어요."

"왜 그렇게 생각하는데?"

"그냥 직감이에요. 시마자키는 범죄 조직을 만들 만한 인물이 못 돼요. 좀 더 고독한 인간이죠."

"응, 그건 그래."

이와무라의 의견에 마사오도 동감이었다. 8000만 엔이라는 몸값도 어딘가 게임 같은 인상이 들었다. 사와노가 말했던 대로 플랫폼에서 돈을 마구 뿌려버린다는 추측도 단순한 농담으로만은 들리지 않았다. 시마자키라는 스물네 살의 젊은이는 그저 뭔가를 파괴하고 싶어서 움직이는 듯한 느낌을 풍겼다.

10번 플랫폼을 두 차례 왕복한 뒤, 자기들도 배웅객으로 넘쳐나는 현장을 좀 겪어보자는 생각에 마사오와 이와무라는 도카이도선 하행 열차가 들어온 다른 플랫폼으로 이동했다. 그곳도 축제 같은 모습이었다. 널찍하게 자리를 차지하고 새신랑을 헹가래 치는 모습은 방약무인하다고 해도 좋을 광경이었다. 하긴 그런 일에 화를 낼 마음은 없었다. 다들 얼굴이 환하고 즐거워 보였다. 배웅객 대부분이 신랑 신부의 친구나 동료여서 마사오나 이와무라와는 비슷한 또래들이다. 곱게 차려입은 젊은 아가씨들 쪽으로 자꾸만 눈길이 갔다. 형사 일을 하다 보니 직장에서 여자라고는 도무지 볼 일이 없다.

"이와무라, 너도 이제 슬슬 결혼해야지." 마사오가 말했다.

"아니, 실은 중매 얘기가 들어오긴 했는데……." 이와무라가 머리를 긁적였다. "대학 때 보트부 감독의 딸인데, 전부터 얼굴은 아는 사이였어요. 올림픽 보트 경기를 함께 보기로 약속했죠. 그게 말하자면 선보는 자리예요."

"이 친구가 나한테 아무 말도 안 하고서."

"헤헤. 그래서 이번 사건은 반드시 해결되어야지, 안 그러면 영 재미없습니다."

발차를 알리는 벨 소리가 플랫폼에 요란하게 울려 퍼졌다. "그러면 야마모토 가즈오 군과 세쓰코 씨의 앞날을 축하하며~!" 누군가 곁에서 소리를 질렀다. 마사오는 저도 모르게 움찔 물러섰다. 열차 안에서 신랑 신부가 창문을 열고 손을 흔들고 있었다. "만세!" "만세!" 젊디젊은 목소리가 메아리쳤다. 포마드와 향수 냄새로 숨이 막힐 것 같다. 술 냄새도 났다. 시선을 옮기자 벤치와 바닥에는 답례품 보퉁이가 여기저기 놓여 있었다. 서로 섞이지 않도록 각각 이름표가 붙어 있다. 결혼식장 측의 배려일 것이다. 축하의 색지가 꽂힌 도시락도 보였다. 이건 음식 답례품이다. 곳곳에서 상기된 얼굴이 웃음을 짓고 있다. 흥이 오른 젊은이 몇몇이 출발하는 열차를 탕탕 치는 바람에 역무원이 달려와 뜯어말렸다. 신혼여행 배웅 소동은 열차가 플랫폼을 떠날 때까지 계속되었다.

오후 2시 20분이 되자 5계의 일곱 명이 속속 10번 플랫폼으로 모여들었다. 지붕 아래는 벌써 특급열차가 들어오기를 기다리는 손님들로 가득했다. 마사오 일행은 서로 눈짓조차 나누는 일 없이 저마다 자신의 위치로 흩어졌다. 미야시타와 모리는 빗자루로 담배꽁초를 쓸어 담기 시작했다. 구라하시와 사와노는 광고 게시판의 오래된 포스터를 벗겨내고 주걱으로 풀을 떼는 작업이다. 마사오와 이와무라는 그물망으로 싼 위장 화물을 조금 떨어진 곳에 내려놓고, 그 위에 자리를 잡고 앉아 담소하는 척했다. 니이는 혼자서 플랫폼 끝에 서서 하늘을 올려다보고 있었다.

플랫폼에 몰려든 사람들의 발치를 봤더니 검은 비닐 테이프를 두른 남자가 몇 명이나 되었다. 지팡이를 들고 대부호처럼 카이저수염을 기른 노신사의 잘 닦인 고급 구두 앞부리에서 테이프를 발견했을 때는 놀라서 저절로 눈이 휘둥그레졌다. 공안부는 평소부터 위장 훈련을 하는 걸까.

오후 2시 24분 정각에 특급열차가 플랫폼에 모습을 드러냈다. "왔다, 왔어!" "저거야, 저거!" 여기저기서 기차를 확인하는 소리가 나왔다. 갑작스럽게 사람 수가 불어났다. "가다가 멈추지 마세요. 앞으로 쭈욱 나가요!" 계단 근처에서 역무원이 사람들을 안내하고 있었다. 반절 이상이 메이지 기념관에서 나온 손님들이다. 저마다 손에 똑같은 보라색 보자기의 답례품을 들고 있었다. 3호차 앞은 밀어내기라도 하듯이 사람들이 촘촘히 들어찼다. 벌써부터 플랫폼 여기저기서 헹가래가 시작되었다.

벤치는 이미 초만원이었다. 발치에는 답례품 보퉁이가 줄줄이 늘어섰다. 마사오는 그 광경을 보고 마음이 초조했다. 공안부의 운반책이 물건을 들고 와도 이런 상황이라면 놓을 자리가 없다. 범인이 지정해준 벤치 위를 확보할 수 없게 된다. 눈으로 미야시타를 찾았더니 벤치 바로 옆에서 모자를 눈 위까지 깊숙이 눌러쓰고 비질을 하고 있었다. 말을 건넬 수는 없다.

정확히 오후 2시 30분, 선글라스에 흰 장갑을 낀 수사관이 나타났다. 마사오는 한 번도 본 적이 없는 낯선 얼굴이다. 하긴 경시청 공안부는 원래부터 남자 부대라는 소리를 듣는 곳이니 당연한 일이다.

수사관이 물건을 손에 들고 곧장 벤치로 향했다. 어떻게 하는가 지켜봤더니 마치 시간을 재기라도 한 듯이 한 젊은 여자가 일어서면서 벤치에 빈자리를 만들어주었다. 그 빈자리에 수사관이 물건을 내려놓았다. 여자는 검은 하이힐의 뒷굽을 울리며 씩씩한 걸음으로 그 자리를 떠났다. 저도 모르게 이와무라와 서로 마주 보았다. 이 자리에 있는 모든 사람들이 공안부의 끄나풀로 보일 지경이다.

수사관은 벤치 옆 재떨이 앞에 서서 천천히 담배를 피웠다. 시마자키는 과연 어디에서 이 광경을 지켜보고 있을까. 이와무라에게 물건에서 눈을 떼지 말라고 지시하고, 마사오는 플랫폼에 있는 사람들을 집중적으로 살펴보았다. 담배 한 대를 다 피운 수사관이 손목시계에 눈을 던지더니 무슨 볼일이라도 있는 것처럼 멀어져갔다. 하긴 아무도 주목하는 사람은 없었다.

새신랑 헹가래가 드디어 본격적으로 시작되었다. 쏘아 올린 불꽃처럼 여기저기서 신랑들이 휙휙 허공을 날았다. 3호차 차량 앞에만 해도 대충 열 팀이 넘는 배웅객들이 떼를 지어 모여 있었다. 신랑 신부들이 차례차례 열차에 오르고, 각 차창 앞으로 사람들이 몰려섰다. 벤치의 손님들도 일어나 배웅에 합세했다. 마사오는 조금 떨어진 자리로 이동하여 매점 뒤에 몸을 숨기고 주위를 재빨리 둘러보았다. 거동이 수상한 자는 없는가. 엉뚱한 방향을 바라보는 자가 없는가.

10번 플랫폼은 예상을 뛰어넘는 인파였다. 대합실에서 기다리던 배웅객들까지 속속 계단을 뛰어 올라와 혼잡에 박차를 가했다. 어린애들과 노인들의 모습도 보였다. 위험을 느낀 역원이 "밀지 말아요, 밀지 말아요"라고 마이크로 안내 방송을 했다.

곳곳에서 시야가 차단되었다. 벤치 주위는 사람들이 울타리를 치고 있었다. 이와무라가 급하게 군중을 헤집고 들어갔다. 마사오는 그 자리에서 허리를 낮게 숙이고 사람들의 다리 틈새로 보이는 벤치 위의 물건을 주시했다. 더 이상 수상한 인물을 찾고 있을 여유는 없다. 사람이 떠나간 벤치는 짐을 내려놓는 자리가 되었다. 답례품이 줄줄이 놓여 있었다. 점점 더 잠시도 눈을 뗄 수 없게 되었다.

오후 2시 46분, 발차 시각이다. "10번 플랫폼, 이토 슈젠지행 특급열차, 잠시 뒤에 출발합니다. 배웅객 여러분은 흰 선 밖으로 한 발씩 물러서주십시오." 큰 음량으로 안내 방송이 흘러나왔다. 그와 함께 웬만한 파리는 놀라서 뚝 떨어질 만큼 큰 소리로 벨이 울렸다.

유압식이라서 공기를 짓누르는 소리를 내며 열차의 문이 닫혔다. 거대한 쇳덩어리가 천천히 움직였다. 만세! 만세! 젊은 고함 소리는 한 옥타브가 높아졌다. 행복하게 잘 살아야 해! 너무 힘쓰지 마라! 축복과 함께 짓궂게 놀리는 소리가 신랑 신부를 향해 날아갔다. 마사오는 계속 허리를 숙이고 있었다. 다른 물건과 크기가 비슷해서 잠시라도 눈을 떼면 물건을 놓쳐버릴 것 같다. 사람이 시야를 가릴 때마다 한층 더 신경을 집중했다.

열차가 서쪽 방향으로 달려갔다. 갑자기 빛이 비쳐 들어서 플랫폼 전체가 환해지고 일순 고요해졌다. "아아, 가버렸네." 한숨 섞인 소리가 들려왔다. 배웅객들은 저마다 받은 답례품을 찾아 자기 것인지 아닌지 확인했다. 마사오의 시야 안에 다시 사람들이 몰려들었다. 벤치도 짐도 완전히 가려졌다.

다음 순간, 군중 속에서 발돋움을 하고 선 이와무라의 머리가 톡 튀어나왔다. 마사오를 보고 눈을 크게 떴다. 신호라기보다 유령이라도 본 듯한 표정으로 호소하고 있었다. 이와무라는 즉각 머리를 다시 내리며 뭔가를 쫓아갔다. 누군가 물건을 들고 간 모양이다.

범인이 나타났다—마사오는 몸을 부르르 떨었다.

서둘러 인파 속으로 들어갔다. 벤치 앞을 보니 물건은 사라진 뒤였다. 피가 단숨에 온몸을 휘돌았다.

이와무라의 등을 찾았다. 시선을 이리저리 돌리다가 구라하시, 사와노와 눈이 마주쳤다. 그들도 쫓아야 할 대상을 찾고 있는 눈치였다. 키가 큰 니이가 10여 미터 떨어진 곳에서 목을 길게 빼고 마사오를 향해 턱짓을 했다. '이쪽이야!'라고 그 눈이 말하고 있었다. 마사오는 서둘러 니이의 뒤를 따라갔다.

이용객들이 계단을 내려가 지하통로로 몰려갔다. 그 틈에 마사오도 섞였다. 대체 물건은 어디로 갔는가. 가까스로 니이를 따라잡고 바로 뒤에서 그의 시선을 확인했다. 앞에 이와무라의 뒤통수가 보였다. 물건을 들고 간 범인을 자신의 눈으로 확인하지 않고서는 안심이 되지 않아 걸음을 서둘렀다.

"이봐요. 왜 사람을 밀쳐?"

사람들을 헤집고 나가는데 예복 차림의 남자가 소리를 쳤다.

"아, 미안합니다. 좀 급해서요."

얼렁뚱땅 웃음을 던지며 머리를 숙였다.

이와무라 옆으로 뛰어가 "어떤 놈이야?"라고 작은 소리로 물었다.

"두 사람 건너 앞의 남자. 머리에 번들번들 포마드 바른 놈."

그 말을 듣고 자세히 보니 분명 포마드로 머리가 번들거리는 예복 차림의 중년 남자가 있었다. 손에는 답례품 보퉁이가 들려 있었다.

시마자키 구니오도 무라타 도메키치도 아니다—마사오는 배에 힘을 넣고 새삼 각오를 다졌다. 단순한 운반책인가. 아니면 폭탄 사건의 공범인가. 어떻든 올림픽의 몸값 8000만 엔은 지금 범인 측의 수중에 들어갔다.

시선을 아래로 떨구었다. 주위 행인들의 구두를 둘러보았다. 대충 헤아려보니 열 명 가까운 공안부 수사관이 미행을 하고 있었다. 마사오는 거기서 벗어나 통로를 대각선으로 횡단하여 반대쪽으로 뛰었다. 자연스럽게 고개를 돌려 남자의 얼굴을 확인했다.

까맣게 햇볕에 그을려서 영락없는 노동자 인상의 남자였다. 예복을 입기는 했지만 양복이 익숙하지 않은지 먼눈으로도 금세 어색함이 묻어났다. 헤어스타일도 부스스해서 억지로 머리를 눕혀놓은 인상이다. 남자는 주위를 경계하는 기색도 없이 무표정한 얼굴로 건중건중 통로를 걸어갔다. 물건이 무거워서 몸이 왼편으로 기울었다. 마사오는 직감적으로 운반책이라고 생각했다. 돈을 주고 잠깐 쓴 사람이다. 보통이 안에 무엇이 들어 있는지 안다면 저렇게 태연할 수는 없다.

그렇다면 시마자키 구니오는 이 통로의 어딘가에서 운반책을 지켜보며 경찰이 어떻게 나올지 살피고 있을 것이다. 마사오는 반사적으로 전후좌우를 둘러보았다. 운반책을 지켜보는 거동이 수상한 젊은이는 없는가. 장발에 작은 얼굴의 곱상한 청년. 수배 사진은 완전히 눈 속에 찍혀 있었다.

가만히 지켜보자니 인파 속에서 미야시타와 모리가 서로에게서 떨어지고 있었다. 공안부의 누군가가 지시를 내린 모양이다. 거리를 두라는 것이리라.

그때 통로 안으로 다시 예복 차림의 사람들이 밀려들었다. 다른 플랫폼에서 배웅을 마친 사람들이다. 출퇴근 러시 때처럼 온통 북적거렸다. 그 소용돌이 속으로 운반책 남자가 빨려 들어갔다. 초조해진 공안부 수사관들이 급하게 인파를 헤집었다.

"어이, 넌 뭐야?" 술에 취한 배웅객이 덤벼들었다. 멱살을 잡힌 수사관이 지금은 이럴 때가 아니라는 듯 난폭하게 뿌리쳤다. "이런 무례한 놈!" 분노한 목소리가 쩌렁쩌렁 울렸다. 그 주위로 사람들이 울타리를 쳤다. 지나가던 사람들까지 발을 멈췄다. 혼란을 더욱더 부채질한 것이다.

다음 순간, 마사오의 눈앞으로 뭔가가 가로질러 갔다. 트위드 헌팅캡이다. 튕기듯이 머릿속에 떠오르는 게 있었다. 모노레일 교각 폭파, 덴노즈의 운하, 작은 배, 목격한 노부인의 증언, 젊은 남자와 모직 헌팅캡을 쓴 노인…….

모자 밑으로 스르륵 시선을 내렸다. 드문드문 흰머리가 섞인 머리가 보인다. 자그마한 어깨, 사이즈가 맞지 않는 양복, 윗옷 호주머니에 한 손을 찌르고, 또 한 손에는 보자기에 싼 답례품을 들고 있다. 마사오는 저도 모르게 침을 꿀꺽 삼켰다.

모자를 쓴 남자는 통로 벽을 따라 웅크린 채 걷고 있었다. 무라타 도메키치다! 마사오는 온몸에 소름이 돋았다. 물건을 바꿔치기할 작정인 것이다. 무라타의 시선을 따라가보니 운반책 남자에게로 꽂혔다.

마사오는 즉각 감시 대상을 바꾸었다. 다른 수사관들은 눈치채지 못한 듯했다. 이 사람을 미행하는 건 오직 자신뿐이다.

무라타가 럭비 스텝을 밟듯이 능숙하게 통로를 가로질렀다. 어떻게 나오려는가. 목표점인 헌팅캡이 예복 차림의 인파 속으로 슬슬 파고들어 가더니 한순간에 사라져버렸다.

마사오는 당황하여 뒤를 쫓았지만 행인들에 가로막혀 앞으로 나갈 수가 없었다.

그 찰나, 땅땅땅 하는 파열음이 울렸다. 여자의 비명 소리가 들리고 사람들이 일제히 쪼그려 앉았다. 일대에 하얀 연기가 피어올랐다. 이건 또 무슨 일인가. 기관총? 아냐, 설마. 중국식 폭죽인가. 화약 냄새로 봐서는 분명 그거다.

파열음은 연속으로 서른 발 가까이나 울렸다. 어린아이가 울음을 터뜨렸다. 예복 차림의 남녀 수백 명이 이리저리 몸을 피한다. 그 속에서 허리를 반쯤 숙이고 두 다리를 버티며 공격 자세를 취한 수사관의 모습은 저절로 눈에 띄는 처지가 되었다.

1분여 만에 파열음이 멎고 사람들이 멈칫멈칫 얼굴을 들었다. 이때쯤에 역무원이 뛰어나왔다. 각 플랫폼에서 구경꾼들까지 내려왔다. "뭐야, 무슨 일이야?" "권총을 쏜 거야?" 술렁거림이 퍼져갔다. 통로는 그야말로 대혼란 상태였다.

그때 인파 틈새로 헌팅캡이 옆으로 움직이는 게 보였다. 절대로 놓치지 않으려고 시선을 집중했다. 사람들과 부딪치건 말건 모자의 움직임만 눈으로 잡으며 뛰어갔다.

군중 틈새로 한 사람의 모습이 나타났다. 무라타 도메키치다. 손에 보퉁이를 들고 있었다. 무거운지 몸이 한쪽으로 기울어진 채 잰걸음으로 개찰구로 향했다. 마사오는 단독으로 무라타를 쫓아갔다. 미야시타에게 응원을 부탁할 여유도 없었다.

수없이 사람들과 부딪쳤다. 작은 여자아이와 부딪쳤을 때는 저절로 발이 멈추려고 했지만 마음속으로 미안하다, 미안하다 부르짖으며 추적을 계속했다.

무라타는 뒤쪽에는 별반 신경을 쓰는 기색도 없이 태연하게 쭉쭉 걸어 나갔다. 저 당당함과 배짱은 어디서 나온 것인가. 소매치기들은 원래 겁이 많다고 생각했는데.

무라타는 계단을 올라 개찰구로 향했다. 여기에도 사복형사들이 깔려 있을 텐데 아마 어떤 지시도 받지 못한 모양이다. 다른 감시 수사관들은 아직도 운반책 남자를 쫓아가고 있는 것이다.

무라타가 개찰구를 나섰다. 형사부의 추적 범위는 역구내로 정해져 있었지만, 마사오는 비상사태라는 판단을 내리고 역무원에게 "경찰이야"라는 귀엣말을 던지고는 차표 없이 개찰구를 빠져나갔다.

창문으로 비쳐 드는 햇살이 눈부셨다. 무라타는 역사 안을 북쪽으로 돌아 마루노우치 전차역 북쪽 출구 정류장을 향해 걸어갔다. 전차로 바꿔 타려는 건가.

"어이, 무라타!"

뒤에서 굵직한 목소리가 들렸다. 무슨 일인가 하고 마사오가 흠칫 얼어붙었다. 뒤를 돌아보니 험상궂은 얼굴의 중년 남자가 서 있다.

"이 새끼, 도쿄 역까지 넘보다니, 간이 부었구나. 이제 우에노에서는 얼굴이 팔려서 일터를 바꿨냐?"

한눈에 형사라는 것을 알았다. 그것도 절도범을 쫓는 관할 경찰서 3계다.

"우에노 역에서부터 너를 알아보고 쫓아왔어. 눈을 보아하니 필로폰 맞은 꼴이더만. 이 새끼, 기껏해야 바꿔치기 좀 하면서 폭죽까지 터뜨리는 건 또 뭐야?"

무라타의 얼굴이 새파래졌다. 땡땡땡. 전차의 발차 신호가 울렸다. 덮치려는 형사에게 무라타가 8000만 엔이 든 보퉁이를 내던졌다. 정통으로 배를 맞고 형사가 푹 쓰러졌다. 마사오는 순간 생각을 굴렸다. 이제 나는 어떻게 해야 하나. 여기서 체포할 수는 없다. 놓아주는 게 최선책이다.

"이 새끼가!" 얼굴색이 변한 채 형사가 일어나 무라타에게 덤벼들었다. 체격의 차이로 봐서 체포는 피할 수 없을 것 같다.

마사오는 문득 자신이 작업복 차림이라는 게 생각났다. 지나가던 노동자가 전후 사정을 모른 채 노인을 도와주려는 것으로 하면 된다.

"어허, 이봐요. 폭력을 쓰면 안 되지." 마사오가 달려들어 형사를 무라타에게서 떼어놓았다.

"이봐, 나 경찰이야. 방해하지 말라고!" 형사가 고함을 쳤다.

그 순간, 또 다른 사람이 옆에서 나타났다.

그쪽으로 시선을 던진 순간, 눈에 격통이 왔다. 강렬한 자극이 콧속을 찔렀다. 자신을 향해 뿌려진 것이 후추라는 걸 깨달았다.

순간적인 판단으로 그 남자의 다리에 매달렸다. 곧바로 맹렬한 저항이 들어와 머리를 발로 걷어차였다. 순간적으로 핑그르르 의식이 흐려진 참에 남자가 도망쳐버렸다.

옆에서는 똑같이 눈에 후추 세례를 받은 형사가 무라타와 물건을 가운데 놓고 씨름을 하고 있었다. 형사는 직업적인 의지 때문인지 필사적으로 보퉁이를 끌어안고 절대로 놓으려 하지 않았다.

눈물이 줄줄 흐르는 속에서도 어떻게든 눈을 떠보려고 했다. 뒤틀린 시야에 한 젊은 남자가 떠올랐다. 시마자키 구니오인가. 틀림없었다. 첫 만남이다.

"됐어요. 그만 가요. 철수해요!" 시마자키의 목소리를 들었다.

"그래도 돈이, 돈이!"

"기회는 또 있어요!"

두 사람이 냅다 뛰었다. 출발 직전의 전차에 올라탄다. 무로마치 방면으로 가는 차였다. 겨우겨우 눈을 뜨고 그것만은 확인했다. 마사오는 더 이상 쫓아갈 수도 없어 그 자리에 털썩 주저앉았다.

놓쳐버렸다. 일을 그르쳤으니 과연 앞으로 어떤 사태가 벌어질까.

아무튼 인력을 다시 배치하라고 연락해야 한다는 생각에 마사오는 필사적으로 몸을 일으켰다. 기침이 자꾸만 터져서 제대로 걷는 것조차 힘들었다.

33

9월 17일 목요일

우에노의 마쓰자카야 백화점에서 형사가 미행한다는 것을 확인한 뒤로 시마자키 구니오는 날마다 여인숙에서 필로폰을 맞으며 하릴없이 시간만 보내고 있었다. 경찰의 손이 분명하게 자신에게 뻗쳐 오리라는 것쯤은 어느 정도 각오했었지만, 막상 현실로 다가오자 간담이 서늘해지는 건 어쩔 수 없었다. 일본 경찰은 여차할 때는 얼마든지 인력을 동원한다. 지휘관에 따라서는, 수사관을 한낱 장기짝으로 생각하여 별로 쓸모도 없을 가능성이 높은 감시에 망설임 없이 인원을 투입한다. 끈질기다는 점에서 경찰은 결코 밀리는 일이 없다. 분명 고향 구마자와로 통하는 길목도 모조리 경찰이 검문하고 있을 것이다. 그 광경을 상상하기만 해도 구니오는 홀로 망연자실, 마음 둘 곳을 잃었다. 마침내 도망자 신세가 되었다. 이제는 항상 뒤를 조심하지 않으면 안 된다.

게다가 그저께 신문에는 로쿠고도테에서 공사판 인부의 사체가 발견되었다는 기사가 실렸다. 자세한 내용은 생략한 채 토지 소유주가 땅을 파보니 안에서 마대 자루에 든 사체가 나왔다는 사실만 나와 있었다. 우연히 발견했다는 식으로 발표되어 있지만 여기에도 경찰 수사의 칼날이 개입되었다는 건 분명하다. 너무 빨리 발견되고 말았다. 이제 경찰이 히구치와 자신의 접점을 알아내는 건 시간문제다. 주변 인부들까지 모두 취조를 당했을 것이다. 요네무라가 얼마만큼 입을 다물고 버틸 수 있을까. 그런 점에서도 국가기관이란 무서운 곳이다. 구니오는 가진 것 하나 없는 자신의 처지를 새삼 실감했다.

"너도 참 보기보다 물러터졌다."

계속 여인숙에만 틀어박혀 있는 구니오를 보고 무라타는 쓴웃음을 지었다.

"하긴 마음이 내키지 않을 때는 가만히 박혀 있는 게 최고야. 이런 때 어설프게 움직였다가는 험한 꼴 당하기 십상이거든. 그게 우리 같은 직업을 가진 사람들의 철칙이야."

위로의 말도 해주었다. 그렇게 큰일을 저질렀는데 며칠 처박혀 있다고 그 열기가 금세 식을 리는 없지만, 그래도 지금은 다음 행동에 나설 마음이 나지 않았다. 솔직히 밖에 나가는 것조차 두려웠다.

그나마 어렵게 붙인 체력이 떨어지는 건 싫어서 팔굽혀펴기며 복근 운동은 열심히 했다. 프로레슬링 잡지에서 본 스쿼트 운동도 해보았다. 지치는 일 없이 운동을 계속할 수 있었던 건 반쯤은 필로폰 덕분인지도 모른다. 마구잡이로 만능감이 솟구쳐서 아무것도 하지 않고 있기가 아까웠다.

하긴 그 중요한 필로폰도 바닥을 보이기 시작했다. 무라타가 옆에서 자꾸만 달라고 보챘기 때문이다. 무라타는 자신이 맞는 것 외에도 구니오 몰래 숙박객에게 팔기도 했다. 빨래를 널러 나갔다가 그 주위에 주사기가 있는 것을 보고 알았다. 무라타에게 캐물었더니 "다들 한식구 같은 사람들이잖아"라고 실실 웃고 넘어가버렸다.

"이봐, 학생. 이제 슬슬 필로폰도 사들여야 할 거 같은데?"

무라타가 빨래를 개키며 말했다. 오늘은 구니오의 빨래까지 대신 빨아주기에 무슨 바람이 불어서 저러나 했더니 바로 그 말을 꺼내려고 선심을 쓴 모양이다.

"아저씨가 좀 사 오세요. 이 근처에 아는 사람도 많을 텐데."

구니오가 얼굴을 찌푸리며 대답했다. 자신은 가마타 역 외에는 파는 곳을 알지 못한다.

"아는 사람이야 많지만 지금은 안 돼. 실은 내가 이 근처 조직에 내야 할 회비를 몇 달째 못 냈거든. 혹시라도 돈이 있는 줄 알면 가만두지 않을 거야."

"소매치기도 조직에 회비를 내야 해요?"

"여기서 마음대로 사업하지 말라는 거지. 이 일대는 '오타니파'라는 폭력단 영역이야."

"그래요? 하지만 나도 수배 중인 몸이라 나돌아 다니고 싶지 않은데……."

"어허, 너무 예민해지면 아무 일도 못 해. 형사들이 도쿄의 길목을 죄다 지키고 있겠냐? 큰 역이나 유흥가, 그런 곳만 피하면 아무렇지도 않아."

"알았어요. 그럼 가마타 역까지 히치하이크로 다녀올까요?"

"응, 그렇게 좀 해줘."

"참 나, 농담이에요."

"뭐야, 농담이었어? 농담할 힘이 있는 걸 보니 이제 걱정 안 해도 되겠네."

무라타가 기쁘다는 듯이 잇몸을 드러내며 웃었다.

구니오는 지갑을 주머니에 넣고 자리에서 일어섰다. 돌아다니는 건 위험하지만 앞으로 필로폰도 없이 지내야 한다는 게 구니오 스스로도 불안했다. 필로폰이 꼭 필요한 건 아니다. 하지만 사다 둔 게 있으면 한결 마음이 편안해진다.

철도는 피하고 전차를 이용하기로 했다. 승객 모두를 살펴볼 수 있는 작은 차량이 그나마 마음이 놓인다. 하지만 지난번에 형사들에게 우에노까지 미행을 당한 일이 있었던 터라 일단 도보로 스에히로까지 슬슬 걸어 나가 미행이 없다는 것을 확인한 뒤에야 전차에 탔다.

활짝 열린 창문으로 건조한 바람이 들이쳤다. 여전히 여름날처럼 기온은 높지만 공기에는 가을의 기척이 감돌았다. 하지만 5분쯤 달리자 도로공사 구역에 접어들어 흙먼지가 밀려들었다. 승객이 모두 나서서 창문을 닫았다. 올림픽이 코앞에 닥쳐서 굴삭기 소리가 울리지 않는 날이 없다.

구니오는 차창 너머로 인부들을 바라보았다. 바로 보름 전까지만 해도 자신 역시 그 속에 있었다. 일을 할 때는 가혹한 노동량 때문에 아무것도 생각할 여유가 없지만, 이제 새삼 돌아보니 그곳에는 인생의 불평등 외에는 아무것도 없다. 지도층과 노동자를 가르는 것은 어쩌다 공부하는 재능을 타고나 지도층이 될 기회를 얻었다는 것뿐이다. 만일 자신이 죽은 형의 처지였다면 운명을 저주하며 잘난 동생을 증오했을 것이다.

남의 위에 선다는 것은 가장 겸허해야 할 일이지만, 지금 한껏 들뜬 일본에서 그런 것을 자각하는 사람은 없었다. 자본주의를 맹신하며 아지랑이처럼 바탕 없는 번영에 집단적으로 도취되어 있다.

전차에 흔들리며 곰곰이 사색에 잠기는 사이에 구니오는 새삼 마음을 다졌다. 나는 기필코 싸우지 않으면 안 된다. 여기서 붙잡힌다면 아무 저항도 없었던 것이 되고 만다.

시나가와에서 게이힌선으로 갈아타고 가마타 역에서 내렸다. 배가 고파서 우선 눈에 띈 식당에 들어가 카레라이스를 먹었다. 가게 안의 텔레비전을 멍하니 올려다보고 있으려니 NHK의 짧은 뉴스에서 아나운서가 미소를 머금고, 오늘 도쿄 모노레일이 개통되었다는 소식을 전했다. 교각 일부를 다이너마이트로 폭파했던 게 5일이었으니 겨우 12일 만에 복원해낸 셈이다. 자신이 실행한 폭파 사건은 고스란히 어둠 속에 묻혀버렸다.

계산을 마치고 밖으로 나왔다. 이쑤시개를 물고 휘적휘적 역 앞 상점가를 걸었다. 바로 앞의 골목길로 들어섰다. 값싼 여인숙이 처마를 맞대고 이어진 그 부근에 필로폰 장수가 나와 있을 터였다. 벌써 세 번씩이나 구입했기 때문에 거기 어디쯤에 서 있으면 그쪽에서 말을 걸어올 것이다. 오늘은 가격 흥정을 해볼 생각이다. 부르는 대로 값을 치르는 건 너무 어리석은 짓이다.

모퉁이를 돌아 자전거 한 대가 겨우 비켜 지나갈 정도의 좁은 골목길을 걸었다. 평일 낮 시간에는 여인숙 거리도 인적이 없어서 전체적으로 괴괴하다. 비슷비슷한 집들이 이어지는 바람에 금세 방향감각을 잃었다. 좁은 하늘을 올려다보며 태양의 위치로 방향을 잡았다. 눈에 익은 삼거리로 접어들어, 아, 여기였구나, 하고 기억이 나서 돌아서려다가 문득 발이 멈췄다.

눈앞에서 한 남자가 선 채로 소변을 보고 있었다. 요란한 소리를 내며 오줌 줄기가 땅을 파고들었다. 눈이 마주쳤다. 뒤를 돌아보는 남자의 얼굴빛이 순식간에 쓰윽 변했다. 구니오는 형사라고 직감했다.

반사적으로 발을 돌려 마구 뛰었다. "어이!" 하고 남자가 소리쳤다. "이쪽이다, 이쪽! 시마자키다!" 소변을 보면서 고함을 치고 있다. 함께 감시하는 동료에게 알리려는 것이다.

필로폰을 사러 가마타에 오다니 얼마나 어리석은 짓인가. 자신의 족적은 이미 세세한 곳까지 경찰이 알고 있는 것이다. 게다가 필로폰을 상습적으로 맞는다는 것도 그들은 이미 알고 있다.

"시마자키다!"라고 자신의 이름을 외친 것에도 구니오는 큰 충격을 받았다. 심장을 노리고 날아온 화살을 맞은 듯한 심정이었다. 이제 완전한 지명수배범이다. 전국의 경찰이 자신을 쫓고 있다.

전력으로 골목길을 내달렸다. 역 방향과는 반대로 서쪽을 향해 뛰었다. 갑작스러운 운동에 심장이 깜짝 놀라 급하게 고동쳤다. 그 움직임이 고막 안쪽에서 쿵쾅쿵쾅 울렸다.

길가의 자전거가 구니오의 발에 걸려 요란한 소리를 내며 넘어졌다. 머리에 컬을 말고 있는 술집 여자를 어깨로 세게 밀치는 바람에 날카로운 목소리로 욕을 먹었다. 개가 짖었다. 어디선가 아기 울음소리가 들렸다. 눈에 비치는 풍경이 온통 뒤틀렸다. 가마타의 싸구려 여인숙 거리를 핑퐁 머신의 은빛 공처럼 여기저기에 부딪치며 앞으로 앞으로 내달렸다.

다마가와 대교까지 뛰어가 히치하이크를 하자고 생각했다. 덤프트럭 운전기사라면 마음 편하게 태워줄 것 같았다. 이제는 화이트칼라보다 육체노동자에게 더 진한 동료 의식이 느껴진다.

달리면서 몇 번이나 뒤를 돌아보았다. 쫓아오는 사람은 없었다. 자신도 얼간이지만 그쪽도 어지간한 멍청이다. 그래도 마음이 놓이지 않아 계속 달렸다.

아무리 오래 달려도 숨이 차지 않는 게 그나마 다행이었다. 육체가 야성적으로 변한 것을 느꼈다. 척 보자마자 단번에 형사라고 알아차린 것도 그 선물일까.

땀으로 셔츠가 축 늘어졌다. 젊은 테러리스트에게 시련을 던져주듯이 햇볕이 쨍쨍 내리쬐었다. 목이 탔다. 지금까지 한 번도 경험한 적이 없는, 마치 혀가 위에 들러붙는 듯한 갈증이었다.

눈에 띈 공원에 뛰어들어 물을 뿜는 수도에 달라붙었다. 수도꼭지를 완전히 틀어놓고 꿀꺽꿀꺽 마셨다. 목을 축이고는 다시 뛰었다. 영락없는 마라톤 주자다. 마주치는 행인들이 이상하다는 얼굴로 흘끔흘끔 쳐다보았다.

녹초가 된 몸으로 오카치마치의 여인숙에 돌아와 무라타에게 상황을 설명했다.

"저런, 고생했네. 그러면 필로폰은 못 사고 그냥 왔어?"

무라타가 낙담한 얼굴로 말했다. 그저 필로폰 못 사 온 것만 안타까운 기색이다. 구니오는 믿을 수가 없었다.

"지금 그런 거 따질 때가 아니죠. 하마터면 잡힐 뻔했다니까요."

"그런 것쯤은 이제 익숙해져야 해. 앞으로는 평생 뒷골목 인생이야. 나도 우에노 역 쪽에 나갈 때는 우선 형사가 있는지 없는지, 그것부터 확인해."

"아저씨는 기껏해야 소매치기죠. 나는 일종의 국가 반역죄예요."

"뭐야, 소매치기라고 업신여기는 거야?"

"아니, 그런 게 아니라……."

"아무튼 필로폰이 더 큰 문제야. 빨리 구해 와. 내가 참말로 더 이상은 못 참겠다니까."

가만 보니 무라타는 눅눅한 땀을 흘리고 있었다. 불안하게 다리를 덜덜 흔들면서 손끝을 가늘게 떨고 있었다. 금단증상이라는 것을 구니오는 처음으로 목격했다.

"아직 사둔 게 남았잖아요?"

"아침에 일어나는 길로 맞았지. 진짜로 다 떨어졌어."

"어떻게 그걸 다……. 아저씨, 내가 안 보는 사이에도 많이 맞았죠?"

"참 나 원, 벌써 10년 넘게 필로폰과는 인연을 끊고 살았어. 근데 그 맛을 다시 봤더니만 또다시 홀딱 빠져버리네. 아무튼 빨리 좀 구해 와. 오늘은 술하고 담배로 대충 때운다고 해도 내일은 진짜로 자신이 없어."

"하지만 이제 가마타 쪽에는 얼씬도 못 해요."

"이따 밤에 시노바즈 연못 쪽에 그거 파는 여자가 뜰 테니까 학생이 거기 가서 좀 사 와."

"나는 이제 안 된다는 거 뻔히 아시잖아요." 구니오가 몸을 쑥 내밀며 말했다. "아까 가마타에서 형사에게 들켜버렸으니 경찰이 도쿄 전역의 필로폰 매매 현장에 쫙 깔렸을 거라고요."

"어허, 그렇게 요란하게 단속하지는 못한다니까."

"지난번에 마쓰자카야 백화점에서의 일도 내가 얘기했었죠? 경찰은 무슨 짓이든 다 한다고요. 거기는 인원 부족이라는 게 없어요."

"그럼, 누구 아는 사람한테 좀 부탁해봐. 장소를 알려주고 사 오라고 해."

"나는 친구도 없어요. 아저씨야말로 아는 사람에게 부탁해봐요."

"나도 없어. 친구 같은 거 벌써 20년 넘도록 한 놈도 없어."

잠시 둘이서 침묵에 잠겼다.

"너, 이건 없어?" 무라타가 새끼손가락을 쳐들었다.

"없어요."

"생긴 건 멀끔하게 생긴 대학생이 여태 뭘 했대?"

"뭘 했건 아저씨가 무슨 상관이에요?"

대답하면서 구니오의 머릿속에 한 여자가 떠올랐다. 혼고 고바야시 헌책방집 딸 요시코다.

"지금 길에 나가서 헌팅해봐. 너라면 충분히 할 수 있어."

무라타가 구니오의 팔을 툭툭 쳐댔다. 다리를 아까보다 더 떨고 있다.

"딱 한 사람, 마음에 짚이는 여자가 있긴 해요. 지금 전화해볼게요."

"어라, 있으면서 없다고 했어?"

"그냥 평범한 아가씨라서 아무래도 그런 부탁은 하고 싶지 않은데. 간다 쪽의 회사에 다니는 아가씨예요."

"거, 좋네. 어서 해봐, 해봐."

"일단 전화부터 해보고요."

10엔짜리 동전을 쥐고 계단을 내려왔다. 분명 책방집 딸 요시코는 간다의 제면 회사에 다닌다고 했다. 전화번호부를 찾아보니 금세 나왔다. 그나저나 뭐라고 말을 해야 하나. 그냥 저녁 식사라도 함께하자고 말하고, 나오면 그 자리에서 부탁하기로 했다. 남을 의심할 줄 모르는 명랑한 아가씨다. 그리고 자신을 그리 밉지 않게 생각하는 눈치였다. 호의를 이용하는 것 같아 정말 미안하기는 하지만 지금으로서는 그 방법밖에 없다.

현관 옆의 공중전화 앞에 서서 10엔짜리 동전을 넣고 한 차례 심호흡을 한 뒤에 다이얼을 돌렸다. 세 차례 벨이 울리고 여사무원이 받았다.

"네, 간다 제면 회사입니다."

"미안하지만 고바야시 요시코 씨 부탁합니다."

"네, 제가 고바야시 요시코인데요."

전화 목소리는 유난히 낭랑했다. 그렇구나, 여자들은 회사에서는 이렇게 얌전한 목소리를 내는구나. 뭔가 귀엽고 사랑스럽게 느껴졌다.

"요시코?" 구니오가 물었다.

"아, 네."

"난 시마자키 구니오야. 근처에서 하숙하는. 알지?"

"아, 네, 네, 알아요."

요시코가 말을 어물거렸다. 두근두근 당황하는 기척이 수화기를 통해 그대로 전해져왔다.

저녁을 사겠다고 했더니 그 즉시 응해주었다. 별다른 줄다리기도 없이 곧장 품 안으로 뛰어드는 듯한 느낌이었다. 요시코라면 약간 무리한 부탁이라도 들어줄 것 같았다. 오후 5시 반에 우에노 공원에서 만나기로 했다. 구니오는 어떻든 필로폰은 살 수 있을 것 같아 한시름을 덜었다.

전화를 끊고 무심코 이마를 닦았다. 손등에 땀이 진득하게 묻어났다. 문득 손을 보니 자신도 손가락 끝이 부들부들 떨리고 있었다.

34

9월 20일 일요일

필로폰을 손에 넣자 신기할 만큼 힘이 솟구쳤다. 그러니 마약이라고 하는 모양이다. 그야말로 세상 근심 걱정이 모조리 한낱 소소한 일로 생각되어서 여차하면 '내가 모두 해결해주겠다'라고 큼직하게 써넣은 간판을 쳐들고 길거리를 활보하고 싶은 마음까지 드는 것이다. "필로폰 맞은 놈에게 걸레 하나 쥐여주면 하루 종일이라도 복도를 닦는다니까." 무라타가 우스갯소리로 그런 말을 했지만, 시마자키 구니오는 그 말이 실감나게 이해가 되었다. 일본군이 특공대원에게 필로폰 주사를 놓아 내보냈다는 이야기도 어디까지 사실인지는 모르지만 그럴싸하게 들릴 만큼 설득력이 있었다.

구니오는 자신이 중독자라는 것을 분명히 자각했다. 바로 얼마 전까지는 힘이 나는 강장제 정도였지만 이제는 필로폰 없이는 머리도 몸도 움직임이 둔해진다. 거꾸로 혈관 속에 약이 들어가면 그 즉시 에너지가 넘치고 사고까지 명료해졌다. 지금의 자신에게는 중간이라는 게 없다. 슈퍼맨, 아니면 건전지가 떨어져가는 장난감, 둘 중 하나뿐이다.

경찰의 추적이 계속되는 한 느긋하게 버티고 있을 수도 없다. 구니오는 무라타와 함께 앞으로의 계획을 짜기로 했다. 언제 돈을 요구하고, 어떻게 받아내고, 어떻게 도주할 것인가.

돈을 받을 장소에 대해서는 아직 애매하긴 해도 꽤 괜찮은 아이디어가 있었다. 열흘쯤 전에 도쿄 역에 갔을 때, 대안 길일(大安吉日)이라고 각 식장마다 결혼식이 거행되고 그 신혼부부들을 배웅하러 사람들이 쏟아져 나오는 것을 보았다. 모두가 똑같이 식장에서 받은 답례품을 들고 있었다. 요구한 몸값을 그 결혼식 답례품과 똑같이 만들어 배웅객으로 북적거리는 플랫폼에 놓아두라고 하면 그 엄청난 인파에 섞여 얼마든지 바꿔치기도 할 수 있겠다고 생각한 것이다.

무라타에게 그 말을 했더니 "넌 정말 머리가 좋아"라고 고개를 끄덕여가며 감탄했다.

"그날, 우연히 곁을 지나가던 할머니한테 들었거든요. 결혼식은 메이지 기념관, 결혼식 선물은 미쓰코시 백화점이라고 하던데요?"

"좋아, 그런 쪽은 학생한테 맡길게. 내 둔한 머리에서는 아무 꾀도 안 나와."

"단, 운반책은 따로 쓸 거예요. 나는 이미 얼굴이 알려져서 안 돼요."

"학생이 다 알아서 하라니까. 운반해줄 놈은 내가 구해 올게."

달력을 보니 일주일 뒤의 일요일이 대안 날이었다. 시기적으로 아타미 방면으로 향하는 열차라면 신혼부부로 가득 찰 게 틀림없다. 날짜는 그날로 정해졌다.

성공적으로 돈을 손에 넣은 뒤에는 어떻게 할 것인가. 그 점에 대해서는 무라타가 서늘한 눈빛으로 "그야 다 포기해야지"라고 말했다.

"학생은 앞으로 본명으로는 살아갈 수 없어. 우선은 홍콩이나 대만쯤으로 튀었다가 나중에 열기가 식었을 때쯤 딴사람이 되어 돌아오는 수밖에 없어. 괜찮아. 우리 같은 업계에서는 호적 매매도 얼마든지 가능해."

무라타의 말을 들으며 구니오는 아직 성공한 것도 아니면서 정말 그래도 괜찮겠다고 마음속으로 받아들였다. 이런 비좁은 나라에만 웅크리고 있어서는 세계를 알 수 없다. 아예 쿠바로 건너가 사회주의를 실제로 체험해보는 것도 좋다. 400년 전에 지배자가 휘두르는 칼날에 순순히 굴복해버린 이 나라의 민족성은 참된 자유를 알지 못한 채 근대로 돌입해버렸다. 그래서 사회주의운동도 탁상공론에만 그쳐버리곤 한다. 학생의 봉기도 어딘가 혁명 놀이처럼 유치한 면이 있다.

구니오는 머릿속에서 필요한 것들의 목록을 만들어나갔다. 가장 먼저 구해야 하는 것은 메이지 기념관의 보자기와 미쓰코시 백화점의 포장지다. 미쓰코시의 포장지는 실제로 쇼핑을 하러 가면 된다. 부피가 크고 값싼 물건, 이를테면 주전자 같은 걸 상자에 넣어 포장해달라고 하자. 다음으로, 메이지 기념관의 보자기를 구한다는 건 상당히 어려운 문제다. 무턱대고 찾아간다고 과연 살 수 있을까. 그런 건 도매상에서 대량으로 구입한 이름도 없는 보자기일 터였다. 기념관 앞에서 기다리고 있다가 거기서 나온 손님에게 부탁해볼까. 아니, 그랬다가는 분명 수상하게 생각할 것이다.

그런 궁리를 하면서 문득 무라타가 펼쳐놓은 신문에 눈을 던지자 로쿠고도테에서 발견된 사체의 신원이 판명되었다는 제목이 사회면 한 귀퉁이에 있었다.

"아저씨, 그 신문 좀 잠깐 보여주세요."

억지로 빼앗아 바닥에 펼치고 정신없이 들여다보았다. 히구치 가쓰오. 30세. 오사카 출신. 주거가 일정하지 않은 자— 아마 전과가 있어서 지문을 통해 간단히 신원이 판명되었을 것이다. 사인은 두부 좌상(頭部挫傷)에 의한 쇼크사라고 나와 있었다. 그렇다면 그때 목을 조르기 전에 이미 숨이 끊어졌는가. 분명 숨이 붙어 있다고 생각했는데……. 쇼크사라고 하면 살인죄는 요네무라에게 적용되는 건가.

"뭐야, 학생 기사라도 나왔어?"

"아뇨, 그게 아니라……."

그 즉시 요네무라의 신상이 마음에 걸렸다. 경찰이 히구치의 주변을 수사했다면 간단히 자신과 요네무라의 이름이 나왔을 것이다. 그렇다면 지금도 합숙소에 있는 요네무라는 경찰의 취조를 면하기 어렵다.

오늘은 일요일이다. 구니오는 하네다의 합숙소에 전화를 해볼까 하고 생각했다. 요네무라는 밖에 나가고 없더라도 야마다 사장은 분명 있을 테니까 그에게 자연스럽게 물어보면 될 것이다.

그렇다, 경찰의 손이 어디까지 뻗쳤는지는 야마다 사장에게 물어보면 알 일이다. 언제 형사가 찾아왔는지, 어떤 것들을 물어봤는지, 합숙소 근처에 감시가 붙어 있는지— 왜 지금까지 그런 손쉬운 방법을 생각하지 못했을까. 게다가 야마다 사장이라면 한편이 되어줄 듯한 마음이 들었다. 적어도 경찰에 널름 협력할 만큼 시민적인 사람은 아니다.

동전을 들고 1층으로 내려가 현관 옆의 공중전화로 야마신 흥업의 다이얼을 돌렸다. 어떤 말부터 꺼내야 할지 망설여졌지만, 사실은 야마다가 오히려 더 당황스러울 터였다. 그쪽에서 일을 하다 떠나간 학생 인부가 경찰에 쫓기는 신세인 것이다.

"네, 야마신 흥업입니다."

생각지도 못한 높직한 목소리였다. 인부를 알선하는 업자도 전화를 받을 때는 이런 목소리를 내는 것일까.

"저어, 시마자키 구니오예요."

구니오가 이름을 대자마자 수화기 너머에서 일순 야마다의 말문이 턱 막혔다.

"오래간만입니다."

"너, 참말로 시마자키야?" 느닷없이 고함을 지르는 듯한 느낌으로 속닥속닥 말한다. "지금 어디야? 어디서 전화하는 거야?"

"그건 말 못 해요. 하지만 사장님 목소리를 들어보니 경찰이 합숙소에 벌써 다녀간 모양이군요."

"다녀가고 뭐고, 여기 합숙소 앞길에 차를 떡하니 주차해놓고 형사가 24시간 감시하고 있어. 덕분에 나는 밖에도 못 나간다니까."

"죄송합니다……."

예상했던 대로 자신이 나타날 가능성이 있는 곳은 모조리 감시하는 모양이다.

"너, 대체 무슨 짓을 저질렀어?"

"히구치를 죽였어요."

딱히 그 말을 할 마음은 없었는데 술술 입 밖으로 나와버렸다.

다시금 야마다의 말문이 턱 막혔다. 얼굴을 찌푸리는 장면이 머릿속에 그려졌다.

"……거짓말이지? 그럴 리가 없어. 형사가 말하기로는 네가 전학련 빨갱이로 지하에 잠복 중이라고 하던데."

"그래요? 하지만 히구치를 죽인 건 사실이에요. 신문을 보셨을 테지만 그건 제가 한 짓입니다."

"그랬구먼……."

"그렇습니다."

"그래도 그건 요네무라가……."

"요네무라에게 무슨 일 있었어요?"

"일이 있고 말고가 아니야. 어제 오후에 히구치 뒤를 봐주던 오타니파의 젊은 놈들이 요요기 공사 현장까지 들이닥쳐서 요네무라를 끌고 갔어. 벌써 24시간째 행방불명이야."

"조직폭력배에게 잡혀갔다고요?" 구니오는 등줄기가 서늘해졌다.

"나는 요네무라가 히구치를 해치운 줄 알았어. 경찰서에도 요네무라가 불려 갔거든."

"그건 오해예요. 아무튼 요네무라가 폭력단에 잡혀갔다는 건 경찰에 말했어요?"

"아냐. 우리도 그런 얘기는 무서워서 못 하지. 그보다 참말로 네가 그랬어?"

"예, 내가 벨트로 목을 졸랐어요."

야마다가 다시 입을 꾹 다물었다. 낮은 소리로 신음을 올리며 할 말을 찾고 있었다.

"……경찰은 네가 범인이라는 걸 알아?"

"글쎄요, 아는지 어떤지 잘 모르겠어요. 하지만 요네무라가 경찰에게 아무 말도 안 했으니까 풀려났겠지요."

"시마자키, 너는 안 한 걸로 해." 야마다가 괴로운 듯이 말했다.

"무슨 말씀이세요?"

"히구치는 죽어 마땅한 악당 놈이야. 굳이 네가 형무소에 들어갈 건 없어."

"아뇨, 나도 자수할 마음은 없지만 폭력단의 오해를 풀어주지 않으면 요네무라가 죽어요. 그나저나 어디로 잡혀갔어요?"

"오타니파는 우에노 아사쿠사 쪽 폭력단이야. 어디다 가뒀는지, 그것까지는 나도 모르지. 하지만 시마자키, 그놈 구하겠다고 덥석 쫓아가면 안 돼."

"왜요?"

"너에게는 장래가 있잖아."

"그럼 요네무라를 그냥 죽게 내버려둬요?"

"그건 하느님이 눈감아주실 거야. 요네무라하고 너는 목숨의 가치가 달라."

"말도 안 돼요." 구니오는 그만 목소리 톤이 높아졌다.

"시마자키, 자신을 소중하게 여겨야 해. 일용직 노무자의 싸움박질 같은 건 상관하지 말란 말이야. 아무튼 나는 네가 불리할 만한 말은 절대로 안 할 거야. 평생 가슴속에 담아둘 거구먼. 합숙소 친구들도 다들 너를 좋아해. 빨갱이건 전학련이건 너는 좋은 놈이야. 어떻게든 잘 도망쳐."

야마다는 부르짖듯이 말하더니 자기 편에서 먼저 전화를 끊어버렸다.

구니오는 수화기를 든 채 한참이나 멍하니 서 있었다. 요네무라가 폭력단에 끌려갔다니. 제 조직원이 사체로 발견되었으니 범인을 찾아나서는 건 당연한 일이겠지만 이렇게까지 잽싸게 나올 줄은 생각도 못했다. 그때 그 젊은 부하 놈이 배신을 한 것일까. 어떻든 그냥 뒀다가는 요네무라는 살해된다. 오타니파는 우에노의 폭력단이라고 했다. 지금 자신이 묵고 있는 이 근처다.

떨리는 무릎으로 계단을 올라왔다. 방으로 돌아와 무라타에게 오타니파를 아느냐고 물었다.

"알고말고. 내가 오타니파에게 회비를 내고 있어. 전에도 말했잖아. 원래는 아사쿠사의 난전 패거리들이었는데 전쟁 끝난 뒤로는 야시장을 발판으로 우에노까지 영역을 넓혔어. 이 일대에서는 지금 가장 큰 조직이야."

"지금 내 고향 친구가 거기에 잡혀갔어요. 꼭 구해주러 가야 해요."

"너도 참말로 이래저래 바쁜 놈이다. 나라를 상대로 싸우질 않나, 야쿠자를 상대로 싸우질 않나……."

무라타의 말투가 천하태평인 건 방금 필로폰을 맞았기 때문이다. 주사기가 작은 책상 위에 굴러다니고 있었다.

"어쩌다 잡혀갔는데? 사정을 말해봐."

구니오는 합숙소 선배가 사기도박 빚 때문에 잡혀갔다고 거짓말을 둘러댔다. 설마 이 자리에서 살인을 했다고 털어놓을 수는 없다.

"그랬구먼. 저기 파친코 가게 앞에 아시아하우스라는 여인숙이 있어. 그 건물 1층이 오타니파의 조직 사무실이야. 거기 가면 알 수 있을 게야."

"알았어요."

"어이, 학생. 지금 당장 가려고?"

"예, 그냥 죽게 놔둘 수는 없어요. 손가락 한 마디쯤 내놓으라면 그렇게라도 할 거예요."

정말로 그럴 각오였다.

"무슨 바보 같은 소리야? 험한 꼴 당하기 전에 얼른 돈으로 해결해. 그자들은 겉으로는 체면이니 의리니 떠들지만 결국 돈이면 다 해결돼."

"그 밑의 조직원 하나가 죽었는데도요?"

구니오가 물어보자 무라타는 일순 미간을 좁힌 뒤에 "그래도 마찬가지야"라고 입 끝을 치켜올리며 말했다.

오타니파가 어떤 식으로 나올지 짐작도 가지 않았지만 자신이나 요네무라를 죽여봤자 아무 이득도 없다는 것만은 분명했다. 간부가 살해된 것이라면 그야 이야기가 달라지겠지만 히구치는 아마도 일개 준조직원 정도다. 그쪽도 조직의 체면보다는 돈을 따질 것이다.

"너무 오래 안 돌아오면 나도 뒤따라가볼게. 뒷골목 세계란 게 서로 대충 봐주면서 사는 데니까 잘 부탁하면 그럭저럭 해결될 거야. 나도 거기 몇 명하고는 잘 아는 사이야."

무라타는 눈에 핏발을 세우고 거친 숨을 토해내고 있었다. 자꾸만 고간을 더듬고 있는 걸 보니 이제부터 여자라도 사러 갈 모양이다.

구니오는 어금니를 악물고 일어섰다. 어떻게든 요네무라만은 구해내야 한다.

"이거 좀 맞고 가지?" 무라타가 올려다보며 말했다.

"……그럼 한 대." 구니오가 대답했다.

"잠깐 기다려. 주삿바늘 소독해줄 테니."

구니오는 셔츠 소매를 걷어 올리고 혈관이 나오도록 팔을 비벼댔다.

여인숙에서 200여 미터 떨어진 도로에 오타니파가 소유주라는 오래된 건물이 있었다. 올려다보니 구름 낀 하늘에 녹아들듯이 회색 콘크리트 건물이 밋밋하게 서 있었다. 여기저기 금이 가고 깨진 유리창은 종이 박스로 막아놓았다. '아시아하우스'라는 간판도 페인트가 벗겨졌다. 건물 1층에 두 개의 문이 있었다. 정면 쪽은 여인숙을 드나드는 출입구고, 그 바로 옆의 파도 무늬 유리문에는 '오타니 일가'라고 적혀 있었다. 외관을 보니 원래는 이발소 자리였다는 걸 금세 알 수 있었다.

유리문에 얼굴을 바짝 들이대고 안을 살펴보았다. 사람들이 오락가락하는 게 보였다. 유리문인데도 이쪽의 모습이 보였는지 한 남자가 나왔다.

"누구야?" 그야말로 야쿠자 느낌을 팍팍 풍기는 깍두기 머리의 남자였다.

"저어, 나는 시마자키라고 하는데 이쪽 사무실에 감금해둔 요네무라에 대해 잠깐 할 얘기가 있어요."

"뭐야? 너, 이거냐?"

남자가 머리 옆에서 손가락을 빙그르르 돌렸다. 아무래도 자신의 눈빛이 평범하지 않은 모양이다.

"그게 아니에요. 야마신 흥업에서 파견한 인부 요네무라 말이에요. 당신들이 어제 공사 현장에서 요네무라를 끌고 왔잖아요. 히구치의 사체가 발견된 사건으로."

남자의 얼굴빛이 홱 바뀌었다. "엇, 잠깐 기다려." 나지막한 소리를 내더니 안으로 들어갔다. 이번에는 조금 나이가 든 턱수염의 야쿠자를 데리고 나왔다.

"뭐야, 무슨 일로 왔어?"

"댁의 조직원인지 관계자인지는 모르겠지만 히구치는 내가 죽였어요."

구니오의 말에 수염 난 야쿠자가 미간을 좁혔다.

"어이, 혹시 아사쿠사의 본가에서 말하는 가마타 사건이라는 게 이거야?"

"그럴 거예요. 히구치라는 놈은 오타 구 일대의 건설 현장 합숙소를 관리하던 자인데 도박장을 허락해주는 대신 상납금을 냈어요."

눈앞에서 두 사람이 숙덕거렸다.

"그놈이 죽었어?"

"예, 지난번에 신문에 실렸잖습니까. 그래서 다른 조직에 당한 거라면 보복을 해야 한다고 본가 형님들이 조사했는데, 아무래도 아키타에서 온 인부들한테 당한 거 같더래요. 당장 쫓아가서 잡아 온 인부가 지금 아사쿠사 본가에 갇혀 있을 겁니다."

"그럼, 이 새끼는 뭐야?"

"그놈의 친구인 모양이죠. 자수하러 온 거 아니겠습니까?"

둘이 나란히 진기한 생물이라도 발견한 눈빛으로 구니오를 쳐다보았다.

"너, 여기를 어떻게 알았어?" 수염 난 야쿠자가 물었다.

"소매치기 무라타 아저씨에게 들었어요." 구니오가 대답했다.

"무라타라니, 도메 영감 말이야? 도무지 뭐가 뭔지 모를 놈일세. 아무튼 안으로 들어와. 본가에 전화로 물어볼 테니까 이야기는 그다음에 하자고."

사무소에 안내되어 들어갔다. 열 평 남짓한 방에 사무 책상 하나와 응접세트가 놓여 있었다. 조직의 젊은 축들로 보이는 남자들 몇 명이 소파에서 화투를 치고 있었다. 담배 연기가 부옇게 차 있었다. 구니오는 무심코 숨을 들이쉬었다가 컥컥 기침을 했다. 눈도 따끔거렸다.

"이 새끼들, 자리 좀 비켜. 화투는 바닥에서 하란 말이야."

형님의 명령에 사내들이 한쪽 구석으로 옮겨 갔다. 빈 소파에 구니오를 앉혔다. 남자들은 이건 대체 누구냐는 눈빛으로 도무지 이런 곳에 어울리지 않는 꽃미남을 흘끔거리고 있었다.

깍두기 머리 남자가 옆에 앉았다. 구니오의 얼굴을 들여다보더니 "너, 필로폰 맞았지?"라고 물었다. 구니오는 한 차례 코를 훌쩍 들이켜고 말없이 고개를 끄덕였다.

그사이에 수염 난 야쿠자가 책상에 걸터앉아 전화로 누군가와 이야기하기 시작했다. 아사쿠사의 본가에 문의를 하는 모양이다.

"아, 예에, 시마자키라고 이름을 대던데요. 방금 우리 쪽 사무실에 왔어요. 어떤 놈이냐면, 그냥 보기에는 착실한 대학생이에요. ……에엣, 그게 진짜예요? 아, 예에, 예에."

전화를 끝내자 수염 야쿠자는 배를 출렁이며 바지를 추켜올리더니 "본가에서 형님들이 당장 뛰어오신단다. 넌 여기서 얌전히 기다려"라고 나지막한 소리로 말했다. 그리고 정면 소파에 앉아 새삼스럽게 구니오를 찬찬히 뜯어보았다.

"어이, 너 도쿄대생이라는 거, 정말이야?"

"예, 경제학부 대학원생이에요."

옆에 있던 젊은 남자가 눈을 둥그렇게 떴다. 다른 부하들도 놀란 기색으로 바라보았다.

"도쿄대생이 어째서 일용직 합숙소 같은 데 발을 들였지?"

"인부로 일하던 형이 합숙소에서 사망했어요. 그래서 대신 내가 들어갔습니다."

수염 난 야쿠자가, 대체 이 녀석은 뭐 하는 놈인가, 하는 눈빛으로 미간을 찌푸렸다. 담배를 꺼내 입에 물었다. 잽싸게 부하가 뛰어와 성냥불을 붙여주었다. "근데 어쩌다가 히구치인가 하는 놈을 죽였지?" 푸르스름한 연기와 함께 말을 토해냈다.

"벨트로 목을 졸랐어요."

"저항하지 않았어?"

"먼저 돌로 머리를 내리쳤기 때문에 기절해 있었어요."

"무슨 죽일 이유라도 있었어?"

"죽이지 않으면 지독하게 괴롭힐 거 같아서……. 근데 요네무라는 어떻게 됐어요?"

"그런 놈이 어떻게 됐는지 나야 모르지. 억울하게 누명을 쓴 거라면 금세 풀려나지 않겠냐? 아무튼 관련이 된 건 사실이니까 어떤 식으로든 조치는 취하겠지만."

"히구치를 죽인 건 나예요. 요네무라가 아닙니다."

야쿠자들은 어떻게 대응해야 좋을지 모르겠는지 연달아 담배를 피워가며 고개만 갸웃거리고 있었다.

"형님, 이 새끼 이거 맞았어요." 젊은 남자가 팔에 주사를 놓는 시늉을 하자 수염 야쿠자는 "그건 이미 다 알아봤어"라고 시큰둥하게 대답하고 난처한 눈빛으로 구니오를 보았다.

"그래서 너희 부모님은 뭐 하시냐?"

"아버지는 일찌감치 돌아가셨고 어머니가 아키타에서 농사를 짓고 있어요."

"농사지을 땅은 좀 있고?"

"우리 밭이 한 마지기쯤 되죠."

"그거, 넓은 거야?"

"아뇨, 200평 정도니까 논밭이라고 할 수도 없어요."

"한마디로 소작인?"

"그렇습니다."

"형제는?"

"몇 명은 전쟁 통에 죽었어요. 지금은 도시로 인부 일 나간 형하고……."

"친척은 잘살아?"

"대충 우리하고 비슷해요."

젊은 남자가 "이 새끼, 미친 거 아닙니까?"라고 속닥거렸다. 수염 난 야쿠자는 허참, 하고 한 차례 피식 웃더니 깊은 한숨을 내쉬었다.

10분쯤 지났을 때, 사무실 앞에 검은 크라운 자가용이 와서 섰다. 젊은 부하들이 급히 마중하러 뛰어나갔다. 갱 영화에 나오는 것처럼 화려한 양복을 빼입은 남자 셋이 어깨를 으쓱거리며 사무실로 들어섰다.

"너냐, 히구치를 저세상에 보낸 놈이!" 한 사람이 고함을 내질렀다. "각오는 되어 있겠지?" 어깨에 둘러멘 목도를 탁자를 향해 휘둘러 내리쳤다. 구니오는 저도 모르게 목을 움츠렸다.

"이 새끼, 도쿄만 바다 속에 처박아줄까?"

"부모 형제는 어디 있어? 싸그리 함께 처리해주마."

"무사히 돌아갈 생각은 하지도 마. 최소한 팔뚝 하나는 각오해."

남자들이 일제히 협박하는 소리를 늘어놓았다. 역시나 프로 야쿠자라고 할까, 얼굴은 도깨비 형상이고 하는 말마다 살기가 감돌았다. 구니오는 말없이 듣고 있었다.

"야야, 소용없다." 수염 난 야쿠자가 손을 가로저으며 소파에서 일어섰다.

"왜 그래, 형님. 소용없다니, 무슨 소리야?"

"아아, 잠깐." 남자들을 방구석으로 데려가 뭔가 숙덕숙덕하기 시작했다.

"필로폰 중독 대학생이야." "미쳤어." "깡촌의 가난뱅이 농사꾼 아들." 그런 말들이 들려왔다.

"돈을 못 만들어?" "도쿄대 학생이라며?" "사체가 떠오르면 신문쟁이들이 와 덤벼든단 말이야." 남자들의 토론은 이어지고, 이따금 얼굴을 찡그리며 짜증스러운 눈빛으로 구니오를 쳐다보았다.

"애초에 자기가 먼저 뛰어들었잖아. 완전 제정신이 아니라니까."

"저 새끼, 대체 어쩌려고 저러지?"

"아무튼 그냥 보낼 수는 없어. 공장에 보내서 20만 엔쯤은 뽑아야지."

"살인 사건의 범인이니까 경찰에 넘겨주면 엄청 고마워할 거예요. 그건 어때요?"

"이런 멍청한 새끼. 수색이라도 들어오면 두목한테 뭐라고 변명하려고?"

구니오는 이미 관심 밖으로 밀려나 있었다. "저어……." 조심스럽게 말을 건넸다.

"요네무라는 지금 어디 있어요? 그 친구, 파묻는 걸 거들었을 뿐이지 이 일하고는 아무 상관도 없어요."

"어이, 학생. 왜 자꾸 그놈을 감싸고돌지? 증거가 이미 다 나왔단 말이야. 현장에 함께 있던 젊은 놈이 죄다 불었어. 요네무라가 돌로 내리쳐서 기절한 참에 네가 목을 졸랐다면서? 물론 공범인 건 틀림없다만."

"당신들은 그 일로 보상을 요구하는 거 아닙니까? 그렇다면 나 혼자 갚을게요. 댁들 세계에서는 새끼손가락을 바치는 게 일반적인 해결 방법이라고 들었는데요."

"뭐야? 웃기는 소리 하고 있네. 네놈의 지저분한 새끼손가락 따위, 몇 개를 잘라 바쳐봐야 한 푼어치의 가치도 없어! 아마추어 주제에 건방진 소리만 하고 있어! 네놈이 보상할 거라고는 돈뿐이란 말이야. 있어, 돈?"

야쿠자 한 사람이 얼굴이 벌게져서 소리를 질렀다. 책상에 있는 주간지를 구니오를 향해 내던졌다.

"야, 조용히 해. 이런 미친 필로폰 중독자를 상대해봤자 소용없다니까. 그냥 둘 다 공장에 보내는 게 가장 무난한 방법 아니겠냐?"

다른 형님이 나서서 달랬다. 벽 쪽의 젊은 치들은 얌전한 얼굴로 일의 경과를 지켜보고 있었다.

"돈이라면 잠시 뒤에 들어올 겁니다. 그때까지만 기다려주세요."

구니오가 말했다.

"새끼손가락이니 돈이니, 이놈이 진짜 쉽게도 널름널름 대답하네. 이봐, 학생. 사람의 목숨값이야. 10, 20만 엔으로는 우선 얘기가 안 된다고."

수염 난 야쿠자가 답답하다는 듯이 말했다.

"100만 엔이면 되겠습니까?"

구니오의 말에 남자들이 일제히 돌아보았다.

"지금 당장은 어렵지만 앞으로 일주일만 기다려주시면."

"어이, 학생. 우리를 놀리는 거면 가만 안 둔다? 이러니저러니 따질 것도 없이 네놈부터 진짜로 죽일 거야."

"거짓말 아니에요. 잘하면 일주일 후에 100만 엔 낼 수 있어요."

"야, 어떻게 100만 엔을 일주일 만에 만들어내? 말해봐."

"그건 말할 수 없고요……."

"이 새끼, 진짜 바다에 처넣는다?" 수염 야쿠자가 흉포한 눈을 번뜩였다.

"알았어요. 말하지요. 실은 올림픽 개최를 방해할 목적으로 다이너마이트를 입수했어요. 지금 그걸로 나라를 위협하고 있는 중입니다."

"어이, 공장으로 보내라니까, 공장으로!" 누군가가 코웃음을 치며 말했다.

"아니, 뭐라고 씨부렁거리는지 한번 들어나 보자. 기왕 여기까지 와 주셨는데. 어디 계속 말해봐."

재촉을 받고 구니오는 이야기를 이어나갔다. 이미 경찰 간부 저택과 경찰학교와 모노레일 교각을 폭파했다는 것, 경찰에 그때마다 성명문을 보냈다는 것, 그리고 자신은 이미 경찰에 쫓기고 있고, 다음 일요일에는 돈을 받아낼 계획이 있다고 털어놓았다. 요구 금액은 1000만 엔이라고 거짓말을 했다. 야쿠자들이니 반절쯤 내놓으라고 요구하면 난처하기 때문이다.

야쿠자들은 미간을 찌푸리며 귀를 기울였다. 개중에는 냉소하는 자도 있었다. 반신반의라기보다 왜 이런 실없는 소리를 듣고 있어야 하는지, 어이가 없다는 기색이었다.

"어쩌지요, 이놈을?"

"아, 글쎄, 공장에 보내는 수밖에 없다니까."

"아니, 잠깐만." 아까부터 팔짱을 끼고 말없이 듣고 있던 소프트 모자의 남자가 불쑥 말했다. "그러고 보니 산야 쪽방촌에 요즘 날마다 형사가 탐문수사를 나오더라고. 얼굴 좀 아는 형사가 나 붙잡고 이런 놈 본 적 있냐고 사진을 보여주던데 아무래도 이놈하고 닮은 거 같아."

모두가 소프트 모자를 돌아보았다.

"아, 나도 들었어. 지난주부터 형사들이 쪽방이며 터키탕을 이 잡듯이 뒤지고 다닌다던데?"

"어라, 나도 들었어. 빨갱이 색출이라는데 관할서 형사들이 설치고 다니고 어째 좀 이상하다고 생각했어."

"이 새끼, 수배자 아냐?"

다시 구니오에게로 시선이 쏟아졌다. "어이, 학생. 나라를 협박한다는 말이 사실이면 그 증거를 대봐." 수염 야쿠자가 탁자를 텅텅 걷어찼다.

"그 전에 요네무라를 풀어주시죠. 그 친구는 정말 관계없어요."

"네놈이 하기 나름이야."

"그러면 무라타 도메키치 씨를 아는 거 같은데, 직접 한번 물어봐요. 모노레일 교각을 폭파할 때는 무라타 아저씨가 도와줬으니까요. 폭발하는 순간도 다 봤어요."

"도메 영감, 지금 어디 있어?"

"팰리스 여관에 있어요."

"어이, 누구 없냐? 팰리스 가서 데려와."

젊은 부하 둘이 뛰어나갔다. 야쿠자들은 이제 협박하는 것도 잊어버리고 눈앞의 이상한 난입자를 바라보고 있었다. "저 새끼가 진짜?"라고 누군가 작은 소리로 말했다. 방은 담배 연기로 가득했다.

20여 분 만에 무라타를 데리고 왔다. "아하, 이거 참, 오래간만이네." 한 손을 쳐들어 인사를 해가며 사무실로 들어온다. 이런 자리에는 익숙한지, 아니면 필로폰으로 담이 커졌는지, 공손하기는 해도 당당한 태도였다.

"아, 이 학생 좀 봐줘. 외골수라서 그렇지, 별로 악의는 없는 놈이거든.

도박으로 빚이 있는 모양인데 조금만 기다려주면 분명히 갚을 거구먼."

"그런 게 아니라 아저씨한테 물어볼 게 있어. 이 대학생이 나라를 협박해서 돈을 뜯어내려고 한다는 게 사실이야?"

야쿠자의 물음에 무라타가 눈을 큼직하게 뜨고 구니오를 보았다.

"아, 아저씨, 실은……."

구니오는 어쩔 수 없이 사정을 솔직히 말했다. 히구치라는 야쿠자를 죽인 것도 어쩔 수 없었다는 변명을 곁들여 고백했다.

"저런, 네가 그런 짓을 저질렀어?" 무라타가 얼굴을 일그러뜨리며 말문이 막혀버렸다. "사람을 죽이다니, 어쩌자고 그런 성급한 짓을……."

"어이, 히구치 일은 나중이고, 아저씨, 모노레일 교각을 폭파했다는 게 사실이야?"

수염 야쿠자가 앞으로 쓰윽 나서며 물었다.

"응, 사실이야. 교각에 다이너마이트를 붙여서 요란하게 콘크리트를 날려버렸지."

"근데 그게 왜 뉴스에는 안 나왔어?"

"도쿄가 위험에 빠졌다는 소식이 외국에 알려지면 큰일이니까 나라에서는 어떻게든지 감추고 싶은 거 아니겠어? 나도 그거에는 참말로 놀랐어."

"당신들, 정말로 나라에서 몸값을 받아낼 수 있다고 생각하는 거야?"

"글쎄, 모르지. 나는 처음에는 그냥 재미삼아 도와주기는 했는데, 날이 갈수록 이 학생이라면 해낼 수 있다는 생각이 들어. 어떻든 머리도 좋고 냉정하고 식솔이 없으니 거칠 것도 없어. 게다가 올림픽이 인질이라는 게 아주 좋아. 요요기 체육관도 무도관도 신칸센도 수도고속도로도, 도쿄에 있는 건 죄다 인질이잖아. 그쪽에서야 그걸 다 지켜낼 수는 없지."

무라타가 침착하기 그지없이 말했다. 야쿠자들은 심각한 얼굴로 신음을 흘리며 콧숨을 내쉬었다.

"어떻게 할까, 형제들?" 수염 야쿠자가 말했다.

"어떻게 하냐니……. 그걸 우리가 어떻게 압니까."

"두목하고 상의해보는 게 맞지 않겠습니까. 어디까지 진짜인지는 모르겠지만 이런 얘기를 들은 이상, 그냥 내버려둘 수는 없죠."

"이자들 얘기에 합세하면 오타니파는 온 나라의 적이 되는 거예요."

"그건 위험하지."

"야, 누가 두목한테 연락 좀 해라."

"일요일은 매주 골프야. 내일이나 되어야 나오셔."

다시 상의가 시작되었다.

"미안한데요, 요네무라는……." 구니오가 말했다.

"거참, 시끄럽네. 지금 그게 문제가 아니잖아."

"이제 그만 풀어줘. 공장에 보내는 거 말고는 아무짝에도 쓸모가 없잖아. 올챙이야, 올챙이."

"그래, 잔뜩 겁 좀 줘서 합숙소로 돌려보내."

"그렇게 해주시면 고맙지요." 구니오가 머리를 숙였다.

"이 학생, 완전 생날라리네."

야쿠자들이 어이없다는 듯 구니오를 보았다.

"어이, 시마자키. 오늘 밤은 여기서 주무셔야겠어." 수염 난 야쿠자가 말했다. "거래를 할지 말지는 두목님이 정하신다."

"알았어요. 여기서 기다리겠습니다."

"그러면 나는 이쯤에서." 무라타가 소파에서 엉거주춤 일어섰다.

"이봐요, 아저씨도 돌려보낼 수 없어."

무라타는 못마땅한 얼굴로 한숨을 내쉬더니 가슴팍 호주머니에서 담배를 꺼내 불을 붙였다.

"뭐, 좋아. 여기 여관이 팰리스보다 번듯하니까. 방은 잡아줄 거지?"

야쿠자를 상대로 툴툴거리며 담배 연기를 피워 올리고 있었다.

문득 올려다보니 '임협도'라는 큼직한 붓글씨 액자가 벽에 걸려 있었다. 어딘가 찾아보면 권총이나 일본도도 몇 개쯤 나올 것 같은 분위기다. 그런데도 공포감이 없는 건 무슨 영문인가. 구니오는 왠지 객관적으로 모든 것을 느끼며 시간의 흐름에 몸을 맡기고 있었다. 모든 것이 소소한 일로만 여겨졌다.

결국 구니오와 무라타는 아시아하우스 방 한 칸에 하룻밤 감금되어 다음 날을 맞이하게 되었다. 그동안 야쿠자들은 어떻게 대응해야 할지 허둥거리며 복도에 감시를 세워두는 것 외에는 가까이 오지도 않았다. 저녁으로 배달된 음식이 볶음밥과 교자였던 것은 필로폰으로 대담무쌍해진 무라타가 당당히 요구했기 때문이다. 젊은 부하에게 돈을 내주며 맥주도 사 오라고 했다. 마음대로 외출할 수 없는 것만 빼고는 숙박객과 하나도 다를 게 없었다.

무라타는 히구치 살해에 대해 자세히 얘기하라고 요구했다. 구니오가 있는 그대로 말하자 "네가 그런 짓까지 할 건 없었는데, 에휴"라며 어깨를 툭 떨구고 한참이나 슬픈 얼굴을 보였다.

오타니파의 두목은 다음 날 오전 이른 시간에 아시아하우스 사무실에 나타났다. 자신들이 그쪽 사무실로 끌려갈 줄 알았는데, 범인 방조 혐의가 떨어질지도 모를 인물을 본가에는 들일 수 없다고 판단한 모양이었다. 두목이라는 사람은 화려한 흰 양복에 빨간 셔츠를 입고 있었다. 나이는 마흔 살 남짓이나 되었을까. 그야말로 전후의 뒷골목을 몸 하나로 버티며 치고 올라왔다는 박력이 느껴지는 인물이다.

사무실 소파에서 무라타와 나란히 두목을 마주하고 앉았다. 두목은 세련되게 궐련을 피웠다. 어제 보았던 형님들도 주위를 에워쌌다. 이 사건이 어떻게 굴러갈지, 모두들 흥미진진한 기색이었다.

"자네, 도쿄대생이라며? 그런 머리 좋은 놈이 어쩌다 위에 대들 생각을 했어?"

위협하는 말투가 아니었다. 진기한 생물이라도 발견했다는 듯한 분위기다.

"도쿄 올림픽이 그저 보여주기 위한 급조된 번영을 바탕으로 거행되려 하기 때문이에요. 이 나라의 프롤레타리아는 완전히 짓밟혀 마치 발판처럼 취급되고 있습니다. 가난한 사람은 가난한 그대로예요. 이걸 용서한다면 국가는 점점 더 자본가를 우대하겠지요. 누군가가 반기를 들지 않으면 민중은 앞으로도 계속 권리를 박탈당한 채 살아야 합니다."

"아, 어려운 소리는 읊지 마. 요컨대 뭘 원하는 거야? 돈인가?"

"아뇨, 평등한 사회입니다."

"평등? 그런 게 어디 있어?" 두목이 얼굴을 찌푸렸다.

"지금까지는 없었어요. 그렇기 때문에 실현하려는 것이죠. 우리 고향은 빈농의 시골입니다. 정치권 밖으로 내팽개쳐진 지역이에요. 화려한 도쿄의 100분의 1이라도 좋으니 그 부를 돌려주고 싶은 겁니다."

"학생, 빨갱이야?"

"마르크스를 연구하고 있지만, 신념이 될 정도까지는 이르지 못했어요."

"흠, 별 이상한 놈이 다 있네. 도쿄 올림픽을 방해하려고 하다니, 바보인지 배짱이 좋은 건지……."

"그러니까 이 거래가 성공할 때까지 나를 풀어주시지요. 100만 엔 내겠습니다. 거짓말은 안 해요."

"이봐, 도쿄대생." 두목이 머리를 북북 긁었다. "우리 야쿠자는 말이지, 올림픽이 시작되면 도쿄를 떠나기로 되어 있어. 군마 산속 여관에 틀어박혀서, 뭐, 겉으로는 심신 단련을 위해 폭포 물을 맞는다고 하지만 실제로는 온천하고 도박판에 빠져 지낼 거야. 요컨대 올림픽 기간 중에는 자리를 좀 비켜주는 거라고. 무슨 말인지 알겠어?"

"글쎄요, 그건 좀……."

"도쿄 최고의 큰 두목님이 계시거든. 그 양반이, 올림픽 때는 외국 손님이 잔뜩 들어온다, 그 손님들에게 불쾌한 느낌을 줘서는 안 되니까 눈매 사나운 야쿠자는 거리에서 꺼져라, 그런 말씀을 내리셨어. 그래서 야쿠자는 싸그리 떠나야 할 처지야. 나는 말이지, 이건 좀 너무 심하지 않냐고 생각하지만 다들 우향우 하는 분위기인데 우리만 거스를 수는 없어. 그런 거라고."

두목이 커피 잔을 입에 대며 부루퉁한 얼굴로 말을 이었다.

"너는 아주 재미있는 놈이라고 생각해. 하지만 그런 명령이 떨어진 가운데서 설마하니 올림픽을 인질로 나라에서 몸값을 우려내려는 놈하고 거래를 할 수는 없어. 어제저녁에 이 사건을 전화로 보고받고 나도 이래저래 고민 많이 했어. 경찰에게 한 방 먹인다는 것이야 유쾌하지. 하지만 올림픽이라면 얘기가 달라져. 너를 경찰에 넘겨야겠다."

"자, 잠깐, 그건 아니지." 깜짝 놀란 무라타가 옆에서 말을 끼웠다. "어이, 좀 봐주쇼. 오타니파가 언제부터 경찰 편이었다고 그러시나?"

"경찰 따위는 관계없어. 나라를 위해서야."

"어허, 그런 말씀 마시고."

"영감님, 입 닥치쇼. 나는 야쿠자지만 일본인의 한 사람으로서 올림픽의 성공을 기원하고 있어. 세계에 우리 나라를 자랑하고 싶단 말이야. 전쟁으로 잿더미가 된 도쿄가 이렇게 훌륭하게 다시 태어났잖아. 근데 이제 막 지은 요요기 체육관을 폭파하겠다니, 내가 진짜 성질도

나고 도저히 그 범인을 용서할 수 없어."

"그러니까 경찰이 우리 거래에 응하면 폭파는 안 할 거라니까. 앞으로 일주일이면 해결되니까 좀 기다려봐."

"아니, 기다릴 수 없어. 지금 경찰에 갑시다."

"100만 엔이야. 큰돈이 굴러들어 온다니까."

"필요 없어."

두목이 의연히 내뱉었다.

"이봐요, 두목. 경찰에 가면 댁들이 건설 현장 합숙소에서 상납금을 받아먹었다, 시골에서 올라온 인부를 감금하고 때렸다, 그런 것도 다 드러나."

"걱정 마쇼. 그런 건 틀림없이 봐줄 거라고. 야쿠자하고 경찰은 서로 주고받는 관계야. 그보다 영감, 다이너마이트 내놔. 어디에 감췄지?"

"아니, 그건……."

"냉큼 내놔. 안 그러면 평생 우에노에서 일 못 하게 할 거야."

무라타가 어깨를 툭 떨어뜨렸다. 옆자리의 구니오를 보았다. 구니오는 말없이 강한 시선으로 마주 보고 있었다. 앞으로 일이 어떻게 될지는 모르지만, 두려운 기색이라고는 조금도 없었다.

"……알았어. 바로 근처에 있으니까 가져올게."

"어이, 누구 좀 따라갔다 와라."

"아니, 나 혼자도 괜찮아. 도망 안 쳐."

"그럴 수야 있나. 어이, 네가 따라가."

지명을 받은 젊은이가 튕기듯이 달려 나왔다. 무라타와 나란히 사무실을 나간다. 잠시 침묵이 흘렀다. 그때 수염 난 야쿠자가 얼굴을 붉히며 "형님, 진짜로 다시 봤습니다"라고 두목을 향해 말했다.

"역시 두목님은 다르시네요. 첫째로 나라를 위한 일을 생각하실 줄은 몰랐어요. 저는 그냥 껍데기가 홀랑 벗겨지도록 두들겨 패서 쫓아내는 것밖에는 생각을 못 했어요."

"저도 그렇습니다. 얼른 공장에 팔아먹고 끝내려고 했습니다."

"역시 두목님은 그릇이 크십니다."

"예전의 특공대다운 관록이십니다."

형님들이 저마다 두목을 추켜올렸다. 눈물까지 글썽거리는 자가 있었다.

"어허, 그러지 마라. 나는 일본인으로서 당연한 일을 할 뿐이야. 올림픽을 성공시켜서 19년 전에 소이탄을 떨어뜨린 미국인에게 똑똑히 보여줘야 할 거 아냐. 그게 전후의 일본인 정신이지. 그렇잖아?"

두목은 그리 싫지는 않은 기색으로 소파에 몸을 기댔다. 벽 쪽의 젊은 부하들은 두목의 기분이 좋은 것에 안도하여 표정이 누그러들었다.

그런 참에 무라타가 혼자서 돌아왔다. 눈의 초점이 일정하지 않았다. 한눈에도 필로폰을 맞은 직후라는 것을 알 수 있었다.

"뭐야, 영감. 애는 어디 갔어?"

"지하실에 가뒀어. 바보더라고, 그놈. 내가 나오면서 잠깐 기다리라고 했더니 순순히 내 말을 듣더라니까."

"뭔 소리야? 다이너마이트는 어떻게 했어?"

"어떻게 했냐니, 여기 있지."

무라타가 양복 앞섶을 펼쳤다. 바지 허리춤에 다이너마이트 몇 개가 꽂혀 있었다. 그중 하나를 뽑아 왼손에 들었다. 그리고 오른손으로 호주머니를 뒤적여 라이터를 꺼내 들었다.

불을 붙였다. "이런 멍청한 영감, 하지 마!" 야쿠자들의 얼굴이 바짝 굳어버렸다.

"구니오, 도망치자. 준비됐지?"

도화선에 불이 붙었다.

"어이, 꺼! 제발 끄라고!"

"이놈들, 뭐가 나라를 위해서야?"

다이너마이트를 바닥에 데굴데굴 굴렸다. 여기저기서 사내들의 비명 소리가 터졌다.

구니오는 자리에서 일어나 현관을 향해 발을 박차고 뛰었다. 등 뒤에서 다이너마이트가 폭발했다. 그와 동시에 자신의 몸이 로켓탄처럼 허공에 붕 떴다.

35

9월 28일 월요일

아침부터 비가 내리고 기온도 단숨에 가을 날씨로 바뀌었다. 고지마치 경찰 기숙사 식당에서 아침을 먹고 있는데 여기저기서 재채기 소리와 코를 훌쩍이는 소리가 들려왔다. 여름 이불로는 이제 슬슬 감기에 걸릴 것 같다.

오치아이 마사오는 세면실 거울 앞에서 수염을 깎으며 대체 며칠이나 집에 들어가지 못했나, 손가락으로 헤아려보았다. 오카치마치에서 폭발 사건이 일어난 게 9월 21일이니까 정확히 일주일이다. 하긴 집에 들어가도 아내는 해산 준비 때문에 친정에 가 있어서 아무도 없다.

도쿄 역에서 범인을 놓쳐버린 건 연계 작전에 구멍이 뚫린 경시청의 대실수라고 할 만한 일이었다. 수사진의 규모가 지나치게 커서 경감 이하의 형사들은 전체적인 정보를 전달받지 못한 데다 공안부와 형사부가 마치 적대하는 조직처럼 경쟁한 것이 애초의 원인이다. 공안부는 지휘 계통이 지나치게 경직된 탓에 예측하지 못한 사태가 발생하면 그야말로 간단히 오합지졸이 되어버린다. 기껏 폭죽 몇 방에 전원이 어쩔 줄 모르고 당황해서 물건을 바꿔치기한 순간을 놓친 건 마사오를 비롯한 5계 형사의 감각으로 보자면 완전히 아마추어였다. 한편 형사부는 정보를 공유한다는 의식이 희박하고 각자 마음대로 움직이려는 경향이 있다. 갑작스럽게 나타난 우에노 경찰서 형사가 그 전형적인 예였다. 공안부는 그래서 형사부에 일을 맡길 수 없다고 자기들 잘못은 시렁에 얹어놓고 지령이 철저히 하달되지 않은 데 대한 비난을 퍼부었다.

가까스로 운반책의 신병은 확보했지만, 쪽방촌에서 우연히 불려 나온 전과자여서 시마자키와 무라타가 누구인지도 제대로 모르는 상황이었다. 이건 아무 단서도 되지 못했다.

마사오는 자신의 눈 속에 찍힌 시마자키 구니오의 모습을 그 윤곽이 지워지지 않도록 뇌 속에서 수없이 곱씹었다. 처음 마주친 스물네 살 테러리스트의 맨얼굴은 상상했던 것보다 훨씬 부드럽고 침착했다. 범죄자는 반드시 인상에 사심이 드러나게 마련인데 시마자키에게서는 그것이 전혀 느껴지지 않았다. 어떤 신념에 바탕을 두고 있다기보다 로봇처럼 무기질적인 인상이었다. 무엇보다 무라타 도메키치를 도와주려고 후추를 뿌릴 때, 시마자키는 전혀 서두르는 기색이 없었다. 그 냉정함은 어디에서 온 것일까. 국가를 상대로 억지 요구를 하면서도 그에게서는 어떤 것에도 집착하지 않는 듯한 허무의 냄새가 감돌았다.

세면실 문이 열리고 미야시타가 들어왔다. 평소에는 큰 소리로 "여어, 잘 잤어?"라고 씩씩하게 인사를 건네는데 오늘 아침에는 힘없이 흘낏 쳐다볼 뿐이다. 거울 앞에서 부스스한 머리를 쓸어 올리며 "어이, 오치아이. 우에노 경찰서 형사과장이 간밤에 사표를 냈대"라고 조용히 말하더니 수도꼭지를 틀었다.

"참 나, 그게 뭡니까? 대체 무슨 잘못을 했는데요?"

"그냥 보관만 하는 거야. 우리도 사표를 낼 테니 도쿄 역에서 지휘를 맡은 공안1과장도 사표를 내라는 견제야. 물론 그쪽에서도 낼 거고, 우리하고 함께 반려될 거야."

"참 번거로운 짓을 하시네요."

"누가 아니래. 이 판국에 서로 책임 떠넘기기라니."

부루퉁하게 내뱉고 얼굴을 씻었다. 난폭한 몸짓으로 애먼 데다 화풀이를 한다.

수사1과는 전원 의기소침한 분위기였다. 그렇게 많은 숫자를 배치했으면서도 범인을 놓쳤다는 사실이 형사의 자부심을 갈기갈기 찢어놓아서 저마다 자기혐오라는 부담감을 안고 있었다. 마사오 역시 간밤에 거의 잠을 이루지 못했다. 어쩌자고 시마자키 구니오가 던진 후추를 정통으로 맞고 말았는가. 영 점 몇 초만 재빨리 눈을 감았더라면 시야를 확보할 수 있었고 그랬으면 체포도 가능했던 것이다. 형사가 둘이나 있었으면서 무참하게 당해버렸다. 그 안타까움이 가슴속에서 스멀스멀 면적을 넓혀가는 통에 가만히 있기가 괴로울 정도였다. 어제는 병원에서 치료를 받은 뒤에 쉬라는 미야시타의 지시도 물리치고 곧바로 길거리로 뛰어나가 밤 12시까지 쪽방촌을 탐문하고 다녔다. 신경이 날카로워졌던지, 반항적인 야쿠자 한 놈을 골목길에서 힘껏 걷어차버렸다. 혹시라도 칼 같은 걸 들이댔다면 그야말로 떡이 되도록 패버렸을 것이다.

"오치아이, 집사람은 별일 없지?" 미야시타가 이를 닦으며 말했다.

"예, 지금 고이와 처갓집에 가 있어요."

"내가 좋은 산파를 알고 있는데."

"병원에서 낳을 거예요."

"그래? 요즘은 다들 병원으로 가는 모양이네. 아무튼 예정일에 정확히 낳았으면 좋겠다. 10월 10일이라고 했지? 온 나라가 축복해주는 날이야."

마사오는 대답하지 않았다. 지금 그런 얘기를 해봤자 답답하기만 하다.

"전화라도 자주 해. 가족 간의 연락은 소중한 거야. 나도 엊저녁에 딸 목소리를 들었더니 힘이 나더라고. 아버지, 감기 걸리지 않게 조심하세요, 라나? 목소리만 들어도 기분이 좋아져."

"따님이 아주 착하네요."

"응, 우리 딸이 고등학교 졸업하면 대학 가고 싶대. 그거 때문에 내 마음에 들려고 애쓰고 있는 거야."

이 얘기는 벌써 두 번째였다. 한마디로, 딸 자랑이다. 마사오의 기분을 풀어주려고 수더분한 이야기를 해주는 것이다.

"히비야 고등학교라고 했지요? 거긴 다들 공부 잘하잖아요. 당연히 대학 가야죠." 마사오도 박자를 맞춰주었다.

"여자도 웬만하면 대학 가는 시대야. 이러다가 데려간다는 사람이 없을까 봐 걱정이야."

"설마. 시대가 바뀌었는데요, 뭘."

"그렇지? 내가 벌써 고리타분한 기성세대가 됐어."

미야시타는 얼굴을 탁탁 두드리며 자신에게 기합을 넣었다.

"좋아. 기분을 싹 바꿔서 오늘도 열심히 뛰어보자."

"예!"

마사오는 고개를 끄덕이고 세면실을 나왔다. 복도를 지나 계단을 뛰어 내려갔다. 그리고 1층 공중전화로 처가의 옆집 건어물 가게에 전화를 걸었다. 처가에 전화가 없어서 연락은 항상 이쪽을 거쳐 호출해야 한다.

"아침부터 죄송합니다. 오치아이 마사오라고 하는데요, 옆집의 하루미 좀 불러주시면 고맙겠습니다."

"하루미 신랑이구나? 임신부는 건강하게 잘 지내. 어제도 히로시 데리고 물건 사러 왔었어. 아, 잠깐 기다려봐."

상냥한 서민 동네의 아주머니다. 잠시 정적이 흐르더니 멀리서 슬리퍼 소리가 났다. 그러고는 아내의 목소리가 귀에 뛰어들었다.

"여보, 웬일이야? 무슨 일 있었어?"

"없어. 그냥 잘 지내나 싶어서."

"아이참, 깜짝 놀랐네. 나야 당연히 건강하게 잘 지내지."

아내가 안도한 듯이 말했다. 그 밝은 목소리를 듣고 마사오도 기분이 환해졌다.

회의 때, 다나카 과장대리는 눈 밑에 다크 서클이 생긴 얼굴로 수사관들에게 지시를 내렸다. 통상 조회 때는 수사 지역의 배분만 했는데 어제저녁에 범인을 놓쳐버리면서 회의까지 중지되는 바람에 오늘 아침은 보고회도 겸하게 되었다.

"현재까지는 어디서 폭발 사고가 났다는 정보는 들어온 게 없다. 어떻든 어제 범인은 돈을 가져가지 못했다. 예고했던 대로 보복 폭파가 있을 것으로 예상된다. 어제부터 올림픽 관련 시설과 호텔 및 교통 기관은 모조리 경비 대상이 되었지만, 그래도 마음을 놓기는 어렵다. 알다시피 모레는 요시노미야(쇼와 천황의 둘째 아들)와 쓰가루 하나코 씨의 결혼식이 거행될 예정이다. IOC 간부도 속속 국내로 들어온다. 전 국민의 주목을 받는 행사인 만큼 테러 공격의 표적이 될 가능성이 높다. 우리가 할 일은 경비가 아니라 범인을 잡는 것이지만, 전체적인 상황을 염두에 두고 수사에 임해주기 바란다. 알겠나, 범인은 이 나라 어딘가에 숨어 있다."

다나카의 말을 각자가 진지한 얼굴로 들었다. 이미 수사1과만 해도 100명의 형사들이 이 사건에만 전념하는 대규모 팀이다.

"그리고 어제 도쿄 역에서의 일과 관련해서 다마리 과장의 전언이 있다. —오치아이의 판단은 옳았다. 주범은 시마자키, 무라타는 어디까지나 공범자다. 이런 경우에는 무라타를 잡지 않고 미행해서 아지트를 파악하는 게 수사의 정석이다. 시마자키가 갑작스럽게 나타나 공격해온 건 예기치 않은 사태였고 도저히 피할 수 없는 일이었다. 오히려 혼란한 가운데서도 물건이 뒤바뀐 것을 알아내고, 쉽게 돈을 빼앗기지 않았던 점을 높이 평가해야 할 것이다. 이상이다. 어이, 오치아이. 괜히 기죽을 거 없어."

"그래도 기운이 빠지네요." 오치아이가 힘없이 대답했다. 수사관들이 쓴웃음을 지었다. 과장도 격려에 나서주었다. 형사부는 좋든 싫든 한 가족이다.

"자네, 시마자키와 무라타를 직접 봤지? 뭔가 의견이 있으면 말해봐."

"네." 마사오는 자리에서 일어나 소견을 밝혔다. "겨우 몇 초 동안 본 것뿐이지만, 두 사람 사이의 동지 같은 끈끈한 정을 느꼈습니다. 적어도 얄팍한 이해관계로 맺어진 사이는 아닙니다."

"왜 그렇게 생각했지?"

"제 느낌이에요. 그저 이용해먹는 거라면 위험을 무릅쓰고 구해주지는 않겠지요. 단독범으로 시작한 시마자키가 중간부터 무라타라는 파트너를 얻어 정신적으로 크게 기대게 된 거 같아요."

"무라타는 어째서 시마자키의 공범이 됐을까?"

"자세한 속사정까지는 모르겠지만 돈 때문만은 아닐 거예요.

8000만 엔이라는 큰돈은 오히려 분에 넘치는 액수지요. 무라타는 자잘한 소매치기범입니다. 자신의 분수를 잘 알 거예요. 돈보다는 오히려 시마자키를 아들처럼 생각하는 거 같아요. 우에노 경찰서 계장에게 물어봤는데, 1945년 아키타 공습 때 무라타의 다섯 살 난 아들이 죽었답니다. 살아 있다면 시마자키와 같은 나이예요."

마사오의 말에 수사관 일동이 그럴싸하다는 듯 "호오"라는 소리를 흘렸다.

"오타니파의 사무실 폭파 사건도 그렇습니다. 앞으로 우에다에서 계속 일할 생각이라면 폭력단을 상대로 싸울 리가 없어요. 그건 한마디로 시마자키를 구해주려고 한 일입니다."

"시마자키의 가족관계는 어떻게 되지? 자세하게 알려줘."

최근 며칠 동안 수사본부에 가담했던 나이 든 형사가 질문을 던졌다.

"아버지는 어린 시절에 병사했지만, 친아버지가 아니라고 합니다. 시마자키는 순회 중이던 영사기사와 눈이 맞아 생긴 아이라는 소문이 그 동네에서 돌고 있어요. 형제는 일곱이지만 전쟁으로 둘이 죽고, 올해 7월에는 큰형이 건설 현장 합숙소에서 사망했습니다. 사인은 필로폰 과다 섭취."

"그럼 시마자키는 아버지를 모른 채 자랐겠군."

"아무튼 이제 시마자키와 무라타 두 사람은 분명한 콤비입니다."

"두 사람이 현재 같은 장소에서 잠복하고 있을 거라고 생각하나?" 다나카가 물었다.

"그건 모르겠습니다. 둘이 함께 움직이면 눈에 띌 테니까 연락 방법을 정해놓고 각각 따로 도주 중일 가능성도 있어요. 특히 무라타는 뒷골목 세계에서 오래 살아온 사람이라서 은신처는 얼마든지 확보할 수 있을 겁니다. 다만 자기네 사무실이 폭파되는 피해를 입은 오타니파도 조직의 위신을 걸고 미친 듯이 찾고 있을 테니까 우에노와 아사쿠사 지역은 피할 거라고……."

"아, 오타니파는 무시해도 좋아. 스가 경시감의 명령으로 4과 과장이 조직 상부를 죄다 호출해서 쓸데없는 짓을 했다가는 전원 잡아들이겠다고 단단히 일러뒀대."

"어휴, 그러니 아마추어라고 하지. 야쿠자가 찾아내게 그냥 놔두면 좋았을 텐데. 우리 부장님, 대체 뭐 하시는 거야." 니이가 들으라는 듯이 중얼거렸다.

"어이, 니이. 쓸데없는 소리 하지 마." 미야시타가 나무랐다.

경시청 부장은 모두가 도쿄대 출신의 유자격자(有資格者)라도 연차로는 형사부장의 아래였다. 경찰 조직에서 서열은 절대적이다.

"다들 앞으로는 24시간 체제로 범인을 추적한다. 가택수색은 공안부에 의해 어제 이미 실시되었다. 현재 압수품을 조사 중이라고 한다. 또한 시마자키의 의류품과 구두도 압수했기 때문에 감식과에서는 경찰견도 출동하기로 했다. 어제저녁에 다섯 팀이 철야로 다이토 구 산야의 쪽방촌을 수색했다. 올림픽 도로공사와 마찬가지로, 우리 1과도 주야 교대로 움직일 것이다. 범인들이 잠을 자게 놔둬서는 안 된다. 어제부터 시마자키와 무라타 두 사람은 정식으로 전국에 지명수배가 내려졌고 전국 현경에 협력을 요청했다. 지방 여관에 일시적으로 숨어드는 상황까지 고려하여 10만 장의 수배 사진을 배포 중이다. 그것도 머릿속에 넣어두기 바란다. 그리고 또 한 가지. 상대는 다이너마이트를 소지하고 있다. 그들을 발견했을 경우, 뭔가 짐을 갖고 있을 때는 다이너마이트를 소지하고 있다는 점을 예상하여 대응하도록 한다. 처음 훔쳐 간 다이너마이트는 열두 개다. 지금까지 사용된 건 확인된 범위에서는 다섯 개, 따라서 아직 일곱 개가 남아 있다. 게다가 피의자 두 명은 필로폰 상습자다. 피의자를 발견했을 때, 무라타 혼자뿐이라면 체포하지 않고 미행하는 것을 원칙으로 한다. 시마자키라면 그 자리에서 체포할 것. 단, 임기응변을 발휘해야 한다. 상황을 잘 고려해서 각자 판단하도록. 알겠나, 이번 주야말로 반드시 범인을 체포한다. 그래서 인질이 된 도쿄 올림픽을 해방해야 한다!"

다나카가 격려의 말을 날리자 수사관 일동이 고개를 끄덕였다. 이어서 대리보좌가 탐문수사에 들어갈 지역을 배당해주었다. 용의자가 두 명으로 늘어난 만큼 대기 인원도 따로 배정되어서 마사오를 비롯한 5계는 자주적인 판단에 따른 행동이 허락되었다. "아무렴, 그렇게 해주셔야지." 모리 다쿠로가 속닥거리며 손가락을 튕겼다.

"모리 씨, 뭔가 정보 얻은 거 있어요?" 사와노가 물었다.

"아니, 없어. 없긴 한데 뒷골목 쪽이라면 얼마든지 단서가 있어. 무라타 도메키치가 공범이라는 거하고, 그 두 사람이 필로폰에 손을 댔다는 건 우리 형사과에게는 큰 행운이야. 도쿄대생의 단독범행이라면 우린 어디에서 잠복해야 할지 아예 짐작도 못 했을 거야."

"그건 그래. 무라타가 없었다면 공안부는 훨씬 더 잘난 척했겠지. 무라타가 하느님이다."

구라하시가 담배를 피우다가 항상 졸리는 듯한 그 눈을 껌뻑이며 말했다.

"어이, 자네들. 활동은 자유지만 포착한 정보는 반드시 보고해. 그리고 정시 연락도 잊지 마."

미야시타가 부하들에게 다짐했다. 계단을 내려가 현관 쪽으로 갔더니 누가 준비했는지 수백 개의 검은 우산이 산더미처럼 쌓여 있었다. 유리창 너머로 바깥을 보았다. 아무도 모르는 사이에 비가 쏟아지고 있었다. "에이, 구두 반짝반짝 닦고 나왔는데." 사와노가 투덜거렸다.

다들 묵묵히 우산을 들고 현관을 나섰다. 여기저기서 검은 우산이 펼쳐졌다. 물길에 떠오른 연꽃들처럼 흔들흔들 흔들리며 거리로 흘러나간다.

마사오 일행도 줄줄이 그 뒤를 따라나섰다. 비가 아스팔트 위에서 춤추고 있었다.

한조몬 쪽으로 나가보니 거리는 계엄령 같은 경비태세였다. 사거리에 비옷 차림의 경찰이 지키고 서 있고, 기동대 수송 차량이 1차선을 가로막고 있었다. 특히 황궁 주변은 온통 경찰이다. 올림픽 경비 훈련이라는 명목으로 얼마든지 핑계를 댈 수 있다고 하지만, 길 가던 사람들은 역시 크게 놀란 표정으로 호기심의 시선을 던지고 있었다.

"자아, 우리는 어디로 갈까요?" 이와무라가 말했다.

"하네다, 고자, 로쿠고도테. 오늘은 비가 와서 공사를 쉴 테니까 다시 한번 인부들부터 탐문해보자."

"그렇군요. 현장은 최소한 백 번은 가보라는 말대로, 처음부터 발자취를 더듬어보는 건가요?"

전차 정류장까지 빗속을 걸었다. 바짓단이 빗방울 세례를 받아 금세 거뭇거뭇 색깔이 변했다.

36

9월 28일 월요일

장대같이 쏟아지는 빗속에 스가 다다시는 혼다 S600의 핸들 위로 가슴을 내밀고 수증기로 부예진 앞 유리를 닦아가며 혼고 거리를 달렸다. 해가 지면서 기온이 부쩍 떨어져서 스웨터가 그리울 정도였다. 오랜만에 정시에 퇴근할 수 있었던 것은 구성작가가 실종된 덕분이었다. 그 작가는 마감 시간이 아슬아슬한 오늘 오후에 "다 썼어요. 지금 갑니다"라고 전화로 말해놓고는 그길로 행방불명이 되어버렸다. 귀신이라는 별명의 담당 프로듀서는 "인간이란 궁지에 몰리면 어떤 거짓말이든 다 하는군"이라고, 외국인처럼 어깨를 으쓱 쳐들었을 뿐이다. 사회인 2년 차인 다다시는 입을 쩍 벌린 크레바스(빙하의 갈라진 틈) 사이로 인간의 어두운 심연을 들여다보는 듯한 텔레비전 방송국에서의 하루하루였다.

아무튼 잘됐다 하고 다다시는 이 틈을 자기 시간으로 쓰기로 했다. 물론 시마자키 구니오를 찾아 나서는 것이다.

어젯밤에 니시카타의 하숙집에서 자고 있는데, 갑자기 열 명 가까운 경찰관이 들이닥쳐 시마자키의 방을 수색했다. 깜짝 놀라 복도로 뛰어나갔더니 일요일의 한가한 하숙집을 지저분한 사내들이 온통 점거하고 있었다. 그 속에 공안부의 야노 형사가 있었다. 눈이 마주쳤다. 뭔가 한마디 할 줄 알았더니 쓱 시선을 돌려버린다.

수색영장이 있는 걸 보면 체포장이 나왔다는 걸까. 가까이에 있던 수사관에게 무슨 일이냐고 물었더니 "시끄러워. 조용히 하고 있어"라고 눈을 부라렸다.

"어이, 그 친구가 지난번에 말한 경시감 댁 아드님이야." 야노가 눈짓을 했다.

"엇, 그래?" 그 즉시 말투가 다운되더니 짜증스럽다는 듯 혀를 끌끌 찼다.

그래도 궁금해서 다다시는 새파란 얼굴로 멀거니 서 있는 주인아주머니에게 물었다.

"무슨 용의로 이런답니까?"

"공무집행방해에다 상해죄래. 글쎄, 시마자키 군이 두 시간쯤 전에 도쿄 역에서 형사에게 후추를 뿌려 눈에 상처를 입혔다는 거야. 난 정말 믿을 수가 없다."

아주머니는 양손으로 뺨을 감싸고 입술을 파르르 떨며 말했다.

다다시도 소름이 돋았다. 경찰의 말을 액면 그대로 받아들일 수는 없지만 시마자키가 뭔가 또다시 일을 저지른 모양이었다. 그리고 경찰이 공식적인 행동에 나섰다는 건 사태가 더욱더 심각해졌다는 뜻이다. 아버지는 과연 괜찮은 걸까.

거의 이사를 하다시피 시마자키의 소지품 대부분을 싣고 가버렸다. 의류품까지 종이 박스에 넣어 압수해 가는 데는 놀랐다기보다 혐오감이 느껴졌다. 다다시는 국가권력의 무서움을 새삼스럽게 깨달았다.

자동차는 혼고 3초메를 우회전하고 하루키초 모퉁이를 왼쪽으로 돌아 다쓰오카 문을 통해 도쿄대 캠퍼스 안으로 들어갔다. 부속병원 주차장에 차를 세우고, 우선 경제학부 하마노 교수 연구실로 향했다. 공교롭게도 교수는 이미 귀가했고, 유난히 육감적인 여조교가 혼자 남아 서류를 정리하고 있었다. 다다시는 자신이 경제학부 OB이고 현재 텔레비전 방송국 사원이다, 시마자키와는 동창이고 하마노 교수의 수업을 받았었노라고 간단히 설명했다.

"갑자기 이런 얘기를 해서 미안한데, 오늘 혹시 여기에 형사 왔었어요?"

"아뇨, 제가 있을 때는 안 왔는데요."

"교수님은 뭔가 달라진 점은 없었어요? 이를테면 누군가에게서 전화가 걸려 와 급히 외출하셨다든가, 편지가 왔는데 눈치가 이상하셨다든가."

"아뇨, 그런 일도 없었어요."

"그럼, 혹시 시마자키 구니오가 나타났다거나?"

"시마자키 씨는 벌써 두 달 반 동안 본 적이 없어요."

"저기, 시마자키하고는 친했어요?"

여자가 잠시 틈을 두었다. 3초 후, 도톰한 입술을 다문 채 미소를 짓더니 고개를 흔들었다.

"아뇨, 특별히 친했던 적은 없어요."

"그 친구, 여자는 있었어요?" 다다시가 새끼손가락을 세웠다.

"몰라요." 딱 잘라 대꾸했다.

"뭐든 단서가 될 만한 게 없을까요? 내가 실은 일주일쯤 전에 시마자키가 밤에 야요이 문으로 캠퍼스에 들어오는 걸 봤는데."

여자의 얼굴색이 변했다. "정말이에요?"

"응, 하지만 그 뒤 행방을 모르겠어요. 경찰이 필사적으로 수색 중인데 도주 경로도 파악을 못 한 거 같아요."

여자는 잠시 생각해보더니 "잠깐 다른 데로 옮길까요?"라고 다다시에게 말했다.

"물론 좋죠."

여자는 자리에서 일어나 상의를 걸쳤다. 연구실을 나와 곧장 걸어서 계단 층계참에서 마주 섰다. 사람들이 지나가기는 했지만 아무도 관심을 보이지 않았다.

"죄송해요. 연구실에는 도청기가 설치된 거 같아서."

"도청기라는 거, 정말이에요?"

"네. 교수님이 시험 삼아 속달 심부름을 시키셨는데, 그 즉시 이상한 남자가 우체국까지 뒤를 밟더라고요. 그다음에는 집 근처에서 내 행적도 조사했어요."

"그런데도 괜찮았어요? 상당히 침착하시네."

"뭐, 익숙해졌어요. 부모님이 두 분 다 공산당원이라서."

"아하, 그랬구나."

"내 느낌으로는 시마자키 씨는 교조적인 마르크스주의자도 아니고 학생운동에도 회의적이었어요. 근데 왜 공안부의 마크를 당하죠?"

"하마노 교수님이 아무 말씀 안 하셨어요?"

"네, 전혀 알려주시지 않아요."

여자는 우수에 젖은 얼굴로 걱정스럽게 말했다. 문득 이 조교가 시마자키를 좋아했던 게 아닐까 하고 다다시는 잠시 딴생각을 했다.

그나저나 어디까지 말해야 하나. 다다시는 잠시 망설인 끝에, 시마자키가 아무래도 폭탄 테러를 계획하고 있는 것 같다, 아직은 실행 전이라고 거짓말을 했다.

"한마디로, 나라에 맞서서 테러리즘 활동을 하겠다는 거예요."

여자의 얼굴이 창백해졌다. 눈을 내리뜨고 뭔가 생각에 잠겼다.

"미심쩍은 설이긴 하지만 시마자키가 소카 지로라는 얘기도 있어요. 아무튼 나는 시마자키를 찾아서 설득해보려고요. 올림픽을 앞둔 상황에 그런 무모한 짓은 하지 말라고."

"저기요……." 여자가 호소하는 눈빛으로 다다시의 셔츠 자락을 잡았다. "한 가지 마음에 걸리는 일이 있어요."

"뭐죠? 말해봐요."

"학내에 트로츠키스트 급진파 섹트가 있어요. 세계 동시혁명을 내걸고 투쟁하고 있는데, 최근 며칠 동안 아무래도 분위기가 이상해요. 의학부 중앙관의 아지트가 텅 비었고 주요 멤버들은 캠퍼스에서 사라졌더라고요. 무슨 일인지 궁금하던 참이었는데 활동가들 사이에 그들이 다이너마이트를 입수해서 지하에 잠복한 것 같다는 소문이 돌아서……."

"다이너마이트?"

"네. 물론 그런 소문은 전혀 믿지 않지만 방금 폭탄 테러라는 말을 들으니까 문득……. 시마자키 씨는 그들하고 관계를 갖진 않았어도 이 연구실에 들어온 연구생은 모두 끈질기게 가입 권유를 받았으니까 서로 얼굴들은 알 거예요."

"그 학생들이 어디 잠복했는지 알아요?"

"글쎄요……. 하지만 그들이 집합 장소로 이용하는 술집이 유시마에 있어요. 나도 한번 끌려간 적이 있어서 알아요. 거기 가면 뭔가 알 수 있을지도 모르겠네요."

"알았어요. 지금 가봐야겠군. 어딘지 좀 알려줄래요?"

수첩과 펜을 내밀자 여자는 약도를 그려주었다. 그러고는 시마자키를 목격했던 일을 자세히 알고 싶어 했다. 다다시는 적당히 각색해서 말해주었다.

"혹시 시마자키 씨를 만나거든 이번 겨울방학에는 꼭 바르샤바에 함께 가자고 전해주세요. 현지에 아버지 친구가 있어서 여비만 있으면 되거든요."

"응, 알았어요."

여자의 촉촉한 눈을 보며 다다시는 시마자키에게 질투심과 함께 분노가 솟구쳤다. 잘생기고 공부 잘하고, 대체 그런 식으로 빗나갈 이유가 어디 있는가.

경제학부를 나와 주위의 건물을 둘러보았다. 이 순간에도 공안의 눈이 번뜩이고 있는 걸까. 우산을 앞으로 최대한 숙이고 캠퍼스를 뛰어나왔다. 미행을 당하는 건 정말 짜증 난다. 물웅덩이를 첨벙 디디는 바람에 항상 자랑하던 로퍼가 엉망이 되었다.

그 술집은 유시마 여관 거리의 좁은 뒷골목에 있었다. 추레한 빌딩 1층에 마치 지나가던 손님이 들어오는 건 사절한다는 듯이 '룸펜 술집'이라는 지저분한 간판이 내걸렸다. 다다시는 한 차례 침을 꿀꺽 삼키고 "일단 부딪쳐보는 거야"라고 스스로에게 중얼거리며 술집의 문을 열었다.

안으로 들어서는 순간, 가게 안의 대화가 뚝 멈췄다. 나무 의자에 대여섯 명의 남녀가 앉아 있다가 일제히 날카로운 시선을 던져왔다. 카운터 안의 주인인 듯한 남자도 잔을 닦던 손을 멈추고 다다시를 차갑게 응시했다. 발끝에서 머리끝까지 샅샅이 훑어본다.

다다시는 나무 의자에 자리를 잡고 맥주를 주문했다. 모두가 다다시를 경계하느라 대화는 중단한 채였다. 아무 말도 않고 있어봤자 별수도 없는지라 마음을 굳게 먹고 먼저 입을 열었다.

"이봐, 내가 지금 시마자키 구니오를 찾고 있는데, 누구 아는 사람 없어?"

가벼운 투로 말하려고 했는데 목소리가 갈라져버렸다.

가게 안 모든 사람들의 얼굴빛이 홱 변했다. "당신, 누구야?" 가장 안쪽에 있던 수염이 덥수룩한 남자가 부스스 일어서며 말했다. 아마 비슷한 나이일 텐데, 얼굴을 뒤덮은 수염 때문에 유난히 나이가 들어 보였다.

"시마자키하고 동창이고, 스가라고 해. 현재 중앙 텔레비전 사원으로 근무하고 있어."

"신분을 증명할 만한 건 있어?"

"사원증이라도 괜찮다면 있지."

수염 남자가 자리를 옮겨 다다시 곁으로 다가왔다. 다다시가 보여준 사원증의 얼굴 사진을 확인했다. 명함도 좀 달라고 해서 건네주었다.

"텔레비전 방송국 사람이 어떻게 이 술집을 알았지?"

"나도 도쿄대 출신이야. 학내의 학생운동에 대해 빠삭한 후배가 있어."

하마노 교수 연구실에서 들었다는 얘기는 하지 않았다. 괜한 폐를 끼치고 싶지는 않다.

"그래서 왜 시마자키를 찾고 있는데?"

"인터뷰 좀 하려고." 졸지에 입 밖으로 튀어나온 말이었다.

"인터뷰?"

남자가 다시금 명함을 들여다보았다. 제작국 제2제작부 디렉터. 실상은 연예 프로그램의 뒷심부름이나 하고 있지만, 직함만 보고 그런 걸 알 리는 없다. 이제부터가 텔레비전 방송국 직원으로서 허풍을 떨어볼 대목이라고 다다시는 배에 지그시 힘을 넣었다.

"경찰서 담당 동료 기자한테서 공안부가 시마자키를 쫓고 있다는 정보를 입수했어. 가만 들어보니까 다이너마이트를 소지하고 올림픽을 방해할 계획이라는 거야. 다행히 내가 시마자키하고 같은 반이었더라고. 모르는 사이가 아니지. 잠복 중에 인터뷰를 할 수 있다면 그야말로 특종이야."

"훙, 톱기사 팔아먹는 업자로군."

남자가 코웃음을 쳤다. 함께 있던 다른 남녀도 모멸이 섞인 눈빛으로 일제히 표정이 누그러들었다. "참 나, 황당하네"라는 말도 튀어나왔다.

"시마자키의 주장을 듣고 싶어. 혹시 그쪽하고 동지라면, 너희의 정치적 주장이 전 국민에게 전해지는 거니까 마침 좋은 기회 아닌가?"

남자가 선뜻 대답하지 못했다. 아직 경계를 풀지 않은 눈치였다.

"어디 있는지 좀 알려줘. 물론 비밀은 지킬 거야. 취재원 보호는 언론

계의 철칙이야. 절대로 당국에 입을 열지는 않아."

"텔레비전 따위를 어떻게 믿어? 어차피 부르주아일 텐데." 한 여학생이 말했다.

"그렇게 말하자면 〈아사히〉나 〈마이니치〉도 부르주아 신문이겠지. 게다가 편향되어 있어. 우린 그나마 중립적이야. 잘 들어, 너희의 주장이 그대로 전파를 타는 거야. 기자의 원고가 아니야. 있는 그대로의 목소리가 나가게 돼. 활동가들이 어째서 텔레비전을 이용하지 않는지, 내가 도리어 이상할 정도라니까."

"말은 잘하시네. 한쪽으로는 올림픽 중계로 돈을 긁어 들이면서."

"아, 잠깐." 남자가 제지했다. 천천히 다다시 쪽으로 몸을 돌렸다. "당신 말은 믿어도 되겠지. 하지만 유감스럽게도 시마자키는 이미 우리가 아는 영역에는 없어."

"무슨 얘기야?" 다다시가 물었다.

"우리 그룹이 한때 시마자키를 숨겨줬던 건 사실이야. 하지만 이야기를 하다 보니 의견이 대립되어서 갈라섰어. 지금은 아무도 어디 있는지 모를 거야."

"당신이 시마자키를 만났었어?"

남자가 잠시 생각에 잠겼다. "음, 만났어."

"어땠지?"

다시 생각에 잠겼다. "꼭 말해야 하나?"

"아이, 그러지 말고."

"아니, 안 돼."

한참 동안 결론이 안 나는 대화가 이어졌다. 다다시는 화제를 바꿨다.

"그럼 좀 물어보자. 너희는 시마자키의 테러리즘에 공감하는 거야? 도쿄 올림픽 개최를 반대하는 거냐고."

"그건 간단히 말할 수 없고······." 남자가 담배에 불을 붙여 조용히 연기를 토해냈다. "우리 사이에서도 의견이 갈리고 있어. 최근의 올림픽 열기는 전시 국가총동원 체제하고 비슷할 정도야. 정부는 올림픽을 대의로 내세우며 온갖 것을 자본가에게 유리하게 바꾸고 있어. 우리가 그걸 간과할 수는 없지. 그래서 시마자키의 행동은 충분히 이해할 수 있어. 하지만 내부적으로는 지금 그런 행동에 나서는 건 득책이 아니라는 의견도 있어. 왜냐하면, 예를 들어 요요기 종합 체육관을 폭파했다가는 어떤 사상을 내걸어도 영원히 일본인의 원망을 살 거니까. 국회의사당을 폭파하는 것보다 리스크가 크지."

다다시는 말없이 어깨를 으쓱 쳐들었다. 분명 지금 올림픽을 방해했다가는 앞으로 100년 동안은 국민의 적이 될 것이다.

"시마자키를 높이 평가하지 않을 수는 없어. 한마디로 전략의 문제겠지."

"이쪽저쪽 눈치만 살피겠다는 거야?" 조금 전의 여학생이 날카로운 소리를 냈다. "나는 시마자키 군과 연대해도 좋다고 생각해."

"유미, 이미 결정된 일에는 따르도록 해."

"완전 황당하다. 우리 그룹은 시마자키 군을 버렸어."

여자가 눈을 치켜뜨며 말했다. 시마자키는 어디서나 여자에게 인기가 있는 모양이다.

"이런 상황이라서 우리에게 시마자키에 대한 정보는 없어. 이제 그만 가보쇼. 아, 맥줏값은 내고 가."

가게를 나가라는 것이다. "1000엔이야." 주인이 차가운 웃음과 함께 술값을 알려주었다. 완전 바가지다.

다다시는 한숨을 내쉬며 돈을 치렀다. 하지만 수확이 전혀 없는 건 아니다. 시마자키의 족적에 대한 단서는 잡은 것이다. 혼고 캠퍼스 수색에서 달아날 수 있었던 건 이 그룹이 숨겨줬기 때문이다.

우산을 들고 가게 밖으로 나왔다. 비는 아직도 내리고 있었다. 자신의 차로 돌아가려고 고개를 드는데 골목길에 비옷을 걸친 남자들이 가로막고 섰다. 눈에 살기가 서려 있었다. 최소한 열 명은 될 것 같다. 그 순간, 섹트 간의 내홍인가 하고 생각했다. 아니, 사람을 잘못 봤어. 그렇게 말하려고 하는 순간, 사람들의 벽에서 양복 차림의 한 남자가 앞으로 나서며 "잘 만났네"라고 낮게 말했다. 공안부의 야노였다. 이 사람이 왜 여기에? 혹시 나를 미행한 건가? 대체 어디서부터?

"우린 시간이 없어. 조용히 내사할 여유도 없고 마음대로 돌아다니게 해줄 여유도 없어. 아버님을 만날 기회가 있거든 현장에서는 엄청 고생이 많다는 말이나 전해줘."

수사관인 듯한 건장한 남자가 다다시의 팔을 잡아 옆으로 밀쳤다.

"좋아, 지금 덮친다. 공무집행방해로 전원 잡아들여! 어이, 사사하고 야마는 뒤쪽을 지켜라."

술집 문을 벌컥 열어젖힌다. "경찰이다! 전원, 두 손을 카운터에 올려!"

"뭐야, 당신들. 영장 있어?"

놀란 학생들이 격분하며 제각각 소리쳤다. 가게 안이 시끌시끌해졌다.

그러자 한 수사관이 가장 앞에 있던 학생에게 슬쩍 몸을 부딪쳤다. 다음 순간, 뒤로 벌렁 드러눕더니 바닥을 데굴데굴 굴렀다. "어이쿠, 나 죽네, 아야야!"

"공무집행방해로 체포한다!" 틈을 놓치지 않고 야노가 지시를 내렸다.

다다시는 골목길에 우두커니 서서 그 모습을 바라보고 있었다. 이게 소문으로만 듣던 공안의 '드러눕기 공무방해'인가. 정말 어처구니없는 자작극이다. 목격 증언이 없는 한, 이 방법을 쓰면 누구라도 체포하고 기소할 수 있다.

"이건 권력의 횡포다! 경찰 파시즘이다!"

학생들은 얼굴이 벌게져서 온몸으로 저항했다. 여기저기서 성난 고함 소리가 터졌다. 컵이 굴러 깨지고 가게 전체가 뒤흔들렸다. 이건 그야말로 공안부가 바라던 바여서 차례차례 공무집행방해의 자작극이 연출되었다.

"전원 체포다! 당장 경찰차 수배해!"

야노의 날카로운 말소리를 들으며 다다시는 새삼 경찰의 무서움을 깨달았다. 간부의 아들이 아니었다면 자신도 이 물웅덩이의 골목길에 납작 눕혀졌을 것이다.

여기에 더 있어서는 안 되겠다 싶어서 얼른 자리를 떠났다. 안 본 걸로 해두는 게 자신의 입장에서는 가장 좋은 일이다.

소나기 같은 비가 되었다. 빗방울이 골목에 튕겨 올랐다. 그나저나 시마자키는 얼마나 엄청난 것을 상대로 싸움을 하고 있는가. 그런 자각이 그에게 있기나 할까. 지금쯤 어느 지붕 아래 있을까. 다다시는 시마자키가 너무도 머나먼 존재로 느껴졌다.

37

9월 29일 화요일

당직을 서던 계장이 두드려 깨운 건 오전 10시였다. 오치아이 마사오는 이와무라와 함께 베개를 나란히 하고 본청 1층 당직실에서 잠방이 차림으로 진흙 같은 잠을 자고 있었다.

어제는 합숙소를 돌아본 뒤에 신주쿠와 시부야의 심야 영업 커피숍을 탐문수사하느라 다시 고지마치의 기숙사에 돌아온 건 오전 4시가 넘어서였다. 그 뒤에 잠깐 선잠을 자고 아침 수사 회의에 참석했지만 역시 몸이 말을 듣지 않아서 미야시타에게 양해를 구하고 빈 당직실을 빌려 두 번째 잠을 잤다.

도쿄 역에서 시마자키에게 후추 세례를 받는 장면을 꿈속에서 한창 재현하던 중이었기 때문에 마사오는 미친 말처럼 펄쩍 뛰면서 잠이 깼다. 어깨를 흔들던 계장이 흠칫 놀랐을 정도다.

“잡았어? 체포했어?”

얼굴빛이 달라져서 정신없이 잠꼬대를 하는 마사오의 뺨을 계장이 찰싹 내리쳤다.

“이봐, 정신 차려. 눈뜨라고!”

전기충격 같은 일격에 가까스로 제정신이 돌아왔다. 잠시 어지럼증이 생겨서 이불 위에 웅크리고 앉았다.

“왜 그래요?” 옆에서 이와무라가 잠이 덜 깬 눈으로 부스스 몸을 일으켰다.

“응, 빨리 옷 입어. 긴급사태야. 옷 입고, 그냥 태연한 얼굴로 나오라고.”

“무슨 일 있었어요?” 마사오가 물었다.

“경시감 앞으로 수상한 소포가 왔어.”

“수상한 소포?”

“그래. 속달이야. 보낸 사람은 소카 지로.”

한순간에 잠이 싹 달아났다.

“총무의 연락을 받고 경비가 달려와서 현재 청사 지하는 완전 봉쇄야. 지금 이런 때에 누가 장난치는 것일 리는 없어. 시마자키 구니오가 보낸 것이라고 보는 게 옳겠지. 기동대 폭발물 처리반이 호출되어서 방금 그 소포를 우편물 분리실에서 비품실로 가져갔어. 여기 바로 아래층.”

계장이 손끝으로 바닥을 가리켰다.

"다른 층은 괜찮은 거예요?"

"소포가 벽돌만 한 크기래. 지금까지 사용한 것과 똑같이 검은 화약의 다이너마이트라면 기껏해야 두 개 정도일 테니까 천장이 날아가는 일은 없을 거야."

"다음에는 어디에 설치하려나 했더니만, 이런 식으로 나오기야?"

"이건 완전히 경찰에 대한 도전이야."

계장이 잔뜩 긴장된 얼굴로 말했다. 마사오는 서둘러 바지를 입었다. 구두를 신으며 당직실을 나섰다.

"어이, 표정 관리 해. 일급비밀이야."

"알았어요."

복도는 바로 한 층 아래에서 일어난 일이 거짓말인 것처럼 평소와 똑같은 모습이었다. 여직원이 서류를 가슴에 안고 지나가고 벤치에는 방문자가 앉아 있었다.

"괜찮을까요, 대피시키지 않아도?" 이와무라가 속닥였다.

"위에서 괜찮다고 판단했겠지. 얼른 형사실로 가자."

급한 걸음으로 2호실에 들어갔다. 대부분의 형사는 외근을 나가고 몇몇 남아 있던 이들이 바쁘게 경전을 돌리고 있었다.

"어이, 여기서 뭐 하는 거야?" 창가 책상에 앉은 다나카가 고함을 쳤다.

"대리님, 도와드릴 일 없어요?" 마사오가 물었다.

"그럼 인사원(人事院) 빌딩 4층으로 가봐."

"경찰청에서 무슨 일 있어요?"

경찰청은 옆의 인사원 빌딩에 있었다.

"그쪽에도 장관 앞으로 소카 지로의 소포가 왔어."

"저, 저런!"

"지금 경시청 관내 모든 시설에서 우편물을 점검하고 있어. 또 있을

지도 모른다고."

"지독한 놈. 드디어 무차별 공격인가?"

"무선이 뒤엉킨 데다 명령 체계가 복잡해서 정확한 정보가 내려오지 않고 있어. 오치아이하고 이와무라, 잠깐 가서 살펴보고 와."

"알았습니다."

둘이서 다시 뛰어나왔다. 인사원 빌딩은 경시청의 바로 남쪽에 있는 합동 청사다. 유자격자라면 그렇지도 않지만 경시청 형사와는 별로 인연이 없는 안쪽 인사원에 가보는 건 처음이었다.

애초에 아수라장이라는 건 경험해본 적도 없는 내근 행정관들의 직장답게 직원들은 그야말로 소스라치게 놀란 기색이었다. 일찌감치 빌딩 밖으로 피신해 앞길에서 불안하게 서성거리고 있다. 아는 얼굴도 없는지라 우선 마주친 사람을 붙잡고 물었다.

"형사부 수사1과 사람인데요, 어떤 상황이에요?"

"글쎄요, 잘 모르겠네." 직원이 불안한 얼굴로 고개를 저었다. "우리는 그냥 밖으로 나가라는 말만 들었어요. 폭탄이 배달되었다던데, 정말이에요?" 속삭이는 소리로 도리어 되묻는다.

물어봤자 소용없겠다고 생각하고, 수위에게 수첩을 내보이고 건물 안으로 들어갔다. 엘리베이터를 타고 4층에 올라가 복도로 내려서자 한쪽 사무실 앞에 기동대원들이 서 있었다. 아마도 기타노마루에서 급하게 출동한 제1기동대의 일개 소대다. 헬멧을 장착한 출동복 차림에 방패까지 들고 있었다. 사정을 물어보니, 발신인의 이름을 확인하지 않은 채 직원이 깜빡 비서실까지 소포를 갖다 놓았다고 한다.

"폭발물 처리반은?"

"아직 안 왔어." 신경이 날카로워졌는지 무뚝뚝하게 대꾸해왔다.

"다른 부서 사람들은 대피시키지 않아도 돼?"

"우리한테 따지지 말라고. 대피시키고 싶으면 댁이 대피시켜."

리더인 듯한 남자가 눈을 치뜨고 소리쳤다. 댓바람에 싸울 기세로 나온다.

"소대장님, 지시가 내려왔어요. 본청 비품실까지 눈에 띄지 않도록 이송하랍니다."

한 명의 대원이 달려와서 말했다.

"누가 내린 지시야?"

"글쎄요, 과장님인가?"

"말도 안 돼. 과장이 그런 지시를 내릴 수 있어?"

"그럼, 좀 더 위쪽인지도 모르겠네요."

"이런 멍청이. 대원의 목숨이 걸린 일인데, 지금 뭐 하는 거야?"

보고한 대원의 얼굴에 침이 튀었다.

"제정신이냐? 시한폭탄일 가능성이 높은 소포를 대낮에 어디로 옮기래? 게다가 관청가 한가운데에서!"

소대장이 머리를 움켜쥐었다. 불안하게 복도를 오락가락하며 거친 숨을 토해낸다.

그러는데 니이와 사와노가 나타났다. 두 사람은 우연히 형사실에 연락했다가 다나카에게서 급히 현장에 가보라는 지시를 받았다고 한다.

"처리 작업, 아직 시작도 안 했어?" 니이가 어이없다는 얼굴로 말했다.

"아, 본청으로 이송하라는 지시가 내려온 모양이에요." 이와무라가 대답했다.

"이거 참, 넋이 나갔나. 아무리 외부에는 비밀로 해야 한다지만 이렇게까지……. 장관은?"

"글쎄요. 대피한 거 아닐까요?"

"총리 관저에 계세요." 사람들 속에서 장관의 비서관인 듯한 젊은 남자가 앞으로 나서며 변호하듯이 강한 어조로 말했다. "비상사태라는 소식을 듣고 곧바로 돌아오려고 하셨는데 총리님이 말리셨어요." 동안의 자그마한 남자가 불끈해서 줄줄 늘어놓는다.

"좋아, 다들 내 말 들어라!" 소대장이 등을 꼿꼿이 세우고 부하들을 불러 모았다. 험악한 표정으로 입을 열었다. "본부의 지시에 따라 소포를 옆의 본청으로 옮기게 되었다. 금고와 손으로 미는 카트를 사용한다. 딱 한 사람이면 된다. 누구, 운반할 의사가 있는 사람 있나?"

복도가 고요해졌다. 남자들은 입만 뻐끔 벌린 채 우두커니 서 있었다. 지명을 할 수 없는 것은 만일의 경우, 책임 문제로 번지기 때문이다.

"내가 옮겨도 되나?"

목소리의 주인공을 전원이 돌아보았다. 니이였다. 팔짱을 끼고 벽에 기대고 서 있다.

"댁은 뉘신지." 소대장이 미간을 좁히며 사극 대사 같은 질문을 던졌다.

"형사부 수사1과 5계, 니이 가오루요."

"정말로 맡아주실 겁니까?"

"응, 그러자고. 그 대신 처리한 내용물은 맨 먼저 보여주쇼."

소대장의 얼굴이 순식간에 환해졌다. "정말 고맙소." 니이에게 다가가 손을 잡고 강하게 흔들었다. 즉각 준비하라는 지시를 내렸다.

"니이 씨, 괜찮겠어요? 굳이 우리가 안 해도 되는데……." 사와노가 귓전에 대고 말했다.

"그래요. 이런 지시를 내린 건 경비부 간부예요. 다마리 과장이라면 절대로 이런 일은……." 마사오와 이와무라도 거들었다.

"됐어, 됐어. 어차피 홀몸이야. 긴자하고 아카사카 술집 외상값도 너무 많고."

"그러면 나도 함께 갑니다."

"어휴, 이제 곧 둘째가 태어날 놈이. 쓸데없는 소리 하지도 마."

코웃음을 치며 마사오의 이마를 툭 쳤다. 옆에서는 이와무라가 쩔쩔매며 존경의 눈빛을 보내고 있었다.

소대원이 손 카트는 밀고 왔지만 금고는 아무리 찾아도 눈에 띄지 않는다고 했다.

"이 새끼, 대체 뭐 하고 있었어? 다른 부대가 가져가기 전에 미리 확보해두라고 내가 노상 말했지!" 소대장이 화가 나서 얼굴을 붉혔다. "아, 됐어. 이 빌딩에 있는 걸로 뭐든 징발해 와."

"아니, 그런 거 없어도 괜찮아." 니이가 말했다. "마대 자루 하나면 돼. 어차피 우편집배원은 아무렇지도 않게 들고 왔잖아. 그래도 폭발하지 않았어."

모두들 입을 꾹 다물었다. "아니, 그래도……." 소대장은 고민에 잠겼다.

"자, 시간이 아까워. 혹시 시한폭탄이라면 일각을 다퉈야 할 일이야."

"좋아, 알았어요. 책임은 내가 지지요." 소대장이 말했다. 운반은 형사부에 떠맡기고 새삼스럽게 생색만 내는 말을 하는지라 오치아이 일행은 어이가 없어 서로를 마주 보았다.

마대 자루가 준비되어 니이의 손으로 건너왔다.

"그럼 부탁합니다."

"소대장, 참고로 폭발물 처리 위험수당은 얼마요?"

"한 건에 140엔."

니이가 미간을 좁히며 "우리도 데모 좀 할까?"라고 농담을 날렸다.

"좋아, 간다. 물러서."

"어이, 헬멧."

"필요 없어. 헤어스타일 망가져."

따로 폼 잡을 것도 없이 술집 포렴을 걷고 들어서듯이 니이가 비서실로 쓱 들어갔다. 책상에 놓인 소포 앞에 서서 허리를 숙이고 들여다보았다. 오치아이도 복도에서 목을 빼고 들여다보았다.

당직실에서 흔들어 깨웠을 때, 계장은 벽돌만 한 크기라고 했었다. 아마도 총감 앞으로 보낸 것과 똑같이 포장했을 것이다.

"그래도 '파손 주의'라고 적어놨네. 이거, 위아래가 있는 건가?" 니이가 혼잣말을 했다. "에이, 괜히 허풍 떤 거야."

천천히 소포를 들더니 마대 자루에 넣었다. 번쩍 들고서 발길을 돌렸다.

"나간다! 다들 비켜서. 엘리베이터 눌러놓고. 그리고 누구, 각 층마다 뛰어 내려가서 중간에 서지 않도록 문 앞을 막아줘."

젊은 기동대원들이 튕겨나가듯이 복도를 뛰었다.

니이는 마대 자루를 오른손에 들고 성큼성큼 걸음을 옮겼다. 대체 이 선배 형사의 심장은 어떻게 생겨먹었을까. 마사오는 어이없어하면서도 감탄했다. 술집 외상값, 한 집 정도쯤은 내가 대신 갚아주자.

엘리베이터까지 걸어가 니이 혼자 올라탔다. 기동대원과 오치아이 일행은 폭포가 떨어지듯이 계단을 뛰어 내려갔다. 조금 전에 본 비서관도 따라왔다.

1층에서는 니이가 벌써 엘리베이터에서 내려와 사람들이 따라오는 것도 기다리지 않고 현관을 나서고 있었다.

"너희는 저 앞으로 뛰어가. 인도의 통행인들, 모두 차도로 내려서라고 해."

소대장의 지시에 따라 제복 차림의 기동대원들이 허둥지둥 뛰어나갔다. 다행히 길을 지나가는 사람들은 거의 없었다. 원래부터 공무원만 오락가락하는 관청가다.

니이가 빠른 걸음으로 걸어갔다. 기동대원과 형사들이 그 주변을 경호하는 모양새로 둥근 원을 만들었다. 마사오가 옆으로 다가가려고 하자, 저리 비키라고 고함을 쳤다.

"니이 씨, 주차장을 통해 직접 지하로 들어가세요."

"에이, 정면 현관으로 당당히 들어가고 싶은데."

이런 때에도 니이는 농담을 했다. 하지만 온 얼굴이 땀투성이였다.

겨우 200여 미터의 거리가 마라톤코스처럼 길게 느껴졌다. 어제와는 딴판으로 다시 여름으로 돌아간 것처럼 햇볕이 쨍쨍 내리쬐고 있다. 해자 너머 황궁의 녹음이 열기의 아지랑이로 흔들거렸다. 메밀국숫집 배달꾼이 자전거를 타고 저 앞쪽에서 다가왔다. 심상치 않은 분위기를 감지했는지 자진해서 차도로 내려간다. 서류를 품에 안은 어딘가의 여직원은 입을 헤벌린 채 우두커니 서버렸다.

아무 일 없이 주차장 입구에 도착했다. 적어도 민간인 피해는 없었다는 데서 반쯤은 긴장이 풀렸다. 보초를 서던 제복 경찰이 달려와 "여기는 봉쇄 중입니다"라고 두 팔을 펼치며 가로막았다.

"비켜! 경찰청에 배달된 수상한 물건을 이송 중이야!"

소대장이 소리치자 젊은 순경이 새파래진 얼굴로 풀쩍 물러섰다.

출입 금지 로프를 지나 부지 안으로 들어섰다. 슬로프를 내려가자 한순간 시야가 캄캄해졌다. 곧바로 지하층의 어둠에 익숙해져서 주차장 안을 가로질렀다. 앞서서 달려간 대원이 출입문을 열고 청사 안으로 들어갔다. 기계실 옆을 지나 마침내 비품실에 도착했다.

"어이, 이거 어디에 놓을까?" 니이가 다시 가벼운 입을 놀렸다.

"뭐야, 너는!" 입구에서 감시하고 있던 폭발물 처리반의 남자가 노려보았다.

"이봐, 형사부 수사1과의 니이 씨야. 지금 손에 들고 있는 게 그 물건이라고. 니이 씨가 옮겨줬어."

소대장의 말에 안에 있던 남자들이 일제히 돌아보았다. "실례했습니다!" 갑자기 태도가 바뀌면서 빨간 카펫이라도 깔린 것처럼 길이 쫙 열렸다.

"한가운데 작업대가 있지? 거기에 올려놔요. 그다음은 우리가 열 테니까."

반장인 듯한 남자의 지시에 따라 니이는 소포를 작업대 위에 올려놓았다.

"당신 누구야? 설마 직접 들고 올 줄은 생각도 못 했네."

"아마 5분쯤 뒤에 다리가 후들후들 떨릴 거야."

"음, 너무 섭섭하게 생각하지 마. 윗선의 지시야."

"조직이란 게 원래 그렇지, 뭐." 니이가 대범하게 미소를 지었다. "그나저나 이쪽으로 배달된 소포는 벌써 처리했어?"

"그래, 한 건은 처리가 끝났어. 저기 있으니까 가서 봐. 뚜껑을 열면 차단장치가 열리고 회로에 전원이 통하면서 발화하는 장치야. 단순한 구조지만 시계를 이용한 시한장치보다 더 확실하지. 아무것도 모른 채 뚜껑을 열었다가는 1초 만에 폭발해."

반장이 실내의 한쪽 구석을 턱으로 가리켰다. 그곳에 방패로 에워싼 공간이 있었다. 모두 함께 이동하여 위에서 넘어다보았다. 나무 상자였다. 원래 양주 케이스로, 톱밥이 채워진 한가운데 다이너마이트 한 개와 건전지 케이스, 작은 회로판이 있었다.

"이게 폭발물의 정체였군."

"이런 걸 만들어 보내다니."

저마다 한숨을 내쉬었다.

"윽, 허풍 아니었어?" 니이가 질린 얼굴로 말했다.

"어떻게 해체했어요?" 마사오가 반장에게 물었다.

"바이스로 상자를 작업대에 고정한 뒤에 실톱으로 측면에 구멍을 뚫어서 안을 들여다봤어. 어떤 장치인지 알면 그다음은 회로만 차단하면 돼."

해체하는 장면을 머릿속으로 그려보며 마사오는 등줄기가 서늘해졌다.

"이건 지금까지의 폭발물 장치와는 다르네요."

"그런 거 같아. 나는 전에 어떤 장치였는지 모르니까 자세한 건 감식과에 물어봐."

그 무기질적인 폭파 장치를 보며 마사오는 맹렬한 분노를 느꼈다. 지금까지의 폭파 사건은 되도록 사람이 없는 장소를 선택한 듯한 느낌이었다. 하지만 이번에는 분명하게 살상을 목적으로 하고 있었다. 시마자키의 심경에 어떤 변화가 있었을까. 아니면 처음부터 냉혈한이었는가.

"반장님, 두 번째 물건, 해체 준비 다 됐습니다."

폭발물 처리를 맡고 있던 부하의 말이 날아왔다.

"알았어, 잠깐만 기다려." 반장이 오치아이 일행에게 그만 나가달라고 했다. "혹시 모르니까 복도에 나가 있어. 작업은 금세 끝나. 똑같은 장치일 테니까 시간은 별로 안 걸릴 거야."

모두 함께 방 밖으로 나왔다. 이제야 마음이 놓였는지 소대장이 벤치에 털썩 주저앉아 담배를 꺼냈다. 입에 물고 성냥을 든 참에 주위의 시선을 깨달은 모양이다.

"아차, 이것 참." 얼굴이 붉어져서 담뱃갑에 다시 넣었다.

"대리님을 불러오는 게 어떨까? 기왕이면 봐두는 게 좋겠지?" 니이가 말했다.

"예, 내가 모셔 올게요." 이와무라가 말했다.

"아, 잠깐. 본 건은 종합지휘소의 상사에게 제1보를 보내기로 했어." 소대장이 이의를 제기했다.

"옮겨 온 사람이 누군데?" 니이의 눈이 가느스름해졌다.

"……알았어요. 형사부에 양보하지. 나는 몰랐던 걸로 해주쇼."

이와무라가 토끼처럼 뛰어갔다. 마사오는 한쪽에서 팔뚝을 쓱쓱 비볐다. 햇볕이 그렇게 강했는데도 그새 몸이 썰렁하게 식어버렸다. 무릎이 근질거리면서 제대로 힘주어지지 않는다. 니이가 옆에 다가와 귓가에 속삭였다.

"오치아이, 미안하지만 뒷목 좀 주물러줘. 꽉 뭉쳐버렸어."

말없이 고개를 끄덕이고 등 뒤로 돌아갔다. 어깨에 손을 얹자 정말 바윗돌 같다.

"한참 동안 꿈에 나올 거 같다."

"나도요."

마사오는 정성을 다해 주물러주었다.

"여러분, 대단해요. 정말 잘했어요." 자초지종을 지켜보고 있던 비서관이 감격한 얼굴로 말했다. "이 일은 장관님께 반드시 보고하지요."

"당신 누구요?" 니이가 물었다.

"총무과장 사토라고 합니다. 계급은 경감. 전에는 교토 부경의 경비부에 있었죠."

아무래도 도쿄대 출신의 유자격자인 모양이다. 사건 현장은 본 적도 없을 터였다.

"그러면 경감님, 위험수당 좀 올리라고 해주쇼."

"알았어요. 140엔이죠?"

장관에게 전해질 거라고 생각하니 약간은 기분이 유쾌해졌다.

얼굴 윤곽에 아직 어린 티가 가시지 않은 비서관은 자꾸만 칭찬하면서 혼자 흥분하고 있었다. 자리를 피하지 않은 걸 보니 배짱이 두둑하다고 니이가 추켜세우자 이래 봬도 도쿄대 검도부 출신이라고 가슴을 내밀었다. 마사오는 처음으로 유자격자를 친근하게 느꼈다. 머릿속에 출세하는 것밖에 없는 오만한 작자들이라고 생각했는데, 아무래도 그건 편견이었던 모양이다.

5분도 안 되어 뚱뚱한 다나카가 나타났다. 스모 선수 못지않은 거구가 숨을 헐떡이며 돌진해왔다. "어이, 니이. 큰일 치렀네. 총감상, 상신해 줄게." 큼직한 손으로 어깨를 턱 쳤다.

"어이쿠!" 니이가 얼굴을 찌푸리며 어깨를 잡았다. 그런 참에 폭발물 처리반 반장이 나왔다.

"무사히 작업 종료. 다이너마이트 한 개, 첫 번째 소포하고 완전히 똑같은 구조야."

허가가 내려져서 전원이 안으로 들어갔다. 다시 한번 폭파 장치를 중심으로 둘러섰다. 나무 상자 두 개가 나란히 놓여 있었다. 처음 목격한 다나카는 이와무라의 설명을 듣고 지겹다는 눈빛으로 "흥, 악마의 소행이네"라고 중얼거렸다.

"위에 보고해도 되겠어요?" 소대장이 물었다.

"아, 잠깐. 위험을 무릅쓴 건 우리 쪽 수사관이야." 다나카가 경시청 관록으로 튕기고 나왔다.

"어디 소인 좀 보자."

다나카의 지시에 마사오가 손수건을 대고 지문이 찍히지 않도록 포장지를 집어 들었다. 스탬프에는 '가구라자카 64. 9. 28. 18-24'라고 적혀 있었다.

"취급소는 가구라자카 우체국. 어제 오후 6시부터 밤 12시 사이예요."

"가구라자카라니, 이거 또 일이 새롭게 전개되네. 이다바시에서 에도가와바시까지 뒤져야 하는 거야? 몇 사람 가구라자카 우체국에 보내야겠다. 포장지는 어때?"

"무늬 없는 코트지. 문방구에서 흔하게 살 수 있는 종이예요."

"나무 상자는?"

"증정용 니카 위스키 상자. 가벼운 합판입니다. 술집에 가면 있을 겁니다."

"그렇군, 술집이라……." 볼펜으로 손바닥에 메모를 했다. "좋아, 지금부터 가스미가세키 일대에 수사관을 배치한다. 내 느낌으로는 시마자키는 바로 이 근처에 있어."

모두가 다나카를 보았다. 뒷정리를 하던 폭발물 처리반도 일제히 시선을 보내왔다.

"그자는 소포가 폭발해도 신문에 실리지 않는다는 걸 알고 있어. 하지만 자기가 보낸 소포가 어떻게 됐는지 확인하고 싶은 게 인간 심리야. 자네들, 지금 곧바로 흩어져서 찾아봐. 양복 입고 있으면 다 공무원으로 보이는 게 가스미가세키 관청가야."

"알았습니다!"

마사오 일행이 황급히 걸음을 옮겼다. 구두 소리를 올리며 계단을 뛰어 올라갔다. 다나카의 그런 말을 듣고서 도저히 가만히 있을 수 없는 기분이었다.

건물 밖으로 뛰어나와 이와무라와 둘이서 법무성 쪽으로 길을 건넜다. 니이와 사와노는 황궁 해자 주위를 뛰다시피 가고 있었다.

"히비야 공원으로 가볼까요? 폭발하면 연기가 날 거고, 그러면 거기서 다 보일 겁니다." 이와무라가 말했다.

"좋아. 그 밖에 어디서 보면 잘 보일까?"

"높은 장소라면 다 보이겠죠. 긴자의 백화점 옥상, 도쿄타워, 호텔 뉴오타니의 전망 레스토랑."

"오, 머리 잘 돌아가는데? 좋아, 히비야 공원 다음에는 그쪽으로 한 바퀴 돌자."

정오를 알리는 차임벨이 울렸다. 빌딩에서 사람들이 쏟아져 나왔다. 마사오는 마주치는 사람들의 얼굴을 미안해하지도 않고 샅샅이 살펴보았다. 도쿄 역에서 본 시마자키의 얼굴은 눈에 낙인처럼 찍혀 있었다. 안경을 쓰고 머리형을 바꾸더라도 한눈에 알아볼 자신이 있었다.

인도 저 앞쪽에서 탁발승이 걸어왔다. 삿갓을 쓰고 목에는 가사 끈을 걸치고 허리에는 퉁소가 꽂혀 있다. 관청가 한복판에 탁발승이라니, 희한하다고 생각하며 발을 멈추었다.

"선배님, 빨리 가죠." 뒤따라온 이와무라가 등을 밀었다. "점심 먹고 샐러리맨들이 공원에 몰려나오면 범인 찾기가 힘들어져요."

"응, 그래." 다시금 뛰었다.

땀이 등을 타고 흘렀다. 상의를 벗고 와이셔츠 단추를 풀었다. "우아~!" 젊은 여자들의 낭랑한 환성이 푸른 하늘에 울려 퍼졌다. 바로 옆에서 다이너마이트가 폭발할 뻔했다는 건 꿈에도 모르는 직장여성들이 공원에 동그랗게 둘러서서 배구 연습을 하고 있었다.

초록 잔디밭 위에 웃는 얼굴이 통통 뛰었다. 검은 머리채가 출렁였다.

벌써 며칠째 아내를 못 봤구나. 마사오는 딱 10초 동안만, 이라고 생각하며 아가씨들을 바라보고 있었다.

38

9월 23일 수요일

어둡침침한 지하실, 시마자키 구니오는 침대에 누워 있었다. 침대라고 해봐야 군용 간이침대다. 어둡침침한 건 천장에 달린 형광등이 반절은 꺼졌기 때문이다. 이 방의 주인은 '세계사 연구회'라는 도쿄대학 동아리다. 지하 방을 불법 점거한 지 벌써 5년째여서 대학 측에서도 쫓아내는 걸 포기했다.

옆에서는 무라타 도메키치가 엎드린 자세로 자고 있었다. 등을 다쳐서 붕대가 둘둘 감겨 있다. 할 일이 없는 무라타는 내내 담배만 피웠다. 목욕도 못 해서 점점 체취가 지독해져가고 있다.

구니오와 무라타는 도쿄대 의학부 중앙관에 숨어들었다. 그저께, 우에노의 폭력단 사무실에서 폭발 사건을 일으키고 그길로 도망쳐 온 곳이 도쿄대 혼고 캠퍼스였다. 이제 도쿄 어디에도 경찰의 눈을 피할 곳이 없다는 판단에 따라 졸지에 뛰어든 곳이다. 도쿄대는 자주 자치를 주장하며 전후에 일관되게 국가권력을 적대시해온 대학이다. 경찰의 출입을 일절 인정하지 않아서 정탐에 나선 사복형사를 붙잡아 가둔 적도 있다. 그 이후로 사실상 치외법권 지역이 되었고 당국에서는 빨갱이 소굴쯤으로 여겼다. 그런 분위기는 도쿄대에 재적 중인 구니오가 누구보다 잘 알고 있었다. 마르크스를 좋아하지 않는 놈은 냉혈한이라고 보는 분위기까지 있었다.

도움을 청한 곳은 의학부의 세계사 연구회다. 이 동아리는 전쟁 전부터 계속 이어져왔는데, 서서히 정치색 강한 활동을 펼치더니 세계동시혁명을 표방하는 과격파 집단으로 변모했다. 1960년 안보 투쟁 이래로 일본의 좌익 세력은 미소 평화공존을 주창하는 공산당 쪽에 충실한 요요기파와 무력적인 트로츠키즘이 강한 반요요기파로 분열되었다. 세계사 연구회는 후자에 속한다. 강한 세력권을 형성하고 있어서 민청(民青, 일본 민주청년동맹의 약칭)을 멸시하곤 했다.

이 동아리의 리더는 구니오에게 몇 번이나 조직에 가입하라고 권했었다. 그래서 구니오가 이 동아리를 의지하고 도움을 청하자 크게 환영해주었다. 그간의 사정을 말했더니 한참 동안 반신반의하는 눈치였지만, 무라타가 다이너마이트를 꺼내 보여주자 화들짝 놀랐다.

"그렇군. 경찰이 요즘 유난히 설친다 했더니 그게 너 때문이었어."

그제야 알아들었는지 존경의 눈빛을 던져왔다. 멤버들이 차례차례 동아리실에 찾아와 지금까지 투쟁해온 내력을 들려달라고 하는 바람에 몇 번이나 똑같은 이야기를 해야 했다. 구니오가 담담한 태도로 말하는 게 신기했는지 그들은 경외의 눈빛으로 바라보며 마치 전쟁터를 뚫고 나온 영웅처럼 대접해주었다.

"허참, 나는 대학은 그저 공부만 하는 덴 줄 알았는데 꼭 그렇지도 않네."

무라타가 한숨을 섞어 말했다.

"착실하게 공부하는 학생도 있어요. 특히 의학부는 매주 시험을 보니까 열심히 하죠."

"아니, 이 건물은 국민의 세금으로 지은 거잖아. 근데 데모꾼 학생이 멋대로 자기들 아지트로 사용하다니, 나는 도통 이해를 못 하겠다."

"그런가요? 말을 듣고 보니 이상한 일이네요."

"그래도 나한테는 좋은 일이야. 내가 이렇게 도쿄대학에 들어오게 될 줄은 꿈에도 몰랐어. 간다의 산세이도 서점에만 가도 오금이 저리는 사람인데."

"하하하."

어쩐지 퍽 오랜만에 웃어본 듯한 기분이 들었다.

"이봐, 학생. 자네도 저치들하고 한패가 되는 거야?"

"글쎄요."

"난 그건 반대야." 유난히 단호한 어조였다.

"왜요?"

"설명은 잘 못 하겠어. 그냥 직감이야. 자네는 저 데모하는 친구들하고는 질이 달라. 데모하는 학생들은 목숨을 걸고 하는 게 아냐. 아직도 부모 밑에서 어리광이나 피우는 주제에 무슨 혁명이고 나발이고 있겠어?"

구니오는 말없이 쓴웃음을 지었다. 분명 이런 비상시가 아니라면 자기가 먼저 이들에게 접근하는 일은 없었을 것이다. 무엇보다 집단적으로 우 몰려다니며 구호를 외치는 그런 심성이 구니오에게는 없었다. 단독행동이 몸에 배어버린 것이다.

"여기에 하룻밤만 더 있다가 나는 나갈 거야."

"어디로 가려고요?"

"나는 애초부터 집 없는 떠돌이 신세야. 밤이슬을 피하는 방법이라면 빠삭하니 꿰고 있어. 경찰 같은 건 아무것도 아니야."

"하지만 경찰도 단단히 독이 올랐어요. 여관도 역도 남김없이 감시할 거예요. 게다가 폭력단까지 우리를 찾으려고 눈이 벌게져 있을 텐데."

"그거야 나도 알지. 하지만 그자들도 손을 못 댈 장소가 있어."

"어딘데요?"

"미군시설하고 조총련. 돈만 내면 총무가 어떻게든 해줘."

"뭐예요, 그 총무라는 게?"

"너 어째 어린애같이 구냐? 하나하나 다 물어보네. 아무튼 이 세상에는 뒤로 뭐든 다 해주는 브로커라는 게 있다는 것만 알아둬."

"그렇군요."

"함께 갈래?"

"생각 좀 해보고요. 여기 섹트에 빚을 진 셈이라서."

"그딴 거 생각할 거 없어. 저치들이 원하는 건 다이너마이트뿐이야."

무라타가 바닥을 가리켰다. 학생들이 일러준 대로 남은 다이너마이트 일곱 개를 바닥 밑 약품 창고 자리에 넣어두었다. 안전상으로 아무래도 문제가 있을 것 같았지만, 구니오는 이제 그런 건 아무려나, 상관없었다.

복도에서 발소리가 났다. 저절로 흠칫 긴장했다. 여러 사람의 발소리인 데다 살금살금 다가오는 것도 아닌 걸 보면 동아리 학생인 것 같다. 문이 열렸다. 역시나 연구회 멤버들이었다.

"어때, 다친 데는 좀 나았냐?" 리더가 하얀 이를 내보이며 물었다.

"잠은 잘 잤어? 배고프겠다, 주먹밥 좀 만들어 왔어." 유미라는 이름의 머리 긴 여학생이 말했다. 이 여학생은 온통 시커먼 옷차림이다.

"어이, 유미. 서비스가 아주 좋은데? 우리한테는 커피 한 잔 안 타주면서." 누군가 놀렸다.

"황당하긴. 넌 쌩쌩하잖아. 혹시 부상당하면 간호 정도는 해줄게." 유미가 톡 쏘아붙였다.

구니오와 무라타는 침대에서 일어나 주먹밥을 먹었다. 아직 따듯하고 간간한 밥알이 혀에 스미도록 맛있었다. 다섯 평 정도의 좁은 실내에서 멤버들이 의자를 맞대고 둥그렇게 앉았다. "먹으면서라도 좋으니까 얘기 좀 하자." 리더가 구니오에게 말했다.

"우리가 그저께부터 계속 토론을 했어. 사실 너무 뜻밖에 나타났잖냐. 아, 그러니까 우리 쪽은 마음의 준비도 안 된 참에 직접행동에 나선 동지가 나타나는 바람에 좀 놀랐다는 얘기야."

"정말 느닷없이 찾아와서 숨겨달라고 하니까 우리도 당황스러웠어.

게다가 다이너마이트까지 들고서." 다른 남학생이 웃으며 덧붙였다.

"우리야 물론 환영하지. 요즘 뭔가 매너리즘에 빠져 있었기 때문에 우리에게도 좋은 자극이 되었어. 우리를 믿고 찾아와줘서 정말 고맙다. 요리조리 눈치만 보는 요요기파에게 자랑하고 싶을 정도야."

리더가 잠시 말을 끊고 담배에 불을 붙였다. 구니오를 슬쩍 쳐다보며 미소를 짓는다.

"우린 요요기파와는 분명하게 선을 긋고 앞으로 트로츠키즘에 전념할 생각이야. 그런 각오는 항상 변함이 없어. 기성의 권위와 체제를 타도하고, 반동적인 게마인샤프트의 가치관을 부정하는 노선은 앞으로도 계속 관철해나갈 작정이야. 무엇보다 중요한 건 행동이지. 이론만 내세우는 건 시건방진 고등학생도 얼마든지 할 수 있어. 우리는 혁명 전사야. 하지만 그렇다고 전술 없는 투쟁은 하고 싶지 않아. 가부장적인 권위에 무턱대고 창을 찔러대는 거라면 폭주족하고 별로 다를 게 없지. 안 그러냐, 시마자키?"

"그래, 동의한다." 구니오는 주먹밥 두 개를 다 먹고 차를 훌훌 마셨다.

"이해해줘서 고맙다. 요컨대 우리는 새로운 혁명적 게마인샤프트의 연대 의식, 다시 말해 개개의 이해타산을 뛰어넘는 거대한 사상과 신념을 위한 공동 행동을 멤버 전원이 자각하는 것을 통해 새로운 전진을 해보려는 거야."

무라타는 무슨 말인지 도통 모르겠다는 얼굴로 주먹밥을 먹자마자 냉큼 침대로 돌아갔다.

"결국 혁명운동에는 원 포 올, 올 포 원의 단결이 필요하다는 얘기야. 우리는 더 이상의 분열은 원치 않아. '목적은 수단을 정당화한다'는 마르크스레닌주의적인 이념을 바꿀 생각은 없지만, 전술에는 때로는 방편도 필요해. 어떻든 우리는 교활한 국가를 상대로 투쟁하고 있으니까."

리더가 담배를 바닥에 떨구고 운동화로 밟아 껐다. 고개를 들고 씁쓸한 얼굴로 미소를 지었다.

"그냥 쉽게 말하자. 시마자키, 다수결에 의해 우리 모임에서는 너와 연대하지 않기로 결정했다."

"그래."

구니오는 딱히 자신의 느낌을 밝히는 것도 없이 담담하게 대답했다.

"섭섭하게 생각하지 마라."

"아냐, 섭섭하긴."

고개를 저었다. 무엇보다 도움을 청하기는 했지만 연대를 청한 일은 없었다.

"다이너마이트로 경찰 간부의 저택이나 경찰학교를 공격한 그 행동력에는 솔직히 감탄했다. 아마 도쿄대학 개교 이래 최대의 쾌거일 거야. 너의 행동력을 보고 우리 연구회에서 자기비판을 하는 사람이 속출했어. 이렇게 말하는 나 역시 그래. 우리는 여전히 살 궁리만 하고 있는 게 아닌가, 고민도 많이 했다. 하지만 나는 모임의 결속을 유도해야 하는 입장이야. 자동차에 액셀과 브레이크가 있듯이 리더라는 건 그 양쪽을 구분하여 사용해야 하는 거지. 분명히 말해서, 올림픽을 분쇄하겠다는 건 전술상 그리 좋지는 않아. 그게 우리 연구회의 결론이다."

"민중의 지지를 얻을 수 없는 일이야." 다른 멤버가 말했다. "타이밍을 좀 늦추자. 올림픽 개막 이후에 감행해도 좋잖아?"

"그래, 도쿄 올림픽은 이미 이론을 뛰어넘어버렸어. 아무리 체제 측의 프로파간다라고 호소해도 이제는 절대 귀를 기울여줄 사람이 없어."

"사실은 다들 보고 싶지? 여자 배구는 금메달 후보이기도 하고."

"어이, 순수한 동기(動機)를 그런 식으로 폄하하지 마."

"그래도 사실이 그렇잖아."

"너, 자기비판 좀 해야겠다. 첫째로, 스포츠라는 건 봉건주의의 또 다른 모습이야."

"황당하긴. 남의 발언을 뭉개는 것도 봉건적인 거 아냐?"

멤버들이 저마다 떠들었다. "다들 조용히 해. 얘기가 중간에 끊기잖아." 리더가 팔을 쳐들며 제지했다.

"시마자키, 이건 어디까지나 전술의 문제야. 올림픽 분쇄를 외쳤다가는 그길로 일본의 좌익 운동은 최소한 100년 동안은 민중의 신임을 잃어. 이해 좀 해줘라."

"응, 이해하지."

"고맙다. 그래서 한 가지 제안을 할게. 우리는 너와 연대하지는 않겠지만, 너는 우리와 연대해줬으면 좋겠다. 그러니까 직접행동은 당분간 중지하고 우리와 행동을 함께하자는 얘기야. 네가 갖고 있는 다이너마이트, 다른 일에 좀 쓰는 건 어떨까?"

"다른 일이라니?"

"첫째로는 재벌 기업에 대한 공격이고, 두 번째는 미군기지 공격이야. 올림픽이 끝나는 대로 행동에 옮길 생각이다. 면밀한 작전을 세워서 자본가와 미 제국주의에 철퇴를 가하는 거야. 이건 정부에게도 큰 타격이 될 거야. 어때, 우리하고 연대할래?"

구니오가 입을 다물고 있자 무라타가 고개를 들고 쳐다보았다. 어떤 대답을 할지 매우 궁금하다는 표정이었다.

"어렵게 건네준 제안이지만 난 사양해야겠다. 나는 나대로 해볼 거야."

구니오가 대답했다. 무라타가 털썩 고개를 숙였다.

"음, 그래. 하긴 그렇게 말할 것 같긴 했어. 시마자키는 전부터 우리의 가입 권유에 응한 적이 없기도 하고."

"거봐, 내가 그랬지. 시마자키 군은 어디까지나 개인적이지 섹트적이 아니라니까." 유미가 비꼬듯이 말했다. 팔짱을 끼고 몸을 쓱 앞으로 내민다. "저기, 시마자키 군. 우리 토론은 진짜 크게 갈렸었어. 그것만은 믿어줘. 시마자키 군과 연대해서 이곳을 나가도 좋다는 사람도 있었어. 사실 나도 완전히는 받아들이지 못하겠어. 하지만 한 사람 한 사람이 그런 개인적인 사정을 주장한다면 운동의 규모는 점점 더 축소되고 말 거야. 그런 사태만은 피하지 않으면 안 되잖아?"

"응, 그렇지."

"그래서 말인데, 시마자키……." 리더가 한 차례 헛기침을 하더니 앉음새를 바로잡았다. "이건 좀 말하기가 그렇다만, 일단 우리는 너와 아저씨를 숨겨주고 치료도 해줬고, 그래서 우리가 약간의 요구를 해도 괜찮겠다는 생각이 드는데……."

어쩐지 멤버 일동이 겸연쩍은 표정이다. 유미는 고개를 홱 돌리고 있었다.

"네가 갖고 있는 다이너마이트, 우리가 두 사람을 숨겨준 비용이라고 치고 몇 개만 나눠줄 수 없겠냐?"

"에헤에!" 무라타가 크게 재채기를 했다. 누운 자리에서 몸을 뒤척여 이쪽을 바라보았다. "어이, 학생. 남은 게 몇 개였지?" 누운 채로 구니오에게 물었다.

"일곱 개요."

"그럼 세 개 내주자고. 어때?"

"아, 좋죠. 고맙습니다." 리더의 얼굴이 헤벌쭉 풀어졌다. 멤버들도 하얀 이를 내보였다.

"진짜 전쟁을 모르는 사람들은 패거리 짜는 게 좋아서 전쟁을 하는

구먼."

무라타가 불쑥 말했다.

"아저씨, 무슨 말씀이세요?" 유미가 물었다.

"데모는 도회지 젊은 놈들의 축제 놀음이야. 이제 훤히 알겠네. 아주 큰 공부를 했어."

"무슨 말씀이신지 모르겠네."

"모르면 됐어. 그냥 나 혼잣소리야."

그때 누군가 문을 두드렸다. 전원의 시선이 문으로 향했다. "누구냐?" 리더가 소리를 내질렀다.

"민주아시아동맹의 야마모토다!"

"'민아'의 강아지 새끼가 무슨 볼일이야!"

문 너머로 고함을 지른다.

"무슨 인사가 그래? 일부러 알려주러 왔더니만."

"뭘?"

"캠퍼스에 공안부 사복형사가 우글우글해. 숫자가 심상치 않아. 뭐 짐작 가는 거 없냐?"

모두들 얼굴을 마주 보았다.

"여긴 그런 거 없어."

"우린 사복형사를 만나는 대로 포위하고 방해 행동에 나설 거야. 너희도 오늘 하루는 연대해줘."

"알았다. 뒤따라갈게."

"좋아."

남자가 뛰어가는 발소리가 들렸다. 멤버들이 좀 더 바짝 둘러앉았다.

"어쩌지?"

"혹시 시마자키 군 숨겨준 거, 들켰나?"

"모르겠어. 하지만 분명 우리를 노리는 거야."

"하지만 왜? 시마자키 군은 계속 여기 있었고 아무한테도 들키지 않았어. 혹시 첩자가 있는 거 아냐?"

"유미, 쓸데없는 소리 하지 마."

"다들 미안하다." 구니오가 옆에서 말했다. "실은 어젯밤에 살짝 니시카타의 대중탕에 갔었어. 거기서 누군가 나를 봤는지도 모르겠다."

멤버들이 침묵했다. "그렇다면 별수 없지." 간단하게 용서해주었다.

"다이너마이트가 있잖아. 경찰도 지금 필사적이야."

"좋아. 일단 해산하자. 각자 지하에 잠복할 것. 당분간 이 방에는 접근하지 마. 연락 장소는 룸펜 술집이다. 다이너마이트는 들고 나간다. 와세다 쪽에 도움을 요청하자. 겐지, 빨리 세탁소 돌면서 전화 연락 좀 해줘. 유미는 시마자키 군과 아저씨 안내해주고."

"오케이. 두 분, 준비하세요."

하라는 대로 구니오는 자리에서 일어났다. 바닥 밑의 짐 보퉁이에서 다이너마이트를 꺼내 세 개와 네 개로 나누었다. "자, 이건 너희한테." 세 개를 리더에게 건네주었다.

"고맙다, 시마자키. 건투를 빈다."

멤버들은 어딘가 들뜬 기색이다. 목숨을 빼앗기는 것도 아니라서 그들에게 진짜 공포라는 건 없었다. 구니오는 무라타가 이전에 '혁명 놀이'라고 말했던 게 생각났다.

다이너마이트를 배낭에 넣고 유미의 뒤를 따라 방을 나섰다. 무라타는 학생들의 언동에 그만 신물이 났는지, 어이없다는 듯 터덜터덜 걸음을 옮기고 있었다. 복도 거울 앞에 멈춰 서서 머리의 헌팅캡을 고쳐 썼다.

"무라타 씨, 빨리요."

"알았어, 알았어."

1층에 올라가 출구 쪽으로 갔다. 바깥으로 나가는 줄 알았더니 문 옆에서 기다리라고 했다.

"지금 동지가 마중 올 거야. 우리가 제대로 훈련된 전투 집단이라는 걸 보여줄게. 학내뿐만이 아니야. 동지는 간토 일대에 퍼져 있어."

유미가 얼굴이 상기된 채 말을 건네 왔다. 기다란 팔다리와 높직한 콧날이 좋은 집안에서 자란 아가씨라는 것을 보여주었다. 분명 노동이라고는 해본 경험이 없을 것이다.

잠시 지나자 박스형 짐칸의 중형 트럭이 다가왔다. 차체에 '미야코 세탁소'라고 적혀 있었다. 차 꽁무니를 출입문에 바짝 대더니 운전기사가 내려와 해치를 열었다. 안에는 큼직한 빨래 바구니가 잔뜩 쌓였고 그 안에 의학부 학생들이 세탁하려고 내놓은 흰 가운이 채워져 있었다.

"어서 짐칸으로 올라가. 바구니 안에 들어가서 흰 가운으로 몸을 가리는 거야." 유미가 지시했다.

"어디로 가면 되지?" 장발에 두툼한 안경을 쓴 운전기사가 말했다.

"우선은 와세다대학으로 데려다주세요."

"아, 나는 대충 저기쯤에서 내려줘." 무라타가 말했다.

"어디로 가시려고요?" 구니오가 물었다.

"아라카와의 미카와시마. 거기에 숨어 있을 거야. 연락할 때는 여기로 전화해."

구니오의 손을 잡고 손등에 볼펜으로 번호를 적어주었다.

"어디 전화번호인데요?"

"김 씨라는 조총련 총무야. 옛날부터 잘 아는 사람이니까 절대로 배신은 안 해."

“알았어요.”

사방 1미터는 될 것 같은 플라스틱 바구니에 각각 들어갔다.

“어이쿠, 냄새. 소독내가 지독하네.” 무라타가 투덜거렸다.

“잠깐만 참으세요. 경찰견의 코는 피해야죠.” 유미는 그렇게 설명해 주더니 왜 그런지 구니오의 바구니 안으로 들어왔다. “함께 숨어야겠어. 오늘은 흰 가운이 좀 부족한 거 같아.”

좁은 바구니 안이니 당연히 몸이 밀착되었다. 짐칸 해치가 닫히고 트럭이 출발했다.

“저기, 오늘 밤부터 내 아파트로 올래?” 유미의 숨결이 얼굴에 끼쳤다. “도준카이의 에도가와 아파트야. 경찰이라면 걱정할 거 없어. 공무원 언니 명의로 빌린 거라서 나는 감쪽같이 언니로 되어 있거든. 신분증까지 준비해뒀어.”

“하지만 다이너마이트도 있는데.”

“괜찮아. 불만 조심하면 돼. 올 거지?” 유미가 몸을 바짝 들이댔다. 훅 콧김을 흘리며 키스를 해왔다. 혀가 미끈하게 입안으로 들어온다. 구니오는 하는 대로 내맡길 수밖에 없었다.

차가 출발한 지 얼마 안 되어 운전석의 남자가 짐칸을 두드렸다.

“지금 도쿄대 병원을 나갈 거야. 교문에 제복 경찰이 있으니까 소리 내면 안 돼.”

구니오는 숨을 죽였다. 차가 정지한다.

“경찰입니다. 바쁘신데 죄송합니다. 검문 중이에요. 안에 뭐가 있죠?”

“의학부에서 받아 온 흰 가운 빨랫감이에요.”

“잠깐 볼까요?”

“예, 보세요.”

운전기사가 차에서 내렸다. 유미가 바짝 긴장해서 구니오에게 매달렸다. 문이 열린다.

"이크." 경관이 비명을 흘렸다. 지독한 소독약 냄새에 얼굴을 찌푸린 모양이다.

"예, 됐어요. 고맙습니다."

문이 닫혔다. 트럭은 다시 출발했다.

"진짜 얼간이네." 유미가 고소하다는 듯 웃었다.

이제는 바구니에서 나와도 되는데도 계속 몸을 밀착한 채로 있었다.

39

9월 25일 금요일

1934년 준공했다는 클래식한 에도가와 아파트 방에서 시마자키 구니오는 여자가 원하는 대로 육욕에 흠뻑 빠져 있었다. 과연 지금이 한낮인지 밤중인지, 두툼한 커튼을 꼭꼭 닫아두어서 그것조차 알지 못했다. 밥도 먹지 않았다. 한 차례 인스턴트 라면을 냄비째 들고 와 둘이서 먹었지만, 그게 몇 시간 전의 일인지 기억도 나지 않는다. 목이 마르면 주전자의 물을 머금어 입에서 입으로 나눠 마셨다. 작은 싱글침대를 삐걱삐걱 울리며 위가 되기도 하고 아래가 되기도 하고, 내내 벌거벗은 채로 정사를 벌였다. 여자의 체온은 자신의 체온이었다. 쾌락과 탈력감이 뒤엉켜 이대로 죽는다 해도 그리 회한은 없을 듯한 기분이었다.

처음 시작은 유미가 구니오의 짐 속에서 필로폰 앰풀과 주사기를 찾아낸 것이었다. 유미는 한순간 겁에 질린 표정을 보였지만, 곧바로 고집 센 성품이 고스란히 드러나서 "나도 맞아볼래"라고 졸랐다.

"안 하는 게 좋아."

"왜 나만 딴 세상 사람으로 취급하는 거야?"

여기서 꽁무니를 뺐다가는 여성 활동가로서 체면이 구겨진다는 듯 고집을 피웠다.

어쩔 수 없이 왼팔에 필로폰 주사를 놓아주었다. 처음에는 눈만 퀭해지더니 침대에 드러누워 천장을 바라보는 사이에 약효가 나타났는지 "아아, 어쩐지 더워"라고 상기된 얼굴로 셔츠를 벗어부쳤다.

"시마자키, 안아줘." 핏발 선 눈으로 호소했다. 자신도 필로폰을 맞은 뒤였는지라 구니오는 머리가 텅 비어버린 채 옷을 벗고 침대에 올랐다.

"우아, 멋있다. 진짜 탄탄한데?" 아주 마음에 든다는 얼굴로 유미가 구니오의 가슴을 쓰다듬었다. 곧바로 섹스가 시작되었다.

"앗, 안 돼. 나 죽겠어, 나 죽겠어." 유미는 그 말을 마치 주문처럼 되풀이했다. 네 개의 팔다리로 구니오에게 엉겨들었다.

첫 번째가 끝나자 땀도 걷히지 않은 사이에 두 번째가 시작되고, 결국 한없이 하게 되었다. 그렇게 하룻밤을 보내자 대체 몇 번이나 했는지 알 수도 없었다. 확실한 건 한 번도 옷을 입은 적이 없다는 것뿐이다. 계속 침대에서 뒹굴면서 변변히 잠도 자지 않았다.

"나, 섹트에서 빠져버릴까." 유미가 구니오의 어깨에 머리를 얹고 불쑥 말했다. "어쩐지 점점 재미가 없어. 혁명을 하네 어쩌네 하면서 노상 토론하고 술 마시고 몰려다니기만 해."

구니오는 말없이 듣고 있었다. 창문을 보니 커튼 틈새로 하얀 빛이 새어 들었다. 아무래도 지금은 한낮이고 밖은 쾌청한 날씨인 모양이다.

"현재 집행부의 머릿속에는 섹트를 확대해야 한다는 생각밖에 없어. 논 폴리스 학생을 몇 명이나 조직에 끌어들이느냐에 따라 지위가 높아지다니, 너무 황당해. 게다가 요즘에는 다른 대학이 집행부 대부분을 차지해서 진짜 너무 귀찮게 굴어. 와세다대학의 부위원장이란 사람은 나한테 애인이 되어달라고 자꾸 시끄럽게 하고. 다른 사람들 앞에서 공식적으로 차버렸더니 얼굴이 빨개져서는, 들뜬 기분에 운동을 하는 건 아닌지 시험해본 것뿐이라고 우기더라니까. 그런 말을 듣는 나까지 창피해지더라. 그 사람, 벌써 후배들한테까지 경멸의 시선을 받고 있어."

유미가 엎드린 자세로 담배에 불을 붙였다. 이불은 발치에 둘둘 말려 있어서 벗은 몸이 어슴푸레한 가운데 부드러운 곡선을 그렸다.

"결국 과도기인 거야. 우리 리더도 말했지만, 도쿄 올림픽 축하 분위기와 애국심으로 온 나라가 들떠 있어. 이런 속에서는 어떤 주장을 해도 쓸데없다는 분위기가 섹트 안에 퍼져 있어. 글쎄, 개회식 입장권 좀 얻겠다고 응모 엽서를 보낸 멤버가 있더라고. 진짜 올림픽은 무적의 전사라니까."

구니오는 마음속에서 쓴웃음을 지었다. 우에노의 야쿠자 두목이 했던 말이 생각났다.

"그래서 시마자키 군은 진짜 굉장해. 단독행동으로 올림픽 분쇄에 나서다니, 보통 활동가로서는 할 수 없는 일이야."

"그렇게 추켜세울 거 없어. 나는 내 사정에 따라 움직인 것뿐이야."

"아니, 정말 대단해. 형님을 잃은 애도의 마음이라고 해도 역시 대단해." 유미가 구니오 위에 올라탔다. 얼굴을 구니오의 가슴팍에 대고 고동 소리를 듣듯이 가만히 엎드려 있다. "나, 어제저녁까지는 시마자키 군하고 연대할 생각이었어. 섹트의 뜻을 거스르더라도 시마자키 군과 함께 행동하면서 올림픽을 방해해보고 싶었어."

"뭘, 굳이 그렇게 할 것까지는……."

"근데 그거 과거형이야. 생각을 바꿨어. 연대 안 할래. 내가 교활한 인간이라서 아직 죽고 싶진 않거든."

"무슨 말이야?"

"제대로 설명할 수는 없어. 하지만 이렇게 살을 맞대보니까 알겠어. 시마자키 군은 죽음을 두려워하지 않는구나 하는 거. 섹트의 다른 치들하고는 각오 자체가 달라." 유미가 낙서하듯이 구니오의 가슴을 손톱 끝으로 훑었다. "나도 마찬가지야. 남학생들 앞에서는 이러니저러니 대찬 소리를 하지만 사실은 얼마나 진지하게 활동하는 건지도 모르겠고……. 지난번에 석 달 만에 집에 들어갔더니 엄마가 나 잡고 울더라. 그때 나 스스로도 깜짝 놀랄 만큼 마음이 흔들렸어. 아버지는 원래부터 싫은 사람이었으니까 뭐라고 하건 상관없어. 고등학교 교사인데 완전히 경직된 사람. 매일 저녁 6시에 꼬박꼬박 돌아오는 아무 재미도 뭣도 없는 인간. 내가 고등학교 때, 댄스홀 한 번 갔다고 머리에 김이 폴폴 나서는, 당신이 잘못 가르쳐서 그렇다고 엄마한테 고래고래 소리를 지르더라고. 그런 주제에 내가 도쿄대학에 합격하니까 금세 얼굴이 달라져서 이웃집이며 교무실이며 막 자랑하고 다니고. 진짜 웃겨. 그러다가 내가 학생운동 시작했더니 또 엄마 탓으로 돌리더라니까. 저런 딸은 우리 집 자식이 아니라나? 한마디로 세상 체면이 전부인 사람이야. 그런 인간, 일찌감치 세상에서 사라지는 게 낫지."

유미가 한숨을 내쉬었다. 한참 침묵이 흘렀다. 몸을 일으키더니 맨살에 와이셔츠를 입었다.

"내가 무슨 소리를 한 거야? 창피하다. 미안해, 못 들은 걸로 해줘."

구니오는 미소와 함께 고개를 끄덕여주었다.

"뭐 좀 해 먹을까? 밥을 해서……. 그렇지, 감자하고 콘비프 있으니까 카레라이스 해줄게."

침대에서 내려가 작은 주방으로 향했다. 라디오 스위치를 켰다. 방에 외국 팝송이 힘차게 흘러나왔다. 구니오도 자리에서 일어나 가볍게 기지개를 켰다. 유난히 몸이 가볍다. 필로폰 약 기운은 진즉에 떨어졌을 텐데도 권태감은 털끝만큼도 없이 누군가 뒤를 밀어주는 듯한 활력이 몸속에 넘쳤다. 이제부터가 본무대다, 라고 구니오는 자신에게 들려주었다. 위험한 상황에 떨어졌어도 전혀 두렵지 않은 건 이것이 자신이 돌진해야 할 길이기 때문이다.

손목시계를 보았다. 25일 오후 1시였다. 벽에 걸린 달력으로 요일을 확인했다. 이제 더 이상 시간을 낭비할 수는 없다. 오늘이 금요일이니까 대안일인 일요일은 모레다. 머릿속에 그려둔 계획을 실행에 옮겨야 하는 날이다. 필요한 물건은 미쓰코시의 포장지와 메이지 기념관의 보자기, 그리고…… 마침 잘됐다. 지금이라면 유미가 곁에 있다.

"유미 씨, 이따가 메이지 기념관에 함께 가줄 수 있을까?"

"메이지 기념관? 시나노의 결혼식장 말이지? 나야 괜찮지만, 왜?" 유미가 주방에서 구니오를 돌아보았다.

"메이지 기념관의 답례용 보자기가 필요해. 우리 둘이 약혼했다고 하고 견본품을 받아 왔으면 좋겠는데."

"아이참, 뭐야." 여성 활동가가 중학생처럼 수줍어한다.

"그리고 봉투하고 편지지 있어?"

"책상 서랍에 있어. 마음대로 갖다 쓰셔."

"열차시간표는?"

"그런 건 없지. 우리 집이 역인 줄 알아? 아, 하지만 관리실에 가면 있을지도 모르겠다. 이따가 내가 물어보고 올게."

"전화는 어디 가면 걸 수 있지?"

"1층 관리실 앞에 공중전화가 몇 대 있어."

"좋았어."

우선은 무라타부터 만나야 한다. 그는 이제 자신에게 꼭 필요한 존재다. 구니오는 바지와 와이셔츠를 챙겨 입었다.

"그건 내가 빨아줄 테니까 다른 거 입어."

"없어. 단벌 신사거든."

"그럼 상점가에 나가서 사다 줄게. 시마자키 군, 청바지도 잘 어울릴 거 같아."

"한 번도 입어본 적이 없는데."

"어울려, 틀림없어. 아 참, 그리고……." 유미가 꽤 오래 생각한 기색으로 말했다. "그냥 유미라고 불러줘."

"아, 응……. 알았어."

"어차피 여기서는 나갈 거지? 그때까지라도 좋으니까."

"응, 알았어, 유미."

유미는 기쁜 듯이 미소를 짓더니 다시 싱크대로 향했다. 잠시 뒤에 카레 냄새가 집 안 가득히 퍼졌다.

40

9월 27일 일요일

오전 11시. 미나미센주의 헌 옷 가게에서 9호 사이즈의 예복을 사 들고 마작장에 돌아왔더니 구석 탁자에 추레한 중년 남자가 앉아 있었다. "아, 글쎄, 반절은 일 끝난 뒤에 주겠다니까 그러네." 무라타가 윗몸을 쭉 내민 채 살살 달래고 있었다. 시마자키 구니오는 그 모습을 흘끔 쳐다보고 제 손으로 냉장고에서 콜라를 꺼내 목을 축였다.

목조 가옥 2층의 이 마작장은 간판을 내걸기는 했지만 뜨내기손님이 오다가다 들를 수 있는 분위기는 아니었다. 출입하는 건 인근의 재일조선인들뿐이다. 원래 미카와시마 일대가 조선인 동네여서 밤낮으로 마늘 냄새가 감돌았다.

"어이, 학생도 말 좀 해줘. 약속은 꼭 지킨다고." 무라타가 도움을 청해왔다.

"왜 그러시는데요?"

"이 친구가 느닷없이 돈을 다 내라고 하잖아."

"나는 그것도 괜찮은데요."

"저런, 바보. 그렇게 냉큼 들어주는 게 어디 있어?"

무라타는 험악한 얼굴로 내뱉고는 운반책으로 고용한 중년 남자의 머리를 툭 쳤다.

"어이, 솔개. 빨리 예복이나 입어. 제대로 못 했다가는 야쿠자한테 말해서 죽도록 혼내줄 테니까 그리 알아."

"도메 씨, 그렇게 화낼 것까지는 없잖아." 남자가 못마땅한 듯 입을 삐죽였다.

무라타가 고용한 운반책은 가석방 중인 소매치기 동료였다. 해야 할 일만 일러주었을 뿐, 사정은 일절 말하지 않았다. 그렇게 해야 혹시 잡히더라도 죄가 안 되고, 미리 계획을 알면 겁을 먹고 도망칠 수 있다는 무라타의 판단 때문이었다. 심부름값은 2000엔이다. 협상 때에 곁에 있었던 구니오는 액수가 너무 적어 내심 놀랐지만, 얼굴 표정에는 드러내지 않고 묵묵히 듣고만 있었다. 솔개라는 별명의 남자는 "헤헤, 그렇게나 많이?"라고 좋아했다. 너무 많이 주면 도리어 의심을 사는 것이다.

사흘 전, 구니오는 현금 요구 편지를 속달로 경시청에 보냈다. 27일 일요일에 도쿄 역 플랫폼으로 8000만 엔이 든 보자기를 가져오라는 요구다.

"학생, 아래층에 가서 김 씨한테 손톱깎이 좀 빌려 와. 이 녀석, 손톱에 때가 잔뜩 꼈네. 그리고 포마드도 좀 달라고 해. 이발소에 갈 시간이 없으니 포마드라도 발라서 대충 꾸며봐야지."

"알았어요."

구니오는 방을 나와 1층 식당으로 갔다. 주방을 들여다보며 김 씨라는 나이 든 총무에게 부탁했다.

"잠깐 기다려."

얼굴에 길게 칼자국이 난 김 씨가 이유도 묻지 않고 안쪽 방에서 손톱깎이와 포마드를 들고 나왔다. "공짜 아니야." 무뚝뚝한 말과 함께 구니오의 가슴팍에 들이밀었다.

"너, 도메 씨 조카라는 거 정말이야?"

"아, 예." 순간적으로 입을 맞췄다.

"도쿄대 학생이라는 것도 정말이야?"

"예."

"흥, 도메 씨한테 도쿄대생 조카가 다 있어?"

뺨의 상처를 쓰다듬으며 쓴웃음을 짓고 있다. 아무래도 무라타가 자신을 도쿄대생 조카라고 자랑한 모양이다.

마작장으로 돌아와 구니오가 직접 남자의 머리를 다듬었다. 솔개는 넥타이도 맬 줄 몰라서 무라타가 얼굴을 심각하게 찌푸려가며 묶어주었다.

"어이, 복습 좀 하자. 지금부터 할 일을 말해봐."

"2시 40분까지 도쿄 역 10번 플랫폼에 간다. 3호차가 정차하는 자리의 벤치에 보라색과 흰색 무늬의 메이지 기념관 보자기로 싼 답례품이 있으니까 신혼여행 배웅객들 틈에 섞여 그걸 슬쩍 들고 돌아온다. 어때, 그것뿐이지? 그런 일쯤이야 어린애라도 할 수 있어."

솔개가 여유 있는 표정으로 대답했다.

"물건을 구분하는 방법은?"

"미쓰코시의 포장지. 그리고 들어보면 꽤 묵직하다. 가벼우면 잘못 잡은 거."

"좋아. 둘레둘레 살피지 말고 잽싸게 움직여야 해."

"글쎄, 알았다니까. 바꿔치기라면 내가 도메 씨보다 솜씨가 더 좋아."

"내가 언제 바꿔치기라고 했어?"

"어, 그런 거 아니었어?"

"아, 됐어, 됐어. 쓸데없는 건 묻지도 마."

"알았어. 나는 2000엔만 받으면 어쨌거나 상관없어. 그래서 그 물건을 낚아챈 뒤에 여기로 가져오면 되지?"

"음, 그래."

무라타가 눈빛을 맞추지 않고 대답했다.

솔개가 이곳에 돌아올 수 있는 가능성은 상당히 낮다. 경찰은 틀림없이 상당한 인원을 풀어놓고 기다릴 것이다. 북적거리는 배웅객과 폭죽으로 혼란스럽다고 해도 솔개를 놓칠 리는 없다. 그렇다면 솔개는 일단 체포될 수밖에 없다.

구니오가 세운 계획은, 똑같은 물건을 든 무라타가 중앙 통로에서 폭죽을 터뜨리고 그 혼란을 틈타 솔개가 든 물건을 가로챈다는 시나리오다. 하지만 솔개는 현장에 무라타가 나타난다는 것도, 폭죽을 터뜨린다는 것도, 그 자리에서 물건을 가로챈다는 것도 알지 못한다. 짐 속에 무엇이 들었는지에 대해서는 무라타가 일찌감치 "묻지 마!"라는 한마디로 처리해버렸다.

구니오는 현장에는 나가지 않는다. 이미 공공 교통기관은 모조리 위험한 형편이다. 역의 개찰구만 지나가도 100명은 넘는 형사들이 우르르 달려들 것이다.

무라타가 옆으로 다가와 귓가에 대고 말했다.

"학생, 심부름 한 가지 더 있어. 후추하고 화장지 좀 준비해."

"어디에 쓸 건데요?"

"여차할 때를 위한 눈가림용이야. 화장지는 요즘 새로 나온 크리넥스라는 걸로 준비해."

"크리넥스 티슈 말이죠?"

"그래, 그거. 어린애들 피부처럼 보들보들한 거."

구니오가 서둘러 물건을 사러 뛰어나갔다. 물건을 받자 무라타는 티슈 두 장을 겹쳐 펼쳐놓고 거기에 후추 한 주먹을 담고 착착 접어서 테이프로 고정했다.

"혹시라도 잡힐 것 같으면 이걸 손바닥으로 툭 터뜨려서 형사 얼굴에 던질 거야."

"나도 좀 주세요."

"네가 왜 이게 필요해? 너는 여기만 지키면 되는데."

"역시 나도 가야겠어요. 택시 타고 가서 도쿄 역 마루노우치 북쪽 출구에서 대기하고 있을게요. 짐이 8킬로그램이나 되는데 아저씨 혼자 들기에는 너무 무거워요."

"이 녀석이 나를 노인네 취급하네."

"도메 씨, 또 무슨 작당이야?"

문이 열리고 김 씨가 들어왔다. 손에 배달 통이 들려 있다. 탁자에 올려놓고 뚜껑을 열자 조선식 냉면 4인분이 있었다.

"작당은 무슨 작당?"

"뭐 꼭 듣자는 건 아니고." 김 씨가 냉면을 탁자에 꺼내놓았다. "점심밥이야. 이거 공짜 아니야." 아예 그 말이 입버릇이 된 모양이다.

일행은 준비를 잠시 멈추고 마작 탁자에 둘러앉아 점심을 먹었다. 조선 냉면을 먹어보는 건 처음이었다. 옆 사람이 하는 대로 식초를 넣고 소리 내어 훌훌 빨아들였다. 너무 맛있어서 깜짝 놀랐다.

"어이, 김 씨. 오늘 밤부터는 둥지를 바꾸고 싶은데." 무라타가 말했다.

"그럼 아카바네로 가. 내가 연락해줄 테니까."

"미안하네."

"됐어. 공짜 아니야. 어이, 맥주."

김 씨가 옆 탁자의 젊은 친구에게 맥주를 가져오라고 지시했다.

"나도 한 잔만 줘. 공짜로." 솔개가 말했다.

"참 나. 어이, 컵 네 개 가져와라."

모두 함께 대낮부터 맥주를 마시게 되었다.

"도메 씨, 무슨 좋은 일 있었어?" 김 씨가 물었다.

"없는데? 무슨 아닌 밤중에 홍두깨 같은 소리야?"

"아니, 전보다 한참 젊어진 거 같아서."

"사내가 입에 발린 칭찬을 하면 못써. 진짜인 줄 알잖아."

"입에 발린 소리가 아냐. 처음 여기 왔을 때 느꼈는데, 당신, 묘하게 팔팔하게 보여서 무슨 신나는 일이 있었나 싶어서 하는 말이야."

무라타는 말없이 면을 빨아들였다. "웃기지 마. 내 인생에 그런 게 있겠어?"

"내가 착각한 거라면 뭐, 됐고."

"응, 착각한 거야."

"요 앞 길모퉁이 베드하우스에 형사가 왔다던데? 이달 들어 벌써 세 번째래."

"형사들도 참 수고가 많으시네."

"가와사키 쪽까지 탐문수사를 하고 다닌다는 걸 보면 경시청만 나선 게 아니야. 누구를 찾는지는 모르지만, 선물 하나 안 쥐여주고 정보를 얻을 줄 알았다면 진짜 착각도 큰 착각이지."

"뭐야, 선물 쥐여주면 다 불 거야?"

"동지를 세 명쯤 깨끗이 석방시켜준다든가, 뭐, 그런 정도가 아니면 거래는 안 하지."

"흥, 지금 나 협박하는 거지?"

무라타가 미간을 찌푸리며 맥주잔을 비웠다.

미카와시마의 습지대에 형성된 조선인 동네는 구니오로서는 눈이 휘둥그레지는 곳이었다. 고향 구마자와 촌과 마찬가지로 가난한 곳이지만, 땅바닥을 북북 기어가는 벌레처럼 강한 생명력이 깃들어 있고 골목길 하나하나가 맹렬한 에너지를 발했다. 처마 밑에 돼지머리를 내다 말리고, 그 밑에서 한복을 입은 아름다운 여자가 고향 노래를 부르며 내장을 씻고 있었다. 여기도 도쿄인가 하고 새삼 대도시의 깊숙한 뒷모습에 깜짝 놀랐다. 미나토나 시부야 쪽이 화려하게 재탄생하는 가운데, 이곳에는 행정 혜택이 베풀어질 기척도 없다.

문득 생각이 나서 구니오가 물었다.

"김 씨 아저씨, 도쿄 올림픽은 구경하실 거예요?"

"공짜라면 봐야지. 근데 왜?"

"응원하는 건 일본 쪽인가요?"

"내가 일본 사람을 응원할 거 같아?"

식사하던 젓가락을 멈추고 쓱 노려보았다.

오후 2시 반. 구니오는 도쿄 역 마루노우치 출구 쪽에 나와 있었다. 눈앞은 고샤구치 전차 정류장이다. 이 이상 역에 접근하면 배치 중인 형사에게 들킬 위험성이 있어서 전차를 기다리는 척하며 시간이 되기를 기다렸다.

구니오는 유미가 사준 청바지를 입고 있었다. 미국에서 들어온 작업용 바지지만, 더러움을 타지 않고 구겨져도 신경 쓸 게 없다는 점에서 최근 대학생들 사이에서 큰 인기를 끌었다. 구니오는 멋내는 것과는 전혀 인연이 없어서 쇼윈도에 비친 자신의 모습이 부끄럽기만 했다. 그러고 보니 자신은 스물네 살이다. 캠퍼스를 활보하며 동갑내기들은 청춘을 구가하고 있다. 구니오는 청춘이라는 말과 잘 어울리지 못하고 있었다. 어쩐지 자신에게는 금욕적인 것이 더 잘 맞는 듯한 마음이 들었다. 쾌락이라든지 향락이라는 것에는 아무래도 익숙해지지 않는다. 애초에 부모 형제의 처지를 생각하면 자신이 도시에서 풍족한 생활을 누린다는 것에 죄책감을 느끼지 않을 도리가 없다. 요컨대 즐기면서 사는 방법을 알지 못하는 음울한 성격인 모양이다.

스탠드에서 콜라를 사서 목을 축였다. 화창하게 맑은 가을 하늘에서는 종달새가 노래하고 있었다. 분명 황궁에 둥지를 틀고 사는 새일 것이다. 도로공사의 소음을 누비며 아름다운 소리를 내고 있다. 구니오는 눈을 감고 그 소리에 귀를 기울였다.

거액을 주고받는다는 가장 중요한 국면에서도 전혀 긴장되지 않는 건 왜일까. 오늘은 필로폰도 맞지 않았다. 계획에 딱히 자신이 있는 것도 아니다. 그러기는커녕, 최근 며칠 동안은 새삼 경찰의 위력을 실감했다. 역시 국가권력은 대단하다고 묘한 감탄을 하고 있었다. 자신에게 승산이 있기나 한지, 전혀 짐작도 할 수 없었다. 그런데도 구니오의 마음은 맑은 호수처럼 미동조차 하지 않았다.

손목시계를 보았다. 오후 2시 40분. 운반책인 솔개가 10번 플랫폼에 뜰 시간이다. 지금쯤 플랫폼은 신혼부부와 배웅객으로 북적거릴 것이다. 만세 삼창이 울려 퍼지고 신랑을 들어 올려 헹가래를 친다. 그 속에서 검은 예복을 입은 솔개가 시치미를 뚝 뗀 얼굴로 벤치에 놓인 물건을 슬쩍 집어 든다.

물론 엄청난 숫자의 수사관이 주위에 촘촘히 배치되어 있다. 몇몇은 역무원이나 배웅객으로 변장하고 있을지도 모른다. 올림픽의 몸값을 들고 가는 순간을 포착하고 형사들은 아연 긴장한다. 무선 연락이 날아가고 전원 총출동으로 솔개를 미행하게 된다. 경찰도 구니오가 직접 나타나리라고는 생각하지 않았겠지만, 궁상맞고 추레한 중년 남자의 등장에는 상당히 당황스러울 것이다. 솔개는 그리 서두를 것도 없이 당당히 걸음을 옮긴다. 감이 빠른 형사는 돈 받고 나온 운반책이라는 걸 알아차릴 것이다. 그래서 당장은 체포하지 않는다.

솔개는 중앙 통로를 걸어 나온다. 여기도 사람들로 가득하다. 대부분이 검은 예복 차림에 보라색과 흰색 무늬의 보퉁이를 들고 있다. 수사관들은 놓치지 않으려고 일정하게 거리를 유지하면서 솔개의 뒤를 따른다. 과연 몇 명으로 편성된 미행 팀인지 구니오는 짐작도 할 수 없지만, 열 명 스무 명 정도로는 끝나지 않을 것이다. 국가적인 일대 사건이다. 경찰의 위신이 걸려 있다.

무라타는 중앙 통로 매점 옆에 서서 뒤쪽에서 솔개의 모습을 눈으로 따라잡고 있다. 필연적으로, 미행하는 수사관도 몇 명쯤은 간파해 낼 것이다. 무라타는 오늘도 필로폰을 맞고 나왔다. 오감이 칼날처럼 벼려지고 온몸에 만능감이 넘치는 상태다.

드디어 무라타가 움직인다. 손에는 슬쩍 바꿔치기할 보퉁이를 들고 있다. 자이언츠의 시바타 선수가 도루하듯이 슬금슬금 인파를 향해 다가가 그 안으로 들어간다. 호주머니에서 폭죽을 꺼내 라이터로 불을 붙인다. 바닥에 휙 던진다—

구니오는 귀를 역사 쪽으로 향했다. 역시나 파열음이 여기까지는 들리지 않는다. 무엇보다 도로를 파헤치는 굴삭기의 소음이 마루노우치 일대를 점거하고 있다.

중앙 통로는 공황 상태일 것이다. 하얀 연기와 화약 냄새. 여기저기서 비명이 터진다. 바닥에 엎드린 사람, 도망치는 사람이 뒤엉켜 폐쇄된 공간은 마치 전쟁터 같은 광경이다. 수사관들만은 납작 허리를 숙이면서도 열심히 사태를 파악하려고 고개를 쳐들고 있다.

그런 속에서 무라타는 물건을 바꿔치기한다. 솔개도 놀라서 거품을 물고 있을 터라서 무슨 일이 벌어졌는지 미처 알지 못한다. 분명 무라타가 다가온 것도 인식하지 못할 것이다.

무라타는 총총걸음으로 마루노우치 북쪽 출구의 개찰구로 향한다. 8킬로그램의 짐은 결코 가볍지 않지만 지금의 무라타라면 쌀 한 가마니라도 번쩍 들 수 있다. 그의 눈에 서서히 바깥의 빛이 보인다.

자아, 이제 슬슬 나올 때인가—

구니오는 콜라를 바닥까지 마셔버렸다. 빈 병을 가드레일 밑에 내려놓고, 북쪽 출구 현관을 뚫어져라 응시했다. 무라타는 국철 빌딩 출입구까지 걸어 나와 그곳에 정차하고 있는 택시에 타기로 했다. 역의 택시 승차장은 너무 위험하기 때문이다. 구니오도 그 뒤를 따라가 동승할 생각이다.

그때 무라타가 역에서 나왔다.

무라타의 손에는 보퉁이가 들려 있었다. 한순간 눈이 마주쳤지만 금세 얼굴을 돌려버렸다. 그 태연한 얼굴을 보고 구니오는 작전이 성공했다고 생각했다. 저도 모르게 주먹을 부르쥐었다.

성공이다. 나라를 상대로 멋지게 몸값을 받아냈다—

무라타는 신호를 건너려고 횡단보도 앞에 섰다. 마침 전차가 달려왔다. 땡땡땡 종을 울리며 전차가 고샤구치 정류장에 멈췄다.

"어이, 무라타!" 갑작스럽게 고함 소리가 튀어나왔다.

무라타가 뒤를 돌아본다. 따라가려던 구니오의 발이 뚝 멈췄다.

"이 새끼, 도쿄 역까지 넘보다니, 간이 부었구나. 이제 우에노에서는 얼굴이 팔려서 일터를 바꿨냐?"

남자가 가슴을 툭 내밀며 말했다. 순간적으로 형사라는 걸 알아보았다. 험상궂은 얼굴을 한 퉁퉁한 형사가 가슴 앞에서 손가락을 우두둑 소리 나게 꺾고는 입맛을 다시며 무라타와 마주 서 있었다.

이게 무슨 일인가. 바꿔치기하는 걸 들켰나. 하지만 그렇다고 하기에는 뭔가 이상하다. 이 형사에게는 한낱 좀도둑을 발견했다는 정도의 긴장감밖에 없다.

"우에노 역에서부터 너를 알아보고 쫓아왔어. 눈을 보아하니 필로폰 맞은 꼴이더만. 이 새끼, 기껏해야 바꿔치기 좀 하면서 폭죽까지 터뜨리는 건 또 뭐야?"

형사가 걸음을 옮겼다. 이걸로 분명해졌다. 거액의 몸값에 대해서는 전혀 알지 못하고, 그저 우연히 지나가던 이 지역 형사다.

땡땡땡. 이번에는 발차 종이 울렸다. 그것이 신호라는 듯이 무라타가 형사에게 보퉁이를 휙 내던졌다. 그렇게까지 무거운 보퉁이일 줄은 예상하지 못한 형사가 정통으로 배를 맞고는 뒤로 벌렁 넘어졌다. "이 새끼가!" 얼굴빛이 홱 변한 채 벌떡 일어나 무라타에게 덤벼든다.

구니오는 마음이 급했다. 어떻든 무라타부터 구해야 한다. 몸값은 그다음이다.

형사가 무라타의 등판을 붙잡은 순간, 옆에서 또 다른 남자가 나타났다. 작업복을 입은 체격이 다부진 사람이다.

"어허, 이봐요. 폭력을 쓰면 안 되지." 형사의 팔을 잡아 무라타에게서 떼어놓았다.

"이봐, 나 경찰이야. 방해하지 말라고!"

이 사람은 또 누구인가. 무엇 때문에 거들고 나서는지는 모르겠지만, 구니오는 그의 행동에서 심상치 않은 기척을 느꼈다. 그저 지나가던 사람이 아니다. 왠지 그런 직감이 들었다.

무라타를 보니 호주머니에서 종이쪽을 꺼내 번쩍 치켜들고 있었다. 그렇지, 나도 셔츠 주머니에 그걸 넣어두었어.

티슈라는 새로운 화장지 뭉치를 손바닥으로 꾹 움켜쥐었다. 무라타가 형사의 얼굴을 향해 내던졌다. 구니오도 따라 했다. 작업복 차림 남자의 얼굴에 명중했다. 후추가 일대에 퍼져나갔다. 길 가던 여자가 비명을 올렸다.

왼쪽 무릎에 충격을 느꼈다. 뒤로 쓰러졌다. 작업복 남자가 태클을 걸어온 것이다. 엄청난 힘이었다. 절대로 아마추어가 아니다. 무도에 통달한 자다. 구니오는 졸지에 오른발로 머리를 힘껏 걷어찼다. 몸을 마구 뒤틀며 정신없이 저항했다.

후추의 위력 때문인지 남자의 힘이 한순간 느슨해졌다. 이때다 하고 왼쪽 다리를 뽑아냈다. 가까스로 자유를 되찾았다. 무라타는, 후추 세례를 받고 얼굴이 엉망이 된 형사와 보퉁이를 놓고 줄다리기를 하고 있었다.

"됐어요. 그만 가요. 철수해요!" 구니오가 말했다.

"그래도 돈이, 돈이!"

"기회는 또 있어요!"

무라타의 멱살을 잡고 냅다 뛰었다. 코앞의 정류장에서 전차 문이 닫히려 하고 있었다. "타요!" 손을 번쩍 쳐들었다. 운전기사와 눈이 마주쳤다. "도와줘요. 야쿠자가 시비를 걸어요!" 큰 소리로 거짓말을 했다.

둘이 올라탔다. 차 문이 닫혔다. 예복 차림의 남녀가 차 안에 가득했다. 일제히 시선이 쏟아졌다.

“제기랄, 잠깐이면 성공할 참이었는데.” 무라타가 입술을 깨물었다. 어깻숨을 몰아쉬고 있다.

“이 전차, 얼른 내리죠. 노선 전역에 형사들이 깔렸을 거예요.”

“응, 그래.”

“아저씨는 어디로 갈 거예요?”

“나는 아카바네로 가서 숨어야지. 너는?”

“에도가와바시로 갈게요.”

“알았어. 연락은 그 전처럼 김 씨를 통해서 해.”

“솔개 아저씨, 어떻게 될까요?”

“무슨 일인지 하나도 모르니까 기소는 절대 못 해. 걱정 마라.”

한 정류장 앞인 마루노우치 역에서 재빨리 내렸다.

“어이, 학생. 잡히면 안 돼.” 무라타가 헌팅캡을 고쳐 쓰면서 말했다.

“아저씨도요.”

두 갈래로 갈라져서 뛰었다.

경찰차 한 대가 맹렬한 속도로 달려오더니 사이렌을 울리며 빨간 신호의 사거리를 그대로 내달렸다. 전차를 쫓아가는 모양이다.

그 소리에 놀랐는지 황궁의 숲에서 작은 새가 일제히 날아올랐다.

41

9월 28일 월요일

어떻게든 경찰에 보복을 해야 한다. 시마자키 구니오는 유미의 아파트에서 자신에게 되뇌었다. 어제의 도주극은 되짚어 생각할수록 식은 땀이 났다. 미리 후추를 준비하지 않았더라면 무라타와 둘이 나란히 체포되었을 것이다. 작업복을 입은 젊은 남자도 틀림없이 형사였다. 그렇지 않고서는 그런 태클을 걸었을 리 없다.

어제 마루노우치에서 택시를 잡아타고 유미의 에도가와 아파트로 돌아왔다. 전차 정류장에는 모조리 제복 경찰이 배치되었고 주요 사거리에는 경찰차가 서 있었다. 그 주위에서는 사복형사로 보이는 남자들이 다급하게 움직이고 있었다. 검문 경찰의 배치가 몇 시간 만에 깔리게 되는지 알 수 없었기 때문에 택시를 선택한 건 큰 도박이었다. 물론 걷는 건 더 위험하고 지하철은 두말할 것도 없다.

생각해보면 대담하기 짝이 없는 범행 계획이었다. 도쿄의 현관이라고 할 도쿄 역에서 백주에 당당히 현금을 들고 튀려고 한 것이다. 구니오는 자신의 어리석음을 자책하는 한편 무라타에게는 존경의 마음을 품었다. 혹시 성공했다면 일본의 범죄사에 기록되었을 것이다.

아파트 방에 도착하자 구니오는 다이너마이트를 꺼내 폭파 장치를 만들기 시작했다. 이번에는 경시청과 경찰청에 소포를 보내기로 했다. 시간을 끌어 당국에 유예기간을 주어서는 안 된다. 약속을 깨버린 대가가 얼마나 큰지, 그들에게 똑똑히 알려줄 필요가 있다.

유미의 방에 위스키 상자가 있어서 그걸 이용하기로 했다. 다이너마이트 한 개를 넣고 발화장치를 붙이는 방법이다. 소포로 보내는 것이라서 지난번에 만들었던 시한장치는 쓸 수 없다. 열두 시간 이상으로 설정할 때는 또 다른 장치가 필요했다. 구니오는 잠시 궁리하다가 뚜껑을 여는 순간, 회로에 전기가 통해 발화하는 장치를 쓰기로 했다. 이건 진짜 소카 지로가 썼던 방법이다.

이번에야말로 사상자가 나올 것이다. 뚜껑을 열자마자 방이 통째로 날아가는 것이다.

만들면서도 손끝이 떨렸다. 경찰이 폭발물 처리에 대한 노하우를 얼마나 갖고 있을지, 구니오는 짐작도 가지 않았다. 마음 한편에서는 미리 알아차리기를 간절히 바라는 자신이 있었다. 경찰 간부가 죽는 거라면 그나마 낫겠지만 일개 사무원이 희생된다면 자신은 죽음으로 사죄할 수밖에 없다. 정말로 그건 본의 아닌 일이다. 마음이 크게 요동쳤다.

그냥 협박만 하고 말까. 회로에 상처를 내서 전기가 통하지 않게 해두면 발화되지는 않을 것이다.

아니, 그런 어설픈 짓은 경찰에게 고스란히 전해진다. 당국은 자신을 정말로 두려워하지 않게 된다.

하늘에 맡기자. 구니오는 배에 힘을 주고 각오를 다졌다. 뚜껑을 열면 폭발한다. 봐주는 건 없다. 단지 보내는 사람은 소카 지로라고 분명하게 써넣는다. 이렇게 했는데도 이상을 깨닫지 못하고 개봉한다면 그건 경찰 쪽에 문제가 있는 거다.

"내가 도와줄 일 없어?"

옆에서 유미가 말했다. 아까부터 구니오의 작업을 지켜보고 있었지만, 자신은 방해만 되겠다고 생각했는지 내내 아무 말이 없었다.

"아니, 없어."

"그 상자, 어떻게 할 건지 난 안 물어볼래."

"응, 그러는 게 좋아."

유미에게는 도쿄 역 사건도 말하지 않았다. 그 이야기를 듣고 눈을 반짝이건 크게 두려워하건 유미에게 부담이 될 뿐이다. 게다가 구니오는 학생운동 쪽에는 별다른 기대가 없었다. 무라타의 말처럼, 부모에게 어리광을 피우는 처지에 혁명이 이러니저러니 논하는 건 너무도 자기중심적이어서 당혹스러울 뿐이다.

"오늘 밤에 유시마의 룸펜 술집에 멤버들이 모일 건데 시마자키 군도 잠깐 나갈래?"

"아니, 안 가."

"하긴 이젠 관계도 없다."

구니오는 대답하지 않고, 소포와는 별도의 범행 성명문 작성에 들어갔다. 이건 하루 늦게 도착하는 게 바람직하다. 그렇다면 소포는 속달로, 편지는 보통우편으로 보내면 된다.

"시마자키 군이 여기 있다는 거, 멤버들에게는 비밀로 했어."

"그래?"

"응. 아마 리더가 질투가 나서 난리를 칠 거야. 여기 있는 줄 알면 칼 들고 쳐들어올지도 몰라."

"혹시 리더가 애인?"

"설마. 술에 취해서 키스만 한 번 했어. 나, 연대 따위 관심 없어. 서로가 서로를 속박하다니, 진짜 황당한 짓거리지 뭐야."

유미가 까만 머리칼을 쓸어 올리며 흥 웃었다.

성명문은 간결하게 썼다.

두 개의 다이너마이트는 도쿄 역에서 있었던 일에 대한 보복이다. 다음에도 이런 일이 있을 때는 거래를 중지하고 올림픽 시설을 직접 공격할 것이다. 다시 연락하겠다.

—소카 지로.

그나저나 다음에는 어떤 작전으로 나갈까. 이제부터가 구니오에게는 진짜 승부다.

"우리, 필로폰 맞자." 유미가 구니오를 등 뒤에서 껴안으며 귓가에 대고 속닥였다.

"아, 잠깐 우체국에 다녀와서."

"아이, 그런 건 나중에 하고."

눈을 보니 뜨겁게 젖어 있다. 구니오는 얹혀사는 처지인지라 유미의 말을 따랐다.

왼팔에 필로폰을 맞자마자 유미는 옷을 벗었다. 예쁜 모양의 젖가슴이 출렁였다. 유미는 후우 기묘한 소리를 내며 품 안으로 뛰어들었다.

밤 10시. 라디오를 들으며 침대에서 끄덕끄덕 졸고 있는데 복도에서 엘리베이터가 도착하는 찡 소리가 울렸다. 오후에 맞은 필로폰의 약 기운이 아직 빠지지 않아 청각이 야생동물처럼 날카롭게 벼려져 있다. 발소리가 들렸다. 여러 명이다. 계단 쪽에서도 발소리가 났다. 게다가 살금살금 발소리를 죽인 채 다가온다.

구니오는 라디오를 껐다. 침대에서 내려와 방 안의 전깃불도 껐다.

옷차림을 내려다보았다. 팬티에 러닝셔츠. 서둘러 청바지를 입고 와이셔츠를 걸쳤다. 침대 밑에서 배낭을 꺼내 등에 멨다. 안에는 남은 다이너마이트 두 개가 들어 있었다.

현관으로 나가 운동화를 신었다. 그 발로 다시 창가로 돌아와 커튼 끝을 슬쩍 젖히고 틈새로 바깥을 내다보았다. 유미의 방은 5층이다. 안마당 쪽을 살펴보니 수많은 그림자가 거뭇거뭇 우글거리고 있다.

경찰이 틀림없다. 목구멍이 꿀꺽 울렸다.

구니오가 이곳에 있다는 건 유미밖에 알지 못한다. 유미가 밀고한 걸까. 아니, 그런 여자는 아니다. 멤버 중에서도 가장 가부장적인 체제를 증오하는 편이다.

유미가 공안부에 잡혀간 것인가. 그거라면 있을 법했다. 유미의 동공이 이상하다는 것을 알아챈 경찰이 각성제 사용을 의심했고 거기에서 구니오와 연결이 되었다. 구니오가 필로폰 상습자라는 걸 경찰에서는 진즉부터 파악하고 있다. 본인이 묵비권을 쓰더라도 유미의 주소는 금세 밝혀진다. 경찰이 본격적으로 협박하면 다른 멤버들도 술술 불어버릴 것이다. 실제로 각오가 되어 있지 않은 놈들이다. 자신이 체포되는 것 따위 두렵지는 않지만, 지금 잡혀서는 죽도 밥도 안 된다.

구니오는 생각을 굴렸다. 어떻게 이 자리를 빠져나갈 것인가. 5층은 창문으로 뛰어내릴 만한 높이가 아니다. 하지만 현관으로 나갈 수 없는 이상, 창문밖에는 도망칠 길이 없다.

망설일 틈은 없었다. 발소리는 이미 현관 앞까지 와 있다. 버저가 울렸다. 귀에 거슬리는 소리였다.

"밤중에 죄송합니다. 관리실 사람인데요."

거짓말도 잘하네. 대답하지 않고 있으려니 이번에는 문을 쾅쾅 두드린다.

구니오는 결단을 내렸다. 창문을 통해 옥상으로 올라가자. 6층짜리 아파트니까 두 층만 올라가면 된다.

숨을 깊이 들이쉬었다. 이제부터는 시간과의 싸움이다. 창문을 나서는 순간, 아래층 마당의 수사관들이 발견하고 고함을 내지를 것이다.

커튼과 함께 창을 활짝 열었다. 다행히 달은 없었다. 밤 10시가 지나 외등이 꺼졌는지 아파트 전체가 암흑이었다. 창틀에 발을 짚고 몸을 밖으로 내밀었다.

"어이, 창문이다!" 그 즉시 아래에서 고함이 터졌다. 동시에 현관문을 부수는 소리가 들렸다. "이봐, 시마자키!" 고함 소리가 메아리친다. 뒤를 돌아보니 현관문을 걷어차고 수사관들이 방으로 쏟아져 들어온다.

"꼼짝 마라! 도망 못 가."

손잡이를 타고 위층의 디딤돌을 잡았다. 발을 굴러 몸을 들어 올렸다. 수사관의 손이 구니오의 다리를 스쳤다. 간발의 차이로 위층으로 도망칠 수 있었다.

"어이, 6층으로 가! 우린 옥상으로 간다."

"아래층 팀은 경찰차 준비해! 거기, 서치라이트 비춰!"

수사관이 소리치고 있었다.

가까스로 6층 디딤돌에 올라섰다. 6층 창문에는 손잡이가 없었다. 발바닥을 슬슬 옆으로 옮기다가 기역자로 구부러져 들어간 곳에서 빗물받이 홈통을 발견했다. 구니오는 그것을 붙잡고 기어 올라갔다. 옥상의 콘크리트 모서리를 잡고 대롱대롱 매달렸다. 저도 모르게 아래를 내려다보았다. 떨어지면 죽는다는 생각에 불두덩이 오싹했다.

턱걸이를 하듯이 몸을 들어 올렸다. 자신의 힘에 놀랐다. 마치 체조 선수처럼 몸이 가볍다.

옥상에 올라서자마자 뛰었다. 어디로 뛰어야 할지도 알 수 없고, 무작정 이 자리에서 조금이라도 멀리 가야 한다는 생각밖에 없었다. 동양 최고의 대단위 아파트라지만 엘리베이터와 계단은 모조리 수사관들이 차지하고 있을 것이다. 옆 동으로 뛰어넘기에는 간격이 너무 멀었다.

옥상 끝까지 달려가 뒤를 돌아보았다. 신주쿠의 야경을 배경으로 검은 그림자들이 이쪽을 향해 몰려오고 있었다. 점점 거리가 좁혀진다.

절체절명. 여기서 끝인가. 구니오는 아래를 내려다보았다. 어두컴컴한 가운데, 큼직한 은행나무가 눈 밑으로 보였다. 잎이 거뭇거뭇하게 무성했다. 뛰어볼까. 떨어져 죽는다 해도 그다지 회한은 없다는 마음이 들었다.

구니오는 5미터 뒤로 물러섰다. 도움닫기에 들어갔다. 다다다다, 콘크리트를 박차며 어둠을 향해 점프했다. "아앗!" 등 뒤에서 수사관의 절규가 들려왔다.

몸이 붕 떴다. 포물선을 그리며 낙하한다. 다음 순간, 나무 속으로 떨어졌다. 무수한 잎사귀가 온몸을 후려쳤다. 뒤집어지고 엎어지고 정신없이 몸이 돌았다. 나뭇가지가 차례차례 몸을 치고, 파친코에서 통통 튀는 은구슬처럼 어디로 떨어질지 알 수 없었다. 무의식중에 머리를 감싸 안았다. 한 차례 큼직한 가지에 윗몸이 걸려 빙그르르 몸이 돌았다. 죽지 않겠다고 직감했다. 낙하 속도가 점점 떨어지고 있다.

은행나무를 빠져나왔다. 다시 허공으로 몸이 내던져졌다. 시야에 함석판이 들어왔다. 주차장 지붕이다. 요란하게 깨지는 소리. 온몸에 아픔이 내달렸다. 함석지붕을 뚫고 구니오는 자전거 위에 떨어졌다. 떠들썩하게 격돌하는 소리와 함께 자전거 벨이 찌리링 울렸다.

살았다. 기적이 일어났다.

"떨어졌다~! 뒤로 가봐!" 수사관이 옥상에서 부르짖었다.

구니오는 일어섰다. 바로 눈앞에 담벼락이 있었다. 북북 기어올라 뛰어넘었다. 옆 빌딩 부지인 것 같았다. 어딘지도 알 수 없는 곳을 온 힘을 다해 내달렸다. 아픔은 느껴지지 않았다. 적어도 다리에는.

문을 나섰다. 경찰의 모습은 보이지 않는다. 길 건너편은 간다가와강이다. 자신이 어디에 있는지 깨달았다. 길을 가로질러 다리를 건넜다. 우선 북쪽으로 가자고 생각했다. 여차하면 무라타가 숨어 있는 아카바네까지 달려가도 된다.

안도자카 길을 마구 뛰어가는데 뒤에서 차가 왔다. 택시였다. 빈차 표시등이 켜져 있었다. 저도 모르게 손을 번쩍 쳐들었다. 됐다. 도망칠 수 있다. 처음부터 끝까지 행운이 따라주는 날이다.

택시가 정차하고 구니오는 훌쩍 뛰어 올라탔다.

"아카바네로 가주세요."

"예예. 근데 손님, 머리에 뭘 달고 계신대?"

차가 출발하자마자 나이 든 운전기사가 백미러를 들여다보며 말했다. 구니오는 머리를 더듬었다. 큼직한 은행잎이 머리에 붙어 있었다.

"아, 이거요? 친구들하고 장난치다가."

"참 좋네, 한창 젊은 때라서. 대학생인가?"

"예."

"야아, 부럽다, 부러워."

말하기 좋아하는 운전기사였다. 묻지도 않았는데 아들이 은행원이고 자기보다 돈을 많이 번다고 자랑을 늘어놓기 시작했다.

"올림픽 기념주화를 아버지 어머니 하나씩 드린다고 챙겨 왔어. 은행원이니까 줄을 안 서도 살 수 있거든."

"좋으시겠네요. 나도 갖고 싶었는데." 구니오는 맞장구를 쳐주었다.

몸의 열기가 스르륵 빠져나갔다. 팔뚝을 보니 셔츠가 찢어져 있었다. 드러난 살에 수없이 긁힌 상처가 보였다. 하지만 6층 아파트 옥상에서 뛰어내렸는데도 죽지 않다니, 무라타 아저씨가 과연 이런 말을 믿어줄까.

"어라, 어디서 사건이 터졌나?" 운전기사가 중얼거렸다.

남쪽 방향에서 사이렌이 울려 퍼지고 있었다.

42

9월 30일 수요일

저녁에 열린 수사 회의에서는 경시청에 배달된 소카 지로 명의의 범행 성명문에 대한 보고가 계속 이어졌다. 성명문은 보통우편으로 도착했다. 봉투에 찍힌 소인을 보니 그 전에 도착한 다이너마이트 소포와 우체국도 날짜도 똑같았다. 두 개를 함께 부쳐서 속달인 소포는 하루 빠르게 배달되도록 한 것이다. 성명문의 내용은 도쿄 역에서의 약속 파기에 대한 보복이라는 것이었다. 간결하게 쓴 문장이라서 범인의 감정을 읽어내기가 어려웠다. 오치아이 마사오는 슬라이드로 벽에 비친 육필 글씨를 바라보며, 시마자키 구니오가 어떤 심리 상태로 하루하루를 보내고 있을지 생각했다.

마음에 걸리는 건 두 개의 다이너마이트가 경찰의 손에 의해 불발 처리된 걸 시마자키 구니오가 알고 있느냐는 것이었다. 시한장치가 아니라 뚜껑을 열자마자 폭발해버리는 몹시 냉혹한 소포였다. 결과에 무관심할 리는 없으니 분명 어딘가에서 경시청 청사를 지켜보고 있을 터였다. 그날, 시마자키가 가스미가세키에서 그리 멀지 않은 장소에 잠복하고 있었을 거라고 추측하면서 마사오는 안타까운 마음을 억누를 수가 없었다. 이와무라와 둘이서 가스미가세키 일대와 시내의 전망 좋은 장소는 모조리 돌아다녔다. 마루노우치와 고지마치 경찰서에서 수많은 수사관이 투입되었지만 별다른 성과를 얻지 못한 채 다들 답답함만 쌓여갔다. 대체 시마자키는 어디에 있는 건가—

회의가 끝나자 다나카 과장대리가 마사오에게 다가와 귀엣말을 했다.

"자네, 지금 지휘 회의에 출석해."

"제가요?"

"그래. 스가 최고 책임자가 현장 의견을 듣고 싶으시대." 다나카가 우울한 얼굴로 속닥거리고는 덥수룩한 수염을 쓰다듬었다. "정보를 가장 많이 물어 온 사람이 너하고 니이잖아. 근데 니이는 성격이 삐뚜름해서 괜히 윗분의 성질을 건드릴 위험이 있어. 미야시타도 그런 일에는 자네가 적격이래. 그러니까 좀 나와줘."

"알겠습니다."

"미리 말해두겠는데, 본청에는 형사부에 알려지지 않은 사실이 잔뜩 있어. 공안부에 대해 화가 나더라도 꾹 참아. 다마리 과장이 대신 따져줄 테니까."

"네."

마사오는 당황스러운 가운데서도 다나카를 따라나섰다. 간부들만 모이는 지휘 회의에 나가는 건 경찰에 들어온 이래 처음이다.

"그리고 상세한 내용이 내려오지 않아서 오늘 회의에서는 전달하지 않았지만, 공안부에서 그저께 밤 에도가와바시에서 시마자키를 놓쳤다는 모양이야."

"뭐라고요?" 깜짝 놀라서 다나카를 쳐다보았다.

"6층 아파트 옥상에서 뛰어내려 그대로 도망쳤대. 진짜 공안부 멍청이 새끼들. 변명을 하려거든 좀 그럴싸하게 해야지. 무슨 슈퍼맨도 아니고, 시마자키가 하늘을 휙휙 날아다닌다는 거야 뭐야."

"그 아파트는 어떤 루트로 알아냈는데요?"

"도쿄대학 극좌파 학생들을 잡아다가 불게 했대. 멤버 중의 여학생이 숨겨줬나 봐."

"근데 왜 보고가 없었어요?"

"아파트를 급습한 그날부터 오늘 저녁까지 계속 추적했대. 그래서 보고할 여유도 없었다는 게 공안부의 변명이야."

"어휴, 장난치나, 그 사람들."

"누가 아니래."

다나카가 화가 나서 욕을 내뱉으며 주먹으로 손바닥을 내리쳤다.

한조몬 회관에서 경시청까지 자동차로 이동했다. 거의 가본 적도 없는 3층으로 엘리베이터를 타고 올라가 반짝반짝 닦아둔 복도를 걸었다. 마주치는 사람마다 다른 부서 사람이 웬일이냐는 듯 미심쩍은 눈길을 던져왔다. 한국으로 원정 경기를 간 일본인 복서 같은 심정이다.

회의실에 들어가니 최고 책임자 스가 슈지로가 데스크 앞에 떡하니 앉아 있고 그 옆에 경비1과장과 과장대리가 있었다. 데스크를 끼고 오른편에는 공안1과장과 과장대리, 좌측에는 수사1과장 다마리. 그 밖에도 현장 수사관들이 호출되어 빈 공간에 파이프 의자를 놓고 앉아 있었다.

"스가 본부장님, 수사1과의 오치아이 마사오 경위입니다. 공범자로 무라타 도메키치가 있다는 것을 알아냈고, 로쿠고도테의 화약 회사에서 인부의 사체를 발굴해낸 것도 이 친구입니다."

다마리가 마사오를 소개했다.

"그래, 자네가 오치아이 군이로군. 장관 앞으로 배달된 폭탄 소포도 자네들의 활약이 대단했다던데? 비서관에게 상세한 경위를 들었어. 잘했네. 수고했어."

스가가 컬컬한 목소리로 말했다. 나이는 오십대 중반일 텐데 자택에서 폭발 사건이 일어난 이래로 변변히 휴식을 취하지 못한 탓인지 사진으로 본 것보다 훨씬 늙어 보였다. 다만 와이셔츠는 방금 새로 산 것처럼 하얗고 고급 양복에는 구김살 하나 없었다. 피곤한 얼굴이기는 해도 수염은 깔끔하게 밀고 있었다. 역시 좋은 환경에서 자란 사람은 이런 것일까. 마사오는 엉뚱한 점에서 혼자 감탄했다.

"오늘 회의는 통상적인 자리가 아니야. 다들 기탄없이 의견을 밝혀주었으면 좋겠다. 오자마자 질문을 던져서 미안하네만, 오치아이, 자네는 수사 상황을 어떻게 파악하고 있나?"

갑작스럽게 의견을 청해왔다.

"아, 그건 그러니까……."

"시간을 절약하세. 그냥 생각나는 대로 말해도 돼."

스가의 말에 이끌리듯이 마사오는 저도 모르게 본심을 말해버렸다.

"형사부에 맡겨주시지 않는 게 혼란의 가장 큰 원인이라고 생각합니다."

다마리와 다나카가 흠칫 돌아보았다. 다른 간부들은 금세 표정이 바뀌어 험악한 눈빛으로 마사오를 쏘아보았다.

"구체적으로 말해보게."

"범인을 알고 있는 이상, 중요한 건 탐문입니다. 탐문수사라면 우리 형사부에서 가장 잘하는 일이고, 실례지만 다른 부서는 아무래도 서툰 게 아닌가 하고……."

"이봐, 그런 말이 어디 있어? 당장 취소해." 옆에 있던 공안1과장이 분연히 소리를 높였다.

"아, 됐으니까 끝까지 들어봐." 스가가 나무랐다.

"범인의 신병 확보에서도 저희 쪽이 더 경험이 풍부하다고 생각합니다. 만에 하나 사격이 필요할 경우 등을 고려하면 앞으로는 어떤 정보도 공유하고, 시마자키와 무라타를 쫓는 건 형사부 수사1과를 주력 부대로 해주시면……."

"어이가 없군. 도쿄 역에서 범인을 놓친 게 바로 자네잖아. 지금 그런 말을 할 처지가 아니지."

"어허, 그건 흘려들을 수가 없는 말씀이네. 몸값이 든 물건을 바꿔치기한 거, 그걸 알아본 건 오치아이 단 한 명뿐이었어!" 다마리가 얼굴색이 변해서 반론에 나섰다.

"그럼 우에노 경찰서 형사는 뭐야? 형사부는 전원이 단독플레이야. 개인적인 수훈을 바라는 사람들은 나라를 못 지켜."

"수훈 같은 거 바란 적 없어. 큰 오해를 하고 있네. 게다가 나라를 지킨다고 하는데, 시마자키는 사상범이 아니야. 기업 협박이나 유괴사건 수사와 별반 다를 게 없단 얘기야."

"어째서 사상범이 아니라는 거지?"

"탐문 정보를 종합해본 우리 형사부의 심증이야."

"형사의 직감이라는 거?" 공안1과장이 코웃음을 쳤다.

"형사부 수사1과는 그 직감으로 지금까지 수많은 난제들을 해결해 왔어. 가령 사상범이라고 해도 조직범죄가 아닌 이상, 범인을 쫓는 건 형사부가 할 일이지."

어느새 다마리와 공안1과장의 거친 응수가 되었다.

"아니, 이번 사건은 통상 수사로는 감당할 수 없어. 실제로 우리 쪽에서 시마자키에 더 근접했잖아. 그쪽이야말로 정보를 좀 공개하시지. 공범 무라타가 갖고 있는 폭력단 및 조선계 범죄 조직과의 파이프에 대해서는 형사부가 슬쩍 감추니까 우리도 딴 수를 쓰는 거라고."

"대체 뭘 의심하는 거야? 우리는 한 가지도 감춘 게 없어."

"흠, 글쎄. 그렇다면 다행이지만."

"그쪽이야말로 뭐야? 시마자키를 놓쳤으면서 왜 24시간이 넘도록 알려주지 않았어?"

"현장 수사관을 본청으로 불러들여 보고하게 하는 시간이 아까웠어. 단지 그것뿐이야."

"6층 아파트 옥상에서 뛰어내렸다고? 잘도 그런 변명을……."

"아뇨, 그건 사실이에요." 그때 지금까지 침묵하고 있던 젊은 수사관이 끼어들었다. "공안1과의 야노라고 합니다. 에도가와 아파트에서 시마자키를 놓친 건 저예요. 옥상까지 몰아가기는 했는데, 시마자키가 도움닫기를 해서 은행나무를 향해 점프했고 나뭇가지 속을 지나서 주차장 함석지붕으로 떨어졌어요. 그야말로 기막히게 도주했습니다. 서른 명이 현장에 출동해서 열 명이 방으로 돌입하고 나머지 스무 명은 계단 등 모든 출입구를 지키고 있었는데 전혀 예상치 못한 도주를 하는 바람에 신병을 확보하지 못했습니다. 자살을 시도한 것이라고 생각해서 자리 배치를 실수한 것도 원인이긴 합니다. 놓친 책임은 제게 있습니다."

마사오도 본 적이 있는 친구였다. 경찰학교 동기로, 와세다대학 법학부 출신의 수재다. 형법 시험에 만점을 받은 일로 교관의 촉망을 받아 다른 반으로 옮겨 갔다. 공안부 훈련 코스로 올라갔다는 소문이 돌았는데 본청 공안부에 와 있을 줄은 몰랐다.

"어이, 야노. 자네 책임이 아니야. 거기까지 추적하는 데는 자네 공적이 가장 컸어. 남은 다이너마이트 일곱 개 중의 세 개도 자네가 회수했잖아. 어제 배달된 소포 폭탄 두 개는 이미 처리했으니까 남은 다이너마이트는 두 개야. 그걸 알아낸 것만 해도 자네는 큰 역할을 했어."

"세 개를 회수했다고?" 다마리가 물었다.

"아, 실례. 이것도 보고가 늦었군. 우리 과의 야노 군이 시마자키를 숨겨준 도쿄대학 극좌파 학생들을 체포할 때 그 아지트에서 다이너마이트를 발견했어. 시마자키를 숨겨준 대가로 받았대."

"그게 언제 얘기야?"

"그저께 밤."

공안1과장이 태연히 말했다. 다마리는 당장 얼굴이 벌게져서 입술을 악물었다.

"스가 본부장님, 시마자키를 인부 살인과 다이너마이트 절도범으로 공개 수배하죠." 다마리가 강한 어조로 진언했다. "신문과 텔레비전으로 얼굴 사진을 공개하면 시민의 신고를 기대할 수 있어요. 무엇보다 범인이 마음 놓고 돌아다닐 수 없게 됩니다. 밀행 수사는 이제 한계에 이르렀어요. 앞으로는 반드시 공개수사로……."

"이봐, 무슨 소리야? 다이너마이트를 소지한 극좌파가 올림픽 방해를 기도하며 도주 중이라고 널리 선전이라도 하겠다는 거야? 그랬다가는 도쿄의 평판은 어떻게 되는데? 국내에서 사회불안이 일어나는 걸로만 끝나지 않아. 일본의 발전을 탐탁지 않게 여기는 국외 세력도 만만치 않단 말이야."

공안1과장이 침을 튀기며 반론했다.

"그렇다면 인부 살인에 대한 것만 밝히면 돼."

"안 돼. 제방은 개미구멍 하나로 무너지는 법이야. 줄줄이 정보가 새어 나가서 결국은 폭발 사건까지 매스컴에 다 알려질 거야."

"스가 본부장님, 매스컴은 어디까지 막을 수 있습니까?"

"그쪽에 대해서는 자네들이 걱정할 거 없어. 기자가 아무리 의심하고 덤벼도 우리가 모조리 막을 거야. 대외비는 지속적으로 유지해줄 테니까 수사에만 집중하면 돼."

스가가 단호하게 말했다. 경찰 간부 정도쯤 되면 신문이나 텔레비전과의 절충도 사장을 상대로 담판하는 걸까. 마사오로서는 상상도 못 할 세계였다.

"본 사안은 계속 밀행 수사로 진행할 것이다. 가령 범인을 사살한다고 해도 그런 사실을 국민에게 알리는 일은 없다. 우리는 국가이익을 최우선한다. 도쿄 올림픽 개최가 코앞에 다가온 상황에서 국제사회에 일말의 불안도 내보여서는 안 된다. 내일은 도카이도 신칸센이 개통된다. 사흘 후에는 일본 무도관이 개관하면서 전 경기장이 완성될 것이다. 그리고 개회식 리허설이 진행된다. 시간은 절대 우리를 기다려주지 않아. 범행 성명문으로 보아 시마자키가 다시 몸값을 요구해 올 것으로 예상된다. 그것이 최후통첩이 될 것이다. 그때까지 어떻게든 범인을 체포해주기 바란다. 공안부는 뒤를 이어 아파트 롤러 작전을 중심으로 진행하고, 형사부는 탐문수사로 범인을 몰아붙여주기 바란다. 경비부에 지시해서 중점 경호 장소를 더욱 확대하도록 하겠다. 경찰청에도 지원을 부탁해서 내일 정오부터 전국에서 24시간 연속으로 교통 검문을 실시할 것이다. 범인 측도 지금 힘겨운 상황이다. 중요한 건 포위망을 단 한 순간이라도 늦추지 않는 것이다. 어떤 길목에서든 경찰이 눈에 띄게 해두면 그리 쉽게는 움직이지 못한다. 오늘부터 수사에서 얻는 모든 정보는 각 부서를 통해 하나도 빠짐없이 내게 보고할 것. 확인 중이니 증거불충분이니 하는 변명은 용서하지 않겠다. 정보는 반드시 공유할 것. 경시청이 한 덩어리가 되어 범인을 체포한다. 각자 명심해라."

스가의 말에 전원이 입을 꾹 다물었다. 과연 수사가 그의 말대로 운용될지, 내심으로는 아무도 믿지 않았다. 비밀주의는 각 부서마다 철저하게 뿌리를 내리고 있다. 호랑이 가죽을 빨아댄다고 그 무늬가 지워지는 게 아닌 것과 마찬가지로 공안부와 형사부는 죽어도 손을 맞잡지 않는다. 적어도 과거에 그런 예는 없었다.

회의가 끝난 뒤, 야노가 마사오에게 다가왔다. 입가에는 웃음을 띠고 있지만 눈은 웃고 있지 않았다.

"오랜만이다. 나, 기억해?"

"물론이지. 본청에 있는 줄은 몰랐다."

"4층이 워래 닌자 소굴 같은 곳이야. 눈에 띄지 않을수록 일을 잘한다고 생각하거든."

"그럼, 자네는 일 잘하는 축이겠네."

"비행기 태우지 마. 캡이 자꾸 지명하는 통에 죽을 지경이야."

"대단하시네. 나이도 똑같은데 난 아직 햇병아리야."

"거짓말하지 마. 유력한 정보는 모조리 너한테서 나왔잖아. 우리 쪽에는 수사1과의 오치아이 경위를 미행하는 게 더 낫겠다는 얘기까지 돌고 있어."

"하하, 거, 영광이네."

둘이 나란히 복도를 걸었다. "오치아이, 우리가 그래도 동기 아니냐. 동기 좋다는 게 뭐야. 정보 좀 즉각즉각 교환하자. 위는 위고, 우리는 우리야." 야노가 팔꿈치로 툭 쳤다.

"정보 교환? 우리는 감추는 정보 같은 거 없어."

"무라타가 어디로 사라졌는지, 우리는 완전 손들었어. 너희는 폭력단 쪽으로 뭔가 잡은 거 있잖아."

"없다니까. 그쪽이야말로 좌익 관련 정보 좀 즉각즉각 건네줘."

"우리도 정보는 다 털어놨어. 거짓말 아니라니까."

"그럼 동점 무승부네. 이제부터 새로 범인 찾기 시합을 하는 수밖에."

"진짜 못 믿겠네."

"믿든지 말든지."

계단까지 와서 멈춰 섰다. 위층이 공안부고 아래층이 형사부다.

"너, 아까 탐문수사는 형사부에서 더 잘한다고 했지?"

야노가 한참 깔아보며 말했다.

"그랬지."

"그거야말로 형사부다운 발상이야. 너, 우리가 어떻게 움직이는지 모르지? 우리는 아슬아슬한 선도 거침없이 뛰어넘어. 어떤 거래든 다 해. 공판을 염두에 두고 눈앞의 증거품에 손도 대지 못하는 형사부하고는 애초에 정보의 양이 달라. 공안부에 맡겨두는 게 빠르단 뜻이야."

마사오는 대답할 말이 궁했다. 아무래도 자기들은 비합법적인 수사도 사양하지 않는다는 말인 모양이다.

"아, 그리고 너, 도쿄 역에서 시마자키하고 한바탕 씨름을 했다면서?"

"얼굴에 후추를 뿌리는 바람에 그냥 정신없이 태클 한 번 넣은 것뿐이야."

"어떤 인상이었어?"

"뭐, 별로. 우선 눈도 뜰 수 없는 상황이어서……."

"내가 아파트에서 술래잡기를 해봤지만 정말 섬뜩하더라. 옥상에서 뛰어내리는 걸 바로 뒤에서 봤어. 전혀 망설임이 없더라고. 단 1초도 망설임이 없었어. 시마자키는 비행기만 있다면 개회식에도 특공대처럼 뛰어들 놈이야."

야노가 우울하게 입 끝을 치켜올렸다. 마사오는 공안부 수사관다운 그의 추리에 오싹했다. 그게 전혀 말도 안 되는 소리로 들리지를 않는 것이다.

"아무튼 너나 나나 범인을 놓쳐버린 자들이야."

"응, 그러네."

"그럼 또 만나자."

야노가 한 손을 쳐들고 멀어져갔다. 마사오는 그 등을 지켜보다가 고개를 떨구고 계단을 내려왔다. 누군가의 다리가 보였다. 층계참에서 다마리와 다나카가 기다리고 있었다.

"이 녀석, 아무 말 말라고 내가 그렇게 신신당부를 했는데. 자네 때문에 식은땀이 다 났어."

다나카가 반쯤은 농담으로 어깨를 툭 쳤다.

"아니, 말 한번 시원하게 했어. 공안부 주도로 진행하는 건 거부한다고 선언한 셈이야. 정식으로 인정하지는 않지만 그자들이 소방청 안에 비밀 수사본부를 설치했더라고. 스가 본부장님도 모르던 일이어서 경시총감님이 이번에 공안부장에게 벼락같이 화를 냈대. 도쿄대학 선후배 사이니까 그래봤자 제 식구 혼내는 정도였겠지만, 그자들, 도무지 협력하는 자세가 없어. 간부들의 뱃속이 무슨 색깔이 됐건 우리는 안 따라가."

다마리가 진지한 얼굴로 말했다. 충혈된 눈이 관리직의 피로의 무게를 말해주고 있었다.

"어이, 다들 아카사카의 대중탕에라도 다녀올까. 땀 한번 쭉 빼고, 내일부터 멋지게 수사해보자. 올림픽까지 앞으로 열흘, 물러설 수 없지."

"좋죠. 오치아이, 방에 있는 친구들도 다 불러와."

"알았습니다."

마사오는 발걸음을 돌려 계단을 단숨에 뛰어 내려갔다.

43

10월 2일 금요일

밤 9시, 스튜디오 녹화 촬영이 끝나고 뒷정리를 하고 있는데 아르바이트 학생이 다가왔다.

"스가 씨, 손님 오셨어요."

밤늦은 시간에 누가 여기까지 찾아왔는지 의아했다. 퍼뜩 생각나는 건 그 공안부 수사관이다. 나흘 전에 유시마의 술집에서 극좌파 학생들이 일제 검거 되었을 때, 다다시는 본의 아니게 안내자 역할을 하고 말았다. 그다음 날은 임의동행 형식으로 조사를 받으러 나가서 학생들과의 대화를 모조리 문서화하는 작업을 해야 했다. 공안부의 그 끈질긴 짓거리에 다다시는 진심으로 넌더리가 났다.

자신이 잘못한 건 하나도 없다. 오히려 큰 도움을 주었다. 또다시 뭔가 요구하면 인권을 내세워 잔소리를 해주리라고 마음먹고 출구를 나서는데 주차장 어둠 속에 공안부가 아니라 검은 머리채를 가슴까지 길게 늘어뜨린 젊은 여자가 서 있었다. 곧바로 생각이 났다. 이름은 유미. 인상적인 이목구비여서 쉽게 잊히지 않는 얼굴이다.

"당신, 특종만 밝히는 사람인 줄 알았더니 그것도 거짓말이었네요." 유미가 팔짱을 끼고 말했다. "본사 수위실에 가서 물어봤더니 별관 스튜디오에서 가요 프로그램 담당한다고 하던데요? 기자도 아니면서 대체 무슨 속셈으로 우릴 찾아왔었죠?"

경멸의 눈빛으로 다다시를 쳐다본다. 새까만 옷을 입고 있어서 얼굴 이외의 온몸이 밤에 녹아들 것만 같다.

"그렇게 말하지 않으면 당장 쫓아낼까 봐 그랬지."

"동창이라는 건 진짜예요?"

"응, 그건 진짜야. 경제학부에서 같은 반이었어."

"그럼 왜 시마자키를 찾고 다니는 거예요?"

"하마노 교수님이 부탁하셨어. 공안부가 시마자키를 찾겠다고 교수님 연구실에 왔었거든. 그래서 걱정이 많으시더라. 난 그냥 선의로 한 일이야."

다다시는 담배에 불을 붙이고 깊이 빨아들였다. 아무래도 이 여학생은 자세한 것까지는 알지 못하는 눈치였다. 눈앞의 남자가 경찰 간부의 아들이라는 건 까맣게 모를 터였다.

"근데 아가씨, 언제 석방됐어?"

"오늘요. 취조에 계속 묵비권을 행사했더니 깨끗이 석방시켜주더라고요. 다른 멤버들은 서류 송치되어서 전원 구치소에 갔어요. 지난번에는 분명하게 말하지 않았지만, 우리 모임에서 시마자키 군을 숨겨줬었어요. 그리고 숨겨준 대가로 다이너마이트 세 개를 받았어요. 이거,

상당한 범죄가 되겠죠."

"다이너마이트 세 개?" 저도 모르게 담배를 떨어뜨릴 뻔했다.

"리더가 크게 실수한 거예요. 자업자득이죠. 나는 아파트에서 재워준 것뿐이라 처분 보류."

"하지만 그건 범인 방조죄가 될 텐데?"

"그딴 거 알 게 뭐예요. 난 문학부예요."

유미가 머리칼을 치켜올리며 말도 안 되는 이유를 댄다. 다다시는 그 풍만한 몸매를 슬쩍 훔쳐보았다. 그렇군, 이 여자가 자기 아파트에서 시마자키를 재워줬구나.

"시마자키가 혼고 캠퍼스에서 감쪽같이 탈출한 건 너희가 도와준 거지?"

"그걸 어떻게 알았어요?"

"거기서 거기, 다 한패지, 뭐."

"그래요. 그길로 우리 아파트에 숨었는데, 내가 룸펜 술집에서 경찰에 체포된 뒤부터 행방불명이에요. 공안부, 진짜 대단하더라고요. 아무리 묵비권을 행사해도 겨우 한 시간 만에 내가 어디 사는지 알아내는 바람에 시마자키 일까지 들켜버렸어요."

유미가 어깨를 으쓱 쳐들었다. 다다시가 정말 묵비권을 행사한 거 맞느냐고 비꼬는 소리를 던지자 유미는 한 차례 불끈하더니, 필로폰 주사 맞은 걸 눈치채고 그쪽으로 시마자키의 꼬리를 잡아냈다고 조금 창피한 듯 사실을 털어놓았다.

"시마자키가 필로폰을 맞았어?"

"최근에 시작한 모양이에요. 중독은 아니고요. 가끔씩 맞는 거."

다다시는 낙담과도 같은 감정을 품었다. 시마자키를 잘못 봤는가. 마약에 취한 김에 대담하게 내 집까지 폭파했다고 생각하니 점점 더 용서할 수 없다는 마음이 들었다.

"근데 나한테는 무슨 볼일이지?"

"시마자키 군을 찾고 싶어요. 함께해주시면 좋겠는데."

"왜 찾으려는 건데?"

"아무튼 만나고 싶어요. 어떻게 할지는 만난 다음에 생각할 거예요."

"참 나, 이유를 모르겠네."

"나도 설명을 못 하겠지만 자수를 권하든지 연대해서 행동을 함께 하든지, 둘 중 하나예요."

"그건 정반대잖아."

"구해주고 싶어요. 어떻게 하는 게 그를 구해주는 일이 될지, 만나보고 결정할 거예요."

다다시는 한숨을 내쉬며 눈앞의 여성 활동가를 바라보았다. 한마디로, 시마자키를 사랑하게 된 것이다. 여자답다고 하면 여자다운 행동이었다.

"내가 왜 거기에 끼어야 하지?"

"당신은 매스컴 쪽이니까 정보원도 많잖아요. 실제로 시마자키 군을 찾아 우리 그룹까지 찾아오기도 했죠. 게다가 도쿄대학 선배이기도 하고."

"무슨 단서는 있어?"

"실은, 있어요. 경찰에는 죽어도 말하지 않은 건데……."

유미가 바지 호주머니에서 담배를 꺼내 불을 붙였다. 그야말로 멋으로 피운다는 느낌이다.

"미카와시마에 김 씨라는 브로커가 있어요."

담배 연기와 함께 말을 토해냈다.

"브로커?"

"나도 자세한 건 모르는데 아마 뒷골목 세계에서 이런저런 편의를 봐주는 사람인 거 같아요. 시마자키 군의 파트너인 무라타 씨가 혼고를 탈출할 때, 그 김 씨를 찾아간다면서 헤어졌거든요. 그래서 시마자키 군이 무라타 씨와 연락할 때는 그 김 씨라는 사람에게 전화를 했어요."

"아, 잠깐. 파트너 무라타 씨란 건 누구지?"

"있어요, 그런 아저씨가."

다다시는 깜짝 놀랐다. 여태까지 시마자키 단독행동이라고만 생각했었다. 좀 더 자세히 말해달라고 했더니, 동향 출신의 소매치기 상습범이고 이번 일을 하던 중에 친해져서 콤비가 되었다고 한다. 점점 더 머릿속이 복잡해졌다.

"의외로 믿을 만한 아저씨예요. 시마자키 군도 크게 신뢰하는 눈치였어요."

"헤에, 그 냉정한 시마자키가?"

"아무튼 그 김 씨라는 브로커를 찾아내면 시마자키 군도 만날 수 있어요."

"전화번호는 알아?"

"모르죠."

"이거 봐요, 미카와시마의 김 씨라니, 겨우 그걸로 어떻게 찾아?"

"괜찮아요. 총무 김 씨라고 하면 그쪽에서는 꽤 유명한 모양이에요. 조선인 동네에 찾아가보면 알 거예요. 선배는 텔레비전 방송국 명함도 있고, 보도 기자라고 하면 그쪽에서도 함부로는 못 하겠죠."

"쳇, 이럴 때만 선배를 찾네."

"지금 가시죠."

"지금 당장?" 저도 모르게 목소리가 갈라져버렸다.

"좋은 일은 서두르라잖아요. 밤이어야 오히려 활동하기가 쉽죠. 사람들도 집에 있을 거고."

다다시는 밤하늘을 올려다보며 5초쯤 고민했다. "알았어. 함께 가자."

이미 올라탄 배다. 게다가 자신도 단서를 쥐고 싶었다.

"주차장에 빨간 차가 있을 거야. 거기서 잠깐 기다려. 퇴근 준비 하고 바로 내려갈 테니까."

"고마워요, 선배."

유미가 손을 맞대며 인사를 건넸다. 하지만 애교라고는 눈을 씻고 봐도 없었다. 시마자키 이외에는 안중에도 없는 눈치였다. 진짜 웃는 얼굴은 좋아하는 남자 이외에는 보여주지 않을 것이다.

다다시는 일단 스튜디오로 돌아가 하청 회사와 다음 날 일거리에 대한 논의를 했다. 그리고 수첩에 일정을 적으면서, 내일이 벌써 10월 3일인가, 하고 화살 같은 세월에 깜짝 놀랐다. 집이 폭파된 지 벌써 6주째가 된다. 그리고 올림픽 개막까지는 겨우 일주일이 남았다.

어쩐지 초조한 마음이 몰려왔다. 올림픽은 무사히 개최되는 걸까.

다다시와 유미가 미카와시마에 도착한 건 밤 10시를 넘어선 때였다. 무턱대고 찾아가 문의해보려고 했던 식당이며 점포는 이미 문을 닫은 뒤여서 첫걸음부터 기운이 빠졌다. 인근 지리도 잘 알지 못하는지라 별수 없이 일단 주위를 돌아보기로 했다.

"김 씨라는 사람, 어차피 뒷골목 세계의 건달일 거예요. 저기 어디쯤에서 약간 불량해 보이는 사람을 붙잡고 좀 물어봐요." 유미가 팔소매를 흔들면서 졸라댔다.

"그게 쉬운 일인 줄 알아?" 다다시는 얼굴을 찌푸리며 팔을 뿌리쳤다.

하지만 기왕 여기까지 온 걸음이다. 설마 사람을 죽이기야 할까. 마음을 굳게 먹고 맨 처음 눈에 띈 허름한 마작장에 들어가보기로 했다. 간판은 지저분하고 그야말로 도박장다운 느낌의 수상쩍은 외관이다.

"유미는 여기서 기다려. 내가 잠깐 물어보고 올게."

"나도 갈 거예요."

"젊은 여자가 들어갔다가는 순식간에 홀랑 벗길걸?"

"그럴 리가 있어요? 난 괜찮아요. 오히려 여자가 함께 들어가야 경계하지 않는 거예요."

판자가 삐걱거리는 계단을 올라가 가게 문을 열었다. 실내에 담배 연기가 가득했다. 마작을 하던 손님들이 일제히 돌아보았다. 아니나 다를까, 평범해 보이는 사람은 하나도 없었다. 유미의 온몸에 호기심의 시선이 꽂혔다.

어설프게 굴었다가는 당하겠다는 생각이 들어서 계산대에 있던 젊은 리젠트(불량배들이 하는 헤어스타일)에게 "잠깐 좀 물어볼 게 있는데, 김 총무라고 알아?"라고 관록을 붙여 말했다. 이번에는 시선이 다다시에게로 집중되었다.

"누구야, 너?" 거꾸로 으르대며 되묻는다.

"중앙 텔레비전 기자야. 어떤 사건을 취재 중인데, 그 일로 꼭 김 씨를 만나고 싶어서 그래."

명함을 내밀자 리젠트는 일류 텔레비전 방송국 이름에 일순 멈칫하더니 안쪽 마작 탁자에 앉아 있는 중년 남자에게로 달려갔다. 그 사람이 사장인 모양이었다. 명함을 내밀며 뭔가 귀엣말을 했다.

"어이, 나 대신 잠깐 치고 있어." 남자가 느릿느릿 탁자에서 일어나 불룩 튀어나온 배를 흔들며 다다시에게로 다가왔다.

"어떤 사건을 취재하는 건데?" 높직한 조선 사투리로 물어왔다.

"소카 지로 사건." 다다시는 얼른 생각나는 대로 둘러댔다. "모처에서 폭탄범 소카 지로가 조선인 동네에 숨어 있다는 소문을 들었어. 그 김 씨라는 총무가 사정을 자세히 알고 있다는 거야."

"이건 또 뭔 소리래?" 남자가 어처구니없다는 얼굴로 손을 내저었다. "난 몰라. 그런 얘기는 들은 적도 없어."

"그럼 김 씨는 알고 있군?"

"이 동네에는 김 씨가 우글우글해."

"총무 김 씨라고 하면 모르는 사람이 없다던데?" 넌지시 떠보았다.

"모른다니까."

"그럼 소매치기 무라타 도메키치는요?" 유미가 곁에서 말을 끼웠다.

남자의 얼굴빛이 슬쩍 변했다. "아가씨는 누구야?"

"나는 대학생이에요. 바로 며칠 전까지 무라타 씨가 우리 아지트에 숨어 있었어요."

"아지트?"

"학생운동 활동가예요. 세상에서는 좌익이라고들 하죠."

"……아, 머리띠 두르고 깃발 흔들면서 기동대하고 밀치락달치락하는 사람들?"

"내가 오늘 낮까지 경찰 유치장에 있었어요. 무라타 씨를 숨겨주고 결국 도피시킨 죄로 체포되어서……."

남자가 유미를 찬찬히 뜯어보았다. 경찰과 대치하는 입장이라는 말을 듣고 조금쯤 경계가 풀린 모양이었다.

"그러니까 우리 방송에서는 좌익과 그들을 숨겨주는 조직을 취재하려는 거야. 김 씨가 취재에 응해줄지 어떨지는 모르겠지만, 연락만이라도 할 수 없을까?" 다다시가 얼른 밀어붙였다. "물론 신원은 비밀이고, 목소리만 출연하는 거라도 좋아. 경찰에는 절대로 말하지 않아. 취재원 보호는 매스컴의 생명이야."

남자는 곤혹스러운 얼굴로 입을 꾹 다물었다. 하지만 경계하는 기색은 이미 없었다.

"부탁해요. 폐는 안 끼칠 테니까." 유미가 머리를 숙였다. "무라타 씨와 함께 있는 도쿄대생을 꼭 만나야 해요."

"지난번 일요일 밤이었어." 남자가 불쑥 말했다. "여기서부터 미나미센주까지 형사들이 쫙 깔렸었어. 김 씨는 어디 있느냐, 무라타는 어디 있느냐, 이 사진 속 남자를 아느냐 하고 대학생 같은 남자 사진을 보여주면서 물어보더라고. 당신들, 그거하고 관계가 있는 거야?"

"아니, 그건……."

"우리가 얼마나 당했는지 알아? 살짝 부딪쳤다고 체포해 가질 않나, 마룻바닥까지 뜯어보더라고. 정말 그런 꼴은 처음이야. 우리가 무슨 범죄자도 아니고, 이건 완전히 인권 유린이야."

"저런, 그랬군요." 다다시는 공안부의 수법이 새삼 떠올랐다.

"우린 귀찮은 일에 엮이고 싶지 않다고."

"그래도 좀 부탁합니다. 절대로 폐를 끼치진 않습니다." 다다시는 공손하게 말투를 바꾸고 등을 빳빳이 세우며 말했다. "내 힘으로 얼마나 가능할지는 모르겠지만 재일조선인들이 겪고 있는 심각한 차별을 조금이나마 전할 수 있었으면 하는 마음에서……."

다다시는 말을 하면서도 마음이 아팠다. 텔레비전 일을 하는 놈은 정말 어이없는 거짓말쟁이다.

남자가 한숨을 내쉬더니 다시 입을 꾹 다물었다. 담배에 불을 붙여 후 연기를 뿜었다. 푸르스름하게 피어오르는 담배 연기를 바라보며 남자는 아버지 같은 눈빛으로 말했다.

"그러면 아카바네의 고려병원이라는 데 가서 문의해봐. 약도는 그려 줄게. 미리 전화로 연락해둘 테니까."

"병원이라고요?"

"우리들 전용 병원이야. 모체가 조총련이라서 일본 경찰도 웬만하면 접근하지 않아."

"그렇군요."

"숙직하는 사무원한테 닛포리의 박 씨가 알려줘서 왔다고 말해. 김 씨가 거기 있는지 없는지는 모르지만 단서 정도는 잡을 수 있을 거야."

"정말 고맙습니다."

이야기해보니 사람 좋은 아저씨였다. 남을 열정적으로 도와주는 건 조선 민족의 특징일까.

예의 바르게 인사를 건네고 마작장을 내려왔다. 다시 차에 탔다.

"어쩐지 스파이가 된 거 같은데요?" 유미가 얼굴이 발그레해져서 말했다. "학생운동 따위는 시마자키 군이 하는 일에 비하면 너무너무 유치해요." 흥분한 기색으로 떠들어댄다.

다다시는 그 옆얼굴을 보며 결국 이 여자는 심심한 거라고 생각했다. 혁명도 투쟁도 심심한 걸 때우는 방편에 지나지 않는다. 그런 때에 출현한 게 다이너마이트를 가진 시마자키였다—

밤이 깊어 교통량이 줄어든 도로를 달렸다. 전차도 이미 사라진 뒤여서 그 레일 위를 돌진했다. 돌바닥에 튕겨 서스펜션이 흔들흔들 요동쳤다. 도쿄 변두리를 달리는 동안 큰 사거리마다 어김없이 제복 경찰들이 지키고 있는 것을 보고 놀랐다. 교통 검문인 것처럼 보이지만 평소와는 달리 그 규모가 엄청났다. 이것도 시마자키를 잡기 위한 포위망인가. 다다시는 등줄기가 서늘해졌다. 그만큼 경찰은 여유가 없다는 얘기다.

자정 가까운 시간에 아카바네에 도착했다. 약도를 보며 돌던 끝에 고려병원을 찾아냈다. 모체가 조총련이라고 해서 제법 큼직한 곳일 거라고 생각했는데 눈앞에 서 있는 것은 철근 콘크리트의 3층짜리 아담한 병원이었다. 정면에 차를 세우고 유미와 둘이서 뒤쪽으로 돌아갔다.

초록 비상구 램프가 켜진 철문을 두드렸다. "실례합니다~!" 소리를 높였다. 안에서 전깃불이 켜지고 파자마 차림의 중년 남자가 나왔다. 눈에 핏발이 서 있었다.

"저어, 닛포리의 박 씨라는 분한테서 얘기를 듣고……."

"돌아가! 김 씨라는 사람 없어!" 느닷없이 고함을 내지른다.

"아니, 그래도……."

"빨리 꺼지라니까, 귀찮게 좀 하지 말고!"

"박 씨한테서 전화는 왔었어요?"

"그래, 왔어. 그 바보, 착해빠져서는."

"그러면……."

"아무튼 그만 가쇼. 두 번 다시 이쪽에는 찾아오지 마. 우린 착실하게 영업하는 병원이야. 범죄자를 숨겨주는 데가 아니라고. 제발 오해하지 마."

뭐라고 말을 붙일 새도 없이 문이 쾅 닫혔다. 달칵 고리를 채우는 소리가 들렸다. 전깃불도 꺼져버렸다.

어안이 벙벙해서 유미와 둘이 얼굴을 마주 보았다.

"어떻게 된 거예요?"

"모르겠네. 왜 저렇게 화를 내지?"

갑자기 썰렁한 기분이 들어 둘이 어깨를 툭 떨구었다.

"어쩌죠?"

"오늘은 일단 돌아가는 수밖에 없겠다."

진한 한숨을 내쉬며 터벅터벅 앞쪽으로 돌아왔다. 자신의 차를 바라보는데 10미터쯤 뒤에 검은 세드릭이 서 있고 그 안에 있던 사람이 급하게 고개를 숙이는 게 보였다.

다다시는 얼굴을 찌푸렸다. 두 무릎에 손을 짚고 허리를 꺾었다.

또 당했다. 안내자 역할을 두 번씩이나 하다니. 나는 정말 멍청한 놈이다—

"왜 그래요?" 유미가 물었다.

"경찰이 너를 괜히 풀어준 게 아니었어." 다다시는 힘없이 대꾸했다.

"괜히 풀어준 게 아니라니, 그게 무슨 말이에요?"

다다시는 세드릭 차로 다가가 창문을 톡톡 두드렸다. 안에 있던 네 명의 남자가 슬그머니 고개를 들었다. 조금이나마 미안한 척이라도 할 줄 알았더니 멀쩡하게 시치미를 뚝 떼며 다다시를 마주 쏘아본다. 이런 망할 공안부 놈들.

그때, 길거리 맞은편에서 차 문이 닫히는 소리가 났다. 돌아보니 인도에 야노가 서 있었다.

"어이, 스가. 당신도 참 학습이 안 되는 사람이네. 도쿄대생은 단순한 사람이 많은 모양이지?"

가로등 아래서 실눈이 되어 웃고 있다. 천천히 길을 건너왔다. 그 뒤를 남자들이 따라왔다.

"어머, 당신은 공안부의." 유미가 말을 잇지 못했다.

"어이, 입 다물게 해. 체포야."

"주임님, 지검은 괜찮을까요? 매번 공무집행방해로 몰고 갈 수는……." 젊은 수사관이 걱정스러운 얼굴로 말했다.

"시끄러워. 하라는 대로 해."

야노가 오만하게 내뱉었다. 수사관들의 손에 의해 유미에게 수갑이 채워졌다.

"나를 석방시켜서 시마자키 군을 찾게 하려고 했어요?"

“아가씨, 기소되어도 어차피 집행유예로 풀려날 테니까 앞으로는 착실히 공부나 해.”

“이건 너무하잖아요. 어떻게 이런 식으로!”

“큰 소리 내지 마. 한밤중이잖아.”

야노는 기분이 별로 좋지 않은지 유미의 턱을 잡아 차에 거칠게 밀어붙였다. 작은 비명과 함께 검은 머리채가 좌우로 흔들렸다. 이어서 짐짝처럼 차의 뒷좌석에 처박혔다.

“그나저나 스가, 문제는 당신이야. 아무것도 못 보고 못 들은 걸로 하고, 앞으로 두 번 다시 이 일에 관여하지 않겠다고 약속한다면 우린 여기서 헤어질 수 있어. 그렇게 못 하겠다면 우리 부장님을 통해 경시총감에게 자초지종을 보고할 거야. 당신 아버님은 입장이 난처해지겠지.”

“아버지가 왜?”

“경찰 부장 아드님께서 과격파 섹트와 친하게 지낸다면 출세에 크게 지장이 있지.”

“야비하게…….”

“그래, 나 야비해. 우리가 누군지 몰라? 파출소의 착한 순경 아저씨가 아니란 말이야.” 야노가 아스팔트에 침을 뱉었다. “그래도 많이 봐준 거야. 당신이 간부 아들만 아니라면 공무집행방해로 당장 끌고 갔어. 배려해주는 거, 감사하게 생각해.”

차에 기대고 담뱃불을 붙였다. “어휴, 간신히 협상 상대를 찾아낸 셈이네.” 한숨과 함께 연기를 토해내며 병원 건물을 올려다보았다.

“이 안에 있어요?” 다다시도 올려다보았다.

“내가 아냐. 하긴 진즉에 토꼈겠다. 너희가 문전박대를 당한 걸 보니까 경찰이 미행한다는 걸 눈치챈 모양이야. 어쨌거나 형사부에서는 쉽게 들어갈 수 없는 곳이지. 여기서부터는 우리 공안부가 아니면 추적을 못 해. 협박을 하든 울며 매달리든 거래를 하든, 무슨 수를 써서라도 반드시 범인을 토해내게 해야지. 어쨌든 아가씨를 풀어준 보람이 있었네. 과장에게도 좀 체면이 서겠다. 어이, 스가, 고마워."

야노는 놀리듯이 킬킬거리더니 발길을 돌려 차로 돌아갔다.

어스레한 속에 우두커니 선 콘크리트 건물, 그 벽에 스민 얼룩이 어쩐지 도쿄의 깊은 내면을 보여주는 것만 같았다.

차가운 밤바람이 길거리를 뚫고 지나가면서 그 자리에 선 사내들의 머리와 양복을 펄럭펄럭 들쳤다.

44

10월 3일 토요일

텔레비전 뉴스를 보니 톱뉴스에 올림픽 개회식 리허설이 실제와 똑같은 규모로 실시되었다는 게 올라와 있었다. 시마자키 구니오는 브라운관을 뚫어져라 바라보았다.

국립 경기장 스탠드를 가득 메운 7만 5000명의 리허설 관객. 행진하는 선수단도 학생들을 동원하여 실제와 똑같이 인원수를 맞췄다. 교통규제도 경비도 당일과 같은 순서로 진행한 모양이다. 메이지 공원 안은 여기저기 경찰로 가득했다. 리허설인데도 구경꾼이 몰려들어 회화관 주변과 진구 수영장 앞은 인산인해였다. 센다가야에서 진구 야구장까지 선수단 수송 버스가 빼곡하게 늘어선 광경에는 놀랐다. 그야말로 엄청난 규모의 개회식이다. 아나운서는 일본이 주관하는 첫 번째 세계적 행사라고 들뜬 기색으로 전하고 있었다.

구니오는 그 뉴스를 아오모리만이 내다보이는 온천 여관방에서 흐린 화면으로 보고 있었다. 아무 특징도 없는 관광 여관이다. 무라타의 말에 따라 잠시 도쿄를 떠나 은신하기로 했다. 물론 경찰의 손은 전국 어디에나 뻗쳐 있을 테지만 적어도 사건의 한복판에 있는 것보다는 안전할 것으로 판단했다.

도주의 땅으로 아오모리를 선택한 건 마침 시간대가 맞아떨어졌기 때문이다. 무라타의 머릿속에는 도호쿠 본선 열차 시간표가 모조리 들어 있는 모양이었다. "이 시간이면 '오이라세' 급행이야"라고 혼잣말처럼 중얼거리더니 그길로 매표소로 향했다. 구니오는 이의가 없었다. 두 사람 모두 마음속 어딘가에 도호쿠로의 귀소본능이 있었는지 행선지는 저절로 북쪽으로 정해졌다. 구니오는 간절히 북녘의 공기가 마시고 싶었다. 고향 아키타를 제외한 건 역시 위험하다고 생각했기 때문이다. 올림픽을 방해할 목적을 가진 범인 둘이 모두 아키타 출신이고 보니, 현경에서는 사소한 가능성 하나도 버리지 않고 범인이 잠수했을 때를 대비한 수사망을 펼쳐놓고 있을 것이다. 아키타 현경에게 두 사람은 불명예스럽기 그지없는 반역자다.

우에노 역에서 23시 25분발 급행열차 '오이라세'를 탔더니 다음 날 14시 15분에 아오모리 역에 도착했다. 거기서 재래선 기차로 갈아타고 한 시간여 만에 아담한 온천 마을에 도착했다. 가장 먼저 눈에 띈 여관에 들었다. 행상인을 상대하는 여관은 주인이 꼬치꼬치 캐물을 거 같아 일부러 관광 여관을 골랐다. 무라타가 맛있는 걸 먹고 싶다고 했기 때문이기도 하다.

포렴을 젖히고 들어서자마자 접수처 사람이 노골적으로 싫은 내색을 보였다. 둘 다 탁발승 차림이었기 때문이다. 보시할 게 없다고 내쫓으려고 했지만, 우리는 숙박객으로 찾아왔고 미리 돈을 치르겠다고 했더니 금세 장사꾼 얼굴이 되어서 바다가 한눈에 내려다보이는 3층 방으로 안내해주었다. 다다미는 오래되었지만 나무 기둥만은 잘 닦아놓은 세 평짜리 방이다. 짐을 풀고 바닥에 다리를 쭉 펴고 앉았더니 방방곡곡을 행각하는 진짜 승려 같은 기분이었다. 앞으로 자유의 몸이 된다면 불문에 들어가는 것도 그리 나쁘지 않겠다는 생각까지 했다.

탁발승 차림 일습은 브로커 김 씨가 구해준 것이다. 유미의 아파트에서 구사일생으로 도망쳐 나온 뒤, 구니오는 아카바네의 고려병원이라는 의료시설에서 숨어 지냈다. 무라타가 먼저 들어와서 병실에 누워 환자인 척하고 있었다. 이것도 김 씨가 나서서 조선인 경영자를 어르고 달래 성사된 일이었다. 이런 세계가 있다는 것에 구니오는 놀랐다. 그들의 강한 결속력에는 외경의 마음을 품었다.

도망쳐 온 그다음 날, 무라타에게 가스미가세키 관청가를 한번 둘러봐야겠다고 말했더니 탁발승 차림으로 가라고 권했다. 그저 농담인 줄 알았더니만 무라타의 부탁을 받은 김 씨가 속이 깊은 삿갓과 정식 통소까지 일습을 챙겨 왔다. 무라타의 말에 의하면, 김 씨가 아는 고물상에는 진짜 훈장까지 있다고 한다.

구니오는 그 즉시 탁발승 차림으로, 폭탄 소포를 우송한 경시청과 경찰청 주위를 돌았다. 제복 경찰과 마주쳐도 흘끔 쳐다볼 뿐, 검문은 하지 않았다. 히비야에서 가스미가세키 거리까지 반나절을 돌았지만 건물에서 폭발음이나 연기가 나는 일은 없었다. 역시 불발이라고 판단할 수밖에 없었다. 희생자가 없다는 것에 안도하는 마음도 전혀 없지는 않았지만, 전날 밤의 일 때문인지 뱃속에서 분한 마음이 부글부글 끓어올랐다. 이렇게 되면 무슨 일이 있어도 경찰을 굴복시키지 않고서는 속이 풀리지 않는다. 무엇보다 이런 판국에도 국민에게 사실대로 알려주지 않는다는 건 국가의 위신이 최우선이고 국민의 안전 따위는 전혀 생각하지 않는다는 증거다.

그리고 어젯밤. 아카바네의 고려병원 병실에 누워 있으려니 김 씨가 험악한 표정으로 뛰어들었다.

"어이, 학생. 네 여자 친구가 지금 여기로 오는 중이래. 방금 미카와시마의 아우한테서 전화가 왔어."

"여자 친구?" 구니오는 누구 얘기인지 알 수가 없었다.

"너, 에도가와의 여학생 아파트에서 도망쳤다면서? 그 여학생이래."

"정말요?" 유미의 행동을 어떻게 생각해야 할지 판단이 서지 않았다.

"한 사람 더 있어. 중앙 텔레비전 기자래. 취재할 목적이라고 왔다고 하는 모양인데 아무래도 말이 안 되는 소리야. 폭탄범 소카 지로 얘기도 하더라는데, 이게 대체 무슨 일이지 모르겠네."

중앙 텔레비전이라는 말을 듣고 구니오는 온몸에 소름이 돋았다. 스가 다다시의 얼굴도 떠올랐다.

"그보다 어쩐지 냄새가 난단 말이야. 가만 들어보니까 그 여학생이 너무 빨리 석방된 거 같아. 분명 공안부가 덫을 놓은 거야."

"나도 동감이에요."

"도망칠 거야?"

"물론이죠."

"도주 비용은 추가로 내야 해. 얼마나 낼 거야?"

"어이, 김 씨. 그건 아니지. 100만 엔에 다 해주기로 얘기 끝났잖아."

옆에서 무라타가 얼굴색이 변해서 따지고 들었다. 무라타는 계획을 모두 김 씨에게 털어놓고, 몸값을 받아내면 100만 엔을 주기로 약속했다.

"아니, 마음이 바뀌었어. 8000만 엔이나 들어오는데 100만 엔은 너무하지. 10퍼센트 내."

"800만이나? 안 될 소리. 그 돈은 우리 학생이 세상을 바로잡는 데 쓸 돈이야. 너처럼 욕심 많은 놈에게는……."

"그 대신 성공하면 평양으로 도망치게 주선해줄게. 니가타 항구에서 배 타면 하룻밤에 갈 수 있어. 사건이 잠잠해질 때까지 거기 가 있어."

"우리더러 북조선에 가라고?"

"공화국이라고 해."

"돌아올 수는 있어?"

"물론이지. 내가 책임질게. 돈이 들어오면 그길로 니가타 항구에 가서 정박 중인 배에 숨으면 돼. 올림픽 선수단이 타고 온 배니까 경찰도 쉽게는 못 들어가."

"도쿄 올림픽에 북조선 선수도 출전해?"

"왜, 공화국은 출전하면 안 돼? 아무튼 빨리 결정해. 그 사람들 지금 여기로 오는 중이야."

"학생, 어쩌지?" 무라타가 구니오에게 물었다.

"알았어요. 돈이라면 내죠. 그 대신……."

"그 대신 뭐야?"

"10월 10일 개회식 입장권, 구할 수 있어요?"

무슨 엉뚱한 소리냐는 표정으로 김 씨와 무라타가 마주 보았다.

"……응, 구할 수 있지. 민단(재일본대한민국민단의 약칭)이 한국 시찰단을 초대했어. 돈만 내면 그 표를 한 장쯤은 빼 올 수 있어."

"너는 북쪽이잖아. 어떻게 남쪽하고?"

"다 똑같은 민족이야. 체제 좀 다르다고 말단까지 서로 으르렁거리겠어?"

김 씨가 콧구멍을 벌름거리며 말했다.

"좋아, 거래 성사야. 우선 사이타마로 도주시켜줄게. 경시청 관내는 일단 벗어나는 게 좋아."

"아, 잠깐. 우리는 도호쿠로 갈 거야."

"도호쿠? 어디 빌붙을 데라도 있어?"

"없지만, 그래도 북쪽이 좋아. 탁발승 차림으로 갈 거니까 내 것도 서둘러 준비 좀 해줘."

"진짜 귀찮게 구네."

"800만 엔이나 받을 텐데 앞으로 손님 대접 잘하라고."

"알았어. 알았으니까 빨리 짐이나 챙겨."

거래가 성사되자 김 씨의 움직임은 더욱더 빨라졌다. 젊은 부하를 불러들여 트럭을 준비시키고 기타 구의 골동품상으로 달렸다. 한밤중인데도 가게 주인을 두드려 깨워 탁발승 장비를 있는 대로 꺼내 오게 했다. 김 씨와 부하도 똑같은 옷을 입었다. "넷이서 우에노 역으로 가는 거야. 그러는 게 안전해"라고 갑작스레 친절해졌다.

우에노 역에는 경찰이 우글거렸지만 네 명의 탁발승 일행을 신기하게 바라보면서도 삿갓을 벗기고 얼굴까지 확인하는 일은 없었다. 넷이서 개찰구를 통과했다. 김 씨와 부하는 입장권이었다. 배웅해줄 때 김 씨는 "당신들, 잡히면 구치소까지 쫓아갈 거야"라고 나지막한 소리로 을러댔다. 돈을 목적으로 움직이는 사람은 이해하기가 쉬워서 구니오는 그리 싫지 않았다.

야간 침대차에 기어들자 무라타는 그 즉시 코를 골며 잠이 들었다. 열차가 그의 고향인 것이리라. 북녘으로 가기를 원한 것은 침대차에서 편한 잠을 자고 싶었기 때문인지도 모른다.

날이 밝고 차창으로 시골 풍경이 보이기 시작하자 구니오도 팽팽하게 당겨졌던 신경이 느긋하게 제자리를 잡았다. 도쿄보다 한발 앞서 붉은 물이 든 나무숲을 바라보며 완전히 긴장을 풀어본 게 언제였나, 하고 고향 그리는 마음에 젖었다. 이번 도피행은 최후의 일격을 가하는 힘을 기르기에는 안성맞춤의 기회라고 생각했다. 아키타 가까이 다가왔다는 것만으로도 반갑기도 하고 왠지 이 생의 이별 같은 마음도 들었다.

"역시 해가 빨리 떨어지네."

무라타가 창밖을 바라보며 한숨 섞인 말을 흘렸다. 바다 저 너머로 보이는 쓰가루반도의 능선은 저물어가는 해를 받아 산불이라도 난 것처럼 가장자리가 빨갛게 물들었다. 바로 앞의 해안에는 소나무 숲이 있어서 아오모리만을 휘감은 바닷바람을 맞으며 바쁘게 흔들리고 있었다.

"저녁 먹기 전에 온천에나 들어가자. 아까 슬쩍 보니까 뒤편에 노천탕이 있더라고. 땀 흘리며 몸 좀 녹이고 맥주 한 잔 쭉."

"좋죠. 하지만 맥주는 안 돼요. 탁발승도 승려인데 술을 마시면 여관 사람들이 수상하게 생각해요."

"이런 시골 온천까지 경찰이 수사망을 펼쳤겠어?"

"아뇨, 방심은 금물입니다."

"넌 진짜 묘한 데서 착실하더라."

무라타가 우스갯소리를 던지더니 수건을 어깨에 걸쳤다. 둘이 나란히 방을 나섰다. 토요일이라 20여 명의 단체객이 몰려와 건물 전체가 술렁거렸다. 사투리로 봐서 아오모리 현내 회사의 사원 여행인 모양이다. 행색을 보니 그리 유명한 회사는 아닌 듯했다. 젊은 아가씨들도 있어서 복도에서 꺄아악 소리를 올리며 장난들을 치고 있었다. 도쿄 여자들에 비하면 별로 세련된 멋도 없이 투박하고 통통했다. 그렇게 생각하다가, 어느새 도시 사람들을 더 선호하게 된 자신을 꾸짖었다. 복도에서 마주치자 아가씨들은 그리 어려워하는 기색도 없이 구니오에게 호기심 가득한 시선을 던져왔다.

바위로 둘러싸인 노천탕은 아오모리 바다를 마주하고 있어서 오가는 세이칸 연락선이 멀리로 보였다.

"학생, 홋카이도에는 가본 적 있어?" 탕 안에 몸을 담그고 무라타가 말했다.

"아뇨, 없어요." 구니오가 물에 슬쩍 발을 넣었다. 너무 뜨거워서 저절로 얼굴이 찡그려졌다.

"옛날에는 아키타에서 못된 짓을 저지른 놈은 홋카이도 탄광에 가서 숨기도 했는데 요즘은 그것도 안 통해. 철도하고 도로가 뚫리면서 나라가 좁아졌거든. 경찰도 옛날처럼 느긋하지 않고. 옛날에는 신분조회 하나도 우편으로 했는데 요즘은 죄다 전화야. 전체적으로 좁아졌다고 할까, 길과 전기로 이제는 안 통하는 데가 없어."

"그래도 시골은 여전히 가난해요. 부는 도쿄에만 집중되어 있죠. 이익을 중앙으로 빨아들이기 위한 체제가 착착 완성되고 있는 거예요."

물속에 가만히 쪼그리고 앉았다. 몸 여기저기의 찰과상에 격통이 내달렸다. 이를 악물고 견뎠다.

"너는 걸핏하면 그런 소리를 하는데, 그래도 도쿄가 없으면 일본인은 기운이 쭉 빠져버려. 다소 불공평하긴 해도 지금은 일단 탑을 높직이 쌓아 올릴 시기가 아니겠어? 옆으로 쌓는 건 나중에 해야지."

대학교수도 할 수 없을 말을 무라타가 입에 올리는지라 구니오는 물속에서 그의 옆얼굴을 한참이나 바라보았다. 기적 소리가 밤바람을 타고 들려왔다. 하늘을 올려다보니 구름이 걷히고 별이 얼굴을 내밀고 있었다.

이윽고 아픔이 가라앉고 땀이 흐르기 시작했다. 크게 숨을 내쉬며 어깨 힘을 빼자 탕 안에서 온몸이 스멀스멀 풀려가는 느낌이 들었다.

"무라타 씨는 도쿄가 좋아요?"

"응, 좋고말고. 나에 대해 아무도 모르는 곳이면 더 좋아."

"그럼 왜 도쿄 올림픽 방해하는 걸 거들어주시는데요?"

"그건 그거지. 왠지 재미있거든. 나는 지난 20년 동안 아무 목적도 없이 살아왔어. 소매치기 짓으로 돈이 좀 들어오면 그걸로 먹고 마시고 여자 사고, 여기저기 떠돌며 여관 잠 자고, 그러다 또 소매치기하고. 이따금 형무소 들어갔다 나와서는 또 똑같은 짓을 되풀이했어. 허망하다고 할까 긴장미가 없다고 할까, 좀 더 살아 있다는 증거가 필요하던 참이야. 마침 그때에 학생이 나타났어. 그건 뭐, 참말로 눈이 부시더만. 나라를 상대로 다이너마이트를 던지고도 전혀 동요하지 않다니. 올림픽을 인질로 몸값까지 요구하고. 이런 건 나쁜 짓이 아냐. 엄청난 반역이지. 나야 사리사욕밖에 모르는 좀생이였으니까 그저 옆에서 거든다는 것만으로도 거물이 된 기분을 맛볼 수 있어."

"그런 거였어요?"

"응, 지금쯤 우에노 경찰서 소매치기 담당 형사들이 아주 화들짝 놀라고 있을 거야. 그 무라타가 폭탄범과 한패라니, 올림픽을 내세워 나라를 협박하고 있다니, 아주 기겁을 하고 있을 거라고. 이제 더 이상 골목대장처럼 으스대는 형사 놈들에게 설교는 안 들을 거야. 취조를 할 거면 좀 더 높은 형사를 데려오라지."

구니오는 쓴웃음을 짓고 물속에 코까지 푹 담갔다.

"재수 없는 소리인지 모르지만, 학생, 무슨 일이 있어도 죽지 마. 나는 자네 아들놈이 보고 싶어."

"그건 또 무슨 말이에요?"

"내가 아들도 손자도 없잖아. 그러니 자네 아들이라도 안아보고 싶어. 혹시라도 잡힌다면 자네는 아무것도 안 했고 내가 다 했다고 할 거야. 그러니 권총 뽑은 경찰한테는 절대 덤비지 마."

"그런 짓은 안 해요."

"그렇다면 됐어. 성공하면 우리 둘이 북조선으로 가자. 어떤 나라인지는 모르지만 세금이 없다니까 좋은 곳이겠지."

"나도 사회주의국가를 내 눈으로 직접 보고 싶어요. 그래서 김 씨의 제안이 내심 반가웠어요."

"그래? 네가 좋다면 나도 좋아." 무라타가 신이 난 목소리로 말했다.

그때 단체객들이 줄줄이 들어왔다. 수학여행 온 중학생들처럼 잔뜩 들떠서 큰 소리로 떠들어댄다. "여기로 술 좀 가져오라고 해." "여탕은 어디야?" 낄낄거리며 웃는 소리가 메아리쳤다.

무라타가 밖으로 나가는지라 구니오도 따라 나왔다. 값싼 욕의를 걸쳤다. 방에 돌아와 텔레비전을 켰더니 또 올림픽 뉴스였다. 오늘 거행된 나고야 성화 환영식에서 그 불을 잠깐이나마 보겠다고 군중이 쇄도하는 바람에 수 명의 부상자가 발생했다는 소식이었다. 네 코스로 나눠진 성화 릴레이는 모두 도쿄로 그 방향이 바뀌었다. 예정대로라면 10월 7일, 마루노우치의 도쿄 도청 앞에 도착하게 된다. 그게 벌써 나흘 뒤다.

저녁은 식은 튀김과 생선회 밥상이었다. 아래층 연회장은 모두 단체객이 차지해서 구니오와 무라타는 방으로 가져다달라고 했다. 무라타가 결국 참지 못하고 아줌마에게 맥주를 주문했다. 구니오와는 시선을 맞추지 않은 채 입 끝이 아래로 잔뜩 처져 있다.

우물우물 요리를 먹었다. 항구가 코앞인 여관인데도 참치회 색깔이 거무스레했다. 접시는 이가 빠져 있다.

"좀 더 비싼 여관으로 할 걸 그랬네." 무라타가 말했다.

"탁발승이 비싼 집에 드나들면 의심을 사죠."

"그래도 이건 좀 심하다. 지갑도 두둑하니까 기운 나게 게이샤라도 불렀으면 딱 좋겠는데."

"왜 지갑이 두둑해요?"

"아, 실은 내가 한 탕 뛰었어. 아까 침대차 타고 오면서. 건방지게 값비싼 양복 입고 양담배 피우는 얄미운 놈이 있었거든." 장난꾸러기처럼 어깨를 으쓱 쳐든다.

구니오는 한숨을 내쉬며 한마디 잔소리를 던졌다. "내려갈 때는 그러지 마세요."

식사를 마치자 잽싸게 상이 치워졌다. 빨리 자라는 듯 아줌마가 이불을 깔아주고 갔다. 좁은 방이라서 이불 두 채 깔고 나니 빈자리가 없다. 여행길의 고단함도 몰려와서 전깃불을 끄고 눕기로 했다. 아래층에서는 노래자랑이라도 하는지 남녀의 노랫소리가 들려왔다. 요즘 한창 인기를 끄는 가수 사카모토 큐의 '행복하다면 손뼉을 치자'를 부르고 있다. 박수 소리가 왁자하니 울렸다.

"제기랄, 시끄럽게 구네." 무라타가 중얼거렸다.

구니오는 팔베개를 하고 말없이 눈을 감았다. 잠시 있자니 이번에는 2층 다른 방에서 마작판이 벌어졌다.

"망할 놈들, 이럴 거면 처음 들어올 때 미리 한마디쯤 해줬어야 할 거 아냐. 주인한테 좀 따져야겠다."

"참으세요. 괜히 눈에 띄는 짓을 할 형편도 아닌데. 게다가 내일 낮에 자도 되잖아요."

"이런 괘씸한 놈들. 다이너마이트 들이대고 한바탕 혼내줬으면 속이 시원하겠네."

"아이, 그런 말씀 마시고."

다이너마이트를 들고 다니는 데는 이제 완전히 익숙해졌다. 지금도 벽장 배낭 속에 있었다. 불만 조심하면 괜찮다고 생각했다.

"필로폰 좀 맞을까?"

"안 돼요. 여행 다니는 동안에는 안 하기로 약속했죠?"

"칫, 재수 옴 붙었네." 무라타가 이불을 걷어차더니 그 위에 발을 얹었다. 패를 뒤섞는 소리가 잔물결처럼 복도를 타고 울렸다. "이봐, 학생. 앞으로 어떻게 할 거야?"

"생각 중이에요. 이번을 마지막으로 해야 하니까 개회식 날에 몸값을 받아낼 계획을 세워야지요. 천황을 비롯해 주요 인사들이 국립 경기장에 모두 모이니까 그러잖아도 비상 경호 태세일 거예요. 그런 때일수록 경비 인원이 부족해서 오히려 빈틈이 생기죠."

"그래, 난 학생한테 다 맡겼어. 뭐니 뭐니 해도 도쿄대생이잖아."

창밖에서 젊은 여자들의 교성이 터졌다. 노천탕에 있는 모양이다. "꺄아악, 안 돼!"라고들 외치고 있다. 남자 사원들이 슬쩍 훔쳐본 것이다. "론! 멘탄핑, 도라 도라!" 복도에서는 마작을 하는 남자들의 고함 소리가 울렸다.

더 이상 투덜거릴 마음도 안 나는지 무라타가 이불을 머리까지 끌어 올렸다. 뒤척이지도 않고 가만히 있더니 5분여 만에 코고는 소리가 들려왔다.

구니오도 뒤이어 잠에 떨어졌다.

45

10월 4일 일요일

오랜만에 맞이한 일요일이라서 스가 다다시는 니시카타 하숙방에서 점심때가 되도록 늦잠을 잤다. 딱히 일정이 없다기보다 오히려 일어나서 뭔가 할 만한 기력이 전혀 없었기 때문이다. 배가 고팠지만 인스턴트 라면을 끓이기도 귀찮았다. 맥주 안주로 사다 둔 오징어가 있어서 그걸 씹으며 고픈 배를 대충 달랬다. 근처 여탕에서 불이 났다고 해도 그냥 이대로 누워서 뒹구는 쪽을 선택했을 것이다. 상사가 호출해도 오늘만은 튕길 생각이다. 오줌이 마려운데도 아까부터 꾹 참고 있었다.

그저께, 공안부 수사관이 쳐놓은 덫에 보기 좋게 걸려들어 타인에게 짓밟히는 감각을 충분히 맛보았다. 국가권력의 강대함을 새삼 깨닫고 그와 동시에 대대로 나라에 봉사해온 스가 가문의 위치라는 걸 실감했다. 정부 고급 관료인 아버지나 형이 어딘지 모르게 민간인을 업신여기는 듯하던 게 바로 이런 것이었을까. 권력의 편에 서게 되면 사적인 욕구에 따라 움직이는 민간인이 거치적거리고 열등한 생물로 보인다. 권력을 일단 손에 넣으면 그리 쉽게는 놓지 못하겠구나, 하고 다다시는 쉽게 상상할 수 있었다. 요컨대 세상이란 윗분과 그렇지 않은 쪽으로 나뉘는 것이다.

하긴 자신이 그중 아래쪽에 서고 싶은가 하면, 그렇지는 않다. 자신이 텔레비전 방송국을 선택한 것은 정말 잘한 일이라고, 패배한 분함과는 또 다른 생각을 했다. 나한테는 무엇보다 소중한 자유가 있다. 누구의 명령이라도 내가 이해할 수 없을 때는 복종하지 않을 의지가 있다.

다다시는 천장을 바라보며 한숨을 내쉬었다. 커튼을 걷지 않아서 방 안은 어두웠다. 담배를 피우려고 손을 내밀었더니 담뱃갑이 비어 있다. 저도 모르게 혀를 찼다.

오줌도 더 이상 참을 수 없어서 이쯤에서 일어나기로 했다. 셔츠와 바지로 갈아입고 방을 나섰다. 계단을 내려가 화장실에서 볼일을 보았다. 이를 닦으려고 수돗가에 나가는데 현관에서 "실례합니다"라는 여자의 가느다란 목소리가 들려왔다. 내다보니 유리문에 사람 그림자가 비쳤다. 사내놈만 우글거리는 하숙집에 여자 손님은 웬만해서는 찾아오지 않는다.

"누구야? 그냥 들어오면 돼." 다다시가 대꾸했다. 드르륵 유리문이 열렸다. 젊은 여자가 머뭇거리는 기색으로 얼굴을 내밀었다.

"누구 찾아왔어요? 불러다 줄게." 다다시가 현관 쪽으로 걸어갔다.

"아, 네, 저기." 긴장했는지 여자의 혀가 꼬였다. "죄송한데요, 시마자키 씨 있으면 좀……."

또 시마자키인가. 다다시는 저도 모르게 여자의 온몸을 훑어보았다. 여성 활동가 유미와는 전혀 딴판으로 이쪽은 그저 평범하게 수수하고 순진해 보이는 여자다.

"당신, 누구?"

"고바야시라고 하는데요. 혼고의 헌책방집 딸이에요."

"그래요? 안됐지만 시마자키 지금 없는데, 무슨 일이지?"

"아뇨, 없다면 됐어요." 눈을 내리뜨고 발길을 돌리려고 했다.

"아, 잠깐." 다다시가 불러 세웠다. "내가 시마자키하고 동창인데, 실은 나도 그 친구를 찾고 있어. 여기 하숙집에도 안 들어오고 학교에도 안 나오고, 그래서 걱정이 돼서. 시마자키에 대해 뭔가 아는 게 있으면 말해줄래?"

여자가 천천히 얼굴을 들었다. 어딘지 불안한 표정으로 입을 열었다.

"어제 시마자키 씨한테서 우리 집으로 우편환이 왔어요. 전집 외상값이 있었는데 그 돈을 보냈더라고요. 근데 왜 일부러 우편환으로 보냈나 하고……."

"우편환이 어제?"

"네. 소인을 보니까 아카바네였어요. 그것도 좀 이상해서……."

"안에 편지도 있었어?"

"네, 편지도 있었어요. 근데 외상값 늦어서 미안하다, 이 돈으로 계산해달라, 그런 말만 적힌 편지였어요."

"마지막으로 시마자키를 만난 건 언제였지?"

"9월 17일이에요." 여자가 즉시 대답했다.

"17일? 어디서?" 다다시는 깜짝 놀랐다. 경찰의 철저한 포위망을 뚫고 행방을 감춘 시마자키가 그 와중에 이 아가씨를 만난 것이다.

"저녁때 우에노에서 만났어요. 돈가스를 사줬는데."

"그리고?"

"그냥 그것뿐이에요." 왠지 여자가 얼굴을 붉혔다.

"무슨 이야기를 했어?"

"그냥 평범한 얘기예요. 음악이니 영화 얘기. 저기요, 시마자키 씨 없으면 그만 가볼래요."

더 이상 길게 얘기하고 싶지 않은지 도망치듯이 몸을 돌렸다. "아, 잠깐." 다다시가 내민 팔이 허공을 쳤다. 슬리퍼를 신고 길로 나가는데 막 차에서 내려서는 공안부 수사관 두 명을 덜컥 마주쳤다. 서로 흠칫 놀랐지만 그 이상의 반응은 없었다. 이제 익숙해진 것이다. 수사관들이 여자를 미행했다. 그 등을 바라보며 '흥, 고생들 많수다'라고 마음속으로 중얼거렸다. 역시 나는 방송국에서 일하는 게 좋다.

다다시는 나온 김에 담배나 사러 가기로 했다. 아스팔트에 슬리퍼 소리가 울렸다. 그나저나 시마자키도 웃기는 녀석이다. 어쩌자고 그런 음습한 놈에게 줄줄이 여자가 따르는가. 어째서 다들 그 녀석만 걱정해주는가. 모성 본능을 자극하는 사내인가. 덜렁 떠 있는 구름에 다다시는 말을 건넸다. 시마자키, 이제 그만 자수해라. 올림픽을 방해하다니, 그건 안 될 일이야. 똑같은 하늘 아래, 녀석, 지금쯤 어디서 무엇을 하고 있을까.

일요일인데도 큰길에서는 굴삭기 소리가 울렸다. 도로공사도 마지막 총력전인 모양이다. 올림픽까지 이제 일주일도 안 남은 것이다. 주부 봉사단이 동네 하수구를 청소하고 있다. 보이스카우트 어린이들은 미화 운동 전단을 나눠준다. 온 일본이 들썽거리고 있었다.

46

10월 7일 수요일

오후 3시, 오치아이 마사오가 탐문수사 중에 본청에 전화 연락을 넣자 다나카 과장대리가 지금 당장 한조몬 회관으로 모이라는 지시를 내렸다. "소카 지로에게서 협박장이 왔어. 지금 대책을 강구하는 중이야. 저녁때까지 기다릴 시간이 없어." 다급한 목소리였다. 마사오는 즉각 이와무라와 함께 전차에 올라탔다.

"어쩐지 안 좋은 예감이 드는데요." 이와무라가 우울한 얼굴로 말했다.

"실은 나도 그래." 마사오도 코에 주름을 잡으며 대꾸했다.

"시마자키란 놈, 개회식 날에 일 저지르는 거 아닐까요?"

"나도 같은 생각인데 미리 말하지 마. 괜히 기운 빠져."

"정부에서 가장 우려하는 게 전 세계에 텔레비전으로 중계되는 가운데 사건이 터지는 것이겠죠?"

"글쎄, 재수 없는 소리 하지 말라니까."

마사오는 눈을 감고 끈 손잡이에 몸을 기댔다. 팔 안쪽에 아직도 그때의 감촉이 남아 있었다. 도쿄 역에서 자신은 시마자키를 놓쳐버렸다. 허리에 태클을 걸었는데도 힘에서 분명하게 우위인 자신이 놈을 잡지 못했다. 어쩌다 놓쳐버렸는가. 잊어버리기로 했는데도 가슴속 깊이 스며든 후회는 날이 갈수록 커져가서 이제는 10분에 한 번씩은 한숨을 내쉬곤 한다.

한조몬 회관 회의실에 도착하자 벌써 5계의 멤버들이 모두 모여 있었다. 그 밖에 2호실 부원들도 모두 참석했다. 전원이 다나카의 부하다. 장본인인 다나카는 덥수룩한 수염이 이제는 얼굴의 반을 검게 뒤덮어서 설인(雪人)이나 북경원인 같은 꼴이다.

"좋아, 거의 다 도착했군. 이제부터 오는 사람들에게는 각 계장들이 전달하도록." 그러더니 젊은 부하에게 커튼을 닫으라고 지시했다. "즉시 본론에 들어간다. 전화로도 말했지만 오늘 오전에 소카 지로가 경시총감 앞으로 보낸 편지가 도착했다. 실물은 위에서 보관하고 있으니까 항상 하던 대로 슬라이드로 보여주겠다."

전깃불이 꺼지고 정면 벽에는 복사한 편지가 크게 비쳤다. 지난번과 마찬가지로 육필이다. 시마자키가 여전히 침착하기 그지없다는 것을 보여주는 것처럼 어떤 분노도 부담도 없는 조용한 글이었다.

마침내 도쿄 올림픽이 목전에 다가왔다. 이것이 마지막 편지가 될 것이다. 아래의 지시에 따라주기 바란다.

1. 헌 지폐로 현금 8000만 엔을 준비하라. 그것을 비닐에 싸서 지난번과 마찬가지로 입방체로 만들어라.

2. 포장한 현금을 카키색 미군용 배낭에 넣어라.

3. 거래에 응할 경우, 10월 9일의 마이니치신문 조간에 사람을 찾는다는 광고를 내라. 내용은 '지로야, 모두 준비되었다. 걱정할 것 없다. 연락 바란다. 사쿠라다'라고 할 것. 끝에 전화번호를 적어주기 바란다. 거래 절차는 그 전화번호로 연락하겠다.

4. 신문에 사람을 찾는 광고가 실리지 않을 경우 혹은 거래가 성립되지

않은 채 끝났을 경우, 올림픽 개회식 도중에 국립 경기장을 폭파할 것이다.

이상, 경찰 및 정부의 협조를 부탁한다.

—소카 지로.

회의실이 고요하게 가라앉았다. 예상했던 일이기는 하지만 막상 개회식을 타깃으로 하겠다는 범인의 통고를 받고 보니 저마다 큰 충격을 받지 않을 수 없었다.

"저놈이……." 미야시타가 얼굴을 뒤틀며 내뱉었다.

"협조를 부탁한다, 라네?" 모리 다쿠로가 얄미워 죽겠다는 듯이 중얼거렸다.

"사람을 찾는 광고에 '사쿠라다'라고 쓰라는 건 사쿠라다몬에 있는 경시청을 비꼬는 말인 모양이지?" 사와노는 한숨과 함께 말을 내뱉었다.

커튼이 열리고, 전원이 일제히 담배에 불을 붙였다. 연기가 피어오르는 가운데 다나카가 앞에 나와 섰다.

"필체는 지난번과 똑같다. 지문은 현재 감식과에서 검출 중이지만 시마자키 본인이 쓴 것으로 봐도 틀림없다. 필기구는 연필이고 필압은 안정되어 있다. 범인이 굳이 역탐지의 우려가 있는 전화 연락을 선택한 건 우리 쪽에 미리 대비할 시간을 주지 않기 위한 것으로 보인다. 9일에 신문광고를 내고, 그날 안으로 연락이 온다고 해도 우리에게는 단 하루밖에 시간이 없다. 게다가 개회식 당일에 연락이 온다면 우리는 수비 태세도 취할 수 없다. 참고로, 이 협박장은 오늘 오전에 속달로 도착했다. 보낸 곳은 아오모리 우체국."

아오모리라는 말을 듣고 회의실이 술렁거렸다. 자신들이 도쿄 안을 샅샅이 뒤지고 다닐 때, 시마자키 구니오는 멀리 아오모리에 잠복하고 있었다는 얘기다.

"공안부에서 즉각 아오모리에 수사관을 파견하긴 했는데 아마 헛걸음만 할 거야. 이미 장소를 이동했다고 보는 게 옳을 것이다. 지금쯤은 분명 다른 지역에 있다. 그게 도쿄일지도 모른다. 다들, 의견을 말해봐. 자유롭게 발언해도 좋다."

이와무라가 가장 먼저 손을 들었다.

"범인이 아오모리에 잠복한 건 누군가 안내해주었기 때문이 아니라 본능적인 것이라고 생각합니다. 시마자키도 무라타도 아키타 출신입니다. 사실은 아키타에 가고 싶었겠지만 역시 고향 쪽에는 경찰의 수사망도 빽빽할 것이라고 예상하고 바로 그 곁의 아오모리로 간 거죠. 저는 니가타 출신인데, 혹시 도주할 일이 있다면 호쿠리쿠로 갈 겁니다. 전혀 아무 인연도 없는 지역으로 도망갈 생각은 못 하죠. 바로 사투리 때문입니다. 말씨가 비슷하면 쉽게 묻힐 수 있다는 느낌이 들어서 한결 마음이 놓이니까요."

"음, 나도 같은 생각이야. 하지만 예단은 금물이야. 공안부의 수사 결과를 기다리자."

"현금을 미군용 배낭에 채우라는 건 무엇 때문일까요?" 누군가가 궁금한 사항을 질문했다.

"도쿄 역 때처럼 똑같은 것과 바꿔치기하려는 속셈이 아닐까?"

"아니, 범인은 포장 내용을 그리 자세히 지정하지 않았어. 바꿔치기를 하겠다면 크기나 모양까지 상세하게 지정했을 거야. 이건 색깔이 중요하다는 뜻 아닐까?"

수사관들의 발언이 활발해졌다. 회의 주제가 단번에 좁혀졌다.

"별다른 말이 없었다면 나는 빨간색을 고를 겁니다." 마사오가 말했다. "빨간색이면 멀리서도 눈에 잘 띄니까요. 범인이 들고 갔을 때를 고려하면 되도록 눈에 잘 띄는 색깔이 좋죠."

"그럼 카키색이라고 한 건 뭘까?"

"군수품이라는 게 원래 위장을 목적으로 색깔을 정하죠. 범인도 그걸 노린 게 아닐까요?"

"정글에라도 도망치는 건가?"

"그래, 국립 경기장이 있는 메이지 공원은 온통 숲이야." 구라하시가 졸리는 듯한 눈으로 말했다. "회화관 주위도 그렇고 진구 수영장 옆도 야구장 두 군데도 울창한 숲이야. 바로 인근에는 신주쿠교엔 숲도 있고, 그쪽으로 험한 상상은 하고 싶지 않지만 아오야마 황궁도 있어."

"하지만 이 문제는 범인의 요구가 오기를 기다리는 수밖에 없잖아? 돈을 주고받는 장소가 어디가 될지, 현시점에서는 예단하기 어려워."

"그래도 개회식 중간에 폭파를 하겠다는 협박이 들어온 이상, 국립 경기장 주변이라고 생각하는 게 타당하다고 생각합니다." 마사오가 말했다.

"그럼 국립 경기장이 있는 메이지 공원 안에서 일이 터진다고 상정하면, 우리는 어떤 대비를 할 수 있을까?"

"대리님, 당일에 메이지 공원 주변의 교통과 경비 태세는 어떻게 되어 있죠?"

마사오가 다나카에게 물었다. 모두의 시선이 정면으로 이동했다. 이미 지난주 토요일에 실제와 똑같은 규모의 개회식 리허설을 실시했지만, 마사오 일행은 범인을 쫓기에 바빠 그에 대한 정보는 전혀 없었다. 다나카가 두툼한 파일을 넘겨 서류를 꺼냈다. 노안경을 코에 걸치고 그 내용을 읽어주었다.

"교통규제는 메이지 공원 부지를 제1차단선으로 한다. 오전 10시부터 개회식 종료 후까지 올림픽 조직위원회가 발행한 스티커를 부착하지 않은 차는 이 제1차단선 안으로 통행할 수 없다. 나아가 이 차단선 바깥쪽의 제2차단선은 정오부터 오후 5시까지 설정한다. 이곳은 경시청이 발행한 스티커가 없는 차는 통행이 금지된다."

"경시청이 스티커를 발행해준 차는 어떤 차들이죠?" 마사오가 질문했다.

"주로 업자의 트럭이야. 도시락 회사, 선물 가게, 청소 회사, 그런 데야. 계속한다. 당일에 입장권을 소지하지 않은 일반 관중은 메이지 공원의 제2차단선 인도와 후방의 숲 안쪽 및 아오야마 출구에서 분수로 통하는 도로를 이용하여 선수단의 입장 행진 및 성화 입장을 구경할 수 있는 범위까지 수용하기로 하고, 제1차단선 안의 인도에는 들어올 수 없다. 국립 경기장 바깥의 관중은 최대 8만 명으로 제한한다. 8만 명을 초과할 경우에는 제1차단선에서 출입을 제한하고……. 아, 간단히 줄여서 말하자면 입장권이 없는 관중은 경기장 주변에서 선수단과 성화 주자를 보겠다고 몰려드는 건데, 8만 명까지는 들어오게 해주지만 그 이상은 출입을 규제한다는 거야."

"당연히 차단선에서 입장권 체크가 이루어지겠군요?"

"아, 그건 확인해볼게. 실은 나도 자세히 모르겠어." 다나카가 떨떠름한 표정으로 콧등을 긁적였다. "자, 다음으로 경비에 대해 말하겠다. 당일에 회화관 앞 광장에 총괄 지휘본부, 메이지 공원 및 그 주변에 26개소의 경비본부가 설치된다. 지휘관은 경비부와 교통부의 참사관 두 명이다. 부대 배치는 복잡하게 얽혀 있다. 경기장 내부는 요쓰야 경찰서와 도쓰카 경찰서, 회화관 앞은 4기동대, 서브그라운드는 3기동대, 센다가야 역은 2기동대, 도쿄 체육관은 하라주쿠 경찰서……."

"대리님, 우리도 배치표 좀 주세요." 니이가 뒷자리에서 말했다.

"알았어. 준비할게. 그리고 상세한 내용은 교통부와 경비부에 나가서 설명을 듣기로 한다. 전문가의 설명을 듣지 않고서는 전체 상을 파악하기가 어려워."

"아, 그리고 중요한 건 연락 방법이잖아요. 현장 통신은 어떻게 되죠?"

폭발물 처리 이후로 니이는 거침이 없다.

"응, 지금 얘기할 거야. 당일에 준비되는 장비를 말하겠다. 무선 자동차는 각 대대별로 한 대씩, 휴대 무선기는 각 중대별로 한 대씩, 무선 수신기는 각 소대에 필요한 숫자만큼 나온다. 교통 부대에는 이동전화 차량과 무선 헬리콥터 등 그 이상의 장비가 할당된 모양이야. 그리고 무선 혼선에 대비하여 메이지 공원 내 23개소에 경찰 전신을 설치하고, 그 밖에……."

차례차례 나오는 숫자에 형사들은 놀란 기색을 감추지 못했다. 형사부는 업무 성격상 통신 혜택은 거의 받지 못하는 부서였다. 수신기를 본 적도 없는 형사들도 적잖다.

"경시청이 언제부터 이렇게 예산을 거창하게 쓰게 됐대요?" 니이가 비아냥거리듯이 말했다. "그래서 경비부가 기세가 등등했구나."

"올림픽에 대비하여 2년 전부터 점차적으로 증강한 모양이야. 무선 자동차만 해도 447대나 된다는데?"

"그럼 우리한테도 한 대 보내달라고 해주세요." 이와무라가 말했다. "그리고 휴대 무선기하고 수신기도요."

"현재로서는 어려워. 할당은 이미 결정된 사항이야. 우리한테 들어올 거였다면 도쿄 역 때 벌써 썼지." 다나카가 의자에 몸을 기대며 자조적으로 입가를 치켜올렸다. "게다가 일이 이렇게 되니까 점점 더 쟁탈전이 치열해졌어. 우리 형사들은 그냥 발로 뛰는 수밖에 없어."

다들 입을 꾹 다물었다. 여기저기서 한숨이 새어 나왔다.

"이대로 가다가는 개회식 날 정말 큰일이다. 무엇보다 천황을 비롯한 내외 요인들이 죄다 한자리에 모이잖아. 황실 경찰은 지금까지 이런 사실을 알려주지 않았다고 펄펄 뛰면서 화를 내고 있고, 각국 황실과 수뇌부를 초청한 외무성도 지금 얼굴이 하얘져 있어. 경시총감은 9일까지 범인을 체포하라고 각 부장에게 엄명을 내린 상태야. 혹시라도 무슨 일이 터졌다가는 우리 내부에서만 다섯 명쯤은 할복을 할 거야. 지금 그런 상황이다."

"이것 참, 신께 기도라도 드리고 싶네." 모리가 불쑥 말했다. "개회식 때 비가 억수로 쏟아져서 행사가 취소되게 해달라고 빌고 싶은 심정이야."

"어이, 모리. 우리가 마음이 약해지면 안 되지." 미야시타가 말했다.

"에헤, 농담이에요. 우리가 꼭 잡아야죠."

"어이, 누구 뜨거운 차 좀 내와." 다나카가 말했다. 이와무라와 이십 대의 젊은 형사 몇이 즉각 밖으로 뛰어나갔다.

뜨거운 차라는 말을 듣고 '아, 그러고 보니 완연한 가을이구나' 하고 마사오는 새삼 계절을 실감했다. 처음 수사를 시작할 때는 선풍기가 돌아가고 매미가 미친 듯이 울었다. 자신은 아파트 단지로 이사했다. 그리고 뒤를 이어 몸이 무거운 아내의 얼굴이 저절로 떠올랐다. 출산 예정일은 10일, 바로 사흘 뒤다.

모리의 말을 따라 하자는 건 아니지만, 마사오 역시 기도를 드리고 싶은 심정이었다. 신이 있다면 제발 최악의 사태만은 피하게 해줬으면 좋겠다. 일본 국민과 경찰 동료와 그 가족을 위해.

"근데요, 대리님. 신문에 사람 찾는 광고는 낼 건가요?" 사와노가 물었다.

"응, 낼 거야. 정부쪽에서는 8000만 엔을 그냥 줘버리라는 얘기까지

나오는 모양이야." 다나카가 대답 끝에 코를 훙 울렸다.

47

10월 8일 목요일

빗속에 가나가와 쪽 코스를 달려온 성화 릴레이는 다마가와를 건너 마침내 도쿄에 들어섰다. 게이힌 1호선 도로를 북상하여 시나가와에서 메구로, 덴켄지, 아카바네바시, 무라타초와 도심을 경유하여 도쿄 도청을 향해 돌진하는 중이다. 코스가 된 연도(沿道)에는 우산 꽃이 피어나고 남녀노소를 가리지 않고 작은 국기를 흔들며 마라톤 못지않은 성원을 보냈다. 그 숫자가 대략 8만 명에 달한다고 어디선가 흘러나오는 라디오 뉴스를 통해 아나운서가 흥분한 목소리로 전하고 있었다. 성화가 지나가는 길목마다 그 지역 초중고생 고적대가 연주하는 용맹한 행진곡이 빗소리와 함께 울려 퍼졌다. 도쿄는 이제 미친 듯이 끓어오르는 상태였다. 시마자키 구니오는 마루노우치의 미쓰비시 은행 본점 사거리 모퉁이에서 그 군중 속에 끼어 있었다.

밖으로 나오기로 마음먹은 것은 비가 내리고 있었기 때문이다. 우산을 받쳐 들면 얼마든지 시선을 감출 수 있고 코트 깃을 세우면 얼굴도 반쯤은 가려졌다. 게다가 오랜만에 필로폰 주사를 맞고 한층 대담해지기도 했다. 냉정하게 생각해보면 이 넓은 도쿄에서 한 사람을 찾아낸다는 건 모래사장에서 진주를 찾아내는 것과 같은 작업이다. 경찰도 자신에 대해서는 수배 사진의 얼굴밖에 모른다. 여기까지는 국철을 타고 왔다. 안경과 각진 모자로 살짝 변장도 했다. 이 정도면 충분하다. 여기에서 성화를 구경한 뒤에는 메이지 공원도 사전 답사 할 생각이다.

수없이 쫓겨 다닌 덕분에 구니오는 막연하나마 경찰 조직이 어떻게 돌아가는지 감이 잡혔다. 교통경찰 및 경비경찰은 형사와는 다른 직종이고 서로 연계하는 일이 없다. 대충 둘러본 것만으로도 하얀 코트에 하얀 모자의 교통경찰은 자동차 통행을 규제하느라 정신이 없고, 검은 코트에 검은 모자의 경비경찰은 군중을 유도하는 데만 전념하고 있다. 그 이외의 일까지 할 여유가 없는 것이다. 혹시 이 군중 속에 사복형사가 있다면 그건 소매치기 담당이다. 무라타는 "지금 인파 속에 들어가면 내 얼굴 아는 형사들이 우글우글해"라면서 따라오지 않았다. 지금쯤 니시오쿠보의 파친코 가게 2층에 뒹굴뒹굴 누워서 코털이나 뽑고 있을 것이다.

그저께, 아오모리에서 도쿄로 돌아왔더니 김 씨가 새로운 은신처를 준비해놓고 기다리고 있었다. 완전히 공모자라도 된 것처럼 "계산하기 좋게 아예 1000만 엔으로 하자"라면서 자기 몫을 올려달라고 했다. 눈에는 핏발이 섰고 전체적으로 살기를 뿜고 있었다. 무라타가 "김 씨는 사람을 죽인 적이 있어"라고 말했었지만, 그 말이 충분히 이해가 되었다. 마지막 순간에 목숨만 살려달라고 애걸해도 일절 봐주지 않을 듯한 분위기다.

개회식 당일에는 계획대로 실행한 뒤에 트럭으로 니가타 항까지 직행해서 화물로 위장한 채 배에 타기로 했다. 과연 북조선에서 어떤 삶이 기다릴지는 모르겠지만 구니오는 농사꾼이 되자고 생각했다. 사회주의국가라서 토지는 나라의 것일 테니 희망하면 농사를 짓게 해줄 것이다. 결국 자신은 손발에 흙을 묻혀가며 일하는 게 적성에 맞는 것이다. 땀 흘려 얻은 수확을 프롤레타리아들끼리 함께 기뻐하고 싶다.

"아저씨, 우리 좀 앞에 세워주세요."

갑작스럽게 어린애가 말을 걸어왔다. 초등학교 5학년쯤일까. 교복 차

럼에 책가방을 등에 멘 대여섯 명의 아이들이다.

"어른들이 앞을 가려서 하나도 안 보여요. 이건 불공평해요." "그래요. 비 맞으면서 여기까지 왔는데." 저마다 불만이 많았다.

"좋아. 이쪽으로 들어와." 구니오는 가드레일과 접한 자리를 양보했다.

"고맙습니다!" "우아, 특등석이다!" 우산은 접어버린 채 비에 젖는 것도 아랑곳하지 않고 머리를 앞으로 쭉 내밀고 있다.

"너희들, 학교는?"

"오늘은 오전 수업만 하고 끝났어요. 성화 릴레이 때문에 단축수업이에요."

"우리 선생님도 보러 오셨어요."

"이 근처 학교니?" 구니오가 물었다.

"네, 다이메이 초등학교."

"우리 학교는요, 바로 뒤에 수도고속도로가 지나가요."

한 아이가 자랑스러운 듯이 말했다. 소음과 배기가스에 시달릴 텐데도 그게 자랑스러운 모양이다.

"신칸센도 보여요. 우리 아버지, 지난번에 신칸센 타고 오사카에 갔어."

"또 그거 자랑이냐? 뷔페에서 카레 먹었는데 맛없었다면서?"

"우리 아버지는 차도 샀어. 도요펫 크라운."

"너희 집은 쓰키지강 메우고 길 넓히는 공사로 철거 보상비를 많이 받았으니까 그렇지."

"왜, 그게 나쁘냐? 우리가 달라고 한 것도 아닌데."

큰 소리로 입씨름을 하는 바람에 주위 어른들이 쓴웃음을 지었다.

구경꾼의 반절은 마루노우치 밖의 샐러리맨과 직장여성들이었다. 점심시간이 겹쳐 그 숫자가 어마어마했다. 경찰 음악대가 연주를 시작할 즈음 인도는 이미 가득 차서 옴짝달싹도 할 수 없는 상태였다. 경찰이 마이크로 "밀지 말아요!"라고 외치고 있었다.

"왔다, 왔어!" 누군가 큰 소리를 올렸다. 군중이 일제히 돌아보았다. 황궁 바바사키몬 방향에서 연기가 피어오르는 게 보였다. 성화 주자다. 박수와 환성이 끓어올랐다.

아이들이 깡총깡총 뛰었다. 구니오도 고개를 내밀고 황궁 쪽을 보았다. 흰 오토바이 부대의 선도를 받으며 러닝셔츠에 짧은 바지 차림의 열 명 남짓한 성화 주자들이 대열을 만들며 달려왔다. 길 양쪽에서 환성이 튀어나왔다. "히데 짱, 힘내라!" "가즈코, 잘해라!" 선정된 성화 주자의 친지들이 몰려나왔는지 각자 이름을 부르며 응원했다. 부슬부슬 가랑비가 내리는 가운데 자신과 비슷한 또래의 젊은이들이 자랑스럽게 가슴을 내밀고 아스팔트를 박차며 달리고 있었다.

미쓰비시 은행 본점 맞은편, 만국기를 장식하여 마치 크리스마스트리 같은 모습의 도청 건물 앞에서 성화 행렬이 멈춰 섰다. 90도로 방향을 바꾸어 정면에 선다. 그곳에서는 양복 차림의 관계자들이 줄줄이 서 있다가 대표자가 나서서 씩씩하게 성화를 받아 들었다. 음악대의 팡파르가 울려 퍼졌다. 터질 듯한 박수에 휩싸인다.

구니오는 새삼 전체를 둘러보았다. 어디를 봐도 사람, 사람이었다. 빌딩 창문에도 옥상에도 새 떼처럼 사람들의 얼굴이 줄줄이 나와 있다. 이 구역만 해도 수만 명은 될 것 같다.

망루 위의 텔레비전 카메라가 이쪽을 향하고 있었다. 아이들이 깡충깡충 뛰면서 온몸으로 카메라에 응했다. 구니오도 재미있어서 손을 흔들어주었다. 누군가 보고 있습니까? 나, 여기 있소—

니시오쿠보의 파친코 가게로 돌아가자 김 씨가 무서운 얼굴로 나무랐다.

"참 나, 지금 성화 릴레이를 보러 나가? 필로폰 맞고 어슬렁어슬렁 돌아다니고 말이지, 지금 뭐 하자는 거야? 그러다가 잡히기라도 하면 어쩔래? 계획이고 뭐고 다 망칠 뻔했잖아!"

"메이지 공원을 사전 답사 할 겸 다녀온 거예요. 아무 일 없었어요. 경찰은 교통정리와 인파 정리 하느라 정신이 없던데요, 뭘."

"이런 멍청이. 공안부와 형사부는 거기하고 달라. 어디 박혀 있는지 모르는 게 그자들이라고."

"알았어요. 앞으로는 조심할게요."

구니오는 얌전히 고개를 끄덕였다.

파친코 입주 점원이 쓰는 너저분한 세 평짜리 방에 남자 셋이서 은신하고 있었다. 창문을 열면 옆 빌딩의 벽이 보이고 전깃불을 켜지 않으면 한낮에도 어둑어둑하다. 아래층에서 요란한 파친코 소리가 그대로 들려왔다. 무라타는 멍한 얼굴로 이불에 누워 있었다.

"당신들, 제대로 잘할 거지? 몇 번이나 말했지만, 나는 안내만 할 거야. 실제 행동에는 가담 안 해." 김 씨가 다리를 덜덜덜 흔들면서 말했다.

"어허, 거참, 보기보다 걱정이 많은 성격이네." 무라타가 엷은 웃음을 지으며 말했다.

"이거 봐요, 나도 입장이 곤란하게 됐다니까. 조총련 관련 시설은 모조리 공안부의 감시를 받고 있는 판이야. 간부가 나한테 무슨 짓을 저질렀느냐고 따지는 통에 겨우겨우 둘러대기는 했지만 혹시 가택수색이라도 들어오는 날에는 내가 다 책임져야 한다고."

"그러면 귀화해버려."

"웃기지 마쇼. 일본 국적으로 바꾸면 누가 나를 도와주겠어?"

김 씨가 얼굴빛이 변해서 따지는지라 무라타는 입을 다물고 침묵해버렸다.

"그보다 학생, 개회식 입장권은 구했는데 정말로 국립 경기장에 들어갈 수 있어? 게이트마다 경찰이 지키고 있단 말이야. 틀림없이 소지품 검사도 할 건데, 괜찮겠어? 오늘 신문 보니까 메이지 공원도 죄다 출입을 제한할 거라던데. 이중 삼중의 검문을 뚫고 정말 국립 경기장에 들어갈 수 있을까?"

"그 사람들이 모두 다 형사인 건 아니에요. 3일에 리허설을 했는데 그날의 신문 기사를 보니까 배치된 사람들 대부분이 소방사와 일본 체육대 학생들이었어요."

"태평한 소리 하고 있네. 학생이 개회식 때 일 터뜨린다고 했으니까 경비 체제도 몽땅 바꿨을 거란 말이야."

김 씨는 얼굴을 찌푸리며 투덜거리더니 웃옷을 어깨에 걸치고 방을 나갔다.

"아 참, 너 하네다 합숙소에서 일했었다고 했지? 거기서 큰 사고가 났다더라. 아까 찻집 텔레비전에서 뉴스 나오는 거 봤어."

무라타가 드러누운 채로 말했다.

"뭐라고요?"

"도로공사장 발판이 무너져서 인부가 떨어져 죽었대."

구니오는 가슴이 울렁거렸다. 올림픽 경기장은 모두 완성되었지만 도로공사는 개최 기간 직전까지 계속된다. 야마신 흥업의 하청 일이 끊기는 일은 없다.

"언제 나온 뉴스인데요?"

"오전 뉴스야. 심야 공사장에서 사고가 났대."

무라타가 반쯤 졸면서 대답했다.

이 방에는 텔레비전도 라디오도 없다. 설마, 라고 생각하면서도 일단 확인해보려고 야마신 흥업에 전화를 걸기로 했다. 비 오는 날이라 누군가는 합숙소에 있을 터였다.

동전을 들고 파친코 가게 밖의 공중전화로 갔다. 다이얼을 돌려 열 번이 넘게 울린 뒤에 귀에 익은 목소리가 전화를 받았다.

"아, 시오노 씨예요?" 합숙소에서 친절하게 해주던 동향 인부였다.

"시, 시마자키냐?" 그쪽에서도 금세 목소리를 알아들은 모양이다. "누구한테 들었어?" 갑작스럽게 그런 말이 튀어나왔다.

"아, 예, 간바치 도로공사장에서 사고가 났다는 소식을 들어서……."

"그랬구먼. 우리야. 우리 합숙소에서 두 명이나 죽었어."

구니오는 저도 모르게 침을 꿀꺽 삼켰다.

"한 명은 네가 모르는 영감인데, 또 한 명은 요네무라야."

스르륵 핏기가 가셨다. 요네무라가— 수화기를 든 손이 파르르 떨렸다.

"야마다 사장이 아침부터 병원 들렀다가 경찰에 불려 갔다가, 아주 난리야. 요네무라 그놈, 참말로 불쌍해서 어쩌냐. 이번 겨울에 아키타 가서 선본다고 했구먼. 그래서 돈 좀 모아보겠다고 이제 막 밤일까지 하던 참이야. 아직 스물다섯 살인데 참말로 어떻게 이런 참혹한 일이 생기는지 모르겠네."

시오노가 침통한 목소리로 말했다.

"다른 합숙소에서도 사망자가 나온 거 같아. 나도 자세한 건 모르니까 석간신문 읽어봐. 우리는 마음이 너무 아파서 다들 일도 못 하고 있어. 그래서 오늘 공사는 중지되었구먼."

"그랬군요."

"너도 장례식에 올래?"

"아뇨, 그건 좀……."

"아니, 그냥 해본 소리구먼. 사장이 그러던데, 네가 히구치를 죽였다면서? 경찰이 찾고 있더라. 지금도 합숙소 앞에 경찰차가 서 있어."
구니오는 할 말을 찾을 수가 없었다.
"근데 요네무라가 나한테 살짝 말해주더라. 그건 자기가 한 거라고, 시마자키가 자기 죄를 대신 덮어썼다고."
"그건……."
"그리고 네가 빨갱이라면서? 도쿄대에 들어갈 만큼 머리 좋은 아이니까 제발 세상 좀 바꿔줘. 우리 같은 일용직 인부가 희생물이 되는 일은 없어야 할 거 아니냐."
시오노의 말투에는 어딘가 건조한 체념이 있었다. 구니오는 대꾸할 말이 없었다.
"꼭 그렇게 좀 해다오, 응?"
그쪽에서 먼저 전화를 끊었다. 희생물이라는 말에 구니오의 마음은 크게 뒤흔들렸다. 예전에 마르크스를 인용하면서 혹독한 착취 구조 속에서도 저항할 줄 모르는 합숙소 노동자들이 정말 이상하다고 생각했었다. 하지만 그건 잘못이었다. 그들은 현재 자신들이 처한 상황을 똑똑히 인식하고 있었다. 다만 싸울 방법을 알지 못할 뿐이다.
암담한 마음으로 역 스탠드까지 걸어가 막 나온 석간신문 한 부를 샀다. 그 자리에서 사회면을 펼치고 문제의 사고 기사를 찾아보았다. 오늘 새벽에 간바치 육교 공사장에서 발판이 무너지는 사고로 작업 인부 세 명이 사망하고 두 명이 중상을 입었다는 내용이었다. 놀랍게도 사람이 세 명이나 죽었는데도 사진조차 없는 짤막한 기사였다. 사망자의 이름도 없었다. 요네무라라는 한 젊은이가 경제성장의 그늘 속에서 한낱 제물로 매장되어버렸다. 어쩌면 사람의 목숨을 이토록 값싸게 취급할 수 있는가. 구니오는 너무도 답답했다.
올림픽 축하 분위기에 찬물을 끼얹을 만한 사건 사고는 모조리 무대 뒤로 감추려는 것일까. 신문까지도 본래의 사명을 망각하고 올림픽 분위기에 편승하고 있다.

대체 올림픽 개최가 정해진 뒤로 도쿄에서는 얼마나 많은 인부들이 죽었을까. 빌딩 건설 현장에서, 다리와 도로공사장에서 희생자가 끊이지 않았다. 신칸센 공사를 포함한다면 아마 수백 명을 웃돌 것이다. 그들은 수도 도쿄를 근대도시로 꾸며내기 위해 각 지방에서 바친 산 제물이었다.

구니오의 마음속에 침울하고도 참담한 감정이 마치 몇 년씩 농산물이 나지 않는 황무지처럼 덩그러니 가로놓였다. 이제는 더 이상 자신이 뭔가를 개혁해보겠다는 욕망도 없었다. 있는 것은 죽은 형이나 동료에 대한 애도의 마음뿐이다.

빗발이 거세졌다. 이대로 개회식 날까지 계속 쏟아졌으면 좋겠다고 구니오는 검은 구름을 올려다보며 생각했다.

저녁에는 김 씨의 부하가 가져다준 배달 볶음밥을 먹었다. 무라타는 식욕이 없는지 반절이나 남긴 채 자차이를 안주 삼아 소주를 마셨다. 비가 내리면 파친코가 잘 맞는다는 소문 때문인지 1층 가게는 만원이었다. 구슬 부딪치는 소리가 쉴 새 없이 들려왔다. 그런 참에 김 씨가 어두운 얼굴을 하고 찾아왔다. 뺨의 칼자국이 한층 깊어진 것처럼 보였다.

"어이, 도메 씨. 안 좋은 소식이야." 바닥에 책상다리를 하고 앉자마자 말했다. "공화국 선수단이 당장 내일이라도 돌아갈 거래."

"뭣이, 돌아가? 그건 또 무슨 소리야?"

"올림픽에 참가하지 않기로 했대. 조금 전에 결정이 났어. 뉴스에도 곧 나올 거야."

"경기도 안 하고 그대로 돌아간다는 거야?"

"응, 그냥 간대. 그래서 개회식 날에 니가타 항구에 공화국 배는 없어."

옆에서 듣고 있던 구니오는 깜짝 놀랐다. 북조선이 막판에 와서야 불참 결정을 내리다니.

"왜 그러는데요? 일부러 배를 타고 여기까지 왔는데."

"전부터 IOC하고 티격태격했었어. 정치적인 문제야. 아무튼 올림픽에는 안 나갈 거고 내일이라도 귀국한대."

"그러면 우린 어떻게 되는데?"

"조금만 더 기다려줘. 배는 또 올 거야."

"언제 와?"

"다음 달이나 그다음 달."

"놀고 있네. 그동안 어디에 숨어 있으라고?"

"어떻게든 해볼 테니까 걱정 마쇼."

"너, 그러고도 1000만 엔씩이나 내라고 하면 말이 안 되지."

"그건 분명하게 깎아주면 되잖아."

김 씨는 겸연쩍은 듯 눈을 맞추려 하지 않았다. 말투는 여전히 당당하지만, 어딘가 궁지에 몰린 채 자존심만 내세우는 듯한 느낌이었다.

"아무튼 개회식 당일에 트럭은 꼭 준비해. 니가타가 아니더라도 일단 도쿄에서는 나가게 해줘야지."

"알았어. 하코네에 비밀 여관이 있으니까 거기로 가자고."

"잘 좀 부탁해."

"알았어."

김 씨는 입술을 깨물더니 심각한 얼굴로 나갔다. 무라타가 자리에 벌렁 드러누웠다. "뭐, 어떻게든 되겠지." 구니오가 걱정할까 봐 그러는지 가벼운 말투로 중얼거린다.

"북조선에서 살기로 한 건 한참 뒤로 미뤄지겠네요." 구니오가 말했다.

"대만으로 가는 것도 괜찮아. 음식은 그쪽이 맛있다더라."

둘이서 번갈아 한숨을 내쉬었다. 앞으로의 일은 고민해봤자 어떻게 되는 것도 아니다. 지금은 그저 시간이 가기를 지그시 기다릴 뿐이다.

빗소리와 파친코 소리가 잠시도 쉬는 일 없이 방 안에 소용돌이쳤다. 할 일이 없는지라 구니오도 자리에 누웠다. 몸이 간절하게 안정을 원하는지 스르륵 잠에 빠져들었다. 온 신경이 휴식해버리는 것 같은 느낌이다.

두 시간쯤 잤을 때, 김 씨의 부하가 갑작스레 2층에 올라왔다. 방에 있는지 없는지 확인하러 온 듯한 눈치였다. "어이, 왜 그래?" 무라타가 묻자 "아, 아뇨, 그냥……"이라고 어물거렸다.

"뭐냐고, 똑바로 말해봐." 무라타가 재우쳐 물었다.

"아뇨, 형님이 곧 돌아오실 거니까 그냥 방에 계시라고……."

부하는 말끝을 얼버무리고는 문을 닫고 퉁퉁퉁 계단을 내려갔다.

무라타가 자리에서 벌떡 일어났다. 갑자기 진지한 표정으로 장지문까지 슬금슬금 기어갔다. 소리가 나지 않게 머리만 나갈 만큼 살그머니 문을 열더니 계단 아래를 내려다본다. 뭔가를 확인하더니 다시 조용히 문을 닫고 차가운 표정으로 구니오를 보았다.

"학생, 짐 챙겨." 작은 목소리로 속삭였다.

"왜요?"

"들켰어."

"그, 그게 무슨 말이에요?" 구니오는 제 귀를 의심했다.

"부하가 계단 밑에 앉아 있어. 우리 도망치지 못하게 지키는 거야."

"들키다니, 누구한테요?"

"그거야 경찰이지. 공안부의 포위망을 더 이상 버텨낼 수가 없어서 김 씨가 거래를 한 모양이야."

"전에도 그런 적이 있었어요?"

"지금까지는 그런 적이 한 번도 없었어. 김 씨는 죽어도 경찰에 불지 않는 사람이야. 아마 조총련 간부가 우리를 넘기라고 구슬렀을 거야. 김 씨가 혼자 힘으로 그것까지 막을 수는 없었겠지. 아무튼 여기 있다가는 잡혀."

우리 때문에 수많은 사람이 경찰 신세를 지는구나. 급박한 사태인데도 구니오는 마치 남의 일처럼 멍하니 그런 생각을 했다.

우선은 배낭 안의 다이너마이트부터 확인하고 그 밖의 다른 짐들을 챙겼다. 이불보를 보자기 삼아 삿갓이며 탁발승 옷가지를 죄다 몰아넣고 둘둘 쌌다. 전당포에서 구입한 감색 양복도 넣었다. 야반도주하는 사람처럼 그 보퉁이를 등에 멨다. 그리고 그 참에야 신발이 없다는 것을 깨달았다.

"신발은 아래층이 있는데, 어쩌죠?"

"탁발승 짚신이 있잖아. 대충 그거 꿰고 나가자. 나중에 어디서 한 켤레 사면 돼."

무라타가 헌팅캡을 깊숙이 눌러쓰며 말했다.

짚신을 발에 꿰고 창문을 열었다. 옆 빌딩 벽에 마침 빗물 홈통이 있었다. 2층이라서 떨어지더라도 다칠 일은 없다. 망설임 없이 훌쩍 뛰었다. 빗소리가 소음을 지워주었다. 폭이 1미터도 안 되는 뒷골목으로 내려섰다. 무라타가 뒤를 이었다. 앞길로 나가려고 했더니 무라타가 급히 팔을 잡으며 뒤쪽이라고 턱짓을 했다. 발길을 돌려 미로 같은 골목길을 냅다 뛰었다. 어딘가의 중국 식당 주방을 가로질러 싸구려 여인숙 현관 앞을 지나 멀리 돌아서 오쿠보 큰길로 나섰다.

100미터쯤 뒤의 파친코 가게 앞에 차들이 줄줄이 서 있었다. 빨간 불은 켜지 않았지만 흑백의 경찰차도 와 있었다. 그야말로 방금 도착한 기색이다. 남자들이 차에서 내리고 있었다. 스무 명은 될 것 같다.

"후유, 위기일발이네. 우리, 영락없이 007이다." 무라타가 말했다.

구니오는 할 말이 없었다. 오늘도 무사히 도망친 것에 대해 신께 감사할 따름이었다.

길을 건너 반대편에서 택시를 잡았다. 짐 보퉁이와 함께 쓰러지듯이 차에 올라탔다. "우리, 은행 강도야. 어디든지 경찰 없는 곳으로 태워다 주쇼." 무라타가 내던지듯이 말했다. 운전기사는 술 취한 손님의 농담이라고 생각했는지 "그러면 유메노시마에라도 갈까요?"라고 웃으며 대꾸했다.

"음, 좋네. 거기로 갑시다."

"정말로?"

"아무튼 출발하자고."

택시가 출발했다. 오쿠보 길에서 메이지 길로 나섰다. 차례차례 경찰이 탄 듯한 자동차와 마주쳤다. 모두 남자만 네 명씩 탔고 상체를 앞으로 내밀고 있었다.

앞으로 하루만 버티면 된다. 구니오는 택시 좌석에 몸을 묻고 너무도 격렬한 하루하루에 한숨을 내쉬었다. 하긴 이건 도움닫기에 지나지 않는다. 멋지게 점프하는 건 내일모레다.

48

10월 9일 금요일

아침 7시, 고지마치 경찰 기숙사에서 눈을 뜨자마자 오치아이 마사오는 신문을 사러 뛰어나갔다. 사회면에 항상 나오는 사람 찾는 광고 쪽을 펼쳤다. 범인이 요구한 글귀가 그대로 실려 있었다. 말미에 적힌 전화번호는 낯선 숫자였다. 아마 이번 일을 위해 새롭게 회선을 끌어왔을 것이다. 경찰은 거래에 응할 계획이다. 다시 한번 올림픽의 몸값을 준비하는 것이다.

문제는 범인에게서 걸려올 전화를 누가 받는가 하는 것이었다. 형사부인가 공안부인가. 이 줄다리기는 협박장이 배달된 그 순간부터 계속되어서 어젯밤까지도 결론이 나지 않았다. 형사부에서도 공안부에서도 먼저 양보할 리 없어서 결국은 경비본부의 최고 책임을 맡은 경시총감과 스가 경시감이 정하는 수밖에 없을 터였다. 하지만 판단을 내리는 데 어지간히 고심이 많은지 마사오가 잠들기 전까지도 소식은 들어오지 않았다.

내일은 대체 어떤 일이 벌어질까. 어제부터 비를 뿌리는 하늘을 창문으로 올려다보며 마사오는 한숨을 내쉬었다. 오늘 안으로 시마자키의 신병을 확보할 가능성은 형사부에 한해서만 말하자면 거의 희박하다. 어제저녁 회의에서 눈 밑이 거무스름하다 못해 유령 같은 꼴이 되어버린 다나카가 수사1과의 형사 전원에게 “오늘까지 얻은 정보를 죄다 털어놓으라고. 한 가지라도 감추는 놈은 다음 인사 때 형사부에서 쫓아내겠어”라고 다그쳤지만, 그래봤자 나오는 건 이미 다 아는 정보뿐이어서 모두 들 그게 낙담하고 말았다. 이제 형사부로서는 개회식 당일에 돈을 건네주는 현장에서 범인을 붙잡는 수밖에 없다. 그것도 다이너마이트까지 함께 회수하는 게 아니면 위기는 해결되지 않는다.

공안부가 어떻게 움직이고 있는지는 아무도 알지 못했다. 스가 경시감의 명령에도 불구하고 양쪽 부서가 협력하는 일은 없었다. 이런 구조를 만들어놓은 게 다름 아닌 역대 간부들인 것이다.

마사오는 식당에 내려가 기숙사 아줌마가 만들어준 주먹밥을 먹었다. 형사들이 영 식욕이 없는 것을 보고 먹기 쉬운 주먹밥으로 해준 것이었다. "지금 못 먹겠으면 가져가세요"라며 알루미늄포일도 준비해주었다. 직접 담근 달콤한 무장아찌가 맛있어서 마사오는 세 개를 해치웠다. 젊은 이와무라는 네 개다.

5계의 동료들과 함께 한조몬 회관으로 이동했다. 이 길을 드나든 지도 벌써 한 달이 넘었다. 푸르던 가로수도 이제 슬슬 색깔이 엷어지기 시작하고 있다. 그렇건만 몇 명의 형사는 아직도 여름용 양복을 입은 채였다.

회의실에서 젊은 후배가 타주는 차를 마시고 있으려니 다나카가 무뚝뚝하게 아침 인사를 건네며 들어왔다. 이 과장대리는 좋은 소식을 들고 올 때면 인상이 더 고약해진다.

"다들 나왔지? 내일의 배치가 정해졌다. 물론 아직 범인에게서 전화가 오지 않은 단계이기 때문에 잠정적인 것이다. 어이, 5계!"

돌연 큰 소리로 부르는 바람에 미야시타 계장 이하 일곱 명의 형사가 등을 곧추세웠다.

"5계를 몸값 거래 및 범인 체포 부대로 명한다."

다나카가 쓰윽 노려보며 말했다. 마사오 일행은 한순간에 얼굴이 상기되었다.

"범인의 전화는 다마리 과장이 받는다. 그러니까 내일의 중요한 일은 형사부가 관리하기로 했다는 얘기야. 자, 다들 정신 똑바로 차리자!"

"우아!"라는 감탄의 소리와 함께 박수가 터졌다. 여기저기서 하얀 이를 내보이며 웃는 얼굴이 보였다.

"어허, 지금 좋아할 때가 아니야. 책임이 막중하단 말이야. 공안부에서도 출동하겠지만 어디까지나 보조적인 위치다. 혹시라도 이번 일에 실패하게 되면 형사부는 부장 이하 상당수 사람들이 책임을 져야 한다. 나 역시 무사히 넘어가지 못해."

"그래도 4층에 맡겨두고 뒤나 닦아주는 것보다는 낫죠." 모리 다쿠로가 들뜬 기색으로 말했다.

"이건 일종의 유괴사건이라고 봐야 돼. 공안부가 나설 자리는 없지." 구라하시가 느릿느릿 입을 열었다.

"사실을 말하자면, 어제저녁에도 공안부에서 시마자키와 무라타를 놓쳤대."

다나카의 보고에 형사들이 웅성거렸다.

"조총련계의 어떤 사람이 범인을 숨겨줬다는 정보를 잡고, 그 사람이 아니라 조총련 간부와 협상을 한 모양이야. 그렇게 해서 잠복한 곳을 알아냈대. 근데 부원들이 돌입하기 직전에 두 사람이 창문으로 도망쳐버렸다는 거야. 장소는 니시오쿠보의 시장통. 시간은 오후 9시 전후야."

"어휴, 그 바보들. 대체 뭐 하는 거야." 누군가 거친 소리로 탄식했다.

"범인을 놓친 게 벌써 몇 번째야?"

"도쿄대 구내, 도쿄 역, 에도가와 아파트, 어제저녁까지 도합 네 번이네."

"완전히 전대미문의 실수구나. 경시청 역사에 남겠다."

형사들이 저마다 공안부를 비난했다. 하지만 그 말투 속에는 공안부와 형사부의 정보량의 차이에 입을 떡 벌리며 놀라는 분위기가 있었다. 형사부에서는 일일이 탐문수사를 하고 다니는 게 고작인데, 그들은 벌써 몇 번이나 시마자키와 무라타의 소재지를 알아낸 것이다. 정말 무시무시한 정보력이다.

"어차피 그자들은 미행밖에 못 해."

“역시 체포에는 아마추어란 얘기야.”

줄줄이 험담이 나오는 건, 욕이라도 하지 않으면 이쪽의 사기가 떨어지기 때문이다. 마사오 자신도 “흥, 야노도 별 볼 일 없네”라고 몇 마디 잘난 척하긴 했지만 내심으로는 간이 서늘했다. 공안부는 천리안이란 말인가.

“공안부 스스로 무덤을 팠어. 우리한테 출동을 요청했으면 그런 실수는 없었을 거 아냐. 총감도 이번만은 공안부의 비밀주의에 단단히 화가 난 모양이야. 형사부를 주력으로 선택해준 건 범인의 신병을 확보하는 게 가장 중요하기 때문이야. 범인은 반드시 거래 현장에 나타나. 그렇다면 우리 형사부 수사1과보다 더 잘할 데는 없지.” 다나카가 스스로 다짐이라도 하듯이 말끝에 힘을 주었다. “5계는 최고 책임자의 직접 지명을 받았다. 오치아이와 이와무라 팀이 포착해낸 수많은 정보, 폭발물 처리 때에 보여준 니이의 냉정한 대처가 높은 평가를 받아 특별히 발탁된 것이다. 물론 그걸 좋아하고 있을 때가 아니야. 앞으로 절대 실수는 용납되지 않는다. 나도 배를 가를 각오다.”

회의실의 공기가 팽팽하게 긴장했다. 형사들은 임무의 중대함에 압도되었고, 동시에 어떻게든 범인을 잡아야 한다고 스스로를 격려했다. 씩씩거리며 콧김을 내뿜는 자가 있었다. 앉음새를 꼿꼿하게 바로잡은 자가 있었다. 마사오는 저도 모르게 침을 꿀꺽 삼켰다. 바로 이런 날을 위해 자신은 형사가 된 것이다.

“각자 흩어져서 가도 무방하다. 지금 즉시 이 자리의 전원은 본청 2층으로 이동하도록. 특별히 방을 마련했다. 그곳에서 대기하도록 하라. 언론 쪽에는 특히 들키지 않도록 주의할 것. 앞으로 딱 하루 남았다.”

모두들 단호한 결의를 가슴속에 감추고 자리에서 일어섰다.

“이번 일이 끝나면 내가 한판 거나하게 쏘겠다.” 미야시타가 말했다.

"여러분, 들었죠, 분명히 들었죠?" 사와노가 우스갯소리를 날렸다. 그 타이밍을 잡아 5계의 사내들이 왁자하게 웃었다.

2층 회의실에는 대형 탁자와 그 주위를 빙 두르는 수십 개의 의자가 준비되어 있었다. 벽 쪽에도 의자가 줄을 섰다. 창가의 응접세트에는 이미 다마리가 자리를 잡고 형사부장과 회의를 하고 있었다. 웬만해서는 보기 힘든 형사부장의 모습에 말단 형사들은 저절로 자세가 빳빳해졌다. 계급은 경무관, 서열로는 경시청의 넘버 텐에 속한다. 다마리는 부하들의 얼굴을 보며 슬쩍 웃었다. 항상 무시무시하던 상사가 이 자리에서는 공손해져 있었다.

마사오는 다마리의 발치에 놓인 배낭으로 눈길이 갔다. 저게 8000만 엔인가. 헌 지폐로 준비하라는 범인의 지정이 있었기 때문에 벌써 누군가의 손에 의해 전 지폐의 번호가 기록되었을 것이다.

안쪽의 또 다른 응접세트에서는 감식과장, 수사3과장, 기동수사대장, 그리고 각 과의 과장대리까지 형사부의 간부들이 머리를 맞대고 모여 있었다. 마침내 형사부가 주도권을 잡게 되었다는 것을 저마다 실감했다.

형사부장이 자리에서 일어섰다. "여러분, 지금 그 자리 그대로 좋다. 잠깐 할 말이 있다." 경찰 간부답지 않게 다정한 목소리였다. "오늘 아침, 내 이름으로 관내의 전 경찰서에 일제히 전보를 보냈다. 각 관할서 내의 공중전화를 모조리 파악해서 오전 9시부터 시마자키와 무라타의 사진을 가진 경찰관이 감시하기로 했다. 수상한 인물을 발견할 경우, 억지로라도 신병을 확보하라는 지령을 내렸다. 물론 범인이 공중전화를 사용하지 않는다면 헛수고로 끝날 수도 있지만, 아무튼 최선을 다해보기로 했다. 옆방을 지휘본부로 하고, 여러분은 여기에서 대기해주기 바란다."

형사부장 명의로 타전되는 일제 전보의 위력은 절대적이다. 전 경찰서에 대해 강제력을 가진다. 지금까지는 그 특권을 공안부에서 가지고 있었는가. 마사오는 조직의 불합리한 부분이 안타까웠다. 애초에 선장이 둘이면 배가 산으로 가는 법이다.

다마리가 다가와 1과의 부하들에게 말을 건넸다.

"어이, 다나카. 차량 네 대만 확보해. 그리고 경비부 폭발물 처리반을 만나서 서로 연락 담당을 정해두도록. 아, 나중에 공안 부대도 올 거야. 다들 인사는 잘하자고."

"알겠습니다."

"공연히 약 올리는 소리 하지 마. 그쪽은 그쪽대로 지금 속이 부글부글 끓을 거야. 쓸데없는 대립은 피하자."

"어휴, 과장님은 성인이시네요."

"그거, 그런 말 하지 말라는 거야."

"죄송합니다. 겸손하게 하지요."

"그리고 오늘과 내일, 전원 권총을 휴대할 것. 무슨 일이 터질지 모르는 상황이야. 미리 말해두겠는데 여차할 때는 예고 없이 발포해도 좋다. 위협도 필요 없어. 사살을 주저하지 마라."

다마리의 지시에 마사오는 몸이 부르르 떨렸다. 지금까지 해온 수사에서는 권총 휴대 자체도 겨우 몇 번 뿐이었고 실제 사격은커녕 누구를 겨눠본 경험도 없다. 하루하루 범인을 탐문하고 다니기에 바빠서 사살이라는 말에 대해 깊이 생각해본 적도 없었다. 하지만 이번만은 어쩔 수 없이 의식해야 한다. 시마자키가 죽음을 전혀 두려워하지 않기 때문이다.

회의 탁자에는 새로 설치한 전화와 경전이 몇 대나 놓여 있었다. 본 적도 없는 최신식 녹음기와 소형 이어폰이 줄줄이 놓였다. 과학 수사 연구소에서 통신기술관 두 명도 파견을 나왔다. 물론 범인에게서 걸려 온 전화를 전기통신공사와 연대하여 역탐지하기 위한 요원이다.

"시마자키는 지금 어디서 뭘 하고 있을까요." 이와무라가 벽 쪽의 의자에 앉으며 말했다.

"예상도 못 하겠어. 하지만 어제저녁에 니시오쿠보에 있었다니까 그리 멀리는 못 갔겠지."

"당연히 사람 찾는 신문광고는 확인했겠죠?"

"응. 몇 시에 전화를 걸어오느냐, 그게 문제야. 우리로서는 빨리 걸어 줄수록 고맙겠는데."

각 과의 수사관이 차례차례 들어왔다. 각자 상사로부터 지시를 받고 있다. 형사부 정예부대로 회의실은 금세 만원이 되었다.

그런 가운데 공안1과장과 과장대리, 야노를 비롯한 몇 명의 공안부 수사관이 들어왔다. 전원이 온몸으로 노기를 발하고 있었다. 형사부의 차가운 시선을 받으며 그들은 적군에 포로로 잡혀온 장교처럼 불편한 얼굴들이었다.

"다마리 과장, 우리 쪽 과장대리 한 명과 수사관 세 명을 놓고 갈 테니까 지시를 부탁해. 4층에는 약 50명을 대기시켜놨어."

공안1과장은 시선을 맞추지 않고서 말했다. 그것이 그가 할 수 있는 최대한의 양보인지, 겨우 고개를 끄덕이는 정도로 슬쩍 인사를 건넸다.

"그래요? 고맙군요. 오늘과 내일, 그쪽 수사관의 협력을 받도록 하죠. 반드시 범인을 검거해야 하는 상황이니까 잘 부탁합니다."

다마리가 의자에서 일어나 정중하게 허리를 숙였다. 공안1과장이 떨떠름하게 얼굴을 붉혔다. 이미 승부가 났다는 게 이런 건가. 그 자리에 있던 사람들 모두가 그런 생각을 했다.

미야시타와 눈이 마주쳤다. 수사1과의 베테랑 형사가 씁쓸하게 쓴웃음을 짓는다. 언제 입장이 뒤바뀔지 모른다는 말을 하고 싶은 듯한 눈치였다.

공안1과장이 나가자 야노가 느릿느릿 이쪽으로 다가왔다. 마사오 옆의 의자를 턱으로 가리킨다.

"잠깐 괜찮아?"

"물론이지." 마사오가 대답했다.

"완전히 체면 구겼네." 야노가 머리를 긁적이며 중얼거렸다.

"아이, 그럴 거 없어. 그쪽에서는 몇 번이나 시마자키의 소재지를 확인했잖아. 솔직히 존경스러워."

"그렇게 말해주니까 조금은 마음이 편해지네."

"무슨 소리야, 졌다는 생각도 안 하면서."

마사오가 장난기 섞인 시선을 던지자 야노가 씨익 웃으며 "응, 그런 생각 절대 안 하지"라고 정색을 하며 말했다.

"시마자키와 무라타는 운도 좋아. 벌써 몇 번째나 간발의 차로 도망쳤어. 반성 모임을 가져봤는데 우리한테는 실수가 없었어. 그자들이 무시무시한 감을 갖고 있기 때문이지. 쥐가 화재를 예지하고 다락방을 떠나듯이 잽싸게 사라지는 거야. 정말 운 좋은 놈들이야. 운 좋은 범죄자만큼 무서운 것도 없지."

"그래, 동감이야."

"게다가 범인은 자폭도 사양하지 않을 태세야. 일본군 특공대를 보고 어쩔 줄 모르던 코쟁이들의 심정이 이해가 된다니까."

"흠."

"이제부터 형사부 솜씨 좀 구경해야겠네." 야노가 피식 웃으며 말했다.

그 말투에 불끈 화가 났는지 이와무라가 "우리가 그쪽 뒤를 닦아주는 건데 좀 더 겸손하게 나오시는 게 어때요?"라고 쏘아붙였다.

야노가 한순간에 안색이 바뀌었다. 잠시 이와무라를 노려보더니 홍 코웃음을 치고 공안부 동료에게로 가버렸다.

곁에 있던 모리가 팔을 내밀었다. 고소하다는 듯 이와무라의 머리를 톡톡 쳤다.

전화는 오전 11시 지나서 울렸다. "전화야, 전화!" 누군가가 소리쳤다. 회의실에 있던 전원이 자리에서 일어나 탁자를 에워쌌다. 경쟁하듯이 이어폰을 귀에 꽂았다. 이어폰 한 개에 세 명이 달려들어 함께 들어야 한다. 간부들은 조금 떨어진 다른 탁자에서 유선 스피커에 바짝 다가들었다.

"어이, 다들 조용히 해." 다마리가 손으로 제지하고 전화기 앞에 앉았다. 통신기술관과 눈짓을 나누며 테이프의 녹음 준비가 완료되었을 때 한 차례 헛기침을 하고 수화기를 집어 들었다.

달깍. 동전 떨어지는 소리가 났다. 공중전화다. 모두 서로의 얼굴을 마주 보았다.

"예, 경시청입니다." 다마리는 평소의 목소리를 냈다.

"……소카 지로입니다."

"나는 경시청 형사부 수사1과장 다마리다. 사람 찾는 광고를 본 거지?"

"그렇습니다."

젊은 남자의 목소리다. 이자가 시마자키 구니오인가. 일동의 얼굴에 아연 긴장의 빛이 감돌았다.

"어때, 어제저녁에는 꽤 힘들었던 모양이던데?"

"덕분에 그럭저럭 도망쳤죠."

"지금 어디 있지?"

"말 못 합니다."

"무라타 도메키치도 함께 있나?"

"돈은 준비됐습니까?"

"그보다 먼저 알려줘. 무라타 도메키치도 함께 있나?"

다마리의 어조는 느긋하게 틈이 벌어졌다. 역탐지를 위해 대화를 길게 끌고 있는 것이다. 마사오는 협박 전화 자체가 첫 경험이었다.

"함께 있어요. 그게 왜 궁금하죠?"

"그 영감은 나이도 많아. 건강하게 잘 있는지 걱정이 돼서 물어봤어. 아침저녁으로 날씨도 쌀쌀해졌는데, 무라타 영감은 노숙하기도 힘들 거 아냐."

"쓸데없는 얘기는 관두죠."

"아이, 그런 섭섭한 소리 하지 말고. 오래도록 쫓아다니다 보니 그새 정이 들었는데."

"돈은 준비됐어요?"

"무라타가 옆에 있는지 없는지, 그것만 알려줘."

여기서 전화가 끊겼다. 뚜뚜 하는 무기질의 통신음이 울렸다.

"내가 너무 심했나?" 다마리가 얼굴을 찌푸렸다. "뭐, 금세 또 걸겠지."

영화나 드라마의 형사물 덕분에 협박 전화의 역탐지라는 건 일반인들에게 이미 훤히 알려져버렸다. 시마자키도 명백히 역탐지를 경계하는 눈치였다.

통신기술관이 다른 전화로 전기통신공사에 연락을 취했다. 짧은 대화를 나누더니 수화기를 내려놓고 고개를 좌우로 흔들었다.

"역탐지에 시간이 어느 정도나 필요하지?" 다마리가 물었다.

"최소한 3분이에요. 그 정도면 중계국을 밝혀낼 수 있습니다. 그다음에 발신원까지 알아내는 건 역시 행운이 따라야 합니다."

"휴우, 3분은 너무 길다. 하지만 어떻게든 시간을 끌어보는 수밖에 없어."

다시 전화가 울렸다.

"경시청입니다."

"소카 지로입니다. 용건을 말하죠."

"아, 잠깐만, 잠깐만 기다려. 한 가지만 물어보려고 그래. 거기 공중전화야?"

"말할 수 없습니다."

"이봐, 공중전화는 역탐지가 안 돼. 공중전화로는 아무리 길게 얘기해도 우리가 장소를 알아낼 수 없어. 그러니까 잠깐만 더 서로 얘기를 해보자고."

"시시한 거짓말을."

"나는 이름이 다마리고, 계급은 경시정(우리나라 경찰의 총경급)이야."

"끊습니다."

"아, 잠깐, 잠깐만. 그러면 우리, 서로의 호칭부터 정하자. 나는 자네를 본명으로 부르고 싶어. 시마자키라고 해도 괜찮겠어?"

전화가 끊겼다. 통신기술관이 어깨를 으쓱 움츠렸다. 아까보다 더 시간이 짧았기 때문에 일부러 문의할 것도 없다는 뜻이다. 모두가 한숨을 내쉬었다.

대리보좌가 경전을 사용하여 통신 지령 본부에 지시를 내렸다.

"오전 11시 18분, 20분, 범인에게서 전화가 왔다. 공중전화다. 이 내용을 전 경찰서에 전달하라."

무선기가 없기 때문에 잠복 중인 수사관과의 연락은 정시 연락에 기대는 수밖에 없다. 로켓이 날아가는 시대가 되었는데도 형사들의 현장은 진보가 한참 더뎠다.

10분, 20분, 아무리 기다려도 세 번째 전화는 없었다. 관할 경찰서에서의 반응도 없다. 서 있던 수사관들이 하나둘 의자에 앉았다.

"역탐지당할까 봐 장소를 바꾸는 건가." 다마리가 중얼거렸다.

"관할 경찰서의 보고가 안 들어온다는 건 공중전화에서의 신병 확보도 없다는 얘기야." 다나카도 혼잣말처럼 중얼거린다.

"길거리 공중전화가 아니라는 거겠죠. 찻집, 파친코, 게임장, 병원, 관청까지 점포용 공중전화가 너무 많아요."

니이가 담배를 피우면서 말했다.

"거기까지는 우리가 손을 쓸 수 없어. 우선은 한번 재생해보자. 배경에 뭔가 단서가 될 만한 소리가 들어 있을 거야."

다마리의 지시로 통신기술관이 녹음테이프를 재생했다. 모두 함께 스피커에 귀를 바짝 들이댔다.

"뒤에서 뭔가 울고 있는데요?" 마사오가 말했다.

"조금만 더 음량을 키워봐."

"갈매기?"

"아, 그렇다."

"갈매기야, 갈매기!"

"틀림없어?"

"이건 솔개는 아니야." 저마다 한마디씩 했다.

다시 한번 재생했다. 분명 갈매기다. 울음소리의 숫자가 많은 것도 그 증거다.

마사오는 창밖을 보았다. 어느새 비는 걷히고 엷은 햇살이 비치고 있다. 가을이 되면 도쿄만으로 갈매기가 날아든다.

"갈매기 소리가 들리는 걸 보면 바닷가겠지? 바다 쪽 관할 경찰서라면……."

벽에 붙은 큼직한 지도 앞으로 수사관들이 이동했다.

"오이, 시나가와, 쓰키시마, 쓰키지, 후카가와……. 이건 너무 많아서 단서가 안 되잖아." 모리가 얼굴을 찌푸렸다.

"그렇지 않아. 적어도 시마자키는 내륙에는 없어." 다마리가 팔짱을 끼며 말했다.

다나카가 경전을 집었다. 통신 지령 본부를 통해 만안 연선의 경찰서는 순찰을 강화하라는 지시를 내렸다.

세 번째로 테이프를 들었다. 끼룩끼룩끼룩. 수많은 갈매기가 울고 있었다. 그 소리는 낙엽만 굴러도 까르르 웃어대는 여학생들의 교성 같았다.

49

10월 9일 금요일

사람을 별로 못 본 것도 아닐 텐데 갈매기 떼가 바로 머리 위에서 정지 비행을 하고 있다. 그 울음소리는 스테레오 장치처럼 귀 주변을 소용돌이치며 평형감각을 마비시켰다. 시마자키 구니오는 비가 걷힌 유메노시마에서 사방 360도의 파노라마에 흠뻑 빠져 있었다. 모두들 유메노시마라고 부르는 이곳은 정식으로는 '14호 매립지'라는 도쿄만의 인공섬이다. 날마다 도쿄 전역의 쓰레기가 이곳으로 실려 온다. 끝이 까마득해서 넓이는 짐작도 가지 않는다. 올림픽 경기장이 모조리 들어서도 남을 것 같다. 서쪽 방향으로 도쿄타워가 흐릿하게 보였다. 그 오른편은 이제 막 건설된 호텔 뉴오타니. 바닷바람이 상쾌했다. 들려오는 건 갈매기 울음소리와 제트비행기 소리뿐이다.

"어이, 새 운동화가 있어." 무라타가 쓰레기 더미 너머에서 돌아왔다. "불량품이라고 바로 내버린 모양이야. 박음질이 좀 틀어졌지, 그거 말고는 아무 문제도 없는 물건이야."

양손에 종이 상자를 몇 개나 들고 신이 나서 웃고 있다.

"학생은 사이즈가 어떻게 되지? 뭐든 다 있구먼. 색깔도 흰 거하고 검은 게 있어."

"그럼, 260짜리 흰색으로요."

상자를 받아 열어보니 새 고무와 목면지 냄새가 났다. 즉시 신어보았다. 신데렐라의 유리 구두처럼 딱 맞다.

"오호, 잘 어울리네. 젊은 놈은 뭘 신어도 멋있다."

"아저씨의 그 가죽 구두도 잘 어울리는데요."

"이거, 발등에 날개 모양의 가죽을 댄 윙 팁이라는 거야. 알아?"

무라타는 그것도 쓰레기 더미에서 찾아 왔다. 검은 신사화였다. 누군가 오래 신다가 버린 구두지만 바닥이 닳았을 뿐 그야말로 고급스럽게 보였다. 침을 묻혀 닦았더니 금세 번쩍거렸다.

"학생, 전화는 했어?" 무라타가 담뱃불을 붙이며 물었다.

"예, 했어요."

"어땠어?"

"역탐지를 하려고 말을 길게 끌더라고요. 그래서 일단 끊었어요. 잠시 시간을 두었다가 다시 걸어볼 거예요."

"응, 그게 좋아. 답답하게 만드는 것도 작전이지."

두 사람은 유메노시마의 쓰레기 수거차 휴게실에서 하룻밤을 보냈다. 휴게실이라고 해봐야 합숙소 비슷한 가건물이다. 열쇠도 채우지 않았고, 안에 탁자 하나와 한쪽 구석에 화장실, 그리고 수도와 공중전화가 있었다. 간밤에는 신문지를 덮고 벤치에서 잤다.

아침에 일어나자 쓰레기 수거 차량이 다리를 건너 차례차례 들어왔다. 신문을 사러 일부러 먼 데까지 나가야겠다고 생각했는데, 휴게실 탁자에 오늘 아침 신문이 종합일간지부터 스포츠지까지 죄다 놓여 있었다. 길에서 수집해 온 신문들을 탁자에 비치해두는 게 이곳의 습관인 모양이다. 공중전화도 그렇고 신문도 그렇고, 매사에 행운이 따르는구나 싶어서 구니오는 웃음이 터졌다.

〈마이니치신문〉을 골라 사회면을 펼쳤다. 사람을 찾는 광고 속에 지시했던 내용이 실려 있었다. 후끈 얼굴이 달아올랐다.

쓰레기 수거 직원을 비롯하여 아무도 구니오와 무라타에게 관심을 보이지 않았다. 쓰레기업자라고 생각한 모양이다. 유메노시마에는 리어카를 끌고 찾아오는 부랑자 같은 남자가 많았다. 돈을 받고 남의 폐품을 버려주거나 그 참에 다시 쓸 만한 것을 물색해 가기도 했다.

사람들이 떠나기를 기다려 휴게실에서 전화를 걸었다. 몹시 긴장할 거라고 생각했는데 막상 해보니 그렇지도 않았다. 그건 상대도 마찬가지였다. 형사답지 않게 순하고 이지적인 목소리였다. 하지만 대화를 길게 끌려고 하는 게 뻔히 보여서 방심할 수는 없었다. 경찰도 필사적이다. 국가의 위신이 걸린 일이다.

30분쯤 틈을 두었다가 세 번째 전화를 걸기로 했다. 수화기를 들고 10엔짜리 동전을 넣었다.

"네, 경시청입니다." 조금 전과 똑같은 목소리였다.

"소카 지로예요. 용건을 말하지요."

"아, 잠깐만. 메모지 준비할게."

"무슨 농담을. 녹음기 돌리는 주제에."

"그건 영화에서나 그렇지. 경찰이 얼마나 가난한데 녹음기를 준비하겠어?"

"용건을 말하죠." 상관하지 않고 말하기로 했다. "내일 오후 2시, 진구 수영장 앞에 돈이 든 배낭을 메고 한 사람이 나와 서 계십시오. 우리 동지 중의 한 사람이 갈 테니까 그 사람에게 배낭을 건네주세요. 아무 탈 없이 물건을 인수하면 그 동지가 내게 신호를 보내고 그러면 거래는 성사됩니다. 남은 다이너마이트는 파기할 것을 약속하지요. 동지의 신호가 없다면 그에게 무슨 일이 있는 것으로 보고 이 거래는 깨집니다. 그럴 경우, 국립 경기장 내의 어딘가가 폭파될 겁니다. 전 세계가 지켜보는 개회식이 한창 진행되는 때에."

"이봐, 잠깐만 기다려. 그렇게 말을 빨리하면……."

"이상."

"아, 이봐, 이봐—"

수화기를 내려놓았다. 손목시계를 확인했다. 대화 시간은 1분도 걸리지 않았다.

휴게실에서 나오자 무라타가 아직도 쓰레기를 뒤지고 있었다.

"학생, 넥타이도 있어. 여기는 뭐든 다 있네. 난 내일 양복에 넥타이 맬 거야. 어쨌거나 경사스러운 날이잖아."

하얀 이를 내보이며 스스럼없이 웃고 있다.

어느새 쓰레기 수거 차량은 모조리 사라지고 한 대도 없었다. 직원도 없다. 그렇지, 이 일은 오전 중이면 끝나는구나. 당연한 일을 그제야 깨달았다.

"전화, 끝냈어?" 무라타가 물었다.

"예, 끝냈어요."

"그럼 점심이나 먹으러 나갈까? 진짜 배고프다."

"좋죠. 나도 꼬르륵이에요."

"휘적휘적 걸어서 갈까? 다리만 건너가면 조선소가 있으니까 식당도 있을 거야. 나는 후카가와 덮밥이 먹고 싶구먼."

"그런 건 먹어본 적이 없는데요."

"그럼 한번 먹어봐."

새 운동화를 신고 걸었다. 근처에 인적은 없었다. 바람이 구름을 날려버리고 햇살이 비쳐 들었다. 안개가 서린 것 같던 도쿄타워가 또렷하게 전경을 드러냈다. 종이 쓰레기가 춤을 추며 휘날렸다. 갈매기가 단숨에 불어났다. 이건 한두 마리가 아니다. 눈에 보이는 한, 푸른 하늘을 하얗게 물들이는 바닷새 떼였다. 그것도 손이 닿을 정도의 높이에.

끼룩끼룩끼룩. 울음소리가 일대에 메아리쳤다. 구니오는 두 팔을 펼치면 자신의 몸도 붕 뜰 것 같은 마음이 들었다.

50

10월 10일 토요일

오전 8시, 경시청 중정의 무도장에 형사부에서 240명, 공안부에서 60명, 관할 경찰서의 지원군 200명, 도합 500명의 수사관이 소집되었다. 정면 단상 아래에는 형사부장이, 그 좌우에는 참사관, 수사1과장, 공안1과장, 과장대리 등 간부 열 명 이상이 나란히 섰다. 오른편 끝에 단 한 명 젊은 남자가 눈에 띈다 했더니, 언젠가 인사원 빌딩에서 폭발물 처리를 했을 때 만난 경시청 장관의 비서관이었다. 장관도 지금 정신없이 바쁜 모양이다.

벽에는 메이지 공원의 큼직한 지도가 붙었고 빨간 매직으로 담당 구역이 표시되어 있었다. 자기들이 담당할 곳뿐만 아니라 해당 구역이 경비와 교통 각각의 어떤 부대 관할인지도 적혀 있었다. 오늘 국립 경기장 주변에 동원되는 경찰의 숫자는 경비와 교통만으로도 8300명에 달한다. 성화 코스까지 포함하면 그 숫자는 더욱 늘어난다. 물론 경시청이 시작된 이래 최대 규모다.

형사부장이 마이크를 잡았다. 오늘은 제복 차림이다.

"여러분, 안녕하십니까. 참으로 유감스럽게도 우리는 범인을 체포하지 못한 채 오늘을 맞이하고 말았다. 통탄스럽기 그지없다. 어제도 총동원 태세로 만안 일대를 수색했으나 범인의 족적을 잡는 데는 이르지 못했다. 오늘, 만에 하나라도 범인을 놓친다면 경시청만이 아니라 이 나라 역사에 큰 오점을 남기게 된다. 각자 결사의 각오로 임해주기 바란다. 알았나?"

"예!" 수사관들이 가슴속에서 튀어나오는 굵직한 소리를 토해냈다.

"내가 할 말은 이상이다."

짧지만 열의가 담긴 훈시였다. 곧바로 마이크는 다마리에게로 건너가, 국립 경기장 주변의 경비 상황에 대한 설명에 들어갔다.

"이제 곧 국립 경기장의 문을 열 시간이라서 긴 이야기는 하지 않겠다. 각 부대 배치는 어제저녁에 지시한 그대로고 다른 변경 사항은 없다. 달라진 것이라면, 사이타마 지바 현경에서 휴대 무선기를 대여해줘서 모두 일곱 개로 늘었다. 전 부대에 모두 배당하지는 못하지만 전령 담당자가 줄어드는 것만도 고마운 일이다. 그에 따라 회화관 앞 전선 지휘소를 지켜야 했던 인원을 현장에 배치한다.

경비와 교통에 대해 다시 말해두자면, 메이지 공원을 중심으로 하는 제1차단선은 오전 10시부터 설정해서 쇠파이프로 울타리를 칠 것이다. 그 뒤부터는 차량 출입이 제한된다. 사람 출입은 자유롭지만, 공원 안의 관중이 8만 명을 넘는 것으로 보이는 시점부터는 개회식 입장권을 소지하지 않은 자는 출입이 금지된다.

참고로 범인 측에서 이런 사항을 알고 있는 건지 뭔지, 거래 장소로 지정한 진구 수영장 앞은 제1차단선 바깥쪽이다. 8만 명이라는 군중이 어떤 규모인지는 리허설을 경험하지 않은 우리는 솔직히 잘 모른다. 교통부의 말에 따르면, 그야말로 인산인해여서 누구 한 사람이 쓰러지면 장기가 넘어지듯이 대혼란이 일어날 가능성이 있다고 한다. 교통부는 관중 정리에 전념하도록 한다는 총감의 판단은 올바른 것이라고 생각한다. 경비부도 마찬가지여서 범인의 수배 사진을 나눠주기는 했지만 그쪽에 기대한다는 건 무리다. 그들에게는 선수단과 요인을 경호해야 하는 중대 임무가 있어서 그러잖아도 일손이 부족하다. 범인을 체포하는 건 어디까지나 우리 형사부와 공안부라는 점을 각자 명심하라."

다마리가 한 차례 헛기침을 한 뒤에 설명을 이어나갔다.

"다음은, 개회식 순서를 확인한다. 오후 1시 10분, 음악대 입장. 30분, 개회식 준비 완료. 45분, 천황과 황후 귀빈실 도착. 50분, 국기 일제 게양. 58분, 양 폐하의 귀빈석 입장. 59분, 국가 연주. 오후 2시 정각부터 선수단 입장 시작— 범인이 지정한 시간은 이 시간이다. 진구 수영장 앞에는 선수단 및 성화 주자가 입장하는 북쪽 게이트가 있어서 가장 혼잡할 것으로 보인다. 선수 입장에는 45분이 걸리고, 오후 2시 48분에 IOC 회장 환영사. 52분, 천황의 개회 선언. 53분, 올림픽기 게양. 오후 3시 1분, 축포— 이건 5초 간격으로 세 발이 발사된다. 3시 3분, 성화 주자 입장. 8분, 성화대에 점화. 그 직후에 선수 선서. 11분, 국가 제창. 17분, 천황과 황후 퇴장. 18분, 선수 퇴장. 이상이다."

마사오는 수첩에 메모한 개회식 순서의 오후 2시 자리에 진하게 밑줄을 그었다. 몸값의 운반책으로는 자신이 지명되었다. 회의 전에 과장이 직접 알려준 것이다.

"우리가 첫 번째로 해야 할 일은 범인을 국립 경기장에 절대로 진입하지 못하게 하는 것이다. 어제저녁에 철야로 경기장 내의 다이너마이트를 수색했지만 수상한 물건은 발견되지 않았다. 그 수색 때 몰래 구경을 하겠다고 전날부터 미리 잠입해 있던 학생들이 발견되어 이미 쫓아냈다. 우편물은 오늘 아침부터 받지 않도록 조치했다. 그 밖의 경기장 내 반입업자는 이전부터 경비부가 엄격히 체크하고 있다. 몰래 들어온다는 건 어렵다. 한마디로, 범인은 입장권으로 들어올 가능성이 높다. 오전 10시부터 모든 게이트에 우리가 직접 나가서 손님 한 사람 한 사람을 체크한다. 수하물 검사는 정리원이 하지만, 아마도 형식적인 것이 될 가능성이 크다. 장내는 요쓰야 경찰서와 도쓰카 경찰서 담당이지만 그들만으로 7만 명의 몸수색을 하는 건 불가능하다. 여러분이 직접 지켜보면서 수상하다고 생각되는 인물은 적극적으로 조사해주기 바란다. 변장을 할 가능성도 염두에 두는 게 좋다."

"과장님, 질문 있습니다." 이와무라가 손을 들었다.

"뭐야, 말해봐."

"장내 정리원은 어디서 나온 사람들입니까?"

"정규 직원 및 소방사와 일본 체육대 학생들이다."

"일반 공모의 아르바이트는 없는 거죠?"

"없다."

"알겠습니다."

"아, 나도 질문이 있는데요." 니이가 번쩍 쳐든 손을 팔랑팔랑 흔들었다. "외국인 관람자를 조사해도 됩니까?"

다마리가 잠깐 틈을 두었다. "그렇다." 의연히 대답한다. "단, 신사적으로 할 것. 특히 여성의 소지품을 검사할 때는 반드시 가까이에 있는 여경을 부른다."

"알겠습니다."

"계속하겠다. 시마자키와 무라타의 얼굴은 다들 머릿속에 박혀 있겠지? 우리는 더 이상의 공범자는 없는 것으로 판단하고 있다. 그 이유는, 여기 다나카 대리가 어젯밤에 유치장의 김 씨를 찾아가 다른 공범은 없느냐, 그것만이라도 알려달라고 무릎을 꿇어가며 사정한 끝에 알아냈기 때문이다."

모두의 시선이 일제히 다나카에게로 향했다.

"김 씨는 강경하게 입을 다물었는데, 그래도 혹시 공범이 있으면 고개를 가로저어달라고 필사적으로 애원했더니 결국 부루퉁한 얼굴로 고개를 가로저었다고 한다."

다나카가 코를 한 차례 훌쩍이더니 "나는 김 씨를 믿어"라고 심각한 얼굴로 말했다.

"범인을 숨겨주는 조직은 이제 더 이상 없다. 김 씨의 체포와 마찬가지로 이것도 공안부가 힘을 써준 공적이다. 과격파에서부터 우익, 외인 조직까지 샅샅이 뒤져 다양한 가능성을 제거해줬다. 이 자리를 빌려 감사한다. 단지 도쿄 역 때처럼 운반책을 임시로 고용할 가능성은 완전히 배제할 수 없기 때문에 그 점에는 특히 유의해주기 바란다. 일단 주범은 시마자키라고 단정한다. 따라서 시마자키를 발견했을 경우에는 그 자리에서 즉시 신병을 확보할 것. 무라타를 발견했을 경우에는 다이너마이트 두 개의 소재지를 알았을 때만 신병을 확보한다. 그렇지 않을 경우에는 체포하지 말고 지켜보기로 한다. 우리 쪽의 미행을 눈치챘을 경우에도 마찬가지다. 우선순위는 시마자키, 다이너마이트, 무라타의 순서다. 이건 시마자키가 다이너마이트를 소지할 거라는 판단으로 모험을 해보는 것이다. 무라타는 단독으로 올림픽을 방해하는 행위까지는 하지 못할 인물이다. 소매치기 담당 형사 전원의 의견이다. 무라타는 원래 자잘한 물건이나 훔쳐 가던 열차 내 소매치기다. 이

점도 마지막으로 확인해둔다. 다들 권총은 휴대하고 있지?"

"네!" 전원이 대답했다. 마사오의 왼쪽 가슴 감색 점퍼 밑에는 홀더와 함께 콜트 38구경, 통칭 코브라가 들어 있었다.

"오늘이 마지막이다. 도쿄 올림픽이 무사히 개최될 수 있도록 온 힘을 다해 범인을 체포한다! 모두들 잘 부탁한다."

다마리의 목소리가 끝에서는 떨렸다. 마이크가 다나카에게로 건너갔다. 다나카는 인원 배치와 시간표에 대해 설명했다.

"좋아, 다들 앉아라. 체력을 최대한 보존한다. 메이지 공원의 감시도는 다들 지참하고 있지? 구역별로 알파벳으로 나뉘어져 있다. A블록은 센다가야 역에서부터 진구 수영장까지. 담당자는……."

무도장 바닥에 남자들이 주저앉아 감시도를 펼쳤다. 기껏해야 사방 1킬로미터 정도의 지역에 국립 경기장의 안과 밖을 합하여 15만 명의 관중이 모여든다. 이것도 아마 일본에서는 최초의 일일 것이다.

배치가 끝나자 반별로 모여 지시 계통에 대한 토의에 들어갔다. 마사오를 포함한 수사1과 5계의 형사들에게는 몸값을 건네주는 현장의 임무가 떨어져 있었다. 돈이 든 배낭을 메고 진구 수영장 앞에 서 있는 건 마사오. 영광이면서 동시에 강한 공포감도 있었다. 아마 어제저녁에 그 말을 들었다면 긴장해서 잠도 못 잤을 것이다. 미야시타가 기계에는 도무지 소질이 없다고 해서 휴대 무선기는 사와노가 소지하기로 했다. 이와무라는 학생복, 니이는 야쿠자풍의 양복 차림으로 변장했다. 오늘 아침은 올 들어 가장 기온이 낮은 쌀쌀한 날씨였기 때문에 코트를 입은 수사관도 적잖이 눈에 띄었다.

"어이, 오치아이."

누군가 어깨를 툭 쳤다. 돌아보니 공안부의 야노였다.

"진짜 형사네, 당신들."

"무슨 뜻이야?"

"모험 같은 건 공안부에서는 안 통해. 심증이라느니 직감이라느니, 불확실한 요소는 처음부터 아예 배제하는 게 우리가 일하는 방식이지."

"그거, 칭찬하는 소리야?"

"아, 그냥 너무 놀라워서." 야노가 비아냥거리듯이 말했다. "우리 팀은 각자 여기저기 돌기로 했어. 오후 2시에 위에서 별도의 지시가 없으면 네 근처에 있게 해달라고 할 거야. 방금 그쪽 과장의 허가도 얻었어."

"그래? 나도 이의 없어."

야노가 손을 내미는지라 악수를 했다.

"힘들면 내가 대신 해도 되는데." 야노가 말했다.

"웃기지 마라." 마사오도 응수했다.

야노는 주도권이 공안부에서 형사부로 옮겨 간 게 못내 아쉬운지 도전적인 눈빛으로 잠시 마사오를 빤히 바라보았다.

"자, 그럼." 조용히 인사를 던지더니 발길을 돌려 멀어져갔다.

이와무라가 불쾌하다는 듯 얼굴을 찌푸렸다. 니이는 코웃음을 치고 있었다.

출근 시간이 되어 무도장 밖으로 나왔다. 하늘이 너무도 푸르러서 저절로 모두 함께 하늘을 올려다보았다.

"이런 화창한 날씨는 처음이다." 모리가 말했다.

"정말. 구름 하나 없잖아. 가을 하늘이라는 게 바로 이런 거구나." 미야시타가 한숨을 내쉬었다.

"이건 운이 좋다는 걸까?"

"누가?"

"일본이."

두 사람의 대화에 마사오는 마음을 굳게 다졌다. 나 한 사람 따위 어떻게 되건 상관없다. 올림픽은 기필코 성공적으로 치러야 한다. 오늘, 전 세계의 신이 일본 편이다—

빠른 걸음으로 수송 버스에 올랐다.

51

10월 10일 토요일

이렇게 푸른 하늘은 정말 오랜만이라고 감탄하며 시마자키 구니오는 두 팔을 펼치고 가슴 가득히 공기를 들이쉬었다. 하긴 상경한 지 5년 반, 도쿄의 하늘을 찬찬히 올려다본 기억도 없다. 시골 출신인 자신에게는 도쿄에서의 생활은 하루하루가 시험과도 같아서 잠시 멈춰서서 경치를 감상할 여유도 없었다. 도회지의 공기는 탁하다고들 하지만 어차피 도시인의 삶이라는 게 자연을 상대로 하는 것도 아니다. 조그마한 자신이 더욱더 작게 느껴지는 오늘 도쿄의 하늘이다.

디젤엔진이 신음을 올리며 굴뚝에서 검은 연기를 토해냈다. 선체가 크게 방향을 틀었다. 구니오는 갑판에서 다리를 버티며 서 있는 자세를 유지했다. 배는 좁은 운하를 빠져나가 스미다강으로 들어갔다. 단숨에 시야가 툭 트인다. 입체적인 곡선의 수도고속도로를 바로 가까이에서 올려다보며 새삼 도쿄의 변모를 실감했다.

구니오와 무라타는 쓰레기 운반선에 타고 있었다. 유메노시마에서 돌아가는 배가 있어서 무라타가 태워달라고 부탁했다. 처음에는 상대도 해주지 않더니 300엔을 내겠다고 말하자 빈 배로 돌아가는 길이기도 해서 쉽게 태워주었다. 행선지는 히지리바시. 그곳으로 올라서면 오차노미즈 전차역이라 국립 경기장이 있는 센다가야까지 채 15분도 걸리지 않는다.

"너도 기운 나게 한 대 맞지 그래?"

뱃머리에 자리를 잡고 앉은 무라타가 주사기를 흔들며 말했다.

"그게 아직도 있어요?"

구니오는 어이없어하며 쓴웃음을 지었다. 필로폰은 이제 다 떨어진 줄만 알았다.

"오늘을 위해 내가 남겨뒀어. 긴장하면 일을 그르칠 거 같아서."

"그거 안 맞아도 아침부터 천하태평이시던데요? 어제저녁에도 푹 잘 자고."

"너는 못 잤어?"

"아뇨, 잘 잤어요."

"참 이상하다니까. 나라를 상대로 큰일을 벌이려고 하는데도 소매치기하러 갈 때보다 오히려 마음이 편안해."

"실은 나도 그래요. 흥분되기는 하는데 긴장감은 없어요. 올림픽 선수의 심경도 이런 거겠죠? 드디어 본경기다, 나가자, 하는 정도."

"하하하, 올림픽 선수하고 비교하냐?"

무라타가 배를 부여잡고 유쾌하게 웃었다.

"우린 인명을 살상하려는 게 아니에요. 우리의 목적은 프롤레타리아의 자격으로, 잘못된 이 나라에 경종을 울리려는 거예요. 꺼림칙할 거 하나도 없어요."

"응, 하나도 없지."

"얌전히 돈만 건네주면 아무 일 없어요. 그러지 않을 때는 전 세계가 보는 가운데 성화대는 폭파되겠지요. 그냥 단순한 일이에요."

"그럼, 그럼."

구니오도 필로폰을 맞기로 했다. 앰풀에서 약액을 빨아들이고 왼팔 안쪽의 살을 비벼 혈관을 찾았다. 자신이 이런 일에 익숙해지게 될 줄은 꿈에도 생각하지 못했다.

"내가 놔줄게." 무라타가 주사기를 들고 몸을 내밀었다. "학생, 이게 마지막이야. 앞으로는 맞지 마. 이런 거 맞아봤자 좋을 거 하나도 없어."

"예, 그럴게요."

다 맞고 나자 무라타가 주사기를 강에 내던졌다. 도쿄 올림픽을 위해 쓰레기를 치운 스미다강이지만, 오랜 세월 지속적으로 더러워진 강이 급작스러운 정화작전으로 투명해질 리 없다. 주사기는 가라앉자마자 탁한 강물에 가려 보이지 않았다. 하지만 날씨가 좋아서 먼눈으로 강물 위만 바라보면 반짝반짝 빛이 났다.

강 위에서 올려다보는 도쿄 거리는 하계를 버려두고 하늘로, 하늘로 향하는 것 같았다. 구니오는 마치 소금쟁이가 된 것처럼 아예 생생하게 느껴질 정도의 거리감을 감지했다. 아무 말 않고 고분고분하게 굴면 여지없이 무시당하는 곳이 도쿄다. 날림 합숙소에서 기거하며 공사현장에서 빼빠지게 일하는 막노동 인부들을 생각해주는 자는 아무도 없다.

갑판에 선 채로 바람을 맞고 있으려니 오장육부가 꿈틀거렸다. 필로폰이 몸 안의 모세혈관까지 속속 퍼지는 게 손에 잡힐 듯이 느껴졌다. 그 물결은 몇 분 만에 손끝에 도달하여 열 개의 손가락이 곤충의 촉각처럼 예민해졌다. 입은 옷을 더듬어보니 옷감의 촘촘한 짜임새까지 훤히 느껴졌다.

배가 간다강으로 들어섰다. 강폭이 좁아지는 데다 양쪽 강가가 담벼락인 탓에 이상한 냄새가 고여 있었다. 아니, 이것도 필로폰 때문인가. 바위에 붙은 이끼, 배수구의 기름이며 버려진 자전거의 녹슨 냄새까지 구분할 수 있었다. 마약이라는 건 정말 대단한 것이라고 구니오는 그 힘에 감탄했다.

"그나저나 돈을 받은 뒤에는 어떻게 하지? 우리, 그 생각을 안 했네."

무라타가 불그레하게 충혈된 눈으로 장난스럽게 말했다.

"도주 경로는 어제 상의한 그대로예요. 나는 개회식이 끝날 때까지 기다렸다가 경기장 밖으로 나가는 7만 군중에 섞여서 나올 거고, 아저씨는……."

"아니, 오늘 얘기 말고 내일부터 어떻게 하겠냐는 거야. 북조선에는 못 가게 됐고, 이제 갈 데도 없잖아."

"괜찮아요. 나는 삭발을 하고 본격적인 승려로 변장해서 아키타까지 탁발을 하며 갈 거예요. 가난한 농가를 돌면서 돈을 나눠주고 다니려고요."

"허어, 그거 좋네. 하지만 난 그건 안 할 거야. 돈 반절 받으면 경마장이나 돌며 남쪽으로 내려가야지. 추운 북쪽은 이제 싫어."

무라타는 갑판에 벌렁 누워 팔다리를 쭉 뻗으며 신음 소리를 올렸다.

그사이에도 배는 달려갔다. 니콜라이 성당 지붕이 보였다. 손목시계를 들여다보니 이제 슬슬 오후 1시가 되어가고 있다. 개회식은 오후 1시 10분부터다.

히지리바시에 도착했다. "어이, 다 왔어." 선미의 조타실에서 선장이 큰 소리로 알려주었다. 한쪽 다리가 불편한 노인네다.

"빨리 내려. 난 아직도 할 일이 남았어."

"알았어요. 고맙수다. 그나저나 영감, 경기가 좋은 모양이네."

무라타가 자리에서 일어서며 말했다.

"공사가 많을수록 폐기물도 많이 나오니까 우리야 정신없이 바쁘지."

"아하, 그렇구나."

"도쿄 올림픽이 우리한테는 하느님이야."

"영감, 개회식 보러 안 가?"

"라디오로 들어야지."

선장이 마침 잘 물어봤다는 듯 새로 산 라디오를 머리 위로 치켜들며 자랑했다.

"이참에 큰맘 먹고 샀어. 소니 트랜지스터라디오야. 이렇게 쬐끄만 게 어찌나 똑똑하게 전파를 수신하는지 깜짝 놀랐어. 우리 나라도 이제 이런 걸 척척 만들어낸다니까."

담뱃진으로 누렇게 된 이를 내보이며 주름 가득한 얼굴로 웃는다.

고맙다고 인사하고 배에서 내렸다. 유메노시마에서 주워 온 자전거도 함께 내렸다. 삐걱삐걱 흔들리는 철 계단을 올라가 뭍으로 올라섰다. 눈앞이 오차노미즈 역이다. 오전 수업을 마치고 돌아가는 대학생들로 북적거리고 있었다. 서둘러 하숙집에 돌아가 텔레비전 앞에서 개회식을 보려는 걸까.

구니오의 차림이 신기했는지 대학생들이 흘끔흘끔 쳐다봤다.

"학생, 이제 우리 둘이 함께 있는 건 안 좋겠어. 여기서 헤어지자. 나는 자전거 타고 갈게. 너는 전차 타고 가."

무라타가 짧은 다리로 자전거에 걸터앉으며 말했다.

"알았어요. 그러면 아저씨는 오후 2시 15분에서 2시 45분 사이에 가이엔 서쪽 길에서 지난번에 말한 그 자리에 숨어 있어요. 나는 그 근처에서 지켜보고 있을 거예요."

"그래. 아 참, 시계 맞추자."

둘이서 손목시계를 비교해보다가 마침 역에 큰 시계가 있어서 그걸로 시간을 맞췄다.

"그럼, 잘해라." 무라타가 헌팅캡을 깊이 눌러썼다.

그다지 흥분하는 기색도 없이 끼익끼익 기어를 울리면서 무라타가 자전거를 타고 갔다.

구니오는 크게 숨을 들이쉬고 오른발을 내밀었다.

52

10월 10일 토요일

인파로 가득 들어찬 메이지 공원은 오후 1시에 일찌감치 입장 제한 조치가 내려졌다. 개회식 입장권을 갖고 있지 않은 사람은 부지를 에워싼 쇠파이프 울타리 안으로 들어갈 수 없었다. 그 숫자가 8만 2000명이라는 발표가 나왔다. 국립 경기장은 7만 명 이상의 관객으로 이미 불룩해져 있었다. 모두 합해 15만 명이 넘는 인파다.

아직까지 시마자키와 무라타인 듯한 인물이 제1차단선을 통과했다는 보고는 들어오지 않았다. 경기장 쪽은 좀 더 경계가 삼엄해서 문을 열자마자 각 게이트를 지키고 있던 수사관들에게서 아직 수상한 자는 입장하지 않았다는 확신에 찬 대답이 들어왔다.

오치아이 마사오와 5계의 형사들은 회화관 뒤편에 주차된 버스 안 지휘소에서 범인과의 접촉 시간이 오기를 기다리고 있었다. 오전부터 계속 순찰을 하고 있다가 다나카에게서 몸값을 건네는 일에 대비하라는 명령을 받고 대기에 들어갔다. 버스 안 지휘소 탁자에는 주먹밥이 놓여 있었지만 집어 드는 사람은 아무도 없었다. 긴장해서 자꾸 갈증이 나는지 음료 회사에서 보내준 콜라와 주스만 날개 돋친 듯 잘 나갔다.

다마리 과장은 통신기술관을 옆에 거느린 채 속속 들어오는 무선 연락에 귀를 기울이고 있었다.

"여기는 3반. 북문의 단체 입장이 완료되었습니다. 대부분 전국 각지에서 선발된 중고등학생들입니다. 해당 인물 및 수상한 인물은 눈에 띄지 않았음. 소지품 검사에서도 수상한 물품은 발견되지 않았습니다. 게이트를 하나로 좁혀 계속해서 경계에 임하겠습니다."

"여기는 4반. 아오야마 게이트 옆의 철책을 뛰어넘으려고 한 젊은 남자 체포. 사이타마의 자칭 미장공으로, 신장 약 160센티미터에 짧은 머리, 뻐드렁니. 시마자키나 무라타와는 관계가 없는 것으로 판단하여 전선 지휘소에 연행하여 요쓰야 경찰서로 인계할 예정입니다."

쉴 새 없이 무선 연락이 들어왔다. 다나카는 지도를 펼쳐놓고 흑백의 바둑돌로 수사관의 숫자와 현재 위치를 한눈에 알아볼 수 있게 했다.

"범인이 메이지 공원 안에도 들어오지 못했을까요?" 이와무라가 다리를 덜덜거리며 말했다.

"모르지. 어제저녁에 미리 들어왔을 가능성도 있긴 하지만 경찰도 철야로 요소요소를 지키고 있었어. 진구의 제1구장, 제2구장, 일본 청년관 등 모든 시설은 입구에 소방사가 보초를 섰거든. 아마 침입하기는 어려웠을 거야." 미야시타가 턱을 쓰다듬으며 대답했다.

"하지만 범인은 거래가 틀어질 경우에는 개회식이 한창일 때 경기장 내의 어딘가를 폭파하겠다고 했잖아요." 사와노가 옆에서 말을 끼웠다.

"허풍 떤 거 아닐까? 올림픽을 인질로 하면 나라에서 어떤 요구든 다 들어줄 거라고 아주 만만하게 보고 하는 소리일 거야." 니이가 버스 창에 다리를 얹고 담배를 피우며 말했다.

"어이, 니이. 농담이라도 방심하는 소리를 하면 안 돼." 모리가 눈을 흘기자 니이는 어깨를 으쓱 쳐들어 보였다.

시간이 도무지 가지 않는 것 같았다. 마사오는 주스 캔 두 개째를 따서 목을 축였다. 혀의 감각이 없어졌는지 무슨 맛의 주스인지도 알지 못했다. 버스 창문으로 바깥을 보니 메이지 공원 로터리 인도에는 선수 입장 행진과 마지막의 성화 릴레이를 보려고 모여든 군중이 가득했다. 쇠파이프 울타리를 이중으로 쳐서 갈라놓았지만 누군가 소란을 일으키면 간단히 공황 상태에 빠져버릴 것 같다. 혹시 그 속에 시마자키와 무라타가 섞여 있다면……. 생각하는 것만으로도 불두덩 근처가 서늘해졌다. 어떻든 경비부를 믿어보는 수밖에 없다.

국립 경기장에서 음악 소리가 들려왔다. 모두 똑같이 자신의 손목시계를 들여다보았다. 오후 1시 10분 정각에 맞춰 경찰 음악대의 입장 행진이 시작된 것이다. 이제 한참 동안은 음악대의 쇼가 펼쳐진다.

가만히 기다리고 있기가 힘들었다. 좁은 버스 안에서 맨손체조를 했다. "어이, 밖에 나가서 해도 괜찮아." 다나카의 허가가 떨어져서 마사오는 바깥 공기를 쐬려고 버스에서 내렸다.

크게 심호흡을 하며 주위를 둘러보았다. 엄청난 인파에 새삼 압도되었다. 황태자의 결혼 퍼레이드 때도 사람들이 이렇게까지 운집하지는 않았다. 정말 건국 이래 최대의 축제다. 회화관 남쪽의 서브그라운드 방면에서 환성이 들려왔다. 대기하고 있던 선수단이 슬슬 이동하기 시작한 모양이다.

이와무라도 버스에서 내려왔다. "선배, 씨름이라도 한판 할까요?" 얼굴이 상기된 채 벨트를 탁 내리친다. "어, 좋지. 가슴팍 좀 빌리자." 마사오는 그렇게 말하고 몸으로 치고 들어갔다. 이와무라가 다리를 앞뒤로 버티며 받아주었다. 몇 번 거듭했더니 뻣뻣하던 몸이 풀렸다.

15분쯤 몸을 움직인 뒤에 버스로 돌아왔다. 시간은 오후 1시 30분. 다마리가 각 검문소와 무선 연락을 취하면서 시마자키와 무라타의 통과가 없었는지 차례대로 확인하고 있었다.

"여기는 시나노마치 역 앞, 방금 30분 사이에 열 명이 들어갔지만 모두 입장권을 소지한 관객입니다. 수상한 인물 없음."

"알았다. 계속 경비하라."

"여기는 메이지 기념관 앞, 지역 주민 일곱 명을 통과시켰습니다. 어머니 모임 회원들입니다. 그 밖에는 이상 없음."

"알았다."

어떤 검문소에서도 혼란은 발생하지 않은 모양이다. 입장권이 없는 사람은 메이지 공원 안으로 들어오기도 힘들다고 매스컴을 통해 미리 홍보해둔 덕분이다. 무선 연락은 계속되었다.

"여기는 센다가야 역 앞. 차도는 여전히 횡단 금지. 구경꾼은 모두 신주쿠교엔 혹은 진구 수영장 방면으로 유도하고 있습니다. 다만 10분쯤 전에 센주인에 들어간다는 승려 한 명을 통과시킨 모양입니다."

"통과시킨 모양이라니, 그건 무슨 말이야?" 다마리가 캐물었다.

"교통정리를 하던 경찰이 스님을 멀리 돌아가게 하는 게 딱하다고 차도를 건너게 해줬다는 보고가 들어왔습니다. 이상."

"어떤 승려야?"

"잠깐만요. 확인해보겠습니다." 잡음과 함께 큰 소리로 묻는 소리가 들려왔다. "보고합니다. 삿갓을 쓴 스님이라고 합니다. 이상."

"얼굴은 확인했나?"

"그게 저어……."

"본인 바꿔!"

잠시 뒤에 교통경찰이 무선기를 받았다. "하라주쿠 경찰서 교통과의 스즈키입니다." 젊은 남자의 긴장된 목소리가 들려왔다.

"삿갓을 썼다면서? 얼굴은 확인했나?" 다마리가 강한 어조로 물었다.

"머리에 푹 눌러쓰는 삿갓이라서 얼굴은 못 봤습니다. 이상."

"왜 안 봤어?"

"아무래도 실례가 될 거 같아서……. 게다가 이 주변에는 절이 많아서 수상하게 보이지는 않았습니다. 이상." 젊은 경관이 잔뜩 주눅이 들어 있었다.

"머리에 푹 눌러쓰는 삿갓이라면 혹시 탁발승인가." 다나카가 고개를 갸웃거리며 중얼거렸다.

"들고 있던 짐은 조사했습니다. 승려용 자루 안에 하얀 운동화가 있는 것 외에는 수상한 물건은 없었습니다. 몸수색도 했습니다. 이상."

젊은 교통경찰의 보고를 들으며 마사오의 머릿속에서 한 가지 기억이 고개를 쳐들었다.

탁발승. 어디선가 본 듯한 마음이 들었다. 그것도 최근에…….

"그럼 소지품은 그거 말고는 없었다는 건가."

"네, 퉁소를 빼고는……."

"앗, 그놈이야!" 마사오는 저도 모르게 큰 소리를 내질렀다. "그 탁발승이 시마자키예요! 그놈이 변장한 겁니다!"

"어떻게 알아?" 다마리가 물었다.

"키와 체형이 어땠는지 물어보세요."

다마리가 경관에게 캐물었다. 키는 170센티에서 175센티, 특수한 복장이라서 체형은 알 수 없지만 뚱뚱한 편은 아니었다고 젊은 경관이 말했다.

마사오는 폭발물 처리를 하던 날에 본 광경을 말했다. 다마리를 비롯한 전원이 자리에서 벌떡 일어섰다. 이와무라가 "그러고 보니 나도 생각나요. 나도 봤어요"라고 덧붙였다. 모두의 얼굴이 순식간에 험악해졌다.

그때 마사오의 머릿속에 또 다른 추리가 떠올랐다.

"통소라고 했죠? 크기는 어느 정도나 된대요?"

다마리가 다시 마이크를 향해 큰 소리로 물었다. 꽤 굵직하고 길이는 70센티 정도라는 보고였다.

"다이너마이트를 통소 속에 넣었어!" 마사오는 부르짖었다.

"좋아, 탁발승을 찾는다!"

다마리가 통신기술관에게 스위치를 켜게 하고 전 휴대 무선기에 일제히 지령을 내렸다.

"전선 지휘소에서 각 국에 지시한다. 전 수사관, 탁발승을 발견하는 대로 신병을 확보하라. 큼직한 통소를 휴대했음. 통소 안에 다이너마이트가 들어 있을 가능성이 크므로 특히 주의하라. 단, 검문 요원은 현재 위치를 벗어나지 않도록 하라. 자유롭게 움직이는 수사관만 메이지 공원 내와 부근의 사원을 수색하도록 한다. 이상!"

마사오는 머리가 핑 도는 듯한 느낌이었다. 이게 무슨 일인가. 그날, 히비야 공원 근처에서 자신은 시마자키와 마주쳤던 것이다. 그 즉시 직무질문만 했더라도 모든 게 해결되었을 것이다. 지금 당장 이곳을 뛰쳐나가 시마자키를 찾아내고 싶었다.

"5계, 출동 준비. 탁발승은 다른 팀에 맡겨라. 너희에게는 중요한 임무가 있다."

다마리의 말에 초조함과 함께 밀려드는 자책감을 이를 악물고 꾹 눌렀다.

8000만 엔이 든 미군용 배낭을 들고 두어 번 흔들어 그 무게를 확인한 뒤에 등에 짊어졌다. 그리고 부적을 확인하듯이 왼쪽 가슴의 권총을 점퍼 위로 더듬어보았다.

"좋아, 나가자." 미야시타가 YG마크의 야구 모자를 꺼내 마사오에게 씌웠다. "자네의 표식이야. 이제부터 전원이 군중에 섞여든다. 서로의 복장을 기억해둬라."

무선 담당인 사와노가 품속에 무선기를 감추기 위해 큼직한 코트를 걸쳤다. 이와무라는 불량 학생의 헐렁한 교복을 입었지만 아무도 웃을 여유가 없었다.

막 나가려는 참에 무선 연락이 들어왔다.

"여기는 4반, 야마시타. 특별 지휘소 나와라."

"여기는 전선 지휘소. 말하라." 다마리가 마이크에 뛰어들었다.

"도쿄 체육관 동쪽 덤불숲에서 탁발승의 옷으로 보이는 의류 일습 발견. 바구니 같은 삿갓과 퉁소도 발견되었습니다. 이상."

"퉁소 속에는 뭐가 있었나?"

"빈 통입니다. 원래부터 대나무를 잘라 구멍만 뚫은 가짜 퉁소입니다. 이상."

"알았다. 회수해서 이쪽으로 보내라. 이상."

"알겠습니다. 즉시 보내겠습니다."

전원이 그 자리에 멍하니 서버렸다. 미야시타도 모리도 얼굴이 핼쑥해져 있었다. 이것으로 일이 분명해진 것이다. 시마자키는 기막히게 메이지 공원 안으로 들어와버렸다. 다이너마이트를 휴대하고서. 이제 그는 8만 명 중의 한 명이 되었다.

"여러분, 방금 들은 내용 그대로다. 이렇게 된 이상, 절대로 시마자키를 국립 경기장 안에 들어가지 못하게 해야 한다. 각 게이트의 경계를 강화하겠다. 너희는 돈을 건네주는 작업에 전념해라. 진구 수영장은 제1차단선 바깥쪽에 있다. 범인이 힘들게 들어온 곳에서 다시 나갈 이유는 없다. 즉 돈을 받는 담당자는 시마자키가 아니라는 얘기다."

다마리는 역시 지휘관이어서일까, 얼굴색을 바꾸지 않았다.

"그럼 돈을 받으러 나오는 건 무라타 아니면 임시 고용 한 놈이겠군." 니이가 손가락을 꺾어 우두둑 소리를 냈다.

"다들 형사 정신을 발휘하라. 우리는 어떤 곤란한 상황도 반드시 이겨낸다. 그것이 경시청 형사다. 부탁한다. 낭보를 기다리겠다."

"네!" "네!" 스스로를 격려하듯이 각자 큰 소리로 대답했다.

구두 소리를 울리며 버스에서 내렸다. 5계의 형사 일곱 명은 쇠파이프 울타리를 넘어 바깥으로 나가 숲 너머로 펼쳐진 군중 속으로 뛰어들었다. 사람들을 헤치고 맨 앞줄까지 나가서 미리 대기하고 있던 교통경찰의 안내로 차도를 건넜다. 회화관 주위의 로터리에서는 이미 그리스를 선두로 선수단이 행진하고 있었다. 여기저기서 거대한 환성과 박수가 끓어올랐다. 마사오는 사람들을 헤치며 앞으로 나아갔다. 벌써부터 목이 바짝 타고 있었다.

오후 1시 50분, 시마자키가 지정해준 진구 수영장 앞에 도착했다. 정면이 국립 경기장 북쪽 게이트다. 입장 행진도 성화 주자도 이곳으로 들어가기 때문에 구경꾼에게는 특등석이라고 할 수 있는 장소였다. 그 때문에 군중은 다른 곳보다 더 많아서 입추의 여지도 없다는 게 바로 이런 것이었다. 마사오는 도저히 앞줄까지 갈 수 없다고 판단하고 수영장 현관 옆에 서 있기로 했다. 5계의 동료들은 미묘하게 거리를 유지하면서 주위를 에워싸고 있었다. 이제는 범인이 나타날 때까지 일절 대화를 나눌 수 없다. 시야의 끝에 공안부의 야노가 보였다. 그 역시 무표정하게 앞쪽만 바라보고 있었다.

경기장에서 음악이 울려 퍼지자 사람들이 스탠드를 올려다보았다. 주르륵 늘어선 깃대에 각국의 국기가 일제히 게양되었다. 마침내 개회식의 시작이다. 어느 때보다 큰 박수 소리가 경기장 안에서 들려왔다. 천황과 황후가 귀빈석에 들어선 모양이다. 곧바로 국가가 연주되었다.

진구 수영장 앞에서도 군중이 모두 함께 국가를 불렀다. 이미 게이트 앞에 정렬 대기하고 있던 외국 선수단이 주최국의 국가에 경의를 표하며 가슴에 손을 얹었다.

마사오는 긴장으로 맥박이 빨라지고 고막은 감도를 잃고 있었다. 모든 소리가 웅웅거리는 소리로 들렸다. 등줄기는 서늘한데도 손바닥에서는 땀이 났다. 주위를 둘러보았다. 아직 아무도 가까이 다가오지 않는다. 그리고 오후 2시가 되었다.

행진곡이 가을 하늘에 울려 퍼지고 선수 입장이 시작되었다. 끓어오르는 박수와 응원 소리. 가장 잘 보이는 자리를 차지하려고 뒤쪽에 섰던 군중이 앞으로 와아 밀려드는 바람에 인파가 뒤흔들렸다. 제복 경찰이 다급하게 쇠파이프 울타리를 잡으며 "밀지 말아요! 밀지 말아요!"라고 절규했다.

그저 서 있어야 하는 마사오는 다시금 뒤쪽으로 밀려났다. 밀려드는 군중에게 발을 밟히고 하마터면 모자가 벗겨질 뻔했다. 큼직한 배낭을 등에 멘 마사오는 그야말로 이 자리의 방해꾼이었다.

오후 2시 10분, 아직 범인은 나타나지 않았다. 어디에서 자신을 관찰하고 있을까. 고개를 쭉 빼고 등대처럼 좌우를 돌아봤지만 누군가의 시선이 느껴지는 일은 없었다. 그사이에도 진구 수영장 앞에서 사람들이 꾸역꾸역 밀려들었다. 울타리 없이 자유롭게 들어갈 수 있는 유일한 곳이라서 경찰이 아무리 돌아가라고 지시해도 말을 듣지 않았다. 군중이 노리는 것은 마지막으로 입장하는 일본 선수단과 성화의 최종 주자다.

오후 2시 20분, 뒤에서 누군가 어깨를 쳤다. 마사오가 뒤를 돌아보았다. 눈에 헌팅캡이 뛰어들었다. 마음의 준비는 충분히 했는데도 다리가 후르르 떨렸다. 이 자그마한 남자가 바로 무라타 도메키치다.

"어, 미안한데 그 배낭 좀 받아 가야겠네." 무라타가 말했다. 마치 길을 묻는 듯 태연한 말투에 마사오는 크게 당황했다.

"무라타 도메키치지?" 마사오가 물었다. 자기도 모르게 목소리가 갈라졌다.

"아, 글쎄, 배낭이나 줘." 무라타가 팔을 내밀었다.

바로 옆에서 소란스러운 함성이 들려왔다. 재일조선인인 듯한 사람들이 한국말로 뜨거운 응원을 보내고 있었다. 한국 선수단이 나타난 모양이다. 울며 부르짖는 노인도 있었다.

마사오는 등에서 배낭을 내렸다. 무라타가 그것을 빼앗아 자기 등에 짊어졌다.

"시마자키는 어디 있지?" 마사오가 물었다.

"그건 말 못 하지. 하지만 나를 잡아가면 경기장 안이 폭발해."

"어리석은 짓은 하지 마. 전 국민이 통곡할 거야."

"그러니까 나를 무사히 도망치게 해주면 아무 일 없어."

정말로 싸움이 벌어졌다. 우익과 민단의 젊은이들이 서로 앞에 서려고 몸싸움을 벌이고 있었다. 경찰관이 호루라기를 불며 군중 속을 헤집고 들어갔다. 그 여파로 마사오와 무라타는 5미터쯤 뒤로 밀려났다.

"시마자키는 지금 어디 있지? 만나게 해줘."

"안 되지." 무라타가 몸을 위아래로 흔들어 배낭의 위치를 바로잡았다.

"그러지 말고 내 말 들어. 지금이라면 그래도 가벼운 죄로 끝난다고. 당신은 시마자키의 아버지나 마찬가지잖아?"

무라타가 흘끔 마사오를 쳐다보았다. "누가 그런 소리를 해?"

"다들 그렇게 생각하고 있어. 당신이 여기서 아들을 구해줘야지."

무라타는 그 말에는 대답하지 않고 발길을 돌렸다. 마사오가 재빨리 주위를 돌아보았다. 이와무라의 등에 올라탄 사와노가 큰 나무 아래에서 코트로 가리고 무선 연락을 하고 있었다. 미야시타도 모리도 가까이에 있다. 니이는 미리 앞서서 역 방향으로 향하고 있었다. 남자들이 거리를 유지한 채로 일제히 움직였다.

사람들을 헤치고 센다가야 역 쪽을 향해 빠른 걸음으로 나갔다. 자그마한 무라타가 군중 속에 섞여 들었다. 다급해진 이와무라가 총총걸음으로 다가가 무라타 바로 뒤에 붙었다.

가이엔 서쪽 도로 위로 걸터앉은 듯한 입체 도로는 통행이 금지되었기 때문에 무라타는 옆길로 내려섰다. 고가도로 아래도 쇠파이프 울타리로 차단되어 지나갈 수 없다. 물론 제복 경찰관도 서 있다. 무라타는 울타리 앞에서 멈춰 서더니 뒤를 돌아보며 학생복 차림의 이와무라에게 뭔가 말을 건넸다. 허를 찔린 이와무라가 낭패한 기색으로 손을 좌우로 흔들고 있었다.

마사오는 서둘러 가까이로 뛰어갔다. "아, 당신, 잘 만났네. 나를 그냥 보내주라고 말해." 무라타가 마사오에게 말했다. "이 사람도 형사지? 나를 물로 보는 거야 뭐야? 이러면 안 되지." 무라타가 이와무라를 턱으로 가리키며 눈을 가느스름하게 하고 웃었다.

"어디로 갈 거지?"

"그건 됐고, 지나가게 해달라고 말하라니까. 시간 없어."

"알았어. 지나가게 해줄게."

마사오는 경찰수첩을 제시하고 경관에게 울타리를 열어주라고 말했다. 무라타가 열린 틈새로 빠져나갔다.

"당신들은 여기서 돌아가."

"그럴 수는 없어. 시마자키를 만나게 해줘."

마사오의 대답을 무시하고 무라타는 고가도로 밑을 지나 건너편으로 걸어갔다. 그곳만 햇빛이 차단되어 일순 무라타는 어둠에 휩싸였다.

"어이!" 하고 말을 건넸을 때, 무라타는 이미 뛰고 있었다.

"쫓아가! 놓치지 마!" 뒤편에서 미야시타가 외쳤다. 형사들이 울타리를 뛰어넘어 차례차례 어두운 길로 뛰어들었다.

어슴푸레한 고가도로 밑을 지나자 다시 햇빛이 쏟아졌다. 마사오는 눈앞의 광경에 그만 입이 떡 벌어졌다. 가이엔 서쪽의 4차선 도로를 온통 대형버스들이 차지하고 있었다. 무라타의 모습은 보이지 않았다.

"어이, 이 버스들은 뭐야?" 뒤를 돌아보며 제복 경찰에게 물었다.

"선수단 수송 버스예요. 개회식 종료까지 여기서 대기합니다."

"몇 대나 되지?"

"190대예요."

그 대답에 마사오는 말문이 턱 막혔다.

"다마리 과장에게서 긴급 지령입니다." 뒤에서 무선 보고를 하고 있던 사와노가 소리를 내질렀다. "방침 변경. 무라타를 체포하랍니다. 체포해서 과장이 설득을 시도해보겠대요. 수색에는 지원군도 보내겠답니다."

"좋아, 다들 무라타를 찾아라!" 미야시타가 호령했다.

형사들이 길로 흩어졌다. 버스는 아주 조금의 틈새를 둔 채 빽빽하게 늘어서 있었다. 이건 완전한 미로다. 형사들끼리 덜컥 마주쳐서 오른쪽 왼쪽으로 서로 엇갈려 뛰고 있다. 공교롭게도 버스 문은 모두 활짝 열어두고 있었다. 운전기사도 없다. 그렇다면 버스 안에 숨어들었을 가능성도 있다. 다행인 건 이곳이 일반인 출입 금지 구역이라서 군중이 없다는 것이었다. 하긴 그렇기 때문에 이곳만은 경찰의 숫자도 적었다.

"어이, 버스 운전기사들은 어디 갔어?" 니이가 외쳤다.

"근처 텐트에서 휴식 중입니다." 응원 나온 경찰이 내답했다.

"빨리 불러와! 자기 버스 안을 점검하라고 해!"

"안 돼, 그러다간 늦어. 도리어 혼란스럽기만 해." 미야시타가 급히 말리고 나섰다. "5계와 공안부 수사관이 수색한다. 나머지 사람들은 주위를 둘러싸라. 무라타가 이 버스들 안에 있는 건 틀림이 없다. 오치아이, 이와무라, 그 밖의 젊은 사람들은 맨 뒤로 뛰어가! 양쪽에서 포위한다."

"알았습니다!"

마사오는 온 힘을 다해 뛰었다. 몇몇이 뒤를 따라왔다. 그중에는 공안부의 야노도 있었다.

심장의 고동 소리가 고막에서 툭툭툭 울렸다. 힘이란 힘은 다 내고 싶었다. 후회하는 것만은 싫다. 죽어도 범인만은 체포한다.

53

10월 10일 토요일

"무슨 일이 났나?" 중년의 운전기사가 고개를 길게 빼고 길거리 쪽을 내다보며 말했다.

"누가 고함을 지르네? 어라, 경찰이 뛰어다니고." 다른 운전기사가 마찬가지로 고개를 내밀며 대답했다.

"소매치기 아니야?"

"아, 그거네. 사람이 이렇게 많이 모였으니 소매치기도 대목이랍시고 날뛰겠지."

그저 그것뿐, 운전기사들이 나누는 가이엔 서쪽 길의 소동에 대한 이야기는 뚝 끊겼다.

아닌 게 아니라 아저씨는 소매치기다. 시마자키 구니오는 풍자적인 그 대화를 듣고는 내심 쓴웃음을 지으며 스멀스멀 꿈틀거리는 감정을 씹어 삼키듯이 가만히 의자에 앉아 있었다.

일본 청년관 옆 주차장 텐트 밑에는 200명 가까운 남자들이 라디오에서 흘러나오는 개회식 실황 중계를 듣고 있었다. 자신이 태우고 온 나라의 선수단이 입장하면 마치 자신의 수훈이라도 되는 듯 얼굴이 헤벌쭉하니 풀어졌다. 대부분 도영(道營) 버스의 정식 직원들이고 부족한 인원은 민간에서 동원한 운전기사였다. 구니오가 그 속에서 의심을 받지 않은 건 운전기사들이 서로 얼굴을 모르는 사이였기 때문이다.

도쿄 체육관 옆의 숲 덤불에서 탁발승 옷을 벗어버리자 안에 입고 있던 감색 양복 차림이 되었다. 짚신에서 운동화로 갈아 신고 흰 장갑을 꼈다. 바로 옆의 가이엔 서쪽 길은 리허설 때와 마찬가지로 수송 버스가 빽빽하게 들어차서 거대한 벽을 만들었다. 경찰이 있었지만 일단 차단선을 넘어온 사람은 모두 관계자라고 생각하는지 불러 세우는 일도 없었다. 우선 버스 숫자만큼 운전기사가 많았다. 흰 장갑 하나로 쉽게 섞일 수 있었다. 텐트까지 별다른 어려움 없이 도착했다.

구니오가 당당하게 행동한 것도 도움이 되었다. 탁발승 차림으로 경찰의 몸수색을 받았을 때도, 다이너마이트를 허리에 차고 있는 지금도, 필로폰 덕분인지 자신의 맥박은 전혀 달라지지 않았다. 흥분하기는 했지만 두려움은 없었다. 가슴 속을 지배하고 있는 것은 밤하늘에 떠오른 새하얀 보름달 같은 무(無)의 감정뿐이다.

텐트까지 오는 도중, 버스와 버스 사이를 지나오면서 통소에 미리 넣어둔 후크 달린 쇠막대를 이용해 맨홀 뚜껑 하나를 열어두었다. 버스 뒤편이었기 때문에 바깥에서는 보이지 않는 위치였다. 여기까지 모든 것이 계획대로 술술 풀렸다.

텐트 안 탁자에 누군가의 모자가 있어서 아무도 없는 것을 확인하고 슬쩍 가져왔다. 이걸로 어디서 보건 완벽한 운전기사다. 무라타는 무사히 도망쳐 나와 그곳에 숨었을까. 구니오는 상황을 살펴보러 나가기로 했다. 무라타가 아버지뻘이라는 걸 생각하면 8000만 엔이 든 배낭을 짊어진 채 달린다는 건 어려운 일이다. "나한테 맡겨"라고 큰소리를 치는지라 지금까지 내내 그 말을 받아들였다. 구니오는 무라타에게 우정 비슷한 감정을 품고 있었다. 사람 사귀는 일에 서투른 자신이 도쿄에 올라와 처음으로 생긴 친구인지도 모른다. 어려울 때 못 본 척하는 일만은 절대 하지 말자고 굳게 마음먹고 있었다.

텐트에서 5미터쯤 벗어나 가로수 아래 섰다. 어설피 몸을 감추는 짓은 하지 않았다. 눈앞에는 버스가 줄줄이 서 있고, 제복 경찰과 사복형사 모두 합해 수십 명이 우왕좌왕하고 있었다. 무라타는 잡히지 않은 모양이다. 제발 무사히 도망쳤기를 마음속으로 기도했다.

그나저나 정말 하늘이 파랗다. 아키타에서도 이만큼 파란 하늘은 보기가 쉽지 않다. 과연 신께서는 오늘 누구에게 축복을 내려주실까. 구니오는 눈을 가늘게 뜨고 하늘을 보며 심호흡을 했다.

소란이 도무지 멈출 기척이 없는지라 다른 운전기사들도 무슨 일인가 하고 밖에 나왔다.

"뭔 일이래. 순경들이 왜 이렇게 많지? 아주 대대적으로 몰려나왔네."

"허참, 이런 경사스러운 날에 소매치기 짓을 하다니, 별 쩨쩨한 놈이 다 있네."

차례차례 모여들어 사람들로 울타리가 생겼다.

형사들의 고함 소리가 길에 울려 퍼졌다.

"어이, 지원 부대 좀 더 요청해!"

"버스 내부 수색은 나중에 해! 이 길에서 절대로 못 나가게 해야 돼!"

바로 옆의 국립 경기장에서는 우렁찬 행진곡이 끊임없이 흘러나왔다. 선수 입장이 계속되고 있는 모양이다.

구니오는 양복 위로, 허리에 찬 두 개의 다이너마이트를 쓰다듬었다. 그건 마치 여름방학을 맞은 어린아이가 장수풍뎅이를 잡아 살그머니 만져보는 것처럼 사랑스러움과 경외가 뒤섞인 몸짓이었다.

54

10월 10일 토요일

버스의 벽은 한없이 이어지는 것만 같았다. 도쿄 체육관 옆에서부터 시작해 센주인 사거리를 돌아 진구 야구장 앞까지 줄줄이 이어졌다. 그새 500미터 이상을 전력 질주한 셈이다. 오치아이 마사오는 터질 것 같은 심장을 부여잡은 채 맨 끝에서부터 버스 안과 그 밑을 점검했다. 급하게 출동한 지원군에게 마사오가 지시를 내렸다. 아직 어디에서도 무라타를 발견했다는 보고는 없었다.

"그 영감 다리로 여기까지는 못 뛸 텐데." 이와무라가 말했다. "더구나 짐이 무거웠잖아요."

마사오는 단 한 순간도 멈추지 않고 여기까지 뛰어왔다. 고개를 돌려가며 주위를 훑어보았다. 무라타의 모습은 어디에도 없었다.

인도에 똑같은 간격으로 서 있는 경비경찰에게 물어봐도 수상한 자를 목격했다는 말은 없었다. 대체 어디로 사라졌는가.

"여기, 맨홀 뚜껑이 열려 있다!" 앞쪽에서 고함이 터져 나왔다. 다른 사람들에게 담당 구역을 맡기고 마사오는 이와무라와 급히 그쪽으로 뛰어갔다. 일본 청년관과 대각선을 그리며 정차한 앞줄의 버스 옆에 수사관들이 모여 있었다.

"뭐예요?"

"맨홀 뚜껑이 열려 있어. 저기 저 버스와 버스 사이야. 바깥쪽에서는 안 보여."

미야시타가 거친 숨을 토해내며 대답했다. 아스팔트에 엎드려 안을 들여다보고 있는 건 야노였다. 야노가 찾아낸 모양이다. 바로 옆에는 후크가 달린 쇠막대기가 뒹굴고 있었다.

"어이, 손전등 좀 가져와!"

가까이에 있던 제복 경찰이 달렸다. 1분도 안 되어 손전등이 도착하고, 야노가 안을 비춰보았다.

"어때, 뭔가 보이나?"

"아무것도 안 보이는데요. 지금쯤은 아오야마 길 밑을 도망가고 있겠네." 야노가 마치 남의 일처럼 대답했다.

"누구, 좀 내려가봐."

"내가 가겠습니다." 마사오가 나섰다.

"아, 잠깐. 무라타는 몸집이 작잖아? 혼자서 이 무거운 쇠뚜껑을 열 수 있겠어? 배낭도 메고 있었잖아. 그걸 등에 메고 여기로 도망치기는 힘들어."

뒤에서 니이가 말했다. 모두의 시선이 향했다.

"무슨 소리지?"

"덫이에요. 양동작전."

"하지만 단정하기는 일러. 오치아이, 일단 내려가봐."

미야시타의 지시에 따라 마사오는 맨홀 가장자리에 두 손을 짚고 몸을 아래로 내렸다. 발끝으로 사다리를 찾았다. 곧바로 발에 닿는 것이 있었다. 왼발을 대고 몸을 싣고는 오른손으로 사다리 손잡이를 잡았다. 그 순간, 이끼에 손이 미끄러져서 하마터면 아래로 떨어질 뻔했다.

"오치아이, 괜찮아?"

"예, 괜찮아요." 가까스로 몸의 균형을 잡고는 외부 빛에 드러난 맨홀 안을 살펴보았다. "역시 덫이에요! 사다리의 이끼가 그대로입니다. 손을 댄 흔적이 없어요."

"좋아, 올라와. 계속해서 버스를 수색한다."

"어이, 거기 운전기사 분들. 우린 경시청 형사예요." 니이가 구경꾼에게 말을 건넸다. 어느새 운전기사들이 인도까지 나와서 구경하고 있었다. "버스에서 숨을 만한 장소라면 차 안 말고 또 어디가 있죠?"

"형사님, 소매치기 쫓는 거예요?" 한 운전기사가 물었다.

"예, 그래요. 좀 도와줘요."

"뒤쪽의 엔진 룸이라면 어린애쯤은 숨을 수 있는데. 지난번에 어떤 애가 도영 버스 주차장에서 숨바꼭질을 한다고 거기 숨는 바람에 한바탕 문제가 됐었거든요."

수사관들이 버스를 보았다. 차체의 뒤쪽은 엔진 룸이다. 요즘 버스들은 이런 모양이다. 보닛은 세로로 긴 줄이 늘어선 양쪽 여닫이 철판문이다.

"열쇠 없이도 열 수 있어요?" 니이가 물었다.

"그렇죠. 누구라도 정비할 수 있게 열어두는 거야." 운전기사가 대답했다.

시험 삼아 니이가 가장 가까운 버스의 엔진 보닛을 열었다. 손잡이가 있고 그 고리만 풀면 간단히 열 수 있었다. 안을 들여다보니 벽장 한 칸 정도의 공간에 쇳덩이 엔진이 버티고 있었다. 하지만 주위에 여유가 있어서 작은 몸집의 사람이라면 들어갈 수 있다.

"좋아, 다시 찾는다. 모든 버스의 엔진 룸을 점검해라!"

미야시타가 외쳤다. 다시금 수사관이 흩어졌다. 이놈들, 머리깨나 썼구나. 마사오는 범인들이 미웠다. 엔진 룸에 숨어 있으면 검문도 받지 않고 이곳을 빠져나갈 수 있다. 그리고 마지막에는 도영 버스 주차장까지 탈출할 수 있는 것이다.

마사오가 다섯 대쯤 엔진 룸을 열어본 참에 앞쪽에서 고함이 터져 나왔다.

"여기다! 무라타야!"

찾아냈다. 니이의 감은 정확했다. 5계의 동지들이 너무도 믿음직스러워서 마사오는 가슴이 뭉클했다.

전 수사관이 달려가보니 무라타는 이미 엔진 룸에서 끌려나오고 배낭도 회수되었다. 건장한 수사관에게 눌려 아스팔트에 납작 엎드려져 있었다.

"사와노, 즉시 본부에 무선!" 미야시타가 외쳤다.

"알았습니다!" 사와노가 무선기를 들고 현황을 보고했다.

"몸수색해. 다이너마이트가 있는지 조사해봐!"

즉각 무라타의 팔이 뒤로 돌려지고 몸수색에 들어갔다. 다이너마이트도 흉기도 없었다.

"나를 놔줘. 안 그러면 국립 경기장은 폭파돼."

수사관을 향해 무라타가 말했다.

"허풍 떨지 마. 시마자키는 경기장 안에 들어가지도 못했어. 경찰 검문이 그렇게 허술한 줄 알아?"

미야시타가 몸을 낮추고 앉아 고함을 질렀다.

"흥, 30분만 지나봐라. 세계가 다 보는 앞에서 파앙 터진다."

무라타가 고개를 돌리고 키득키득 웃었다. 머리에 쓴 헌팅캡을 손으로 잡고, 다리는 버티듯이 쭉 뻗고 있었다. 왜 그런지 가죽 구두가 깨끗이 닦여 있어서 반짝반짝 햇빛을 반사했다.

무라타를 일으켜 버스 차체에 바짝 붙여 세웠다. 작은 몸집의 무라타가 수사관들에 완전히 둘러싸였다. 그런 참에 다나카가 지프차를 타고 달려왔다. 전광석화 같은 출동이다.

"당신이 무라타? 나는 경시청 수사1과의 다나카다. 말해봐요, 시마자키는 어디 있지?" 필사적인 얼굴로 호소했다.

"그건 말 못 하지. 나를 놔줘." 무라타가 고개를 저었다.

"안 돼, 어서 말해봐요. 우리, 똑같은 일본인이잖아? 힘을 합쳐서 올림픽 성공시키고 우리도 일등국에 끼어야 할 거 아니야."

"뭐가 우리야? 평생 이 사회에서 내팽개쳤으면서. 말도 안 되는 소리를 하고 있어."

"그럼 당신, 시마자키를 이대로 죄인을 만들 셈이야? 중죄인이 된단 말이야. 시민 희생자가 나오면 사형당할 수도 있어."

"시, 시끄러워." 무라타의 얼굴빛이 변했다.

"그 젊은 애를 구해줘야죠. 당신, 아버지뻘 아니에요?" 저도 모르게 마사오가 끼어들었다.

"그래, 시마자키를 구해야 할 거 아냐."

"시끄럽다니까!"

"부탁이야, 무라타. 제발 부탁이야. 사나이 평생소원이야."

다나카가 무릎을 꿇었다. 땅바닥에 이마를 대고 비빈다. 저도 모르게 수사관들이 한 걸음 물러섰다. 그 틈에 무라타가 몸을 돌려 버스 앞바퀴에 발을 얹었다. 사이드미러를 붙잡고 몸을 들어 올렸다. 마치 생쥐처럼 쪼르르 버스 지붕으로 기어 올라갔다.

"어리석은 짓 하지 마. 내려와!"

"돈을 내놔. 나를 놔준다고 약속했잖아!"

무라타가 지붕에 올라서서 고함을 쳤다. 수사관들이 버스를 에워쌌다.

인도에서 웅성거리는 소리가 났다. 상황을 알지 못하는 운전기사들이 무라타를 손가락질하며 웃고 있었다.

"누가 좀 올라가!"

명령 전에 벌써 야노가 올라가고 있었다. "어이, 미친 영감탱이. 사람 귀찮게 하지 마라." 증오가 담긴 눈으로 말했다.

무라타가 뒷걸음질을 쳤다. 옆의 버스로 뛰려고 자세를 취했을 때, 야노가 뒷덜미를 잡았다.

"놔라, 놔."

무라타가 뒤를 돌아보며 침을 뱉었다. 야노의 얼굴빛이 변했다. 다음 순간, 무라타에게 유도의 발차기를 먹였다.

무라타의 몸이 균형을 잃었다. 붕 떠오른 그대로 버스 지붕에서 땅바닥으로 떨어졌다. 경악한 표정으로 허공을 난다. 아스팔트에 세게 부딪쳐 몸이 찌부러지는 불길한 소리가 났다. 벗겨진 헌팅캡이 바닥을 굴렀다.

"야노, 무슨 짓이야!" 다나카가 고함을 질렀다.

"일각을 다투는 판에 무슨 태평한 짓입니까? 어서 빨리 거래든 뭐든 하라고요. 우리는 형사부와 함께 할복할 생각 없어요. 이런 좀도둑 놈은 어떻게 되건 상관없어. 나라가 중요하다고."

야노가 버스 위에서 내뱉었다. 무라타는 몸을 웅크리고 신음 소리를 올렸다. 자그마한 노인네여서 더욱더 비참하게 보였다.

"어허, 너무 심하게 다루는 거 아냐?"

"죽은 거 같은데?"

운전기사들의 목소리가 들려왔다.

마사오가 구경꾼들을 몰아내려고 한 걸음을 앞으로 내밀었다. 그때 군중 속에서 운전기사 한 사람이 발길을 돌렸다.

하얀 운동화가 눈에 뛰어들었다.

감색 양복에 운전기사 모자를 쓰고 있는데 왜 그런지 신발만 하얗다.

달려가는 남자의 등판을 노려보았다. 뭔가 생각하기 전에 마사오는 뛰고 있었다.

"선배, 어디 가요?" 이와무라가 소리친다.

"누구 좀 따라와!" 달리면서 외쳤다.

남자는 일본 청년관 옆의 주차장을 대각선으로 빠져나가 국립 경기장 남측을 향해 뛰었다. 이 구역에는 일반 군중은 없었다. 눈에 띄는 건 관계자들뿐이다. 일본 청년관이 프레스센터로 사용되고 있어서 중계 기재가 길을 가로막고 있었다. 그 컨테이너 그늘에서 남자를 놓쳤다.

멈춰 서서 주위를 둘러보았다. "선배, 왜 그래요?" 이와무라가 뒤를 따라왔다. "어이, 왜 그래?" 니이와 사와노도 뛰어왔다.

30미터쯤 앞에서 사람 그림자가 슥 가로질러 갔다. 짙푸른 나무를 배경으로 남자의 얼굴이 언뜻 보였다.

"시마자키다!" 마사오가 다시 뛰었다.

"발견! 발견! 시마자키예요!" 사와노가 무선기를 향해 소리쳤다.

마사오가 뛰어간 곳은 국립 경기장 남문이었다. 경찰수첩을 내보이고 게이트 안에 있던 수사관을 불렀다.

"어이, 방금 남자 하나 들어가지 않았어?"

"아니, 아무도 안 들어왔는데."

"그럼 아오야마 문 쪽으로 들어간 사람은?"

"못 봤어. 지금 개회식이 한창이잖아. 관람객의 출입은 없었어."

손목시계를 보았다. 오후 2시 45분. 이제 곧 선수 입장이 끝난다. 그렇게 생각하는 참에 안에서 들려오던 행진곡이 뚝 멈췄다. 이제부터 내빈의 연설이 시작된다. 시마자키는 어디 있는가. 어디로 사라졌는가.

"이 근처에 다른 출입구는 어디예요?" 연한 초록색 양복을 입은 직원을 붙잡고 물었다.

"기계실에 들어가는 문이 남측에 있는데요."

"어디죠?"

"저기."

직원이 가리킨 곳은 너무 멀었다.

"저기가 아니라면 지하도 입구도 있는데."

"지하도?"

"그래요. 선수가 회화관 앞의 서브그라운드에서 이동하기 쉽게 지름길을 파둔 거예요. 하지만 결국 쓰지 않고 그냥 방치되어 있는데."

"그건 어디죠?"

"이 문 옆이에요."

안내를 받아 가보니 세 개로 나누어진 남문의 맨 끝 숲속에 작은 문이 있었다. 그 철문이 반쯤 열려 있다. 마사오는 말문이 막혔다. 시마자키는 이 통로까지 알고 있었단 말인가.

"이게 왜 열려 있죠?"

"글쎄요, 이상하네. 문을 잠가뒀는데."

"이 지하도는 어디로 통해요?"

"그라운드 밑을 비스듬히 가로질러서 메인스탠드의 북쪽 끝으로 나가죠."

"이런, 제기랄! 경찰은 그런 얘기 못 들었어. 왜 이런 괴상한 통로를 만들었냐고!"

마사오는 주먹으로 철문을 두드렸다.

"그래도 세계 최고의 경기장이 되도록 만들 수 있는 건 다 만들려고……."

"좋아, 우리도 들어간다. 사와노는 무선 연락. 시마자키는 지하두를 통해 장내에 들어갔을 공산이 크다. 긴급 배치 요청해."

니이가 지시했다. 사와노가 고개를 끄덕이고 무선기를 향해 내용을 말했다.

"어이, 발견하면 쏜다. 놈은 다이너마이트를 갖고 있어. 쏠 때는 머리야."

니이의 말에 이와무라가 말없이 목젖을 꿀꺽 울렸다.

마사오와 이와무라와 니이, 셋이서 지하도로 들어갔다. 계단을 내려가 폭 1.5미터 남짓한 통로를 달렸다. 천장에는 알전구가 동일한 간격으로 매달려 내부를 비추고 있었다. 영락없는 갱도였다. 콘크리트 벽에 구두 소리가 울렸다. 지금 자신들은 올림픽 개회식장의 바로 밑을 달리고 있다. 중간 통로에 운전기사 모자가 일부러 내려놓은 것처럼 떨어져 있었다. 시마자키가 지나갔다는 게 확실해졌다. 마사오는 전율했다.

400미터쯤을 단숨에 내달려 출구에 도착했다. 계단 위에 직원이 있다가 "어엇, 당신들 뭐 하는 거예요?"라고 겁에 질린 눈으로 말했다.

"경찰이다. 누구 나온 사람 있었나?"

"예, 방금."

"젊은 남자?"

"그래요. 길을 잃었다고 하던데."

"어디로 갔어!"

"저기 계단을 올라가 회랑으로 나갔어요. 입장권을 가지고 있어서 침입자는 아닌 거 같아서……. 일단 경비원을 부르려고 내가 불러 세웠는데 그냥 막 뛰어가버렸어요."

"그 위는 스탠드인가?"

"예. 근데 메인스탠드에는 일반객은 없어요. 모두 다 귀빈입니다."

그때 천장 스피커에서 천황의 목소리가 들려왔다. 도쿄 올림픽 개회

선언이었다.

셋이서 다시 뛰었다. 회랑에 올라가 스탠드로 나오려고 하는 참에 쇠파이프 울타리에 앞길을 저지당했다. 경비를 하는 제복 경찰 몇 명이 서 있었다.

"우리는 수사1과다. 시마자키가 장내에 숨어들었어." 마사오가 숨을 헐떡이며 말했다.

"여기서부터는 통행증 없는 사람은 누구도 들어갈 수 없어." 경비경찰이 두 팔을 펼치며 가로막았다.

"비상사태야. 길 열어."

"알아. 무선으로 들었어. 하지만 안 돼요. 이 뒤쪽은 귀빈석이야. 경비 팀을 믿어. 쥐새끼 한 마리 지나가지 않았어. 황족, 국빈, 모두 경비 팀에서 지킬 거야."

"좋아, 알았어." 니이가 말했다. "어이, 각각 나눠서 스탠드 뒤쪽으로 돌아간다."

발길을 돌리려는 순간, 쇠파이프 울타리 너머에서 소리가 들려왔다.

"어이, 수사1과의 오치아이 씨 거기 있어?" 무선기를 든 사복경찰이 달려왔다.

"예, 나예요."

"그쪽 과장한테서 전언이 들어왔어. 무라타가 입을 열었다. 시마자키의 표적은 성화대. 어떻게든 사수하라. 이상."

1초 동안 멍하니 서 있었다. 시마자키, 대체 무슨 짓인가—

"알았어요. 근데 성화대에는 어떻게 가야 하죠?"

"2층 회랑을 곧장 달려가면 돼. 35번과 36번 출입구 중간이 성화대로 통하는 계단이야. 아니면 30번 출입구로 북쪽 스탠드의 윗단으로 올라가서 맨 위쪽 통로로 달려가면 돼. 형사부, 잘 부탁한다! 우리도 장내에 지령을 내렸어."

"알았어요!"

두 편으로 갈라져서 뛰기로 했다. 니이가 스탠드 아래쪽의 회랑이고, 마사오와 이와무라는 스탠드 안이다. 알려준 30번 출입구를 통해 객석으로 뛰어나가자마자 눈앞의 광경에 압도되었다. 이게 7만 5000명 군중인가. 그라운드에는 각국 선수단이 정렬하고 있었다. 그 위는 한없이 푸른 하늘. 역사적인 순간에 자신이 서 있었다.

맨 윗단까지 뛰어 올라가 젊은 제복 경찰에게 물었다.

"수사1과 형사다. 시마자키가 여기로 지나갔나?"

"예? 그게 누군데요?"

"무선 연락 못 받았어?"

"무선기는 각 소대에 한 대뿐이에요. 긴급한 경우에는 전령이 뛰어옵니다."

따지고 있을 시간도 아까워서 마사오는 다시 통로로 달려갔다. 맨 윗단에는 깃대가 늘어서서 각국 국기가 흔들리고 있었다. 싸늘한 미풍이 얼굴을 쓰다듬었다.

퍼엉! 전광게시판까지 갔을 때, 파란 하늘에 폭발음이 울렸다. 당했는가. 마사오는 심장이 멈추는 것 같았다. 그 자리에 서서 주위를 둘러보았다.

"축포예요!" 이와무라가 말했다.

"뭐야, 사람 놀라게!" 저도 모르게 소리를 질렀다.

펑, 펑. 축포는 모두 세 발이 울렸다. 다음 순간, 울긋불긋한 풍선이 파란 하늘에 둥실둥실 떠올랐다. 하늘이 마치 꽃밭 같다. 어쩌면 저렇게도 아름다운가.

맨 윗단 통로를 이와무라에게 맡기고 마사오는 한 단 내려서 가기로 했다. 자신이 범인이라면 관중석으로 슬쩍 숨어들 것이다. 사람들은 행사를 구경하느라 누군가 이상한 움직임을 보여도 관심을 갖지 않는다.

환성이 터졌다. 성화 주자의 입장이다. 북쪽 게이트에 하얀 연기가 보였다. 젊은이 하나가 당당한 자세로 트랙을 뛰고 있었다. 우레와 같은 박수 소리. 자리에서 벌떡 일어서는 사람도 있었다.

성화대를 보니 그곳으로 이어지는 계단 양쪽에 음악대가 나란히 서서 연주를 펼치고 있었다. 그렇다, 주자가 저 계단을 뛰어올라 성화를 점등하는 것이다. 그 성화대에 다이너마이트를 던진다면—

등이 오싹 떨렸다. 관중으로 가득한 스탠드에서 시마자키를 찾아 내달렸다.

남자 한 사람이 통로를 올라가고 있었다. 이 순간, 그라운드 쪽을 바라보지 않는 사람은 없다. 그래서 여지없이 눈에 띄었다. 긴 머리가 위아래로 출렁였다. 시마자키다— 그 순간, 마사오의 귀에는 더 이상 아무 소리도 들리지 않았다.

이제는 놓칠 수 없다. 단 한 순간이라도 눈을 떼서는 안 된다. 거리는 30여 미터였다.

성화 주자가 트랙의 반을 돌았다. 이제 곧 성화대로 가는 계단에 올라설 것이다.

시마자키가 40번 출입구로 사라졌다. 스탠드 바로 밑의 회랑으로 갈 속셈이다. 마사오도 그 뒤를 좇았다.

회랑으로 들어섰다. 폭이 20미터가 넘을 것 같다. 관객은 한 사람도 없었다. 장내 정리원도 출입구를 통해 개회식을 구경하고 있었다. 바깥쪽 숲이 햇빛을 받아 눈부셨다.

시마자키의 등판이 보였다. 그 비스듬히 앞쪽에 제복 경찰이 서 있었다.

"그 남자 잡아!" 마사오가 외쳤다.

시마자키가 뒤를 돌아보았다. 희미하게 웃은 듯한 느낌이 들었다.

"폭파범이다! 시마자키 구니오다!"

시마자키가 다시 뛰었다. 제복 경찰 두 명을 뿌리치고 성화대 쪽으로 내달린다.

"어이, 그놈 잡아!"

마사오가 쫓아갔다. 가슴팍 홀더에서 권총을 뽑아 들었다.

소란스러운 기척을 깨닫고 다른 경찰들도 모습을 드러냈다. 회랑 한가운데를 시마자키는 달려갔다. 38, 37, 오른쪽에 늘어선 출입구의 숫자를 세어나갔다. 이 다음의 36이 성화대로 가는 출입구다.

그 찰나, 시마자키의 앞쪽을 누군가가 가로막고 섰다. 니이였다.

"서라! 안 서면 쏜다!" 허리를 숙이고 권총을 겨누었다.

시마자키가 멈춰 섰다. 니이와 마사오가 시마자키를 가운데 두고 양쪽에서 총을 겨누었다.

"손들어!"

스탠드에서 엄청난 환성이 끓어올랐다. 성화가 점등된 모양이다. 곧바로 선수 선서가 시작되었다. "선서! 우리 선수 일동은—"

"빨리 손들어! 안 그러면 쏜다!"

권총을 겨누고 거리를 좁혀갔다. 경찰이 차례차례 달려들어 시마자키를 에워쌌다. 이와무라와 사와노도 보였다.

시마자키가 윗옷의 단추를 풀고, 허리에 차고 있던 다이너마이트 하나를 뽑아 왼손에 들었다. 또 하나는 아직 허리에 있었다.

"물러서요. 물러서지 않으면 불붙일 겁니다."

맑고 조용한 목소리였다.

시마자키가 오른손으로 주머니를 뒤적여 라이터를 꺼냈다.

그 순간에 마사오는 방아쇠를 당겼다. 맞은편에 경찰이 없어서 총알이 어긋나도 맞을 일은 없다고 판단했다. 총을 쏠 수 있는 건 자신밖에 없다.

탕, 하는 마른 파열음이 울리고 탄알은 시마자키의 오른편 가슴에 명중했다. 머리를 맞히지는 못했다.

시마자키가 그 자리에 쓰러졌다. 다이너마이트가 바닥을 굴렀다.

"구급차, 아오야마 문 앞으로 불러!" 소리를 내지른 건 미야시타였다. 어느새 달려와 있었다. "즉시 옮겨라! 관중에게 들키면 안 된다!"

사와노가 코트를 벗어 시마자키에게 씌웠다. 마사오가 코트째로 껴안아 등에 업었다. 시마자키의 가슴에서 선혈이 흘러나왔다. 의식은 없었다.

경비하는 경찰이 달려들어 두 개의 다이너마이트를 회수했다.

"게이오 병원으로 옮겨라. 죽게 하면 안 돼. 절대로 죽으면 안 된다. 이런 경사스러운 날에 사망자가 나와서야 되겠냐!"

5계의 동료들이 마사오를 둘러싼 채 스크럼을 짜듯이 바깥 계단을 뛰었다. 아래에서는 벌써 문을 열어둔 구급차가 기다리고 있었다.

뭔가 거뭇한 그림자가 머리 위를 날았다. 저도 모르게 목을 움츠리며 모두 함께 하늘을 올려다보았다. 비둘기였다. 수천 마리의 비둘기가 도쿄 하늘을 날았다. 그와 함께 7만 5000명이 합창하는 국가가 이어졌다.

시마자키를 이동 침대에 눕혔다. 얼굴이 새파랬다. 숨이 붙어 있는지 심장은 움직이는지, 마사오는 전혀 판단할 수 없었다. 구급차는 시마자키를 태우자 즉시 출발했다.

제트기의 굉음이 동쪽 하늘에 울렸다. 무슨 일인가 하고 전원이 그 자리에 우뚝 섰다.

다섯 대의 제트전투기가 편대를 짜고 나타났다. 귀가 먹먹해지는 폭음이 메이지 공원 일대를 지배했다. 아름다운 커브를 그리며 편대가 각각 갈라졌다. 그리고 꽃무늬로 연기를 토하며 저마다 하늘에 커다란 원을 그리기 시작했다.

마사오 일행은 그 광경을 말없이 보고 있었다. 1분여 만에 파란 하늘에 오륜마크가 떠올랐다. 물결 같은 함성이 스탠드 쪽에서 들려왔다. 정말 일본은 대단한 나라다. 그런 느낌밖에 떠오르지 않았다.

다나카가 지프차를 타고 나타났다. "수고했어! 다들 잘했어!" 흥분한 얼굴로 조수석에서 뛰어내리더니 부하를 한 사람 한 사람, 몸을 들이박듯이 거칠게 끌어안았다.

"대리님. 무라타와는 어떤 거래를 했어요?" 마사오가 농담으로 물었다.

"이런 바보, 거래는 무슨? 그냥 진심 하나 갖고 말했다. 제발 시마자키를 구해주자고 설득했어. 형사는 악당하고는 거래 따위 안 해." 주먹으로 자신의 가슴을 쳤다. 얼굴은 벌겋고 눈에는 눈물이 글썽였다. "아 참, 아까 오후 2시에 자네 장인한테서 연락이 왔어. 본청에서 전화 당번이 받았대."

"앗." 마사오가 할 말을 잃었다.

"둘째가 태어났어. 예쁜 따님이란다. 산모도 아기도 건강하대. 축하한다!"

이런, 나는 대체 뭔가. 아내도, 아이가 태어난다는 것도 까맣게 잊고 있었다.

"좋은 날에 태어난 아이야. 전국이 축복하는 날에 자네 딸이 탄생했어."

힘껏 어깨를 쳐주었다. "축하한다!" "잘했다!" 형사들이 저마다 축하의 말을 건넸다. 마사오는 반쯤 넋이 나간 상태로 아무것도 생각할 수 없었다. 그저 한시라도 빨리 아내의 발밑에 무릎을 꿇고 싶었다.

"좋아, 개회식은 무사히 종료됐다! 관객이 나올 것이다. 우리는 방해가 돼. 철수한다!"

모두 함께 걸음을 옮겼다. 이와무라, 니이, 미야시타, 모리, 사와노, 구라하시. 5계의 동료들과 말없이 어깨를 툭툭 부딪쳤다. 말하지 않아도 서로의 마음이 통했다.

회화관 뒤의 본부로 향하던 중에 문득 국립 경기장을 돌아보니 스탠드 가장 높은 위치의 성화대에서 빨간 불길이 춤추듯이 타오르고 있었다. 마사오는 그것을 지그시 바라보며 딸의 이름은 세이코(聖子)로 하자고 생각했다. 아내도 찬성할 것이다. 저 성화는 자신이 지켜낸 성화다.

우리는 승리했다. 이 순간을 좀 더 오래 맛보고 싶었다.

조금 전에 날려 보낸 비둘기들이 이 자리를 떠나기가 힘들었는지 하늘 여기저기서 무리를 짓고 있었다.

도쿄 올림픽이 드디어 시작되었다.

55

10월 11일 일요일

스가 다다시는 아침에 일어나자마자 하쿠산 정류소 스탠드로 신문을 사러 뛰어갔다. 텔레비전 없는 하숙집에서는 잠시도 견딜 수가 없었다. 그 참에 우유와 빵도 함께 샀다. 일요일이라 아무도 없는 초등학교 교정 벤치에서 빵을 입에 물고 신문을 펼쳤다.

지면은 올림픽 일색이었다. 예상했던 일이기는 하지만, 어느 면에서

나 기자들의 흥분이 고스란히 전해졌다. 늘 미운 소리만 해대는 이시하라 신타로며 미시마 유키오도 웬일로 칭송해 마지않는 글을 기고했다. 무엇보다 개회식 사진이 아름다웠다. 흑백인데도 컬러풀하게 느껴졌다. 텔레비전 맨으로서는 적잖이 샘도 났다. 오늘 이 신문, 얼마나 많은 일본인이 고이고이 보존할까. 그러는 자신도 구겨지지 않게 조심조심 다루고 있다.

어제 개회식은 스튜디오의 텔레비전으로 보았다. 방송 녹화 중이었지만 일이 손에 잡힐 리 없다. 결국 음악대가 입장하는 오후 1시부터 선수가 퇴장하는 오후 3시 반까지 전원이 텔레비전 앞을 떠나지 못했다. 신입인 다다시는 맥주와 안주를 사러 들락날락하고, 스튜디오는 완전히 대낮의 술판이 되었다. 오전에 녹화를 마친 탤런트도 다 함께 보는 게 더 재미있는지 집에 돌아갈 생각을 하지 않았다.

그 속에서 다다시 혼자 조마조마한 마음으로 화면을 지켜보았다. 과연 경찰은 시마자키를 체포했을까. 아카바네에서 있었던 그 일 이후로 정보는 전혀 들어오지 않았다. 여성 활동가인 유미도 연행되어 갇힌 상태다. 만일 시마자키가 다이너마이트를 소지하고 개회식에 뛰어든다면 일본은 어떻게 되는 건가. 스가 가문으로서도 일대 사건이다. 그런 상상만으로도 다다시는 간이 오그라들어 도저히 침착할 수가 없었다. 경찰대의 축포가 울렸을 때는 가슴이 철렁해서 고개를 쑥 내미는 바람에 옆 친구의 의아한 눈빛을 받았다.

결국 아무 일 없이 개회식이 끝났을 때는 온몸의 긴장이 풀려 흐늘흐늘 의자에 누워버렸다. 올림픽은 이제 막 시작되었을 뿐이지만, 적어도 가장 눈에 띄는 개회식만은 별 탈 없이 거행되었다. 아버지의 체면도 섰다.

다다시는 신문에 실린 개회식 사진을 보며 이럴 줄 알았으면 좀 더 집중해서 텔레비전을 볼 걸 그랬다고 후회했다. 가을 특유의 파란 하늘에 떠오른 비행기구름의 오륜마크는 지금까지 본 것 중에서 가장 환상적인 광경이었다. 무엇보다 구름 하나 없이 맑디맑은 하늘이 배경인 것이다. 분명 전 국민이 다행이다, 잘됐다, 라고 가슴을 쓸어내리며 환하게 웃었으리라. NHK의 아나운서는 "전 세계의 파란 가을 하늘을 한자리에 모아놓은 것처럼 오늘의 하늘은 파랗습니다"라고 실황을 전했다. 정말 멋진 표현이다. 일본은 100년에 한 번 있을까 말까 한 행운을 잡은 것이다.

신문을 읽어 내려가는데 지역 소식란에 「개회식 경비 작전 대성공」이라는 제목이 보였다. 저도 모르게 찬찬히 들여다보았다. 이런 기사가 실려 있었다.

경시청은 오늘을 위해 3년여에 걸쳐 경비와 교통 부문의 작전을 착착 준비해왔다. 1962년에 작성한 '올림픽 잡답(雜沓) 판단' 자료에는 '장내 관중 8만 5000명, 장외 관중 10만 명으로 예상된다. 강력한 정리를 행하지 않는 한, 선수와 임원 및 IOC 위원의 도착, 성화, 천황을 비롯한 국내외 황족의 통로는 군중으로 가득 찰 것이다'라고 적혀 있다.

동 청의 조사에 의하면, 오늘 메이지 공원에 모인 관중은 국립 경기장 내 7만 5000명, 장외 8만 1700명, 성화 릴레이 코스 연도에 5만 5000명이었다. 군중이 열광하기 쉬운 개회식 장면에 이만한 대관중이 운집했는데도 부상자 한 명 없이 행사를 마친 것은 경시청의 면밀한 경비 작전과 관중의 훌륭한 매너가 더해져서 비로소 가능한 일이었다.

동 청은 이날, 국립 경기장 주변에 8300명의 경찰을 동원하여 쇠파이프 철책 1만 2000개, 로프 4만 7000미터를 비롯하여 엄청난 자재를 투입하여 경계에 나섰다. 낮 12시 30분, 국립 경기장 바깥의 군중이 5만 3000명을 넘어서자, 12시 40분에는 시나노마치 철도역에서 메이지 공원으로 들어가는 보행자를 제한하고, 1시에는 센다가야 역 출구, 곤다와라 출구에서의 보행자 제한 조치를 취했다. 입장이 제한된 1만 명 중에서 3000명은 아오야마 대로의 성화 릴레이 코스로, 7000명은 신주쿠교엔의 컬러텔레비전 설치장으로 안내를 받았다. 이 신속한 조치가 사고를 방지하는 데 가장 큰 활약을 하였다.

국가적 행사를 대성공으로 마친 것은 ① 메이지 공원의 인도 및 광장의 면적에 따라 입장할 수 있는 장외 관중의 한도를 8만 명으로 설정한 것 ② 성화 릴레이에 관중이 쇄도하여 떠밀리는 불상사를 막기 위해 장외 관중의 정리선은 말뚝 선, 인도와 차도 사이는 쇠파이프 선, 차도에는 파이프 선으로 3단계 대책을 세운 것 ③ 관중이 사전 홍보와 현장 지휘에 순응하여 자율적으로 질서 정연하게 움직여준 것 ④ 날씨가 좋았던 것 등이다. 결국 치밀한 경비 작전과 멋진 매너의 관중이 맞물려 이뤄낸 성과였다.

장내에서의 사건 사고로는, 개회식 시작 직후에 게이트와 게이트 사이의 담장을 뛰어넘어 입장하려 한 타일 직공(41)을 비롯하여, 전날 밤에 도시락을 지참하고 장내 화장실에 숨어 있던 대학생(22) 등 불법침입으로 7명이 현장에서 체포되었다. 그 밖에 바꿔치기 1건, 소매치기 1건, 유실물 3건, 미아 2건이 있었다. 8만여 명의 대관중이 입장한 것에 비하면 극히 적은 숫자였다. 입장을 삼엄하게 단속한 것이 가장 큰 요인이고, 그에 더하여 장내 안내 등이 친절하여 외국인 관람객의 호평을 받았다.

사건이 발생했을 때는 요소요소에 배치된 경비원이 워키토키로 연락하고, 불법침입자 등은 관중의 주의를 끌지 않도록 즉각 요쓰야 경찰서로 연행하는 신속한 조치를 취했다.

개회식을 무사히 마치고, 동 청의 최고 경비본부는 저녁 회견을 통해 “개회식 경비는 성공적이었다. 일단 한시름 놓았다. 협력해주신 관중 여러분에게 감사한다. 대회 종료까지 팽팽한 긴장 속에서 앞으로도 만전의 태세로 경비에 임하고자 한다"라는 코멘트를 발표했다.

기사 옆에는 경시총감과 나란히 아버지의 얼굴이 작은 사진으로 실려 있었다. 후후. 웃음이 터졌다.

그 기사를 다시 한번 천천히 읽어보았다. 빵과 우유를 다 먹고는 신문을 덮고 다리를 쭉 뻗었다. 어제에 이어 오늘도 파랗게 맑은 하늘이다. 아버지는 무사히 일을 해치운 모양이다. 위기가 완전히 제거됐는지 아니면 여전히 계속되고 있는지는 알 수 없지만, 어떻든 아버지는 건강하게 잘 지내는 모양이다. 공안경찰의 미행이나 감시에 자신까지 짜증이 났었지만, 그들이 과장스럽게 요란을 떨었던 것만큼 걱정할 일이 아니었는지도 모른다. 집이 폭파된 건 물론 큰 사건이지만 올림픽을 방해하는 걸 그대로 두고 볼 만큼 경찰이 얼간이는 아니다.

다다시는 문득 생각이 나서 자리에서 일어섰다. 그러고 보니 오늘 아침에는 자신을 감시하는 차량이 눈에 띄지 않은 것 같다. 하숙집에 들어온 뒤로 골목 앞길에는 24시간 공안부의 차량이 서 있었다. 그게 오늘 아침에는 없었다.

아니, 어제저녁에도 없었다. 한밤중에야 하숙방에 돌아왔고 너무 피곤해서 별로 주의를 기울이지는 않았지만 분명 감시가 있었다는 기억은 없다.

소카 지로, 아니 시마자키 구니오가 체포된 걸까. 그래서 이제 더 이상 감시할 필요가 없는 건가.

다다시는 궁금해서 견딜 수가 없었다. 힘껏 내달려서 하숙집으로 돌아왔다. 골목 앞을 두세 번 오락가락하며 차를 확인했다. 하지만 공안부 수사관은 눈에 띄지 않았다. 어디선가 몰래 들여다보는 듯한 기척도 없다.

"어떻게 된 거야, 이 새끼들." 다다시는 한숨과 함께 혼잣말을 내뱉었다. 갑자기 마음이 가뿐해져서 누구라도 좋으니 사람의 목소리가 듣고 싶었다. 그래서 근처 공중전화로 미도리에게 전화를 걸었다.

"오랜만이야. 잘 지냈어?"

"아이, 이른 아침부터 뭐야? 혹시 일부러 괴롭히는 거?"

미도리는 잔뜩 토라져 있었다. 콧김을 씩씩거리는 소리까지 수화기를 통해 들려왔다.

"화내지 마. 날씨가 너무 좋아서 드라이브라도 하려고."

"안 돼. 오늘은 노래 레슨이 있어."

"거짓말도 잘하네. 오늘 일요일이잖아."

"내가 너무 바빠서 일요일이 아니면 시간이 없어. 올림픽이 시작됐잖아."

"미도리가 올림픽하고 무슨 관계가 있는데?"

"우리 클럽이 관계가 있지. 뉴라틴, 외국인 손님이 몰려와서 어젯밤에도 만원이었어."

"아하, 선수들도 거기에?"

"그럼, 오고말고. 어젯밤에는 미국 보트 경기 선수들이 왔어. 다들 너무너무 신사야. 레이디 퍼스트의 나라라서 요리를 나눠주는 것도 그 사람들이 다 해주는 거 있지. 춤도 너무 잘 추고, 일본 남자는 진짜 발꿈치도 못 따라가. 어떤 선수가 내 뺨에 키스를 해줘서 나, 너무 감격했어. 보들보들한 금발에 눈은 파랗고 코는 뾰족하고 무지무지 핸섬해. 프러포즈라도 하면 나 어떡하지? 국제결혼 해서 미국에나 갈까 봐."

갑자기 목소리가 싱싱해졌다.

"탤런트 된다는 꿈은 어쩌고?"

"그딴 거, 미국에 가는 거에 비하면 너무 시시하지."

"쳇, 여전히 저 잘살 궁리만 하는구나."

"흥, 그래! 앞으로 한참 동안 나 엄청 바쁠 거야. 안녕."

어이없이 전화가 뚝 끊겼다. 그렇구나, 뉴라틴쿼터에 외국인들이 밀려드는가. 어쩐지 자랑스러운 기분이 들었다. 도쿄에도 뉴욕이나 파리 못지않은 나이트클럽이 몇 군데나 있는 것이다. 여자들도 한결같이 미인이다. 실컷 즐기고 자기 나라에 돌아갔을 때, 도쿄가 얼마나 세계적인 도시인지 전해주면 좋겠다. 최근 몇 년 동안 도쿄가 새롭게 태어나기 위해 노력한 것도 다 그것 때문이다. 모두 함께 새로운 도시를 만들어냈다.

"어이, 다다시." 등 뒤에서 누군가 말을 걸어왔다. 돌아보니 형이 서 있었다.

"뭐 하냐, 이런 데서?" 형이 하얀 이를 내보이며 씨익 웃었다.

"형이야말로 이런 데서 뭐 하고 있어?" 다다시는 깜짝 놀랐다. 형을 만나는 건 거의 한 달 만이다.

"너 만나려고 일부러 왔어. 전화가 없으니 직접 오는 수밖에 없잖아."

"오호, 웬일이래? 무슨 볼일이라도 있어?"

"볼일이 있으니까 왔지. 서서 얘기하는 것도 그러니 하숙집에 좀 들어가자."

잘난 척 턱으로 가리킨다. 형제가 나란히 걸음을 옮겼다. 일요일인데도 왠지 형은 양복 차림이었다.

"오늘도 일이야?"

"응, 요요기 종합 체육관에서 수영 경기 관전."

"그게 일이란 말이야?"

"통역 겸 접대야. 외무성에 일손이 부족해서 나도 나가야 해. 가스미가세키에서 영어를 할 줄 아는 사람은 죄다 올림픽에 소집됐어. 해외에서 오는 요인을 안내하고 돌봐주는 일이야."

"흠, 그래도 특등석에서 경기를 볼 수 있으니까 좋겠네."

"너도 국가공무원이 되면 좋았잖아."

큼직한 손으로 등을 쳤다. 형은 유난히 기운이 넘쳤다.

방 안에 들어가 마주 앉았다. "아, 차는 됐어"라는 형. "누가 준대?"라고 다다시가 응수했다.

"짧게 말하겠는데, 너, 집에서 쫓겨난 거 풀렸어. 오늘이라도 들어와라."

형이 책상다리를 하고 앉자마자 말했다. 허를 찔렸다. "어, 그래?"라고 멍한 대꾸를 하고 말았다.

"그래, 라니? 대답 좀 잘해봐라. 아버지가 어젯밤 늦게 돌아오셔서 어머니에게 다다시 용서할 테니 집에 들여도 좋다고 하셨어."

"쳇, 용서하고 말 게 어디 있어?"

다다시는 얼굴을 찌푸렸다. 하지만 그 말을 듣자 가슴속에서 구름이 한꺼번에 걷히는 것 같았다. 집에 들어와도 좋다는 건 아버지가 매스컴에 비밀로 했던 위기 상황에서 벗어났다는 얘기다.

"고마운 말씀 아니냐? 어머니, 아주 기뻐하시더라. 그러니까 오늘 밤에라도 들어와."

"알았어."

"근데 너, 어제 개회식은 봤어? 아버지는 전 세계가 주목하는 가운데 올림픽 경비를 완벽하게 수행하셨어."

"응, 봤어. 약간 조마조마하긴 했지. 어린 자식의 운동회를 참관하는 부모의 심정이라는 게 아마 그런 느낌일 거야."

"이 녀석이 건방진 소리를."

"저기, 형."

"왜?"

"소카 지로는 잡았어?"

"소카 지로?" 형이 3초 동안 침묵했다. "……글쎄, 무슨 얘기냐. 나는 모르겠네." 여유로운 표정으로 피식 웃는다.

"다 끝났구나? 그러면 됐어."

"다다시, 잘 들어. 끝나고 말고 할 것도 없이 처음부터 아무 일도 없었어. 우리 나라는 치안에서도 세계 일등국이야. 그게 이번 도쿄 올림픽에서 증명되었어. 그냥 그것뿐이야."

"그런가."

시마자키의 얼굴이 떠올랐다. 단정한 이목구비에 늘 쓸쓸해 보이는 표정. 유난히 여자들에게 인기가 많은 장발의 꽃미남. 녀석은 지금 어디에 있을까.

"그보다 다다시, 집에 컬러텔레비전 들어왔다. 어제 개회식, 어머니하고 할머님은 컬러로 보셨어."

"우아, 크게 쓰셨네, 우리 아버지. 무사란 모름지기 검소하게 살아야 한다고 노상 입버릇처럼 말하시더니."

"할머니가 사 오셨어. 죽기 전에 꼭 컬러로 올림픽 보고 싶으시다고. 그렇게 얘기하시는데 아버지도 차마 반대는 못 하지."

"하하하, 할머니답네."

갑자기 식구들이 보고 싶었다. 할머니도, 누나도, 어머니도.

"할머님은 간토 대지진과 도쿄 대공습, 두 번이나 폐허가 되었던 도쿄를 다 아시니까 그럴 만도 하셔. 다시 태어난 도쿄에서 세계적인 축제를 연다는 게 너무 기쁘고 자랑스러우실 거야."

"응, 알지. 나도 기쁜데, 뭘."

"아무튼 오늘은 집에 들어와. 내 볼일은 그것뿐이다." 형이 일어섰다. 환한 얼굴로 기지개를 켠다. "다다시, 회사 일은 잘되냐?"

"그럭저럭."

"개회식이 미국에 동시 중계되었다던데? 어젯밤에 미국 친구한테서 국제전화가 왔어. 콩그레추레이션이라고 하더라. 정말 대단해, 텔레비전."

"그렇지? 텔레비전도 분명 나라에 큰 도움이 된단 말이야."

"응, 그래. 다시 봤어."

양복 옷깃을 바로잡고 바지 주름을 툭 쳐서 반듯하게 세우더니 방을 나선다. 깡충거리듯이 박자를 넣어 계단을 내려갔다. 오늘은 형이 정말로 기분이 좋은 모양이다.

다다시는 방바닥에 벌렁 큰대자로 누웠다. 안도의 한숨이 새어 나왔다. 모든 것에서 풀려난 듯한 기분이다. 눈을 감았다. 어디선가 불꽃이 하늘 높이 올라가고 있었다. 동네 운동회인가. 올림픽 정신이 서민 동네의 달리기경주에까지 힘을 주는 모양이다. 오늘은 보는 사람마다 어제의 개회식 이야기를 할 것이다. 다행이다, 잘됐다, 하고 모두 함께 성공을 축하하는 것이다.

눈을 떴다. 다시 벌떡 일어섰다. 지금 당장 집에 갈까. 별로 할 일도 없다. 게다가 점심에는 어머니가 해준 밥을 먹고 싶다. 카레라이스가 좋지. 그렇게 생각했더니 더 이상 가만있을 수가 없어 다다시는 가방에 주섬주섬 옷가지를 챙겨 넣었다.

하숙집을 나와 애차가 서 있는 주차장까지 달려갔다. S600의 포장을 열고, 힘차게 올라타 시동을 걸었다. 혼다 사운드가 푸른 하늘에 울려 퍼졌다.

56

10월 11일 일요일

거울 앞에서 고바야시 요시코는 새로 마련한 원피스를 입었다. 직접 천을 사다가 어머니에게 지어달라고 한 옷이다. 일주일에 한 번씩 양재학원에 다니고 있긴 하지만 아직 초보인 자신이 만들 수 있는 건 기껏 스커트 정도다. 이번에 새로 맞춘 건 밝은 갈색 바탕에 가을 분위기가 나는 격자무늬의 어른스러운 원피스. 너도 좀 배워두라는 어머니의 말에 종이 패턴과 재단은 자신도 거들었다. 어머니가 재봉틀 밟는 걸 옆에서 들여다보며 역시 여자는 양재쯤은 배워두는 게 폼이 난다고 생각했다. 처음 입어봤을 때는 머릿속에 그렸던 디자인이 그대로 나온 거 같아서 남동생을 불러 사진을 찍어달라고 했다. 여드름투성이의 남동생은 "못생긴 여자도 옷이 날개구나"라고 짓궂은 소리를 했지만 아름다운 누님을 바라보며 내심 기뻐하는 눈치였다.

사실은 좀 더 빨리 입고 싶었던 옷이다. 하지만 그런 일은 앞으로도 영영 없을 것 같아 그냥 오늘 입기로 했다. 이 옷은 도쿄대생 시마자키에게서 데이트하자는 연락이 왔을 때를 위해 마련한 것이었다. 시노바즈 연못가에서 키스를 해준 이후로 요시코의 머릿속은 온통 시마자키로 채워져 있었다. 땅바닥에서 5센티미터쯤 발이 붕 떠오른 듯한 나날을 보냈다. 하지만 그건 요시코 혼자만의 생각이었던 모양이다. 시마자키는 그 뒤에 한 번도 나타나지 않았다. 연락도 없었고 하숙집에도 돌아오지 않았다. 대체 그 키스는 무엇이었을까. 자신을 좋아한 것도 뭣도 아니었을까. 남자들이란 좋아하지도 않으면서 키스를 할 수 있는 걸까.

더구나 일주일 전에는 경찰들이 집에까지 찾아와 시마자키에 대해 시시콜콜 캐묻고 갔다. 무슨 영문인지 요시코가 시마자키의 하숙집을 찾아갔던 일까지 알고 있었다. 무엇 때문에 갔었느냐, 누구와 무슨 이야기를 했느냐, 시마자키와는 어떤 관계냐, 하고 마치 무슨 나쁜 일이라도 저지른 것처럼 끈덕지게 물었다.

요시코가 그다지 문제가 없을 부분만 대답하고 그다음은 잘 모르겠다고 얼버무리며 2층으로 도망쳐버렸더니, 이번에는 가게에서 아버지를 붙잡고 질문 공세를 퍼부었다. 아버지가 귀찮다는 듯이 "외상값을 우편환으로 보내온 것뿐이야"라고 소리치자 남자들은 흥분한 기색으로 당장 보여달라고 했다. 그건 증거품으로 가져갔다.

설명을 요구하는 아버지에게 경찰은 시마자키 구니오가 빨갱이고 전학련의 위험 분자라고 말했다. 그 말을 층계참에 숨어서 듣는 순간, 스르륵 핏기가 가셨다. 심장이 쿵쾅거리고 무릎이 후들거렸다. 시마자키가 학생운동을 하는 사람이었단 말인가. 어딘가 정체를 알 수 없는 부분이 있었던 건 그걸 감추기 위한 무의식적인 연기였을까.

경찰은 아버지에게 시마자키가 북조선의 첩자일 가능성이 있다는 말도 했다. 도저히 믿어지지 않는 말이지만 경찰이 설마 거짓말을 할 리는 없으니 분명 사실일 것이다. 요시코는 큰 충격을 받았다. 실연당한 마음이라는 게 이런 것이리라. 뭔가가 가슴에 깊숙이 박힌 채, 아무리 빼내려고 해도 꿈쩍도 하지 않았다. 호흡이 가빠져서 잉어처럼 뻐끔거렸다. 미열이 있는 느낌인데도 손끝은 써늘했다.

요시코는 방에 틀어박혀 이불을 뒤집어쓰고 울먹였다. 하지만 엉엉 울부짖을 만큼 감정이 고조되었던 건 아니다. 혼자 환상에 빠져 가슴이 설레었던 자신이 너무 비참해서 한없이 슬펐을 뿐이다. 청춘이란 아름다운 것일 테지만, 마음먹은 대로 되지 않는 일이 더 많다. 나의 연인은 언제나 나타나려는 걸까.

사나흘을 초상집처럼 우울한 시간을 보냈는데, 망설이던 끝에 친구

게이코에게 모두 다 털어놓았더니 조금은 편안해졌다. 게이코가 잔뜩 약이 오른 듯한 반응을 보였기 때문이다. 처음에는 가엾다면서 달래주더니 이야기를 다 듣고 나서는 왜 지금까지 아무 말도 안 했느냐고 나무랐다. 그러고는 결국 자기보다 먼저 첫 키스를 경험한 요시코에게 노골적으로 샘을 냈다. "요시코, 키스는 어떤 느낌이었어?" 흥미진진한 얼굴로 물어보았다. 요시코는 전선에서 귀환한 병사 같은 기분이었다. 로맨틱한 사건은 그 자체가 여자의 훈장이라고, 태어나서 처음으로 실감했다. 지금은 상당히 마음이 가라앉았다. 생각해보면 단 한 번의 키스일 뿐이다.

그나저나 시마자키는 그날 밤에 무슨 생각으로 자신에게 데이트를 신청했을까. 남자의 욕망 때문이었을까. 순진한 여자애를 갖고 논 것일까. 아무리 생각해봐도 알 수 없었다. 하지만 입술의 감촉만은 지금도 남아 있다.

아침부터 돌돌 말았던 컬을 풀고 머리를 올렸다. 옆에 핀을 꽂고 빗으로 거꾸로 쓸어 올려 풍성하게 볼륨을 넣었다. 어쩐지 미시즈 같은 느낌이 난다. 그래도 꼭 한번 해보고 싶었던 헤어스타일이다.

요시코는 자신의 모습에 만족해서 1층으로 내려왔다. 거실에서 텔레비전을 보고 있던 남동생이 잽싸게 알아보고 "우아, 화장에 새 옷에, 엄청 멋을 내셨네. 누나, 오늘 데이트야?"라고 시비를 걸어왔다.

"아니야. 게이코하고 올림픽 보러 가는 거야. 지난번에 말했잖니."

오늘은 고마자와 공원의 실내 체육관에 갈 예정이다. 여자 배구 일본 대 미국의 경기를 보러 가는 것이다.

"와아, 좋겠다. 나도 가고 싶은데."

"넌 유도 보러 갈 거잖아. 무도관도 구경하고, 거기가 얼마나 좋은데 그래?"

톡 쏘아붙이고, 손목시계의 시간을 텔레비전 시각 표시로 맞추었다. 가방 안을 뒤적여 표 두 장이 있는 것을 확인했다. 올림픽 입장권은 할머니가 주신 것이다. 그러고는, 아 참, 하고 생각이 나서 불단 앞에 가서 띠링 종을 울리고 영정 사진 앞에서 합장했다. 사진 하나는 할아버지고, 또 하나는 만난 적도 없는 열아홉 살의 삼촌이다.

아버지의 남동생인 삼촌은 남양에서 전사한 병사였다. 그래서 할머니는 유족회 회원이다. 그 유족회가 정부에 막강한 힘을 갖고 있어서 우선적으로 올림픽 입장권을 받게 되었다. 할머니는 유족회 친구들과 어제 개회식을 국립 경기장에서 관람했다. 오늘도 역도 시합을 보려고 시부야 공회당까지 총총히 나갔다.

"요시코, 잘 보고 와라." 가게에서 책 정리를 하던 아버지가 말했다. "올림픽 보는 거, 평생에 한 번이야."

"알았어. 다녀올게요." 현관에서 구두를 신었다.

"요시코, 외국인에게 부끄럽지 않도록 매너 있게 행동해." 어머니가 부엌에서 얼굴을 내밀며 말했다. "역에 쪼그리고 앉아 있으면 안 된다."

"쪼그리고 앉기는 누가?"

어이없는 얼굴로 대꾸했다. 어쩐지 나라를 대표하는 듯한 기분이 들었다.

요시코는 집을 나섰다. 발걸음이 가벼웠다. 상점 유리창에 비친 자신을 보았다. 내 입으로 이런 말을 하는 건 좀 그렇지만, 엄청 예쁘다. 남자라면 아가씨 어디 가느냐고 한마디 건네고 싶지 않을까.

시부야 역 서쪽 출구에서 게이코를 만났다. 여기서 고마자와 공원까지 가는 임시 직행버스가 출발하는 것이다.

"어머, 요시코. 왜 그렇게 예쁘게 입고 왔어?" 요시코의 옷차림을 보고 게이코가 따지듯이 말했다.

“얘는 무슨 소리야. 너, 그 투피스도 처음 보는 건데?”

게이코도 멋쟁이 옷을 입고 있었다. 게다가 황족처럼 모자까지 쓰고 있다.

잠시 서로의 옷차림을 점검했다. 친구 사이니까 돈이 얼마나 들었는지까지 속속들이 밝힌다.

“오늘 배구 시합, 일본이 이길까?” 버스를 기다리며 게이코가 말했다.

“그럼, 이기지. 겨우 미국이잖아. 우리의 적은 소련뿐이야.” 요시코가 매스컴에서 얻어들은 지식을 제 것인 양 토로했다.

줄을 서 있는데 어딘가 회사의 홍보 팀이 성큼성큼 다가와 연고 시제품과 작은 국기를 나눠주었다.

“장사하는 데는 선수들이라니까.”

“누가 아니래. 올림픽에 편승하는 거잖니.”

말은 그렇게 했지만, 요시코가 근무하는 간다 제면에서도 무허가로 올림픽 국수라는 상품을 만들었다가 상공 조합의 질책을 받았다. 온 나라가 도쿄 올림픽 덕을 보려고 안달하고 있다.

“아 참!” 게이코가 갑자기 생각난 듯이 말했다. “우리 집이 요쓰야 경찰서하고 가깝잖니. 어제 국립 경기장 개회식에 몰래 들어가려는 사람들이 모두 잡혀갔어.”

“어머, 그런 사람들이 있었어? 경찰이 정말 정신없이 바빴겠다.”

“경찰서 옆의 기모노 옷집이 컬러텔레비전을 들여놨거든. 우리도 보러 오라고 해서 할머니랑 잠깐 갔었어. 그때 마침 기동대 버스가 들어와서 체포된 사람들을 줄줄이 내려놓더라.”

“어떤 사람들인데?”

“그냥 보통 사람들이야. 대학생 같은 사람도 있고 기술자 같은 사람도 있고. 아, 근데 그중에 딱 한 명 노인네가 있더라니까? 정말 그렇게까지 해가면서 개회식을 보고 싶었는지, 좀 불쌍하다는 생각이 들더라."

"그야 보고 싶겠지. 아마 노인네들일수록 더 보고 싶을걸?"

"그 아저씨, 트위드 헌팅캡을 쓰고 얼굴이 벌게져서는 도호쿠 사투리로 '죽이지는 마, 죽이지는 마' 하면서 경찰에게 사정을 하는 거야. 그거, 너무 과장스러운 거 아니니?"

"도호쿠에서 도쿄까지 일부러 보러 온 모양이지."

"하긴 그 사람들에게 도쿄는 꿈 같은 도시일 거야."

"그렇겠지."

버스가 왔다. 차례차례 올라타자 금세 만원이 되었다. 젊은 사람들, 가족들, 승객은 다양했다. 여기저기서 노인에게 자리를 양보하고 거기에 고마워하는 인사가 오갔다. 버스는 천천히 출발했다.

"얘, 관중석에 미국 사람도 있을까?" 게이코가 가죽끈 손잡이를 붙잡고 말했다.

"당연하지. 입국 관광객도 있고, 도쿄에 사는 미국 사람도 있을 거고."

"그 사람들 비틀스는 알겠지? 우리가 물어보면 혹시 알려줄까?"

"글쎄, 알려줄까?"

비틀스라는 이름에 요시코의 가슴이 설레었다. 그동안 많은 일이 있었지만 비틀스에 대한 열정만은 전혀 식지 않았다.

"그래도 미국에서는 히트차트 베스트 텐에 한 번에 다섯 곡이나 들었잖니. 미국 사람이라면 다들 알겠지. 콘서트도 자주 하던데."

"그래, 한번 물어보자. 근데 너 영어 할 줄 알아?"

"알지. 아이 러브 비틀스, 두 유 노우 비틀스? 이거면 다 통해. 그다음은 배짱으로 밀고 나가는 거야."

"그럼 게이코 너한테 맡긴다?"

"안 돼. 우린 뭐든 함께해야지."

게이코가 팔을 끌어당기는 바람에 둘이 함께 웃었다.

버스는 새로 건설된 수도고속도로 아래를 상쾌하게 내달렸다. 1년 만에 믿을 수 없을 만큼 깨끗해진 도쿄 거리다. 외국인에게 이런 모습을 보여준다고 생각하니 요시코는 흐뭇하고 자랑스러웠다. 이제부터 일본은 점점 더 발전할 것이다. 그 주역은 우리 젊은이들이다.

연도에는 몇 개나 되는 국기가 게양되어 있었다. 민가에도 걸렸다. 얼마나 아름다운 깃발인가, 하고 요시코는 생각했다.

온 나라가 기다린 도쿄 올림픽이 드디어 시작되었다.

옮긴이의 말

일본 최대의 온라인 서점 '아마존'에는 독자들의 서평이 줄줄이 올라옵니다. 우리 온라인 서점도 그렇지요. 작가의 재능과 노고를 배려하면서 작품에 대해 진지하고 솔직하게 자신의 생각을 밝히는 글들을 읽으면 문화적인 공감의 장을 보는 것 같아 상쾌합니다. 작가 오쿠다 히데오의 인기를 반영하듯이《양들의 테러리스트》에도 수많은 독자 서평이 달렸습니다. 그중에서 특히 마음에 남은 몇 구절을 먼저 소개합니다.

1.

마지막으로 한 가지만 짚고 넘어가자.

오쿠다 히데오 씨는 이른바 '빨갱이'에 대해 어떤 생각을 갖고 있을까. 동경(憧憬)? 아니면 냉소?

이 소설을 다 읽고 그 점이 묘하게 마음에 걸렸다.

2.

당신은 이 범인을 도와주고 싶습니까?

읽으면서 슬펐습니다. 우울해졌습니다. 어느새 나도 모르게 범인을 응원하고 있었습니다. 며칠 동안이나 과연 결말을 이렇게 해도 되는 건가, 고민했습니다.

1964년 도쿄 올림픽은 일본에게는 유사 이래 최대의 이벤트라고 할 만큼 상징적인 행사였습니다. 세계를 상대로 벌인 무모한 전쟁으로 잿더미가 되었던 나라가 패전 19년 만에 경제성장을 바탕으로 올림픽을 개최하여 다시금 주요 선진국으로서 국제사회에 복귀한다는 의미가 있었습니다.

도쿄 올림픽을 위해 경기 시설과 지하철, 모노레일, 신칸센, 수도고속도로 등의 교통망과 호텔, 기타 숙박 시설, 공항 등의 다양한 인프라가 건설되었습니다. 국립 경기장을 비롯한 시설 정비에 164억 엔, 대회 운영비 94억 엔, 선수 강화 비용에 23억 엔을 투입한 국가적 프로젝트였습니다. '쓰레기 도시'로 불리던 도쿄는 정부의 주도로 쓰레기 수거 차량 250대가 새로 도입되었고, 올림픽을 보기 위해 텔레비전 보급률은 87.8퍼센트까지 비약적으로 증가했습니다.

올림픽의 상징인 성화는 총 10만 713명의 주자에 의해 전국을 거쳐 도쿄 국립 경기장 성화대를 향해 달렸습니다. 최종 주자는 19세의 육상선수 사카이 요시노리. 1945년 8월 6일에 히로시마에 원자폭탄이 투하되고 1시간 30분 뒤에 그 참화를 면하고 무사히 태어난 아기였기 때문에 최종 주자로 선정되었다고 합니다. 참고로, 1988년 서울 올림픽의 성화 최종 주자는 고(故) 손기정 씨였습니다.

도쿄 올림픽의 성공을 원하지 않는 일본인은 단 한 사람도 없다는 말이 나올 만큼 온 국민이 가슴을 두근거리며 한마음으로 성공을 기원하는 때, 이 올림픽을 방해하려는 단 한 사람이 있었습니다— 여기서부터 작가 오쿠다 히데오가 보여주는 가상 세계, 올림픽의 또 다른 모습입니다.

주요 등장인물은 네 사람입니다.

올림픽 경비본부 최고 책임자의 둘째 아들 스가 다다시(須賀忠). 도쿄대 출신 최고 엘리트 가문의 자제답게 고급 관료가 되어야 마땅할 텐데도 이 둘째 아들만은 엉뚱하게 텔레비전 방송국 연예부에 입사합니다. 관료로서의 자부심이 강한 아버지의 입장에서는 빨간 국산차 혼다 S600에 여자를 태우고 돌아다니는 말썽꾸러기 아들로 보였겠지만, 좋은 가문의 둘째 아드님은 역시 시대의 흐름을 간파할 줄 아는 모양입니다. 도쿄 올림픽 이후 텔레비전 방송계는 일약 시대의 총아로 떠오르고, 특히 연예부의 버라이어티 쇼는 곧 그 인기가 하늘로 치솟을 테니까요.

일류 대학은 못 나오고 평범한 대학을 졸업하여 경찰이 된 뒤, 착실하게 내 발로 현장을 뛰는 말단 형사의 '직감'으로 어려운 사건을 풀어나가는 오치아이 마사오(落合昌夫). 도쿄 교외에 등장한 새로운 주거 형태인 아파트 단지에 입주한 '단지족(團地族)'이기도 합니다. 앞으로 땅값이 올라 번듯한 중산층으로 자리 잡을 것입니다. 만삭의 아내와 이제 곧 두 살이 되는 아들을 사랑하는 소시민 '가족주의'의 상징이기도 합니다.

도쿄대 앞 헌책방집 딸 고바야시 요시코(小林良子)는 가게에 꽂힌 책에는 별 관심이 없지만 이제 막 일본에 상륙한 비틀스에 열광하는 아가씨입니다. 꽃미남 도쿄대 학생에게 마음이 설레고 백화점 신상품을 할부로 사들이는 직장여성, 자본주의의 꽃을 피워줄 새로운 여성 파워의 등장입니다.

이 세 주인공이 온 국민과 함께 도쿄 올림픽의 성공적인 개최를 바라는 가운데, 도쿄대학 경제학부 대학원생 시마자키 구니오(島崎國男)만은 다른 생각을 갖고 있습니다. 춥고 척박한 북녘 아키타에서 가난한 농가의 막내아들로 태어났으나 일본 최고의 도쿄대학에 합격한 수재입니다. 그가 걷게 되는 험난한 길은 안타깝다 못해 허탈해져서 독자에게 '과연 결말을 이렇게 해도 괜찮은 건가' 하고 고민하게 만듭니다. 그래서 이렇게 묻게 됩니다. 당신은 이 범인을 도와주고 싶습니까?

세계를 상대로 벌인 무모한 싸움, 제국주의의 광풍이 휩쓸고 지나간 뒤에 일본은 그 전쟁의 책임을 철저히 묻지 않았습니다. 이미 엎질러진 물, 이 어처구니없는 오류를 대체 누구의 탓으로 돌려야 한단 말인가. 천황에게? 군 최고 지휘관에게? 정치인에게? 재벌에게? 형식적인 절차에 따른 전범재판과 국제사회에 대한 사죄는 있었지만, 어느 누구의 탓으로 돌리기에는 세계 정복이라는 미몽에 휘둘린 국민 한 사람 한 사람의 동조 혹은 묵인이나 무지라는 양심의 거리낌을 따지기로 하자면 끝이 없다는 것을 일본 국민은 양처럼 얌전한 민족성으로 받아들였습니다.

모든 것을 역사의 뒤안길에 덮어두고 다시금 일치단결하여 재건에 힘쓰고, 마침맞게 한국은 민족상잔의 전쟁을 벌여줘서 '이웃 나라의 전쟁 특수'로 일본은 경제성장을 이루었습니다. 그리고 1959년 뮌헨에서 일본은 차기 올림픽의 유치에 성공합니다.

급조된 건축물들에는 서구적인 도시로 거짓되게 꾸미려고 안달하는 도쿄의 왜곡됨이 드러나 있습니다. 그리고 그 거대하고 아름다운 콘크리트 덩어리 뒤에 일본의 현실은 감춰지고 무시되고 있습니다. 민중에게 헛된 꿈을 부여하여 현실을 망각하게 하는 것이 지배층의 상투적인 수단이라면, 현재로서는 성공을 거두고 있다고 말할 수 있겠지요.

굳이 어려운 이론을 펼치지 않더라도, 저희 고향은 지금 빈곤에 허덕이고 있습니다. 노동자들은 착취의 가장 밑바닥에 있습니다. 그들은 양처럼 얌전할 뿐입니다.

작가 오쿠다 히데오는 이른바 '빨갱이'에 대해 어떤 생각을 갖고 있을까. 동경인가, 냉소인가.

오쿠다 히데오는 아마도 동경과 냉소를 모두 포함한 시선을 갖고 있을 것입니다. 작가가 반드시 사상가여야 할 필요는 없겠지요. 정치적인 성향을 가질 필요도 없을 것입니다. 평범한 인간, 보통 국민, 소설을 읽는 독자가 모두 정치적 성향을 가져야 할 필요가 없는 것과 마찬가지입니다. 전작인《남쪽으로 튀어!》에서도 학생운동 전력의 주인공을 다룬 적이 있지만 우익이든 좌익이든 그저 있는 그대로, 최대한 명랑하게 그려내고 있을 뿐입니다. 다만 이 작가의 시선은 어느 일정한 방향을 주시하고 있기는 합니다. 이데올로기에 자신의 삶을 던지는 '사상 인간' 쪽을 향해 그의 눈은 열려 있습니다. 국가권력이 철저히 은폐해버린 단 한 명의 이질 분자를 그의 시선은 훌륭하게 발굴해냈습니다.

400년 전에 지배자가 휘두르는 칼날에 순순히 굴복해버린 이 나라의 민족성은 참된 자유를 알지 못한 채 근대로 돌입해버렸다. 그래서 사회주의 운동도 탁상공론에만 그쳐버리곤 한다. 학생의 봉기도 어딘가 혁명 놀이처럼 유치한 면이 있다.

일본 국민은 그런 정도의 수준이었기 때문에 작가 오쿠다 히데오는 시마자키 구니오를 '양들의 테러리스트'로 묘사했는지도 모릅니다. 국민이 생각하는 만큼 그려낸 것입니다. 무거운 주제를 난해한 이론이나 문장은 최대한 삼가고 알기 쉽게 썼습니다. 몹시 암울할 수 있는 이야기를 어딘지 명랑한 흐름으로 그려냈습니다. 쫓는 자와 쫓기는 자가 서로 맞물리면서 한 사건을 여러 각도에서 바라보게 하는 구성력도 뛰어납니다. 60년대의 한 시기를 실감 나게 재현하면서도 현대의 상황과 겹쳐지게 한 점도 대단합니다. 이 소설을 읽고 작가 오쿠다 히데오가 이른바 '빨갱이'에 대해 '동경'을 품었는지 아니면 '냉소'를 보냈는지를 판단하는 것은 우리의 몫입니다. 주인공 시마자키 구니오를 안타깝게 생각하여 뭔가 도와주기 위한 방법을 모색하거나 혹은 한 번뿐인 인생인데 대책 없이 손해 보는 짓만 하다가 가버린 인간이라고 혀를 차거나, 그것 또한 우리 한 사람 한 사람의 몫이겠지요.

양윤옥

양들의 테러리스트

1판 1쇄 발행 2019년 5월 17일
1판 4쇄 발행 2024년 7월 22일

지은이 · 오쿠다 히데오
옮긴이 · 양윤옥
펴낸이 · 주연선

총괄이사 · 이진희
책임편집 · 심하은 허유민
본문 및 표지 디자인 · 김지수
마케팅 · 장병수 최수현 김다은 이한솔 강원모
관리 · 김두만 유효정 박초희

(주)은행나무
04035 서울특별시 마포구 양화로11길 54
전화 · 02)3143-0651~3 | 팩스 · 02)3143-0654
신고번호 · 제 1997-000168호(1997. 12. 12)
www.ehbook.co.kr
ehbook@ehbook.co.kr

ISBN 979-11-89982-02-7 (03830)